Une fille modèle

KARIN SLAUGHTER

Une fille modèle

Traduit de l'anglais (États-Unis) par
ÈVE VILA

Harper
Collins
POCHE

Titre original :
THE GOOD DAUGHTER

Ce livre est publié avec l'aimable autorisation de HarperCollins Publishers, LLC, New York, U.S.A.

HARPERCOLLINS FRANCE

83-85, boulevard Vincent-Auriol, 75646 PARIS CEDEX 13
Tél. : 01 42 16 63 63

www.harpercollins.fr

ISBN 979-1-0339-0330-7

« ... Ce que vous appelez ma lutte pour me soumettre... n'est pas une lutte pour me soumettre mais pour accepter, et avec passion. Et si possible avec joie. Imagine-moi, les dents serrées, traquant la joie, sur le qui-vive aussi, car la quête est dangereuse. »

Flannery O'CONNOR
Lettres à A.

JEUDI, LE 16 MARS 1989

Ce qu'il advint de Samantha

Alors qu'elle courait sur la longue allée désolée qui menait à la ferme, Samantha Quinn sentit un millier de guêpes lui piquer l'intérieur des jambes. Sur la terre nue, ses baskets tambourinaient aussi vite que les cognements de son cœur. La transpiration avait raidi sa queue-de-cheval en une corde épaisse qui lui fouettait les épaules. À l'intérieur de ses chevilles, les os délicats comme des brindilles semblaient sur le point de se rompre.

Ravalant l'air sec, elle piqua un sprint jusque dans la douleur.

Un peu plus loin, Charlotte se tenait dans l'ombre de leur mère. Ils se tenaient tous dans l'ombre de leur mère. Gamma Quinn était une figure dominante : yeux bleu vif, cheveux foncés coupés court, peau aussi pâle qu'une feuille de papier, et langue tout aussi coupante, capable d'infliger de minuscules blessures là où ça fait mal. Même à cette distance, Samantha apercevait le trait fin que dessinait la désapprobation sur la bouche de Gamma, les yeux rivés sur le chronomètre, au creux de sa main.

Le tic-tac des secondes résonnait dans le crâne de la jeune fille. Elle se força à accélérer encore. Dans ses jambes, elle entendait les gémissements de ses ligaments tendus. Les guêpes migrèrent à l'intérieur de ses poumons. Le bâton en plastique sembla glisser dans sa paume.

Vingt mètres. Quinze. Dix.

Charlotte se mit en position, tourna le dos à Samantha, et, les yeux braqués droit devant, commença à courir. Elle tendit le bras droit derrière elle sans regarder, guetta le claquement du témoin dans sa paume pour parcourir la prochaine distance.

C'était le passage à l'aveugle. La transmission exigeait confiance et coordination, et, comme à chaque tentative durant l'heure écoulée, aucune d'elles ne se montra à la hauteur. Charlotte hésita et lança un regard en arrière. Samantha avança, chancelante. Le témoin frappa le poignet de Charlotte, laissant sur sa peau la même marque rouge que les vingt fois précédentes.

Charlotte hurla. Samantha trébucha. Le témoin tomba à terre. Gamma lâcha un juron bien sonore.

— J'ai ma dose.

Leur mère fourra le chronomètre dans la poche poitrine de sa salopette et se dirigea d'un pas lourd vers la maison, la plante de ses pieds nus rougie par le sol aride.

Charlotte se frotta le poignet.

— Connasse.

— Débile.

Samantha s'efforça de faire passer l'air dans ses poumons ébranlés par la course.

— T'es pas censée regarder derrière, ajouta-t-elle.

— T'es pas censée me bousiller le bras.

— Ça s'appelle passage à l'aveugle, pas passage à la flippée.

La porte de la cuisine claqua. Elles levèrent les yeux vers la ferme centenaire, qui s'étalait dans un total chaos, hommage à une époque antérieure à l'habilitation des architectes et aux permis de construire. Le soleil couchant n'adoucissait en rien ses lignes mal proportionnées. Au fil des années, elle n'avait guère reçu davantage que l'indispensable couche de peinture blanche. Des rideaux de dentelle fatigués pendaient aux fenêtres maculées. Un siècle de levers de soleil sur le nord de la Géorgie avait décoloré la porte d'entrée en un gris évoquant le bois flotté. La ligne de toiture s'était affaissée, manifestation concrète du poids que la maison devait supporter depuis que la famille Quinn y avait emménagé.

Deux ans et une vie de désaccords séparaient Samantha de sa sœur cadette de treize ans, mais à cet instant précis elle savait qu'elles partageaient le même souhait : *Je veux rentrer à la maison.*

La maison, c'était leur pavillon de plain-pied en briques rouges bâti plus près de la ville. C'étaient les chambres de leur enfance, décorées de posters et d'autocollants et, pour Charlotte, à grand renfort de marqueur vert. Devant la maison se trouvait un carré de pelouse bien entretenue et non un morceau de terrain poussiéreux, au sol stérile et éraflé, avec une allée longue de soixante-quinze mètres, qui permettait de voir qui arrivait.

Aucune d'elles n'avait vu qui était venu dans la maison en briques rouges.

Huit jours seulement s'étaient écoulés depuis qu'on avait détruit leur vie, mais cela paraissait déjà une éternité. Ce soir-là, Gamma, Samantha et Charlotte avaient marché jusqu'à l'école à l'occasion d'une compétition d'athlétisme. Leur père était au travail : Rusty était toujours au travail.

Plus tard, un voisin s'était souvenu qu'une voiture noire inconnue avait lentement remonté la rue, mais personne n'avait vu le cocktail Molotov traverser la fenêtre en saillie de la maison en briques rouges. Personne n'avait vu la fumée s'élever en volutes depuis la corniche ni les flammes lécher le toit. Le temps qu'on donne l'alarme, la maison en briques rouges n'était plus qu'une béance noire et fumante.

Des vêtements. Des affiches. Des journaux intimes. Des peluches. Des devoirs. Des livres. Deux poissons rouges. Des dents de lait. L'argent des anniversaires. Des rouges à lèvres subtilisés. Des cigarettes planquées. Des photos de mariage. Des photos de bébés. La veste en cuir d'un garçon. Une lettre d'amour dudit garçon. Des compilations sur cassettes. Des CD, un ordinateur, une télévision et un foyer.

— Charlie ! Gamma se tenait sur le perron devant la porte de la cuisine. Les mains sur les hanches. Viens mettre la table.

Charlotte se tourna vers Samantha et lança :

— Dernier mot ! avant de s'éloigner à petites foulées vers la ferme.

— Pauvre conne, marmonna Samantha. C'est pas parce qu'on dit : « Dernier mot » qu'on l'a.

Elle se dirigea plus lentement vers la maison, les jambes en coton, parce que ce n'était pas elle la débile incapable de tendre le bras et d'attendre qu'on lui colle un bâton dans la main. Elle ne comprenait pas pourquoi Charlotte n'arrivait pas à apprendre la simplissime transmission.

Samantha abandonna chaussures et chaussettes à côté de celles de sa sœur, sur le perron devant la cuisine. À l'intérieur, l'air était humide et froid, sans le moindre souffle. *Délaissée*, fut le premier adjectif qui surgit dans l'esprit de Samantha quand elle passa la porte. Le locataire précédent, un vieux garçon de quatre-vingt-seize ans, était décédé l'année d'avant dans la chambre du bas. Un ami de leur père leur permettait de résider à la ferme jusqu'à ce que la situation avec la compagnie d'assurances s'arrange. *À condition que* la situation s'arrange. Apparemment, il y avait litige quant à savoir si les procès de leur père avaient ou non provoqué cet incendie criminel.

L'opinion publique avait déjà rendu son verdict, ce qui expliquait sans doute pourquoi le propriétaire du motel où ils avaient séjourné la semaine précédente leur avait demandé de trouver un autre hébergement.

Samantha claqua la porte d'entrée, unique moyen de s'assurer qu'elle fermait correctement. Une casserole remplie d'eau reposait, inutilisée, sur la cuisinière vert olive. Un paquet de spaghettis non entamé demeurait sur le comptoir en mélaminé marron. La cuisine, l'endroit le plus délaissé de la maison, sentait le renfermé. Aucun objet ne coexistait en harmonie avec les autres. Un réfrigérateur préhistorique pétait chaque fois qu'on ouvrait sa porte. Sous l'évier, un seau tremblotait de temps en temps. Un encombrement de chaises dépareillées encerclait une table branlante en aggloméré. Les murs en plâtre, bombés par endroits, étaient ponctués de taches blanches là où autrefois étaient accrochées de vieilles photos.

Charlotte tira la langue tout en balançant des assiettes en carton sur la table. Samantha ramassa une fourchette en plastique et la jeta au visage de sa sœur.

Charlotte en eut le souffle coupé et s'exclama sans colère :

— Merde alors, c'est incroyable !

La fourchette avait effectué un gracieux saut périlleux dans les airs avant de venir se ficher entre les lèvres de la cadette. Elle saisit la fourchette et la tendit à Samantha.

— Si tu le fais deux fois de suite, je lave la vaisselle, poursuivit-elle.

Samantha répliqua :

— Tu la balances une fois dans ma bouche, et je fais la vaisselle pendant une semaine.

Charlotte plissa un œil pour viser. Samantha s'efforçait de ne pas s'attarder sur la stupidité qu'il y avait à encourager sa sœur à lui jeter une fourchette au visage, lorsque Gamma entra, un gros carton dans les bras.

— Charlie, ne lance pas de couverts sur ta sœur. Sam, aide-moi à trouver la poêle à frire que j'ai achetée l'autre jour.

Gamma laissa tomber son fardeau sur la table. Il portait l'inscription : TOUT À 1 $. Des douzaines de cartons à moitié déballés étaient éparpillés dans toute la maison. Tous remplis d'articles du magasin d'occasions que Gamma avait achetés pour une somme modique, ils créaient un labyrinthe à travers les chambres et les couloirs.

— Pense à l'argent qu'on économise, avait clamé Gamma en brandissant un T-shirt violet délavé, à l'effigie de Church Lady, qui disait : « Eh bien, n'est-ce pas SPÉ-CIAL ?[1] »

Du moins, Samantha croyait que c'était ce qui était écrit. Elle était trop occupée à se cacher dans un coin avec Charlotte, mortifiée par le fait que leur mère leur demande de porter des vêtements ayant appartenu à quelqu'un d'autre.

1. Le personnage humoristique de Church Lady (interprété par Dana Carvey) intervenait dans le show télévisé, *Saturday Night Live*, essentiellement entre 1986 et 1990. *Isn't That* SPE-CIAL *?* était une des phrases récurrentes qu'elle prononçait au cours des émissions. (Toutes les notes sont de la traductrice.)

Des chaussettes déjà portées. Même des sous-vêtements déjà portés, jusqu'à ce que, heureusement, leur père tape du poing sur la table.

— Bon sang ! lui avait hurlé Rusty. Tu veux pas plutôt nous coudre des sacs à patates ?

Ce à quoi Gamma, bouillonnant de colère, avait répondu :

— Et maintenant, tu veux que j'apprenne à *coudre* ?

Ses parents avaient trouvé de nouveaux sujets de disputes, maintenant que les anciens motifs de conflits n'existaient plus. La collection de pipes de Rusty. Ses chapeaux. Ses ouvrages de droit poussiéreux étalés dans toute la maison. Les revues et les articles de recherches de Gamma avec leurs traits, leurs cercles et leurs notations en rouge. Sa paire de Keds balancée près de la porte d'entrée. Les cerfs-volants de Charlotte. Les barrettes de Samantha. La poêle à frire de la mère de Rusty s'était volatilisée. La mijoteuse verte, cadeau de mariage de Gamma et Rusty, volatilisée. Le minifour avec fonction gril qui sentait le brûlé, volatilisé. La pendule de cuisine hibou, avec ses yeux qui allaient et venaient. Les patères où suspendre les vestes. Le mur où étaient fixées les patères. Le break de Gamma, tel un fossile de dinosaure, dans l'obscure caverne qui autrefois avait été leur garage.

La ferme comptait cinq chaises bancales qui n'avaient pas été liquidées avec la succession du fermier célibataire, une ancienne table de cuisine de trop piètre qualité pour être qualifiée d'antiquité, et une grande armoire-penderie coincée dans un placard. Leur mère disait qu'il faudrait donner trois sous à Tom Robinson pour qu'il le mette en pièces. *Ne tirez pas sur l'oiseau moqueur* revenait souvent dans les références de Gamma.

On n'avait rien suspendu dans la penderie. Rien plié dans les tiroirs de la pièce à vivre ni posé sur les hautes étagères du cellier.

Ils avaient emménagé à la ferme deux jours plus tôt, mais n'avaient déballé que quelques cartons. Le couloir qui partait de la cuisine était jonché de contenants mal étiquetés et de sacs en papier kraft tachés, que l'on ne pouvait vider avant que les meubles de rangement soient nettoyés. Sauf que ces meubles ne seraient pas nettoyés tant que Gamma ne forcerait pas les filles à le faire. Les matelas à l'étage étaient posés à même le sol. Des caisses retournées supportaient des lampes fêlées, dont on s'approchait pour lire des ouvrages empruntés à la bibliothèque de Pikeville.

Toutes les nuits, Samantha et Charlotte lavaient à la main leurs shorts de course, leurs brassières de sport, leurs socquettes et leurs T-shirts *Lady Rebels* de chez Track & Field, parce qu'ils faisaient partie des rares affaires ayant échappé aux flammes.

— Sam. Gamma désigna le climatiseur à la fenêtre. Mets ce truc en marche pour que l'air circule un peu, là-dedans.

Samantha examina la grosse boîte en métal avant de trouver le bouton MARCHE. Les moteurs s'ébranlèrent. De l'air froid mâtiné d'une odeur de poulet frit et d'humidité chuinta à travers la bouche d'aération. Par la fenêtre, Samantha contempla la cour qui longeait le côté de la maison. Un tracteur rouillé se trouvait à proximité de la grange en ruine. Tout près, du matériel de ferme à l'usage inconnu était à moitié enseveli dans la terre. La Chevette de son père était recouverte d'une croûte de saleté, mais au moins elle n'avait pas fondu comme le break de sa mère.

Elle interrogea Gamma :

— À quelle heure est-on censées aller chercher papa au travail ?

— Il se fera raccompagner par quelqu'un du tribunal. Gamma jeta un coup d'œil à Charlotte qui sifflotait joyeusement tout bas, occupée à confectionner un avion dans une assiette en carton. Il a l'affaire là.

L'affaire là.

Les mots se répercutèrent dans le crâne de Samantha. Son père avait toujours un procès en cours, et il y avait toujours des gens qui le détestaient pour cette raison. Il n'y avait pas un seul délinquant *présumé* coupable dans tout Pikeville, Géorgie, que Rusty Quinn n'aurait représenté. Des dealers. Des violeurs. Des meurtriers. Des cambrioleurs. Des voleurs de bagnoles. Des pédophiles. Des kidnappeurs. Des braqueurs de banque. Leurs dossiers se lisaient comme des pulps qui se terminaient toujours à l'identique. Mal. Les gens en ville surnommaient Rusty « L'Avocat des Damnés », ce qui était également le surnom de Clarence Darrow[1], bien que, d'après ce que Samantha en savait, personne n'ait jamais lancé de bombe incendiaire dans la maison de Clarence Darrow pour avoir évité le couloir de la mort à un assassin.

C'était là toute la question de l'incendie.

Ezekiel Whitaker, un Noir reconnu injustement coupable du meurtre d'une Blanche, était sorti de prison le jour même où une bouteille enflammée remplie d'essence avait été lancée par la fenêtre des Quinn. Au cas où le message n'aurait pas été assez clair, l'incendiaire avait aussi peint à la bombe les mots : « SUCEUR DE NÈGRES » au début de l'allée.

Aujourd'hui, Rusty défendait un homme accusé de kidnapping et de viol sur une jeune fille de dix-neuf ans. Un Blanc, une Blanche. Pourtant, les esprits s'échauffaient parce que l'homme blanc était d'un milieu populaire tandis que la fille venait d'une bonne famille. Rusty et Gamma ne discutaient jamais ouvertement de cette affaire, mais les détails du crime étaient si sordides que les rumeurs de la ville s'étaient infiltrées sous la porte d'entrée et mêlées à l'air des bouches d'aération, bourdonnant à leurs oreilles, la nuit, quand ils essayaient de dormir.

Pénétration à l'aide d'un corps étranger.

Séquestration.

Crimes contre nature.

Dans les dossiers de Rusty, il y avait des photographies tellement traumatisantes que même Charlotte la curieuse ne s'était pas avisée de les dénicher. Certaines montraient la jeune fille pendue dans la grange, près de la maison familiale. Ce qu'elle avait subi était trop horrible pour qu'elle puisse vivre avec.

Samantha allait à l'école avec le frère de la jeune fille

1. Clarence Seward Darrow (1857-1938) était un avocat américain, membre de L'Union américaine pour les libertés civiles. Il reste connu pour son esprit, sa compassion et son agnosticisme (source Wikipedia).

morte. Il avait deux ans de plus que la fille des Quinn, mais comme tous les autres il savait qui était son père. Quand Samantha longeait le couloir avec tous ses casiers alignés, elle avait l'impression de traverser la maison en briques rouges, écorchée vive par les flammes.

Le feu ne lui avait pas seulement ravi sa chambre, ses vêtements et ses rouges à lèvres. Samantha avait perdu son petit copain à la veste en cuir, les amis qui l'invitaient à des fêtes, au cinéma et à des soirées pyjama. Même son entraîneur bien-aimé qui la préparait à la course depuis la sixième avait trouvé des excuses, prétextant qu'il n'avait plus assez de temps pour la faire travailler.

Gamma avait dit au principal qu'elle retirait les filles de l'école et des entraînements pour qu'elles puissent l'aider à déballer les affaires, mais Samantha savait que c'était parce que Charlotte était revenue à la maison en pleurs tous les jours depuis l'incendie.

— Bon, merde. Gamma referma le carton et renonça à la poêle à frire. J'espère que ça ne vous dérange pas de manger végétarien ce soir, les filles.

Cela n'avait pas vraiment d'importance pour elles. Gamma était une épouvantable cuisinière. Elle avait une dent contre les recettes. Elle se montrait ouvertement hostile envers les épices. Comme un chat de gouttière, elle se hérissait instinctivement face à toute velléité de domestication.

On ne surnommait pas Harriet Quinn « Gamma » suite à une incapacité infantile à prononcer le mot « Mama », mais parce qu'elle était titulaire de deux doctorats, un en physique et l'autre dans un domaine tout aussi pointu, dont Samantha n'arrivait jamais à se souvenir, mais qui devait sans doute avoir un rapport avec les rayons gamma. Sa mère avait travaillé pour la NASA, puis avait déménagé à Chicago pour entrer chez Fermilab, avant de revenir à Pikeville afin de prendre soin de ses parents mourants. S'il existait une histoire romantique sur la manière dont Gamma avait abandonné une carrière scientifique prometteuse pour épouser l'avocat d'une petite ville, Samantha n'en avait jamais entendu parler.

— Maman. Charlotte se laissa tomber sur une chaise près de la table, la tête dans les mains. J'ai mal au ventre.

— Tu n'as pas de devoirs ? l'interrogea Gamma.

— De la chimie. Charlotte leva les yeux. Tu peux m'aider ?

— Ce n'est pas de la fuséologie.

Gamma versa les spaghettis dans la casserole d'eau froide posée sur la cuisinière, puis tourna le bouton du gaz.

Charlotte croisa les bras sur le bas de son ventre.

— Quand tu dis que ce n'est pas de la fuséologie, tu sous-entends que, par conséquent, je devrais être capable de me débrouiller toute seule, ou quand tu dis que ce n'est pas de la fuséologie, tu sous-entends que c'est la seule science que tu maîtrises et que, par conséquent, tu ne peux pas m'aider ?

— Il y a trop de conjonctions dans cette phrase.

Gamma enflamma le gaz avec une allumette. Soudain, le souffle embrasa l'air.

— Va te laver les mains.

— Je crois que ma question était valide.

— Tout de suite.

Charlotte maugréa avec exagération, se leva de table et marcha à grands pas dans le couloir. Samantha l'entendit ouvrir une porte, puis la refermer, puis en ouvrir une autre, avant de la refermer à son tour.

— Pu-rée ! beugla Charlotte.

L'interminable couloir comptait cinq portes, et leur agencement ne répondait à aucune logique. L'une menait au sous-sol de l'horreur. Une autre à l'armoire-penderie. Une au milieu conduisait de façon inexplicable à la minuscule chambre du bas, où le vieux avait trépassé. Une autre encore s'ouvrait sur le cellier. La dernière sur la salle de bains, et même au bout de deux jours aucun d'eux ne parvenait à retenir son emplacement exact dans sa mémoire à long terme.

— Trouvée ! lança Charlotte, comme si elles avaient retenu leur souffle en attendant.

Gamma déclara :

— La grammaire mise à part, elle fera une bonne avocate, un jour. J'espère. Si cette fille ne se fait pas payer pour argumenter, elle ne se fera jamais payer pour rien.

Samantha sourit à la pensée de sa sœur si brouillonne et désorganisée vêtue d'un blazer, une serviette à la main.

— Qu'est-ce que je vais devenir, moi ?

— Tout ce que tu veux, ma fille, mais pas ici.

Ce sujet revenait de plus en plus fréquemment ces derniers temps : Gamma désirait que Samantha déménage, qu'elle parte, qu'elle fasse n'importe quoi, tout sauf ce que faisaient les femmes d'ici.

Gamma ne s'était jamais intégrée parmi les mères de Pikeville, même avant que la carrière de Rusty n'ait fait d'eux des parias. Les voisins, les professeurs, les gens dans la rue, tous avaient un avis sur Gamma Quinn, et il était rarement positif. Sa trop grande intelligence lui nuisait. C'était une femme au caractère difficile. Elle ne savait pas se taire. Elle refusait de s'intégrer.

Quand Samantha était petite, Gamma s'était mise à la course. Toujours précurseur, elle était devenue sportive avant que ce ne soit la mode. Elle courait des marathons le week-end, faisait de l'aérobic devant les cassettes de Jane Fonda. Il n'y avait pas que ses exploits sportifs qui déconcertaient. On ne pouvait la battre ni aux échecs, ni au Trivial Pursuit, ni même au Monopoly. Elle connaissait toutes les questions du Jeopardy ! Elle savait utiliser « duquel » et « dont » à bon escient. Elle ne pouvait supporter la désinformation. Elle méprisait les institutions religieuses. En société, elle avait l'étrange habitude de débiter des propos abscons :

Saviez-vous que les pandas ont les os des poignets hypertrophiés ?

Saviez-vous que les pétoncles ont des rangées d'yeux sur le pourtour de leur manteau ?

Saviez-vous que le granit qui se trouve à l'intérieur de Grand Central Terminal émet plus de radiations que ce qui est jugé acceptable pour une centrale nucléaire ?

Gamma était-elle heureuse ? Appréciait-elle sa vie ? Était-elle une mère et une épouse comblée ? Des questions qui restaient des pièces orphelines du grand puzzle qui composait leur mère.

— Qu'est-ce qu'elle peut bien fabriquer, ta sœur ?

Samantha se pencha en arrière sur sa chaise et regarda dans le couloir. Les cinq portes étaient encore fermées.

— Peut-être qu'elle a été aspirée par la chasse d'eau.

— Il y a une ventouse dans un des cartons.

Le téléphone sonna : un bruit métallique tinta distinctement à l'intérieur de l'appareil à cadran fixé au mur. Dans la maison en briques rouges, elles avaient eu un téléphone sans fil et un répondeur pour filtrer les appels entrants. La première fois que Samantha avait entendu le mot « niquer », c'était sur le répondeur. Elle était avec son amie Gail, qui habitait de l'autre côté de la rue. La sonnerie retentit à l'instant précis où elles passaient le seuil de la porte, mais Samantha n'avait pas été assez rapide, alors le répondeur avait officié à sa place.

« Rusty Quinn, je vais te niquer la gueule. Tu m'entends ? Je vais te buter, putain, j'vais violer ta femme et écorcher tes filles comme des putains de chevreuils, espèce de connard de hippie ! »

Le téléphone sonna une quatrième fois. Puis une cinquième.

— Sam. Gamma adopta un ton strict. Ne laisse pas Charlie répondre.

Samantha se leva de table sans poser la question : « Et moi alors ? » à haute voix. Elle décrocha le combiné et le pressa contre son oreille. Instinctivement, elle rentra le menton, serra les mâchoires, prête à encaisser.

— Allô ?

— Salut, Sammy-Sam. Passe-moi ta maman.

— Papa.

Samantha laissa échapper le mot dans un soupir. Puis elle vit Gamma secouer résolument la tête.

— Elle vient juste de monter prendre un bain. Samantha réalisa trop tard que sa sœur lui avait fourni la même excuse quelques heures plus tôt. Tu veux que je lui demande de te rappeler ?

Rusty répondit :

— J'ai l'impression que notre Gamma se montre excessivement attentive à son hygiène, ces derniers temps.

— Tu veux dire, depuis que la maison a brûlé ?

Les mots sortirent de sa bouche avant qu'elle ait eu le temps de les retenir. L'assureur de Pikeville « Incendie et Assurance tous risques » n'était pas le seul à blâmer Rusty Quinn pour l'incendie.

Rusty eut un petit rire.

— Eh bien, j'apprécie que tu aies gardé ça pour toi aussi longtemps.

Son briquet craqua à l'intérieur du combiné. Apparemment, son père avait oublié qu'il avait juré, sur une pile de bibles, d'arrêter de fumer.

— Maintenant, écoute-moi, mon cœur : dis à Gamma, quand elle sortira de la *baignoire*, que je vais demander au shérif d'envoyer une voiture.

— Le shérif ? Samantha s'efforça de communiquer sa panique à Gamma, mais sa mère garda le dos tourné. Qu'est-ce qui se passe ?

— Rien de grave, chérie. C'est juste qu'ils n'ont pas encore attrapé le sale type qui a réduit la maison en cendres. Aujourd'hui, un autre innocent a été libéré et certaines personnes n'aiment pas ça non plus.

— Tu veux dire l'homme qui a violé la fille qui s'est suicidée ?

— Les seules personnes qui savent ce qui est arrivé à cette fille, ce sont la fille elle-même, celui qui a commis le crime, et Notre Seigneur. Je ne prétends être aucun d'eux. Selon moi, tu ne devrais pas non plus.

Samantha détestait quand son père prenait sa voix d'avocat-de-campagne-en-plein-plaidoyer-final.

— Papa, elle s'est pendue dans une grange. Ça, c'est un fait avéré.

— Pourquoi est-ce que ma vie est remplie de femmes contrariantes ?

Rusty posa la main sur le combiné et s'adressa à quelqu'un d'autre. Samantha entendit le rire rauque d'une femme. Lenore, la secrétaire de son père. Gamma ne l'avait jamais aimée.

— D'accord. Rusty était de retour au bout du fil. Tu es encore là, mon cœur ?

— Où veux-tu que je sois ?

Gamma lui ordonna :

— Raccroche ce téléphone.

— Chérie. Rusty recracha un peu de fumée. Dis-moi ce que je dois faire pour améliorer la situation, et je m'exécuterai sur-le-champ.

Une vieille astuce d'avocat. Faire en sorte que l'autre résolve le problème.

— Papa, je…

Gamma plaqua bruyamment ses doigts sur la fourche et mit un terme à l'appel.

— Maman, on était en pleine discussion.

Les doigts de Gamma restèrent rivés au téléphone. Au lieu de s'expliquer, elle déclara :

— Réfléchis à l'étymologie de la phrase : « Raccroche le téléphone. » Elle retira le combiné de la main de Samantha et le reposa sur la fourche. Alors, l'expression « Décroche le téléphone » prend tout son sens. Et, bien entendu, tu sais que la fourche est un levier qui, quand on le baisse, ouvre le circuit et indique qu'on peut recevoir un appel.

— Le shérif envoie une voiture, déclara Samantha. Ou, plutôt, papa va lui demander de le faire.

Gamma eut l'air sceptique. Le shérif ne portait pas la famille Quinn dans son cœur.

— Tu dois te laver les mains avant le dîner.

Samantha savait qu'il ne servait à rien de poursuivre la conversation avec sa mère contre son gré. À moins de vouloir que Gamma trouve un tournevis et démonte le téléphone pour lui expliquer le fonctionnement des circuits, ce qui, par le passé, s'était déjà produit avec d'innombrables petits appareils. Gamma était la seule mère du pâté de maisons à vidanger elle-même sa voiture.

Non qu'ils résident encore dans un pâté de maisons.

Samantha buta contre un carton dans le couloir. Elle saisit ses orteils et les enserra comme si elle pouvait extraire la douleur en pressant fort. Elle dut boitiller le reste du trajet jusqu'à la salle de bains. Elle croisa sa sœur dans le couloir. Charlotte lui donna un coup de poing dans le bras : la routine.

La sale morveuse avait refermé la porte, si bien que Samantha prit un faux départ avant de trouver la salle de bains. Les toilettes étaient au ras du sol, elles dataient de l'époque où les gens étaient plus petits qu'aujourd'hui. La douche, un élément d'angle en plastique, présentait des moisissures noirâtres au niveau des joints. Un marteau à panne sphérique reposait dans le lavabo. Sur la vasque, on voyait de la fonte noire à l'endroit où on avait fait tomber le marteau à maintes reprises. C'était Gamma qui avait compris la raison de sa présence. Le robinet était tellement vieux et rouillé qu'il fallait asséner un grand coup sur la poignée pour l'empêcher de goutter.

— Je le réparerai ce week-end, avait-elle annoncé, s'octroyant ainsi une récompense pour la fin de ce qui promettait d'être une semaine difficile.

Comme d'habitude, Charlotte avait laissé la minuscule salle de bains en bordel. Il y avait des flaques d'eau par terre et des éclaboussures mouchetaient le miroir. Même la lunette des toilettes était humide. Samantha tendit la main vers le rouleau de papier toilette accroché au mur, puis changea d'avis. Depuis le début, la ferme n'était qu'une résidence transitoire, mais maintenant que son père avait quasiment avoué qu'il envoyait le shérif parce qu'elle pourrait être l'objet d'un incendie comme la précédente, le nettoyage lui apparaissait comme une véritable perte de temps.

— À table ! lança Gamma depuis la cuisine.

Samantha se passa de l'eau sur le visage. Ses cheveux étaient rêches au toucher. Des marbrures zébraient ses mollets et ses bras, aux endroits où l'argile s'était mêlée à la transpiration. Elle avait envie de se plonger dans un bain chaud, mais la maison ne comptait qu'une seule baignoire. Elle avait des pattes de lion et une auréole couleur rouille foncé le long du rebord, ligne de démarcation tracée par des décennies de décrassage des anciens locataires. Même Charlotte ne s'y serait pas aventurée, et Charlotte était un véritable porc.

— Ça a l'air trop triste, ici, avait dit sa sœur, en redescendant lentement de la salle de bains située à l'étage.

La baignoire n'était pas la seule chose qui perturbait Charlotte. Le sous-sol humide lui filait la chair de poule. Le grenier peuplé de chauves-souris lui fichait la frousse. Les portes des toilettes qui grinçaient. Et puis, la chambre où le vieux garçon était décédé.

Il y avait une photo du fermier dans le tiroir du bas de l'armoire-penderie. Elles l'avaient trouvée le matin même, quand elles faisaient semblant de le nettoyer. Aucune d'elles n'osa la toucher. Elles avaient contemplé, yeux baissés, le visage rond et solitaire du célibataire et s'étaient senties submergées par une ambiance sinistre, alors même que la photo n'était qu'une scène de ferme typique de l'époque de la Grande Dépression, montrant un tracteur et une mule. Samantha fut hantée par la vision des dents jaunes du fermier, même si le fait que quelque chose sorte jaune sur une photo en noir et blanc demeurait un mystère.

— Sam ?

Gamma se tenait à l'entrée de la salle de bains. Elle contemplait leurs reflets dans le miroir.

Personne ne les avait jamais prises pour des sœurs, mais elles étaient sans aucun doute mère et fille. Elles avaient en commun un menton saillant et des pommettes hautes, mais aussi des sourcils arqués que la plupart des gens prenaient pour la marque d'une attitude hautaine. Gamma n'était pas belle, mais elle avait un physique saisissant : une chevelure brun sombre, presque noire, et des yeux bleu clair, qui pétillaient de plaisir quand elle découvrait quelque chose de particulièrement drôle ou de ridicule. Samantha était assez âgée pour se souvenir de l'époque où sa mère abordait la vie avec beaucoup moins de sérieux.

Gamma déclara :

— Tu gaspilles l'eau.

Samantha ferma le robinet en tapant avec le petit marteau, avant de laisser tomber l'outil dans le lavabo. Elle entendit une voiture remonter l'allée, puis s'arrêter. L'homme du shérif. Fait surprenant, parce que Rusty tenait rarement ses promesses.

Gamma était debout derrière Sam.

— Tu es toujours triste à propos de Peter ?

Le garçon dont la veste en cuir avait brûlé dans l'incendie. Le garçon qui avait écrit une lettre d'amour à Samantha, mais qui fuyait son regard quand ils se croisaient dans le couloir de l'école.

Gamma ajouta :

— Tu es jolie. Tu le sais ?

Samantha vit ses joues s'empourprer dans le miroir.

— Plus jolie que je ne l'ai jamais été. Gamma caressa les cheveux de Samantha et les ramena en arrière avec les doigts. Je regrette que ma mère n'ait pas vécu assez longtemps pour te connaître.

Samantha entendait rarement parler de ses grand-parents. D'après ce qu'elle avait pu glâner, ils n'avaient jamais pardonné à Gamma d'être partie pour l'université.

— Comment était mamie ?

Gamma sourit et modifia l'expression de sa bouche avec une certaine gêne.

— Plutôt comme Charlie. Très intelligente. Déterminée à être heureuse. Bouillonnant toujours d'activité. Le genre de personne que les gens *aiment*, tout simplement.

Elle secoua la tête. Malgré tous ses diplômes, Gamma n'avait toujours pas appréhendé la science qui consistait à se faire aimer.

— Avant même ses trente ans, elle avait déjà des mèches grises. Elle disait que c'était parce que son cerveau travaillait trop, mais tu sais bien sûr que tous les cheveux sont blancs à l'origine. Ils reçoivent la mélanine par l'intermédiaire de cellules spécialisées nommées « mélanocytes » qui injectent le pigment à l'intérieur des follicules.

Samantha se laissa aller en arrière dans les bras de sa mère. Elle ferma les yeux et savoura la mélodie familière de la voix de Gamma.

— Le stress et les hormones peuvent saigner la pigmentation comme des sangsues, mais sa vie à cette époque était plutôt simple — mère, épouse, professeur de catéchisme —, donc on peut supposer que le gris provenait d'un facteur génétique, ce qui signifie que Charlie ou toi, voire vous deux, pourriez voir la même chose vous arriver.

Samantha ouvrit les yeux.

— Tes cheveux ne sont pas gris.

— Parce que je vais au salon de coiffure une fois par mois. Son rire s'éteignit trop vite. Promets-moi de prendre toujours soin de Charlie.

— Charlotte peut s'occuper d'elle toute seule.

— Je suis sérieuse, Sam.

Face à l'insistance de Gamma, Samantha sentit son cœur vaciller.

— Pourquoi ?

— Parce que tu es sa grande sœur et que c'est ton boulot. Elle saisit les mains de Samantha dans les siennes. Son regard était fixe dans le miroir. Nous avons traversé un moment difficile, ma chérie. Je ne te mentirai pas en disant que ça va s'arranger. Charlie a besoin de savoir qu'elle peut compter sur toi. Il faut que tu lui plaques ce témoin fermement dans la main, chaque fois, peu importe où elle est. Tu la trouves. Ne t'attends pas à ce qu'elle te trouve toi.

Samantha sentit sa gorge se nouer. Gamma parlait d'autre chose à présent, un sujet bien plus sérieux qu'une course de relais.

— Est-ce que tu vas partir ?

— Bien sûr que non. Gamma se renfrogna. Je te dis simplement que tu devras te montrer utile, Sam. Je pensais que tu avais dépassé le stade idiot et théâtral de l'adolescence.

— Je ne suis pas…

— Maman ! hurla Charlotte.

Gamma fit pivoter Samantha sur elle-même. Elle posa ses mains calleuses des deux côtés du visage de sa fille.

— Je ne vais nulle part, ma petite. Tu ne vas pas te débarrasser de moi aussi facilement. Elle lui embrassa le nez. File à ce robinet un autre coup avant de venir dîner.

— Maman ! cria Charlotte.

— Bon Dieu, se plaignit Gamma en sortant de la salle

de bains. Charlie Quinn, ne me hurle pas dessus comme un gamin des rues !

Samantha saisit le petit marteau. L'étroite poignée en bois était constamment humide, comme une éponge bien compacte. La tête ronde était rouillée, du même rouge que le terrain devant la maison. Elle tapota le robinet et attendit pour vérifier que l'eau ne gouttait plus.

Gamma l'appela :

— Samantha ?

Samantha sentit ses sourcils se froncer. Elle se retourna vers la porte ouverte. Sa mère ne l'appelait jamais par son prénom entier. Même Charlotte devait endurer le diminutif de « Charlie ». Gamma leur avait dit qu'un jour elles apprécieraient d'être capables de faire illusion. Elle-même avait obtenu plus de publications d'articles et de validations de financements en signant Harry que sous le prénom de Harriet.

— Samantha. Le ton de Gamma était froid, proche de l'avertissement. S'il te plaît, veille à ce que la vanne du robinet soit bien fermée et dépêche-toi de venir à la cuisine.

Samantha regarda dans le miroir, comme si son reflet pouvait lui expliquer ce qui se passait. Sa mère ne leur parlait pas de cette manière. Pas même quand elle leur expliquait la différence entre la poignée ergonomique du fer à friser Marcel et la poignée à ressorts habituelle.

Sans prendre le temps de réfléchir, Samantha tendit la main vers le lavabo et enroula ses doigts autour du petit marteau. Elle le tint dans son dos, pendant qu'elle commençait à remonter le long couloir qui menait à la cuisine.

Toutes les lampes étaient allumées. Dehors, le ciel s'était assombri. Elle imagina ses chaussures de course à côté de celles de Charlotte sur le perron de la cuisine, le témoin en plastique abandonné quelque part dans la cour. La table de la cuisine dressée avec des assiettes en carton. Des fourchettes et des couteaux en plastique.

On entendit une toux, profonde, peut-être celle d'un homme. Peut-être celle de Gamma, parce qu'elle toussait de cette manière, dernièrement, comme si la fumée de l'incendie s'était curieusement frayé un chemin jusqu'à ses poumons.

Une autre toux.

À force de concentration, Samantha sentit un picotement au niveau des petits cheveux de sa nuque.

La porte de derrière se trouvait à l'autre extrémité du couloir ; un faible halo de lumière nimbait le verre translucide. Samantha jeta un coup d'œil derrière elle et continua d'avancer dans le couloir. Elle aperçut la poignée de la porte. Elle s'imagina la tourner alors même qu'elle s'en éloignait. À chacun de ses pas, elle se demandait si elle se montrait stupide, ou si elle devrait s'inquiéter, ou encore si c'était une blague, parce que, auparavant, sa mère adorait leur faire des blagues : coller des yeux en plastique mobiles sur la carafe de lait dans le frigo ou écrire : « Aidez-moi, je suis emprisonnée dans une usine à papier toilette ! » à l'intérieur d'un rouleau.

Il n'y avait qu'un seul téléphone dans la maison, celui à cadran de la cuisine.

Le pistolet de son père se trouvait dans un tiroir de la cuisine.

Les balles étaient quelque part dans un carton.

Charlotte se moquerait d'elle si elle voyait le marteau. Samantha le fit glisser plus bas, au dos de son short de course. Le métal était froid contre le creux de ses reins, le manche mouillé comme une langue qui s'enroule. En entrant dans la cuisine, elle souleva son T-shirt pour dissimuler le marteau.

Samantha sentit son corps se figer.

Ce n'était pas une blague.

Deux hommes étaient debout dans la pièce. Ils sentaient la transpiration, la bière et la nicotine. Ils portaient des gants noirs. Des cagoules noires leur couvraient le visage.

Samantha ouvrit la bouche. L'air aussi épais que du coton lui obstruait la gorge.

L'un était plus grand que l'autre. Le plus petit était plus corpulent. Vêtu d'un jean et d'une chemise noire boutonnée. Le grand portait un T-shirt de concert blanc délavé, un jean et une paire de baskets montantes bleues, avec des lacets rouges défaits. Le petit paraissait plus dangereux mais c'était difficile à dire, parce que la seule chose que

Samantha voyait derrière les cagoules, c'était leur bouche et leurs yeux.

Non qu'elle les regardât dans les yeux.

Baskets montantes avait un revolver.

Chemise noire avait un fusil de chasse, pointé tout droit sur la tête de Gamma.

Sa mère levait les mains en l'air. Elle dit à Samantha :

— Ça va aller.

— Non, ça va pas aller.

La voix de Chemise noire évoquait le tremblement rocailleux d'une queue de serpent à sonnette.

— Qui d'autre est dans la maison ?

Gamma secoua la tête.

— Personne.

— Me mens pas, salope.

On entendit un tapotement répété. Charlotte était assise à la table. Elle tremblait si fort que les pieds de sa chaise cognaient contre le sol comme un pic sur un arbre.

Samantha regarda en arrière dans le couloir, vers la porte, et le faible halo de lumière.

— Là.

L'homme aux baskets bleues montantes fit signe à Samantha de s'asseoir à côté de Charlotte. Elle se déplaça lentement, plia prudemment les genoux, garda les mains au-dessus de la table. Le manche en bois du marteau heurta l'assise de la chaise.

— C'est quoi ça ? Le regard de Chemise noire se posa vivement sur elle.

— Je suis désolée, murmura Charlotte. Une flaque d'urine s'élargit sur le sol. Elle gardait la tête baissée et se balançait d'avant en arrière. Je-suis-désolée-Je-suis-désolée-Je-suis-désolée.

Samantha prit la main de sa sœur.

— Dites-nous ce que vous voulez, déclara Gamma. Nous vous le donnerons et ensuite vous pourrez partir.

— Et si je veux ça ?

Les yeux perçants de Chemise noire se braquèrent sur Charlotte.

— S'il vous plaît, poursuivit Gamma. Je ferai tout ce que vous voulez. Tout.

— Tout ?

Chemise noire répéta pour que tous saisissent le sous-entendu.

— Non, objecta Baskets montantes. Sa voix paraissait plus jeune, nerveuse, peut-être effrayée. On est pas venus pour ça. Sa pomme d'Adam courait sous la cagoule alors qu'il s'efforçait de s'éclaircir la voix. Il est où ton mari ?

Quelque chose brilla dans le regard de Gamma. De la colère.

— Il est au travail.

— Alors pourquoi sa voiture est dehors ?

Gamma répondit :

— On a qu'une seule voiture parce que…

— Le shérif…

Samantha ravala le dernier mot et réalisa, trop tard, qu'elle n'aurait pas dû parler.

Chemise noire la regarda à nouveau.

— C'était quoi ça, fillette ?

Samantha baissa la tête. Charlotte lui serra la main. « Le shérif », avait-elle commencé à dire. L'agent du shérif serait bientôt là. Rusty avait dit qu'ils enverraient une voiture, mais Rusty disait beaucoup de choses qui se révélaient fausses.

Gamma intervint :

— Elle est juste effrayée. Pourquoi est-ce qu'on n'irait pas dans l'autre pièce ? On pourrait discuter de tout ça, réfléchir à ce que vous voulez, les gars.

Samantha sentit quelque chose cogner durement contre son crâne. Elle sentit le goût du métal des plombages dans ses dents. Ses oreilles carillonnaient. Le fusil de chasse. Il appuyait le canon contre le sommet de sa tête.

— Tu as dit quelque chose à propos du shérif, fillette. Je t'ai entendue.

— Non, l'interrompit Gamma. Elle voulait dire…

— Ta gueule.

— Elle disait juste…

— J'ai dit : ferme ta putain de gueule !

Samantha leva les yeux à l'instant où le fusil de chasse pivotait vers Gamma.

Gamma tendit le bras, lentement, comme si elle enfonçait ses mains dans du sable. Soudain, ils furent tous prisonniers d'une vidéo en *stop motion*, leurs gestes saccadés, leurs corps changés en statues d'argile. Samantha observa la façon dont, un à un, les doigts de sa mère s'enroulèrent autour du fusil à canon scié. Les ongles soigneusement coupés. Un cal épais sur le pouce à force de tenir un crayon.

Il y eut un *clic* à peine perceptible.

L'aiguille des secondes sur une montre.

Le loquet d'une porte qui se ferme.

Le percuteur qui frappe l'amorce dans une cartouche de fusil.

Peut-être Samantha entendit-elle le *clic* ou peut-être devina-t-elle intuitivement le bruit, parce qu'elle fixait les doigts de Chemise noire quand il appuya sur la détente.

Une explosion rouge vaporisa des gouttelettes dans l'air.

Du sang gicla au plafond. Se déversa sur le sol. Des mèches chaudes, visqueuses et rouges se répandirent au sommet de la tête de Charlotte et éclaboussèrent tout un côté du cou et du visage de Samantha.

Gamma s'écroula au sol.

Charlotte hurla.

Samantha sentit sa bouche s'ouvrir, mais le son resta prisonnier dans sa poitrine. Elle était figée, maintenant. Les cris de Charlotte se muèrent en un écho lointain. Tout ce qui l'entourait se vida de sa couleur. Ils étaient suspendus entre le noir et le blanc, comme sur la photo du fermier. Un sang noir avait bombé la grille du climatiseur blanc. De minuscules mouchetures noires tachetaient le carreau de la fenêtre. Dehors, le ciel nocturne était d'un gris anthracite, percé en un seul point par la lumière solitaire d'une étoile distante et minuscule comme une épingle.

Samantha fit remonter ses doigts jusqu'à son cou. Des gravillons. De l'os. Encore du sang parce que tout était maculé de sang. Elle sentit un pouls palpiter dans sa gorge.

Était-ce son propre cœur ou des morceaux de celui de sa mère qui battaient sous ses doigts tremblants ?

Les cris de Charlotte s'amplifièrent en une sirène stridente. Le sang noir vira au carmin sur les doigts de Samantha. La pièce grise reprit des couleurs vives, aveuglantes, furieuses.

Morte. Gamma était morte. Elle n'allait plus jamais répéter à Samantha de s'enfuir de Pikeville, lui hurler dessus pour avoir raté une question évidente à une interro, pour ne pas s'être donnée à fond sur la piste d'athlétisme, pour ne pas s'être montrée patiente avec Charlotte, pour ne pas s'être montrée utile dans sa vie.

Samantha se frotta les doigts. Elle tenait un éclat de dent dans la main. Du vomi remonta en flèche dans sa bouche. Elle était aveuglée par les larmes. Le chagrin vibra telle une corde de harpe dans tout son corps.

En un clin d'œil, le monde s'était vidé de son sens.

— La ferme ! Chemise noire gifla Charlotte si fort qu'elle faillit tomber de sa chaise. Samantha la rattrapa et se cramponna à elle. Toutes deux sanglotaient, tremblaient, hurlaient. Cela ne pouvait pas arriver. Leur mère ne pouvait pas être morte. Elle allait ouvrir les yeux. Elle allait leur expliquer le fonctionnement du système cardiovasculaire tout en réassemblant lentement les parties de son corps.

Saviez-vous que le cœur pompe en moyenne cinq litres de sang par minute ?

— Gamma, murmura Samantha.

Le coup de fusil lui avait déchiré la poitrine, le cou, le visage. Le côté gauche de sa mâchoire s'était volatilisé. Une partie du crâne. Son fabuleux cerveau si complexe. Son sourcil arqué, comme sur la réserve. Personne n'expliquerait plus les choses à Samantha. Personne ne se soucierait de savoir si elle comprenait ou pas.

— Gamma.

— Putain de merde ! Baskets montantes se frappa furieusement la poitrine et tenta de balayer du revers de la main les morceaux d'os et de tissus humains. Putain de merde, Zach !

Le cerveau de Samantha fit tilt.

Zachariah Culpepper.

Les deux mots s'inscrivirent en lettres lumineuses dans son esprit. Puis : *Vol de voitures qualifié. Actes de cruauté envers les animaux. Outrage à la pudeur. Attouchements sur un mineur.*

Charlotte n'était pas la seule à lire les dossiers de leur père. Pendant des années, Rusty Quinn avait épargné à Zach Culpepper de purger une longue peine. Les frais juridiques impayés de cet homme constituaient une source constante de tension entre Gamma et Rusty, surtout depuis que leur maison avait été réduite en cendres. Il devait plus de vingt mille dollars, mais Rusty refusait de le poursuivre.

— Putain ! Zach avait manifestement remarqué la prise de conscience soudaine de Samantha. Putain !

— Maman…

Charlotte n'avait pas réalisé que tout avait changé. Elle ne pouvait détacher son regard de Gamma. Son corps tremblait tellement fort qu'elle claquait des dents.

— Maman, maman, maman, maman…

— Ça va aller.

Samantha essaya de caresser les cheveux de sa sœur, mais ses doigts s'accrochèrent aux tresses de sang et d'os.

— Ça va pas aller. Zach retira violemment sa cagoule. C'était un homme au regard dur. Des cicatrices d'acné grêlaient son visage. De fines gouttelettes rouges encerclaient sa bouche et ses yeux, là où le contrecoup du fusil avait maquillé son visage. Bordel ! Pourquoi il a fallu que tu dises mon prénom, mec ?

— Je… Je ne…, balbutia Baskets montantes. Je suis désolé.

— On ne le dira pas. Samantha baissa les yeux comme pour faire semblant qu'elle n'avait pas vu son visage. On ne dira rien. Promis.

— Sale conne, je viens juste de réduire ta mère en bouillie. Tu penses vraiment que vous allez sortir d'ici vivantes ?

— Non, intervint Baskets montantes. On n'est pas venus pour ça.

— Je suis venu ici pour effacer quelques factures, mec. Les yeux gris acier de Zach firent le tour de la pièce comme une mitraillette. Maintenant, j'ai l'impression que c'est moi que Rusty va devoir payer.

— Non, répéta Baskets montantes. Je t'ai dit…

Zach le fit taire en pressant le fusil de chasse sur son visage.

— Tu vois pas l'tableau, là. Y va falloir qu'on quitte la ville et y faut un gros paquet de fric pour ça. Tout le monde sait que Rusty Quinn planque du cash dans sa maison.

— La maison a brûlé. Samantha entendit les mots avant de réaliser qu'ils s'échappaient de sa bouche. Tout a brûlé.

— Putain ! hurla Zach. Putain !

Il saisit Baskets montantes par le bras et le traîna jusque dans le couloir. Il gardait le fusil braqué dans leur direction, le doigt sur la détente. Un murmure furieux allait de l'un à l'autre, et Samantha l'entendait distinctement, mais son cerveau refusait de traiter les paroles échangées.

— Non ! Charlotte se laissa tomber au sol. Elle tendit une main tremblante pour prendre celle de leur mère. Ne meurs pas, maman. S'il te plaît. Je t'aime. Je t'aime tellement.

Samantha leva les yeux vers le plafond. Des traits rouges quadrillaient le plâtre comme une bombe à serpentin. Des larmes inondaient son visage, trempaient le col de la seule chemise qu'elle avait sauvée de l'incendie. Elle laissa la vague de chagrin parcourir son corps entier avant de le refouler. Gamma était partie. Elles étaient seules dans une maison avec son assassin, et l'homme du shérif n'allait pas venir.

Promets-moi de prendre toujours soin de Charlie.

— Charlie, lève-toi.

Samantha tira sur le bras de sa sœur, les yeux détournés parce qu'elle ne supportait pas de regarder la poitrine déchirée, les côtes cassées qui dépassaient telles des dents.

Saviez-vous que les dents de requin sont faites en écailles ?

Sam chuchota :

— Charlie, lève-toi.

— Je peux pas. Je peux pas laisser…

Sam tira violemment sa sœur pour la faire rasseoir sur sa chaise. Elle pressa sa bouche sur l'oreille de Charlie :

— Dès que tu peux, tu cours. Sa voix était si basse qu'elle se brisa dans sa gorge. Ne regarde pas en arrière. Cours.

— Qu'est-ce que vous racontez, toutes les deux ? Zach colla le fusil sur le front de Sam. Le métal était chaud. Des morceaux de chair ayant appartenu à Gamma brûlaient encore sur le canon. Elle sentait leur odeur comme la viande sur le gril. Qu'est-ce que tu lui as dit de faire ? De s'enfuir ? D'essayer de s'échapper ?

Charlotte couina. Elle plaqua une main sur sa bouche.

Zach demanda :

— Qu'est-ce qu'elle t'a demandé de faire, ma poupée ?

L'estomac de Sam bouillonna en entendant le ton radouci qu'il employait pour parler à sa sœur.

— Allez, ma belle. Le regard insistant de Zach rampa vers la petite poitrine de Charlie, sa taille fine. On va pas être copains, tous les deux ?

Sam bégaya :

— Ar… Arrêtez.

Elle transpirait, tremblait. Comme Charlie, elle n'allait plus contrôler sa vessie. Le canon rond du fusil lui fit l'effet d'une perceuse qui lui transperçait le crâne.

Malgré tout, elle lui ordonna :

— Laissez-la tranquille.

— J't'ai causé à toi, salope ? Zach appuya le fusil contre la tête de Sam jusqu'à ce que la jeune fille relève le menton. Alors ?

Sam serra fermement les poings. Il fallait qu'elle mette un terme à cela. Elle devait protéger Charlotte.

— Laissez-nous tranquilles, Zachariah Culpepper.

Elle fut déconcertée par sa propre bravoure. Elle était terrifiée, mais une rage dévastatrice teintait chaque once de terreur. Il avait assassiné sa mère. Il regardait sa sœur avec concupiscence. Il leur avait dit à toutes les deux qu'elles ne ressortiraient jamais d'ici. Elle pensa au marteau coincé à l'arrière de son short, elle se l'imagina logé dans le cerveau de Zach.

— Je sais exactement qui vous êtes, espèce de putain de pervers.

À ce mot, il tressaillit. La colère déforma ses traits. Ses mains agrippèrent le fusil si fort que ses articulations blanchirent, mais quand il s'adressa à elle, sa voix respirait le calme :

— Je vais te retirer les paupières, comme ça tu pourras me regarder trancher l'hymen de ta sœur avec mon couteau.

Le regard de Sam se riva au sien. Un silence assourdissant s'ensuivit. Sam était incapable de détourner le regard. La peur courait comme les lames d'un rasoir sur son cœur. De sa vie, elle n'avait jamais rencontré quelqu'un aussi totalement dépourvu d'âme, aussi malfaisant.

Charlie se mit à gémir.

— Zach, intervint Baskets montantes. Allez, mec. Il attendit. Ils attendaient tous. On avait un accord, pas vrai ?

Zach ne broncha pas. Aucun d'eux ne bougea.

— On avait un accord, répéta Baskets montantes.

— C'est clair. Zach rompit le silence. Il laissa Baskets montantes lui prendre le fusil des mains. L'homme vaut ce que vaut sa parole.

Il fit mine de se détourner, mais se ravisa. Sa main jaillit comme un fouet. Il agrippa le visage de Sam. Ses doigts enserrèrent le crâne de la jeune fille comme ils l'auraient fait d'une balle. Le dos de Sam percuta la chaise si violemment qu'elle fut projetée au loin et sa tête cogna l'évier avec un bruit métallique.

— Tu trouves toujours que je suis un pervers ? La paume de sa main broyait le nez de Sam. Ses doigts s'enfoncèrent dans ses yeux comme des aiguilles chaudes. T'as quelque chose à ajouter ?

Samantha ouvrit la bouche, mais elle n'avait plus assez de souffle pour former un cri. Quand les ongles de Zach incisèrent ses paupières, la douleur irradia son visage entier. Elle saisit le poignet épais de l'homme, lui envoya des coups de pied à l'aveuglette, essaya de le griffer, de lui donner des coups de poing, d'interrompre la douleur. Du sang coulait le long de ses joues. Les doigts de Zach tremblaient, ils appuyaient si fort que Sam sentait ses globes oculaires ployer et rentrer à l'intérieur de son cerveau. Dans sa tentative pour lui arracher les paupières, l'homme enroula ses doigts. Elle sentit ses ongles écorcher ses globes mis à nu.

— Arrêtez ça ! hurla Charlie. Arrêtez !

La pression cessa aussi soudainement qu'elle avait commencé.

— Sammy ! Le souffle de Charlie était chaud, sa respiration affolée. Elle posa les mains sur le visage de Sam. Sam ? Regarde-moi. Tu y vois ? Regarde-moi, s'il te plaît.

Sam s'efforça d'ouvrir les paupières, avec prudence. Elles étaient déchirées, pratiquement en lambeaux. Elle avait l'impression de regarder à travers un morceau de vieille dentelle.

Zach lâcha :

— C'est quoi c'bordel ?

Le marteau. Il était tombé de son short.

Zach le ramassa. Il étudia le manche en bois, puis lança à Charlie un regard chargé de sous-entendus.

— Tu te d'mandes c'que j'vais faire de ça ?

— Ça suffit !

Baskets montantes s'empara du marteau et le balança dans le couloir. Ils écoutèrent tous la tête en métal rebondir en ricochets sur le parquet.

Zach déclara :

— J'm'amuse juste un peu, frère.

— Vous deux, debout, intima Baskets montantes. Finissons-en.

Charlie resta au sol. Sam clignait des yeux pour en chasser le sang. Elle y voyait à peine assez pour se mouvoir. La lumière du plafond lui déversait de l'huile chaude dans les orbites.

— Aide-la à se relever, ordonna Baskets montantes à Zach. T'as promis, mec. N'empire pas les choses.

Zach tira si fort sur Sam qu'il lui luxa presque le bras. Elle tenta de se mettre sur ses pieds, trouva l'équilibre en s'appuyant contre la table. Zach la poussa en direction de la porte. Elle se cogna contre une chaise. Charlie tendit la main pour prendre la sienne.

Baskets montantes ouvrit la porte :

— Allez.

Elles n'avaient d'autre choix que d'avancer. Charlie passa

en premier, se mit de biais pour aider Sam à descendre lentement l'escalier. Loin des lumières vives de la cuisine, les yeux de Sam cessèrent de palpiter si fort. Aucune adaptation à l'obscurité. Les ombres continuaient d'entrer et de sortir de son regard.

À cette heure-ci, elles auraient dû se trouver à l'entraînement. Elles avaient supplié Gamma de les laisser sécher pour la première fois de leur vie et, maintenant, leur mère était morte et on les conduisait hors de la maison, sous la menace d'un homme venu effacer ses frais juridiques à l'aide d'un fusil de chasse.

— Tu arrives à voir ? s'enquit Charlie. Sam, tu y vois ?

— Oui, mentit Sam, parce que sa vision était stroboscopique comme une boule à facettes, sauf que, à la place d'éclats lumineux, elle apercevait des flashs gris et noir.

— Par ici, intima Baskets montantes, en les menant non pas vers le vieux pick-up garé dans l'allée, mais dans le champ derrière la ferme.

Des choux. Du sorgho. Des pastèques. C'est ce que le fermier avait cultivé. Ils avaient retrouvé le registre des graines dans un placard vide à l'étage.

Sam sentit le sol fraîchement ensemencé sous ses pieds nus. Elle prit appui sur Charlie, qui lui tenait fermement la main. Sam tendait l'autre bras devant elle à l'aveuglette, effrayée à l'idée de percuter quelque chose dans le champ qui s'étendait à perte de vue. Chaque pas qui l'éloignait de la ferme, de la lumière, déposait une autre couche d'obscurité sur sa vision. Charlie se résumait à une forme grise indistincte. Baskets montantes était grand et tout maigre, comme un bâton de fusain. Zach Culpepper dessinait un carré noir menaçant, empli de haine.

— Où allons-nous ? demanda Charlie.

Sam sentit le fusil s'enfoncer dans son dos.

Zach répondit :

— T'arrête pas de marcher.

— Je ne comprends pas, insista Charlie. Pourquoi est-ce que vous faites ça ?

Sa voix s'adressait à Baskets montantes. Comme Sam,

elle comprenait que le plus jeune était certes le plus faible, mais qu'il était aussi, tant bien que mal, aux commandes.

Charlie demanda :

— Qu'est-ce qu'on vous a fait, monsieur ? On est des enfants. On mérite pas ça.

— La ferme ! l'avertit Zach. Toutes les deux, fermez votre putain de gueule !

Sam serra plus fort la main de Charlie. Elle était presque complètement aveugle à présent. Elle resterait aveugle pour le restant de ses jours, sauf que le « restant de ses jours » n'allait pas durer si longtemps que cela. Du moins pas pour Sam. Elle desserra son emprise autour de la main de Charlie. Par la seule force de sa volonté, elle incitait silencieusement sa sœur à repérer les lieux, à rester en alerte pour saisir l'occasion de courir.

Deux jours plus tôt, lors de leur emménagement, Gamma leur avait montré une carte topographique de la région. Elle s'efforçait de leur vanter les mérites de la vie à la campagne, avait attiré leur attention sur tous les coins à explorer. Maintenant, Sam parcourait mentalement les zones soulignées à la recherche d'une issue. Les terres du voisin s'étendaient au-delà de l'horizon, un terrain plat, dégagé et à découvert, qui conduirait probablement Charlie à prendre une balle dans le dos, si elle s'élançait dans cette direction. Des arbres délimitaient le côté situé à l'extrême droite de la propriété, une forêt dense, dont Gamma avait prévenu qu'elle devait fourmiller de tiques. De l'autre côté de la forêt, un ruisseau alimentait un tunnel d'accès qui serpentait sous une tour météorologique et conduisait à une route, certes goudronnée, mais peu fréquentée. À huit cent mètres au nord, une grange abandonnée. À trois kilomètres à l'est, une autre ferme. Un coin de pêche marécageux. Il y aurait des grenouilles par là-bas. Il y aurait des libellules par ici. Avec de la patience, elles verraient peut-être des chevreuils dans ce champ. Ne vous approchez pas de la route. Maintenant une comptine que chantait sa mère lui revenait : « Coccinelle, coccinelle, envole-toi.»

S'il te plaît, envole-toi ! implora Sam silencieusement. *S'il te plaît, ne regarde pas en arrière pour voir si je te suis !*

Zach lança :

— C'est quoi ça ?

Tous se retournèrent.

— C'est une voiture, répondit Charlie, mais Sam distingua à peine le scintillement de phares avant, qui progressaient lentement sur la longue allée menant à la ferme.

L'homme du shérif ? Quelqu'un ramenait son père à la maison ?

— Merde, ils seront à mon pick-up dans deux secondes. Zach les poussa en direction de la forêt et se servit du fusil comme d'un aiguillon pour les faire marcher plus vite. Vous deux, continuez à avancer ou j'vous bute sur place.

Sur place.

À ces mots, Charlie se raidit. Elle se remit à claquer des dents. Elle avait finalement fait le lien. Elle comprit qu'elles se dirigeaient vers leur mort.

Sam déclara :

— Il y a un autre moyen de s'en sortir.

Elle parlait à Baskets montantes, mais ce fut Zach qui poussa un grognement.

Sam poursuivit :

— Je ferai tout ce que vous voudrez. Elle entendit la voix de Gamma prononcer ces mots en même temps qu'elle. Tout.

— Bordel, répondit Zach. Tu crois pas que j'vais prendre c'que j'veux tout'façon, espèce de sale pute sans cervelle ?

Sam fit une autre tentative.

— On ne leur dira pas que c'était vous. On leur dira que vous aviez des cagoules tout le temps et…

— Avec mon pick-up dans l'allée et ta maman dézinguée dans la maison ? Zach émit une sorte de ronflement. Vous, les Quinn, vous vous prenez tous tellement pour des putains de cerveaux, si sûrs d'êtr' capables de vous sortir de tout juste en causant.

— Écoutez-moi, supplia Sam. Vous devrez quitter la ville de toute façon. Il n'y a aucune raison de nous tuer aussi. Elle tourna la tête vers Baskets montantes. S'il vous plaît, réfléchissez. Tout ce que vous avez à faire, c'est de nous ligoter. Laissez-nous quelque part où ils ne nous trouveront pas. Il vous faudra quitter la ville quoi qu'il en soit. Vous ne voulez pas plus de sang sur les mains.

Sam attendait une réponse. Ils l'attendaient tous.

Baskets montantes s'éclaircit la voix avant de conclure.

— Je suis désolé.

Le rire tranchant de Zach exprimait son triomphe.

Sam ne pouvait pas renoncer.

— Laissez partir ma sœur. Elle dut s'arrêter de parler un instant pour avaler la salive qui emplissait sa bouche. Elle a treize ans. C'est une gosse.

— Me fait pas l'effet d'une gosse, à moi, déclara Zach. L'a de jolis nichons haut perchés.

— La ferme, l'avertit Baskets montantes. Je suis sérieux.

Zach fit un bruit de succion entre les dents.

— Elle ne dira rien à personne. Sam devait continuer d'essayer. Elle dira que c'était des inconnus. Pas vrai, Charlie ?

— Un Noir ? demanda Zach. Comme celui tombé pour meurtre que ton papa a tiré d'affaire ?

Charlie cracha :

— Vous voulez dire comme il vous a, vous aussi, sorti d'affaire quand vous avez montré votre zizi à une bande de fillettes ?

— Charlie, supplia Sam. S'il te plaît, tais-toi.

— Laisse-la parler, ordonna Zach. J'adore ça quand ell'zont l'esprit combatif.

Charlie se tut. Elle resta silencieuse tandis qu'ils pénétraient dans les bois.

Sam la suivait de près tout en se creusant la cervelle pour trouver quelque chose qui persuaderait ces hommes en armes qu'ils n'avaient pas à les utiliser. Mais Zach Culpepper avait raison. Son pick-up garé derrière la maison changeait entièrement la donne.

— Non, chuchota Charlie tout bas.

Elle faisait cela tout le temps : elle exprimait à haute voix une discussion qui se déroulait dans sa tête.

Cours, s'il te plaît !, supplia Sam en silence. *Ça me va que tu partes sans moi.*

— Avancez.

Zach enfonça le fusil de chasse dans le dos de Sam jusqu'à ce qu'elle accélère le pas.

Des aiguilles de pin s'enfonçaient dans ses pieds. Ils avancèrent plus profondément dans la forêt. L'air se rafraîchit. Sam ferma les yeux, parce qu'il ne servait à rien d'essayer de voir. Elle laissa Charlie la guider à travers bois. Les feuilles bruissaient. Elles enjambèrent des troncs d'arbres tombés à terre, marchèrent dans un fin ruisseau qui s'écoulait probablement depuis la ferme jusqu'à la rivière.

Cours, cours, cours, priait Sam dans sa tête. *Cours, s'il te plaît !*

— Sam… Charlie cessa de marcher. Son bras agrippa la taille de Sam. Il y a une pelle. Une pelle.

Sam ne comprenait pas. Elle porta les doigts à ses paupières. Du sang séché avait formé une croûte qui les maintenait fermées. Elle les repoussa doucement pour parvenir à ouvrir les yeux.

Un doux clair de lune projetait une lueur bleutée sur la clairière devant elles. Il n'y avait pas seulement une pelle. Un monticule de terre fraîchement retournée était amassé près d'un trou béant.

Un seul trou.

Une seule tombe.

Sa vision se focalisa sur ce vide noir et béant quand tout devint net. Ce n'était pas un cambriolage, ou une tentative d'intimidation pour faire disparaître une liasse de factures. Tout le monde savait que l'incendie de la maison avait mis la famille Quinn aux abois financièrement. La lutte avec la compagnie d'assurances. L'expulsion de l'hôtel. Les achats dans la boutique d'occasions. Zachariah Culpepper avait supposé que Rusty allait contraindre les mauvais payeurs à honorer leurs factures pour renflouer son compte en banque. Il n'avait pas complètement tort. L'autre nuit, Gamma avait hurlé sur Rusty à cause des vingt mille dollars que Culpepper leur devait et qui auraient grandement contribué à rendre la famille solvable.

Ce qui signifiait que tout cela se résumait à de l'argent.

Pis, à de la stupidité, parce que les frais impayés n'auraient pas disparu en même temps que son père.

Sam sentit se propager en elle l'écho d'une rage intérieure. Elle se mordit la langue si fort que du sang lui goutta dans la bouche. Une raison expliquait le fait que Zachariah Culpepper était un taulard à vie. Comme pour tous ses autres délits, son plan était foireux, mal exécuté. Chaque ratage les avait conduits à cet endroit. Ils avaient creusé une tombe pour Rusty, mais comme Rusty était en retard parce qu'il était toujours en retard, et comme aujourd'hui c'était la seule fois où elles avaient eu l'autorisation de manquer l'entraînement, elle était destinée à Charlie et Sam maintenant.

— OK, grand garçon. Il est temps pour toi de faire ta part.

Zach posa la crosse du fusil sur sa hanche. Il sortit un couteau à cran d'arrêt de sa poche et, d'une seule main, l'ouvrit dans un claquement.

— Les flingues f'raient trop d'boucan. Prends ça. Direct sous la gorge comme pour un cochon.

Baskets montantes ne prit pas le couteau.

Zach déclara :

— Allez, comme on avait convenu. Tu prends celle-là. J'm'occupe d'la petite.

Baskets montantes ne bougea toujours pas.

— Elle a raison. On a pas à faire ça. Le plan n'a jamais été de blesser les femmes. Elles étaient même pas censées être là.

— T'es sérieux, là ?

Sam cramponna la main de Charlie. Leur attention était distraite. Elle pouvait courir.

Baskets montantes déclara :

— Ce qui est fait est fait. On a pas à aggraver la situation en tuant d'autres personnes. Des innocentes.

— Bordel de merde.

Zach referma le couteau et le fourra de nouveau dans sa poche.

— On a vu tout ça dans la cuisine, mec. Pas comme si on avait l'choix.

— On peut se rendre.

Zach s'empara du fusil.

— Conneries !

— Je me rendrai. Je porterai le chapeau pour tout.

Sam poussa Charlie pour lui faire comprendre qu'il était temps de bouger. Charlie ne broncha pas. Elle attendait.

— J'aimerais bien voir ça.

Zach frappa violemment Baskets montantes à la poitrine.

— Tu crois que j'vais tomber pour meurtre parce qu'il te pousse une putain d'conscience ?

Sam lâcha la main de sa sœur. Elle chuchota :

— Cours, Charlie.

— Je dirai rien, répliqua Baskets montantes. Je dirai que c'est moi.

— Dans mon foutu pick-up ?

Charlie essaya de reprendre la main de Sam. Sam la retira en murmurant.

— Pars.

— Enculé !

Zach leva le fusil et le braqua sur le torse de Baskets montantes.

— Voilà ce qui va se passer, fiston. Tu vas prendre mon couteau et tu vas trancher la gorge de cette pute, ou j'te fais un putain de trou dans la poitrine de la taille du Texas. Il tapa du pied. Tout de suite !

Baskets montantes releva son revolver d'un seul geste et le pointa sur la tête de Zach.

— On va se rendre.

— Enlève ce putain de flingue de mon visage, espèce de sale pédale !

Sam donna un petit coup de coude à Charlie. Il fallait qu'elle bouge. Il fallait qu'elle parte. Elle n'aurait qu'une seule chance. Elle supplia quasiment sa sœur.

— Va-t'en.

Baskets montantes dit :

— J'te tuerai avant d'les tuer.

— T'as pas les couilles d'appuyer sur cette détente.
— J'le f'rai.

Charlie n'esquissa pas le moindre mouvement. Elle claquait à nouveau des dents.

— Cours ! implora Sam. Il faut que tu courres.
— Espèce de connard !

Zach cracha au sol. Il fit mine de s'essuyer la bouche, mais uniquement pour faire diversion. Il tendit la main vers le revolver. Baskets montantes avait anticipé son geste. Il balaya le fusil d'un revers de main. Zach perdit l'équilibre. Incapable de rester debout, il tomba en arrière en agitant les bras.

— Cours ! Sam repoussa sa sœur pour l'éloigner. *Vas-y, Charlie !*

Charlie se mua en une tache mouvante. Sam commença à la suivre, jambe levée, bras replié…

Une autre explosion.

Un éclair de lumière jaillit du revolver.

Une soudaine vibration dans l'air.

La tête de Sam fut prise d'une secousse si brusque que son cou craqua. Son corps suivit en un tourbillon violent. Elle tourna sur elle-même comme une toupie avant de tomber dans l'obscurité telle Alice dans le terrier du lièvre.

Est-ce que tu sais à quel point tu es jolie ?

Les pieds de Sam percutèrent le sol. Elle sentit ses genoux absorber le choc.

Elle baissa les yeux.

Ses orteils s'étalaient bien à plat sur un parquet gorgé d'eau.

Elle leva les yeux et découvrit son reflet qui la contemplait dans la glace.

Inexplicablement, Sam se trouvait à la ferme, face au lavabo de la salle de bains.

Gamma se tenait derrière elle, ses bras forts entouraient la taille de Sam. Sa mère paraissait plus jeune, plus douce, dans le miroir. Elle haussait un sourcil comme si elle venait d'entendre un propos discutable. C'était la femme qui, un jour, à l'épicerie, avait expliqué la différence entre la fission et la fusion à un inconnu. Qui avait élaboré des chasses au trésor compliquées pour les occuper durant toutes les fêtes de Pâques.

Quels étaient les indices à présent ?

— Dis-moi, demanda Sam au reflet de sa mère. Dis-moi ce que tu veux que je fasse.

Gamma ouvrit la bouche, mais elle ne parla pas. Son visage commença à vieillir. Sam ressentit un manque criant pour la mère qu'elle ne verrait jamais vieillir. De fines rides s'étiraient autour de la bouche de Gamma. Des pattes d'oie autour de ses yeux. Les rides se creusèrent. Des mèches grises apportèrent du sel à sa chevelure foncée. Son menton s'arrondit.

Sa peau commença à se détacher.

Des dents blanches transparurent par une ouverture dans sa joue. Ses cheveux se changèrent en une ficelle blanche et graisseuse. Ses yeux se desséchèrent. Elle ne vieillissait pas.

Elle se décomposait.

Sam lutta pour s'enfuir. L'odeur de la mort l'enveloppa : terre humide et asticots naissants se frayèrent un chemin sous sa peau. Les mains de Gamma empoignèrent le visage de Sam. Sa mère la força à se retourner. Ses doigts se réduisirent à des os dénudés. Des dents noires devinrent aussi affûtées que des lames de rasoir, tandis que Gamma ouvrait la bouche et hurlait : « Je t'ai dit de partir ! »

Sam s'éveilla, le souffle coupé.

Ses yeux se fendirent sur une noirceur impénétrable.

Sa bouche s'emplit de saleté. De la terre mouillée. Des aiguilles de pin. Elle avait les mains devant le visage. Ses paumes lui renvoyaient un souffle chaud. Il y avait un bruit…

Un bruit de frottement.

Un coup de balai.

L'oscillation d'une hache.

Une pelle qui déversait de la terre dans une tombe.

La tombe de Sam.

On l'enterrait vivante. Le poids du sol au-dessus d'elle faisait l'effet d'une plaque métallique.

— Je suis désolé. La voix de Baskets montantes répétait les mots en boucle. Mon Dieu, s'il vous plaît, pardonnez-moi.

La terre ne cessait de tomber, le poids se fit étau, menaçant d'extraire tout souffle en elle.

Saviez-vous que Giles Corey[1] *fut le seul inculpé du procès des sorcières de Salem condamné à l'écrasement par accumulation de pierres ?*

Les yeux de Sam se remplirent de larmes, larmes qui glissèrent le long de son visage. Un cri resta prisonnier de sa gorge. Elle ne pouvait se permettre de paniquer. Elle ne pouvait se mettre à hurler ou à s'agiter, parce qu'ils ne l'aideraient pas. Ils lui tireraient dessus à nouveau. Si elle les implorait pour avoir la vie sauve, ils ne la lui raviraient que plus vite.

Ne sois pas bête ma fille. Je croyais que tu avais dépassé ce stade de l'adolescence.

Sam prit une inspiration tremblotante.

À sa grande surprise, elle prit conscience que l'air entrait dans ses poumons.

Elle respirait !

Ses mains, placées en coupe devant son visage, créaient une poche d'air sous la terre. Sam resserra les espaces entre ses paumes. Elle se força à ralentir sa respiration pour préserver ce qui restait de cet air si précieux.

Charlie lui avait dit de procéder ainsi. Des années auparavant. Sam visualisait sa sœur dans son uniforme d'éclaireuse. De minuscules bâtonnets en guise de bras et de jambes. Sa chemise jaune froissée et sa veste marron ornée de tous les écussons qu'elle avait mérités. Elle avait lu à haute voix des extraits de son manuel *Aventures*, à la table du petit déjeuner.

« Si vous vous retrouvez pris dans une avalanche, ne pleurez pas, et n'ouvrez pas la bouche », avait lu Charlie. *« Mettez vos mains devant votre visage et essayez de créer une poche d'air tout en faisant une pause. »*

Sam tira la langue pour essayer de voir à quelle distance se

1. Giles Corey (1612-1692) est une des victimes connues dans l'affaire des sorcières de Salem.

trouvaient ses mains. Elle devina qu'elles étaient à quelques millimètres. Elle plia les doigts pour tenter d'allonger la poche d'air. Ils ne s'enfoncèrent dans rien. La terre était tout à fait compacte autour de ses mains, presque comme du ciment.

Elle s'efforça de déduire la position de son corps. Elle n'était pas à plat sur le dos. L'épaule gauche reposait contre le sol, mais Sam n'était pas complètement allongée sur le côté non plus. Les hanches s'orientaient de biais par rapport aux épaules. Le froid s'infiltrait au dos de son short. Le genou droit était plié, la jambe gauche était droite.

Le buste en rotation.

Une position d'étirement pour une coureuse. Son corps était tombé dans une position qui lui était familière.

Sam s'efforça de déplacer son poids. Elle était incapable de bouger les jambes. Elle essaya les orteils. Les muscles des mollets. Les muscles ischio-jambiers.

Rien.

Sam ferma les yeux. Elle était paralysée. Elle ne remarcherait plus jamais, ne courrait plus jamais, ne se déplacerait plus sans assistance. La panique se propagea dans sa poitrine comme une nuée de moustiques. Courir, c'était tout ce qu'elle avait. C'était tout ce qu'elle était. Quel intérêt y avait-il à survivre si elle ne pouvait plus se servir de ses jambes ?

Elle enfouit son visage dans ses paumes pour s'empêcher de crier.

Charlie, elle, pouvait toujours courir. Sam avait regardé sa sœur déguerpir en direction de la forêt. C'était la dernière chose qu'elle avait distinguée avant que le coup parte. Sam fit apparaître l'image de Charlie en train de sprinter, ses jambes grêles se mouvaient à une vitesse invraisemblable, pendant qu'elle filait à toute allure, sans jamais hésiter, sans jamais s'arrêter pour jeter un regard en arrière.

Ne pense pas à moi, supplia Sam, la même chose qu'elle avait dite à sa sœur un million de fois auparavant. *Concentre-toi uniquement sur toi et ne t'arrête pas de courir.*

Est-ce que Charlie avait réussi ? Avait-elle trouvé de l'aide ? Ou avait-elle regardé par-dessus son épaule pour voir si Sam la suivait et, à sa place, avait-elle trouvé le fusil de Zachariah Culpepper braqué sur son visage ?

Ou pire.

Sam chassa cette pensée de son esprit. Elle vit Charlie s'échapper, trouver du secours, conduire la police jusqu'à la tombe, parce qu'elle avait le même sens de l'orientation que leur mère et qu'elle ne se perdait jamais, et qu'elle se souviendrait de l'endroit où sa sœur était enterrée.

Sam compta les battements de son cœur jusqu'à ce qu'elle les sente ralentir et adopter un rythme moins frénétique.

Puis, sa gorge commença à gratter.

La poussière emplissait tout : les oreilles, le nez, la bouche, les poumons. Elle ne parvint pas à réprimer la toux qui cherchait à sortir de sa bouche. Ses lèvres s'entrouvrirent. Le réflexe d'inspiration attira davantage de poussière à l'intérieur de son nez. Elle toussa encore, et encore. La troisième quinte fut tellement violente qu'elle sentit son estomac se contracter et son corps tenter de se recroqueviller.

Son cœur tressauta.

Ses jambes avaient bougé.

La peur et la panique avaient coupé toute connexion entre son cerveau et son système musculaire. Elle n'avait pas été paralysée. Elle avait été terrifiée : un réflexe archaïque de lutte ou de fuite l'avait éjectée de son propre corps jusqu'à ce qu'elle comprenne ce qui se passait. Tandis que la sensation se diffusait lentement dans ses membres inférieurs, Sam éprouva une douce euphorie. C'était comme si elle pénétrait dans une flaque d'eau. Au départ, elle sentit ses orteils s'écarter et s'enfoncer dans l'épaisseur de la terre. Puis ses chevilles parvinrent à se plier. Ensuite, elle les sentit se mouvoir, presque imperceptiblement.

Si elle parvenait à bouger les pieds, que pouvait-elle remuer d'autre ?

Sam contracta ses mollets pour les réchauffer. Ses quadriceps se mirent à fonctionner. Ses genoux se raidirent. Elle se concentra sur ses jambes en se disant qu'elles pouvaient bouger, jusqu'au moment où son corps renvoya le message de confirmation : ses jambes pouvaient remuer.

Elle n'était pas paralysée. Elle avait une chance.

Gamma disait toujours que Sam avait appris à courir avant de savoir marcher. Ses jambes étaient la partie la plus puissante de son anatomie.

Elle était capable de se ménager une issue à coups de pied.

Sam fit fonctionner ses jambes, impulsa d'infimes mouvements de va-et-vient, s'efforça de creuser une galerie à travers la lourde épaisseur de saleté. Dans ses mains, son souffle se fit plus chaud. Une brume dense brouilla la sensation de panique dans son cerveau. Consommait-elle trop d'air ? Était-ce important ? Elle ne cessait de perdre la notion de ce qu'elle faisait. La partie inférieure de son corps bougeait d'avant en arrière et, parfois, Sam s'imaginait allongée sur le pont d'un minuscule bateau ballotté au gré de l'océan, puis elle recouvrait ses esprits, réalisait qu'elle était emprisonnée sous terre et, alors, elle bataillait pour accélérer la cadence, la durcir, avant de retourner finalement au bercement rassurant du bateau.

Elle tenta de compter : un crocodile, deux crocodiles, trois crocodiles…

Ses jambes se contractèrent. Son estomac se contracta. Tout se contracta. Sam se força à s'arrêter, au moins pour quelques secondes. Le repos était presque aussi douloureux que l'effort. L'acide lactique atrophiait ses muscles épuisés et lui barbouillait l'estomac. Ses vertèbres avaient vrillé comme des boulons trop serrés qui pinçaient ses nerfs et envoyaient des décharges électriques le long de son cou et de ses jambes. Ses mains capturaient chacune de ses respirations comme autant d'oiseaux pris au piège.

« Il y a cinquante pour cent de chances de survie », avait lu Charlie dans son manuel *Aventures*. *« Mais seulement si on retrouve la victime dans l'heure. »*

Sam ne savait pas combien de temps elle était restée dans la tombe. Tout comme perdre la maison en briques rouges, regarder sa mère mourir, cela lui semblait remonter à une éternité.

Elle contracta les muscles de son ventre et tenta de se

soulever de côté. Elle tendit le bras. Allongea le cou. Le sol lui aussi exerçait une pression, lui écrasait l'épaule dans la terre humide.

Il lui fallait plus d'espace.

Sam s'efforça de basculer ses hanches. Au départ, l'espace se résumait à deux centimètres environ, puis il passa à cinq centimètres, puis elle put bouger la taille, l'épaule, le cou, la tête.

Y avait-il soudain plus de distance entre sa bouche et ses mains ?

Sam ressortit la langue. Elle sentit l'extrémité effleurer l'interstice entre ses paumes. Cela faisait au moins un centimètre.

Elle progressait.

Ensuite, elle fit fonctionner ses bras : elle les déplaça de haut en bas, de haut en bas. Des millimètres, puis des centimètres de terre furent déplacés. Elle devait garder les mains devant son visage pour respirer. Mais elle prit soudain conscience qu'il lui fallait creuser avec les mains.

Une heure. Voilà le laps de temps que Charlie lui avait octroyé. Le temps de Sam allait être épuisé. Ses paumes étaient chaudes, rendues humides par la condensation. Son cerveau submergé par l'étourdissement.

Sam prit une dernière et profonde inspiration.

Elle éloigna ses mains de son visage. Elle les tordit et crut que ses poignets allaient se briser net. Elle pressa ses lèvres l'une contre l'autre, serra les mâchoires, et griffa le sol dans une tentative furieuse de déloger la terre.

Et toujours le sol la repoussait.

Ses épaules s'embrasèrent sous l'effet de la douleur. Les trapèzes. Les muscles rhomboïdes. Les omoplates. Des fers chauffés à blanc lui transpercèrent les biceps. Ses doigts lui semblèrent sur le point de se rompre brusquement. Ses ongles sautèrent. La peau de ses articulations s'enleva. Ses poumons menacèrent de lâcher. Elle ne pouvait plus retenir sa respiration. Elle n'arrivait plus à lutter. Elle était fatiguée. Elle était seule. Sa mère était morte. Sa sœur était partie. Sam commença à hurler, d'abord dans sa tête, puis le cri sortit de sa bouche. Elle était tellement en colère : furieuse contre sa mère de s'être emparée du fusil, furax envers son père d'avoir fait venir cet enfer jusque sur le pas de leur porte, en rogne contre Charlie de ne pas se montrer plus forte, et folle de rage à la putain d'idée de mourir dans cette foutue tombe.

Une tombe peu profonde.

De l'air frais lui enveloppa les doigts.

Elle avait transpercé le sol. Moins de soixante centimètres séparaient maintenant Sam de la vie.

Elle n'avait pas le temps de se réjouir. Elle n'avait plus d'air dans les poumons, aucun espoir à moins de continuer à creuser.

Elle balança des débris du bout des doigts. Des feuilles. Des pommes de pin. Son assassin avait essayé de dissimuler la terre fraîchement retournée, mais il n'avait pas escompté que la gisante se hisserait hors du trou. Elle saisit une poignée de terre, puis une autre, puis elle continua de la sorte jusqu'à ce qu'elle soit capable de contracter une dernière fois ses abdominaux et de se relever en faisant levier.

Sam manqua s'étouffer sous l'afflux soudain d'air frais. Elle recracha de la terre et du sang. Ses cheveux étaient emmêlés. Elle porta ses doigts sur le côté de son cuir chevelu. Son petit doigt glissa à l'intérieur d'un minuscule orifice. L'os était lisse à l'intérieur du cercle. C'était l'endroit où la balle était entrée. On lui avait tiré dans la tête.

On lui avait tiré dans la tête.

Sam ôta sa main. Elle n'osa pas se frotter les yeux. Elle les plissa vers le lointain. La forêt était une masse indistincte. Elle vit deux gros points lumineux flotter, deux bourdons paresseux, devant son visage.

Elle entendit un filet d'eau résonner comme dans un tunnel d'écoulement qui serpenterait sous une tour météorologique et conduirait à une route goudronnée.

Une autre paire lumineuse lévita à proximité.

Pas des bourdons.

Des phares avant.

VINGT-HUIT ANS PLUS TARD

1

Tenaillée par un sentiment d'appréhension, Charlie Quinn emprunta les couloirs plongés dans l'obscurité du collège de Pikeville. De bon matin, ce n'était pas une « marche de la honte ». Plutôt une marche du remords, un remords profondément ancré en elle. Lieu tout à fait approprié, puisque la première fois qu'elle avait eu une relation sexuelle avec un garçon avec lequel elle n'aurait pas dû en avoir, c'était précisément dans ce bâtiment. Le gymnase pour être exacte, ce qui tendait uniquement à démontrer que son père avait eu raison à propos des risques inhérents à un couvre-feu tardif.

Elle serra le téléphone portable dans sa main, tandis qu'elle tournait à un angle. Le mauvais garçon. Le mauvais homme. Le mauvais téléphone. Le mauvais chemin, parce qu'elle ne savait même pas où elle allait. Charlie fit demi-tour et revint sur ses pas. Dans ce stupide bâtiment, tout lui paraissait familier, mais rien n'était au même endroit que dans son souvenir.

Elle tourna à gauche et se retrouva devant le secrétariat. Des sièges inoccupés attendaient les mauvais élèves qui seraient envoyés chez le principal. Les chaises en plastique ressemblaient à celles sur lesquelles Charlie avait dilapidé ses jeunes années. Elle répondait. Se montrait insolente. Se disputait avec les professeurs, les autres élèves. Adulte, elle aurait volontiers giflé son moi adolescent pour avoir été une telle emmerdeuse.

Elle colla ses mains en coupe sur la fenêtre et jeta un œil à l'intérieur du bureau baigné d'obscurité. Enfin quelque chose qui ressemblait à ce que c'était censé être. Le haut comptoir où Mrs Jenkins, la secrétaire de l'école, avait tenu salon. Des fanions tombaient du plafond maculé par l'humidité. Sur les murs, on avait scotché les œuvres des élèves. Une lumière solitaire était allumée dans le fond. Charlie n'avait pas l'intention de demander au principal Pinkman le chemin pour rejoindre son partenaire d'un soir. Non pas que son appel ait vaguement ressemblé à un autre plan cul. C'était plutôt un coup de fil du genre : *T'as embarqué le mauvais iPhone, après notre partie de jambes en l'air dans mon camion, la nuit dernière.*

Où avait-elle la tête pour se tromper de portable ? Peu importe au fond ; on n'allait pas dans un bar baptisé le Shady Ray[1] pour penser.

Le téléphone sonna dans sa main. Elle vit s'afficher l'écran de veille inconnu : un berger allemand avec un jouet Kong dans la gueule. L'identification de l'appelant indiquait : ÉCOLE.

Elle répondit :

— Oui ?

— Où es-tu ?

Il semblait tendu, et elle songea à tous les dangers potentiels qu'impliquait le fait de baiser avec un inconnu rencontré dans un bar : des maladies vénériennes incurables, une épouse jalouse, une jeune maman à peine pubère et meurtrière, un lien désagréable avec l'Alabama.

Elle déclara :

— Devant le bureau de Pink.

— Fais demi-tour et prends la deuxième à droite.

— Yep.

Charlie mit un terme à l'appel. Elle se surprit à avoir envie de déchiffrer le son de sa voix, mais ensuite elle se dit que cela n'avait aucune espèce d'importance, pusqu'elle n'allait jamais le revoir.

Elle refit le même trajet en sens inverse. Ses baskets

1. L'éclat interlope.

couinaient sur le sol ciré, tandis qu'elle parcourait le couloir sombre. Elle entendit un bruit sec résonner derrière elle. Les lumières s'étaient allumées dans le secrétariat. Une vieille dame voûtée qui ressemblait étrangement au fantôme de Mrs Jenkins traîna des pieds jusque derrière le comptoir. Quelque part au loin, de lourdes portes en métal s'ouvrirent et se refermèrent. Le bourdonnement des détecteurs de métaux lui vrilla les oreilles. On entendit le cliquetis d'un trousseau de clés.

À chaque nouveau bruit, l'air semblait se rétracter, comme si le collège se préparait pour un assaut matinal. Charlie regarda l'énorme pendule sur le mur. Si l'emploi du temps n'avait pas changé, la première sonnerie pour l'appel retentirait bientôt, et les gamins qui avaient été déposés tôt et entreposés dans la cantine inonderaient le bâtiment.

Charlie avait fait partie de ces gamins. Pendant longtemps, chaque fois qu'elle pensait à son père, son esprit projetait la scène où il sortait du parking, un bras dehors, accoudé à la vitre de la Chevette, une cigarette tout juste allumée entre les doigts.

Elle s'arrêta.

Les numéros des salles finirent par attirer son attention, et elle sut immédiatement où elle se trouvait. Du bout des doigts, Charlie effleura une porte en bois. La salle 3, son refuge. Ms Beavers avait pris sa retraite il y a des lustres, mais la voix de la vieille dame résonnait encore aux oreilles de Charlie :

Ils ne te prendront ta chèvre que si tu leur montres où tu entreposes ton foin.

Charlie n'avait toujours pas saisi la signification précise de ces paroles. On pouvait imaginer que cela avait un rapport avec le clan élargi des Culpepper, qui l'avait harcelée sans relâche quand elle était retournée à l'école.

On pouvait aussi supposer qu'en tant qu'entraîneuse de l'équipe féminine de basket, une professeure répondant au nom d'Etta Beavers[1] s'y connaissait en moqueries.

1. *Beaver* signifie « castor » en anglais, mais aussi plus vulgairement la « foufoune », la « chatte ».

Charlie n'avait personne pour l'aider à gérer sa situation actuelle. Pour la première fois depuis l'université, elle avait couché avec un inconnu. Enfin, plus précisément, elle s'était assise sur un inconnu. Ce n'était pourtant pas son genre. Pas de sorties, pas de beuveries. Jamais d'erreurs regrettables. Jusqu'à récemment du moins.

Sa vie avait commencé à partir en vrille au moins d'août de l'année précédente. Charlie avait passé presque toutes ses heures de veille depuis lors à démêler une erreur après l'autre. Apparemment, le nouveau mois de mai n'allait pas apporter d'amélioration. Les boulettes démarraient à présent avant même le saut du lit. Ce matin, elle était restée allongée sur le dos, à contempler le plafond, et à tenter de se convaincre que ce qui s'était passé la veille n'avait jamais eu lieu, lorsqu'une sonnerie inhabituelle s'était échappée de son sac à main.

Elle avait répondu parce que : emballer le téléphone dans du papier aluminium, le balancer dans la benne derrière son bureau, acheter un nouveau téléphone, restaurer ses données à partir de la sauvegarde de l'ancien portable ne lui était venu à l'esprit qu'une fois qu'elle avait répondu.

La brève conversation qui s'ensuivit était fidèle à ce que l'on attendait de deux complets inconnus : *Bonjour, toi dont j'ai dû demander le prénom, prénom dont je ne me souviens plus à présent. Je crois que j'ai ton téléphone.*

Charlie avait proposé à l'homme de le retrouver à son travail, parce qu'elle ne voulait pas qu'il sache où elle habitait. Ou travaillait. Ou quel type de voiture elle conduisait. Au vu de son pick-up et de son corps — elle en convenait — tout à fait sublime, elle avait pensé qu'il était mécanicien ou fermier. Alors, il avait dit qu'il était enseignant et elle avait instantanément projeté une sorte de *Cercle des poètes disparus*. Puis, il avait dit qu'il enseignait au collège, et la pensée — totalement infondée — qu'il était pédophile lui était venue à l'esprit.

— Par ici.

Il se tenait devant une porte ouverte à l'extrémité du couloir.

Comme par hasard, les néons au-dessus de leur tête s'allumèrent d'un coup et douchèrent Charlie d'une lumière la moins flatteuse qui soit. Immédiatement, elle regretta d'avoir opté pour un jean fatigué et un T-shirt de basket-ball délavé, à manches longues, et à l'effigie des Blue Devils de Duke.

— Bordel de merde, marmonna Charlie.

Aucun problème de ce genre chez l'homme à l'autre bout du couloir.

Mr Je-n'arrive-pas-à-me-souvenir-de-ton-prénom était encore plus attirant que dans son souvenir. L'uniforme standard du prof de collège avec pantalon militaire assorti de la chemise à col boutonné ne pouvait dissimuler la présence de muscles à des endroits où, en général, les hommes de quarante ans les avaient remplacés par des poches de bières et steaks. Les poils qui ponctuaient son menton relevaient de la barbe naissante. Le gris sur les tempes lui donnait un air mystérieux. Il avait une fossette au menton, avec laquelle on aurait pu décapsuler une bouteille.

Ce n'était pas le genre d'homme avec qui Charlie sortait. C'était exactement le type d'homme qu'elle évitait scrupuleusement. Il avait l'air trop tortueux, trop puissant, trop insaisissable. C'était comme de s'amuser avec un flingue chargé.

— C'est moi. Il désigna du doigt le panneau à l'extérieur de sa salle. De petites empreintes de mains étaient tracées sur du papier de boucherie blanc. Des lettres violettes en papier découpé indiquaient : Mr HUCKLEBERRY.

— Huckleberry ? demanda Charlie.

— C'est Huckabee, en fait. Il lui tendit la main. Huck.

Charlie la serra et comprit trop tard qu'il attendait son iPhone.

— Désolée. Elle lui tendit le téléphone.

Elle lui adressa le même sourire en coin que lui avaient probablement adressé des tonnes de jeunes filles pubères.

— Le tien est là-dedans.

Charlie le suivit dans la classe. Les murs étaient ornés

de cartes, ce qui était logique puisqu'il était apparemment prof d'histoire. Du moins si l'on en croyait le panneau :

MR. HUCKLEBERRY ADORE L'HISTOIRE DE TOUS LES PAYS.

Elle déclara :

— J'étais peut-être un peu à côté de la plaque hier soir, mais il m'a semblé que tu avais dit faire partie des marines ?

— Plus maintenant, mais ça fait plus sexy que prof de collège. Il rit pour se moquer de lui-même. Engagé quand j'avais dix-sept ans, pris ma retraite il y a six ans. Il s'appuya contre son bureau. J'ai cherché une autre manière d'être utile, alors j'ai bénéficié du GI Bill[1] pour financer mon master et me voici.

— Je parie qu'à la Saint-Valentin, tu reçois tout un tas de cartes baignées de larmes.

Charlie aurait été recalée en histoire chaque jour de sa vie, si son prof avait ressemblé à Mr Huckleberry.

Il lui demanda :

— Tu as des enfants ?

— Pas que je sache.

Charlie ne lui retourna pas la question. Elle présumait qu'un père n'aurait pas mis une photo de son chien en écran de veille.

— Tu es marié ?

Il secoua la tête :

— C'est pas fait pour moi.

— C'était fait pour moi. Elle explicita : on est officiellement séparés depuis neuf mois.

— Tu l'as trompé ?

— On pourrait le penser, mais non. Charlie fit courir un doigt le long des livres alignés sur l'étagère, près du bureau. Homère. Euripide. Voltaire. Brontë. Tu n'as pas vraiment le genre du lecteur des *Hauts de Hurlevent*.

Il arbora un large sourire.

— Pas eu l'occasion de beaucoup discuter dans le pick-up.

1. Loi américaine fournissant aux anciens soldats la possibilité de voir financer leurs études universitaires ou formations professionnelles.

Charlie allait lui rendre son sourire, mais le remords infléchit les coins de sa bouche. En quelque sorte, cette façon de flirter avec légèreté lui donnait davantage l'impression d'une offense que l'acte sexuel lui-même. Elle badinait avec son mari. Elle posait des questions stupides à son mari.

Et la nuit dernière, pour la première fois de sa vie conjugale, elle avait trompé son mari.

Huck parut déceler son changement d'humeur.

— Ce ne sont manifestement pas mes affaires, mais il est cinglé de t'avoir laissée partir.

— Je ne suis pas un cadeau. Charlie examina une des cartes. Il y avait des punaises bleues sur une grande partie de l'Europe et quelques-unes au Moyen-Orient. Tu es allé dans tous ces endroits ?

Il acquiesça sans expliciter davantage.

— Les marines, dit-elle. Tu appartenais aux forces spéciales des Navy SEAL ?

— Certains marines peuvent être des SEALs, mais tous les SEALs ne sont pas des marines.

Charlie était sur le point de lui faire remarquer qu'il n'avait pas répondu à la question, mais Huck la devança.

— Ton téléphone a commencé à sonner à minuit trente.

Son cœur s'emballa.

— Tu n'as pas répondu ?

— Nan, c'est bien plus marrant d'essayer de jouer aux devinettes avec l'identification de l'appelant. Il se hissa sur le bureau. B2 a appelé à environ 5 heures ce matin. Je suppose que c'est ton fournisseur de vitamines.

Le cœur de Charlie s'emballa à nouveau.

— C'est Riboflavine, mon prof de spinning.

Il plissa les yeux, mais n'insista pas.

— L'appel suivant a eu lieu à approximativement 5 h 15, un certain Daddy, duquel je suppose, en l'absence du mot sugar, qu'il est ton père.

Elle opina du chef, même si elle entendit la voix de sa mère rectifier la phrase : « que je suppose être ton père ».

— D'autres indices ?

Il fit semblant de caresser une longue barbe.

— À partir de 5 h 30, tu as reçu une série d'appels émanant de la prison du comté. Au moins six, espacés d'environ cinq minutes.

— Tu m'as eue, Alice Roy[1]. Charlie leva les mains en signe de reddition. Je suis une trafiquante de drogue. Quelques-unes de mes mules se sont fait repérer pendant le week-end.

Il éclata de rire.

— Je te crois à moitié.

— Je suis avocate de la défense, reconnut-elle. En général, les gens sont plus bienveillants envers les trafiquants de drogue.

Huck cessa de rire. Il plissa à nouveau les yeux, mais toute allégresse s'était envolée.

— Comment tu t'appelles ?

— Charlie Quinn.

Elle aurait juré qu'il avait tressailli.

Elle demanda :

— Il y a un problème ?

Il serra tellement fort les mâchoires que les os saillirent sous la peau.

— Ce n'est pas le nom qui est écrit sur ta carte de crédit.

Charlie marqua un temps d'arrêt, parce que de nombreux points clochaient dans cette affirmation.

— C'est mon nom d'épouse. Pourquoi est-ce que tu as maté ma carte de crédit ?

— Je ne l'ai pas matée. J'y ai jeté un œil quand tu l'as posée sur le bar. Il se leva du bureau. Il faut que je me prépare pour mon cours.

— J'ai dit quelque chose qu'il ne fallait pas ? Elle plaisantait parce que, bien sûr, elle avait dit quelque chose de mal. Écoute, tous les gens détestent les avocats jusqu'au jour où ils en ont besoin.

— J'ai grandi à Pikeville.

— Tu dis ça comme si c'était une explication.

1. Héroïne d'une série américaine de romans policiers pour la jeunesse, publiés en France aux éditions Hachette.

Il ouvrit et referma les tiroirs du bureau.

— L'appel va commencer d'une minute à l'autre. J'ai besoin de préparer ma première heure de cours.

Charlie croisa les bras. Ce n'était pas la première fois qu'elle avait cette conversation avec d'anciens habitants de la ville.

— Il y a deux raisons pour que tu agisses comme tu le fais.

Il l'ignora : ouvrit un autre tiroir, puis le referma.

Elle énuméra les possibilités en levant un doigt.

— Soit tu détestes mon père, ce qui n'est pas grave, parce que c'est le cas de beaucoup de gens, soit…

Elle leva un autre doigt pour l'excuse la plus vraisemblable, celle qui avait collé une cible sur son dos vingt-huit ans plus tôt, quand elle était retournée à l'école ; celle qui lui attirait toujours des regards haineux en ville de la part de personnes qui soutenaient le clan de ces consanguins de Culpepper.

— Tu penses que je suis une salope pourrie gâtée qui a contribué à piéger Zachariah Culpepper et son innocent petit frère pour que mon père puisse mettre la main sur une minable police d'assurance-vie et leur mobil-home de merde. Ce qu'il n'a jamais fait, soit dit en passant. Il aurait pu les poursuivre pour les vingt mille dollars qu'ils lui devaient en frais juridiques, mais il s'est abstenu. Sans oublier que je reconnaîtrais ces enculés à une séance d'identification les yeux fermés.

Il secoua la tête avant même qu'elle ait terminé.

— Rien de tout ça.

— Vraiment ?

Elle l'avait catalogué comme « partisan de la vérité » en faveur des Culpepper, quand il avait dit avoir grandi à Pikeville.

Sous un autre angle, Charlie voyait un marine de carrière qui détestait au plus haut point le genre de droit pratiqué par Rusty jusqu'à ce que le marine en question se fasse choper avec une trop forte dose d'Oxy sur lui ou des putes à son bras. Comme son père le disait toujours : « Un démocrate est un républicain qui est passé par le système pénal. »

Elle s'adressa à Huck :

— Écoute, j'adore mon père, mais je ne pratique pas le même genre de droit que lui. La moitié de mes dossiers se déroule au tribunal pour enfants, l'autre moitié au tribunal correctionnel pour des affaires de drogue. Je travaille avec des gens stupides qui font des trucs stupides, qui ont besoin d'un avocat pour empêcher le procureur de les leur faire payer trop cher. Elle tendit les mains et haussa les épaules. Je ne fais qu'égaliser les chances.

Hugh lui lança un regard noir. Sa colère initiale était montée d'un cran, atteignant le stade de la rage en un clin d'œil.

— Je veux que tu sortes de ma classe. Tout de suite.

Surprise par la dureté de sa voix, Charlie recula d'un pas. Pour la première fois, il lui traversa l'esprit que personne ne savait qu'elle se trouvait à l'école et que Mr Huckleberry pouvait probablement lui briser le cou d'une seule main.

— Bien. Elle reprit vivement son téléphone sur le bureau et se dirigea vers la porte. Pourtant, alors même que Charlie s'exhortait à la boucler et à quitter les lieux, elle fit brusquement volte-face. Qu'est-ce que mon père t'a fait ?

Huck ne répondit pas. Il était assis à son bureau, la tête penchée sur une pile de papiers, un stylo rouge à la main.

Charlie attendit.

Il tapota son bureau avec le stylo, battement de tambour pour la congédier.

Elle était sur le point de lui dire où il pouvait se carrer son stylo, quand un craquement assourdissant résonna dans le couloir.

Trois craquements se succédèrent ensuite, rapidement.

Pas une voiture qui pétarade.

Pas des pétards qui claquent.

Toute personne qui s'est retrouvée à proximité d'un flingue à l'instant où il faisait feu sur un être humain ne confond jamais un coup de feu avec autre chose.

Charlie fut soudain entraînée au sol. Huck la tira derrière un meuble de rangement et fit bouclier devant elle avec son propre corps.

Il dit quelque chose — elle vit sa bouche remuer — mais

le seul son qu'elle entendit était celui des coups de feu qui résonnaient à l'intérieur de son crâne. Quatre tirs, chacun tel un écho distinct et terrifiant du passé. Tout comme la première fois, sa bouche s'assécha. Tout comme la première fois, son cœur cessa de battre. Sa gorge se noua. Son champ de vision rétrécit. Tout parut plus petit, condensé en un unique point minuscule.

D'un seul coup, la voix de Huck redevint audible.

— Tireur actif au collège, chuchota-t-il calmement dans son téléphone. Apparemment, près du bureau du principal…

Un autre coup.

Une autre balle tirée.

Puis une autre.

Puis la sonnerie de l'appel résonna.

— Nom de Dieu ! lâcha Huck. Il y a au moins cinquante gamins à la cantine. Faut que je…

Un hurlement à glacer le sang l'interrompit.

— Au secours ! hurlait une femme. S'il vous plaît, aidez-nous !

Charlie cligna des yeux.

La poitrine de Gamma qui explose.

Elle cligna à nouveau des yeux.

Du sang pulvérisé en fines gouttelettes jaillissant de la tête de Sam.

Charlie, cours !

Elle passa la porte avant que Huck ait pu l'arrêter. Ses jambes s'activaient comme deux pistons. Son cœur martelait. Ses baskets adhéraient au sol ciré, mais en pensée elle sentait la terre frémir sous ses pieds nus, les branches des arbres lui lacérer le visage, la peur lui étreindre le buste tel du fil barbelé.

— Aidez-nous ! cria la femme. S'il vous plaît !

Huck arriva à hauteur de Charlie, alors qu'elle tournait à l'angle. Pour Charlie, il n'était guère plus qu'une tache floue. Elle distingua trois personnes au bout du couloir.

Les pieds d'un homme pointaient vers le plafond.

Derrière lui, à sa droite, une paire de pieds plus petits étaient écartés vers l'extérieur.

Des chaussures roses. Des étoiles blanches sur les semelles. Une lumière devait clignoter quand elle marchait.

Une femme plus âgée, agenouillée près de la petite fille, se balançait d'avant en arrière en gémissant.

Charlie avait envie de gémir, elle aussi.

Du sang avait maculé les chaises en plastique installées devant le bureau, éclaboussé les murs et le plafond, giclé sur le sol.

L'air familier de ce carnage provoqua un engourdissement diffus dans tout le corps de Charlie. Elle ralentit ses foulées jusqu'au petit trot, et termina en marche rapide. Elle avait vu cela auparavant. Elle savait que l'on pouvait tout mettre dans une petite boîte et la refermer plus tard, que l'on pouvait continuer sa vie à condition de ne pas trop dormir, de ne pas trop respirer, de ne pas trop vivre.

Quelque part, une série de portes s'ouvrirent avec fracas. Des pas lourds et bruyants parcoururent les couloirs. Des voix s'élevèrent. Hurlant. Pleurant. On cria des mots, inintelligibles pour Charlie. Elle évoluait sous l'eau. Son corps remuait lentement ; bras et jambes flottaient à l'encontre d'une gravité excessive. En silence, son cerveau dressait l'inventaire de toutes les choses qu'elle ne voulait pas voir.

Mr Pinkman gisait sur le dos. Sa cravate bleue était rejetée par-dessus son épaule. Une tache de sang fleurissait au beau milieu de sa chemise blanche à manches longues. Le côté droit de sa tête était béant ; la peau pendait, lambeaux de papier, sur le pourtour de son crâne blanc. À l'emplacement de son œil droit, un trou noir et profond.

Mrs Pinkman ne se trouvait pas près de son mari. C'était elle la femme hurlante, qui s'était soudain arrêtée de crier. Elle berçait la tête de l'enfant dans son giron, maintenait un pull bleu pastel contre le cou de la petite fille. La balle avait déchiré un endroit vital. Les mains de Mrs Pinkman étaient rouge vif. Le sang avait transformé le diamant de son alliance en un noyau de cerise.

Les genoux de Charlie cédèrent.

Elle se retrouva au sol à côté de la fillette.

Elle se voyait allongée sur le sol de la forêt.

Douze ans ? Treize ?

De petites jambes grêles. Des cheveux noirs coupés court comme Gamma. De longs cils comme ceux de Sam.

— À l'aide, murmura Mrs Pinkman, la voix rauque. S'il vous plaît.

Charlie tendit les mains sans savoir où les poser. Les yeux de la petite fille roulèrent vers le haut puis, tout aussi soudainement, son regard se concentra sur Charlie.

— Tout va bien, lui dit Charlie. Ça va aller.

— Précède cet agneau, ô Seigneur, priait Mrs Pinkman. Sois près d'elle. Hâte-Toi de venir à son secours.

Tu ne vas pas mourir, suppliait le cerveau de Charlie. *Tu ne vas pas baisser les bras. Tu auras ton bac. Tu iras à la fac. Tu te marieras. Tu ne laisseras pas un trou béant avaler ta famille.*

— Hâte-Toi de me guider, ô Seigneur, mon salut.

— Regarde-moi, dit Charlie à la fillette. Tu vas t'en sortir.

La fillette n'allait pas s'en sortir.

Ses paupières se mirent à papillonner. Ses lèvres bleutées s'entrouvrirent. Des dents minuscules. Des gencives blanches. Le bout rose pâle de sa langue.

Lentement, la couleur se retira de son visage. Charlie se remémora la manière dont l'hiver descendait la montagne, les feuilles rouges, orange, jaunes aux airs de fête prenaient des nuances terre d'ombre, puis marron, avant de commencer à tomber, si bien que le temps que le froid atteigne de ses doigts glacés les contreforts extérieurs de la ville, tout était mort.

— Oh ! mon Dieu ! sanglota Mrs Pinkman. Petit ange. Pauvre petit ange.

Charlie ne se souvenait pas d'avoir pris la main de l'enfant, pourtant ses doigts, plus gros, enserraient bien les petits. Si minuscules, si froids, tel un gant abandonné sur une aire de jeux. Charlie les regarda se libérer lentement de son emprise jusqu'à ce que la main de la fillette retombe mollement sur le sol.

Partie.

— Code Noir !

Le bruit fit sursauter Charlie.

— Code Noir ! Un flic remontait le couloir en courant. Sa radio dans une main, un fusil dans l'autre. La panique brisait sa voix. Venez à l'école ! Venez à l'école !

L'espace d'une seconde, le regard de l'homme croisa celui de Charlie. Un éclat dans le regard indiqua qu'il l'avait reconnue, puis il aperçut le cadavre de l'enfant. L'horreur, puis le chagrin défirent ses traits. L'extrémité de sa chaussure dérapa sur une traînée de sang. Ses pieds glissèrent et se dérobèrent sous lui. Il tomba durement sur le sol. Son souffle s'échappa de sa bouche comme un soupir. Le fusil vola de ses mains et poursuivit sa course en silence sur le sol.

Charlie baissa les yeux sur sa main, celle qui avait tenu la main de la fillette. Elle se frotta les doigts les uns contre les autres. Le sang était poisseux, pas comme celui de Gamma, qui avait paru gras comme de l'huile.

Os blanc éclatant. Morceaux de cœur et de poumon. Des tendons, des artères et des veines, et la vie qui se répand par ses blessures béantes.

Elle se souvint d'être rentrée à la ferme une fois que tout avait été terminé. Rusty avait payé quelqu'un pour nettoyer, mais la personne n'avait pas réalisé un boulot minutieux. Des mois plus tard, alors que Charlie cherchait un bol au fond d'un placard, elle avait trouvé un morceau de dent ayant appartenu à Gamma.

— Non ! hurla Huck.

Charlie leva les yeux, choquée par ce qu'elle vit. Ce qu'elle avait raté. Ce qu'au début elle n'avait pas compris, même si cela se passait à moins de quinze mètres sous ses yeux.

Une adolescente était assise par terre, adossée aux casiers. Le cerveau de Charlie fit apparaître rapidement une image antérieure, elle montrait la jeune fille s'immisçant discrètement à la périphérie de son champ de vision étréci, pendant que Charlie courait dans le couloir en direction du carnage. Elle avait immédiatement reconnu le genre de la fille : vêtements noirs, eyeliner noir. Une gothique. Pas de sang. Un visage plutôt rond affichant un état de choc, pas la douleur. *Elle va bien*, avait pensé Charlie en passant devant elle pour rejoindre Mrs Pinkman, pour rejoindre l'enfant. Mais la gothique n'allait pas bien.

C'était elle le tireur.

Elle tenait un revolver. Au lieu de dégommer d'autres victimes, elle braquait le flingue sur sa propre poitrine.

— Pose ça à terre ! Le flic se trouvait à quelques mètres d'elle, le fusil enfoncé contre son épaule. La terreur modelait le moindre de ses gestes, depuis sa façon de se balancer sur la plante des pieds jusqu'à sa manière de s'agripper mortellement à son arme. J'ai dit : pose ce putain de flingue à terre !

— Elle va le faire. Huck s'agenouilla en tournant le dos à la jeune fille pour la protéger. Les mains levées. La voix assurée. C'est bon. Gardons notre calme.

— Vire-toi de là ! Le flic n'était pas calme. Il était survolté, prêt à appuyer sur la détente, à l'instant précis où sa ligne de mire serait dégagée. Vire de là, putain !

— Elle s'appelle Kelly, dit Huck. Kelly Wilson.

— Bouge de là, putain de connard !

Charlie ne regardait pas les hommes. Mais les armes.

Revolver et fusil.

Fusil et revolver.

Elle sentit une vague parcourir son corps, le même type d'anesthésie qui l'avait engourdie tellement de fois auparavant.

— Bouge ! éructa le flic. D'un geste vif, il positionna le fusil dans une direction, puis dans l'autre ; il s'efforçait de l'orienter de sorte à contourner Huck. Vire-toi de là !

— Non. Huck restait agenouillé, le dos tourné vers Kelly. Mains toujours en l'air. Ne fais pas ça, mec. Elle n'a que seize ans. Tu ne vas pas tuer une…

— Vire-toi de là ! La peur du flic grésillait dans l'air tel un courant électrique. À terre !

— Arrête, mec. Huck bougeait en même temps que le fusil pour le bloquer sous tous les angles. Elle n'essaie de tuer personne à part elle.

La fille ouvrit la bouche. Charlie n'entendit pas les mots, mais manifestement le flic oui.

— Tu as entendu cette putain de salope ! beugla le flic. Laisse-la faire ou vire-toi de là !

— S'il vous plaît, chuchota Mrs Pinkman. Charlie en avait presque oublié la femme. L'épouse du principal se tenait la tête dans les mains, se couvrait les yeux pour ne pas voir. S'il vous plaît, arrêtez.

— Kelly. La voix de Huck était calme. Il tendit la main par-dessus son épaule, paume vers le haut. Kelly, donne-moi le flingue, ma puce. Tu n'as pas à faire ça. Il attendit quelques secondes, puis ajouta : Kelly. Regarde-moi.

Lentement, la fille leva les yeux. Ses mâchoires étaient desserrées. Ses yeux vitreux.

— Couloir d'entrée ! Couloir d'entrée !

Un autre flic passa devant Charlie au pas de course. Il se mit sur un genou, et glissa au sol, tenant son Glock à deux mains avant de vociférer :

— Pose-ça à terre !

— S'il vous plaît, mon Dieu, sanglotait Mrs Pinkman dans ses mains. Pardonnez ce péché.

— Kelly, reprit Huck. Donne-moi le revolver. Personne d'autre ne doit être blessé.

— À terre ! tonna le second flic. L'hystérie faisait grimper sa voix bien trop haut dans les aigus. Charlie voyait son doigt se crisper sur la détente. Allonge-toi au sol !

— Kelly. Huck adopta le ton ferme du parent en colère. C'est la dernière fois que je te le demande. Donne-moi ce revolver immédiatement. Il secoua sa main ouverte pour appuyer sa demande. Je suis sérieux.

Kelly Wilson se mit à hocher la tête. Charlie regardait les yeux de l'adolescente qui effectuait une mise au point progressive, au fur et à mesure que les mots de Huck s'infiltraient en elle. Quelqu'un lui disait quoi faire, lui indiquait une issue. Ses épaules se détendirent. Elle ferma la bouche. Elle cligna des yeux plusieurs fois. Charlie comprenait de façon immanente ce que la jeune fille traversait. Le temps s'était arrêté, puis quelqu'un, curieusement, avait trouvé la clé pour remonter une nouvelle fois la manivelle.

Lentement, Kelly se mit en mouvement pour déposer le revolver dans la main de Huck.

Le flic appuya sur la détente malgré tout.

2

Charlie regarda l'épaule gauche de Huck tressauter lorsque la balle lui perfora le bras. Ses narines se dilatèrent. Il entrouvrit les lèvres en quête d'air. Du sang imprégna les fibres de sa chemise, dessinant un iris rouge. Pourtant, il tenait toujours fermement le revolver que Kelly avait placé dans sa main.

Quelqu'un chuchota :

— Mon Dieu…

— Ça va, indiqua Huck à l'intention du flic qui lui avait tiré dessus. Vous pouvez ranger votre arme, d'accord ?

Le flic tremblait tellement qu'il parvenait à peine à tenir son flingue.

Huck dit :

— Officier Rodgers, rengainez votre arme et prenez ce revolver.

Charlie sentit plus qu'elle ne vit une nuée d'officiers de police passer devant elle en courant. L'air tourbillonna autour d'elle comme des volutes de dessin animé, rien de plus que des traits fins et arrondis indiquant le mouvement.

Puis un urgentiste lui prit fermement le bras. Ensuite, quelqu'un lui braqua une lampe-torche dans les yeux, lui demanda si elle était blessée, si elle était en état de choc, si elle voulait aller à l'hôpital.

— Non, répondit Mrs Pinkman. Un autre urgentiste l'auscultait pour trouver d'éventuelles blessures. Sa chemise rouge était gorgée de sang. S'il vous plaît, je vais bien.

Personne n'auscultait Mr Pinkman.

Personne n'auscultait la petite fille.

Charlie baissa les yeux sur ses mains. Les os situés à l'extrémité de ses doigts vibraient. La sensation s'étendit lentement jusqu'à ce qu'elle ait l'impression de se trouver à deux centimètres de son corps, que chaque inspiration était l'écho d'une autre inspiration prise précédemment.

Mrs Pinkman prit la joue de Charlie dans sa main. Elle essuya les larmes de son pouce. La douleur était gravée dans les rides qui creusaient profondément le visage de la femme. Avec une tout autre personne, Charlie se serait écartée, mais elle se blottit dans la chaleur de Mrs Pinkman.

Elles s'étaient déjà trouvées ainsi auparavant.

Vingt-huit ans plus tôt, Mrs Pinkman était Miss Heller et habitait avec ses parents à trois kilomètres environ de la ferme. Elle avait répondu aux coups hésitants frappés à sa porte et avait découvert la Charlie de treize ans sous le porche, couverte de transpiration, maculée de sang, et réclamant de la crème glacée.

Les gens focalisaient sur ce détail, quand ils racontaient l'histoire : pas sur l'assassinat de Gamma ou sur le fait que Sam ait été enterrée vivante, mais ils répétaient que Charlie avait avalé deux bols de glace avant de dire à Miss Heller qu'un malheur était arrivé.

— Charlotte.

Huck lui empoigna l'épaule. Elle regardait sa bouche remuer et prononcer un prénom qui n'était plus le sien. Sa cravate était défaite. Elle vit les éclaboussures rouges consteller le bandage blanc autour de son bras.

— Charlotte. Il la secoua à nouveau. Il faut que tu appelles ton père. Tout de suite.

Charlie leva les yeux, jeta un regard circulaire. Le temps avait continué sans elle. Mrs Pinkman était partie. Les urgentistes avaient disparu. Une chose demeurait identique : les cadavres. Ils étaient toujours là, à quelques centimètres. Mr Pinkman avec sa cravate rejetée sur l'épaule. La petite fille avec sa veste rose maculée de sang.

— Appelle-le, répéta Huck.

Charlie fouilla dans sa poche arrière à la recherche de

son portable. Il avait raison. Rusty allait s'inquiéter. Il fallait qu'elle le prévienne que tout allait bien.

Huck poursuivit :

— Dis-lui de rameuter les journalistes, le chef de la police, tous ceux qu'il peut ramener ici. Il détourna le regard. Je ne peux pas les arrêter tout seul.

Charlie sentit sa poitrine se serrer. Son corps lui indiqua qu'elle était piégée au cœur du danger. Elle suivit le regard fixe de Huck le long du couloir.

Il ne s'inquiétait pas pour elle.

Il s'inquiétait pour Kelly Wilson.

L'adolescente était allongée au sol, face contre terre, les mains menottées solidement dans le dos. Elle était de petite taille, pas plus grande que Charlie, mais elle était clouée au sol comme un taulard menaçant. Un flic lui enfonçait un genou dans le dos ; un autre flic était agenouillé sur ses jambes, et un dernier écrasait la semelle de sa chaussure sur le visage de la fille.

On aurait pu considérer ces actes comme des tentatives pour la maîtriser, mais ce n'était pas pour cette raison que Huck lui demandait d'appeler Rusty. Cinq flics de plus encerclaient la jeune fille. Charlie ne les avait pas entendus auparavant. Ils criaient, juraient, levaient les bras. Charlie reconnaissait certains de ces hommes. Elle les connaissait du lycée ou d'une salle d'audience, ou bien des deux. Leurs visages affichaient des expressions trahissant la même rage. Ces morts les rendaient furieux. Ils enrageaient de leur propre impuissance. C'était leur ville. Leur école. Leurs enfants étudiaient ici. Il y avait aussi leurs professeurs, leurs amis.

L'un des flics balança un coup de poing dans un casier, d'une violence telle que le gond de la porte en métal se brisa. D'autres ne cessaient de serrer et de desserrer les poings. Certains faisaient les cent pas dans le petit couloir comme des animaux en cage. Peut-être *étaient*-ils des animaux. Un mot malencontreux pouvait à tout moment déclencher un coup de pied, puis un coup de poing. Ensuite ils sortiraient des matraques, dégaineraient des flingues, et se jetteraient sur Kelly Wilson comme des chacals.

— J'ai une fille du même âge, lâcha quelqu'un, les dents serrées. Elles étaient dans la même classe.

Un poing percuta un autre casier.

— Pink m'a entraîné, déclara l'un d'eux.

— Il n'entraînera plus personne.

Une autre porte de casier sortit de ses gonds, éjectée par un coup de poing.

— Vous…

La voix de Charlie se brisa avant qu'elle ait terminé. C'était dangereux. Trop dangereux.

— Arrêtez ! dit-elle, puis elle supplia : Arrêtez, s'il vous plaît.

Soit ils ne l'entendaient pas, soit ils s'en moquaient.

— Charlotte, intervint Huck. Ne te mêle pas de ça. Juste…

— Putain de salope ! Le flic dont le genou était enfoncé dans le dos de Kelly arracha une poignée de cheveux de la jeune fille. Pourquoi tu as fait ça ? Pourquoi tu les as tués ?

— Arrêtez, répéta Charlie. La main de Huck se posa sur son bras, mais elle se leva quand même. Arrêtez, dit-elle encore.

Personne n'écoutait. Sa voix était trop timide, parce que chaque muscle de son corps lui intimait de rester en dehors de ce terrain miné par la fureur masculine. C'était comme essayer d'arrêter un combat de chiens, sauf que les chiens avaient des revolvers chargés.

— Hé ! lâcha Charlie, la peur la fit s'étrangler. Emmenez-la au poste. Mettez-la en cellule.

Jonah Vickery, un enfoiré de sportif qu'elle connaissait du lycée, sortit sa matraque en métal avec un bruit sec.

— Jonah. Les genoux de Charlie étaient si faibles qu'elle dut s'appuyer contre le mur pour ne pas glisser. Tu dois lui lire ses droits et…

— Charlotte. Huck lui fit signe de se rasseoir par terre. Ne te mêle pas de ça. Appelle ton père. Il peut arrêter ça.

Il avait raison. Les flics avaient peur de son père. Ils connaissaient ses actions en justice, sa tribune publique.

Charlotte essaya d'appuyer sur le bouton HOME de son téléphone. Ses doigts étaient trop épais. La transpiration avait changé le sang séché en une pâte compacte.

— Dépêche-toi ! l'exhorta Huck. Ils vont finir par la tuer.

Charlie vit un pied percuter le flanc de Kelly assez fort pour que les hanches de la jeune fille quittent le sol.

Une autre matraque en métal jaillit avec un claquement.

Charlie réussit enfin à appuyer sur le bouton HOME. Une photo du chien de Huck remplit l'écran. Elle ne demanda pas le code à Huck. Il était trop tard pour appeler Rusty. Il ne ferait pas le trajet jusqu'à l'école assez vite. Elle tapota sur l'icône de l'appareil-photo sachant qu'elle contournerait le verrouillage de l'écran. Après avoir fait glisser deux fois son doigt sur l'écran, la vidéo s'enregistrait. Elle zooma sur le visage de la jeune fille.

— Kelly Wilson. Regarde-moi. Tu peux respirer ?

Kelly cligna des yeux. On avait l'impression que sa tête était de la taille de celle d'une poupée comparée à la chaussure noire du flic qui appuyait sur son visage.

Charlie déclara :

— Kelly, regarde la caméra.

— Putain de merde ! pesta Huck. J'ai dit de…

— Vous, les mecs, il faut que vous arrêtiez ça. Charlie traîna son épaule contre les casiers tandis qu'elle approchait de la fosse aux lions. Emmenez-la au poste. Photographiez-la. Prenez ses empreintes. Ne faites pas en sorte que cela se retourne contre…

— Elle nous filme, lâcha un des flics, Greg Brenner, un autre connard de sportif. Pose-ça, Quinn.

— C'est une gamine de seize ans. Charlie continuait d'enregistrer. Je monterai avec elle à l'arrière de la voiture. Vous pouvez l'arrêter et…

— Faites-la stopper, lança Jonah, celui dont le pied écrasait le visage de l'adolescente. Elle est pire que son putain de père.

— Donne-lui une coupe de glace, suggéra Al Larrisy.

Charlie déclara :

— Jonah, enlève ta chaussure de sa tête. Elle braqua

la caméra sur le visage de chaque homme. Il existe une bonne façon de procéder. Vous le savez tous. Ne prenez pas le risque que cette affaire soit rejetée à cause de vous.

Jonah appuya son pied si fort que la mâchoire de Kelly s'ouvrit. Un filet de sang coula de l'endroit où son appareil dentaire entama sa joue.

Il déclara :

— Tu vois ce bébé mort, là-bas ? Il désigna le couloir. Tu vois où son cou a explosé ?

— Qu'est-ce que tu crois ? l'interrogea Charlie, parce qu'elle avait le sang de la fillette partout sur ses mains.

— Je crois que tu te soucies davantage d'une putain de meurtrière que de deux victimes innocentes.

— Ça suffit. Greg tenta de s'emparer du téléphone. Éteins-le.

Charlie se détourna et continua à filmer.

— Mettez-nous toutes les deux dans la voiture, insista-t-elle. Emmenez-nous au poste et…

— Donne-moi ça.

Greg tendit la main pour attraper le téléphone.

Charlie tenta de s'éloigner avec une feinte, mais Greg fut plus rapide. Il essaya de lui arracher l'appareil des mains mais le balança au sol.

Charlie se pencha pour le ramasser.

— Laisse-le, ordonna-t-il.

Charlie tendit la main.

Sans aucune sommation, le coude de Greg vint cogner l'arête de son nez. Sa tête partit en arrière avec un bruit sec et heurta violemment un casier. La douleur lui fit l'effet d'une bombe qui explosait à l'intérieur de son visage. Charlie ouvrit la bouche. Elle toussa et cracha du sang.

Personne ne bougea.

Personne ne dit mot.

Charlie mit ses mains en coupe sur son visage. Le sang coulait de son nez comme d'un robinet. Elle se sentit sonnée. Greg *paraissait* sonné. Il leva les mains comme pour signifier que ce n'était pas intentionnel. Mais le mal était fait. Charlie chancela et trébucha. Greg tendit la main pour la rattraper. Il ne fut pas assez rapide.

Sa dernière vision fut le plafond qui tournoyait au-dessus de sa tête lorsqu'elle percuta le sol.

3

Charlie était assise par terre dans la salle d'interrogatoire, le dos fiché dans l'angle. Elle n'avait pas la moindre idée du temps écoulé depuis qu'on l'avait emmenée au poste. Au moins une heure. Elle avait toujours des menottes aux poignets. Du papier toilette enfoncé dans ses narines. Des points de suture lui picotaient l'arrière du cuir chevelu. Sa tête martelait. Sa vision se brouillait. Elle avait mal au ventre. On l'avait photographiée. On avait pris ses empreintes. Elle portait les mêmes vêtements. Son jean était constellé d'éclaboussures rouge sombre et le même motif criblait son T-shirt des Blue Devils de Duke. Une couche de sang séché recouvrait encore ses mains parce que, dans les toilettes de la cellule qu'on l'avait autorisée à utiliser, un simple filet d'eau froide et marronnasse sortait du robinet d'un immonde lavabo.

Vingt-huit ans auparavant, elle avait supplié les infirmières de l'hôpital de la laisser prendre un bain. Le sang de Gamma avait roussi sur sa peau. Tout était poisseux. Charlie ne s'était pas immergée dans l'eau depuis que la maison en briques rouges avait été réduite en cendres. Elle avait souhaité que la chaleur l'enveloppe, que le sang et les os dérivent au loin comme un cauchemar qui s'estompe au cœur de la mémoire.

Rien ne s'estompe jamais vraiment. Le temps se contente d'émousser le tranchant.

Charlie expira lentement. Elle appuya sa tête contre le mur. Ferma les yeux. Elle revit la fillette morte dans le couloir du collège, la couleur quitter son corps comme arrive le blanc hiver, sa main échapper à celle de Charlie, tout comme la main de Gamma.

La petite fille devait encore gésir dans le couloir froid de l'école : son corps en tout cas, tout près de Mr Pinkman. Tous deux morts. Tous deux exposés à une dernière injustice. Oubliés aux yeux de tous, découverts, sans protection, pendant que des gens faisaient d'incessantes allées et venues autour d'eux. Ainsi en allait-il des homicides. Personne ne déplaçait qui que ce soit, pas même une enfant, pas même un entraîneur bien-aimé, avant que le moindre centimètre de la scène de crime ne soit photographié, recensé, mesuré, retranscrit sous forme de schéma, investigué.

Charlie ouvrit les yeux.

Ce territoire lui était si tristement familier : des images qu'elle ne parvenait pas à extirper de sa tête, des endroits sombres où son cerveau ne cessait de retourner encore et encore comme les roues d'une voiture s'usant sur la même allée de gravier.

Elle inspira par la bouche. Son nez l'élançait douloureusement. Les urgentistes avaient dit qu'il n'était pas cassé, mais Charlie ne leur faisait pas confiance. Même pendant qu'on lui suturait le crâne, les flics se dépêchaient d'élaborer une couverture, de préparer des rapports convergents : Charlie s'était montrée hostile, s'était cognée contre le coude de Greg, et le téléphone s'était brisé quand elle avait accidentellement marché dessus.

Le téléphone de Huck.

Mr Huckleberry avait souligné à plusieurs reprises que le téléphone et son contenu lui appartenaient. Il était allé jusqu'à leur montrer que la vidéo était bien effacée.

À ce moment-là, elle avait eu trop mal pour secouer la tête, mais Charlie le faisait à présent. Ils avaient tiré sur Huck sans aucun motif, et ce dernier se rangeait de leur côté. Elle avait vu ce genre de comportement au sein de presque toutes les forces de l'ordre qu'elle avait côtoyées.

Quoi qu'il arrivât, ces types se couvraient toujours les uns les autres.

La porte s'ouvrit. Jonah entra. Il portait deux chaises pliantes, une dans chaque main. Il adressa un clin d'œil à Charlie, parce qu'il l'appréciait davantage, à présent qu'elle se trouvait en garde à vue. C'était déjà un sadique au lycée. L'uniforme n'avait fait que légaliser son comportement.

— Je veux voir mon père, dit-elle, comme elle l'avait répété à chaque personne qui entrait dans la pièce.

Jonah fit un autre clin d'œil en dépliant les chaises de chaque côté de la table.

— J'ai droit à un avocat.

— Je viens de l'avoir au téléphone.

Cette phrase ne fut pas prononcée par Jonah, mais par Ben Bernard, un assistant du procureur de district au sein du comté. Il jeta à peine un regard à Charlie, balança un dossier sur la table et s'assit.

— Ôtez-lui les menottes.

Jonah s'enquit :

— Vous voulez que j'accroche sa laisse à la table ?

Ben lissa sa cravate. Il leva les yeux sur l'homme.

— Je t'ai demandé d'enlever ces putains de menottes, *et tout de suite.*

Ben avait élevé la voix, mais sans hurler. Il ne criait jamais, du moins durant les dix-huit années que Charlie avait passées avec lui.

Jonah fit tourner les clés autour de ses doigts pour signifier qu'il le ferait au moment où il l'aurait choisi. Il déverrouilla les menottes et les retira des poignets de Charlie avec brusquerie, mais il se ridiculisa lui-même, parce qu'elle était tellement apathique qu'elle ne le remarqua même pas.

Jonah claqua la porte en sortant.

Charlie écouta le claquement ricocher contre les murs en béton. Elle resta par terre. Elle attendait que Ben dise quelque chose de comique pour détendre l'atmosphère, mais son époux avait deux victimes d'homicide au lycée, une adolescente meurtrière et suicidaire en détention provisoire, et sa femme était assise dans un coin, couverte de sang. Alors elle se consola avec sa façon de relever le menton pour lui désigner la chaise en face de lui.

Elle lui demanda :

— Est-ce que Kelly va bien ?

— Elle est placée sous surveillance des personnes suicidaires. Gardée par deux femmes officiers, vingt-quatre heures sur vingt-quatre.

— Elle a seize ans, déclara Charlie, même s'ils savaient tous deux que Kelly Wilson serait traitée comme une adulte. La seule grâce salvatrice — littéralement — était que les mineurs n'étaient plus sujets à la peine de mort. Si elle a demandé à voir un de ses parents, cela peut équivaloir à demander un avocat.

— Ça dépend du juge.

— Tu es au courant que papa obtiendra un changement de lieu.

Charlie savait que son père était le seul avocat en ville susceptible de prendre l'affaire.

La lumière du plafonnier fit étinceler les lunettes de Ben quand il lui indiqua à nouveau la chaise.

Charlie se leva en prenant appui sur le mur. Un vertige lui fit refermer les yeux.

Ben demanda :

— Tu as besoin d'une assistance médicale ?

— Quelqu'un me l'a déjà demandé.

Charlie ne voulait pas aller à l'hôpital. Elle avait probablement une commotion cérébrale. Mais elle était capable de marcher tant qu'une partie de son corps restait en contact avec du solide.

— Je vais bien.

Il resta silencieux, mais la phrase muette « Bien sûr que tu vas bien, tu vas toujours bien » résonna autour d'elle dans la pièce.

— Tu vois ?

Elle toucha le mur du bout des doigts, une funambule sur un fil.

Ben ne leva pas les yeux. Il ajusta ses lunettes. Ouvrit le dossier devant lui. Il ne contenait qu'un seul formulaire. Même quand Ben se mit à écrire avec ses gros caractères trapus, les yeux de Charlie ne parvinrent pas à faire la mise au point.

Elle demanda :

— On m'inculpe pour quoi ?

— Entrave à la justice.

— Bien pratique, ce fourre-tout.

Il continua d'écrire. De ne pas la regarder.

Elle l'interrogea :

— Tu as déjà vu ce qu'ils m'ont fait, pas vrai ?

Le seul bruit émis par Ben était celui du stylo grattant le papier.

— C'est pour ça que tu ne me regardes pas, c'est parce que tu m'as déjà vue à travers ça. Elle désigna le miroir sans tain du menton. Qui d'autre est ici ? Coin ?

Le procureur de district Ken Coin était le patron de Ben, un insupportable connard qui voyait tout en noir ou blanc et, plus récemment, en marron, à cause du boom immobilier qui avait attiré un afflux d'immigrants mexicains jusqu'à Atlanta.

Dans le miroir, Charlie regardait le reflet de sa main levée, un majeur dressé en signe de salut au procureur Coin.

Ben répondit :

— J'ai pris les dépositions de neuf témoins stipulant que tu étais inconsolable durant la scène, et qu'au moment où l'officier Brenner te réconfortait, ton nez a cogné contre son coude.

S'il avait l'intention de s'adresser à elle comme un avocat, alors elle se comporterait en avocate.

— C'est ce que montrait la vidéo du téléphone, ou j'ai besoin d'une injonction demandant l'examen par la police scientifique des fichiers effacés ?

Ben haussa les épaules.

— Fais ce que tu as à faire.

— Très bien. Charlie s'assit en prenant appui sur ses paumes, à plat sur la table. Est-ce que c'est le moment où tu proposes de laisser tomber l'inculpation factice d'entrave à la justice si je ne dépose pas plainte pour usage excessif de la force ?

— J'ai déjà laissé tomber l'inculpation factive d'entrave. Son stylo passa à la ligne suivante. Tu peux déposer autant de plaintes que tu veux.

— Tout ce que je veux, ce sont des excuses.

Elle entendit un bruit derrière le miroir, une sorte de soupir. Durant les douze dernières années, Charlie avait gagné pour ses clients deux procès contre les forces de police de Pikeville. Ken Coin avait probablement supposé qu'elle était assise là, à compter l'argent qu'elle récolterait sur le dos de la ville, au lieu de pleurer l'enfant morte dans ses bras, ou de déplorer la perte du principal qui lui avait collé des retenues plutôt que de l'exclure, alors qu'ils savaient tous deux que Charlie le méritait.

Ben gardait la tête baissée. Il tapotait son stylo contre la table. Elle s'efforça de ne pas penser à Huck qui avait fait de même dans son bureau.

Il demanda :

— Tu es sûre ?

Charlie fit un signe en direction du miroir, en espérant que Coin était là.

— Si vous, les mecs, pouviez reconnaître vos actes répréhensibles, alors les gens vous croiraient quand vous évoquez vos exploits.

Ben la dévisagea enfin. Ses yeux scrutèrent son visage et enregistrèrent ses blessures. Elle vit les traits fins autour de sa bouche quand il fronça les sourcils, le profond sillon sur son front, et elle se demanda s'il avait déjà noté les mêmes signes de l'âge sur son visage à elle.

Ils s'étaient rencontrés à la fac de droit. Il avait déménagé à Pikeville pour être avec elle. Ils avaient prévu de passer le restant de leur existence ensemble.

Elle déclara :

— Kelly Wilson a le droit de…

Ben leva la main pour l'interrompre.

— Tu sais que je suis d'accord avec tout ce que tu vas dire.

Charlie se détendit sur sa chaise. Elle devait se rappeler que ni Ben ni elle n'approuvaient la mentalité du « nous contre eux » prônée par Rusty et Ken Coin.

Elle reprit :

— Je veux des excuses de la main de Greg Brenner. De véritables excuses, pas des conneries du genre « Je suis désolé que tu le prennes comme ça », comme si j'étais une hystérique et qu'il ne se comportait pas comme un putain de nazi.

Ben acquiesça.

— Considère ça comme acquis.

Charlie tendit la main vers le formulaire. Elle saisit le stylo. Les mots étaient flous, mais elle avait lu assez de dépositions pour savoir où elle était censée signer. Elle gribouilla une signature en bas de page, puis fit glisser le formulaire vers Ben.

— Je te fais confiance pour honorer ta part de marché. Remplis la déposition comme tu l'entends.

Ben fixait le formulaire. Ses doigts hésitèrent au-dessus de la marge. Il ne regardait pas sa signature, mais les empreintes marron, tachées de sang, qu'elle avait laissées sur le papier blanc.

Charlie battit des paupières pour éclaircir sa vision. Ils ne s'étaient jamais retrouvés aussi près ces neuf derniers mois.

— OK.

Il referma la chemise. Se leva.

— Il n'y a qu'eux deux ? s'enquit Charlie. Mr Pink et la petite…

— Oui. Il hésita avant de se rasseoir. Un des gardiens a verrouillé la cantine. Le principal adjoint a arrêté les bus dans la rue.

Charlie ne voulait pas penser au massacre que Kelly Wilson aurait commis si elle avait ouvert le feu quelques secondes après la sonnerie.

Ben ajouta :

— On devra tous les interroger. Les gamins. Les profs. Le personnel.

Charlie savait que la ville n'était pas en capacité de coordonner autant d'interrogatoires, sans parler de monter un dossier aussi important. À Pikeville, le département de police comptait dix-sept officiers à plein temps. Ben faisait partie des six avocats du bureau du procureur de district.

Elle demanda :

— Est-ce que Ken va demander des renforts ?

— Ils sont déjà là, répondit Ben. Tout le monde s'est pointé. Des agents. La police d'État. Le bureau du shérif. On n'a même pas eu besoin de les appeler.

— C'est une bonne chose.

— Ouais.

Il tripota l'angle de la chemise. Ses lèvres remuèrent comme elles le faisaient toujours quand il se mordillait le bout de la langue. C'était une vieille habitude. Charlie avait vu une fois sa mère tendre la main au-dessus de la table et lui flanquer une claque sur la main pour le faire arrêter.

Elle demanda :

— Tu as vu les corps ?

Il ne répondit pas, mais c'était inutile. Charlie savait que Ben avait vu la scène de crime. Elle le devinait à sa voix morne, à l'affaissement de ses épaules. Pikeville s'était certes agrandie ces vingt dernières années, mais demeurait néanmoins une petite ville ; le genre d'endroit où l'héroïne constituait une préoccupation bien plus fréquente que les homicides.

Ben poursuivit :

— Tu sais qu'il faut du temps, mais je leur ai demandé de déplacer les corps aussi vite que possible.

Charlie leva les yeux au plafond pour empêcher les larmes de couler. Ben l'avait réveillée des douzaines de fois de son pire cauchemar : une journée habituelle, Charlie et Rusty vaquaient à des corvées sans intérêt dans la vieille ferme. Ils préparaient un repas, faisaient la lessive, lavaient la vaisselle, tandis que le corps de Gamma se décomposait contre un meuble, parce que la police avait oublié de l'emporter.

C'était probablement à cause du morceau de dent que Charlie avait retrouvé au fond d'un placard. Qu'avaient-ils laissé d'autre ?

Ben reprit :

— Ta voiture est garée derrière le cabinet. Ils ont fermé

les portes de l'école. Elle restera probablement fermée pour le reste de la semaine. Il y a déjà une camionnette d'infos venue d'Atlanta.

— Est-ce que c'est là que papa se recoiffe ?

Ils esquissèrent tous deux un sourire, parce qu'ils savaient que son père n'aimait rien plus que se voir à la télévision.

Ben dit :

— Il te fait dire de t'accrocher. Quand je l'ai appelé. C'est ce que Rusty a dit : « Dis à ma fille de bien s'accrocher. »

Ce qui signifiait que Rusty n'avait pas l'intention de voler à son secours. Qu'il supposait que sa fille, solide, pouvait se débrouiller toute seule dans une pièce remplie de gros bras, pendant qu'il se ruait à la maison de Kelly Wilson pour faire signer sa convention d'honoraires à ses parents.

Quand les gens disaient à quel point ils détestaient les avocats, c'était l'image de Rusty qui venait à l'esprit.

Ben proposa :

— Je peux demander à une voiture de police de te ramener au cabinet.

— Hors de question que je monte dans la voiture d'un de ces enfoirés.

Ben passa une main dans ses cheveux. Ils avaient bien besoin d'une coupe. Sa chemise était froissée. Il manquait un bouton à son costume. Elle aurait aimé se dire qu'il allait à vau-l'eau sans elle, mais la vérité c'était qu'il négligeait toujours son apparence, et Charlie était plutôt du genre à le taquiner sur son look de hipster clodo qu'à attraper une aiguille et du fil.

Elle déclara :

— Kelly Wilson était sous leur garde. Elle n'opposait aucune résistance. À l'instant où ils lui ont passé les menottes, ils étaient responsables de sa sécurité.

— La fille de Greg fréquente cette école.

— Tout comme Kelly. Charlie se rapprocha. On ne vit pas à Abu Ghraib, OK ? Selon la loi, Kelly Wilson a droit à un procès en bonne et due forme. C'est au juge et aux jurés de décider, et pas à une meute de flics justiciers qui bandent à l'idée de cogner sur une adolescente.

— Je comprends. On comprend tous.

Ben pensait qu'elle faisait l'intéressante pour Oz le tout-puissant derrière le miroir.

— « Une société juste est une société respectueuse de la loi. On ne peut pas être le gentil si on se comporte comme le méchant. »

Il citait Rusty.

Elle poursuivit :

— Ils allaient lui casser la gueule. Ou pire.

— Alors tu t'es portée volontaire pour prendre sa place ?

Charlie sentit une brûlure sur ses mains. Sans réfléchir, elle grattait le sang séché et le faisait rouler en de minuscules boules. Ses ongles, dix petits croissants noirs.

Elle leva les yeux sur son époux.

— Tu as dit avoir pris les dépositions de neuf témoins ?

Ben acquiesça une seule fois avec réticence. Il savait pourquoi elle posait cette question.

Huit flics. Mrs Pinkman n'était pas là quand on avait cassé le nez de Charlie, ce qui signifiait que la neuvième déposition provenait de Huck. Donc Ben avait déjà parlé avec lui.

Elle lui demanda :

— Tu es au courant ?

À cet instant, c'était la seule chose signifiante entre eux : que Ben sache ou pas pourquoi elle s'était rendue à l'école ce matin. Parce que si Ben savait, alors tous les autres aussi, ce qui voulait dire que Charlie avait trouvé un autre moyen particulièrement cruel d'humilier son époux.

— Ben ? s'enquit-elle.

Il passa les doigts dans ses cheveux. Lissa sa cravate. Il avait un si grand nombre de tics… Impossible de jouer au Kem's.

— Chéri, je suis désolée, murmura-t-elle. Je suis tellement tellement désolée.

Un coup bref retentit avant que la porte s'ouvre. Charlie gardait l'espoir de voir apparaître son père, mais une femme noire, plus âgée qu'elle, vêtue d'un tailleur-pantalon bleu marine et d'un chemisier blanc, pénétra dans la pièce. Sa chevelure sombre coupée court arborait quelques touffes blanches. Elle portait à son bras un sac à main fatigué, presque aussi grand que celui que Charlie trimballait à son travail. Une pièce d'identité plastifiée pendait à une sangle autour de son cou, mais Charlie ne parvenait pas à la lire.

La femme se présenta :

— Je suis l'agent spécial responsable, Delia Wofford du bureau d'investigation de Géorgie. Vous êtes Charlotte Quinn ? Elle tendit la main pour serrer celle de Charlie, mais se ravisa en apercevant le sang séché. On vous a photographiée ?

Charlie acquiesça.

— Nom d'un chien ! Elle ouvrit son sac et en sortit un paquet de lingettes. Prenez-en autant que vous voulez. Je peux en demander d'autres.

Jonah revint, chargé d'une autre chaise. Delia désigna l'extrémité de la table, l'endroit où elle voulait s'asseoir. Elle interrogea Jonah :

— C'est vous le connard qui n'a pas permis à cette femme de se nettoyer ?

Jonah ne sut comment réagir à la question. Il n'avait probablement jamais dû répondre à une autre femme que sa mère, et c'était il y a bien longtemps.

— Fermez la porte derrière vous. Delia fit signe à Jonah de partir et s'assit. Ms Quinn, nous allons en finir aussi vite que possible. Cela vous ennuie que j'enregistre ?

Charlie secoua la tête.

— Allez-y.

Elle appuya sur quelques boutons de son téléphone pour activer l'enregistreur, puis déballa son sac : balança des blocs-notes, des livres et des papiers sur la table.

La commotion cérébrale empêchait Charlie de lire, alors elle ouvrit le paquet de lingettes et se mit à l'ouvrage. Elle frotta d'abord entre les doigts, délogea des petits grains noirs qui flottaient comme la cendre lors d'une belle flambée. Le sang avait obstrué ses pores. Ses mains ressemblaient à celles d'une vieille femme. Soudain, l'épuisement la submergea. Elle avait envie de rentrer chez elle. Elle avait envie d'un bain chaud. Elle avait envie de réfléchir aux événements de la journée, d'en examiner toutes les pièces, puis de les rassembler, de les mettre dans une boîte, et de poser cette dernière en haut d'une étagère pour ne plus jamais avoir à s'en préoccuper.

— Ms Quinn ?

Delia Wofford lui tendait une bouteille d'eau.

Charlie l'arracha pratiquement des mains de la femme. Jusque-là, elle ne s'était pas rendu compte qu'elle avait soif. Elle avait englouti la moitié de la bouteille, quand son cerveau lui rappela que c'était une mauvaise idée de boire si vite en ayant des aigreurs d'estomac.

— Pardon.

Charlie plaqua une main sur sa bouche pour couvrir un rot nauséabond.

Manifestement, l'agent en avait vu d'autres.

— Prête ?

— Vous enregistrez ça ?

— Oui.

Charlie retira une autre lingette du paquet.

— D'abord, je veux des renseignements sur Kelly Wilson.

Delia Wofford avait assez d'années à son actif pour ne pas paraître aussi contrariée qu'elle devait l'être.

— Un médecin l'a auscultée. Elle est sous constante surveillance.

Ce n'était pas ce que Charlie avait voulu dire, et l'agent le savait.

— Il y a neuf éléments à prendre en compte avant d'établir si la déposition d'un mineur est…

— Ms Quinn, l'interrompit Delia. Arrêtons de nous inquiéter du sort de Kelly Wilson et commençons par nous soucier du vôtre. Je suis certaine que vous ne voulez pas rester ici une seconde de plus que nécessaire.

Charlie aurait levé les yeux au plafond si elle n'avait pas craint de souffrir de vertige.

— Elle a seize ans. Elle n'est pas assez âgée pour…

— Dix-huit.

Charlie stoppa net son nettoyage. Elle dévisagea Ben

fixement, et pas Delia Wofford, parce qu'ils s'étaient tous deux mis d'accord très tôt dans leur mariage sur le fait qu'un mensonge par omission n'en était pas moins un mensonge.

Ben la regarda à son tour. Avec un air indéchiffrable.

Delia explicita :

— D'après son certificat de naissance, Kelly Wilson a eu dix-huit ans il y a deux jours.

— Vous... Charlie détourna son regard de Ben, parce que leur mariage brisé passait au second plan au vu d'une condamnation à mort. Vous avez vu son certificat de naissance ?

Delia fouilla une pile de dossiers jusqu'à ce qu'elle trouve ce qu'elle cherchait. Elle déposa une feuille devant Charlie. Tout ce que Charlie distinguait, c'était un cachet rond à l'apparence officielle.

Delia poursuivit :

— Les registres de l'école le confirment, mais le ministère de la Santé de Géorgie nous a faxé ce document officiel il y a une heure. Du doigt, elle pointa ce qui devait être la date de naissance de Kelly. Elle a eu dix-huit ans à 6 h 23 samedi matin, mais vous savez que la loi lui donne jusqu'à minuit avant de la considérer officiellement comme une adulte.

Charlie fut prise de nausée. *Deux jours.* Quarante-huit heures séparaient une possible libération conditionnelle d'une mort par injection létale.

— Elle a redoublé une classe. C'est probablement ce qui crée la confusion.

— Qu'est-ce qu'elle fabriquait au collège ?

— Un grand nombre de questions demeurent encore sans réponses. Delia fourragea dans son sac et en sortit un stylo. Bon, Ms Quinn, dans le cadre du dossier, êtes-vous disposée à faire une déposition ? Vous avez le droit de refuser. Vous le savez.

Charlie parvenait à peine à suivre les mots de l'agent. Elle posa sa paume à plat sur son ventre pour l'inciter à se calmer. Même si, par un quelconque miracle, Kelly Wilson réussissait à éviter la peine de mort, la loi de Géorgie dite des « Sept péchés mortels » l'assurait de ne plus jamais sortir de prison.

Serait-ce une si mauvaise chose ?

Il n'y avait aucune ambiguïté dans ce cas. Kelly avait littéralement été arrêtée l'arme du crime à la main.

Charlie regarda ses propres mains, toujours couvertes du sang de la fillette morte dans ses bras. Morte parce que Kelly Wilson lui avait tiré dessus. L'avait assassinée. Tout comme Mr Pinkman.

— Ms Quinn ?

Delia jeta un coup d'œil à sa montre, mais Charlie savait que la femme n'avait pas d'autre engagement ailleurs.

Charlie connaissait également le fonctionnement du système judiciaire. Personne ne raconterait les faits de ce matin sans nourrir l'espoir de clouer Kelly Wilson au pilori. Ni les huit flics présents. Ni Huck Huckabee. Ni Mrs Pinkman.

Charlie n'avait pas le choix.

— J'accepte de faire une déposition.

Delia avait un bloc-notes devant elle. Elle fit tourner son stylo pour en faire sortir la mine.

— Ms Quinn, d'abord je veux vous dire à quel point je suis désolée que vous soyez mêlée à tout ceci. Je suis au courant de votre histoire familiale. Je suis certaine qu'il a été douloureux d'assister à…

Charlotte fit des moulinets avec la main pour l'inciter à passer à autre chose.

— Très bien, dit Delia. Je me dois de préciser la chose suivante : la porte derrière moi n'est pas fermée à clé. Vous n'êtes pas en état d'arrestation. Vous n'êtes pas en détention. Comme je vous l'ai dit plus tôt, vous êtes libre de partir à n'importe quel moment, bien qu'étant l'un des rares témoins de la tragédie d'aujourd'hui ; votre déposition volontaire sera d'une aide cruciale pour la reconstitution des événements.

Charlie remarqua une chose : la femme avait omis de l'avertir que tout mensonge envers un agent du bureau d'investigation de Géorgie la conduirait tout droit en prison.

— Vous voulez que je vous aide à monter votre dossier contre Kelly Wilson.

— Je veux seulement que vous me disiez la vérité.

— Et je ne peux le faire qu'à hauteur de mes souvenirs.

Charlie ne se rendit compte de son hostilité qu'au moment où elle baissa les yeux et découvrit ses bras croisés.

Delia posa son stylo sur la table, mais l'enregistreur fonctionnait toujours.

— Ms Quinn, disons qu'il s'agit d'une situation très embarrassante pour nous tous.

Charlie patienta.

Delia proposa :

— Est-ce que vous parleriez plus librement si votre époux quittait la pièce ?

Charlie pinça les lèvres.

— Ben connaît les raisons de ma présence à l'école ce matin.

Si Delia était déçue d'avoir abattu son atout, elle n'en laissa rien paraître. Elle saisit le stylo.

— Commençons par là, alors. Je sais que votre voiture était garée sur le parking du corps enseignant, à l'est de l'entrée principale. Comment êtes-vous entrée dans le bâtiment ?

— La porte latérale. On la maintenait ouverte.

— Avez-vous remarqué que la porte était ouverte quand vous avez garé votre voiture ?

— Elle est toujours ouverte. Charlie secoua la tête. Je veux dire, c'était le cas quand j'étais élève. C'est plus rapide d'accéder à la cantine par le parking. J'avais l'habitude d'aller à…

Sa voix s'affaiblit, parce que cela n'avait aucun intérêt.

— Je me suis garée dans le parking sur le côté et suis passée par la porte latérale, dont j'ai supposé, d'après l'époque où j'étais élève, qu'elle était ouverte.

Le stylo de Delia courait sur le bloc-notes. Elle ne leva pas les yeux pour demander :

— Vous avez directement rejoint la classe de Mr Huckabee ?

— J'ai dû faire demi-tour. Je suis passée près du secrétariat. Il faisait sombre à l'intérieur, à l'exception de la lumière de Mr Pinkman dans le fond.

— Avez-vous vu quelqu'un ?

— Je n'ai pas vu Mr Pinkman, seulement que sa lumière était allumée.

— Et quelqu'un d'autre ?

— Mrs Jenkins, la secrétaire de l'école. Je crois que je l'ai vue entrer dans le bureau, mais j'étais bien avancée dans le couloir à ce moment-là. On a allumé les lumières. Je me suis retournée. J'étais à moins de trente mètres. Elle se tenait là où Kelly Wilson se trouvait quand elle a abattu Mr Pinkman et la fillette. Je ne suis pas certaine que c'était Mrs Jenkins qui entrait dans le bureau, mais c'était une femme d'âge mûr qui lui ressemblait.

— Et c'est la seule personne que vous avez vue, une femme d'âge mûr qui entrait dans le bureau ?

— Oui. Les classes étaient fermées. Quelques professeurs se trouvaient à l'intérieur, alors je suppose que je les ai vus, eux aussi. Charlie se mordilla la lèvre en essayant de rassembler ses idées. Pas étonnant que ses clients se fourrent dans les ennuis uniquement en parlant. Charlie était un témoin, même pas un suspect, et elle omettait déjà des détails. Je n'ai reconnu aucun professeur derrière les portes. Je ne sais pas s'ils m'ont vue, mais il est possible que ce soit le cas.

— OK, alors ensuite vous êtes allée dans la classe de Mr Huckabee ?

— Oui. J'étais dans sa classe quand j'ai entendu le coup de feu.

— *Un* coup de feu.

Sur la table, Charlie fit une boule avec les lingettes.

— Quatre coups de feu.

— Rapides ?

— Oui. Non. Elle ferma les yeux. S'efforça de se rappeler. Une poignée d'heures à peine s'était écoulée. Pourquoi avait-elle l'impression que c'était il y a une éternité ? J'ai entendu deux coups de feu, puis deux de plus ? Ou trois et ensuite un seul ?

Delia gardait son stylo en l'air, elle attendait.

— Je ne me souviens pas de l'enchaînement, admit Charlie. Pour autant que je m'en souvienne, il y a eu quatre coups de feu, au total. Je me rappelle les avoir comptés. Et alors Huck m'a tirée au sol. Charlie s'éclaircit la voix. Elle résista au besoin de regarder Ben, d'évaluer comment il prenait la chose. Mr Huckabee m'a tirée au sol derrière un meuble de rangement, pour être à couvert, je suppose.

— D'autres coups de feu ?

— Je… Elle secoua la tête, parce que le doute à nouveau. Je ne sais pas.

Delia déclara :

— Faisons un bref retour en arrière. Y avait-il seulement Mr Huckabee et vous dans la pièce ?

— Oui. Je n'ai vu personne dans le couloir.

— Depuis combien de temps étiez-vous dans la classe de Mr Huckabee quand vous avez entendu les coups de feu ?

Une nouvelle fois, Charlie secoua la tête.

— Peut-être deux ou trois minutes ?

— Alors vous allez dans sa classe, deux ou trois minutes s'écoulent, vous entendez ces quatre coups de feu, Mr Huckabee vous tire au sol derrière un meuble de rangement, et puis ?

Charlie haussa les épaules.

— J'ai couru.

— Vers la sortie ?

Le regard de Charlie voleta rapidement vers Ben.

— Non. Vers les coups de feu.

Ben se gratta la mâchoire en silence. C'était un de leurs problèmes, la manière dont Charlie courait toujours vers le danger alors que tout le monde s'enfuyait à toutes jambes.

— Très bien. Delia parlait tout en écrivant. Est-ce que Mr Huckabee se trouvait avec vous quand vous avez couru vers les coups de feu ?

— Il était derrière moi.

Charlie se souvint d'avoir dépassé Kelly en courant et bondi par-dessus ses jambes étendues. Cette fois, sa mémoire lui montra Huck s'agenouillant près de la jeune fille. C'était logique. Il avait vu le flingue dans la main de Kelly. Il avait essayé de convaincre l'adolescente de lui donner le revolver, pendant tout le temps où Charlie contemplait la fillette en train de mourir.

Elle demanda à Delia :

— Pouvez-vous me dire son nom ? Celui de la fillette ?

— Lucy Alexander. Sa mère enseigne à l'école.

Charlie vit les traits de la fillette gagner en netteté. Son manteau rose. Le sac à dos assorti. Est-ce que son nom était inscrit à l'intérieur de sa veste ou est-ce qu'elle avait imaginé ce détail ?

Delia précisa :

— Nous n'avons pas dévoilé son nom à la presse, mais nous avons prévenu les parents.

— Elle n'a pas souffert. Du moins, je ne crois pas. Elle ne savait pas qu'elle était…

Une fois encore, Charlie secoua la tête, consciente de remplir les blancs avec des faits qu'elle voulait véridiques.

Delia reprit :

— Alors vous avez couru en direction des coups de feu, vers le secrétariat. Elle découvrit une nouvelle page de son bloc. Mr Huckabee était derrière vous. Qui d'autre avez-vous vu ?

— Je ne me souviens pas d'avoir vu Kelly Wilson. Je veux dire, je me suis souvenue plus tard de l'avoir vue, quand j'ai entendu les flics crier, mais quand je courais, eh bien, avant cela, Huck m'a rattrapée, il m'a dépassée à l'angle, et ensuite je l'ai dépassé… Charlie mordilla encore sa lèvre. Ce récit décousu était le genre de chose qui la rendait dingue, quand elle discutait avec ses clients. Je suis passée devant Kelly en courant. Je croyais que c'était une enfant. Une élève.

Kelly Wilson avait été les deux. Même à dix-huit ans, elle était minuscule, le genre de jeune fille qui ressemblerait toujours à une enfant, même quand elle deviendrait adulte et qu'elle aurait elle-même des enfants.

— La chronologie me parait un peu floue, observa Delia.

— Je suis désolée. Charlie s'efforça de s'expliquer. Les neurones vacillent quand on se retrouve dans ce genre de situation. Le temps devient sphérique, et il faut beaucoup de temps avant de le reprendre en main et de le regarder sous tous les angles. Et alors on se dit : *Oh ! maintenant je me souviens... Ceci est arrivé, puis ceci, et ensuite...* C'est seulement après, avec du recul, qu'on peut le remettre sous une forme qui fait sens.

Ben l'étudiait. Elle savait ce qu'il pensait parce qu'elle connaissait l'intérieur de sa tête mieux que la sienne. Avec ces quelques phrases, elle en avait révélé plus sur ses sentiments à propos des coups de feu sur Gamma et Sam qu'en seize ans de mariage.

Charlie demeura concentrée sur Delia Wofford.

— Ce que je dis, c'est que je ne me suis pas souvenu d'avoir vu Kelly la première fois, jusqu'à ce que je la voie la deuxième fois. Comme un sentiment de déjà-vu, mais réel.

— Je comprends. Delia acquiesça, quand elle se remit à écrire. Continuez.

Charlie dut réfléchir pour retrouver où elle en était.

— Kelly n'avait pas bougé entre les deux fois où je l'ai vue. Elle était dos au mur. Les jambes étendues devant elle. La première fois, quand j'ai couru le long du couloir, je me souviens de lui avoir lancé un coup d'œil pour vérifier qu'elle allait bien. Pour m'assurer que ce n'était pas une victime. Je n'ai pas vu l'arme cette fois-là. Elle était habillée en style gothique, mais je n'ai pas regardé ses mains.

Charlie s'arrêta pour respirer profondément.

— La violence semblait cantonnée à l'extrémité du couloir, devant le secrétariat. Mr Pinkman gisait au sol. Il avait l'air mort. J'aurais dû vérifier son pouls, mais je suis allée vers la fillette, vers Lucy. Miss Heller était là.

Le stylo de Delia s'arrêta.

— Heller.

— Pardon ?

Elles se dévisagèrent fixement, toutes deux en proie à la confusion.

Ben rompit le silence.

— Heller est le nom de jeune fille de Judith Pinkman.

Charlie secoua sa tête douloureuse. Peut-être aurait-elle dû aller à l'hôpital, après tout.

— Très bien.

Delia tourna une nouvelle page vierge.

— Que faisait Mrs Pinkman quand vous l'avez vue à l'extrémité du couloir ?

À nouveau, Charlie dut se remémorer la scène pour retrouver le fil.

— Elle hurlait. Charlie se souvint. Pas à cet instant, mais avant. Je suis désolée. J'ai oublié de le dire. Quand j'étais dans la classe de Huck et qu'il m'a tirée à couvert, on a entendu une femme crier. Je ne sais pas si c'était avant ou après la sonnerie, mais elle criait : « Aidez-nous. »

— Aidez-*nous*, s'assura Delia.

— Oui, confirma Charlie. C'était pour cette raison qu'elle s'était mise à courir, parce qu'elle connaissait l'insupportable désespoir qu'on ressentait en attendant quelqu'un, n'importe qui, susceptible de vous aider à remettre le monde en ordre.

— Et alors ? questionna Delia. Mrs Pinkman se trouvait à quel endroit du couloir ?

— Elle était agenouillée près de Lucy et lui tenait la main. Elle priait. J'ai pris l'autre main de la fillette. J'ai regardé ses yeux. Elle était encore en vie. Ses yeux bougeaient, sa bouche s'est ouverte.

Charlie essaya de ravaler son chagrin. Elle avait passé les quelques heures écoulées depuis à revivre le décès de la fillette, mais le raconter à voix haute était au-delà de ses forces.

— Miss Heller a dit une autre prière. La main de Lucy a lâché la mienne et…

— Elle est morte ? compléta Delia.

Charlie serra son poing fermé. Toutes ces années après, elle se remémorait encore la sensation de tenir les doigts tremblants de Sam dans les siens.

Elle n'était pas certaine de ce qui était le plus difficile à contempler : une mort soudaine et traumatisante, ou la lenteur tranquille avec laquelle Lucy Alexander avait glissé dans le néant.

Chacune appartenait à son propre royaume de l'insoutenable.

Delia demanda :

— Avez-vous besoin d'un instant ?

Charlie répondit à la question par un silence. Elle contempla fixement le miroir, par-delà l'épaule de Ben. Pour la première fois depuis qu'on l'avait enfermée dans cette pièce, elle étudia son reflet. Elle s'était habillée simplement exprès pour se rendre à l'école, ne voulant pas envoyer de mauvais signal. Un jean, des baskets, un T-shirt à manches longues trop grand. Le logo Duke Devil délavé était éclaboussé de sang. Le visage de Charlie ne valait guère mieux. La couleur rouge autour de son œil droit se transformait en une véritable ecchymose. Elle ôta de son nez les mèches découpées dans des mouchoirs en papier. La peau se déchira comme une croûte. Ses yeux s'embuèrent de larmes.

Delia l'encouragea :

— Prenez votre temps.

Mais Charlie ne voulait pas prendre son temps.

— J'ai entendu Huck dire au flic de poser son arme. Il avait un fusil de chasse. Elle se souvint. Avant ça, il a trébuché. Le flic avec le fusil. Il a marché dans du sang et…

Elle secoua la tête. Elle voyait encore le visage de l'homme, le souffle coupé par la panique, et cependant mû par le sens du devoir. Il était terrifié, mais comme Charlie il avait couru en direction du danger au lieu de s'en éloigner.

— Je veux que vous regardiez ces photographies.

Delia fouilla à nouveau dans son sac. Elle étala trois photos sur la table. Des photos de visages. Trois hommes blancs. Trois coupes en brosse. Trois cous épais. S'ils n'avaient pas été des flics, ils auraient été des truands.

Charlie désigna du doigt celui du milieu.

— C'est celui qui avait le fusil.

Delia déclara :

— Officier Carlson.

Ed Carlson. Il était une classe au-dessus de Charlie à l'école.

— Carlson braquait le fusil sur Huck. Huck lui a dit de se détendre, ou un truc comme ça. Elle pointa du doigt une autre photo. Le nom en dessous disait « RODGERS », mais Charlie ne l'avait jamais rencontré. Elle dit : Rodgers était là, aussi. Il avait un pistolet.

— Un pistolet ?

— Un Glock 19, précisa Charlie.

— Vous vous y connaissez en armes à feu ?

— Oui.

Charlie avait passé les vingt-huit dernières années à apprendre tout ce qu'elle pouvait sur le moindre flingue.

Delia l'interrogea :

— Les officiers Carlson et Rodgers pointaient leurs armes sur qui ?

— Sur Kelly Wilson, mais Mr Huckabee était agenouillé devant elle pour la protéger, alors je suppose que techniquement, ils braquaient leurs armes sur lui.

— Et que faisait Kelly Wilson à ce moment-là ?

Charlie réalisa qu'elle n'avait pas mentionné le pistolet.

— Elle avait un pistolet.

— Cinq coups ? Six ?

— Je ne peux que faire des suppositions. Il paraissait plus ancien. Pas un *snubnose*, mais… Charlie marqua une pause. Y avait-il un autre pistolet ? Un autre tireur ?

— Pourquoi posez-vous cette question ?

— Parce que vous avez demandé combien de coups avaient été tirés, et combien de balles se trouvaient dans le revolver.

— Je n'extrapolerai pas à partir de mes questions, Ms Quinn. À ce stade de l'enquête, nous pouvons dire avec une forte certitude qu'il n'y avait pas d'autre pistolet ni d'autre tireur.

Charlie pinça les lèvres. Avait-elle entendu plus de quatre coups de feu au commencement ? Plus de six ?

Elle n'était sûre de rien.

Delia poursuivit :

— Vous avez dit que Kelly Wilson avait le revolver. Que faisait-elle avec ?

Charlie ferma les yeux et accorda un instant à son cerveau pour retourner dans le hall.

— Comme je l'ai dit, Kelly était assise par terre. Dos au mur. Elle avait pointé le revolver sur sa poitrine, comme ça.

Charlie joignit les mains en mimant la manière dont la jeune fille avait tenu le revolver, le pouce enroulé autour du cran de sûreté.

— Elle donnait l'impression qu'elle allait se suicider.

— Son pouce gauche se trouvait à l'intérieur du cran de sûreté ?

Charlie regarda ses mains.

— Désolée, ce n'est qu'une supposition. Je suis gauchère. Je ne sais pas quel pouce était à l'intérieur du cran de sûreté.

Delia continua d'écrire.

— Et ?

Charlie poursuivit :

— Carlson et Rodgers hurlaient à Kelly de poser le pistolet. Ils étaient paniqués. On était tous paniqués en fait. Sauf Huck. Je suppose qu'il a vu des combats ou…

Elle n'émit pas d'autres hypothèses.

— Huck a tendu la main. Il a demandé à Kelly de lui donner le revolver.

— Est-ce que Kelly s'est exprimée à un moment donné ?

Charlie n'allait pas confirmer que Kelly Wilson avait parlé, parce qu'elle ne faisait pas confiance aux deux hommes qui avaient entendu ses propos pour les relayer avec honnêteté. Elle déclara :

— Huck a négocié la reddition de Kelly. Elle obtempérait.

Le regard de Charlie revint se fixer sur le miroir derrière lequel elle espérait que Ken Coin était sur le point de se pisser dessus.

— Kelly a mis le revolver dans la main de Huck. Elle l'avait lâché. C'est là que l'officier Rodgers a tiré sur Mr Huckabee.

Ben ouvrit la bouche pour parler, mais Delia l'arrêta en levant la main.

— À quel endroit lui a-t-on tiré dessus ? s'enquit l'agent.

— Ici.

Charlie indiqua son biceps.

— Quel était l'affect de Kelly Wilson pendant ce temps ?

— Elle avait l'air hébétée.

Charlie se réprimanda intérieurement d'avoir répondu à la question.

— Il s'agit d'une simple supposition. Je ne la connais pas. Je ne suis pas experte. Je ne peux pas parler dc son état d'esprit.

— Entendu, déclara Delia. Est-ce que Mr Huckabee était désarmé quand on lui a tiré dessus ?

— Eh bien, il avait le revolver dans la main, mais de travers, tel que Kelly l'avait posé.

— Vous me montrez ?

Elle extirpa un Glock 45 de son sac à main. Elle fit tomber le chargeur, tira sur la culasse pour éjecter la cartouche, et plaça le pistolet sur la table.

Charlie n'avait pas envie de prendre le Glock. Elle détestait les pistolets, même si elle s'entraînait deux fois par mois au club de tir. Plus jamais de sa vie elle ne revivrait une situation où elle ne saurait pas se servir d'un flingue.

Delia l'encouragea :

— Ms Quinn, vous n'y êtes pas obligée, mais cela nous aiderait si vous pouviez me montrer la position du revolver quand on l'a posé dans la main de Mr Huckabee.

— Oh.

Charlie eut l'impression qu'une ampoule géante s'éclairait au-dessus de sa tête. Elle avait été tellement submergée par les meurtres qu'elle n'avait pas intégré qu'une seconde enquête impliquait un officier. Si Rodgers avait déplacé son pistolet de quelques centimètres dans la mauvaise direction, Huck serait devenu un troisième corps gisant dans le couloir du secrétariat.

— Il était comme ça.

Charlie ramassa le Glock. Le métal noir était froid contre sa peau. Elle le souleva dans sa main gauche, mais ce n'était pas la bonne position. Huck avait tendu sa main droite vers l'arrière. Elle posa le pistolet dans sa paume droite ouverte, tourné sur le côté, le canon orienté vers l'arrière, comme Kelly l'avait fait avec le revolver.

Delia avait déjà son téléphone portable en main. Elle

prit plusieurs photos en demandant si cela ne dérangeait pas, tout en sachant que, dans le cas contraire, il était de toute façon trop tard.

— Qu'est-il advenu du revolver ?

Charlie reposa le Glock sur la table, le canon pointé vers le mur du fond.

— Je ne sais pas. Huck n'a pas vraiment bougé. Je veux dire, il a reculé, je suppose, à cause de la douleur quand la balle lui a déchiré le bras, mais il n'est pas tombé ou quoi que ce soit d'autre. Il a dit à Rodgers de prendre le revolver, mais je ne me souviens pas si Rodgers l'a fait ou pas, ou bien quelqu'un d'autre.

Le stylo de Delia avait cessé d'écrire.

— Après que Mr Huckabee a été touché, il a demandé à Rodgers de prendre le revolver ?

— Oui. Il était très calme, mais je veux dire, c'était tendu parce que personne ne savait si Rodgers allait lui retirer dessus. Son Glock était braqué sur Huck. Carlson avait toujours son fusil.

— Mais aucun autre coup n'a été tiré ?

— Non.

— Pouviez-vous voir si quelqu'un avait son doigt sur la détente ?

— Non.

— Et vous n'avez pas vu Mr Huckabee remettre le revolver à quelqu'un ?

— Non.

— L'avez-vous vu le glisser quelque part sur sa personne ? Au sol ?

— Je n'ai pas… Charlie secoua la tête. J'étais plus préoccupée par le fait qu'on lui ait tiré dessus.

— OK. Elle prit quelques notes supplémentaires avant de lever la tête. De quoi vous souvenez-vous ensuite ?

Charlie ne savait pas. Avait-elle baissé les yeux sur ses mains comme maintenant ? Elle se rappelait la respiration bruyante de Carlson et Rodgers. Les deux hommes avaient paru aussi terrifiés qu'elle, ils transpiraient abondamment, leur poitrine se soulevait et s'abaissait sous le poids de leur gilet pare-balles.

Ma fille a le même âge.

Pink m'a entraîné.

Carlson n'avait pas attaché son gilet pare-balles. Les pans ouverts avaient claqué dans l'air durant sa course à travers l'école, fusil à la main. Il n'avait eu aucune idée de ce qui l'attendait après l'angle : des corps, un carnage, une balle dans la tête.

Si vous n'aviez rien vu de tel auparavant, cela pouvait vous briser.

Delia demanda :

— Ms Quinn, avez-vous besoin d'un instant ?

Charlie songea à l'expression terrifiée sur le visage de Carlson, quand il avait glissé sur la trace de sang. Avait-il eu les larmes aux yeux ? Se demandait-il si la fillette à quelques pas de son visage était sa propre enfant ?

— J'aimerais partir, maintenant. Charlie ne savait pas qu'elle allait prononcer ces mots avant de les entendre de sa bouche. Je m'en vais.

— Vous devriez terminer votre déposition. Delia sourit. J'ai seulement besoin de quelques minutes supplémentaires.

— Je souhaiterais la terminer ultérieurement. Charlie s'agrippa à la table pour se lever. Vous avez dit que j'étais libre de partir.

— Absolument.

Delia Wofford fournit une nouvelle preuve de son imperturbabilité. Elle tendit à Charlie une de ses cartes de visite.

— J'attends avec impatience de vous reparler très bientôt.

Charlie prit la carte. Sa vision était toujours brouillée. Son estomac lui envoyait des remontées acides dans la gorge.

Ben déclara :

— Je vais te faire sortir par-derrière. Tu te sens capable de marcher jusqu'à ton bureau ?

Charlie n'était sûre de rien à part de devoir quitter la pièce. Les murs se rapprochaient. Elle n'arrivait pas à respirer par le nez. Elle allait suffoquer si elle ne sortait pas de là.

Ben glissa la bouteille d'eau dans la poche de sa veste.

Il ouvrit la porte. Charlie s'effondra pratiquement dans le couloir. Elle se cramponna au mur d'en face. Quarante ans de peinture avaient lissé les blocs de béton. Elle pressa sa joue contre la surface froide. Prit quelques inspirations profondes et attendit que la nausée passe.

— Charlie ? s'enquit Ben.

Elle se retourna. Soudain, il y avait un flot de personnes entre eux. Le bâtiment grouillait d'agents des forces de l'ordre. Des hommes et des femmes tout en muscles, avec des fusils d'assaut sanglés sur leur large poitrine, se pressaient de droite à gauche. Des policiers d'État. Des adjoints du shérif. La police de la route. Ben avait raison. Ils étaient tous venus. Elle aperçut des lettres au dos de leurs chemises. GBI[1]. FBI. ATF[2]. SWAT. ICE[3]. BOMB SQUAD.

Quand le couloir finit par se dégager, Ben avait son téléphone en main. Il était silencieux, tandis que ses pouces se déplaçaient sur l'écran.

Elle s'appuya au mur et attendit qu'il finisse son texto à qui que ce soit. Peut-être la jeune femme de vingt-six ans à son bureau. Kaylee Collins. La fille était son type. Charlie le savait, parce que, à cet âge-là, elle avait été le type de son mari, elle aussi.

— Merde ! Les pouces de Ben glissèrent sur l'écran. Donne-moi encore une seconde.

Charlie aurait pu marcher seule jusqu'à la sortie. Elle aurait pu traverser les six pâtés de maisons jusqu'à son cabinet.

Mais elle n'en fit rien.

Elle examina le crâne de Ben, la manière dont ses cheveux poussaient depuis le sommet en formant des spirales. Elle avait envie de se blottir contre son corps. De se perdre en lui.

À la place, elle se répéta mentalement les phrases qu'elle s'entraînait à dire dans sa voiture, dans la cuisine, parfois devant le miroir de la salle de bains :

Je ne peux pas vivre sans toi.

1. Le bureau d'investigation de Géorgie.
2. Le bureau de l'alcool, du tabac, des armes à feu et explosifs.
3. La police de l'immigration et de la douane.

Les neuf derniers mois ont été les plus solitaires de ma vie. S'il te plaît, rentre à la maison parce que je n'en peux plus.

Pardon.

Pardon.

Pardon.

— Les négociations d'une autre affaire sont parties en vrille. Ben laissa tomber le téléphone dans la poche de sa veste. L'appareil fit tinter la bouteille d'eau à moitié vide. Prête ?

Elle n'avait d'autre choix que de marcher. Elle resta appuyée du bout des doigts contre le mur, et se mit sur le côté tandis que d'autres flics en tenues tactiques noires passaient à proximité. Leur expression était froide, indéchiffrable. Soit ils allaient quelque part, soit ils en revenaient, offrant au monde leurs mâchoires serrées.

C'était une fusillade dans une école.

Charlie avait été si concentrée sur le *qu'est-ce* qu'elle en avait oublié le *où*.

Elle n'était pas spécialiste, mais elle en savait assez sur ces enquêtes pour comprendre que chaque fusillade au sein d'une école modelait la suivante. Columbine, Virginia Tech, Sandy Hook. Les départements du maintien de l'ordre étudiaient ces stratégies dans leurs efforts pour empêcher — ou tout du moins comprendre — la suivante.

L'ATF allait passer le collège au peigne fin à la recherche de bombes, parce que d'autres s'en étaient servis auparavant. Le GBI rechercherait d'éventuels complices. Des policiers maîtres-chiens localiseraient des sacs à dos suspects dans les couloirs. Ils allaient vérifier chaque casier, chaque bureau de professeur, chaque placard, à la recherche d'explosifs. Des enquêteurs rechercheraient le journal de Kelly ou une liste de victimes, des schémas représentant l'école, des planques pour cacher des armes, un plan d'attaque. Les agents spécialistes en technologie examineraient les ordinateurs, les téléphones, les pages Facebook, les comptes Snapchat. Chacun étudierait un mobile, mais quel mobile pourrait-on trouver ? Quelle réponse une adolescente de dix-huit ans allait-elle fournir pour expliquer pourquoi elle avait décidé de commettre un meurtre de sang-froid ?

C'était le problème de Rusty, à présent. Exactement le type de question morale et légale tout à fait épineuse qui le faisait sortir de son lit le matin.

Exactement le type de droit que Charlie n'avait jamais voulu pratiquer.

— Allez.

Ben marchait devant elle. Il faisait de grandes et longues enjambées, parce qu'il mettait toujours trop de poids sur la plante des pieds.

Est-ce que Kelly Wilson avait été maltraitée ? Ce serait la première orientation de l'enquête menée par Rusty. Y avait-il quelque circonstance atténuante susceptible de la maintenir éloignée du couloir de la mort ? On l'avait fait redoubler au moins une classe. Était-ce la marque d'un faible QI ? De capacités réduites ? Kelly Wilson était-elle capable de discerner le bon du mauvais ? Pouvait-elle prendre part à sa propre défense comme la loi l'exigeait ?

Ben poussa la porte de sortie.

Kelly était-elle de la mauvaise graine ? Cette explication serait-elle la seule jamais logique ? Est-ce que Delia Wofford dirait aux parents de Lucy Alexander et à Mrs Pinkman qu'ils avaient perdu des êtres chers parce que Kelly Wilson était mauvaise ?

— Charlie, dit Ben.

Il tenait la porte ouverte. Son iPhone de retour dans la main.

Charlie se protégea les yeux en sortant. La lumière du soleil était aussi affûtée qu'une lame. Des larmes roulèrent le long de ses joues.

— Tiens.

Ben lui tendit une paire de lunettes de soleil. C'étaient celles de Charlie. Il devait les avoir récupérées dans sa voiture.

Charlie prit les lunettes, mais ne parvint pas à les poser sur son nez sensible. Elle ouvrit la bouche en quête d'air. La chaleur soudaine était plus qu'elle ne pouvait en supporter. Elle se pencha, une main agrippée à son genou.

— Est-ce que tu vas vomir ?

— Non, répondit-elle, puis : Peut-être.

Ensuite, elle vomit, à peine quelques éclaboussures.

Ben ne recula pas. Il réussit à éloigner les cheveux de Charlie de son visage sans lui toucher la peau. Charlie eut deux haut-le-cœur supplémentaires, puis il s'enquit :

— Ça va ?

— Peut-être. Charlie ouvrit la bouche. Elle attendit que d'autres viennent. Un filet de salive sortit, mais ce fut tout. OK.

Il laissa retomber les cheveux de sa femme sur ses épaules.

— Les urgentistes m'ont dit que tu souffres d'une commotion.

Charlie ne parvint pas à lever la tête, elle lui répondit :

— Ils ne peuvent rien faire pour ça.

— Ils peuvent te garder en observation pour des symptômes type nausées, vision brouillée, maux de tête, oublis de noms et incapacité à suivre quand on te pose une question simple.

— Ils ne connaîtraient pas les noms que j'oublierais, dit-elle. Je ne veux pas passer la nuit à l'hôpital.

— Reste au TC. Le Total Chaos. Le nom donné par Sam à la ferme tout en méandres était resté. Ben poursuivit : Rusty peut te surveiller.

— Tu veux que je meure de tabagisme passif plutôt que d'anévrisme cérébral ?

— Ce n'est pas drôle.

La tête toujours baissée, Charlie tendit la main derrière elle vers le mur. Le contact du solide bloc en ciment lui procura assez de stabilité pour qu'elle tente de se redresser. Elle mit une main en visière. Elle se souvint d'avoir fait de même sur la fenêtre du secrétariat le matin même.

Ben lui tendit la bouteille d'eau. Il avait déjà retiré le bouchon. Elle but lentement et à petites gorgées, et essaya de ne pas surinterpréter sa prévenance. Son époux se montrait prévenant avec tout un chacun.

Elle demanda :

— Où se trouvait Mrs Jenkins quand la fusillade a commencé ?

— Dans la salle des archives.

— Elle a vu quelque chose ?

— Rusty découvrira tout durant la communication des pièces.

— Tout, répéta Charlie.

Dans les mois à venir, Ken Coin serait contraint par la loi de remettre toutes les pièces de l'enquête pouvant raisonnablement être interprétées comme des preuves. La conception du terme « raisonnable » par Coin étant très personnelle.

Elle demanda à Ben :

— Est-ce que Mrs Pinkman va bien ?

Il ne lui remémora pas qu'elle avait fait erreur en l'appelant « Heller », parce que ce n'était pas son genre.

— Elle est à l'hôpital. Ils ont dû la mettre sous sédatif.

Elle devrait lui rendre visite, mais elle savait qu'elle trouverait une excuse pour ne pas le faire.

— Tu m'as laissé croire que Kelly Wilson avait seize ans.

— Je pensais que tu pourrais le deviner en tenant une sphère dans ta main et en remontant le temps.

Charlie éclata de rire.

— J'ai sorti des conneries d'un niveau supérieur là-dedans.

— Et d'autres ici aussi.

Charlie s'essuya la bouche du revers de la manche. Elle sentit à nouveau le sang séché. Comme pour tout le reste, elle se rappelait l'odeur. Elle se rappelait les mouchetures sombres qui tombaient comme de la cendre de ses cheveux. Elle se rappelait que, même après un bain, même après s'être frottée à vif, l'odeur de la mort avait perduré.

Elle déclara :

— Tu m'as appelée ce matin.

Ben haussa les épaules comme si cela n'avait pas d'importance.

Charlie versa l'eau restante sur ses mains.

— Tu as parlé à ta maman et à tes sœurs ? Elles vont s'inquiéter.

— On a parlé. Il eut ce même haussement d'épaules. Il faut que j'y retourne.

Charlie attendit, mais il ne rentra pas. Elle cherchait un motif pour qu'il reste.

— Comment va Barkzilla ?

— Barky. Ben prit la bouteille vide. Il revissa le bouchon. La laissa retomber dans la poche de sa veste. Comment se porte Eleanor Roosevelt ?

— Plutôt discrète.

Il rentra le menton dans la poitrine et garda le silence. Rien de nouveau. Son époux qui habituellement n'avait aucun problème de communication ne s'était pas beaucoup exprimé en sa présence ces neuf derniers mois.

Mais il ne partait pas. Il ne fit aucun signe de tête pour l'encourager à partir non plus. Il ne lui dit pas que la seule raison pour laquelle il ne lui demandait pas si elle allait bien, c'était parce qu'elle répondrait oui, même si ce n'était pas le cas. Surtout si ce n'était pas le cas.

Elle demanda :

— Pourquoi est-ce que tu m'as téléphoné ce matin ?

Ben grogna. Il appuya sa tête contre le mur.

Charlie l'imita.

Elle étudia la ligne nette de ses mâchoires. C'était son type : un *nerd* dégingandé et relax capable de citer les Monty Python avec autant de facilité que la constitution des États-Unis. Il lisait des bandes dessinées. Il buvait un verre de lait tous les soirs avant de se coucher. Il adorait la salade de pommes de terre, *Le Seigneur des anneaux*, et les trains électriques. Il préférait le Fantasy Football au véritable sport. Il était incapable de prendre du poids, même si on le gavait de beurre. Il faisait plus d'un mètre quatre-vingts quand il se tenait droit, ce qui n'arrivait pas souvent.

Elle l'aimait tellement que son cœur lui faisait littéralement mal à la pensée de ne plus jamais le serrer dans ses bras.

Ben dit :

— Peggy avait une copine quand elle avait quatorze ans. Elle s'appelait Violet.

Peggy était la plus autoritaire de ses trois sœurs aînées.

— Elle est morte dans un accident de voiture. Elle était à vélo. Nous avons été aux obsèques. Je ne sais pas ce qui a pris à ma mère de m'emmener. J'étais trop jeune pour voir ce genre de chose. C'était un cercueil ouvert. Carla m'a soulevé pour que je puisse la voir. Sa gorge se serra. J'ai pété les plombs en quelque sorte. Ma mère a dû me faire sortir et m'emmener sur le parking. Ça m'a filé des cauchemars. J'ai cru que c'était la pire des choses que je verrais jamais. Une enfant morte. Mais elle était préparée. On ne voyait pas ce qui s'était passé, que la voiture l'avait percutée dans le dos. Qu'elle avait saigné à mort, mais de l'intérieur. Pas comme la gamine aujourd'hui. Pas comme ce que j'ai vu à l'école.

Il avait les larmes aux yeux. Chaque mot sorti de sa bouche brisait un morceau du cœur de Charlie. Elle devait serrer les poings pour s'empêcher de tendre les mains vers lui.

Ben reprit :

— Un meurtre est un meurtre. Je peux y faire face. Les dealers. Les membres de gangs. Même la violence domestique. Mais une enfant ? Il ne cessait de secouer la tête. Elle n'avait pas l'air de dormir, pas vrai ?

— Non.

— Elle avait l'air d'avoir été assassinée. Comme si quelqu'un lui avait tiré dans la gorge avec un flingue, que la balle l'avait perforée et qu'elle était morte d'une mort violente.

Charlie leva les yeux vers le soleil, parce qu'elle ne voulait pas revoir Lucy Alexander mourir.

Ben déclara :

— Le type est un héros de guerre. Tu le savais ?

Il parlait de Huck.

— Il a sauvé une section ou un truc du genre, mais il n'en parle pas, parce qu'il est comme ce putain de Batman. Ben repoussa le mur pour s'éloigner, loin de Charlie. Et ce matin, il a pris une balle dans le bras. Pour sauver une meurtrière. Puis il a pris la défense du type qui a failli le tuer. Il a menti lors d'une déclaration sous serment pour éviter des ennuis à un autre type. Il est tellement courageux, bordel. Pas vrai ? Ben était en colère, maintenant, mais sa voix était basse, assourdie par l'humiliation qu'il devait à son épouse. Un type comme ça, tu le vois marcher dans la rue, tu ne sais pas si tu veux le baiser ou boire une bière avec lui.

Charlie baissa les yeux au sol. Ils savaient qu'elle avait fait les deux.

— Lenore est ici.

La secrétaire de Rusty avait arrêté sa Mazda rouge devant le portail. Charlie dit :

— Ben, je m'excuse. C'était une erreur. Une horrible, horrible erreur.

— Tu l'as laissé venir dessus ?

— Bien sûr que non. Ne sois pas ridicule.

Lenore appuya sur le klaxon. Elle baissa la vitre d'un coup de manivelle et fit un signe de la main. Charlie lui répondit à l'identique, main écartée, tentant de lui faire comprendre qu'elle avait besoin d'une minute.

— Ben…

C'était trop tard. Ben refermait déjà la porte derrière lui.

4

Tout en se dirigeant vers la voiture de Lenore, Charlie renifla ses lunettes de soleil. Elle avait conscience de se comporter comme une dinde tirée d'une romance pour ado, mais elle voulait sentir l'odeur de Ben. Tout ce qu'elle obtint en retour fut un parfum de transpiration et de vomi.

Lenore se pencha dans la voiture et repoussa la portière pour la maintenir ouverte.

— Faut poser ce truc sur ton nez, mon ange, pas devant.

Charlie était incapable de poser quoi que ce soit sur son nez. Une fois à l'intérieur, elle balança les lunettes bon marché sur le tableau de bord.

— C'est papa qui t'a dit de venir ?

— Ben m'a envoyé un texto, mais écoute-moi, ton père veut que nous allions chercher les Wilson et que nous les ramenions au cabinet. Coin essaie d'obtenir un mandat de perquisition. J'ai apporté ta tenue de tribunal.

Charlie avait commencé à secouer la tête dès les premiers mots : « ton père veut ». Elle demanda :

— Où est Rusty ?

— À l'hôpital avec la fille Wilson.

Charlie eut un rire exaspéré. Ben avait vraiment affiné son savoir-faire en matière de supercherie.

— Combien de temps avant que papa devine qu'elle n'était pas détenue au poste ?

— Plus d'une heure.

Charlie attacha sa ceinture.

— Je me demande à quel point Coin est un manipulateur.

Elle n'avait aucun doute : le procureur de district avait effectivement mis Kelly Wilson à l'arrière d'une ambulance pour l'envoyer à l'hôpital. En maintenant l'illusion qu'elle n'était pas détenue par la police, il pouvait affirmer que toute déposition effectuée en l'absence d'avocat était volontaire.

— Elle a dix-huit ans.

— Rusty me l'a dit. La fille était pratiquement catatonique à l'hôpital. Il a à peine réussi à lui soutirer le numéro de téléphone de sa mère.

— Elle était déjà comme ça quand je l'ai vue. Pratiquement en fugue psychique.

Charlie espérait que Kelly Wilson sortirait bientôt de cet état. Pour l'instant, elle constituait la source d'information la plus cruciale pour Rusty. Jusqu'à ce qu'il reçoive les pièces communiquées par Ken Coin — les listes de témoins, les dépositions à la police, les notes des enquêteurs, les prélèvements de la police scientifique —, son père piloterait à l'aveuglette.

Lenore posa sa main sur le levier de vitesses.

— Où est-ce que je t'emmène ?

Charlie s'imagina chez elle, sous une douche chaude, entourée d'oreillers dans son lit. Puis elle se souvint que Ben n'y serait pas et dit :

— Chez les Wilson, je suppose.

— Ils habitent au fin fond du Holler. Lenore passa une vitesse. Elle fit un large demi-tour et remonta la rue. Il n'y a pas de nom de rue. Ton père m'a envoyé des indications comme en pleine cambrousse : tourne à gauche au vieux chien blanc, prends à droite au chêne tordu.

— C'est une bonne nouvelle pour Kelly, je suppose.

Rusty pouvait réfuter un mandat de perquisition qui n'avait pas la bonne adresse ou du moins une description correcte de la maison. Les probabilités qu'il fournisse l'un des deux jouaient contre Ken Coin. Il y avait des centaines de maisons et de mobil-homes en location dans tout le Holler. Personne ne savait exactement combien de personnes vivaient là-bas, quel était leur nom, ou si leurs enfants fréquentaient l'école. Les propriétaires peu scrupuleux ne s'embêtaient pas avec les baux ou les antécédents des locataires, tant que la somme en cash apparaissait chaque semaine.

Charlie demanda :

— Tu crois qu'on a combien de temps avant que Ken localise la maison ?

— Aucune idée. Ils ont rapporté un hélicoptère d'Atlanta il y a une heure, mais de ce que j'en sais, il est de l'autre côté de la montagne.

Charlie était convaincue de trouver la maison des Wilson. Elle se rendait dans le Holler au moins deux fois par mois pour courir après des honoraires impayés. Ben avait été horrifié, quand, désinvolte, elle avait mentionné ses excursions nocturnes. Soixante pour cent des crimes de Pikeville étaient commis dans ou à proximité de la boutique Sadie's dans le Holler.

Lenore dit :

— Je t'ai préparé un sandwich.

— J'ai pas faim.

Charlie jeta un coup d'œil à l'heure sur le tableau de bord ; 11:52. Moins de cinq heures plus tôt, elle regardait à l'intérieur du secrétariat du collège, plongé dans l'obscurité. Moins de dix minutes après, deux personnes étaient mortes, une autre s'était fait tirer dessus, et Charlie allait se faire casser le nez.

Lenore déclara :

— Tu devrais manger.

— Plus tard, promis.

Charlie regarda fixement par la fenêtre. Les rayons du soleil envoyaient une lumière stroboscopique à travers les immenses arbres derrière les immeubles. Le clignotement lumineux faisait apparaître des images dans son esprit comme un diaporama à l'ancienne. Une fois n'est pas coutume, Charlie s'autorisa à s'attarder sur celles de Gamma et de Sam : courant sur la longue allée menant à la ferme, riant sottement après un lancer de fourchette en plastique. Elle savait ce qui venait ensuite, alors elle procéda à une avance rapide jusqu'à ce que Sam et Gamma se retrouvent fermement dans le passé et qu'il ne restât plus que les suites de la matinée.

Lucy Alexander. Mr Pinkman.

Une fillette. Un principal de collège.

Les victimes n'avaient apparemment pas grand-chose en commun, hormis qu'elles se trouvaient au mauvais endroit au mauvais moment. Si Charlie devait émettre une hypothèse, elle dirait que le plan de Kelly Wilson avait été de se placer au milieu du couloir, revolver droit devant elle, et d'attendre que la sonnerie retentisse.

Puis la petite Lucy Alexander avait tourné à l'angle.

Détonation.

Puis Mr Pinkman était sorti en trombe de son bureau.

Détonation — Détonation — Détonation.

Puis la sonnerie avait retenti et, sans la présence d'esprit du personnel, un flot de victimes toutes fraîches se serait répandu dans ce même couloir.

Gothique. Solitaire. Redoublante.

Kelly Wilson était tout à fait le genre de fille à se faire harceler. Seule à la table du déjeuner, dernière à être choisie aux cours de gym, accompagnée au bal de l'école par un garçon obnubilé par une seule chose.

Pourquoi Kelly avait-elle pris un flingue alors que Charlie ne l'avait pas fait ?

Lenore déclara :

— Bois au moins le Coca qui est dans la glacière. Ça t'aidera à surmonter le choc.

— Je ne suis pas en état de choc.

— C'est ça. Et tu vas bientôt m'expliquer que ton nez n'est pas cassé.

— En fait, je suis sûre qu'il est cassé.

Les allusions incessantes de Lenore sur sa santé lui firent prendre conscience qu'elle n'allait pas si bien que cela. Elle avait la tête dans un étau. Ses narines palpitaient. Ses paupières lui donnaient l'impression d'être lestées de miel. Elle s'abandonna quelques secondes, garda les yeux fermés, essaya de ne plus penser à rien.

Par-dessus le vrombissement du moteur, elle entendait

les pieds de Lenore appuyer sur les pédales pour changer de vitesse. Elle conduisait toujours pieds nus, ses talons posés sur le plancher à côté d'elle. Elle privilégiait les jupes courtes et les bas colorés. Ce look était trop juvénile pour une femme de soixante-dix ans mais, compte tenu du fait qu'en ce moment Charlie avait plus de poils aux pattes que Lenore, elle ne pouvait s'ériger en juge.

— Il faut que tu boives un peu de Coca, déclara Lenore.

Charlie ouvrit les yeux. Le monde était toujours là.

— Tout de suite.

Charlie était trop épuisée pour argumenter. Elle trouva la glacière coincée contre le siège. Elle en sortit le Coca, mais laissa le sandwich. Au lieu d'ouvrir la bouteille, elle la posa sur sa nuque.

— Est-ce que je peux avoir de l'aspirine ?

— Nope. Ça augmente les risques de saignement.

Charlie aurait fait bon accueil à un coma pour supporter la douleur. Quelque chose dans le soleil éclatant avait transformé sa tête en une cloche géante en train de sonner.

— Qu'est-ce que c'est, le truc que j'ai aux oreilles ?

— Des acouphènes, répondit Lenore. Je vais arrêter la voiture si tu ne bois pas ce Coca tout de suite.

— Et laisser la police arriver à la maison des Wilson avant nous ?

— D'un, ils devront emprunter cette route, et de deux, même s'ils trouvent l'emplacement de la maison, et même s'ils ont un juge à disposition, il leur faudra au moins une demi-heure pour rédiger le mandat. Et de trois, tais-toi et fais ce que je te dis avant que je te tire une balle dans la jambe.

Charlie dévissa le bouchon à l'aide de son T-shirt. Elle but à petites gorgées et contempla le centre-ville glisser dans le rétroviseur.

Lenore demanda :

— Tu as vomi ?

— On peut changer de sujet ?

Charlie sentit son estomac se contracter. Le monde au-dehors la désorientait. Elle devait fermer les yeux pour retrouver son équilibre.

Le diaporama surgit à nouveau dans son esprit : Lucy Alexander. Mr Pinkman. Gamma. Sam. Charlie cliqua sur les images avec rapidité, comme si elle cherchait un dossier dans son ordinateur.

Qu'avait-elle dit à l'agent spécial Delia Wofford susceptible de nuire à la défense de Kelly Wilson ? Rusty voudrait savoir. Il voudrait aussi connaître le nombre de coups de feu et leur enchaînement, la capacité du revolver, ce que Kelly avait chuchoté quand Huck l'avait priée de lui donner le revolver.

Cette dernière partie serait cruciale pour la défense de Kelly Wilson. Si elle avait avoué, si elle avait fait une remarque désinvolte ou déclaré un sombre mobile pour ses crimes, alors ni les talents d'orateur de Rusty ni ses grands gestes ne la sauveraient de l'injection. Ken Coin ne remettrait jamais aux mains de l'État un procès aussi médiatisé. Il avait plaidé dans deux affaires passibles de la peine de mort auparavant. Aucun juré de Pikeville ne lui refuserait sa demande de condamnation à mort. Coin s'exprimait avec autorité. À l'époque où il était officier de police, il avait abattu un homme.

Vingt-huit ans auparavant, Daniel Culpepper, le frère de Zachariah Culpepper, était assis dans son mobil-home en train de regarder la télévision, quand l'officier Ken Coin avait roulé jusqu'à chez lui dans son véhicule de fonction. Il était 20 h 30. Le corps de Gamma avait déjà été retrouvé à la ferme. Sam se vidait de son sang dans le ruisseau qui passait sous la tour météorologique. La Charlie de treize ans était assise à l'arrière d'une ambulance et suppliait les urgentistes de la laisser rentrer chez elle. L'officier Coin avait défoncé la porte d'entrée du mobil-home à coups de pied. Le suspect avait saisi son pistolet. Coin avait tiré à sept reprises dans la poitrine du jeune homme de dix-neuf ans.

Encore aujourd'hui, la majorité du clan Culpepper proclamait l'innocence de Daniel, mais les preuves contre le gamin étaient irréfutables. Le revolver retrouvé dans la main de Daniel fut identifié comme l'arme ayant servi à tirer dans la tête de Sam. Le jean de Daniel recouvert de sang et ses baskets montantes reconnaissables furent retrouvés à moitié consumés dans un barril derrière le mobil-home. Son frère en personne déclara qu'ils étaient allés tous les deux au Total Chaos pour tuer Rusty. Ils s'inquiétaient de perdre leur maison à cause de stupides frais d'honoraires qu'ils supposaient devoir payer, après que les Quinn avaient tout perdu dans l'incendie. Charlie devait survivre à cette épreuve en sachant que la vie de sa famille avait basculé pour le prix d'un vieux mobil-home.

Lenore déclara :

— Nous allons passer devant l'école.

Charlie ouvrit les yeux. Le collège de Pikeville avait changé de nom pour devenir la Junior High School de Pikeville quand elle était élève. Le bâtiment s'était étendu au cours des années, des étages ayant été bâtis à la hâte pour accueillir les mille deux cents élèves provenant des communes voisines. Le lycée à côté était encore plus grand, d'une capacité de presque deux mille gamins.

Elle vit l'espace inoccupé où elle avait garé sa voiture. Le cordon de police sécurisait le périmètre. Des voitures appartenant aux enseignants étaient éparpillées parmi les véhicules de patrouille, les berlines du gouvernement, les ambulances, les camions de pompiers, les bus utilisés sur les scènes de crime, la camionnette du légiste. Un hélicoptère d'une chaîne infos volait à basse altitude au-dessus du gymnase. Le décor paraissait irréel, comme si un réalisateur allait se mettre à crier : « Coupez » avant la pause-déjeuner.

Charlie déclara :

— On a dû mettre Mrs Pinkman sous sédatif.

— C'est une brave femme. Elle ne mérite pas ça. Personne ne mérite ça.

Charlie acquiesça, incapable de parler à cause du verre dans sa gorge. Judith Heller Pinkman avait représenté une drôle de pierre angulaire pour Charlie au cours des années. Elles se croisaient dans les couloirs, quand Charlie était finalement retournée à l'école. Miss Heller souriait en permanence, mais elle ne poussait pas Charlie dans ses retranchements, ne la forçait pas à parler de la tragédie qui sous-tendait leur relation. Elle gardait ses distances, ce qui demandait une sorte de discipline que la plupart des gens n'ont pas.

Lenore s'interrogea :

— Je me demande combien durera l'attention des médias ?

Elle leva les yeux vers l'hélicoptère.

— Deux victimes. C'est plutôt inhabituel par rapport à la plupart des tueries de masse.

— Les filles ne tuent pas. Du moins, pas comme ça.

— *I Don't Like Mondays.*

— Tu n'aimes vraiment pas le lundi ou tu veux parler du morceau des Boomtown Rats ?

— Le morceau, dit Lenore, il a été écrit après une fusillade. 1979. Une fille de seize ans a emporté un fusil à lunette sur une aire de jeux. J'ai oublié combien elle a tué de personnes. Quand les flics lui ont demandé pourquoi elle avait fait ça, elle a répondu : « Je n'aime pas le lundi. »

— Merde, murmura Charlie, en espérant de tout son cœur que Kelly Wison ne s'était pas montrée aussi insensible quand elle avait chuchoté dans le couloir.

Puis Charlie se demanda pourquoi elle se préoccupait de Kelly Wilson : c'était une meurtrière.

Elle fut déstabilisée par la limpidité de cette pensée.

Si on retranchait tout ce qui s'était passé ce matin-là — la peur, les morts, les souvenirs, la peine —, il ne restait qu'une pure et simple vérité : *Kelly Wilson avait assassiné deux personnes de sang-froid.*

La voix de Rusty s'immisça dans son esprit sans qu'on l'y invite : *Et alors ?*

Malgré tout, Kelly avait droit à un procès et à la meilleure défense possible. Charlie en avait dit autant au groupe de flics enflammés, qui avait voulu battre la jeune fille à mort. À présent, assise dans la voiture avec Lenore, Charlie se demandait si elle avait défendu la fille simplement parce que personne d'autre ne l'aurait fait.

Encore un de ses défauts devenu un sujet de litige dans son couple.

Elle tendit la main vers le siège arrière, cette fois pour

attraper sa tenue d'avocate. Elle trouva ce que Ben appelait sa chemise d'amish. À peine un cran au-dessous d'une burka, du point de vue de Charlie. Les juges de Pikeville, de vieux messieurs grincheux, formaient un lot de farouches conservateurs. Les avocates devaient choisir entre porter des longues chemises et de chastes blouses, ou voir rejeté chaque objection, chaque requête, chaque mot sorti de leur bouche.

Lenore demanda :

— Est-ce que ça va ?

— Non, pas vraiment.

Cette vérité allégea un peu le poids sur sa poitrine. Depuis toujours, Charlie confiait à Lenore des choses qu'elle n'aurait jamais dites à personne d'autre. Lenore et Rusty se connaissaient depuis plus de cinquante ans. Elle était un peu le trou noir dans lequel tous les secrets de la famille Quinn disparaissaient.

— J'ai la tête en compote. Mon nez est cassé. J'ai l'impression d'avoir vomi un de mes poumons. Je n'arrive même pas à lire, et rien de tout ça n'a d'importance, parce que j'ai trompé Ben hier soir.

Lenore changea de vitesse en silence, en débouchant sur une deux-voies.

Charlie poursuivit :

— C'était bien le temps que ça a duré. Je veux dire, il a fait ce qu'il fallait. Elle retira son T-shirt Duke avec précaution, en essayant de ne pas heurter son nez. Je me suis réveillée en pleurs ce matin. Je ne pouvais pas m'arrêter. Je suis restée au lit une demi-heure à fixer le plafond, j'avais envie de me suicider. Et ensuite, le téléphone a sonné.

Lenore passa une autre vitesse. Elles franchissaient les frontières de la ville. Le vent en s'éloignant des montagnes ballottait la berline bien compacte.

— Je n'aurais pas dû décrocher ce téléphone de merde. Je ne me souvenais même pas de son nom. Il ne se souvenait pas du mien. Ou du moins, il a fait comme si. C'était gênant et sordide, et maintenant Ben est au courant. Le GBI aussi. Tout son bureau le sait.

Charlie enchaîna :

— C'est pour ça que j'étais à l'école ce matin, pour retrouver le gars, parce qu'on a confondu nos portables et il a appelé et… Elle enfila sa chemise de tribunal, amidonnée et boutonnée jusqu'au cou, avec des ruches sur le devant, pour certifier aux juges qu'elle prenait ce truc de bonne femme très au sérieux. Je ne sais pas ce qui m'est passé par la tête.

Lenore passa la sixième.

— Tu te sentais seule.

Charlie s'esclaffa, bien que cette vérité n'ait rien de drôle. Elle observa ses doigts en boutonnant la chemise. Les boutons étaient devenus trop petits. Ou alors ses mains transpiraient. Ou bien c'était ce tremblement au bout de ses doigts qui avait repris, comme une vibration au cœur des os, une sensation de diapason frappé contre sa poitrine.

— Ma chérie, dit Lenore. Laisse sortir.

Charlie secoua la tête. Au contraire. Elle voulait retenir, mettre toutes les horribles images dans leur boîte, planquer ça en haut d'une étagère, et ne plus jamais l'ouvrir.

Mais une larme tomba.

Puis une autre.

Alors Charlie pleura,tellement fort qu'elle se plia en deux, la tête dans les mains, parce que le chagrin était trop lourd à porter.

Lucy Alexander. Mr Pinkman. Miss Heller. Gamma. Sam. Ben.

La voiture ralentit. Les pneus rencontrèrent le gravier quand Lenore se rabattit sur le bord de la route. Elle caressa le dos de Charlie.

— Ça va, ma chérie.

Non, ça n'allait pas. Elle voulait son mari. Elle voulait son enfoiré de père. Où était Rusty ? Pourquoi n'était-il jamais là quand elle avait besoin de lui ?

— Ça va aller.

Lenore continuait de frotter le dos de Charlie, et Charlie continuait de pleurer parce que ça n'irait jamais.

Depuis l'instant où elle avait entendu les premiers coups de feu dans la classe de Huck, l'heure la plus violente de sa vie avait resurgi en un claquement de doigts. Elle ne cessait d'entendre les mêmes mots, encore et encore. Continue de courir. Ne regarde pas derrière. Dans les bois. Jusqu'à la maison de Miss Heller. Le long du couloir de l'école. Vers les coups de feu. Mais elle arrivait trop tard. Charlie arrivait toujours trop tard, putain.

D'une caresse, Lenore ramena les cheveux de Charlie en arrière.

— Respire profondément, mon cœur.

Charlie réalisa qu'elle faisait de l'hyperventilation. Sa vision se brouilla. Son front se couvrit de sueur. Elle se força à respirer jusqu'à ce que ses poumons prennent davantage qu'une minuscule bouffée d'air à la fois.

— Prends ton temps, l'encouragea Lenore.

Charlie inspira encore quelques fois. Sa vision gagna en netteté, du moins dans la limite du possible. Elle prit une autre série d'inspirations, retint son souffle une seconde, peut-être deux, pour se prouver qu'elle y arrivait.

— Mieux ?

Charlie chuchota :

— Est-ce que c'était une crise de panique ?

— Ça se pourrait bien.

— Aide-moi.

Charlie tendit la main pour prendre celle de Lenore. Le sang se rua hors de sa tête. Instinctivement, elle toucha son nez douloureux et la douleur s'accentua.

Lenore déclara :

— Tu t'es vraiment fait dérouiller, mon cœur.

— Tu devrais voir l'autre type. Pas une seule égratignure.

Lenore n'esquissa pas un sourire.

Charlie dit :

— Je suis désolée. Je ne sais pas ce qui m'a pris.

— Ne fais pas l'idiote. Tu sais très bien ce qui t'a pris.

— Ouais, bon, conclut Charlie, les deux mots qu'elle utilisait toujours quand elle ne souhaitait pas parler.

Au lieu de passer la première, les longs doigts de Lenore vinrent se mêler à ceux plus petits de Charlie. Malgré toutes ses minijupes, elle avait toujours des mains d'homme, larges, avec des articulations noueuses et, ces derniers temps, des taches de vieillesse. À de nombreux égards, Charlie avait reçu plus d'amour maternel de la part de Lenore que de Gamma. C'était Lenore qui lui avait montré comment se maquiller, qui avait emmené Charlie acheter ses premiers tampons, qui l'avait avertie de ne jamais jamais faire confiance à un homme en matière de contraception.

Charlie reprit :

— Ben t'a demandé de venir me chercher. Ça veut dire quelque chose, pas vrai ?

— Oui.

Charlie ouvrit la boîte à gants et trouva quelques mouchoirs en papier. Elle ne pouvait se moucher. Elle tapota le dessous de son nez. Elle plissa les yeux pour regarder par la vitre, soulagée de distinguer des choses plutôt que des formes. Malheureusement, la vue était la pire qui existât. Elles se trouvaient à trois cents mètres de l'endroit où Daniel Culpepper avait été abattu dans son mobil-home.

Charlie poursuivit :

— Le plus merdique, c'est que je ne peux même pas dire que ça a été la pire journée de ma vie.

Cette fois, Lenore rit, un son rauque de fond de gorge qui donnait raison à Charlie. Elle actionna les vitesses et s'engagea sur la route principale. Le sol était lisse jusqu'à ce qu'elle ralentisse pour prendre le tournant de Culpepper Road. De profonds nids-de-poule cédaient la place au gravier, qui finalement se muait en une argile rouge bien compacte. À mesure qu'elles descendaient la montagne, la température chuta de façon subtile, à peine quelques degrés. Charlie réprima un frisson. Elle avait l'impression de pouvoir tenir son appréhension au creux de sa main. Les poils de sa nuque se hérissèrent. Elle se sentait toujours ainsi en pénétrant dans le Holler. Ce n'était pas uniquement un sentiment de non-appartenance, mais la certitude que le mauvais virage, le mauvais Culpepper, et le danger physique n'étaient plus des concepts abstraits.

— Merde !

Lenore sursauta quand une meute de chiens se rua contre

une clôture grillagée. Leurs aboiements frénétiques firent l'effet d'un millier de marteaux qui cognaient la voiture.

— Système d'alarme des ploucs, expliqua Charlie.

On ne pouvait mettre un pied dans le Holler sans qu'une centaine de chiens ne braillent à votre arrivée. Plus on s'enfonçait, plus on croisait de jeunes Blancs assis sous les porches en façade, tenant d'une main leur téléphone et se frottant le bide de l'autre. Ces hommes, bien qu'aptes au travail, rejetaient en bloc les boulots pénibles pour lesquels ils étaient qualifiés. Ils fumaient de la dope à longueur de journée, enchaînaient les jeux vidéo, volaient quand ils avaient besoin d'argent, battaient leurs petites amies quand ils voulaient de l'Oxy, envoyaient leurs gosses à la poste chercher leur pension d'invalidité et laissaient leur glorieux choix de vie façonner la pratique du droit, tel que Charlie l'exerçait.

Elle éprouva une pointe de culpabilité à l'idée de dépeindre le Holler dans son entier aux couleurs des Culpepper. Des braves gens y habitaient aussi. Des personnes qui travaillaient avec acharnement et dont le seul péché était d'être pauvres. Pourtant, Charlie avait du mal à refréner cette réaction instinctive.

Quand Charlie était retournée à l'école, six filles Culpepper, d'âges divers, avaient fait de sa vie un enfer. Des sales putes aux ongles longs et vernis, et à la bouche remplie d'ordures. Elles la persécutaient : volaient l'argent de son déjeuner, déchiraient ses manuels. L'une d'elles avait même planqué un tas de merde dans son sac de gym.

Aujourd'hui encore, la famille la taxait de menteuse : Zachariah n'avait pas tenu le fusil. Ils s'imaginaient qu'elle suivait le plan diabolique échafaudé par Rusty pour réclamer leur pauvre assurance vie et le mobil-home rendus disponibles par le décès de Daniel et l'emprisonnement de Zachariah. Comme si un homme, dont le travail d'une vie avait consisté à faire appliquer la justice, allait sacrifier sa moralité pour trois sous.

Le fait que Rusty n'ait jamais demandé un seul penny à la famille ne tempérait en rien leurs folles théories. Ils continuaient de croire dur comme fer que Ken Coin avait lui-même déposé les preuves retrouvées dans le mobil-home et sur le corps de Daniel. Que Coin avait assassiné Daniel pour donner un coup d'accélérateur à sa carrière politique. Que le frère de Coin, Keith, avait contribué à falsifier les preuves au sein du laboratoire de l'État.

Malgré tout, Charlie demeurait la cible privilégiée de leur haine. Elle avait identifié les frères. Elle n'était pas seulement à l'origine du mensonge, elle continuait de proclamer qu'il était vrai. Par conséquent, elle était seule responsable du meurtre de Daniel et de l'incarcération de Zachariah dans le couloir de la mort.

Ils n'étaient pas complètement à côté de la plaque, du moins en qui concernait Zachariah. Malgré la ferme désapprobation de Rusty, la petite Charlie de treize ans, devant une salle d'audience pleine à craquer, avait demandé au juge de condamner Zachariah Culpepper à mort. Elle aurait fait de même au procès de Daniel, si Ken Coin ne lui avait pas ravi ce plaisir.

— C'est quoi, tout ce boucan ? demanda Lenore.

Charlie entendit le bruit tranchant des pales d'un hélicoptère qui passait au-dessus de leurs têtes. Elle reconnut le logo d'une chaîne infos d'Atlanta.

Lenore tendit son téléphone à Charlie.

— Lis-moi les indications.

Charlie tapa le code d'accès, qui n'était autre que sa date de naissance, et afficha le texto de Rusty. Son père avait beau être diplômé de l'université de Géorgie et l'un des avocats à la cour les plus réputés de l'État, son orthographe était à chier.

— À gauche ici, précisa-t-elle à l'intention de Lenore en pointant du doigt un sentier flanqué d'un mât blanc, auquel pendait un grand drapeau confédéré. Puis à droite à ce mobil-home.

Charlie lut en diagonale et reconnut la route pour l'avoir déjà empruntée auparavant. L'un de ses clients avait un problème de meth, qu'il finançait en vendant à d'autres junkies, eux aussi sujets à des problèmes de meth. Une fois, il avait essayé de la payer avec du Cristal. Manifestement, il vivait à deux portes des Wilson. Elle poursuivit :

— Prends à droite juste ici, puis encore à droite au bas de la colline.

— J'ai fourré ta convention d'honoraires dans ton sac à main.

Charlie pinça les lèvres, prête à demander pourquoi, mais elle répondit elle-même à la question.

— Papa veut que je représente les Wilson pour que ça me crame en tant que témoin contre Kelly.

Lenore la dévisagea une première fois, puis une seconde.

— Comment as-tu pu rater ça, il y a vingt minutes ?

— Je ne sais pas, répondit Charlie, mais elle le savait pertinemment.

Parce qu'elle était traumatisée. Parce que son homme lui manquait terriblement. Parce qu'elle était tellement conne qu'elle croyait encore et encore que son père était du genre à s'inquiéter autant pour sa fille que pour les maquereaux, les membres de gangs et les meurtriers.

— Je ne peux pas. N'importe quel juge digne de ce nom me giflerait tellement fort avec une plainte que je serais déjà en Chine avant d'être radiée.

— Tu n'auras pas à courir après des os de poulet dans tout le Holler une fois ton procès terminé. De la tête, elle désigna le téléphone de Charlie. Il faut que tu prennes des photos de ton visage, pendant que les bleus sont encore frais.

— J'ai dit à Ben que je n'intenterai pas d'action en justice.

Le pied de Lenore glissa de l'accélérateur.

— Tout ce que je veux, ce sont des excuses sincères. Par écrit.

— Des excuses n'y changeront rien. Elles avaient atteint le bas de la colline. Lenore prit un virage serré à droite. Charlie n'eut pas à attendre longtemps sa leçon.

— Des connards comme Ken Coin prônent une moindre intervention du gouvernement, mais ils dépensent deux fois plus pour des actions en justice que pour un entraînement des flics en bonne et due forme.

— Je sais.

— Le seul moyen de les faire changer, c'est de taper dans le porte-monnaie.

Charlie avait envie d'enfoncer ses doigts dans ses oreilles.

— Je vais entendre le même refrain de la bouche de papa. Je n'ai pas besoin que tu t'y mettes. C'est ici.

Lenore enfonça la pédale de frein. La voiture fit une embardée. Elle effectua une marche arrière sur quelques mètres, puis tourna sur un autre chemin poussiéreux. Des mauvaises herbes jaillissaient au milieu des enjoliveurs. Elles passèrent devant un bus scolaire jaune, garé sous un saule pleureur. La Mazda dépassa une petite montée avant qu'un agglomérat de maisons fasse son apparition. Quatre en tout, disséminées en un large ovale. Charlie jeta un œil au texto de Rusty, et associa le numéro à la maison située à l'extrême droite. Il n'y avait pas d'allée, seulement le bord d'une piste. La maison était un assemblage de planches en aggloméré peintes. Une grande fenêtre en saillie formait une cloque sur le devant, comme un bouton parvenu à maturation. Des parpaings en guise de perron.

Lenore déclara :

— Ava Wilson conduit le bus. Elle était à l'école ce matin, quand ils ont verrouillé le bâtiment.

— Est-ce que quelqu'un lui a dit que Kelly était le tireur ?

— Elle ne le savait pas jusqu'à ce que Rusty l'appelle sur son portable.

Charlie s'estimait heureuse que son père ne lui ait pas refilé cet appel.

— Le père est dans les parages ?

— Ely Wilson. Il a un emploi de journalier à Ellijay. Un de ces gars qui attendent devant la scierie tous les matins que quelqu'un leur donne du boulot.

— La police l'a localisé ?

— Pas que je sache. La famille n'a qu'un seul portable, et c'est la femme qui l'a.

Charlie contempla la maison à l'allure si morne.

— Alors elle est là-dedans toute seule.

— Pas pour longtemps.

Lenore leva les yeux quand un autre hélicoptère entra

dans leur champ de vision, en faisant du sur-place. Celui-ci arborait les rayures bleu et argent, symboles de la patrouille d'État de Géorgie.

— Ils vont afficher un Google map sur le mandat et rappliqueront dans une demi-heure.

— Je fais vite.

Charlie s'apprêtait à sortir de la voiture, lorsque Lenore l'arrêta.

— Attends. Lenore tira le sac de Charlie sur la banquette arrière. Ben m'a donné ça, quand il a ramené ta voiture.

Charlie entoura la bandoulière de sa main et se demanda si son époux l'avait tenu de la même manière.

— Ça veut dire quelque chose ça, pas vrai ?

— Je pense que oui.

Charlie sortit de la voiture et marcha vers la maison. Elle fouilla dans son sac à la recherche de pastilles à la menthe. Elle dut se rabattre sur une poignée de Tic Tac couverts de cheveux, coincés comme des poux dans les coutures d'une poche.

Elle avait appris sur le terrain que les gens du Holler ouvraient en général leur porte une arme à la main. Par conséquent, au lieu de gravir les marches en parpaings, elle préféra se diriger vers la fenêtre en saillie. Aucun rideau. Trois pots de géraniums. Au sol un cendrier en verre, vide.

À l'intérieur, Charlie aperçut une petite femme aux cheveux sombres, assise sur le canapé, pétrifiée par les images de sa télé. Tous les habitants du Holler possédaient un écran plat géant, tombé certainement du même camion. Ava Wilson regardait les infos. Le son était réglé tellement fort qu'on entendait la voix du journaliste de l'extérieur.

« … De nouveaux détails nous parviennent de notre studio d'Atlanta… »

Charlie gagna la porte d'entrée et frappa, trois coups nets.

Elle patienta. Elle écouta. Elle frappa une deuxième fois. Puis une troisième.

— Bonjour ? lança-t-elle.

Finalement, on coupa le son de la télévision. Elle distingua des pas traînants. Le clic d'un verrou que l'on tire. Une chaîne que l'on faisait glisser. Un autre verrou. Ce zèle sécuritaire faisait l'effet d'une blague ; un voleur aurait pu transpercer d'un coup de poing le mur de carton.

Ava Wilson battit des paupières face à l'étrangère debout sur le pas de sa porte. Elle était aussi petite que sa fille, aussi juvénile. Elle portait un pyjama bleu clair imprimé Dumbo. Elle avait les yeux rougis. Elle était plus jeune que Charlie, mais des fils gris couraient à travers sa chevelure brun foncé.

— Je suis Charlie Quinn, annonça-t-elle à la femme. Mon père, Rusty Quinn, représente votre fille. Il m'a demandé de venir vous chercher et de vous emmener à son cabinet.

La femme n'esquissa pas le moindre geste. Ne dit pas un mot. Elle était visiblement en état de choc.

Charlie demanda :

— La police vous a parlé ?

— Non, ma'ame, répondit-elle, l'accent du Holler fusionnait les mots entre eux. Votre papa m'a dit de pas répondre au téléphone à moins que je reconnaisse le numéro.

— Il a eu raison.

Charlie déplaça son poids d'un pied sur l'autre. Elle entendait des chiens aboyer dans le lointain. Le soleil lui brûlait le sommet du crâne.

— Écoutez, je sais que vous êtes dévastée pour votre fille, mais j'ai besoin de vous préparer pour la suite. La police est en route en ce moment même.

— Est-ce qu'ils ramènent Kelly à la maison ?

Charlie fut désarçonnée par l'espoir contenu dans la voix d'Ava Wilson.

— Non. Ils vont fouiller votre maison. Ils vont probablement commencer par la chambre de Kelly, puis…

— Est-ce qu'ils lui apporteront des vêtements propres ?

Une nouvelle fois, Charlie se sentit déstabilisée.

— Non, ils vont fouiller la maison pour trouver des armes, des petits mots, des ordinateurs…

— On a pas ça, un ordinateur.

— OK, c'est une bonne chose. Kelly fait ses devoirs à la bibliothèque ?

— Elle a rien fait du tout, répondit Ava. Elle a pas tué… Sa voix s'éteignit progressivement. Ses yeux brillèrent. Ma'ame, faut que vous m'écoutiez. Mon bébé a pas fait ce qu'ils disent.

Par le passé, Charlie avait déjà géré son lot de mères convaincues que leurs enfants étaient victimes d'un complot. Là, elle n'avait pas le temps pour son couplet sur la manière dont, parfois, les gens bien commettent des mauvaises actions.

— Écoutez-moi, Ava. La police va venir ici, que vous le vouliez ou non. Ils vont vous sortir de la maison. Ils vont effectuer une fouille minutieuse. Ils vont peut-être casser des choses ou trouver des choses que vous ne voulez pas qu'ils trouvent. Je doute qu'ils vous mettent en détention provisoire, mais ils le pourraient s'ils pensent que vous allez altérer des preuves, alors s'il vous plaît, ne faites rien de tel. Vous ne pouvez pas, s'il vous plaît, entendez-moi bien : vous ne pouvez pas leur dire quoi que ce soit sur Kelly ou pourquoi elle a pu faire ça ou ce qui a pu se passer. Ils ne tentent pas de l'aider, et ce ne sont pas ses amis. Compris ?

Ava ne réagit aucunement à l'information. Elle se contenta de rester debout.

L'hélicoptère descendit en piqué. Charlie discerna le visage du pilote derrière la bulle du pare-brise. Il parlait dans un micro, probablement pour donner les coordonnées, en vue du mandat de perquisition.

Elle interrogea Ava :

— Pouvons-nous entrer ?

La femme n'esquissa aucun mouvement, alors Charlie la prit par le bras et la conduisit dans la maison.

— Avez-vous des nouvelles de votre mari ?

— Ely n'appelle pas avant la fin de sa journée, de la cabine devant la scierie.

Ce qui signifiait que le père de Kelly apprendrait certainement les méfaits de sa fille par la radio dans sa voiture.

— Avez-vous une valise ou un petit sac pour emporter quelques vêtements ?

Ava ne répondit pas. Ses yeux étaient rivés sur le poste muet.

Le collège passait aux informations. Une prise de vue aérienne montrait le toit du gymnase, manifestement utilisé comme point de ralliement. Le bandeau qui défilait en bas de l'écran disait :

L'ÉQUIPE DE DÉMINAGE A PASSÉ LE BÂTIMENT AU CRIBLE À LA RECHERCHE D'ÉVENTUELS EXPLOSIFS. DEUX MORTS : UNE ÉLÈVE DE HUIT ANS ET LE PRINCIPAL, LE HÉROS QUI A TENTÉ DE LA SAUVER.

Lucy Alexander n'avait que huit ans.

— Elle n'a pas fait ça, répéta Ava. Elle ne ferait pas ça.

La main froide de Lucy.

Les doigts tremblants de Sam.

Le blanc cireux de la peau de Gamma.

Charlie s'essuya les yeux. Elle jeta un regard circulaire à la pièce, lutta contre le diaporama de l'horreur qui resurgissait dans son esprit. La maison des Wilson était miteuse mais ordonnée. Un Jésus sur sa croix près de la porte d'entrée. La cuisine en couloir démarrait à partir du salon exigu. De la vaisselle séchait dans l'étendoir. Des gants jaunes étaient pliés mollement sur le bord de l'évier. Le comptoir était encombré, mais rangé.

Charlie déclara à Ava :

— Vous n'aurez pas le droit de revenir chez vous pendant un moment. Il vous faudra des vêtements de rechange, des accessoires de toilette.

— Les toilettes sont derrière vous.

Charlie fit une autre tentative.

— Il faut que vous emportiez quelques affaires. Elle attendit de voir si Ava comprenait. Des vêtements, des brosses à dents. Rien d'autre.

Ava acquiesça, mais soit elle ne pouvait pas, soit elle ne voulait pas détourner les yeux de la télévision.

Dehors, l'hélicoptère s'éloignait en prenant de l'altitude. Charlie perdait un temps précieux. À ce stade, Coin avait probablement obtenu la signature du mandat. L'équipe chargée de la perquisition était en route depuis la ville, avec gyrophares et sirènes.

Elle demanda à Ava :

— Vous voulez que je vous prépare quelques affaires ? Charlie attendit un hochement de tête. Elle patienta. Ava, je vais emballer quelques affaires, puis on ira attendre la police dehors.

Ava serra la télécommande dans sa main tout en s'asseyant sur le bord du canapé.

Charlie ouvrit les placards de la cuisine à la recherche d'un sac plastique. Elle enfila un gant de vaisselle jaune posé sur l'évier, puis passa devant la salle de bains située dans un petit couloir recouvert de lambris. Il y avait deux chambres à coucher, toutes deux à l'extrémité de la maison. En guise de porte, Kelly avait un rideau violet qui protégeait son intimité. Une feuille de cahier épinglée au textile disait :

PAS D'ADULTE OTORISÉ.

Charlie savait qu'il valait mieux éviter d'entrer dans la chambre d'un suspect, mais elle prit une photo de l'inscription avec le téléphone de Lenore.

La chambre des Wilson se trouvait à droite, face à une montée abrupte derrière la maison. Ils dormaient dans un grand lit à eau qui occupait pratiquement tout l'espace. Un chiffonnier empêchait la porte de s'ouvrir complètement. Quand elle ouvrit les tiroirs, Charlie se félicita d'avoir enfilé le gant jaune, bien qu'en toute honnêteté les Wilson se révélaient plus préoccupés par la propreté qu'elle. Elle dénicha quelques sous-vêtements féminins, des caleçons, et un jean qui semblait sortir du rayon enfant. Elle attrapa deux T-shirts de plus et fourra tous les habits dans le sac de courses en plastique. Ken Coin était tristement célèbre pour prolonger inutilement les perquisitions. Les Wilson auraient de la chance si on leur permettait de retourner chez eux pour le week-end.

Charlie se retourna pour se rendre à la salle de bains, mais quelque chose l'arrêta en route.

OTORISÉ.

Comment Kelly Wilson avait-elle pu atteindre l'âge de dix-huit ans sans savoir écrire correctement un verbe aussi simple ?

Charlie hésita une seule seconde avant de tirer le rideau. Elle n'entrerait pas dans la pièce. Elle prendrait des photos depuis le couloir. Pas aussi facile qu'il n'y paraissait. La chambre avait la taille d'un généreux dressing.

Ou d'une cellule de prison.

La lumière pénétrait à l'oblique par une fenêtre horizontale et étroite, percée en hauteur au-dessus du lit une place. On avait peint les lambris sur les murs dans une teinte lilas plutôt pâle. La moquette avait de longs poils orange. Le dessus-de-lit montrait Hello Kitty flanquée d'un walkman à gros écouteurs sur les oreilles.

En rien la chambre d'une jeune gothique. Pas de murs noirs ni d'affiches de heavy metal. La porte du placard était ouverte. Des T-shirts soigneusement pliés étaient empilés tout en bas. Quelques pièces plus longues étaient suspendues à une tringle affaissée. Les vêtements de Kelly étaient tous de couleurs claires avec des poneys et des lapins, décorés avec des transferts dignes d'une fillette de dix ans et non d'une adolescente de dix-huit ans. Pratiquement une femme.

Charlie photographia tout ce qu'elle put : le dessus-de-lit, les posters de chatons, le gloss à lèvres rose bonbon sur la commode. Tout du long, son attention était focalisée sur les choses manquantes. Les filles de dix-huit ans avaient toutes sortes de maquillage. Elles avaient des photos qui les montraient avec leurs copines, et des petits mots d'éventuels futurs petits amis et des secrets qu'elles gardaient pour elles seules.

Son cœur bondit quand elle entendit des roues descendre le chemin poussiéreux. Elle se mit debout sur le lit et regarda par la fenêtre. Une camionnette noire avec l'inscription SWAT sur le flanc ralentit avant de s'arrêter devant le bus scolaire. Deux types, fusil au poing, bondirent de la camionnette et s'engouffrèrent dans le bus.

— Comment…, commença-t-elle à dire, mais peu importait la manière dont ils avaient réussi à arriver si vite, parce que, dès qu'ils auraient terminé avec le bus, ils démantèleraient la maison où elle se trouvait.

Mais Charlie ne se trouvait pas exactement dans la maison. Elle était debout sur le lit de Kelly Wilson dans la chambre même de Kelly Wilson.

— Putain de merde ! chuchota-t-elle, ne voyant aucune façon de le dire autrement.

Elle sauta du lit. Se servit de sa main gantée de caoutchouc pour nettoyer la poussière laissée par ses tennis. Le tissu violet foncé dissimulait les rainures, mais un technicien de la scientifique à l'œil aiguisé retrouverait la taille, la marque et le numéro du modèle avant le coucher du soleil.

Charlie devait partir. Elle devait faire sortir Ava, les mains en l'air. Elle devait faire clairement comprendre à l'équipe du SWAT, armée jusqu'aux dents, qu'elles souhaitaient coopérer.

— Putain, répéta-t-elle.

Combien de temps lui restait-il ? Elle se mit sur la pointe des pieds et regarda par la fenêtre. Les deux flics fouillaient le bus. Les autres étaient restés dans le van. Soit ils croyaient à l'effet de surprise, soit ils recherchaient des explosifs.

Charlie distingua du mouvement près de la maison.

Lenore se tenait à côté de sa voiture. Elle contemplait Charlie les yeux écarquillés, parce que n'importe quel imbécile pouvait deviner que la fente par laquelle elle regardait se trouvait dans une des chambres.

De la tête, Lenore désigna la porte d'entrée. Sa bouche articula les mots : « Sors de là » en silence.

Charlie fourra le sac plastique avec les vêtements dans son sac à main et s'apprêta à partir.

Les murs violets. Hello Kitty. Les posters de chatons.

Trente, peut-être quarante secondes. C'était le temps qu'il leur faudrait pour nettoyer le bus, retourner dans la camionnette et gagner la porte d'entrée.

Elle ouvrit les tiroirs de la commode de sa main gantée. Des vêtements. Des sous-vêtements. Des stylos. Aucun journal intime. Pas de cahiers. Elle se mit à genoux et passa la main entre le matelas et le sommier à ressorts, puis inspecta l'espace sous le lit. Rien. Elle vérifiait les interstices entre les piles de vêtements, au bas du placard, quand elle entendit le fracas des portières que l'on refermait, puis le crissement des pneus sur la poussière, alors que le véhicule approchait de la maison.

Une chambre d'ado n'était pas aussi bien rangée d'habitude. D'une main, Charlie fouilla le contenu du minuscule placard, elle en ressortit deux boîtes à chaussures remplies de jouets, ôta les vêtements des cintres et les balança sur le lit. Elle tapota des poches, retourna des chapeaux sur l'envers. Elle se mit sur la pointe des pieds et passa la main sur l'étagère à l'aveuglette.

Le gant en caoutchouc rencontra quelque chose de plat et dur.

Un cadre photo ?

— Officiers. La voix grave de Lenore traversa les murs fins comme du papier. Il y a deux femmes à l'intérieur, toutes deux non armées.

Le flic n'était pas intéressé.

— Retournez à la voiture ! Tout de suite !

Le cœur de Charlie était sur le point d'exploser. Elle s'empara de l'objet posé sur l'étagère. Il était plus lourd qu'elle ne le croyait. Le bord tranchant lui assena un petit coup sur la tête.

Un album de promo.

Classe de 2012, collège de Pikeville.

Des coups assourdissants provinrent de la porte d'entrée. On secoua les murs dans un bruit de ferraille.

— Police d'État ! tonna une voix masculine. J'ai un mandat de perquisition. Ouvrez la porte !

— J'arrive !

Charlie fourra l'album dans son sac à main. Elle était parvenue à la cuisine, lorsque la porte vola en éclats.

Ava hurla comme si elle prenait feu.

— À terre ! À terre !

Des lasers balayèrent la pièce. La maison trembla sur ses fondations. Des fenêtres se brisèrent. On enfonça des portes. Des hommes aboyèrent des ordres. Ava ne cessait de hurler. Charlie était à genoux, les mains en l'air, les yeux écarquillés pour voir quel homme finirait par lui tirer dessus.

Personne ne lui tira dessus.

Personne ne bougea.

Les cris d'Ava cessèrent brusquement.

Six flics d'aspect massif, intégralement équipés de matériel tactique, occupèrent le moindre centimètre de la pièce. Leurs bras étaient si crispés, cramponnés à leur AR-15, que Charlie distinguait le fonctionnement des tendons qui retenaient leurs doigts de presser la détente.

Lentement, Charlie baissa les yeux sur sa poitrine.

Un point rouge sur le cœur.

Elle regarda Ava.

Cinq points sur la poitrine.

La femme était sur le canapé, genoux repliés. La bouche ouverte, la peur avait paralysé ses cordes vocales. Inexplicablement, elle tenait une brosse à dents dans chacune de ses mains levées.

L'homme le plus près d'Ava baissa son fusil.

— Des brosses à dents.

Un autre fusil s'abaissa.

— On aurait dit une putain de commande de détonateur.

— Je sais.

On baissa d'autres fusils encore. Quelqu'un gloussa.

La tension s'allégea progressivement.

Dehors, une femme hurla :

— Messieurs ?

— RAS ! cria le premier type.

Il saisit Ava par le bras et la poussa vers la porte. Il se retourna pour faire de même avec Charlie, mais elle s'orienta d'elle-même vers l'extérieur, les mains en l'air.

Elle ne baissa les bras qu'une fois dans la cour. Inspira profondément l'air frais et s'efforça de ne plus penser à sa possible mort si aucun de ces hommes n'avait pris le temps de différencier une brosse à dents d'un détonateur.

À Pikeville.

— Bordel de merde, soupira-t-elle.

Lenore était restée près de la voiture. Elle paraissait furieuse contre Charlie, ce qui était tout à fait légitime, mais elle se contenta de lever le menton et de lui demander si tout allait bien.

Charlie acquiesça, même si c'était un mensonge. Elle était en colère… contre Rusty qui l'avait envoyée ici, contre elle-même d'avoir pris un risque aussi stupide, d'avoir violé la loi pour des raisons inconnues, d'avoir failli se prendre dans le cœur une balle à pointe creuse et expansion rapide.

Tout ça pour un putain d'album de promo.

Ava chuchota :

— Qu'est-ce qui se passe ?

Charlie jeta un regard en arrière vers la maison, qui tremblait toujours à cause des hommes aux pas lourds qui l'arpentaient du sol au plafond.

— Ils cherchent des choses dont ils se serviront au tribunal contre Kelly.

— Comme quoi ?

Charlie dressa la liste de ce qu'elle avait elle-même recherché.

— Une confession. Des explications. Un plan de l'école. Une liste noire.

— Elle n'en a jamais voulu à personne.

— Ava Wilson ? Une femme de grande taille, parée d'une tenue d'assaut encombrante, marchait dans leur direction. Elle portait son fusil en bandoulière sur le côté. Dans son poing, un morceau de papier enroulé. Voilà pourquoi ils avaient fait si vite. On avait faxé le mandat directement à la camionnette. Êtes-vous Ava Wilson, mère de Kelly Rene Wilson ?

Ava se raidit sous l'effet du ton autoritaire.

— Oui, *sir*. Ma'ame.

— C'est votre maison ?

— Nous la louons, oui, ma'ame. *Sir*.

— Mrs Wilson. La flic ne semblait pas concernée par le problème de genre. Je suis le capitaine Isaac de la police d'État. J'ai un mandat pour perquisitionner votre maison.

Charlie fit remarquer :

— Vous êtes déjà en train de le faire.

— Nous avons des raisons de croire que des preuves peuvent avoir été falsifiées. Isaac étudia l'œil contusionné de Charlie. Avez-vous été accidentellement blessée durant l'assaut, ma'ame ?

— Non. Un autre officier de police m'a frappée aujourd'hui.

Isaac jeta un coup d'œil à Lenore, qui était encore furieuse, puis elle ramena son regard vers Charlie.

— Vous êtes ensemble, mesdames ?

— Oui, répondit Charlie. Mrs Wilson aimerait voir une copie du mandat.

Isaac examina ostensiblement sa main gantée de jaune.

— Gant pour la vaisselle, précisa Charlie, ce qui était techniquement vrai. Mrs Wilson aimerait voir une copie du mandat.

— Vous êtes l'avocate de Mrs Wilson ?

— Je suis *une* avocate, clarifia Charlie. Je suis ici en tant qu'amie de la famille.

Le capitaine s'adressa à Ava :

— Mrs Wilson, conformément à la requête de votre amie, je vous donne copie du mandat.

Charlie dut soulever le bras d'Ava pour qu'on y mette le mandat.

Isaac demanda :

— Mrs Wilson, y a-t-il des armes dans la maison ?

Ava secoua la tête.

— Non, *sir*.

— Des aiguilles dont nous devrions nous méfier ? Quelque chose de coupant ?

À nouveau, Ava secoua la tête, bien qu'elle parût troublée par la question.

— Des explosifs ?

Ava plaqua une main sur sa bouche.

— Est-ce qu'il y a une fuite de gaz ?

Isaac regarda Charlie en quête d'une explication. Charlie haussa les épaules. La vie de cette mère se retrouvait sens dessus dessous. Un raisonnement logique était la dernière chose à en attendre.

Isaac demanda à Ava :

— Ma'ame, consentez-vous à ce que je procède à une fouille corporelle ?

— Ou…

— Non, l'interrompit Charlie. Vous n'avez aucun agrément pour fouiller quoi que ce soit ni qui que ce soit, en dehors du périmètre spécifié par le mandat.

Isaac baissa les yeux sur le sac à main de Charlie, qui avait adopté la forme rectangulaire de l'album.

— Dois-je fouiller votre sac ?

Charlie sentit son cœur s'emballer.

— Avez-vous un motif ?

— Si vous avez dissimulé des preuves ou sorti quelque chose de la maison à des fins de dissimulation, alors…

— Ce serait illégal, acheva Charlie. Comme de perquisitionner un bus scolaire alors que ce n'est pas spécifiquement stipulé par le mandat et qu'il n'entre pas dans l'enceinte délimitée.

Isaac acquiesça une seule fois.

— Vous auriez raison, à moins d'un motif.

Charlie retira le gant d'un coup sec.

— J'ai en effet sorti ceci de la maison, mais ce n'était pas intentionnel.

— Merci de votre coopération. Isaac se tourna vers Ava. Elle avait un scénario à respecter. Ma'ame, vous pouvez rester dehors ou bien quitter les lieux, mais vous n'avez pas le droit de retourner à l'intérieur de la maison avant que nous l'ayons évacuée. Vous comprenez ?

Ava secoua la tête.

Charlie intervint :

— Elle comprend.

Isaac traversa la cour et rejoignit les hommes dans l'habitation. Des contenants en plastique s'empilaient près de la porte. Registres de preuves. Liens de serrage. Sachets plastique. Ava fixait du regard la fenêtre en saillie. La télévision était toujours allumée. L'écran était tellement grand que Charlie parvenait à lire le bandeau :

PIKEVILLE SOURCE DU DÉPARTEMENT DE POLICE : LES IMAGES DE VIDÉOSURVEILLANCE DE L'ÉCOLE NE SERONT PAS COMMUNIQUÉES.

Les caméras de surveillance. Charlie ne les avait pas remarquées ce matin, mais à présent, elle se souvenait d'une caméra à l'extrémité de chaque couloir.

Cette folie meurtrière avait été filmée.

Ava s'enquit :

— Qu'allons-nous faire ?

Charlie réprima la première réponse qui lui vint à l'esprit : *Regarder votre fille se faire sangler sur un brancard à roulettes, puis exécuter.*

Elle lui répondit :

— Mon père vous exliquera tout, une fois au cabinet.

Elle retira le mandat de la main transpirante de la femme.

— Une audience de mise en accusation doit avoir lieu dans les quarante-huit heures. Kelly sera vraisemblablement détenue à la prison du comté, mais ensuite ils la transféreront ailleurs. Il y aura beaucoup de comparutions devant le tribunal et de nombreuses occasions de la voir. Ça prendra du temps. Beaucoup de temps.

Charlie parcourut rapidement le mandat de perquisition, pour l'essentiel un témoignage d'amour de la part du juge, autorisant les flics à faire absolument tout ce qu'ils voulaient. Elle demanda à Ava :

— Est-ce que c'est votre adresse ?

Ava observa le mandat.

— Oui, ma'ame, c'est bien le numéro.

Par la porte ouverte, Charlie aperçut Isaac tirer d'un coup sec les tiroirs de la cuisine. Des couverts s'entrechoquèrent. On arracha la moquette du sol. Aucun d'eux ne fit montre de la moindre douceur. Ils levaient haut les pieds en marchant et arpentaient la maison de leurs pas lourds. Guettant des bruits creux sous les parquets, tapotant les tuiles maculées au plafond.

Ava se cramponna au bras de Charlie.

— Quand est-ce que Kelly va rentrer à la maison ?

— Vous parlerez de ça avec mon père.

— Je vois pas comment on va pouvoir payer tout ça, déclara Ava. On n'a pas un sou, si vous êtes ici pour ça.

Rusty ne s'était jamais intéressé à l'argent.

— L'État paiera pour sa défense. Pas beaucoup, mais je vous promets que mon père travaillera d'arrache-pied pour votre fille.

Ava battit des paupières. Visiblement, elle ne suivait pas.

— Elle a des corvées qui l'attendent.

Charlie examina les yeux de la femme. Un éclat bizarre.

— Vous marchez à un truc ?

Elle baissa les yeux vers ses pieds.

— Non, ma'ame. Seulement avec mes pieds.

Charlie s'attendit à un sourire, mais la femme était sérieuse.

— Avez-vous pris des médicaments ? Fumé un joint pour vous calmer ?

— Oh ! non, ma'ame ! Je conduis un bus. Je ne peux pas prendre de drogues. Des enfants dépendent de moi.

Charlie la regarda à nouveau dans les yeux, cette fois à la recherche d'un signe d'entendement.

— Est-ce que mon père vous a expliqué ce qui est arrivé à Kelly ?

— Il a dit qu'il travaillait pour elle, mais je ne sais pas. Mon cousin a dit que Rusty Quinn est un homme mauvais, qu'il représente des voyous, des violeurs et des assassins, chuchota Ava.

Charlie sentit sa bouche s'assécher. La femme ne paraissait pas comprendre que Rusty Quinn était exactement le genre d'homme dont sa fille avait besoin.

— Il y a Kelly.

Ava regardait encore la télévision.

Le visage de Kelly Wilson remplit l'écran. Quelqu'un avait manifestement divulgué une photo d'école. Au lieu de l'épais maquillage gothique et des vêtements noirs, Kelly portait l'un des T-shirts poney arc-en-ciel du placard.

La photo disparut et céda la place à des images live de Rusty quittant le Derrick County Hospital. Il fusilla du regard le journaliste qui lui mettait un micro sous le nez, mais s'il était sorti par les portes de devant, c'était pour une bonne raison. Rusty fit tout un cinéma avant de s'arrêter avec réticence pour l'interview. Charlie devinait à sa façon de remuer les lèvres qu'il offrait un florilège d'expressions typiques du Sud, qui seraient diffusées en boucle par les chaînes nationales. C'était ainsi que fonctionnaient les affaires hautement médiatisées. Rusty devait paraître devant les spécialistes des médias pour dépeindre Kelly Wilson comme une adolescente perturbée face à la punition ultime plutôt que comme un monstre ayant assassiné une enfant et un principal de collège.

Ava chuchota :

— Est-ce qu'un revolver c'est une arme ?

Charlie sentit son estomac se nouer. Elle éloigna Ava de la maison et se tint avec elle au milieu du chemin.

— Vous avez un revolver ?

Ava hocha la tête.

— Ely le garde dans la boîte à gants de la voiture.

— La voiture qu'il a prise pour aller travailler aujourd'hui ?

Elle acquiesça à nouveau.

— Est-ce qu'il la possède légalement ?

— Nous ne volons pas les choses, ma'ame. Nous travaillons pour les avoir.

— Pardon, je me suis mal exprimée : est-ce que votre mari est un repris de justice ?

— Non, ma'ame. C'est un honnête homme.

— Savez-vous combien de balles contient le pistolet ?

— Six. Ava paraissait assez sûre d'elle, mais elle ajouta : Je pense que c'est six. J'l'ai vu un millier de fois, mais j'ai jamais fait attention. Je suis désolée, je m'en souviens pas.

— Ce n'est pas grave.

Charlie avait ressenti la même chose quand Delia Wofford l'avait interrogée. *Combien de coups de feu avez-vous entendus ? Quel a été leur enchaînement ? Est-ce que Mr Huckabee était avec vous ? Qu'est-il advenu du revolver ?*

Même si Charlie s'était retrouvée au beau milieu de tout cela, la peur avait sapé sa mémoire.

Elle demanda à Ava :

— Quand avez-vous vu le revolver pour la dernière fois ?

— Je ne… Oh ! Le téléphone d'Ava sonnait dans la poche de son pyjama. Elle en sortit un téléphone à clapet bon marché, du genre qu'on pouvait prépayer pendant quelques minutes. Je ne connais pas ce numéro.

Charlie le connaissait. C'était celui de son iPhone, qu'apparemment Huck avait toujours en sa possession.

— Montez dans la voiture, indiqua-t-elle à Ava, avec un signe vers Lenore pour qu'elle l'y aide. Laissez-moi répondre.

Ava posa un regard circonspect sur Lenore.

— Je ne sais pas si…

— Montez dans la voiture. Charlie repoussa presque la femme loin d'elle. Elle répondit au téléphone à la cinquième sonnerie. Allô ?

— Mrs Wilson, c'est Mr Huckabee, un professeur de collège de Kelly.

— Comment as-tu déverrouillé mon téléphone ?

Huck hésita un bon moment.

— Tu dois trouver un meilleur mot de passe que 1-2-3-4.

Charlie avait entendu la même remarque de la bouche de Ben à de nombreuses occasions. Elle remonta le chemin en quête d'intimité.

— Pourquoi appelles-tu Ava Wilson ?

Il hésita une seconde fois.

— J'ai été le prof de Kelly pendant deux ans. Je lui ai donné des cours particuliers pendant quelques mois, quand elle est partie au lycée.

— Ça ne répond pas à ma question.

— J'ai passé quatre heures à répondre aux questions de deux connards du GBI et une heure de plus pour celles de l'hôpital.

— Quels connards ?

— Atkins. Avery. Un mec de dix ans avec un épi dans les cheveux et une nana black plus âgée qui n'ont pas arrêté de se liguer contre moi.

— Merde, marmonna Charlie. Il parlait certainement de Louis Avery, un agent de terrain du FBI, pour le nord de la Géorgie. Il t'a donné sa carte ?

— Je l'ai jetée, répondit Huck. Mon bras va bien, au fait. La balle l'a transpercé de part en part.

— Mon nez est cassé et je souffre d'une commotion, déclara Charlie. Pourquoi est-ce que tu téléphonais à Ava ?

Son soupir indiqua qu'il allait lui donner satisfaction.

— Parce que je me soucie de mes élèves. Je voulais l'aider. M'assurer qu'elle avait un avocat. Que quelqu'un allait veiller sur elle sans l'exploiter ou l'entraîner dans d'autres difficultés. Kelly n'est pas futée, Charlotte. Ce n'est pas une meurtrière.

— Pas besoin d'être futé pour tuer quelqu'un. En réalité, le contraire est souvent vrai.

Elle se retourna pour contempler la maison des Wilson. Le capitaine Isaac sortait une boîte en plastique remplie de vêtements appartenant à Kelly.

Charlie dit à Huck :

— Si tu veux vraiment aider Kelly, reste à distance des journalistes, ne va pas devant les caméras, ne les laisse pas te photographier, ne parle même pas à tes amis de ce qui s'est passé, parce qu'ils iront devant les caméras ou qu'ils parleront aux journalistes ou qu'ils ne seront pas capables de contrôler ce qui sort de leur bouche.

— C'est un bon conseil. Il laissa échapper une brève expiration et ajouta : Hé ! il faut que je m'excuse !

— De quoi ?

— B2. Ben Bernard. Ton mari t'a appelée ce matin. J'ai presque répondu.

Charlie sentit ses joues rougir.

Il déclara :

— Je ne savais pas avant qu'un des flics me l'apprenne. C'était après que j'ai discuté avec lui, que je lui ai dit ce que nous avions fait, pourquoi tu étais à l'école.

Charlie prit sa tête dans sa main. Elle connaissait la manière dont certains hommes parlaient des femmes, en particulier celles qu'ils baisaient à la sortie des bistrots.

Huck poursuivit :

— Tu aurais pu m'avertir. Tu nous as tous mis dans une situation désastreuse.

— Si je comprends bien, tu t'excuses, mais en fait, c'est ma faute ? Quand est-ce que j'aurais dû te le dire ? Avant que Greg Brenner m'assomme ? Après que t'effaces la vidéo ? À moins que tu penses au moment où tu as menti dans ta déposition sur la manière dont mon nez s'est cassé, ce qui est un crime, au fait… Le mensonge pour couvrir les fesses d'un flic, pas le fait de pas bouger son cul quand une femme se prend un coup de poing au visage. Ça, c'est parfaitement légal.

Huck soupira.

— Tu ne sais pas ce que c'est que de se retrouver dans un truc comme ça. Les gens commettent des erreurs.

— Je ne sais pas ce que c'est ? Charlie fut submergée par une fureur soudaine. Je crois que j'étais là, Huck. Je crois même que je suis arrivée avant toi, alors je sais exactement ce que c'est de se retrouver dans un truc comme ça, et si tu as vraiment grandi à Pikeville, alors tu sais que c'est la deuxième fois, alors va te faire foutre.

— OK, tu as raison. Je suis désolé.

Charlie n'en avait pas terminé.

— Tu as menti sur l'âge de Kelly.

— Seize ans, dix-sept ans. Elle visualisait Huck secouant la tête. Elle est en première. Quelle différence ça fait ?

— Elle a dix-huit ans, et la différence c'est la peine de mort.

Il en eut le souffle coupé. Il n'y avait pas d'autre mot pour cela : une inspiration soudaine et rapide provenant d'un choc total.

Charlie attendit qu'il parle. Elle vérifia les barres sur le téléphone.

— Allô ?

Il s'éclaircit la voix.

— Donne-moi une minute.

Charlie avait besoin d'une minute elle aussi. Elle passait à côté de quelque chose d'important. Pourquoi Huck avait-il été interrogé pendant quatre heures ? Un interrogatoire moyen durait entre une demi-heure et deux heures. Le sien quarante-cinq minutes environ. Son implication et celle de Huck dans le crime avaient duré moins de dix minutes. Pourquoi Delia Wofford avait-elle fait venir le FBI pour jouer au bon et au méchant flic avec Huck ? A priori, ce n'était pas un témoin hostile. Il s'était fait tirer dans le bras. Mais on l'avait interrogé avant de l'emmener à l'hôpital. Delia Wofford n'était pas le genre de flic à se moquer de la procédure. Il était foutrement certain que le FBI ne faisait pas n'importe quoi.

Alors pourquoi avaient-ils gardé leur principal témoin au poste pendant quatre heures ? Ce n'était pas des façons de traiter un témoin. Plutôt un suspect qui ne jouerait pas le jeu.

— OK, me voilà de retour, annonça Huck. Kelly est… Comment appellent-ils ça maintenant ? En soutien scolaire ? Handicapée intellectuelle ? Elle est dans une classe adaptée. Elle ne mémorise pas les concepts.

— La loi nommerait ça une « capacité réduite », dans le sens où elle n'aurait pas l'état mental requis pour perpétrer un meurtre, mais ce raisonnement est très difficile à étayer, indiqua Charlie. Les priorités sont très différentes entre un système scolaire dirigé par le gouvernement et un procès pour meurtre conduit par le gouvernement. L'un essaie de l'aider, l'autre de la tuer.

Il était tellement silencieux qu'elle ne percevait que sa respiration.

Charlie demanda :

— Est-ce que les deux agents, Wofford et Avery, ont discuté avec toi quatre heures d'affilée ou s'est-il écoulé du temps au milieu ?

— Quoi ? Il parut désarçonné par la question. Ouais, l'un d'eux est resté dans la pièce. Et ton mari parfois. Et ce type-là, j'ai oublié son nom… qui porte des costumes brillants ?

— Ken Coin. C'est le procureur de district. Charlie changea de stratégie. Kelly était-elle harcelée ?

— Pas dans ma classe. Il ajouta : À l'extérieur de l'établissement, sur les réseaux sociaux, on ne peut pas intervenir.

— Alors tu es en train de dire qu'on la harcelait ?

— Je dis seulement qu'elle était différente, et ce n'est jamais une bonne chose pour un gamin.

— Tu étais l'enseignant de Kelly. Comment n'as-tu pas su qu'elle avait redoublé ?

— J'ai plus de cent vingt gamins par an. Je ne reviens pas sur leurs dossiers, à moins qu'ils me donnent une raison de le faire.

— Être retardée ne constitue pas une raison ?

— Beaucoup de mes gamins sont retardés. C'était une élève médiocre. Mais elle ne s'attirait jamais d'ennuis. Charlie entendit un tapotement, un stylo tambourinait le bord d'une table. Huck poursuivit : Écoute, Kelly est une bonne gamine. Pas intelligente, mais douce. Elle écoute tout ce qu'on lui dit. Elle ne ferait pas des trucs comme aujourd'hui. Ça ne lui ressemble pas.

— Étais-tu intime avec elle ?

— Putain, qu'est-ce que tu…

— Baiser. Niquer. Tu sais ce que je veux dire.

— Bien sûr que non. Il semblait dégoûté. Elle faisait partie de mes gamins, merde !

— Quelqu'un d'autre avait-il des relations sexuelles avec elle ?

— Non. Je l'aurais dénoncé.

— Mr Pinkman ?

— N'essaie même pas…

— Un autre élève à l'école ?

— Comment pourrais-je…

— Qu'est-il arrivé au revolver ?

Si elle n'avait pas tendu l'oreille, elle aurait manqué la faible interruption de son souffle.

Il reprit :

— Quel revolver ?

Charlie secoua la tête, et se réprimanda d'avoir raté l'évidence.

Durant son interrogatoire avec Delia Wofford, elle avait été trop désorientée pour assembler les pièces, mais maintenant Charlie constatait que la femme lui avait pratiquement fait un dessin. *Vous n'avez pas vu Mr Huckabee remettre le revolver à quelqu'un ? L'avez-vous vu le glisser quelque part sur sa personne ? Au sol ?*

Charlie demanda à Huck :

— Qu'est-ce que tu en as fait ?

Il marqua une pause, comme chaque fois qu'il mentait.

— Je ne sais pas de quoi tu parles.

— C'est ce que tu as répondu aux deux agents ?

— Je leur ai dit la même chose qu'à toi. Je ne sais pas. Il se passait beaucoup de choses.

Charlie ne pouvait que secouer la tête face à sa stupidité.

— Kelly t'a dit quelque chose dans le couloir ?

— Rien que j'aie entendu. Il marqua un temps d'arrêt pour la énième fois. Comme je l'ai dit, il se passait beaucoup de choses.

Le type s'était fait tirer dessus et c'était à peine s'il avait bronché. La peur n'avait pas sapé sa mémoire.

Elle l'interrogea :

— De quel côté es-tu ?

— Il n'y a pas de côté. Il s'agit de faire la bonne action.

— Je déteste l'idée de dézinguer ta philophie, Horatio, mais s'il existe une bonne action alors il y en a une mauvaise, et, en tant que licenciée en droit, je peux t'affirmer que voler l'arme d'un double homicide, puis mentir à un agent du FBI, peut te faire atterrir du mauvais côté d'une cellule pour un bon paquet d'années.

Il refit deux secondes son petit numéro du silence, puis déclara :

— Je ne sais pas si on était dedans, mais les caméras de vidéosurveillance ont un angle mort.

— Arrête de parler.

— Mais, si…

— Ferme-la, l'avertit Charlie. Je suis un témoin. Je ne peux pas être ton avocate. Ce que tu me dis n'est pas protégé par le secret professionnel.

— Charlotte, je…

Elle raccrocha avant qu'il ne creuse plus profondément le trou dans lequel il se trouvait.

5

Comme on pouvait s'y attendre, la vieille Mercedes de Rusty n'était pas stationnée sur le parking, quand Lenore se gara derrière le bâtiment. Charlie avait vu son père quitter l'hôpital en direct à la télévision. Il était à une demi-heure du cabinet, à peu près à la même distance que la maison des Wilson. Par conséquent il avait dû faire un détour.

Lenore s'adressa à Ava :

— Rusty est en route, un mensonge qu'elle répétait à de multiples clients de multiples fois par jour.

Ava ne paraissait pas intéressée par la localisation de Rusty. Elle resta bouche bée quand le portail de sécurité se referma derrière elles. L'espace clos, avec sa collection de projecteurs et de caméras de sécurité, de barreaux en métal aux fenêtres et ses clôtures en fils barbelés de trois mètres cinquante de haut, ressemblait à une zone de transit dans une prison haute sécurité.

Au fur et à mesure des années, Rusty avait continué à recevoir des menaces de mort, parce qu'il persistait à représenter des motards hors-la-loi, des dealers et des tueurs d'enfants. À cette liste s'ajoutaient des organisations syndicales, des travailleurs sans papiers et des cliniques d'avortement. Il était parvenu à se mettre à dos la majeure partie de la population. La théorie de Charlie était que la plupart des menaces de mort émanaient des Culpepper. Seule une petite partie provenait de citoyens modèles, pour qui Rusty incarnait le bras droit de Satan.

Impossible de prédire leur réaction, une fois la rumeur répandue que Rusty représentait la tueuse de l'école.

Lenore gara sa Mazda près de la Subaru de Charlie. Elle se retourna et dévisagea Ava Wilson.

— Je vais vous montrer où vous rafraîchir.

— Vous avez la télé ? demanda Ava.

Charlie répondit :

— Peut-être qu'il vaut mieux ne pas…

— J'veux r'garder.

Charlie ne pouvait interdire la télé à une adulte. Elle sortit de la voiture et ouvrit la portière d'Ava. Au début, la mère n'esquissa aucun mouvement. Elle fixait le dos du siège devant elle, les mains sur les genoux.

Ava dit :

— C'est vrai, hein ?

— Je suis désolée, dit Charlie. Oui.

La femme se tourna lentement. Ses jambes ressemblaient à deux brindilles dans le pantalon de pyjama. Sa peau était si pâle, presque transparente, dans la lumière crue du jour.

Lenore referma la portière côté conducteur en silence, mais l'expression de son visage montrait qu'elle mourait d'envie de la claquer. Elle en voulait à Charlie depuis l'instant où elle l'avait repérée dans la chambre. S'il n'y avait pas eu Ava Wilson, elle lui aurait décollé la tête et l'aurait balancée par la fenêtre sur le trajet du retour.

Lenore marmonna :

— Ce n'est pas terminé.

— Super !

Charlie afficha un sourire éclatant, car pourquoi ne pas verser un peu d'huile sur le feu ? Lenore ne pouvait rien dire à propos de ses stupides agissements qu'elle ne s'était déjà dit elle-même. Elle était passée pro dans l'art de l'autodénigrement.

Elle tendit à Ava Wilson le sac plastique de vêtements, le temps de chercher ses clés.

— Je les ai.

Lenore déverrouilla le grillage de sécurité métallique et le replia en accordéon. La lourde porte en métal nécessitait un code et une autre clé pour enclencher la barre de verrouillage. Lenore joua des muscles pour faire tourner le loquet. Il y eut un bruit sourd, avant qu'elle ouvre la porte.

Ava demanda :

— Vous gardez tous d'l'argent là-d'dans ou que'que chose du genre ?

Charlie frissonna en entendant la question. Elle laissa Lenore et Ava passer en premier.

L'odeur familière de cigarette se fraya un chemin dans le nez cassé de Charlie. Elle avait interdit à Rusty de fumer dans le bâtiment, mais cette règle était intervenue avec trente ans de retard. Il empestait comme Pigpen, le personnage des Peanuts. Peu importait combien de fois elle avait nettoyé, repeint les murs ou même remplacé la moquette, l'odeur persistait.

— Par ici.

Lenore adressa à Charlie un autre regard acerbe avant d'escorter Ava jusqu'à la salle d'attente, une pièce tristement sombre, avec un volet roulant en métal qui obstruait la vue sur la rue.

Charlie se dirigea vers son bureau. Sa priorité numéro un consistait à appeler son père et à lui dire de ramener ses fesses par ici. Il ne devait pas abandonner Ava Wilson sur leur canapé déformé à glaner des infos sur sa fille sur les chaînes du câble.

Au cas où, Charlie parcourut le long trajet jusqu'au bureau de Rusty pour s'assurer qu'il n'était pas garé devant. La peinture blanche sur sa porte avait viré au jaune à cause de la nicotine. Des traînées sales se déployaient en faisceau dans l'enduit et assombrissaient le plafond. Même le bouton de porte était recouvert d'une pellicule. Elle tira sur la manche de sa chemise pour protéger sa main et vérifia que la porte était bien fermée à clé.

Il n'était pas là.

Charlie souffla longuement en retournant à son bureau. Avec détermination, elle avait revendiqué l'autre côté du bâtiment qui, dans une vie antérieure, avait abrité les bureaux d'une chaîne de magasins de fournitures. L'architecture sur un seul étage rappelait le total chaos de la ferme. Elle partageait la salle d'attente avec son père, mais son cabinet était complètement distinct du sien. D'autres avocats allaient et venaient, et louaient l'espace au mois. L'université de Géorgie, l'État de Géorgie, le Morehouse College et l'université Emory envoyaient par intermittence des stagiaires qui avaient besoin de bureaux et de téléphones. L'enquêteur de Rusty, Jimmy Jack Little, s'était installé dans un ancien placard à fournitures. D'après ce que disait Charlie, Jimmy Jack s'en servait pour archiver ses dossiers. Il espérait certainement que la police y réfléchirait à deux fois avant de faire une descente dans un bâtiment rempli d'avocats.

La moquette était plus épaisse, la décoration plus jolie du côté de Charlie. Rusty avait suspendu un panneau au-dessus de sa porte qui disait : « Dewey, Pleadem & Howe »[1], parce qu'elle gardait la plupart de ses clients loin des salles d'audience. Cela ne la dérangeait aucunement de plaider une affaire, mais la majorité de ses clients étaient trop pauvres pour se permettre un procès, et trop connus des juges de Pikeville pour perdre leur temps à combattre le système.

À l'inverse, Rusty aurait plaidé devant la Cour suprême des États-Unis pour un ticket de parking, si on l'avait laissé aller jusque-là.

Charlie fouilla dans son sac à main à la recherche des clés de son bureau. Le sac glissa de son épaule. Elle demeura bouche bée. L'album de promo de Kelly Wilson avait un dessin humoristique du général Lee sur la couverture, parce que la mascotte de l'école était le Rebelle.

L'avocat de la défense qui détient en sa possession un objet physique dans des circonstances qui impliquent un client au comportement criminel doit révéler l'emplacement ou livrer cet objet aux autorités policières.

Il n'avait pas échappé à Charlie qu'elle avait sermonné

1. Les faux noms de cabinets d'avocats sont une plaisanterie récurrente dans le milieu. Ici, il s'agit d'un jeu de mots : *« Do we plead for 'em ? And how ! »* « Est-ce que nous plaidons pour eux ? Et comment ! »

Huck sur la dissimulation de preuve alors qu'elle avait coincé l'album de promo sous son bras.

Cependant, Charlie était en proie à un équivalent légal du chat de Schrödinger. Elle ne saurait pas si l'album contenait une preuve tant qu'elle ne l'aurait pas ouvert. Elle se remit à chercher ses clés. Le plus simple était de déposer le bouquin sur le bureau de Rusty et de le laisser gérer.

— Allons-y.

Lenore était de retour et manifestement prête à déballer le fond de sa pensée.

Charlie indiqua les toilettes à l'autre bout du couloir. Elle ne pouvait affronter cela la vessie pleine.

Lenore la suivit et referma la porte derrière elle.

— Une partie de moi se demande si ça vaut la peine de te rentrer dedans, vu que tu es tellement débile que tu n'en as même pas conscience.

— S'il te plaît, écoute cette partie de toi.

Lenore donna un petit coup à Charlie avec le doigt.

— Ne fais pas la maligne avec moi.

Des reparties impertinentes foisonnèrent dans son esprit, mais Charlie se retint. Elle déboutonna son jean et s'assit sur la cuvette. Lenore lui avait donné le bain quand elle était trop dévastée par le chagrin pour le faire elle-même. Elle pouvait bien la regarder uriner.

— Tu ne réfléchis jamais, Charlotte. Tu te contentes d'*agir*.

Lenore faisait les cent pas dans la pièce exiguë.

— Tu as raison, concéda Charlie. Et je sais que tu as raison, tout comme je sais que tu n'arriveras pas à me faire sentir plus mal que je ne le suis déjà.

— Tu ne t'en sortiras pas aussi facilement.

— Ça a l'air facile ? Charlie tendit les bras pour accentuer les dégâts. Je me suis retrouvée dans une zone de combat ce matin. J'ai contrarié un flic jusqu'à ce qu'il m'arrive ça. Elle désigna son visage. J'ai humilié mon mari. Encore une fois. J'ai baisé avec un type qui, au choix, est un martyr, un pédophile ou un psychopathe. J'ai fondu en larmes devant toi. Et tu ne veux même pas savoir ce que je faisais quand le SWAT est entré. Je veux dire, sérieusement, tu ne veux *pas* savoir parce que tu dois conserver la possibilité d'un déni plausible.

Lenore dilata ses narines.

— J'ai vu leurs flingues pointés sur ta poitrine, Charlotte. Six hommes, le fusil en l'air, à un doigt de t'abattre, pendant que j'étais dehors à me tordre les mains comme une vieille femme impuissante.

Charlie se rendit compte que Lenore n'était pas en colère. Elle avait peur.

— Mais à quoi tu jouais ? s'enquit Lenore. Pourquoi risquer ta vie comme ça ? Qu'est-ce qui était si important ?

— Rien. La honte de Charlie était amplifiée par les larmes qui roulaient sur le visage de Lenore. Je suis désolée. Tu as raison. Je n'aurais pas dû faire ça. Rien de tout ça. Je suis une grosse conne.

— Je ne vais pas te contredire.

Lenore attrapa le papier toilette et en déroula un morceau pour se moucher.

— S'il te plaît, hurle-moi dessus, supplia Charlie. Je ne supporte pas de te voir triste.

Lenore détourna les yeux. Charlie désira ardemment que sa haine envers elle-même l'engloutisse. Combien de fois avait-elle eu cette même discussion avec Ben ? La fois à l'épicerie où elle avait bousculé un homme, parce qu'il avait giflé sa femme. La fois où elle avait failli être coupée en deux par une voiture, alors qu'elle essayait d'aider un automobiliste tombé en rade. Les fois où elle provoquait les Culpepper quand elle les croisait en ville. Où elle se rendait dans le Holler au beau milieu de la nuit. Ses journées passées à défendre des esprits bourrés de meth et de violents criminels. Pour Ben, Charlie courait la tête la première vers un terrain miné si les circonstances s'y prêtaient.

Lenore déclara :

— On ne peut pas pleurer toutes les deux.

— Je ne pleure pas, mentit Charlie.

Lenore lui tendit le rouleau de papier toilette.

— Pourquoi crois-tu que le type est un psychopathe ?

— Je ne peux pas te le dire.

Charlie reboutonna son jean, puis alla se laver les mains au lavabo.

— Dois-je m'inquiéter du fait que tu retournes en arrière ?

Charlie ne voulait pas penser à avant.

— Il y a un angle mort dans les caméras de surveillance.

— C'est Ben qui t'a dit ça ?

— Tu connais Ben, et je ne parle jamais des affaires.

Charlie se nettoya les aisselles avec du papier mouillé. Le psychopathe a mon téléphone. Il faut que je résilie la ligne et que j'en achète un autre. J'ai manqué deux audiences aujourd'hui.

— Le tribunal a fermé ses portes à la minute où la nouvelle de la fusillade a éclaté.

Charlie se rappela la procédure. Il y avait eu une fausse alerte une fois auparavant. Comme Ava Wilson, elle avait de grandes difficultés à croire que tout était réel.

Lenore lui proposa :

— Il y a deux sandwichs dans un Tupperware sur ton bureau. Je vais à la boutique de téléphonie pour toi si tu les manges.

— Marché conclu, accepta Charlie. Écoute, je suis désolée pour aujourd'hui. Je vais essayer de m'améliorer.

Lenore leva les yeux au plafond.

— Ouais, c'est ça.

Charlie attendit que la porte se referme pour terminer sa toilette rapide. Elle examina son visage dans le miroir tout en se lavant. Sa mine se dégradait d'heure en heure. Elle avait deux bleus, un sous chaque œil, qui la faisaient ressembler à une victime de violences conjugales. L'arête de son nez était d'un rouge sombre et elle avait une bosse par-dessus la précédente, datant de la dernière fois où elle s'était cassé le nez.

Elle s'adressa à son reflet :

— Tu vas arrêter de faire l'idiote.

Son reflet eut l'air aussi dubitatif que Lenore.

Charlie retourna à son bureau. Elle déversa le contenu de son sac à main sur le sol pour trouver sa clé. Puis elle dut imaginer un moyen de tout fourrer à nouveau à l'intérieur. Puis elle réalisa que Lenore avait déjà ouvert la porte, parce que Lenore avait toujours une longueur d'avance. Charlie laissa tomber son sac sur le canapé près de la porte. Elle pressa l'interrupteur. Son bureau. Son ordinateur. Son fauteuil. Cela faisait du bien de se retrouver parmi des objets familiers. Le bureau n'était pas sa maison, mais elle y passait plus de temps, surtout depuis que Ben avait déménagé, alors c'était ce qui lui restait de mieux.

Elle engloutit un des sandwichs beurre de cachuètes *jelly* que Lenore avait déposés sur son bureau. Elle parcourut sa boîte de réception et répondit aux mails qui s'enquéraient de son état. Charlie aurait dû écouter sa boîte vocale, appeler ses clients et voir avec le tribunal quand seraient reprogrammées ses audiences, mais elle était trop tendue pour se concentrer.

Huck avait quasiment admis avoir emporté l'arme du crime.

Pourquoi ?

En réalité, la question était plutôt *comment ?*

Un revolver n'était pas un petit objet, et, étant donné que c'était l'arme du crime, la police l'avait presque immédiatement recherché. Comment Huck l'avait-il fait sortir en douce du bâtiment ? Dans son pantalon ? L'avait-il fait glisser volontairement dans le sac d'un urgentiste ? Charlie supposait que la police de Pikeville s'était tenue à une distance respectueuse de Huck. On ne fouille pas un civil innocent qui vient de se faire tirer dessus. Huck avait aussi effacé la vidéo prise par Charlie, et leur avait ainsi prouvé qu'il était de leur côté — si tant est que cette notion existât pour Mr Huckleberry.

Néanmoins, les agents Delia Wofford et Louis Avery ne nourrissaient pas une telle loyauté envers Mr Huckleberry. Rien d'étonnant à ce qu'ils l'aient cuisiné quatre heures durant, tandis que sa blessure par balle gouttait lentement. Ils le suspectaient probablement d'avoir emporté l'arme, tout comme ils suspectaient les flics du coin d'être des idiots, car ils l'avaient laissé franchir la porte sans le fouiller minutieusement.

Le mensonge à un agent du FBI était passible de cinq

ans d'emprisonnement dans un établissement fédéral et de 250 000 dollars d'amende. Ajoutez à cela la destruction de preuve, l'entrave à l'enquête et une possible accusation de complicité après les faits, Huck ne retravaillerait plus jamais dans une école, ni probablement nulle part ailleurs.

La situation était délicate pour Charlie. À moins de vouloir détruire la vie de cet homme, il lui faudrait trouver un moyen de parler à son père du revolver sans impliquer Huck. Elle savait ce que ferait Rusty s'il humait le sang. Huck était le genre de beau et bon Samaritain propre sur lui dont les jurés ne faisaient qu'une bouchée. Ses faits de guerre, le choix altruiste de sa profession n'importeraient guère s'il témoignait à la barre en pantalon orange de bagnard.

Elle regarda la pendule au-dessus du canapé : 14:16.

Cette journée ressemblait à une putain de sphère sans fin.

Charlie ouvrit un nouveau document Word. Elle devrait écrire ce dont elle se souvenait et transmettre le fichier à Rusty. Il avait probablement entendu l'histoire de Kelly Wilson, à cette heure-ci. Au moins, Charlie pourrait lui dire ce que l'accusation avait entendu.

Ses mains hésitèrent au-dessus du clavier, mais elle n'appuya sur aucune touche. Elle contempla le curseur qui clignotait. Elle ne savait pas par où commencer. D'évidence, par le début, mais par le début était justement le plus difficile.

La routine quotidienne de Charlie était habituellement gravée dans le marbre. Elle se levait à 5 heures. Elle nourrissait les animaux. Elle allait courir. Elle se douchait. Elle prenait un petit déjeuner. Elle partait travailler. Elle rentrait. Ben parti, elle occupait ses nuits à lire ses dossiers, à s'abrutir devant la télé, et à regarder la pendule en attendant une heure moins honteuse pour aller au lit.

Cette journée ne s'était pas déroulée ainsi, et il fallait que Rusty sache pourquoi.

Le moins que Charlie puisse faire, c'était découvrir le prénom de Huck.

Elle ouvrit le navigateur. Chercha : « Collège de Pikeville ».

La petite roue en arc-en-ciel commença à tourner. Enfin, l'écran afficha le message :

LA PAGE WEB NE RÉPOND PAS.

Elle essaya de contourner la page d'atterrissage, de saisir des noms de départements différents, des noms d'enseignants, même le journal de l'école. Ils renvoyaient tous le même message. Les serveurs du département Éducation de Pikeville n'avaient pas la capacité de faire face aux centaines de milliers de fouineurs qui essayaient d'accéder à leur site.

Elle cliqua pour ouvrir une nouvelle page de recherche. Elle tapa : « Huckabee Pikeville ».

— Merde, marmonna-t-elle. Google avait demandé : *Essayez avec l'orthographe Huckleberry.*

Le premier site recensé était une entrée Wiki disant que huckleberry, la myrtille, était le fruit de l'Idaho. Puis apparaissaient plusieurs anecdotes à propos de conseils d'établissement qui essayaient d'interdire la lecture de *Huckleberry Finn*. En bas de la page figurait l'entrée de l'*Urban Dictionary* qui expliquait que : *« I'm your Huckleberry »* était l'expression en argot du XIXe siècle pour dire « Je suis ton homme. »

Charlie tapota la souris du doigt. Il aurait fallu qu'elle regarde CNN, MSNBC, voire Fox, mais elle n'arrivait pas à se résoudre à aller sur les sites d'infos. Une heure entière s'était écoulée sans que le diaporama ne lui revienne à l'esprit. Elle ne voulait pas réveiller le flot de mauvais souvenirs.

Par ailleurs, c'était l'affaire de Rusty. Charlie serait certainement citée comme témoin par l'accusation. Elle corroborerait la version de Huck, mais cela ne fournirait au jury qu'une petite pièce du puzzle.

Si quelqu'un en savait davantage, c'était Mrs Pinkman. Sa classe se trouvait juste en face de l'endroit où Kelly avait tiré. Judith Pinkman était arrivée en premier sur la scène du crime. Elle avait probablement découvert alors son époux décédé. Lucy mourante.

« S'il vous plaît, aidez-nous. »

Charlie entendait encore les cris de la femme résonner à ses oreilles. Les quatre coups avaient déjà été tirés. Huck avait traîné Charlie derrière le meuble. Il téléphonait à la police quand elle avait entendu deux tirs de plus.

Charlie était étonnée par sa mémoire soudain ravivée.

Six coups de feu. Six balles dans le revolver.

Sinon Judith Pinkman en aurait pris une en plein visage, en ouvrant la porte de sa classe.

Ses pensées réveillèrent une vieille image, sordide.

Il fallait qu'elle sorte de ce bureau.

Elle saisit la boîte en plastique contenant le second sandwich et partit rejoindre Ava Wilson. Charlie savait que Lenore lui avait déjà proposé de manger un morceau — elle avait ce réflexe typique des gens du Sud : nourrir son prochain —, mais Charlie était certaine qu'Ava était trop stressée pour avaler quoi que ce soit. Néanmoins, elle ne voulait pas que la femme reste seule trop longtemps.

Dans la salle d'attente, elle découvrit une scène désormais familière : Ava Wilson sur le canapé, plantée devant la télévision, le volume réglé trop fort.

Elle demanda à Ava :

— J'ai un sandwich en trop, vous le voulez ?

Ava ne répondit pas. Charlie s'apprêtait à répéter la question quand elle s'aperçut que les yeux de la femme étaient fermés. Ses lèvres étaient entrouvertes, un léger sifflement s'engouffrait par l'espace d'une dent manquante.

Charlie ne la réveilla pas. Le stress parvenait à déconnecter le corps, quand ce dernier était incapable d'en supporter davantage. Si Ava Wilson devait avoir un seul instant de paix dans cette journée, ce serait celui-là.

La télécommande trônait sur la table basse. Charlie ne savait jamais pourquoi elle était toujours collante. La plupart des touches ne fonctionnaient plus. Les autres se bloquaient. Le bouton MARCHE ne répondait plus. La touche pour couper le son avait disparu : à la place, il y avait un rectangle vide. Elle alla vers le poste à la recherche d'un autre moyen de l'éteindre.

Sur l'écran, les infos connaissaient une période de trêve, sans aucun fait nouveau à rapporter. Par conséquent, un panel d'experts et de psychiatres émettait des hypothèses sur ce qui avait *pu* se passer, ce que Kelly avait *possiblement* pensé, pourquoi elle avait *pu* commettre ces actes.

— Et il *existe* un précédent, déclara une jolie blonde. Si vous vous rappelez la chanson des Boomtown Rats de…

Charlie était sur le point d'arracher le cordon du mur quand le présentateur interrompit la psy.

— Petite interruption pour un flash info en direct de Pikeville, Géorgie, où une conférence de presse se déroule en ce moment même.

L'image disparut et céda la place à une estrade installée dans un lieu qui lui parut familier. La cantine du poste de police. Ils avaient nettoyé les tables, et plaqué au mur un drapeau bleu exhibant le logo de Pikeville.

Un homme rondouillard vêtu d'un pantalon Dockers à pinces, brun clair, et d'une chemise blanche à col boutonné se tenait derrière l'estrade. Il regarda à sa gauche et la caméra fit un panoramique sur Ken Coin, qui sembla agacé quand il fit signe à l'homme de passer devant.

Coin aurait visiblement souhaité occuper la scène en premier.

L'homme abaissa le micro, puis le remonta, l'abaissa à nouveau. Il se pencha, les lèvres trop pincées, et déclara :

— Je suis Rick Fahey. Je suis l'oncle de Lu…, sa voix s'étrangla. L'oncle de Lucy Alexander. Du dos de la main, il essuya des larmes. Son visage était rouge. Ses lèvres trop roses. La famille m'a demandé… Oh ! De sa poche arrière, Fahey sortit un morceau de papier plié arraché à un carnet. Ses mains tremblaient tellement que le papier palpita, comme pris dans un courant d'air. Finalement, Fahey lissa la page sur le pupitre et dit : La famille m'a demandé de lire cette déclaration.

Charlie posa son regard sur Ava. Elle dormait toujours.

Fahey lut :

— Lucy était une enfant magnifique. Elle était créative. Elle adorait chanter et jouer avec son chien, Shaggy. Elle suivait le cours biblique de Ms Dillard à la Mountain Baptist Church, où elle aimait beaucoup lire les Évangiles. Elle passait les étés à la ferme de ses grands-parents à Ellijay, où elle les aidait à ramasser les po… pommes… Il extirpa un mouchoir de sa poche arrière et tapota la sueur et les larmes sur son visage rond. La famille a mis sa confiance en Dieu pour qu'il nous aide pendant ce moment éprouvant. Nous en appelons aux pensées et aux prières de la communauté. Également, nous aimerions exprimer notre soutien aux services de police de Pikeville et au bureau du procureur du comté de Dickerson — Mr Ken Coin — pour qu'ils fassent tout leur possible pour que la justice punisse la meur… Sa voix fut à nouveau entrecoupée. La meurtrière de Lucy. Il leva les yeux vers les journalistes. C'est ce qu'est Kelly Wilson. Une meurtrière de sang-froid.

Fahey se tourna vers Ken Coin. Ils échangèrent un signe de tête solennel, signe d'une promesse déjà faite entre eux.

Fahey poursuivit :

— La famille aimerait demander aux médias et aux autres personnes de respecter son intimité. Aucune disposition pour les obsèques n'a encore été prise.

Il porta son attention au loin, au-delà de la nuée de micros, au-delà des caméras. Pensaient-ils aux funérailles de Lucy, au fait que ses parents devraient choisir un cercueil de la taille d'une enfant ?

Elle était si petite. Charlie se rappelait combien la main de la fillette avait paru délicate dans la sienne.

— Monsieur Fahey ? s'enquit un des journalistes. Pouvez-vous nous dire…

— Merci.

Fahey descendit de l'estrade. Quand ils se croisèrent, Ken Coin lui tapota le bras d'une main ferme.

Charlie regarda le patron de son époux agripper les bords du pupitre, prêt à le sodomiser.

— Je suis Ken Coin, le procureur de district pour le comté, dit-il à la foule. Je suis ici pour répondre à vos questions au sujet des poursuites judiciaires engagées dans le cadre de ce crime ignoble. Faites-moi confiance, mesdames et messieurs. Nous réclamerons œil pour œil et dent pour dent pour ces monstrueux…

Charlie débrancha le téléviseur. Elle se retourna pour

s'assurer qu'Ava ne s'était pas réveillée. La femme était dans la même position, toujours en pyjama. Le sac de vêtements posé au sol, à ses pieds. Charlie tâchait de se souvenir s'il y avait une couverture quelque part, quand la porte de derrière s'ouvrit avec fracas et se referma dans un claquement.

Seul Rusty entrait dans le bâtiment en faisant un tel raffut.

Heureusement, le bruit n'avait pas réveillé Ava. Elle remua sur le canapé, la tête pendant d'un côté.

Charlie laissa le sandwich sur la table basse et rejoignit son père.

— Charlotte ? tonna Rusty. Elle entendit la porte du bureau de son père s'ouvrir d'un coup. Le bouton avait déjà creusé un trou dans le mur. Il ne ratait jamais une occasion de faire du bruit. Charlotte ?

— Je suis là, papa. Elle s'arrêta dans l'embrasure de la porte. Le bureau était tellement encombré qu'on ne pouvait s'y tenir debout. Ava Wilson est dans la salle d'attente.

— Gentille fille. Il ne leva pas les yeux des documents qu'il tenait à la main. Rusty accomplissait toujours les tâches à moitié, sans jamais se concentrer sur une seule à la fois. En ce moment même, il tapait du pied, lisait, fredonnait, et poursuivait un simulacre de conversation. Comment va-t-elle ?

— Pas génial. Elle s'est assoupie il y a un petit moment. Charlie s'adressait au sommet du crâne de son père. Il avait soixante-quatorze ans et sa chevelure poivre et sel était encore dense. Elle était trop longue sur les côtés. Il faut que tu y ailles mollo avec elle. Je ne sais pas si elle suit vraiment.

— C'est noté.

Il nota quelque chose sur un papier. Les doigts osseux de Rusty tenaient un stylo comme si c'était une cigarette. En discutant au téléphone avec lui, on s'attendait à trouver un croisement entre le Colonel Sanders, icône des KFC, et Charlie le coq, le personnage des Looney Tunes. Ce qui n'était absolument pas le cas. Rusty Quinn était une grande asperge élancée, mais différemment de Ben, parce que Charlie se serait jetée d'une falaise plutôt que d'épouser quelqu'un qui ressemblât à son père.

Outre la taille et une incapacité à jeter les vieux sous-vêtements, les deux hommes de sa vie n'avaient rien en commun. Ben évoquait un minivan fiable mais sportif. Rusty un bulldozer industriel. En dépit de deux attaques cardiaques et d'un double pontage, il continuait joyeusement de s'adonner à ses vices : le bourbon, le poulet frit, les Camel sans filtre, les disputes avec force hurlements. Ben aimait les discussions réfléchies, la bière et les fromages artisanaux.

En réalité, Charlie se rendit compte d'une nouvelle similitude entre eux : aujourd'hui, tous deux avaient du mal à la regarder. Elle demanda :

— De quoi a-t-elle l'air ?

— La fille ?

Rusty bâcla vite fait une autre note tout en fredonnant, comme si le stylo avait son propre rythme.

— Une petite femme fluette. Coin doit chier dans son froc. Les jurés vont tomber amoureux de cette gamine.

— La famille de Lucy Alexander aura certainement son mot à dire.

— Je suis prêt pour le combat.

Charlie écrasa son gros orteil sur la moquette. Son père transformait toujours tout en lutte.

— Tu pourrais essayer de passer un accord avec Ken, fais-lui retirer la peine de mort de la table.

— Bah, répondit-il, parce qu'ils savaient tous deux que Ken ne négocierait pas. Je pense que nous sommes en présence d'une licorne.

Charlie releva brusquement la tête. Dans leur langage, la licorne désignait un client innocent : une créature rare, mythique, que peu de gens avaient déjà croisée. Elle lâcha :

— Tu n'es pas sérieux.

— Sûr que je suis sérieux. Pourquoi pas ?

— J'étais là-bas, papa. Elle avait envie de le secouer. J'étais au beau milieu de tout ça.

— Ben m'a mis au courant. Il toussa dans le creux de son bras. On dirait que tu as passé un moment vraiment éprouvant.

— C'est un magnifique euphémisme.

— Je suis connu pour ma subtilité.

Charlie l'observa brasser les documents. Le fredonnement reprit. Elle compta jusqu'à trente avant qu'il ne lève enfin les yeux vers elle par-dessus ses lunettes de lecture. Il demeura merveilleusement silencieux pendant presque dix secondes encore, puis sa bouche se fendit en un sourire.

— Ce sont de jolis coquards que tu as là, ma dure à cuire. Tu ressembles à un vrai bandit.

— J'ai pris un coup de coude en plein visage.

— J'ai déjà prévenu Coin de sortir son carnet de chèques.

— Je n'ai pas déposé plainte.

Il continua de sourire.

— Bonne idée, bébé. Ne dégaine pas avant que tout ça se tasse. « Ne jamais donner un coup de pied dans une merde fraîche par une chaude journée[1]. »

Charlie posa une main sur ses yeux. Elle était trop fatiguée pour son manège.

— Papa, j'ai quelque chose à te dire.

Ses mots furent accueillis par un silence. Elle laissa tomber sa main.

Rusty déclara :

— C'est au sujet de ta présence à l'école ce matin ?

Il n'avait aucun problème à dévisager Charlie, à présent. Leurs regards se croisèrent un très bref mais très inconfortable instant, avant qu'elle détourne les yeux.

Il poursuivit :

— Maintenant, tu sais que je sais.

— Ben te l'a dit ?

Il secoua la tête.

— Le vieux Kenny Coin a eu ce plaisir.

Charlie n'allait pas présenter d'excuses à son père.

— J'écrirai tout ce dont je me souviens, ce que j'ai dit à l'agent du GBI qui a pris ma déposition. C'est l'agent spécial en charge du dossier, Delia Wofford. J'ai sa carte. Elle a interrogé les autres témoins en compagnie de l'agent Avery

1. Citation de Harry S. Truman, 33e président des États-Unis.

ou Atkins. Ben est resté dans la pièce. Je pense que Coin se trouvait derrière le miroir la plupart du temps.

Rusty s'assura qu'elle avait terminé avant d'intervenir :

— Charlotte, je pars du principe que si tu n'allais pas bien, tu me le dirais.

— Et moi je pars du principe que tu es assez intelligent pour extrapoler cette information d'après les données brutes.

— J'ai comme une sensation de déjà-vu… Il laissa tomber les papiers sur son bureau. La dernière fois que j'ai essayé de deviner ton humeur, un timbre coûtait vingt-neuf cents et tu as cessé de me parler pendant seize jours trois quarts.

Charlie avait perdu depuis longtemps la volonté d'obtenir sa compassion.

— J'ai entendu dire qu'il y a un trou dans les images de surveillance de l'école.

— Où tu as pioché ça ?

— Dans la pioche.

— T'as récolté autre chose pendant que tu y étais ?

— L'arme du crime les préoccupe. Comme s'ils ne savaient pas exactement où elle a atterri.

Ses sourcils se soulevèrent d'un bond.

— C'est une tuile.

— C'est une supposition, déclara Charlie, qui ne voulait pas le lancer sur la piste de Huck. L'agent du GBI m'a posé tout un tas de questions : où elle était, quand je l'ai vue pour la dernière fois, qui l'avait où/quand/comment. Un revolver. Je ne suis pas cent pour cent sûre, mais je crois que c'était un six coups.

Rusty plissa les yeux.

— Il y autre chose, pas vrai ? Si je puis me permettre d'extrapoler ?

Charlie tourna les talons, sachant qu'il la suivrait. Elle était à mi-chemin, quand elle entendit ses pas lourds derrière elle. Il marchait vite, à grandes enjambées, parce qu'il pensait que la marche rapide équivalait à des exercices de cardio. Elle entendit ses doigts tapoter le mur. Il fredonna ce qui lui sembla être l'air de *Happy Birthday*. Les seules fois où Charlie voyait son père complètement immobile, c'était dans une salle d'audience.

Charlie trouva son sac sur le canapé de son bureau. Elle en sortit l'album de promo.

Rusty s'immobilisa, le souffle coupé.

— C'est quoi, ça ?

— C'est un album de promo. Parfois, on appelle ça un annuaire.

Il croisa les bras sur la poitrine.

— Tu dois préciser pour ton vieux papa.

— On l'achète à l'école, à la fin de l'année. Il contient des photos de classe, des photos de clubs et les gens écrivent des trucs dedans comme « Je ne t'oublierai jamais » ou « Merci de m'avoir aidé en biologie. » Elle haussa les épaules. C'est un truc débile. Plus tu as de signatures, plus tu es populaire.

— Cela explique pourquoi tu n'en as jamais rapporté à la maison.

— Ha ha.

Il demanda :

— Alors, est-ce que notre nénette était populaire ? Pas populaire ?

— Je ne l'ai pas ouvert.

Charlie agita le livre devant le visage de Rusty pour lui signifier de le prendre.

Il garda les bras croisés, mais elle perçut le déclic en lui, le même que dans une salle d'audience.

Il s'enquit :

— Où on a trouvé ça ?

— Dans le placard de Kelly Wilson, chez elle.

— Avant la perquisition ?

— Oui.

— Est-ce que quelqu'un de la police t'a dit qu'un mandat était demandé ?

— Non.

— Est-ce que la mère…

— Ava Wilson.

— Est-ce qu'Ava Wilson t'a donné ceci à garder ?

— Non.

— Est-ce qu'elle est ta cliente ?

— Non, et merci pour avoir tenté de me faire perdre ma licence.

— Tu aurais le meilleur représentant du pays pour t'assurer de la conserver. Rusty désigna l'album de la tête. Ouvre-le.

— Prends-le ou je le laisse tomber.

— Mon Dieu, tu me fais penser à ta maman. La voix de Rusty avait un drôle de tressaillement. Il mentionnait rarement Gamma et, s'il le faisait, c'était toujours pour faire une comparaison « pas-toujours-favorable » pour Charlie. Il prit l'album et lui adressa un salut. Mille mercis.

Elle l'observa remonter le couloir comme un militaire.

Charlie lança :

— Hé ! enfoiré !

Rusty pivota sur lui-même et arbora un large sourire en revenant de sa même démarche de défilé. Il ouvrit l'album d'un geste ample. Le rabat intérieur était couvert de messages, certains à l'encre noire, d'autres en bleu, quelques-uns en rose. Des écritures différentes. Des signatures différentes. Rusty tourna la page. Encore plus de couleurs. Des billets hâtivement griffonnés.

Si Kelly Wilson était une solitaire, c'était la plus populaire des solitaires de l'école.

Rusty déclara :

— Excuse-moi, miss. Je piétine tes scrupules si je te demande de m'en lire quelques-uns ? Il tapota sa tempe. J'ai pas mes lunettes.

Charlie lui indiqua de retourner le livre. Elle lut la première ligne qui lui sauta aux yeux, des caractères d'imprimerie carrés qui évoquaient l'écriture d'un garçon. « Hé fillette, merci pour la pipe géniale. Big su(c)ces. » Elle leva les yeux vers son père.

— Ouah.

— En effet. Rusty n'était jamais choqué. Charlie avait cessé ses efforts dans ce sens des années auparavant. Continue.

— « Je vais te violer, salope. » Pas signé. Elle lut en diagonale. Une autre menace de viol, « Je vais faire de la sodomy à ton cul, salope », *sodomy* avec un *y*.

— À la fin ou au milieu ?

— À la fin. Elle chercha une écriture rose, espérant que les filles se montreraient moins méchantes. « Tu es une putain de pute et je te déteste. Je veux que tu meures. » Six points d'exclamation. K-I-T, Mindy Zowada.

— K-I-T ? l'interrogea Rusty.

— *Keep in touch.*

— Le cri du cœur.

Charlie balaya du regard les autres mots, tout aussi obscènes que les premiers.

— Ils sont tous comme ça, papa. Soit ils la traitent de pute, soit ils font allusion au sexe, réclament du sexe ou déclarent qu'ils vont la violer.

Il tourna la page, laissée vierge pour que les camarades ajoutent d'autres mots. Ici, pas de mots. Une bite et des couilles géantes occupaient presque tout l'espace. En haut, un dessin représentait une fille aux cheveux filasses et aux yeux écarquillés. Bouche ouverte. Une flèche pointait vers sa tête avec le mot KELLY.

Rusty déclara :

— Une image commence lentement à émerger.

— Continue.

Il tourna d'autres pages. Encore d'autres dessins. Encore plus d'obscénités. Des menaces de viol. La photo de classe de Kelly avait été détériorée : cette fois la bite et les couilles étaient dirigées vers sa bouche et le sexe éjaculait. Charlie intervint :

— Ils ont dû le faire circuler dans toute l'école. Il y avait des centaines de gamins.

— Elle avait quel âge d'après toi ?

— Douze ou treize ans.

— Et elle a gardé ça pendant tooooouuuuuut ce temps.

Il étira le mot comme s'il le testait pour les jurés. Charlie ne pouvait critiquer la performance. Il tenait dans ses mains les circonstances atténuantes idéales.

Kelly Wilson n'avait pas seulement été harcelée à l'école. L'agressivité sexuelle dans les messages de ses camarades indiquait quelque chose de plus sombre encore.

Rusty demanda :

— Est-ce que la mère a dit si sa fille avait été agressée sexuellement ?

— Maman pense que sa fille est une petite chose pure et fragile.

— Très bien, confirma Rusty. Alors, s'il s'est passé quelque chose, ça figure peut-être dans son dossier scolaire ou tu pourrais demander à quelqu'un au bureau du procureur…

— Non. Charlie savait lui fermer son clapet. Tu pourrais demander à Ava une copie de son dossier scolaire et tu peux faire une requête auprès du tribunal pour enfants sur un éventuel dossier.

— C'est exactement ce que je vais faire.

Charlie ajouta :

— Il te faudrait un crack en informatique, quelqu'un capable de faire des recherches légales sur les réseaux sociaux. Si des gamins sont impliqués dans le projet de l'album, il y a peut-être une page Facebook là-dessus.

— Je n'ai pas besoin d'un gars. J'ai CNN.

Il avait raison. Les médias avaient déjà des experts qui ratissaient le Web. Les journalistes parleraient aux camarades de Kelly, à ses profs, chercheraient des copains ou des personnes se prétendant comme tels, désireuses de passer à la télé et de tout dire, vrai ou faux, sur Kelly Wilson.

Charlie demanda :

— Tu es passé voir Mrs Pinkman ?

— J'ai essayé de lui faire une visite de courtoisie, mais on lui avait administré de fortes doses de calmants.

Il laissa échapper un souffle rauque. C'est déjà difficile de perdre son conjoint, mais dans ces conditions, c'est la définition même de la douleur.

Charlie l'étudia et s'efforça de déchiffrer le ton de sa voix. Il avait fait deux allusions à Gamma. Elle supposait que c'était sa faute, étant donné sa présence à l'école. Une autre flèche lancée vers son père.

— Où es-tu allé après l'hôpital ?

— J'ai fait un petit détour à Kennesaw pour une interview

par satellite. Tu vas te payer le beau visage de ton père sur ton écran, ce soir.

Charlie ne se retrouverait pas à côté d'une télé, si elle pouvait l'éviter.

— Tu devras faire attention avec Ava, papa. Elle ne comprend pas grand-chose. Je ne pense pas que ce soit uniquement le choc. Elle a du mal à suivre.

— La fille a le même problème. J'évalue son QI dans les soixante-dix. Il tapota l'album. Merci pour le coup de main, ma chère. Ben a réussi à te joindre ce matin ?

Son cœur tressaillit comme quand elle avait appris que Ben l'avait appelée.

— Non, est-ce que tu sais pourquoi il m'a téléphoné ?

— Oui.

Le téléphone du bureau de Charlie sonna. Rusty s'apprêta à partir.

— Papa ?

— Tu vas avoir besoin de ton parapluie, demain. Soixante-trois pour cent de probabilités qu'il pleuve dans la matinée.

Il fredonna un médiocre *Happy Birthday* et lui adressa un salut militaire avant de retourner dans le couloir, les genoux levés bien haut comme un chef de fanfare.

Elle lança :

— Tu vas te déclencher une autre attaque.

— Même pas dans tes rêves !

Charlie leva les yeux au ciel. Il ne pouvait s'empêcher de faire une putain de sortie. Elle décrocha le téléphone.

— Charlie Quinn.

— Je ne suis pas censée te parler, lâcha Terri, la plus jeune des sœurs aînées de Ben. Mais je voulais être sûre que tu allais bien.

— Je vais bien. Charlie entendait les jumeaux de Terri hurler en arrière-plan. Ben les appelait « Denise » et « Denephew[1] ». Elle dit à Terri : Ben a dit qu'il vous avait appelés ce matin.

1. *Nephew* signifie « neveu » en anglais.

— Il était plutôt contrarié.

— Contrarié *à cause de* moi ou *pour* moi ?

— Eh ben, tu sais, c'est un mystère qui dure depuis neuf fichus mois.

Ce n'en était pas un, en réalité, mais Charlie savait que tout ce qu'elle dirait à Terri serait répété à Carla et Peggy, qui le diraient à la mère de Ben, alors elle garda la bouche bien fermée.

Terri demanda :

— Tu es encore là ?

— Désolée, je suis au boulot.

Terri ne saisit pas l'allusion.

— Quand Ben a appelé, je me suis dit à quel point il était étrange quand il s'agit de parler. Il faut l'asticoter, l'asticoter encore et encore, et alors peut-être, en fin de compte, il te dira qu'en 1998 tu lui as volé une frite dans son assiette et que ça a vraiment heurté ses sentiments.

Elle poursuivit, mais Charlie ne lui prêta plus attention. Elle écoutait à la place les enfants de Terri qui tentaient de s'entretuer. Une fois, par le passé, Charlie s'était fait embobiner par ces langues de pute. Elle aurait dû comprendre qu'il y avait une bonne raison pour que Ben ne voie ses sœurs qu'à Thanksgiving. C'étaient des femmes autoritaires et inconséquentes qui s'efforçaient de diriger Ben d'une main de fer. Il avait attendu l'université pour prendre conscience que les hommes avaient le droit de pisser debout.

Terri déclara :

— Et alors je parlais avec Carla à propos de ce truc entre vous. Ça n'a aucun sens. Tu sais qu'il t'aime. Mais il a un truc qui lui est resté dans la gorge et il ne dira rien. Elle s'interrompit un instant pour hurler sur ses enfants, puis reprit la conversation où elle l'avait laissée. Est-ce que Benny t'a dit quelque chose ? Donné une quelconque raison ?

— Non, mentit Charlie en songeant que si elle connaissait Ben, elle saurait qu'il ne partirait pas sans une bonne raison.

— Continue de l'asticoter. Je parie que ce n'est rien.

Ce n'était pas rien.

— Il est trop sensible, ça lui fait du tort. Est-ce que je t'ai déjà raconté la fois à Disneyland quand…

— Tout ce que nous pouvons faire, c'est y travailler.

— Faut que vous travailliez plus dur, dit-elle. Neuf mois c'est trop long, Charlie. Peggy disait l'autre jour que c'est la durée de fabrication d'un bébé, alors pourquoi vous n'arrivez pas à résoudre… Merde.

Charlie sentit sa main serrer le combiné.

— Merde, répéta Terri. Tu sais que je ne réfléchis pas avant de parler. C'est tout moi.

— Ça va. Ne t'inquiète pas. Mais, écoute, j'ai un client sur l'autre ligne. Charlie parlait vite pour l'empêcher d'en caser une. Merci infiniment d'avoir appelé. S'il te plaît, passe mes amitiés aux autres et on se reparle plus tard.

Charlie écrasa le combiné sur le téléphone.

Elle se prit la tête dans les mains. Le pire dans ce coup de fil c'était qu'elle ne grimperait pas dans son lit avec Ben ce soir, ne poserait pas la tête sur sa poitrine pour lui raconter à quel point sa sœur était une affreuse salope.

Charlie s'avachit dans son fauteuil. Elle vit que Lenore avait honoré sa part de marché. Un iPhone flambant neuf était branché à l'arrière de l'ordinateur. Charlie appuya sur le bouton HOME. Elle essaya 1-2-3-4 comme mot de passe, sans succès. Elle saisit sa date de naissance, et le téléphone se déverrouilla.

Elle chercha en premier sa messagerie vocale. Un message de Rusty ce matin. Plusieurs messages d'amis, après la fusillade.

Aucun de Ben.

Le grognement typique de Rusty résonna dans le bâtiment. Il conduisait Ava Wilson à son bureau. Charlie devinait ses propos au rythme de sa voix. Il lui servait son discours habituel :

— Vous n'avez pas à me dire *toute* la vérité, mais vous devez me dire la vérité.

Charlie se demanda si Ava était capable de saisir la nuance. Elle priait pour que Rusty ne lui expose pas sa théorie de la licorne. Ava n'avait pas besoin d'être perdue ou plombée davantage.

Charlie appuya sur une touche pour sortir l'ordinateur de sa veille. Le navigateur était toujours ouvert sur la page des myrtilles. Elle effectua une nouvelle recherche : « Mindy Zowada Pikeville ».

La fille qui avait traité Kelly Wilson de pute dans son album avait une page Facebook. Le paramétrage était en mode privé, mais Charlie voyait que sa bannière y allait à fond sur Justin Bieber. Le compte photo de Mindy la montrait en pom-pom girl. Elle ressemblait exactement à ce que Charlie s'imaginait : jolie, mauvaise, contente d'elle.

Charlie lut en diagonale la liste des *likes* et des *dislikes*, ennuyée de constater qu'elle était trop vieille pour comprendre la moitié des passions de l'adolescente.

Elle tapota la souris avec le doigt.

Charlie avait deux comptes Facebook : l'un à son nom, et l'autre sous un faux nom. Le second compte était une sorte de blague. Tout au moins, au début, elle se l'était fait croire. Après avoir créé une adresse mail et une photo de profil avec un cochon à nœud papillon, elle avait finalement décidé qu'elle l'utiliserait pour épier les filles Culpepper qui l'avaient torturée au lycée. Qu'elles aient toutes accepté l'invitation d'Iona Trayler confirmait un tas d'a priori que Charlie nourrissait à propos de leur intelligence. Bizarrement, elle avait aussi été ajoutée comme amie par des membres de la famille Trayler, qui lui envoyaient leurs salutations pour son anniversaire fictif et lui demandaient de prier pour des tantes souffrantes et des cousins éloignés.

Charlie se connecta au compte Trayler et envoya une invitation à Mindy Zowada. C'était au petit bonheur la chance, mais elle voulait savoir ce que la pétasse qui s'était montrée si infecte avec Kelly Wilson racontait aujourd'hui. Charlie analyserait plus tard sa névrose au sujet de ce faux compte Facebook.

Elle réduisit la fenêtre du navigateur. Le document Word vierge était toujours sur le bureau. Elle n'avait aucune excuse pour remettre sa tâche à plus tard, alors elle se mit à taper sa déposition pour Rusty. Elle retransmit les événements aussi succinctement que possible, repensant à la matinée comme à une histoire qu'elle aurait lue dans le journal. Ceci a eu lieu, puis ceci, puis il s'est passé cela.

Les horreurs étaient diablement plus faciles à digérer quand on mettait les émotions de côté.

Cette version ne déviait pas vraiment de celle fournie à Delia Wofford. On pouvait demander à ce que ce document soit communiqué à la cour et, d'après les souvenirs de Charlie, rien ne différait vraiment de ce qu'elle avait dit à l'agent. Ce qui avait changé, c'était sa certitude. Quatre coups de feu avant le cri de Mrs Pinkman. Deux coups après.

Charlie cessa de taper. Elle contempla l'écran jusqu'à ce que les mots deviennent flous. Mrs Pinkman avait-elle ouvert la porte quand elle avait entendu les quatre premiers coups ? Avait-elle crié quand elle avait découvert son mari et une enfant gisant au sol ? Kelly Wilson avait-elle vidé les balles restantes en vue de la faire taire ?

À moins que Kelly ne s'en ouvre à Rusty, ils ne connaîtraient pas la vérité à propos de l'enchaînement des faits avant des semaines, peut-être des mois, jusqu'à ce que Rusty reçoive les rapports de la police scientifique et les dépositions des témoins.

Charlie cligna des yeux pour éclaircir sa vision. Elle appuya sur la touche RETOUR et débuta un nouveau paragraphe. Elle sauta sa conversation avec Ben au poste de police et passa directement à l'interrogatoire avec Delia Wofford. Parmi toutes ces conneries sur la sphère et le temps, Charlie avait eu raison sur un point : le passage du temps affine la perspective. Sa certitude avait changé. Elle devrait modifier des passages de sa déposition au GBI avant de la signer.

Une alerte émit un petit bruit sur son ordinateur.

TraylerLvr483@gmail.com : Mindy Zowada a accepté votre invitation !

Charlie afficha la page Facebook de la jeune fille. La

bannière de Mindy ne comportait plus qu'une unique bougie dont la flamme vacillait dans l'air.

— Oh ! bordel de merde ! marmonna Charlie en faisant défiler la page jusqu'en bas.

Six minutes plus tôt, Mindy Zowada avait écrit :

J sais pas koa fr Suis si triste pour tout ça Pensais que Kelly était quelqu'un de bien suppose que tout c'qu'on peut fr c'est prier ?

Étrange, étant donné ce que la fille pensait de Kelly Wilson cinq ans plus tôt.

Charlie fit défiler les réponses. Les trois premières étaient d'accord avec l'appréciation de Mindy : ils étaient tous choqués — choqués ! — qu'une fille, harcelée par une école entière, ait pété les plombs. La quatrième réponse provenait du trou du cul de service, parce que le truc de Facebook c'était qu'il y avait toujours un connard qui chiait sur tout, depuis l'innocente photo de chaton jusqu'à la vidéo d'anniversaire de votre enfant.

Nate Marcus écrivait :

je sais ce qui déconnait avec elle c'était une putain de salope qui a baisé avec toute l'équipe de foot alors peut-être c'est pour ça qu'elle l'a fait parce qu'elle a le sida.

Chase Lovette répondait :

oh, mec ils vont pendre cette salope elle a sucé ma bite peut-être mon sperme trop mortel lui a fait faire ça.

Puis Alicia Todd ajoutait :

Salope va brûler en enfer kelly wilson trop désolée uuuu !

Charlie dut lire la phrase à voix haute avant de deviner que les quatre u voulaient dire *« four u »*, donc « pour toi ».

Elle lista leurs noms à tous, en se disant que Rusty aimerait leur toucher deux mots. S'ils étaient dans la classe de Kelly au collège, certains des auteurs de ces posts avaient maintenant plus de dix-huit ans. Par conséquent, Rusty n'aurait pas besoin de l'autorisation des parents pour parler avec eux.

— Lenore a emmené Ava Wilson retrouver son époux.

La voix de Rusty la fit sursauter. L'homme le plus bruyant de la Terre avait réussi à la surprendre.

— Ils auront envie d'être seuls, pour discuter. Rusty se laissa tomber sur le canapé face à son bureau. Il tapota ses jambes. Ch'sais pas s'ils peuvent se payer un hôtel. Ch'suppose qu'ils vont dormir dans leur voiture. Le revolver n'est pas dans la boîte à gants, au fait.

Charlie regarda l'heure : 18:38. Le temps s'était étiré mollement avant d'accélérer.

Elle lui demanda :

— Tu ne lui as pas parlé d'innocence ?

— Nope. Il se laissa aller contre le dossier, une main sur les coussins, l'autre tapotant toujours sa jambe. J'lui ai pas parlé de grand-chose, pour être franc. J'ai écrit certains points pour qu'elle les montre à son mari… à quoi s'attendre dans les semaines à venir. Elle pense que la fille va rentrer à la maison.

— Comme une bonne petite licorne ?

— Eh bien, Charlie Bear, il y a innocent et non coupable, et pas beaucoup de discernement entre les deux. Il lui adressa un clin d'œil. Et si tu ramenais ton vieux papa à sa maison ?

Charlotte détestait aller à la ferme, même pour y déposer son père. Elle n'était pas entrée dans le TC depuis des années.

— Où est ta voiture ?

— L'ai laissée à l'entretien. Il tapa plus fort sur son genou. Il imprimait un rythme à ses battements, à présent. Tu as compris pourquoi Ben t'a appelée ce matin ?

Charlie secoua la tête.

— Tu le sais ?

Il ouvrit la bouche pour répondre, mais préféra afficher un large sourire.

Elle déclara :

— Suis pas en mesure d'encaisser ton attitude d'enfoiré à cet instant précis, Rusty. Dis-moi la vérité.

Il se leva du canapé en grognant.

— « Rarement, la complète vérité appartient à toute révélation humaine[1]. »

Il partit avant que Charlie n'ait trouvé quelque chose à lui balancer.

Elle ne se hâta pas de le rejoindre à la voiture, parce que malgré son empressement imprégné de stress, Rusty était toujours en retard. Elle imprima un exemplaire de sa déclaration. S'envoya une copie par mail, pour l'examiner chez elle au cas où. Attrapa une pile de dossiers en cours. Jeta un dernier coup d'œil à la page Facebook à la recherche de nouveaux posts. Enfin, elle rassembla ses affaires, ferma son bureau à clé, et rejoignit son père debout devant la porte de derrière en train de fumer une cigarette.

— Un tel air renfrogné sur ton joli visage, dit-il en écrasant la cigarette du talon, avant de laisser tomber le mégot dans la poche de sa veste. Tu vas avoir les mêmes rides autour de la bouche que ta grand-maman.

Charlie lança son sac sur le siège arrière et monta en voiture. Elle attendit que Rusty verrouille le bâtiment. Il charriait l'odeur de cigarette avec lui. Elle ne s'était pas encore engagée sur la voie qu'elle se serait crue dans une usine Camel.

Elle descendit la vitre, déjà bien contrariée de devoir aller jusqu'à la ferme.

— Je ne dirai rien sur le degré de stupidité qu'il y a à fumer après deux attaques et une opération à cœur ouvert.

— On appelle ça « prétérition », ou en grec, *apophasis*, l'informa Rusty. Une figure rhétorique qui permet d'ajouter de l'emphase sur un sujet en prétendant en dire peu de chose, voire rien. Il tapait du pied avec allégresse. C'est aussi une parente rhétorique de l'ironie avec qui je crois tu as été à l'école.

1. Citation extraite d'*Emma*, roman de Jane Austen.

Charlie tendit le bras vers le siège arrière et trouva sa déposition.

— Lis ça. Voiture silencieuse jusqu'au TC.

— Oui, ma'ame.

Rusty débusqua ses lunettes de lecture dans sa poche. Alluma le plafonnier. Tapa du pied tout en lisant le premier paragraphe. Puis, son pied cessa de taper.

À la chaleur qui envahit son visage, elle devina que les yeux de son père étaient braqués sur elle.

Charlie lâcha :

— Très bien. Je l'admets. Je ne connais pas le prénom du type.

Les pages s'agitèrent, quand la main de Rusty retomba sur ses genoux.

Elle le regarda. Il avait ôté ses lunettes. Aucun tapotement, aucun claquement, aucun sautillement. Il regardait par la vitre, silencieux, le regard rivé sur le lointain.

Elle se risqua :

— Qu'est-ce qui ne va pas ?

— Mal de tête.

Rusty ne se plaignait jamais de réelles indispositions.

— C'est au sujet du gars ? Son père ne pipa mot, alors elle demanda : Tu es furieux contre moi à cause de ce type ?

— Bien sûr que non.

Charlie était anxieuse. Malgré toutes ses fanfaronnades, elle ne supportait pas de décevoir son père.

— Je trouverai son prénom demain.

— Pas ton boulot. Rusty fourra ses lunettes dans la poche de sa chemise. À moins que tu envisages de continuer à le voir ?

Charlie sentit un poids étrange sous-tendre sa question.

— Ça aurait de l'importance ?

Rusty ne répondit pas. Il regarda par la vitre à nouveau.

Elle poursuivit :

— Il faut que tu fredonnes ou que tu sortes une blague idiote, ou alors je t'embarque à l'hôpital pour qu'ils vérifient qu'il n'y a rien qui cloche avec ton cœur.

— Ce n'est pas *mon* cœur qui m'inquiète. L'affirmation

avait un caractère mièvre sans ses habituels grands gestes. Il demanda : qu'est-ce qui s'est passé entre Ben et toi ?

Le pied de Charlotte faillit glisser de l'accélérateur.

En neuf mois, Rusty ne lui avait jamais posé cette question. Elle avait attendu cinq jours pour lui dire que Ben était parti. Charlie était debout à la porte du bureau de son père. Elle avait projeté d'avertir son père du départ de Ben, rien de plus, et elle l'avait fait. Mais alors Rusty avait hoché brusquement la tête, comme si elle lui rappelait d'aller chez le coiffeur. Le silence qui s'ensuivit avait exprimé d'elle une sorte de diarrhée verbale qu'elle n'avait pas connue depuis la troisième. Elle ne cessait de remuer la bouche. Elle avait dit à Rusty qu'elle espérait que Ben rentre avant le week-end. Qu'elle espérait qu'il la rappelle, qu'il réponde à ses textos, ses messages vocaux, au petit mot qu'elle avait laissé sur le pare-brise de sa voiture.

En fin de compte, et probablement pour lui fermer son clapet, Rusty avait cité le premier vers d'un poème d'Emily Dickinson « L'espoir, cette chose avec des plumes ».

— Papa, dit Charlie, mais elle ne sut pas quoi ajouter. Les phares d'une voiture roulant en sens inverse se braquèrent sur ses yeux. Charlotte regarda dans le rétroviseur et observa les feux arrière s'éloigner. Elle n'en avait pas envie, mais elle confessa :

— Il n'y a pas une seule raison. C'était tout un tas de raisons.

Il ajouta :

— Peut-être que la question est : comment vas-tu arranger ça ?

Elle comprenait à présent que parler était une erreur.

— Pourquoi supposes-tu que je sois la seule à pouvoir arranger ça ?

— Parce que Ben ne te tromperait jamais ou ne ferait rien pour te blesser à dessein, alors ça doit être quelque chose que tu as fait ou que tu ne fais pas.

Charlie se mordit la lèvre trop fort.

— Cet homme que tu fréquentes…

— Ce n'est pas une fréquentation, le coupa-t-elle. Ça

s'est passé une fois, et c'était la seule et unique fois, et je n'apprécie pas…

— Est-ce que c'est à cause de la fausse couche ?

Le souffle de Charlie resta coincé dans sa poitrine.

— C'était il y a trois ans. Et six. Et treize. D'ailleurs, Ben ne se montrerait jamais aussi cruel.

— C'est vrai, Ben ne se montrerait pas aussi cruel.

Elle s'interrogea sur ce commentaire. Impliquait-il qu'*elle* puisse l'être ?

Rusty soupira. Il fit un tube avec la pile de papiers. Son pied tapa deux fois le plancher. Ajouta :

— Tu sais, j'ai eu un long, long moment pour y réfléchir et je pense que ce que j'aimais le plus chez ta mère c'était que c'était une femme difficile à aimer.

Charlie sentit l'aiguillon de l'implicite comparaison.

— Son problème, son seul problème, si tu demandes à l'homme qui l'a vénérée, c'était qu'elle était trop fichtrement intelligente. Il accentua les trois derniers mots en tapant du pied. Gamma savait tout, et elle était capable de te répondre sans réfléchir une seconde. Par exemple, la racine carrée de trois. De tête, elle aurait dit… Bon, bon, je ne connais pas la réponse, mais elle aurait dit…

— Un soixante-treize.

— OK, OK, répondit-il. Ou si quelqu'un demandait, disons, quel est l'oiseau le plus répandu sur Terre ?

Charlie soupira.

— La poule.

— La chose la plus meurtrière sur Terre ?

— Le moustique.

— L'exportation numéro un de l'Australie ?

— Euh… le minerai de fer ? Elle fronça les sourcils. Papa, où veux-tu en venir ?

— Laisse-moi te poser une question : quelles ont été mes contributions au petit échange que nous venons d'avoir ?

Charlie ne le suivait pas.

— Papa, je suis trop fatiguée pour jouer aux devinettes.

— Une aide visuelle… Il joua avec le bouton de la vitre,

la faisant descendre un petit peu, puis remonter un peu, puis descendre, puis remonter.

Elle dit :

— OK, tes contributions consistent à m'agacer et à flinguer ma voiture.

— Charlotte, laisse-moi te donner la réponse.

— OK.

— Bon, chérie. Écoute bien ce que je vais te dire. Parfois, même si tu connais la réponse, tu dois laisser l'autre tenter le coup. S'il a l'impression de se tromper tout le temps, il n'a jamais l'occasion de se sentir dans le juste.

Elle mordilla à nouveau sa lèvre.

— Retournons à notre aide visuelle. Rusty appuya de nouveau sur le bouton de la vitre, mais le maintint enfoncé cette fois. La vitre glissa complètement jusqu'en bas. Puis il appuya dans l'autre sens et la vitre remonta jusqu'en haut. Agréable et facile. Va et vient. Comme une demi-volée sur un court de tennis, sauf que, de la sorte, je n'ai pas à courir en tous sens sur un court pour te montrer.

Charlie l'entendit taper du pied au même rythme que le clignotant, quand elle prit à droite sur l'allée de la ferme.

— Tu aurais dû être conseiller conjugal.

— J'ai essayé, mais pour une raison inconnue, aucune des femmes ne voulait monter dans la voiture avec moi.

Il lui donna un petit coup de coude jusqu'à ce qu'elle sourie à contrecœur.

Il poursuivit :

— Je me souviens de ce que ta maman m'a dit une fois… Elle a dit : « Russell, il faut que je comprenne avant de mourir si je veux être heureuse ou si je veux avoir raison. »

Charlie ressentit un étrange serrement de cœur, parce que cela ressemblait exactement au genre de déclaration que faisait Gamma.

— Était-elle heureuse ?

— Je crois qu'elle y arrivait. Il relâcha une expiration sifflante. Elle était impénétrable. Elle était belle. Elle était…

— Baiseur de chèvres ?

Les phares de la Subaru illuminèrent le pan le plus étendu

de la ferme. Sur le bardeau blanc, quelqu'un avait bombé l'inscription : BAISEUR DE CHÈVRES en lettres géantes.

— Y a un truc drôle là-dedans, déclara Rusty. « Chèvres » est là depuis une semaine ou deux. Le « baiseur » a fait son apparition seulement aujourd'hui. Il se donna une claque sur le genou. Sacrément efficace de leur part, tu ne trouves pas ? Je veux dire, le chèvre était déjà là. Inutile de dégainer du Shakespeare.

— Il faut que tu appelles la police.

— Bon sang, ma chérie, c'est probablement la police qui l'a fait.

Charlie gara la voiture près de la porte de la cuisine. La lumière des projecteurs s'éclaira. Ils étaient si éblouissants qu'elle apercevait chaque brin dans la cour envahie de mauvaises herbes.

Elle n'en avait nulle envie, mais elle lui proposa :

— Il vaudrait mieux que j'entre avec toi pour m'assurer qu'il n'y a personne à l'intérieur.

— Nope. Il ouvrit la portière à la volée et bondit au-dehors. Pense à prendre ton parapluie demain. Je suis excessivement certain qu'il va pleuvoir.

Elle observa sa démarche leste jusqu'à la maison. Il se tint sous le porche, là où toutes ces années plutôt Charlie et Sam avaient balancé chaussettes et baskets. Rusty déverrouilla les deux serrures et ouvrit la porte en grand. Au lieu d'entrer, il se retourna pour la saluer, tout à fait conscient qu'il se tenait entre le CHÈVRE et le BAISEUR.

Il hurla :

— Ce qui est fait est fait ! Et maintenant, au lit, au lit, au…

Charlie passa la marche arrière.

Inutile de dégainer du Shakespeare.

6

Charlie était assise dans le garage, les mains autour du volant.

Elle détestait tout dans le fait de revenir dans sa maison vide.

Leur maison vide.

Elle détestait suspendre ses clés au crochet près de la porte parce que le crochet de Ben était libre. Elle détestait s'asseoir sur le canapé, parce que Ben n'était pas de l'autre côté, ses orteils longs et fins crochetés à la table basse. Elle ne pouvait même pas s'installer au comptoir de la cuisine, parce que le tabouret de bar inoccupé la rendait trop triste. Le soir venu, elle finissait par manger un bol de céréales au-dessus de l'évier en contemplant l'obscurité par la fenêtre.

Ce n'était pas ce qu'une femme éprouvait pour son époux après presque deux décennies de mariage, mais en son absence, Charlie avait été submergée par une sorte de chagrin d'amour qu'elle n'avait pas ressenti depuis le lycée.

Elle n'avait pas lavé la taie d'oreiller de Ben. Sa bière préférée avait encore sa place dans la porte du frigo. Elle avait laissé ses chaussettes sales près du lit, parce qu'elle savait que si elle les ramassait, il ne reviendrait pas en laisser une autre paire.

Durant la première année de leur mariage, une de leurs plus violentes disputes avait éclaté à cause de l'habitude de Ben d'enlever ses chaussettes chaque soir et de les laisser par terre dans la chambre. Charlie les envoyait sous le lit d'un coup de pied quand il ne regardait pas, et un jour Ben s'était rendu compte qu'il ne lui en restait plus une seule paire. Charlie avait ri et il lui avait hurlé dessus, et elle lui avait hurlé dessus à son tour, et, comme ils avaient tous deux vingt-cinq ans, ils avaient fini par baiser sur le sol de la chambre. Comme par magie, la fureur ressentie autrefois chaque fois qu'elle apercevait les chaussettes s'était muée en une légère irritation, telle la fin d'une mycose.

Pendant le premier mois sans Ben, quand Charlie avait pris conscience que son départ n'était pas passager, qu'il pourrait bien ne jamais revenir, elle s'était assise par terre près des chaussettes et avait sangloté comme un bébé.

Ce fut la seule et unique fois où elle s'était autorisée à s'abandonner au chagrin. Après une longue nuit passée à pleurer, Charlie s'était astreinte à s'endormir tôt chaque soir, à se brosser les dents au minimum deux fois par jour, à prendre régulièrement un bain, et à faire toutes les autres choses qui prouvaient au monde qu'elle était en état de marche. Elle savait cela d'expérience : au moment où elle baisserait la garde, le monde décrirait une spirale qui la conduirait droit dans un gouffre lointain mais familier.

Pendant les quatre premières années d'université, elle avait plongé tête la première dans des beuveries, déjà entraperçues au lycée. Si Lenore n'avait pas été là pour lui mettre du plomb dans la cervelle et quelques gifles bien senties, Charlie aurait laissé tomber. Trop d'alcool. Trop de garçons. Des limites floues qui n'importaient que les lendemains matins, quand elle ne reconnaissait pas le garçon dans son lit, ou bien le lit, et qu'elle ne se souvenait pas si elle avait dit oui ou non, ou si elle avait perdu connaissance à cause des quantités astronomiques de bières qu'elle s'était envoyées.

Par miracle, elle avait réussi à se ressaisir assez tôt pour réussir brillamment le test d'admission de la faculté de droit. Duke était la seule fac à laquelle elle avait postulé. Charlie avait voulu repartir de zéro. Nouvelle université. Nouvelle ville. Le coup de poker avait marché. Elle avait rencontré Ben en *Intro à l'écriture ou Éléments de la loi*. Lors de leur troisième rendez-vous, ils étaient tous deux tombés d'accord sur le fait qu'ils finiraient par se marier, alors autant le faire sans plus attendre.

Un bruit de frottement la tira de ses rêveries. Leur voisin traînait sa poubelle jusqu'au bord du trottoir. D'habitude, c'était Ben qui était responsable de cette corvée. Depuis son départ, Charlie avait accumulé si peu de déchets que la plupart du temps, elle laissait un seul sac au bout de l'allée.

Elle se dévisagea dans le rétroviseur. Les ecchymoses sous ses yeux étaient d'un noir uniforme à présent, comme celles d'un joueur de foot américain. Elle se sentait courbaturée. Son nez palpitait. Elle avait envie de soupe et de crackers, et d'un peu de thé chaud, mais personne pour les lui préparer.

Elle secoua la tête.

— Tu es si foutrement triste, se dit-elle en espérant que le dire à voix haute l'obligerait à se ressaisir.

Mais non.

Charlie se traîna hors de la voiture avant d'être tentée de refermer la porte du garage et de faire tourner le moteur.

Elle fit semblant de ne pas voir la place libre, où le pick-up de Ben n'était pas garé. Les étagères de rangement qui contenaient des cartons soigneusement étiquetés et des articles de sport qu'il n'avait pas encore réclamés. Elle trouva un sac rempli de nourriture pour chat dans le meuble en métal, assemblé par Ben l'été dernier.

Ils avaient l'habitude de se moquer secrètement de ceux dont les garages étaient tellement remplis de désordre qu'ils ne pouvaient plus s'y garer. L'ordre était une des choses où ils excellaient tous deux. Ils nettoyaient la maison ensemble tous les samedis. Charlie lavait les vêtements. Ben les pliait. Charlie faisait la cuisine. Ben passait l'aspirateur sur les tapis et dépoussiérait les meubles. Ils lisaient les mêmes livres en même temps pour en discuter. Ils regardaient ensemble tous les épisodes d'une série sur Netflix et Hulu. Ils se blottissaient sur le canapé et parlaient de leur journée de travail et de leur famille, et de ce qu'ils feraient pendant le week-end.

Elle rougit en se remémorant à quel point ils se félicitaient de leur fantastique mariage. Il y avait tellement de choses sur lesquelles ils étaient d'accord : dans quel sens on déroulait le papier toilette, le nombre de chats qu'une personne devait avoir, le nombre adéquat d'années de deuil pour un conjoint disparu en mer. Quand leurs amis se disputaient en public, ou s'envoyaient des remarques acerbes lors d'un dîner, Charlie regardait toujours Ben ou Ben adressait un coup d'œil à Charlotte, et ils souriaient parce que leur relation était si solide.

Elle l'avait rabaissé.

C'était la raison de son départ.

La transformation de la conjointe aimante en une furieuse harpie ne s'était pas faite progressivement. Du jour au lendemain, elle ne fut plus capable d'aucun compromis. Elle n'était plus à même de laisser couler. La moindre chose que Ben faisait l'agaçait. Ce n'était pas comme les chaussettes. Aucune chance de surmonter la situation en baisant. Charlie était consciente de son comportement insupportable, mais elle ne parvenait pas à y mettre un terme. Ne *voulait* pas y mettre un terme. Elle atteignit le summum de la colère, quand elle feignit de s'intéresser à des sujets qui l'intéressaient vraiment auparavant : la politique dans le travail de Ben, les bizarreries de leurs animaux de compagnie, ou cette étrange bosse qu'un collègue de Ben avait sur la nuque.

Elle avait consulté un médecin. Rien ne clochait avec ses hormones. Sa thyroïde allait bien. Le problème n'était pas d'ordre médical. Charlie était simplement devenue une garce tyrannique.

Les sœurs de Ben étaient aux anges. Elle se les rappelait, battant des paupières, la première fois où Charlie s'en était prise à Ben à Thanksgiving, comme si elles sortaient tout droit d'une contrée sauvage.

Maintenant, c'est l'une des nôtres.

L'une d'elles, parfois deux, lui téléphonait presque tous les jours, et Charlie avait craché sa hargne comme une machine à vapeur. La posture avachie. La démarche à grandes enjambées. Le mordillage de la langue. Le fredonnement du brossage de dents. Pourquoi rapportait-il à la maison du lait écrémé au lieu du demi-écrémé ? Pourquoi laissait-il le sac-poubelle près de la porte de derrière au lieu de le porter jusqu'à la poubelle, alors qu'il savait très bien que ça attirait les ratons laveurs ?

Puis, elle s'était mise à leur raconter des choses personnelles. La fois où Ben avait essayé de se mettre en contact avec son père, absent depuis longtemps. Pourquoi il avait arrêté de parler à Peggy durant six mois, quand elle était à l'université. Ce qui s'était passé avec cette fille qu'elles aimaient toutes — mais moins que Charlie : il avait insisté sur le fait qu'il avait rompu, mais elles suspectaient toutes que la fille lui avait brisé le cœur.

Elle se disputait avec lui en public. Elle le dézinguait dans les dîners.

Elle ne se contentait pas de le rabaisser. Après presque deux années passées à le raboter, Charlie avait usé Ben jusqu'au trognon. La rancœur dans les yeux de son mari, les demandes constantes pour qu'elle passe outre ne la concernaient pas. Les deux fois où il avait réussi à la traîner à une thérapie de couple, Charlie s'était montrée tellement mauvaise envers lui que le thérapeute avait suggéré de les voir séparément.

C'était un miracle que Ben ait eu assez de force pour faire ses bagages et prendre la porte.

— Puuutaiiiin.

Charlie étira le mot. Elle avait renversé de la nourriture pour chats partout sur la terrasse en bois, à l'arrière de la maison. Ben avait eu raison concernant le nombre maximal de chats. Charlie avait commencé à remplir des écuelles, et les écuelles s'étaient multipliées, et maintenant il y avait des écureuils et des tamias. Horrifiée, elle avait découvert qu'un opossum de la taille d'un petit chien traversait la terrasse en traînant des pattes toutes les nuits. Il la contemplait par la porte vitrée, et ses yeux perçants et rouges étincelaient dans la lumière du téléviseur.

Charlie gratta la nourriture avec les mains. Elle maudissait Ben parce qu'il avait la garde du chien cette semaine. Barkzilla, leur goinfre de Jack Russell, aurait aspiré toutes ces croquettes en quelques secondes. Comme elle avait zappé ses corvées du matin, elle en avait plus ce soir. Elle versa nourriture et eau dans les bols, déplaça à la fourche le foin qu'ils avaient disposé pour les litières. Elle remplit à ras-bord les mangeoires à oiseaux. Lessiva la terrasse à grande eau. Détruisit quelques toiles d'araignée à coups de balai. Fit tout ce qu'elle put pour éviter de rentrer jusqu'à ce qu'il fasse finalement trop sombre et trop froid.

Le crochet destiné aux clés de Ben l'accueillit près de la porte, disponible. Le tabouret vide. Le canapé vide. Le vide la suivit à l'étage jusqu'à la chambre, jusqu'à la douche. Pas de cheveux de Ben collés au savon, sa brosse à dents ne se trouvait pas sur le lavabo, son rasoir n'envahissait pas son espace de toilette.

Elle avait tellement succombé au pathétique de son existence que le temps qu'elle s'avachisse en pyjama, même se verser un bol de céréales lui aurait demandé beaucoup trop d'efforts.

Elle s'échoua sur le canapé. Pas envie de lire. Pas envie de fixer le plafond en gémissant. Elle fit ce qu'elle avait évité de faire tout au long de la journée, elle alluma le téléviseur.

La télévision était déjà sur CNN. Une adolescente blonde, plutôt jolie, se tenait devant le collège de Pikeville. Elle tenait une bougie dans la main pour une sorte de veillée. Le bandeau au-dessous de son visage l'identifiait comme étant CANDICE BELMONT, DU NORD DE LA GÉORGIE.

La fille disait :

« Mrs Alexander parlait tout le temps de sa fille en classe. Elle l'appelait "bébé" parce qu'elle était tellement adorable, comme un petit bébé. On voyait vraiment qu'elle l'adorait. »

Charlie coupa le son. Les médias pressaient le jus de la tragédie, comme elle celui de l'auto-apitoiement. À l'instar de toute personne qui s'était retrouvée au cœur de la violence, qui en avait subi les conséquences, la couverture médiatique des faits divers lui donnait la nausée. Le graphisme tape-à-l'œil. La musique obsédante. Les montages montrant des personnes éplorées. Les chaînes étaient prêtes à tout pour river le spectateur à son poste, et le moyen le plus simple d'atteindre leur objectif consistait à rapporter tout ce qu'elles entendaient — et de démêler le vrai du faux plus tard.

La caméra changea de plan. Elle s'éloigna de la blonde à la veillée pour passer au journaliste de terrain, plutôt bel homme, manches de chemise retroussées aux trois quarts, baigné par la lumière douce des bougies en arrière-plan. Charlie étudia son chagrin de pantomime, quand il rendit l'antenne au studio. Le présentateur derrière son bureau arborait la même expression solennelle, tout en faisant le compte rendu de ce qui n'était pas de l'info. Charlie lut le bandeau en surimpression qui défilait lentement au bas de l'écran, une citation de la famille Alexander :

L'ONCLE : KELLY RENE WILSON « UNE MEURTRIÈRE DE SANG-FROID ».

Maintenant, Kelly avait droit à ses trois noms. Selon Charlie, le producteur de New York devait trouver que l'impression n'était que plus menaçante.

Le texte cessa de défiler. Le présentateur disparut. Remplacés par une illustration figurant un couloir avec un alignement de casiers. Le dessin était bien en trois dimensions, mais il faisait l'effet d'une étrange planéité. Charlie supposa que la volonté était de souligner son aspect virtuel. Un avocat avait probablement déconseillé la crudité. Le mot « RECONSTITUTION » clignotait en rouge dans le coin supérieur droit de l'écran.

Le dessin s'anima. Une silhouette pénétra dans le couloir. Dessinée dans un style bâtons, elle se déplaçait avec raideur. Les longs cheveux et les vêtements sombres du personnage désignaient Kelly Wilson.

Charlie réactiva le son.

« … à environ 6 h 55, la tireuse présumée, Kelly Rene Wilson, entre dans le couloir. »

La Kelly animée s'arrêta au milieu de l'écran. Elle avait un flingue à la main, plutôt un neuf millimètres qu'un revolver.

« Wilson se tient là quand Judith Pinkman ouvre la porte de sa classe. »

Charlie se déplaça vers le bord du canapé.

Une Mrs Pinkman version carrée ouvrit la porte. Pour une raison inconnue, l'animateur avait représenté sa chevelure en gris argenté au lieu du blond tirant vers le blanc, et l'avait affublée d'un chignon au lieu de laisser ses cheveux lâchés sur ses épaules.

« Wilson aperçoit Pinkman et tire deux coups », poursuivit le présentateur. Le flingue dans les mains de Kelly expulsa deux nuages de fumée. Les balles étaient représentées par des traits droits, évoquant des flèches.

« Les deux tirs ratent leur cible, mais le principal, Douglas Pinkman, marié à Judith Pinkman depuis vingt-cinq ans, sort de son bureau en courant en les entendant. »

Le Mr Pinkman virtuel sortit en flottant de son bureau : les jambes n'étaient pas synchronisées avec sa progression vers l'avant.

« Wilson aperçoit son ancien principal et tire deux autres coups. »

Le flingue projeta d'autres nuages. Les balles flèches tracèrent des marques jusqu'à la poitrine de Mr Pinkman.

« Douglas Pinkman meurt sur le coup. »

Charlie regarda le Mr Pinkman virtuel tomber à plat sur le côté, une main sur la poitrine. Deux taches rouges rappelant vaguement un calamar apparurent au beau milieu de sa chemise bleue à manches courtes.

Autre détail erroné, puisque la chemise de Mr Pinkman était blanche et à manches longues. Et il ne portait pas les cheveux coupés si court.

C'était comme si l'animateur avait décidé qu'un principal de collège ressemblait à un G-man, le personnage du jeu vidéo *Half-Life* des années 1970, et qu'une professeur d'anglais était une vieille bonne femme coiffée d'un chignon.

« Ensuite, reprit le présentateur, Lucy Alexander entre dans le couloir. »

Charlie ferma les yeux très fort.

Le présentateur précisa : « Lucy a oublié de demander l'argent du déjeuner à sa mère, une professeur de biologie qui se trouve à une réunion de l'autre côté de la rue, quand la fusillade éclate. » Il y eut un moment de silence, et Charlie visualisa l'image de Lucy Alexander dans sa tête — pas le dessin carré que les animateurs avaient si mal restitué, mais la vraie fillette —, qui balançait ses bras, souriait en tournant à l'angle du couloir. « Deux coups de feu de plus sont tirés sur la fillette de huit ans. La première balle se loge dans le haut de son buste. La seconde traverse la fenêtre du bureau derrière elle. »

Il y eut trois coups bruyants.

Charlie ouvrit les yeux. Elle coupa le son de la télévision.

Deux autres coups.

Un accès de panique lui transperça le cœur. Elle tremblait toujours de peur, chaque fois qu'un inconnu frappait à sa porte.

Charlie se leva du canapé. Elle pensa au flingue dans sa table de chevet tout en regardant dehors.

Elle sourit en allant ouvrir la porte.

Toute la journée, Charlie s'était tellement demandé ce qui allait aggraver la situation qu'elle n'avait jamais songé à comment elle pourrait s'améliorer.

— Salut. Ben était planté sous le porche, les mains dans les poches. Désolé de t'embêter si tard. Il faut que je prenne un dossier dans le placard.

— Oh ! fut tout ce qu'elle parvint à articuler, parce que la montée de son désir la submergeait trop pour en dire plus. Non pas qu'il ait fait des efforts particuliers. Ben s'était changé : il avait passé un pantalon de survet et un T-shirt qu'elle ne reconnut pas, ce qui la fit se demander si Kaylee Collins, la jeune de vingt-six ans, était à l'origine du T-shirt. Qu'est-ce que la jeune fille avait changé d'autre ? Charlie avait envie de sentir ses cheveux pour savoir s'il utilisait encore leur shampooing. De vérifier ses sous-vêtements pour savoir s'il portait toujours la même marque.

Ben s'enquit :

— Je peux entrer ?

— C'est toujours ta maison.

Charlie se rendit compte qu'elle devait bouger pour le laisser entrer. Elle recula en tenant la porte ouverte.

Ben marqua un temps d'arrêt devant la télévision. L'animation s'était terminée. Le présentateur était de retour à l'écran. Ben déclara :

— Quelqu'un a divulgué des détails, mais pas les bons.

— Je sais, confirma Charlie.

Ils n'avaient pas seulement tort à propos des circonstances du crime, ils se trompaient aussi sur l'apparence des protagonistes, leur emplacement, leurs déplacements. Celui qui divulguait des informations aux médias n'était probablement pas quelqu'un de l'intérieur, mais assez proche tout de même pour toucher une paie à chaque info spécieuse qu'il fournissait.

— Alors… Ben se gratta le bras. Baissa les yeux au sol. Leva à nouveau le regard vers Charlie. Terri m'a appelé.

Elle hocha la tête, parce qu'il était prévisible que sa sœur l'appelle. Quel était l'intérêt de dire des horreurs à Charlie si Ben n'en savait rien ?

Ben ajouta :

— Je suis désolé qu'elle ait mis ça sur le tapis.

Elle souleva une épaule.

— Peu importe.

Neuf mois plus tôt, il aurait dit que c'était important, mais maintenant il se contenta de hausser lui aussi les épaules.

— Alors, je vais monter, si tu es d'accord ?

Charlie fit un geste vers l'escalier telle une directrice d'hôtel.

Elle écouta ses pas légers, tandis qu'il montait les marches très vite, en se demandant comment elle avait pu oublier le bruit que cela faisait. Sa main couina sur la rampe quand il prit le virage du palier. Le cirage était enlevé à l'endroit où il faisait cela tout le temps.

Comment ce détail n'était-il pas encore dans son livre d'apitoiement ?

Charlie était restée là où il l'avait laissée. Elle fixait l'écran plat de la télévision d'un air ahuri. Il était énorme, bien plus grand que n'importe lequel du Holler. Ben avait travaillé toute la journée pour raccorder tous les composants. Autour de minuit, il avait demandé :

— Tu veux voir les infos ?

Quand Charlie avait accepté, il avait appuyé sur quelques touches de son ordinateur, et soudain Charlie visionnait une vidéo sur un troupeau de gnous.

À l'étage, elle entendit une porte s'ouvrir. Charlie croisa les bras sur son ventre. Que devait faire une épouse quand le mari dont elle était séparée, et qui n'avait pas mis les pieds chez lui en neuf mois, se retrouvait dans la maison ?

Elle trouva Ben dans la chambre d'amis, qui tenait plus d'une pièce fourre-tout, avec des bouquins en excédent, quelques meubles d'archivage et des étagères sur mesure qui abritaient la collection *Star Trek* de Ben.

Lorsque Charlie avait réalisé que ses machins *Star Trek* avaient disparu, elle avait su que Ben était sérieux.

— Salut, dit-elle.

Il fourrageait parmi les cartons entassés dans le dressing.

— Besoin d'aide ? s'enquit-elle.

— Non.

Charlie heurta sa jambe contre le lit. Devait-elle partir ? Elle devait partir.

— Ma négociation de peine d'aujourd'hui, déclara Ben, alors elle devina qu'il recherchait d'anciennes notes liées à l'affaire. Le gars a menti sur son complice.

— Je suis désolée. Charlie s'assit sur le lit. Tu devrais prendre le jouet de Barkzilla. Je l'ai trouvé près de…

— Je lui en ai acheté un nouveau.

Charlie baissa les yeux au sol. Elle essaya de ne pas songer à Ben choisissant un jouet pour leur chien à l'animalerie, sans elle. Ou avec quelqu'un d'autre.

— Je me demande si la personne qui a divulgué la mauvaise chonologie aux infos l'a fait pour attirer l'attention ou pour induire la presse en erreur.

— Le comté de Dickerson regarde les images de télésurveillance de l'hôpital.

Charlie ne voyait pas le rapport.

— Génial.

— Celui qui a lacéré les pneus de ton père est probablement un idiot qui a joué au con, mais ils prennent ça sérieusement.

— Enfoiré, marmonna Charlie, parce que Rusty avait menti à propos de sa voiture.

Ben sortit sa tête du placard.

— Quoi ?

— Rien, dit-elle. Quelqu'un a bombé sa maison aussi. Ils ont écrit « baiseur de chèvres ». OU seulement « baiseur » parce que le « chèvres » était déjà là.

— J'ai vu le « chèvres » le week-end dernier.

— Que faisais-tu au TC le week-end dernier ?

Il ressortit du placard avec une boîte à archive dans les bras.

— Je vois ton père le dernier dimanche de chaque mois. Tu le sais bien.

Rusty et Ben avaient toujours entretenu une étrange amitié. Ils se traitaient mutuellement comme des contemporains malgré leur différence d'âge.

— Je n'ai pas réalisé que tu continuais à y aller.

— Eh bien, oui. Il posa la boîte sur le lit. Le matelas s'affaissa sous le poids. Je mettrai Keith à jour au sujet du « baiseur ». Il voulait dire Keith Coin, le chef de la police, et le frère aîné de Ken Coin. Il a dit qu'il enverrait quelqu'un dans les parages à propos du « chèvres », mais avec ce qui s'est passé aujourd'hui… Sa voix s'affaiblit, quand il souleva le couvercle de la boîte.

— Ben. Charlie le regardait fouiller dans ses dossiers. Est-ce que tu as l'impression que je ne te laisse jamais répondre aux questions ?

— Est-ce que tu ne viens pas de me laisser le faire à l'instant ?

Elle sourit.

— Je veux dire, parce que papa a fait cette chose alambiquée avec la vitre de la voiture, et… bref, c'est pas important. En gros, il a dit qu'il fallait choisir entre avoir raison et être heureux. Selon lui, Gamma s'interrogeait là-dessus : elle devait décider avant de mourir si elle voulait avoir raison ou être heureuse.

Il leva les yeux de la boîte.

— Je ne comprends pas pourquoi on ne peut pas avoir les deux.

— Je suppose que si tu as raison trop souvent, si tu sais trop de choses, ou si tu es trop intelligent, et que tu le fais sentir aux autres…

Elle n'était pas certaine de la manière de le formuler. Gamma connaissait la réponse à beaucoup de questions. À toutes, en fait.

— Alors ton père a dit qu'elle aurait été plus heureuse si elle avait fait semblant de ne pas être aussi intelligente ?

Charlie prit instinctivement la défense de son père.

— Gamma l'a dit, pas papa.

— Il me semble que ce problème concerne leur mariage, pas le nôtre. Il posa la main sur la boîte. Charlie, si tu t'inquiètes parce que tu ressembles à ta mère, tu ne devrais pas. D'après ce que j'ai entendu, c'était quelqu'un d'extraordinaire.

Sa putain de délicatesse lui coupa le souffle.

— Tu es quelqu'un d'extraordinaire.

Il eut un brusque éclat de rire sarcastique. Elle avait déjà tenté cette approche : sur-corriger son côté garce, le traiter comme un gamin que l'on doit récompenser de sa participation.

Elle déclara :

— Je suis sérieuse, Ben. Tu es intelligent et drôle et…

La mine surprise de son époux interrompit son éloge.

— Quoi ?

— Tu pleures ?

— Merde.

Charlie tâchait de ne pleurer devant personne à part Lenore.

— Je suis désolée. Depuis le réveil, je n'arrête pas.

Il se figea.

— Tu veux dire depuis l'école ?

Charlie se frotta les lèvres l'une contre l'autre.

— Avant.

— Tu sais au moins qui est ce gars ?

Elle en avait marre de cette question.

— Tout l'intérêt d'un inconnu, c'est d'être un inconnu. Dans un monde parfait, on ne le revoit jamais.

— Bon à savoir.

Il sortit un dossier et le feuilleta.

Charlie se redressa sur les genoux pour le regarder dans les yeux.

— Ça ne m'est jamais arrivé avant. Pas une seule fois. Pas même à un cheveu.

Ben secoua la tête.

— Je n'ai jamais regardé un autre homme quand j'étais avec toi.

Il replaça le dossier dans la boîte et en sortit un autre.

— Il t'a fait jouir ?

— Non, répondit-elle, mais c'était un mensonge. Oui, mais j'ai dû me servir de ma main et c'était rien. Une sorte d'éternuement.

— Un éternuement, répéta-t-il. Génial ! Maintenant, chaque fois que je vais éternuer, je vais penser à toi qui jouis avec ce putain de Batman.

— Je me sentais seule.

— Seule, reprit-il.

— Qu'est-ce que tu veux que je te dise, Ben ? Je veux que *tu* me fasses jouir. Je veux être avec *toi*. Elle voulut lui toucher la main mais il l'écarta. Je ferai tout ce qu'il faut pour résoudre la situation. Dis-moi.

— Tu sais ce que je veux.

Le conseiller conjugal encore.

— On n'a pas besoin qu'une assistante sociale mal fagotée, avec une sale coupe de cheveux, me dise que c'est moi le problème. Je sais que c'est moi le problème. J'essaie d'y remédier.

— Tu as demandé ce que je voulais, je te l'ai dit.

— Quel est l'intérêt de disséquer un truc qui s'est passé il y a trente ans ? Charlie soupira, exaspérée. Je sais que je suis en colère, Ben. Je suis très sérieuse. Je n'essaie pas de le cacher. Je ne fais pas comme si ça n'était pas arrivé. Si j'étais obsédée par ça et que je radotais à ce sujet, elle dirait aussi que quelque chose cloche.

— Tu sais très bien qu'elle n'a pas dit ça.

— Bon Dieu, Ben, quel est l'intérêt ? Est-ce que tu veux encore de moi ?

— Bien sûr que oui. Il avait l'air nerveux, comme s'il voulait retirer sa réponse. Pourquoi tu ne comprends pas que cette partie-là n'a pas d'importance ?

— Ça en a. Elle se rapprocha de lui. Tu me manques, mon amour. Je ne te manque pas ?

Il secoua à nouveau la tête.

— Charlie, ça n'arrangera pas les choses.

— Ça pourrait les arranger un peu. D'une caresse, elle ramena les cheveux de son époux en arrière. J'ai envie de toi, Ben.

Il continuait de secouer la tête, mais il ne la repoussait pas.

— Je ferai tout ce que tu veux. Charlie se rapprocha. Se jeter sur lui était la seule chose qu'elle n'avait pas encore essayée. Dis-moi et je le ferai.

— Arrête, dit-il, mais il ne l'en empêcha pas.

— J'ai envie de toi. Elle embrassa son cou. La manière dont la peau de Ben réagit au contact de sa bouche lui donna envie de pleurer. Elle l'embrassa le long de la mâchoire, remonta jusqu'à son oreille. Je veux te sentir à l'intérieur de moi.

Ben laissa échapper un grognement sourd, tandis que les mains de Charlie descendaient sur sa poitrine.

Elle continuait de l'embrasser, de le lécher.

— Laisse-moi te sucer.

Il tressaillit en inspirant.

— Je te donnerai tout ce que tu veux, chéri. Ma bouche. Mes mains. Mon cul.

— Chuck. Il avait la voix rauque. On ne peut pas…

Elle lui embrassa les lèvres, et insista jusqu'à ce qu'il lui rende enfin son baiser. Sa bouche douce comme de la soie. Le contact de sa langue envoya une décharge entre les jambes de Charlie. Chacune de ses terminaisons nerveuses s'embrasa. La main de Ben remonta jusqu'à ses seins. Il commençait à bander, mais Charlie tendit la main pour qu'il durcisse encore davantage.

Ben recouvrit sa main de la sienne. Au début, elle pensa qu'il l'y aidait, mais elle prit conscience ensuite qu'il arrêtait son geste.

— Oh ! Mon Dieu ! Elle recula vivement, sauta du lit, colla le dos contre le mur. Gênée, humiliée, éperdue. Je suis désolée. Je suis vraiment désolée.

— Charlie…

— Non ! Elle leva les mains tel un agent de la circulation. Si tu dis quelque chose maintenant, alors ce sera fini, et ça ne peut pas être fini, Ben. Ça ne peut pas arriver. C'est trop après…

Charlie s'interrompit, mais ses mots résonnèrent à ses oreilles comme un cri d'alarme.

Ben la dévisagea. Sa gorge remua quand il déglutit.

— Après quoi ?

Charlie écouta le sang battre à ses oreilles. Elle avait peur, comme si ses orteils étaient cramponnés au bord d'un précipice sans fond.

Le téléphone de Ben joua les premières mesures de l'émission COPS, la sonnerie des services de police de Pikeville.

Bad boys, bad boys, whatchu gonna do[1]…

Elle dit :

— C'est le travail. Il faut que tu répondes.

— Non.

Il releva le menton, attendit.

Bad boys, bad boys…

Il poursuivit :

— Raconte-moi ce qui s'est passé aujourd'hui.

— Tu étais là quand j'ai fait ma déposition.

— Tu as couru en direction des coups de feu. Pourquoi ? À quoi tu pensais ?

— Je n'ai pas couru en direction des coups de feu. J'ai couru vers Mrs Pinkman qui hurlait à l'aide.

— Tu veux dire Heller ?

— C'est exactement le genre de conneries à la Oprah

1. Vilains garçons, vilains garçons, qu'est-ce que vous allez faire…

qu'un thérapeute dirait. Elle devait crier pour couvrir la sonnerie de son stupide téléphone. Que je me mets en danger parce qu'il y a trente ans, quand quelqu'un a vraiment eu besoin de moi, je me suis enfuie.

— Et regarde ce qui s'est passé !

L'accès soudain de colère résonna dans le silence.

La sonnerie s'était arrêtée.

Le silence grondait comme le tonnerre.

Elle déclara :

— Qu'est-ce que ça veut dire, *putain* ?

Ben serrait les mâchoires si fort qu'elle l'entendait presque grincer des dents. Il attrapa la boîte sur le lit et la renvoya dans le placard.

— De quoi tu parles, Ben ? Charlie tremblait, comme si quelque chose d'irréparable s'était déchiré. Tu veux dire, regarde ce qui s'est passé dans le temps ou regarde ce qui s'est passé aujourd'hui ?

Il bouscula des cartons partout sur les étagères.

Elle demeura près de la porte du placard, le prenant au piège.

— Ne me balance pas ta merde pour ensuite me tourner le dos.

Il resta muet.

Charlie entendit la sonnerie de son portable dans le lointain, enfoui au fond de son sac à main, au rez-de-chaussée. Elle compta cinq longues sonneries, retint son souffle pendant les silences, jusqu'à ce que la messagerie prenne le relais.

Ben continuait de déplacer des cartons.

Le silence commença à se gâter. Elle allait se remettre à pleurer, parce que c'était tout ce dont elle était capable aujourd'hui.

— Ben, articula-t-elle enfin, d'un ton suppliant. S'il te plaît, explique-moi ce que tu veux dire.

Il ôta le couvercle d'une boîte. Fit courir son doigt le long des dossiers étiquetés. Elle songea qu'il allait continuer à l'ignorer, mais il répondit :

— Aujourd'hui, on est le 3.

Charlie détourna le regard. C'est pour cela que Ben lui

avait téléphoné ce matin. C'est la raison pour laquelle Rusty avait fredonné *Happy Birthday* pendant que, comme une conne, elle lui demandait encore et encore ce qu'il savait.

Elle dit :

— La semaine dernière, j'ai vu sur le calendrier le jour que ça tombait mais…

Le téléphone de Ben se remit à sonner. Pas la police cette fois, mais une sonnerie normale. Une fois. Deux fois. Il répondit à la troisième sonnerie. Elle entendit ses réponses sèches : « Quand ? », puis : « Est-ce que c'est grave ? », puis le ton de sa voix plus grave : « Est-ce que le médecin a dit… »

Charlie appuya son épaule contre le montant de la porte. Elle avait entendu des variantes de cet appel de nombreuses fois auparavant. Un habitant du Holler avait cogné sa femme trop fort ou attrapé un couteau dans une bagarre, et l'autre avait saisi un flingue, et maintenant l'assistant du procureur du district devait aller au poste et proposer un accord à celui qui parlerait.

— Est-ce qu'il va s'en sortir ? demanda Ben. Il hocha à nouveau la tête. Ouais. Je vais m'en charger. Merci.

Charlie le regarda raccrocher, ranger son téléphone dans sa poche. Elle dit :

— Laisse-moi deviner, un Culpepper s'est fait arrêter ?

Il ne se retourna pas. Il agrippa les bords de l'étagère comme s'il avait besoin de se raccrocher à quelque chose.

— Ben ? demanda-t-elle. Qu'est-ce qu'il y a ?

Ben renifla. Il n'était pas d'un stoïcisme total, mais Charlie pouvait compter sur les doigts d'une main les fois où elle l'avait vu pleurer. Sauf qu'il ne faisait pas que pleurer. Ses épaules tremblaient. Il semblait dévasté par le chagrin.

Charlie se mit à pleurer elle aussi. Ses sœurs ? Sa mère ? Son égoïste de père qui s'était fait la malle quand Ben avait six ans ?

Elle posa la main sur l'épaule de son époux. Il tremblait toujours.

— Chéri, qu'est-ce qu'il y a ? Tu me fais peur.

Il se moucha. Se retourna. Des larmes ruisselaient le long de ses joues.

— Je suis désolé.

— Quoi ? Sa voix était presque un murmure. Ben, quoi ?

— C'est ton père. Il ravala son chagrin. Ils ont dû le transporter à l'hôpital par hélico. Il…

Les genoux de Charlie se dérobèrent. Ben la rattrapa avant qu'elle touche le sol.

— Est-ce qu'il va s'en sortir ?

— Le voisin l'a trouvé, répondit Ben. Il était au bout de l'allée.

Charlie visualisa Rusty marcher jusqu'à la boîte aux lettres — il fredonnait, marchait au pas, claquait des doigts —, puis il étreignait sa poitrine et tombait au sol.

Elle déclara :

— Il est tellement… *Stupide. Obstiné. Auto-destructeur.* On était dans mon bureau aujourd'hui et je lui ai dit qu'il allait faire une autre attaque, et maintenant…

— Ce n'est pas son cœur.

— Mais…

— Ton père n'a pas eu une attaque. Quelqu'un l'a poignardé.

Charlie remua les lèvres sans émettre aucun son avant que le mot sorte enfin.

— Poignardé ? Elle dut le répéter, parce qu'il n'avait aucun sens. Poignardé ?

— Chuck, tu dois appeler ta sœur.

Ce qu'il advint de Charlotte

Charlotte se tourna vers sa sœur et cria :

— Dernier mot !

Elle courut vers le TC avant que Samantha trouve une bonne repartie. De l'argile rouge s'élevait en tourbillonnant autour de ses pieds et se collait à ses jambes en sueur. Charlotte gravit d'un bond les marches du perron, balança ses chaussures d'un coup de pied, ôta ses chaussettes et poussa la porte juste à temps pour entendre Gamma dire :

— Putain !

Sa mère était pliée en deux, une main agrippée au comptoir, l'autre plaquée sur sa bouche, comme si elle toussait.

Charlotte dit :

— Maman, c'est un gros mot.

Gamma se redressa. Elle s'essuya la bouche avec un mouchoir en papier extirpé de sa poche.

— J'ai dit : « Purée », Charlie. T'as cru quoi ?

— Tu as dit… Charlotte repéra le piège. Si je dis le gros mot, alors tu sauras que je le connais.

— Épargne-moi ton raisonnement, mon cœur. Gamma fourra le mouchoir dans sa poche et se dirigea vers le couloir. Mets la table avant que je revienne.

— Où est-ce que tu vas ?

— Indéterminé.

— Comment je saurai à quelle vitesse mettre la table si je ne sais pas quand tu vas revenir ?

Elle écouta en attendant la réponse.

La toux violente de Gamma lui revint comme un écho.

Charlie saisit les assiettes en carton. Elle laissa tomber le carton de fourchettes en plastique sur la table. Gamma avait acheté de vrais couverts et assiettes à la boutique d'occasions, mais personne n'avait pu mettre la main sur le carton. Charlotte savait qu'il se trouvait dans le bureau de Rusty. Ils étaient censés déballer les cartons de cette pièce le lendemain, ce qui signifiait que quelqu'un devrait faire la vaisselle demain soir.

Samantha claqua la porte de la cuisine si fort que les murs tremblèrent.

Charlotte ne mordit pas à l'hameçon. Elle balança les assiettes en carton sur la table.

Soudain, sans avertissement, Samantha lui balança une fourchette au visage.

Charlotte ouvrit la bouche pour alerter Gamma, quand elle sentit les dents de la fourchette poignarder sa lèvre inférieure. Elle referma instinctivement sa bouche.

La fourchette demeura, flèche tremblotante plantée dans le mille.

Charlotte s'extasia :

— Merde alors, c'est incroyable !

Samantha haussa les épaules, comme si c'était rien d'attraper une fourchette qui fait un saut périlleux entre ses lèvres.

Charlotte poursuivit :

— Si tu le fais deux fois de suite, je lave la vaisselle.

— Tu la balances une fois dans ma bouche, et je fais la vaisselle pendant une semaine.

— Marché conclu.

Charlotte visa et soupesa ses options : viser exprès Samantha en plein visage ou essayer de l'envoyer dans sa bouche ?

Gamma revint.

— Charlie, ne lance pas de couverts sur ta sœur. Sam, aide-moi à chercher la poêle à frire que j'ai achetée l'autre jour.

La table était déjà mise, mais Charlotte ne voulait pas être enrôlée dans les recherches. Les cartons sentaient la naphtaline et les pattes de chien qui puent le fromage. Elle arrangea les assiettes. Réaligna les fourchettes. Ce soir, c'était spaghettis, alors il leur faudrait des couteaux, parce que Gamma ne cuisait jamais assez les pâtes, qui faisaient des paquets comme des rangées de tendons.

— Sam. Gamma avait recommencé à tousser. Elle désigna le climatiseur. Mets ce truc en marche pour que l'air circule un peu, là-dedans.

Sam regarda la boîte géante à la fenêtre comme si elle n'avait jamais vu de climatiseur auparavant. Elle broyait du noir depuis que la maison en briques rouges avait été réduite en cendres. Charlotte avait broyé du noir aussi, mais mentalement, parce que Rusty se sentait déjà assez mal sans qu'elles remuent le couteau dans la plaie.

Charlotte prit une assiette en carton. Elle essaya d'en faire un avion pour l'offrir à son père.

Samantha demanda :

— À quelle heure est-on censées aller chercher papa au travail ?

Gamma répondit :

— Il se fera raccompagner par quelqu'un du tribunal.

Charlotte espérait que Lenore le raccompagnerait. La secrétaire de Rusty lui avait prêté un livre intitulé *Nuits secrètes*, qui parlait de quatre amies. L'une d'elles s'était fait violer par un cheik, mais on ne savait pas laquelle. Elle tomba enceinte et personne ne raconta à l'enfant ce qui s'était passé jusqu'à ce qu'elle devienne adulte et très riche. Alors elle demanda : « Quelle est, parmi vous, la salope qui est ma mère ? »

— Bon, merde. J'espère que ça ne vous dérange pas de manger végétarien, ce soir, les filles.

— Maman. Charlotte se laissa choir sur sa chaise. Se prit la tête dans les mains et fit semblant d'être malade, espérant obtenir une brique de soupe à la place des pâtes. J'ai mal au ventre.

Gamma s'enquit :

— Tu n'as pas de devoirs ?

— De la chimie. Charlotte leva les yeux. Tu peux m'aider ?

— Ce n'est pas de la fuséologie.

Charlotte demanda :

— Quand tu dis que ce n'est pas de la fuséologie, tu sous-entends que, par conséquent, je devrais être capable de me débrouiller toute seule, ou quand tu dis que ce n'est pas de la fuséologie, tu sous-entends que c'est la seule science que tu maîtrises et que, par conséquent, tu ne peux pas m'aider ?

— Il y a trop de conjonctions dans cette phrase, répondit Gamma. Va te laver les mains.

— Je crois que ma question était valide.

— Tout de suite.

Charlotte courut dans le couloir. Il était tellement long que, de la cuisine, on pouvait y jouer au bowling. Du moins, c'est ce que Gamma disait, et c'était exactement ce que Charlotte ferait, dès qu'elle mettrait la main sur une boule.

Elle ouvrit une des cinq portes et découvrit les marches qui menaient à l'immonde sous-sol. Elle en essaya une autre et tomba sur le couloir qui conduisait à la chambre terrifiante du fermier.

— Purée ! beugla Charlotte à l'attention de Gamma.

Elle ouvrit une autre porte. L'armoire-penderie. Charlotte arbora un large sourire, parce qu'elle avait fait une blague à Samantha, ou peut-être pas une blague… Peu importe comment on appelait le fait de foutre à quelqu'un la trouille de sa vie.

Elle tentait de convaincre sa sœur que le TC était hanté.

Hier, Charlotte avait trouvé une étrange photo en noir et blanc dans un carton du magasin d'occasions. Au début, elle avait commencé à la colorier. Elle venait de jaunir les dents quand elle avait eu l'idée de fourrer la photo dans le tiroir du bas de l'armoire-penderie pour que Samantha la trouve.

Sa sœur avait flippé comme il le fallait, probablement parce que la veille, pendant la nuit, Charlotte avait fait grincer les lattes devant sa chambre pour que Samantha la suive en bas, dans la chambre où le fermier était mort. Là, elle avait émis l'idée que le corps du vieux schnock avait quitté la maison, mais pas son esprit. Genre un fantôme.

Charlie essaya une autre porte.

— Trouvée !

Elle tira d'un coup sec sur le cordon pour allumer la lumière. Elle descendit son short, mais se figea quand elle remarqua des éclaboussures de sang sur le siège des toilettes.

Ce n'était pas des taches, comme quand Samantha avait ses règles. Plutôt une sorte de bruine, le genre sortie de la bouche quand on toussait trop fort.

Gamma toussait beaucoup trop fort.

Charlie remonta son short. Elle ouvrit le robinet et mit ses mains en coupe sous le filet d'eau. Elle éclaboussa le siège des toilettes pour nettoyer les points rouges. Puis elle remarqua d'autres pois rouges sur le sol. Elle balança de l'eau dessus, puis sur le miroir, parce qu'il y en avait d'autres, là aussi. Même l'angle moisi de la douche avait été aspergé.

Le téléphone sonna dans la cuisine. Charlotte attendit deux autres sonneries et se demanda si elles allaient répondre. Parfois, Gamma ne les laissait pas décrocher au cas où ce serait Rusty. Elle était toujours fâchée à cause de l'incendie, mais elle ne se morfondait pas comme Samantha. Elle criait surtout. Et elle pleurait aussi, mais seule Charlotte était au courant.

Le manche du marteau à panne sphérique était imprégné d'eau, le temps que Charlotte cogne le robinet pour le fermer. Elle se mouilla les fesses en s'asseyant sur la cuvette. Elle voyait bien qu'elle avait mis la pagaille. À quelques endroits, l'eau s'était teintée de rose. Elle remonta son short. Elle épongea l'eau avec des boulettes de papier toilette. Le papier commença à se désintégrer, alors elle en utilisa plus. Puis encore plus. Le papier était censé absorber, mais tout ce qu'elle arrivait à faire c'était une boulette géante de papier mouillé qui boucherait les toilettes, si elle essayait de tirer la chasse.

Charlotte se leva. Elle jeta un regard circulaire à la salle de bains. Le rose avait disparu, mais il y avait toujours beaucoup d'eau. La pièce était humide, de toute façon. La moisissure de la douche rappelait un film avec des lagunes, où un monstre surgissait d'un marécage.

Dans le couloir, un carton fit un bruit fracassant. Sam étouffa un cri, comme si elle s'était cogné le pied.

— Purée, dit Charlotte pour de vrai cette fois.

La boulette de papier était rose de sang. Elle la fourra dans la poche avant de son short. Elle n'avait plus le temps de faire pipi. Elle referma la porte de la salle de bains derrière elle. Samantha se trouvait à deux ou trois mètres. Charlotte donna un coup de poing dans le bras de sa sœur pour détourner son attention de la bosse mouillée dans son short. Puis elle galopa sur le reste du trajet, parce que les chevaux sont plus rapides.

— À table ! appela Gamma. Elle se tenait près de la cuisinière quand Charlotte arriva au petit trot.

Charlotte dit :

— Je suis là.

— Ta sœur non.

Charlotte vit les pâtes épaisses que Gamma attrapait avec des pinces.

— Maman, s'il te plaît, ne nous fais pas manger ça.

— Je ne vais pas vous laisser mourir de faim.

— Je peux manger un bol de crème glacée.

— Tu veux avoir une diarrhée explosive ?

Charlotte ne supportait aucun produit laitier, mais elle était quasiment certaine que ces spaghettis dégoûtants auraient le même effet.

— Maman, qu'est-ce qui se passerait si je mangeais deux bols de glace ? Des vraiment gros bols.

— Tes intestins éclateraient et tu mourrais.

Charlotte étudia le dos de sa mère. Parfois, elle n'arrivait pas à savoir si Gamma était sérieuse.

Le téléphone émit quelques trilles. Charlotte attrapa le combiné avant que Gamma lui ordonne le contraire.

— Allô ? dit-elle.

— Salut, Charlie Bear, gloussa Rusty comme s'il ne lui avait pas répété les mêmes mots un million de fois auparavant. J'espérais parler avec ma chère Gamma ?

Gamma entendit Rusty de l'autre bout de la pièce, parce qu'il parlait toujours trop fort au téléphone. Elle secoua la tête en direction de Charlotte, et articula sans bruit le mot « non » pour qu'il n'y ait aucun doute.

— Elle se brosse les dents, déclara Charlotte. Ou peut-être qu'elle se passe du fil dentaire maintenant ? J'ai entendu couiner, mais j'ai pensé que c'était une souris, sauf que…

Gamma saisit le téléphone. Elle récita : « L'espoir est cette chose avec des plumes/ Qui est perchée dans l'âme/ Et chante une mélodie sans paroles / Qui ne s'arrête jamais. »

Elle reposa le téléphone sur la fourche et demanda à Charlotte :

— Est-ce que tu savais que la poule était l'oiseau le plus répandu sur la Terre ?

Charlotte secoua la tête. Elle ne le savait pas.

— Je t'aiderai avec ta chimie après le repas, qui ne sera pas composé de glace.

— La chimie ne sera pas de glace ou le repas ?

— Ma petite maligne. Gamma tint le visage de Charlotte dans une main. Un jour, tu trouveras un homme qui va tomber raide dingue à la renverse devant ce cerveau que tu as là.

Charlotte visualisa un homme en train de se retourner en l'air comme la fourchette en plastique.

— Et s'il se brise le cou en tombant ?

Gamma posa un baiser au sommet du crâne de Charlottte avant de quitter la cuisine.

Charlotte s'affala sur la chaise. Elle se pencha en arrière et vit sa mère avancer vers le cellier. Ou l'escalier du sous-sol. Ou l'armoire-penderie. Ou la chambre à coucher. Ou la salle de bains.

Elle ramena les pieds de la chaise sur le sol. Appuya ses coudes sur la table.

Charlotte n'était pas certaine de vouloir qu'un homme tombe amoureux d'elle. Il y avait un garçon à l'école qui était amoureux de Samantha. Peter Alexander. Il jouait de la guitare jazz, il voulait déménager à Atlanta et rejoindre un groupe quand il sortirait du lycée. Du moins, c'était ce qu'il écrivait dans les longues lettres ennuyeuses que Samantha avait l'habitude de cacher entre le matelas et le sommier à ressorts.

La perte de Peter était ce qui attristait le plus Samantha. Charlotte avait vu que sa sœur l'avait laissé mettre les mains sous son T-shirt, ce qui voulait dire qu'elle l'aimait vraiment bien, parce qu'on n'était pas censé faire ça sinon. Le garçon avait prêté à Samantha une veste en cuir trop cool, mais elle avait cramé dans l'incendie. Il s'était fait jeter par ses parents, parce qu'il l'avait perdue. Il ne parlait plus à Samantha.

Beaucoup d'amis de Charlotte ne lui parlaient plus non plus, mais Rusty disait que c'était parce que leurs parents étaient des imbéciles : ils pensaient que ce n'était pas si mal qu'un Noir soit exécuté dans le couloir de la mort, même s'il était innocent.

Elle siffla entre ses dents, en rabattant les côtés de l'assiette pour essayer d'en faire un avion. Rusty avait aussi dit à Charlotte que l'incendie avait échangé les rôles pour un petit moment. Gamma et Samantha, habituellement les cartésiennes de la famille, avaient échangé leur place avec Rusty et Charlotte, qui étaient en temps normal les sensibles. C'était comme dans le film *Freaky Friday, dans la peau de ma mère*, sauf qu'ils ne pourraient pas avoir de basset parce que Samantha était allergique.

Charlotte lécha les plis de l'avion en espérant que sa salive aiderait à maintenir la forme en place. Elle n'avait pas dit à Rusty que leur permutation de rôle n'avait pas vraiment eu lieu. Elle faisait semblant que tout allait bien alors que ça n'allait pas. Charlotte avait perdu des affaires elle aussi, comme tous ses Alice Roy, son poisson rouge — qui était *une chose vivante à proprement parler* —, ses insignes de jeannette, et six insectes morts qu'elle gardait pour l'année prochaine, parce qu'elle savait que dans la spécialisation en biologie, le premier devoir consistait à épingler des insectes sur une planche et à les identifier pour le prof.

Plusieurs fois, Charlotte avait essayé de confier sa tristesse à Samantha, mais tout ce que faisait Samantha c'était de lister les affaires qu'elle avait perdues, comme si c'était un concours. Alors Charlotte avait tenté de parler d'autres trucs, comme l'école ou des émissions télé, et du livre qu'elle avait emprunté à la bibliothèque, mais Samantha la regardait fixement jusqu'à ce que Charlotte comprenne le message et s'en aille.

Le seul moment où sa sœur la traitait comme un être humain normal c'était la nuit, quand elles lavaient leurs T-shirts, leurs shorts et leurs brassières dans le lavabo de la salle de bains. Leurs vêtements d'athlétisme et leurs baskets étaient les seules choses qu'il leur restait, mais Samantha n'abordait pas le sujet. Elle parlait à Charlotte lentement, avec patience, de la transmission à l'aveugle, comme si c'était la seule chose importante dans leur vie.

— Plie ta jambe de devant, garde la main bien droit derrière toi, penche-toi vers l'avant, vers la piste, mais ne te barre pas avant que j'arrive à ma marque. Une fois que tu sens le témoin claquer dans ta main… Tu fonces.

— Ne regarde pas en arrière, disait encore Samantha. Il faut que tu me fasses confiance, je serai là. Garde la tête baissée et cours.

Samantha avait toujours adoré courir. Elle voulait obtenir une bourse d'athlétisme pour courir sur tout le chemin jusqu'à l'université et ne jamais revenir à Pikeville, ce qui signifiait qu'elle pourrait être partie dans un an, parce que Gamma allait la laisser sauter une autre classe, si elle atteignait le score parfait de 1 600 points au SAT.

Charlotte abandonna l'avion, vaincue. L'assiette ne conservait pas sa nouvelle forme. Voulait rester une assiette. Charlotte ferait mieux de déchirer une feuille de carnet et de bien la plier. Elle voulait lancer l'avion depuis la vieille tour météorologique. Rusty avait promis de l'emmener là-haut, parce qu'il préparait une surprise pour Gamma.

Le fermier faisait partie des scientifiques citoyens et il participait à un programme d'observation pour le service météorologique national. Rusty avait trouvé des cartons remplis de données et d'un journal de bord météo dans la grange. Le fermier y avait consigné les températures, la pression atmosphérique, les précipitations, la force du vent et le taux d'humidité, presque tous les jours depuis 1948.

Tout comme lui, des milliers de bénévoles partout dans

le pays transmettaient leurs relevés à l'Agence américaine d'observation océanique et atmosphérique pour aider les scientifiques à prévoir la formation d'orages et de tornades. En gros, c'était beaucoup de mathématiques, et si une chose rendait Gamma heureuse, c'était de faire des mathématiques tous les jours.

La tour météorologique serait la plus grosse surprise de sa vie.

Charlotte entendit une voiture dans l'allée. Elle attrapa l'avion raté et le déchira en morceaux pour que Rusty ne devine pas ses intentions, parce qu'il lui avait déjà dit qu'elle ne pourrait pas grimper au sommet de la tour en métal et lancer un avion en papier de là-haut. Près de la poubelle, elle fouilla dans son short et en extirpa les gros paquets dégueulasses de papier toilette mouillé. Elle s'essuya les mains sur sa chemise. Courut à la porte retrouver son père.

— Maman ! hurla Charlotte, mais elle ne lui dit pas que Rusty était là.

Elle ouvrit la porte, souriante, et soudain elle cessa de sourire, parce que deux hommes se tenaient sous le porche en façade.

L'un des deux recula jusqu'aux marches. Charlotte le vit écarquiller les yeux, comme s'il ne s'attendait pas à ce que la porte s'ouvre, et ensuite elle remarqua qu'il portait une cagoule de ski noire, une chemise noire et des gants en cuir. Et ensuite elle remarqua le canon d'un fusil de chasse braqué sur son visage.

— Mam ! cria Charlotte.

— Ta gueule ! pesta Chemise noire avant de repousser Charlotte à l'intérieur de la cuisine.

Depuis la cour, on suivait à la trace les empreintes de ses grosses chaussures dans l'argile rouge. Charlie aurait dû être terrifiée, elle aurait dû hurler, mais tout ce qu'elle se disait, c'était combien Gamma serait furieuse de devoir relaver le sol.

— Charlie Quinn, lança Gamma depuis la salle de bains. Ne me hurle pas dessus comme un gamin des rues !

Chemise noire déclara :

— Où est ton papa ?

— Si… S'il vous plaît, bégaya Charlotte. Elle s'adressait à l'autre type. Il avait une cagoule et des gants lui aussi, mais il portait un T-shirt blanc de Bon Jovi, qui le faisait paraître moins effrayant, même s'il tenait un pistolet. S'il vous plaît, ne nous faites pas de mal.

Bon Jovi regardait derrière Charlotte, le long du couloir. Elle entendit les pas lents de sa mère. Gamma avait dû le voir en sortant de la salle de bains. Elle savait que quelque chose allait de travers, que Charlotte n'était pas toute seule dans la cuisine.

— Hé ! Chemise noire claqua des doigts pour attirer l'attention de Charlotte. Où est ton enfoiré de père ?

Charlotte secoua la tête. Que voulaient-ils à Rusty ?

Chemise noire demanda :

— Qui d'autre est dans la maison ?

Elle répondit :

— Ma sœur est dans…

Soudain, Gamma plaqua une main sur la bouche de Charlotte. Ses doigts s'enfoncèrent dans l'épaule de sa fille. Elle s'adressa aux hommes :

— Il y a cinquante dollars dans mon sac à main et encore deux cents dans un bocal à conserve dans la grange.

— Va chier, répondit Chemise noire. Fais venir ton autre fille ici. Essaye pas de nous avoir.

— Non. Bon Jovi semblait nerveux. Elles étaient censées être à l'entraînement, mec. Faisons juste…

Charlotte se retrouva violemment arrachée des bras de Gamma. La main de Chemise noire lui saisit le cou, ses doigts pareils à des pinces. La nuque de Charlotte clouée contre la poitrine de l'homme. Elle sentit les doigts lui sangler l'œsophage, le tirant comme une poignée.

Il ordonna à Gamma :

— Appelle-la, salope.

— Sa… Gamma avait tellement peur que c'est à peine si elle éleva la voix. Samantha ?

Ils écoutèrent. Ils attendirent.

Bon Jovi intervint :

— Oublie ça, mec. Il est pas ici. Faisons comme elle a dit, prenons le fric et tirons-nous.

— Fais-toi pousser des couilles, espèce de putain de gonzesse !

Chemise noire resserra sa poigne autour de la gorge de Charlotte. La douleur la brûlait comme un feu. Elle était incapable de respirer. Elle se haussa sur la pointe des orteils. Charlotte enroula ses doigts autour du poignet de l'homme, mais il était trop fort.

Il répéta à Gamma :

— Fais-la venir ici avant que je…

— Samantha ! Le ton de Gamma était coupant. S'il te plaît, veille à ce que la vanne du robinet soit bien fermée et dépêche-toi de venir à la cuisine.

Bon Jovi s'éloigna du couloir pour que Samantha ne le voie pas. Il s'adressa à Chemise noire :

— Allez, mec. Elle a fait ce que t'as dit. Lâche la gosse.

Lentement, Chemise noire relâcha son étreinte. Charlotte manqua de s'étouffer à cause de l'afflux d'air dans sa trachée. Elle tenta de rejoindre les bras de sa mère, mais la main de l'homme vint écraser sa poitrine. Il l'immobilisa bien serrée contre son corps.

Gamma déclara :

— Rien ne vous oblige à faire ça. Elle s'adressait à Bon Jovi. Nous ne savons pas qui vous êtes. Nous ne connaissons pas vos noms. Vous pouvez partir maintenant et nous ne dirons rien à personne.

— Ferme ta putain de gueule ! Chemise noire bougeait d'avant en arrière. Je suis pas con au point de croire un foutu mot de c' que tu racontes.

— Vous ne pouvez pas… Gamma toussa dans sa main. S'il vous plaît. Laissez partir mes filles et je… Elle toussa à nouveau. Vous m'emmenez à la banque. Gardez la voiture. Je vous donnerai tout jusqu'au moindre centime.

— J'prends tout c'que j'veux.

La main de Chemise noire glissa le long de la poitrine de Charlotte. Il appuya fort sur son sternum, se frotta contre le dos de la jeune fille. Ses parties intimes lui donnèrent un petit coup. Elle fut brusquement prise de nausée. Sa vessie voulait se soulager. Le visage de Charlotte s'empourpra.

— Arrête ça.

Bon Jovi saisit le bras de Charlotte. Il tira, puis tira plus fort, et finalement parvint à l'arracher des bras de l'homme.

— Mon bébé.

Gamma enveloppa Charlotte dans ses bras, l'enlaça en tenant ses bras bien serrés autour de ses épaules, lui embrassa la tête, puis l'oreille. Elle chuchota :

— Cours, si tu…

Sans le moindre avertissement, Gamma la relâcha et repoussa presque Charlotte. Elle recula de deux pas jusqu'à ce qu'elle rencontre le comptoir de la cuisine. Elle levait les mains en l'air.

Chemise noire avait braqué le fusil contre la poitrine de Gamma.

— S'il vous plaît. Les lèvres de Gamma tremblaient. S'il vous plaît. Je vous en supplie. Elle parlait à voix basse, comme s'il n'y avait que Chemise noire et elle dans la pièce. Vous pouvez me faire tout ce que vous voulez, mais ne faites pas de mal à mon bébé.

— T'inquiète pas. Chemise noire chuchotait lui aussi. Ça fait mal qu' les douze premières fois.

Charlotte se mit à grelotter.

Elle savait ce qu'il voulait dire. L'éclat sombre dans son regard. La langue qui pointait entre les lèvres humides. La manière dont il lui avait appuyé son *machin* dans le dos.

Les genoux de Charlotte cédèrent.

Elle se laissa choir sur la chaise. La transpiration lui couvrait le visage. D'autres gouttes lui coulèrent le long du dos. Elle regarda ses mains, mais elles ne ressemblaient pas à ses mains. Les os vibraient à l'intérieur, comme si on lui avait frappé un diapason contre la poitrine.

Gamma la rassura :

— Ça va aller.

Chemise noire rétorqua :

— Non, ça va pas aller.

Ils ne s'adressaient plus l'un à l'autre. Samantha se tenait dans l'encadrement de la porte, figée comme un lapin pris dans la lumière des phares.

Chemise noire demanda :

— Qui d'autre est dans la maison ?

Gamma secoua la tête :

— Personne.

— Me mens pas, salope.

L'ouïe de Charlotte s'assourdit. Elle entendit le nom de son père, vit l'éclat de colère dans les yeux de Gamma.

Rusty. Ils recherchaient Rusty.

Charlotte se balança, incapable d'interrompre ce va-et-vient, tandis qu'elle s'efforçait de se calmer. Ce n'était pas un film. Il y avait deux hommes à l'intérieur de la maison. Ils avaient des pistolets. Ils ne voulaient pas d'argent. Ils étaient venus pour Rusty, mais maintenant qu'ils savaient que Rusty n'était pas là, Chemise noire avait décidé qu'il voulait autre chose. Charlotte savait ce qu'était cette autre chose. Elle avait lu des trucs dans le livre de Lenore. Gamma était là parce que Charlotte l'avait appelée et Samantha était là parce que Charlotte avait dit aux hommes que sa sœur se trouvait dans la maison.

— Je suis désolée, murmura Charlotte.

Elle ne pouvait contenir sa vessie plus longtemps. Elle sentit le liquide chaud couler le long de sa jambe. Elle ferma les yeux. Se balança d'avant en arrière. *Je-suis-désolée-Je-suis-désolée-Je-suis-désolée.*

Samantha serra la main de Charlotte si fort qu'elle sentit les os se déplacer.

Charlotte allait vomir. Son estomac ne cessait de se contracter, il ballottait comme si elle était prisonnière dans un bateau, sur une mer houleuse. Elle serra les yeux bien fort. Elle pensa à la course. La semelle de ses chaussures martelait le sol. Ses jambes lui brûlaient. Sa poitrine en manque d'air lui faisait mal. Samantha était à ses côtés, sa queue-de-cheval s'agitait dans le vent, sa sœur souriait, disait à Charlotte ce qu'elle devait faire.

Respire tout du long. Avec lenteur et régularité. Attends que la douleur passe.

— J'ai dit : ferme ta putain de gueule ! s'écria Chemise noire.

Charlotte leva la tête, mais c'était comme si elle se mouvait dans de l'huile épaisse.

Il y eut une explosion, puis un jet de liquide chaud lui cingla le visage et le cou, avec une violence telle qu'elle fut propulsée contre Samantha.

Charlotte commença à hurler avant de savoir pourquoi.

Il y avait du sang partout, comme si on avait ouvert un tuyau d'arrosage. C'était chaud et visqueux, et son visage, ses mains, son corps entier en étaient recouverts.

— La ferme !

Chemise noire gifla Charlotte en plein visage.

Samantha la saisit. Elle sanglotait, grelottait, hurlait.

— Gamma, chuchota Samantha.

Charlie se cramponna à sa sœur. Elle tourna la tête. Elle se força à regarder sa mère, parce qu'elle ne voulait jamais oublier ce que ces enculés avaient fait.

De l'os blanc éclatant. Des lambeaux de cœur et de poumon. Des tendons, des artères, des veines, et la vie qui se déversait de ses blessures béantes.

Bon Jovi beugla :

— Putain de merde, Zach !

Charlie s'obligea à demeurer immobile, sans réaction. Plus jamais, elle ne se laisserait aller.

Zachariah Culpepper.

Elle avait lu son dossier. Rusty l'avait défendu au moins quatre fois. Gamma avait dit encore la nuit précédente que si Zach Culpepper payait les frais d'honoraires, la famille n'aurait plus à vivre à la ferme.

— Putain ! Zach observait fixement Samantha. Elle avait lu les dossiers, elle aussi. Putain !

— Maman…, lâcha Charlie pour détourner leur attention, pour convaincre Zach qu'elle ne le connaissait pas. Maman, maman, maman…

— Ça va aller.

Samantha tenta de l'apaiser.

— Ça va pas aller. Zach balança sa cagoule sur le sol. Il

avait des yeux de raton laveur à cause du sang de Gamma. Il ressemblait à sa photo d'identité, mais en plus laid. Bordel ! Pourquoi il a fallu que tu dises mon prénom, mec ?

— Je… Je ne…, balbutia Bon Jovi. Je suis désolé.

— On ne le dira pas. Samantha regardait le sol comme s'il n'était pas trop tard. On ne dira rien. Promis.

— Sale conne, je viens juste de réduire ta mère en bouillie. Tu penses vraiment que vous allez sortir d'ici vivantes ?

— Non, déclara Bon Jovi. On n'est pas venus pour ça.

— Je suis venu ici pour effacer quelques factures, mec. Maintenant, j'ai l'impression que c'est moi que Rusty va d'voir payer.

— Non, répéta Bon Jovi. Je t'ai dit…

Zach le fit taire en pressant le fusil de chasse sur son visage.

— Tu vois pas l'tableau, là. Y va falloir qu'on quitte la ville et y faut un gros paquet de fric pour ça. Tout le monde sait que Rusty Quinn planque du cash dans sa maison.

— La maison a brûlé, déclara Samantha. Tout a brûlé.

— Putain ! hurla Zach. Putain !

Il poussa Bon Jovi dans le couloir. Il gardait le fusil pointé sur la tête de Samantha, le doigt sur la détente.

— Non !

Charlie tira sa sœur au sol, l'éloigna du fusil. Elle sentit du sable sur ses genoux. Des éclats d'os criblaient le sol. Elle regarda Gamma. Elle prit sa main d'un blanc cireux. La chaleur avait déjà déserté son corps. Elle chuchota :

— Ne meurs pas, maman. S'il te plaît. Je t'aime. Je t'aime tellement.

Elle entendit Zach dire :

— Pourquoi t'agis comme si tu savais pas comment ça va finir ?

Sam tira sur le bras de Charlie.

— Charlie, lève-toi.

Zach indiqua :

— On quitt'ra pas c't'endroit sans que t'aies du sang sur tes mains toi aussi.

Sam répéta :

— Charlie, lève-toi.

— Je peux pas. Elle essayait d'écouter ce que disait Bon Jovi. Je peux pas laisser…

Samantha la mit pratiquement sur ses pieds et la rassit sur la chaise.

— Dès que tu peux, tu cours, murmura-t-elle à Charlie, la même chose que Gamma avait essayé de lui dire. Ne regarde pas en arrière. Cours.

— Qu'est-ce que vous racontez, toutes les deux ?

Zach revint à la table. Ses chaussures écrasèrent quelque chose sur le sol. Il colla le fusil sur le front de Sam. Charlie voyait des morceaux de chair ayant appartenu à Gamma collés au canon.

Il demanda à Sam.

— Qu'est-ce que tu lui as dit de faire ? De s'enfuir ? D'essayer de s'échapper ?

Charlie fit un bruit avec sa gorge pour essayer de détourner son attention.

Zach garda le fusil braqué sur Sam, mais il sourit à l'intention de Charlie et dévoila une rangée de dents tachées et de travers :

— Qu'est-ce qu'elle t'a demandé de faire, ma poupée ?

Charlie s'efforça de ne pas réfléchir à la manière dont il changeait de ton quand il lui parlait.

— Allez, ma belle. Zach regardait fixement sa poitrine. Il se lécha à nouveau les lèvres. On va pas être copains, tous les deux ?

— Ar… Arrêtez, ordonna Sam.

Le fusil était enfoncé si fort dans son front qu'un filet de sang se mit à couler.

— Laissez-la tranquille.

— J't'ai causé à toi, salope ? Zach s'appuya sur le fusil. La tête de Sam s'inclina vers l'arrière sous l'effet de la pression. Alors ?

Sam contracta les mâchoires. Elle serra les poings. C'était comme de regarder une casserole d'eau en train de bouillir, sauf que c'était de la rage qui bouillonnait et montait en elle. Elle hurla :

— Laissez-nous tranquilles, Zachariah Culpepper.

Zach bascula son poids sur ses talons, pris de court par son air de défi.

Sam poursuivit :

— Je sais exactement qui vous êtes, espèce de putain de pervers.

Il agrippa le fusil de ses mains. Sa lèvre se retroussa.

— Je vais te retirer les paupières, comme ça tu pourras me regarder trancher l'hymen de ta sœur avec mon couteau.

Ils échangèrent des regards noirs. Sam n'allait pas céder aussi vite. Charlie l'avait déjà vue comme ça auparavant, l'expression de ses yeux quand elle avait décidé de ne plus écouter personne. Sauf qu'il ne s'agissait pas de Rusty, ni des pestes de l'école. C'était un homme armé d'un fusil, avec du sang-froid, qui avait pratiquement battu un homme à mort l'année précédente.

Charlie avait vu les photos dans les dossiers de Rusty. Elle avait lu le rapport de la police. Zachariah avait brisé le crâne du gars à mains nues.

Un gémissement s'échappa de la bouche de Charlie.

— Zach, intervint Bon Jovi. Allez, mec.

Charlie attendit que Sam détourne le regard, mais elle ne le fit pas. Ne le ferait pas. Ne pourrait pas le faire.

Bon Jovi ajouta :

— On avait un accord, pas vrai ?

Zach ne broncha pas. Aucun d'eux ne bougea.

— On avait un accord, répéta Bon Jovi.

— C'est clair. Zach laissa Bon Jovi lui prendre le fusil des mains. L'homme vaut ce que vaut sa parole.

Il fit mine de se détourner, mais sa main s'élança en un éclair, comme l'attaque du serpent à sonnette. Il saisit le visage de Sam et la repoussa si fort contre l'évier que sa tête percuta la fonte dans un bruit de métal.

— Non ! hurla Charlie.

— Tu trouves toujours que je suis un pervers ? Zach était si près de Sam que sa salive projetait des gouttelettes visqueuses sur le visage de sa sœur. T'as quelque chose à ajouter ?

Samantha ouvrit la bouche, incapable de crier. De ses

mains, elle saisit le bras de l'homme, l'égratigna, le griffa, mais les ongles de Zach s'enfoncèrent dans ses globes oculaires. Du sang s'écoula de ses yeux en même temps que des larmes. Sam donnait des coups de pied. Elle suffoquait.

— Arrêtez ça ! Charlie bondit sur le dos de Zach et le bombarda de coups de poing. Arrêtez !

Il l'éjecta et la projeta à travers la pièce. La tête de Charlie vint cogner contre le mur, rappelant le carillon d'une cloche. Sa vision se dédoubla, mais quand elle se posa sur Sam, elle redevint nette. Zach l'avait laissée à terre. Du sang ruisselait le long de ses joues, formait une flaque dans le col de sa chemise.

— Sammy ! s'exclama Charlie. Elle examina les yeux de sa sœur pour évaluer les dommages. Sam ? Regarde-moi. Tu y vois ? Regarde-moi, s'il te plaît.

Avec précaution, Sam s'efforça d'ouvrir les paupières. Elles étaient déchirées comme des morceaux de papier humide.

Zach lâcha :

— C'est quoi c'bordel ?

Le marteau de la salle de bains. Il le ramassa au sol. Il adressa un clin d'œil à Charlie.

— Tu te d'mandes c'que j'vais faire de ça ?

— Ça suffit !

Bon Jovi lui arracha le marteau des mains et le balança dans le couloir.

Zach haussa les épaules.

— J'm'amuse juste un peu, frère.

— Vous deux, debout, intima Bon Jovi. Finissons-en.

Charlie ne bougea pas. Sam cligna des yeux pour en chasser le sang.

— Aide-la à se relever, ordonna Bon Jovi à Zach. T'as promis, mec. N'empire pas les choses.

Zach tira Sam si fort que son épaule émit un bruit sec. Elle buta contre la table. Zach la repoussa vers la porte. Elle buta contre une chaise. Charlie lui prit la main pour l'empêcher de tomber.

Bon Jovi ouvrit la porte :

— Allez.

Charlie passa en premier, se mit de biais pour aider Sam à descendre lentement l'escalier. Sam tendait son autre main devant elle comme une aveugle. Charlie aperçut leurs chaussures et leurs chaussettes. Si elles pouvaient les enfiler, elles pourraient courir. Mais seulement si Sam était capable de se diriger.

— Tu arrives à voir ? s'enquit Charlie. Sam, tu y vois ?

— Oui, répondit Sam, mais ce devait être un mensonge. Elle n'arrivait même pas à ouvrir ses paupières entièrement.

— Par ici. Bon Jovi indiqua le champ derrière le CT.

Le sol était fraîchement ensemencé. Ils n'étaient pas censés marcher dessus, mais Charlie marcha comme on le lui ordonnait. Elle guidait Sam qui la suivait, l'aidait à naviguer entre les profonds sillons.

Charlie demanda à Bon Jovi :

— Où allons-nous ?

Zach enfonça le fusil dans le dos de Sam.

— T'arrête pas de marcher.

— Je ne comprends pas, dit Charlie à Bon Jovi. Pourquoi est-ce que vous faites ça ?

Il secoua la tête.

Charlie demanda :

— Qu'est-ce qu'on vous a fait, monsieur ? On est des enfants. On mérite pas ça.

— La ferme ! l'avertit Zach. Toutes les deux, fermez votre putain de gueule !

Sam serra la main de Charlie encore plus fort. Elle levait la tête comme un chien qui flaire une odeur. D'instinct, Charlie sut ce que faisait sa sœur. Deux jours plus tôt, Gamma leur avait montré une carte topographique de la région. Sam tentait de se rappeler les points de repère, de reconnaître leur position.

Charlie essaya, elle aussi.

Les terres du voisin s'étendaient au-delà de l'horizon, mais le sol était complètement plat de ce côté. Même si Charlie parvenait à courir en zigzag, Sam finirait par trébucher et tomber. Des arbres bordaient l'extrémité droite de la propriété. Si elle arrivait à conduire Sam dans cette direction, elles trouveraient peut-être un endroit où se cacher. Il y avait un ruisseau de l'autre côté de la forêt, il coulait au pied de la tour météorologique. Au-delà se trouvait une route goudronnée, mais les gens ne l'empruntaient pas. Il y avait une grange abandonnée à environ huit cents mètres au nord. Une seconde ferme à trois kilomètres à l'est. Ce serait la meilleure option. Si elle menait Sam jusqu'à la seconde ferme, elles appelleraient Rusty et il les sauverait.

Zach demanda :

— C'est quoi ça ?

Charlie jeta un regard derrière elle vers la ferme. Elle aperçut des phares avant, deux points qui flottaient au loin. Pas la camionnette de Lenore.

— C'est une voiture.

— Merde, ils seront à mon pick-up dans deux secondes.

Zach enfonça le fusil dans le dos de Samantha et s'en servit comme d'un gouvernail pour la diriger.

— Vous deux, continuez à avancer ou j'vous bute sur place.

Sur place.

À ces mots, Charlie se raidit. Elle pria pour que Sam ne les ait pas entendus, qu'elle n'en ait pas compris le sens.

— Il y a un autre moyen de s'en sortir.

La tête de Sam était tournée vers Bon Jovi, même si elle n'arrivait pas à le distinguer.

Zach poussa un grognement.

Sam dit :

— Je ferai tout ce que vous voudrez. Elle se racla la gorge. Tout.

— Bordel, répondit Zach. Tu crois pas que j'vais prendre c'que j'veux tout'façon, espèce de sale pute sans cervelle ?

Charlie ravala sa salive au goût de bile. Elle vit une clairière un peu plus loin. Elle pourrait courir avec Sam jusque là-bas, trouver un endroit où se cacher.

Sam reprit :

— On ne leur dira pas que c'était vous. On leur dira que vous aviez des cagoules tout le temps et…

— Avec mon pick-up dans l'allée et ta maman dézinguée dans la maison ? Zach grogna à nouveau. Vous, les

Quinn, vous vous prenez tous tellement pour des putains de cerveaux, si sûrs d'êtr' capables de vous sortir de tout en causant.

Charlie ne connaissait aucun endroit où se cacher dans les bois. Elle s'était retrouvée coincée à déballer des cartons depuis qu'ils avaient emménagé, pas un instant pour explorer. La meilleure option pour Charlie et Sam consistait à retourner au TC en courant, là où se trouvait le policier. Charlie conduirait Sam à travers champ. Sa sœur devrait lui faire confiance, tout comme elle n'arrêtait pas de lui dire pour la transmission à l'aveugle. Sam était une coureuse rapide, plus rapide que Charlie. Tant qu'elle ne trébucherait pas…

— Écoutez-moi, supplia Sam. Vous devrez quitter la ville de toute façon. Il n'y a aucune raison de nous tuer aussi. Elle se tourna vers Bon Jovi. S'il vous plaît, réfléchissez. Tout ce que vous avez à faire, c'est de nous ligoter. Laissez-nous quelque part où ils ne nous trouveront pas. Il vous faudra quitter la ville quoi qu'il en soit. Vous ne voulez pas plus de sang sur les mains.

Bon Jovi secouait déjà la tête.

— Je suis désolé.

Charlie sentit un doigt remonter le long de son dos. Elle frissonna, et Zach éclata de rire.

— Laissez partir ma sœur, intervint Sam. Elle a treize ans. C'est une gosse.

— Me fait pas l'effet d'une gosse, à moi. Zach fit mine de pincer la poitrine de Charlie. L'a de jolis nichons haut perchés.

— La ferme, l'avertit Bon Jovi. Je suis sérieux.

— Elle ne dira rien à personne, tenta à nouveau Sam. Elle dira que c'étaient des inconnus. Pas vrai, Charlie ?

— Un Noir ? demanda Zach. Comme celui tombé pour meurtre que ton papa a tiré d'affaire ?

Charlie sentit les doigts de l'homme lui effleurer la poitrine. Elle se retourna vers lui et hurla :

— Vous voulez dire comme il vous a, vous aussi, sorti

d'affaire quand vous avez montré votre zizi à une bande de fillettes ?

— Charlie, supplia Sam. S'il te plaît, tais-toi.

— Laisse-la parler, ordonna Zach. J'adore ça quand ell'zont l'esprit combatif.

Charlie lui lança un regard furieux. Elle avança à grandes enjambées à travers bois, tira Sam derrière elle, s'efforça de ne pas progresser trop vite, mais assez vite néanmoins pour que Zach ne marche pas à ses côtés.

— Non, murmura Charlie.

Pourquoi avançait-elle si vite ? Il fallait qu'elle ralentisse. Plus ils s'éloignaient du TC, plus ce serait dangereux de faire demi-tour en courant. Charlie s'arrêta. Elle fit volte-face. Elle discernait à peine les lumières de la cuisine.

Zach avait à nouveau enfoncé le fusil dans le dos de Sam.

— Avancez.

Des aiguilles de pin transpercèrent les pieds nus de Charlie, tandis qu'elle s'enfonçait péniblement dans les bois. L'air se rafraîchit. Son short s'était rigidifié à cause de l'urine séchée. L'intérieur de ses cuisses commençait à s'irriter. Chaque pas lui faisait l'effet d'émousser une épaisseur de peau toute fraîche.

Elle jeta un coup d'œil à Sam. Sa sœur avait les yeux fermés, une main tendue devant elle. Des feuilles bruissaient sous leurs pieds. Charlie s'arrêta pour aider Sam à enjamber un tronc d'arbre. Elles traversèrent le ruisseau, l'eau pareille à de la glace sur les pieds. Les nuages se déplaçaient, dévoilant un autre morceau du croissant de lune. Au loin, Charlie apercevait les contours de la tour météorologique, la structure en acier rouillé se détachant tel un squelette sur le ciel sombre.

Charlie retrouva son sens de l'orientation. Si la tour s'élevait sur leur gauche, alors ils marchaient vers l'est. L'autre ferme était à environ trois kilomètres au nord sur leur droite.

Trois kilomètres.

Son meilleur temps à la course du mile était de 7.01. Sam pouvait faire du 5.52 sur une surface plane. Le sol de la forêt n'était pas plat. Le clair de lune était imprévisible.

Sam ne voyait pas. Elles pouvaient atteindre les huit minutes peut-être, si Charlie faisait attention, si elle regardait droit devant elle au lieu de derrière.

Elle balaya l'horizon à la recherche du meilleur sentier, d'un itinéraire dégagé.

C'était trop tard.

— Sam… Charlie trébucha avant de s'arrêter. Un nouveau filet d'urine dégoulina le long de sa jambe. Elle agrippa sa sœur par la taille. Il y a une pelle. Une pelle.

Sam se palpa le visage du bout des doigts, repoussa ses paupières. Elle aspira une brève bouffée d'air en découvrant ce qui se trouvait devant elles.

À moins de deux mètres, la terre humide avait été éventrée, une blessure dans le sol.

Charlie se remit à claquer des dents. Elle entendait leur bruit sec. Zach et Bon Jovi avaient creusé une tombe pour Rusty, et à présent ils allaient s'en servir pour Sam et elle.

Il fallait qu'elles courent.

Charlie le savait maintenant, le sentait au tréfonds de son être. Sam y voyait, tout du moins assez pour contempler la tombe. Ce qui signifiait qu'elle y verrait assez pour courir. Il n'y avait pas d'autre choix. Elles ne pouvaient pas rester là poliment à attendre qu'on les tue.

Ou quoi que Zachariah Culpepper ait en tête.

Charlie serra la main de Sam. Sam l'imita pour lui signifier qu'elle était prête. Il ne leur restait qu'à attendre le bon moment.

— OK, grand garçon. Il est temps pour toi de faire ta part. Zach appuya la crosse du fusil sur sa hanche. De l'autre main, il sortit un couteau à cran d'arrêt de sa poche et l'ouvrit dans un claquement. Les flingues f'raient trop d'boucan. Prends ça. Direct sous la gorge comme pour un cochon.

Bon Jovi demeura interdit.

Zach déclara :

— Allez, comme on avait convenu. Tu prends celle-là. J'm'occupe d'la petite.

Bon Jovi rétorqua :

— Elle a raison. On a pas à faire ça. Le plan n'a jamais

été de blesser les femmes. Elles étaient même pas censées être là.

— T'es sérieux, là ?

Sam serra la main de Charlie encore plus fort. Toutes deux observaient, attendaient.

Bon Jovi poursuivit :

— Ce qui est fait est fait. On a pas à aggraver la situation en tuant d'autres personnes. Des innocentes.

— Bordel de merde. Zach referma le couteau et le fourra dans sa poche. On a vu tout ça dans la cuisine, mec. Pas comme si on avait l'choix.

— On peut se rendre.

— Conneries !

Sam s'appuya sur Charlie, la repoussa de quelques pas sur la droite, la prépara à partir.

Bon Jovi insista :

— Je me rendrai. Je porterai le chapeau pour tout.

— J'aimerais bien voir ça. Zach frappa violemment Bon Jovi à la poitrine. Tu crois que j'vais tomber pour meurtre parce qu'il te pousse une putain d'conscience ?

Sam lâcha la main de sa sœur.

Charlie sentit son cœur descendre jusqu'à son estomac.

Sam chuchota :

— Cours, Charlie.

— Je dirai rien, répliqua Bon Jovi. Je dirai que c'est moi.

Charlie tenta de reprendre la main de Sam. Elles devaient rester tout près pour pouvoir montrer le chemin à sa sœur.

— Dans mon foutu pick-up ?

Sam lui fit signe de s'écarter et murmura :

— Pars.

Charlie secoua la tête. Qu'est-ce qu'elle voulait dire ? Elle ne pouvait pas partir sans Sam. Elle ne pouvait pas laisser sa sœur ici.

— Enculé ! Zach avait braqué le fusil sur la poitrine de Bon Jovi. Voilà ce qui va se passer, fiston. Tu vas prendre mon couteau et tu vas trancher la gorge de cette pute, ou j'te fais un putain de trou dans la poitrine de la taille du Texas. Il tapa du pied. Tout de suite !

Bon Jovi pointa son flingue vers la tête de Zach.

— On va se rendre.

— Enlève ce putain de flingue de mon visage, espèce de sale pédale !

Sam donna un petit coup de coude à Charlie pour lui dire de partir.

— Va-t'en.

Charlie ne bougea pas. Elle n'allait pas laisser sa sœur.

Bon Jovi déclara :

— J'te tuerai avant d'les tuer elles.

— T'as pas les couilles d'appuyer sur cette détente.

— J'le f'rai.

Charlie entendit ses dents claquer à nouveau. Devait-elle partir ? Est-ce que Sam la suivrait ? Est-ce que c'est ce qu'elle voulait lui dire ?

— Cours, l'implora Sam. Il faut que tu coures.

Ne regarde pas en arrière. Il faut que tu me fasses confiance, je serai là.

— Espèce de connard !

La main libre de Zach jaillit comme le serpent.

Bon Jovi balaya le fusil d'un revers de main.

— Cours ! Sam la repoussa durement. *Vas-y, Charlie !*

Charlie tomba à la renverse sur les fesses et percuta le sol. Elle perçut l'éclat brillant du coup de feu, entendit l'explosion soudaine de la balle qui quittait le canon, puis de la brume s'échappa de la tête de Sam.

Sam tourbillonna dans l'air, comme si elle imitait le saut périlleux de la fourchette, et retomba dans la gueule béante de la tombe.

Dans un bruit sourd.

Charlie fixa la terre éventrée, attendit, supplia, pria, pour que Sam s'assoie, regarde autour d'elle, dise quelque chose, n'importe quoi, signifiant qu'elle était vivante.

— Merde ! lâcha Bon Jovi. Nom de Dieu de merde !

Il laissa tomber le revolver comme s'il était empoisonné.

Charlie entrevit l'éclat du métal provenant de l'arme quand elle toucha le sol. Le choc lisible sur le visage de Bon Jovi. Le blanc des dents de Zach quand il sourit.

À Charlie.

Il adressait un large sourire à Charlie.

Elle s'enfuit à toute allure, à la manière d'un crabe, sur les mains et les talons.

Zach se lança aussitôt à sa poursuite, mais Bon Jovi le saisit par la chemise.

— Qu'est-ce qu'on va faire, putain ?

Charlie se cogna le dos contre un arbre. Elle se releva en repoussant le sol. Ses genoux tremblaient. Ses mains tremblaient. Son corps entier tremblait. Elle regarda la tombe. Sa sœur était dans une tombe. On avait tiré dans la tête de Sam. Charlie ne la voyait pas, ne savait pas si elle était vivante ou morte, ou si elle avait besoin d'aide ou…

— Tout va bien, mon chou, déclara Zach à Charlie. Attends-moi là.

— J'viens de…, bégaya Bon Jovi. J'viens de tuer… J'viens…

Tuer.

Il ne pouvait pas avoir tué Sam ! La balle du flingue était petite, pas comme celle du fusil. Peut-être ne l'avait-elle pas vraiment blessée. Peut-être Sam allait-elle bien, se cachait-elle dans la tombe, prête à en jaillir et à courir.

Mais elle n'en jaillissait pas. Elle ne bougeait pas, ni ne parlait, ni ne criait, ni ne donnait d'ordres à la ronde.

Charlie avait besoin que sa sœur lui parle, lui dise quoi faire. Que dirait Sam à cet instant précis ? Que lui dirait-elle de faire ?

Zach déclara :

— Tu r'couvres cette salope. Laiss' moi la p'tite un' minute.

— Merde !

Là, tout de suite, Sam ne lui parlerait pas, elle lui hurlerait dessus, furieuse qu'elle reste là, qu'elle gâche cette occasion unique, qu'elle ne fasse pas ce qu'elle l'avait entraînée à faire.

Ne regarde pas en arrière… Fais-moi confiance, je serai là… Garde la tête baissée et…

Charlie courut.

Elle agitait les bras dans tous les sens. Elle luttait pour

que ses pieds adhèrent au sol. Les branches des arbres lui lacéraient le visage. Elle ne pouvait plus respirer. Ses poumons lui faisaient l'effet d'aiguilles plantées dans sa poitrine.

Respire tout du long. Avec lenteur et régularité. Attends que la douleur passe.

Autrefois, elles avaient été meilleures amies. Elles avaient l'habitude de tout faire ensemble. Et puis Sam était allée au lycée et Charlie était restée en arrière, et sa seule façon de capter l'attention de sa sœur était de lui demander qu'elle lui apprenne à courir.

Ne maintiens pas la tension. Inspire sur deux foulées. Expire sur une.

Charlie détestait le moindre aspect de la course : c'était idiot, ça causait des blessures, ça faisait mal, mais elle avait voulu passer du temps avec Sam, faire un truc comme elle, pour peut-être, un jour, être meilleure qu'elle. Charlie accompagnait sa sœur sur la piste, elle avait rejoint l'équipe à l'école, et elle se chronométrait chaque jour parce que, chaque jour, elle courait plus vite.

— Reviens ici ! éructa Zach.

Trois kilomètres jusqu'à la seconde ferme. Douze, peut-être treize minutes. Charlie ne pouvait courir plus vite qu'un homme, mais plus longtemps oui. Elle avait l'endurance, l'entraînement. Elle savait comment ignorer la douleur à l'intérieur de son corps. Respirer malgré le choc dans ses poumons, quand l'air tranchait comme un rasoir.

Pourtant, ce à quoi elle n'était pas entraînée, c'était la panique croissante d'entendre les lourds bruits de chaussures qui martelaient la poussière derrière elle. Le pam-pam-pam qui vibrait à l'intérieur de sa poitrine.

Zachariah Culpepper la pourchassait.

Charlie accéléra sa course. Elle plaqua ses bras sur ses flancs. Elle obligea la tension à quitter ses épaules. Elle imagina ses jambes comme deux pistons dans une machine très rapide. Elle oublia les aiguilles de pin et les rochers pointus qui entaillaient ses pieds nus. Elle songea aux muscles qui l'aidaient à se mouvoir…

Les mollets, les quadriceps, les ischio-jambiers, contracte tes abdos, protège ton dos.

Zachariah se rapprochait. Elle l'entendait foncer comme un moteur à vapeur.

Charlie sauta par-dessus un tronc d'arbre. Elle scruta son environnement sur sa gauche, puis sur sa droite, sachant qu'elle ne devrait pas courir en ligne droite. Il fallait qu'elle repère la tour météorologique pour vérifier sa direction, mais elle savait que si elle regardait en arrière, elle apercevrait Zachariah Culpepper, et que cette vision la ferait paniquer encore davantage, et si elle paniquait davantage, elle trébucherait, et si elle trébuchait, elle tomberait.

Et alors il la violerait.

Charlie vira à droite. Elle enfonça ses orteils dans la terre en changeant de cap. À la dernière minute, elle aperçut un autre tronc d'arbre. Elle s'élança par-dessus, atterrit avec maladresse. Elle se tordit le pied. Elle sentit l'os de sa cheville toucher terre. La douleur remonta le long de sa jambe, la cisaillant en deux.

Elle continua à courir.

Et continua.

Et continua.

Ses pieds étaient poisseux de sang. La transpiration dégoulinait de son corps. Dans sa poitrine, ses poumons la brûlaient, mais pas autant que si Zachariah lui repinçait la poitrine. Ses intestins se contractèrent, ses entrailles étaient devenues liquides, mais ce n'était rien comparé à ce qu'elle sentirait si Zachariah lui fourrait son machin à l'intérieur.

Charlie scruta l'espace devant elle à la recherche de lumière, du moindre indice de civilisation.

Combien de temps s'était-il écoulé ?

Combien de temps encore continuerait-il à courir ?

Imagine la ligne d'arrivée dans ta tête. Il faut que tu la veuilles davantage que la personne derrière toi.

Zachariah voulait quelque chose. Charlie voulait quelque chose encore plus fort que lui : s'enfuir, trouver de l'aide pour sa sœur, trouver Rusty pour qu'il imagine un moyen de tout arranger.

Soudain, la tête de Charlie fut brusquement tirée vers l'arrière. La violence était telle qu'elle crut qu'on la décapitait.

Ses pieds s'élancèrent dans les airs devant elle.

Son dos percuta le sol.

Elle vit une bouffée d'air s'échapper de sa bouche, comme si c'était une chose tangible.

Zachariah fut sur elle. Ses mains partout. Elles agrippaient ses seins. Tiraient son short. Ses dents heurtaient sa bouche close. Charlotte lui égratigna les yeux. Tenta de remonter son genou contre son entrejambe, mais elle ne parvint pas à plier la jambe.

Zachariah s'assit à califourchon sur elle.

Charlie le gifla, tenta en vain de le désarçonner et d'éjecter ce poids phénoménal de son corps.

Il fit glisser sa ceinture dans les passants.

Elle ouvrit la bouche. Elle n'avait pas de souffle pour crier. La tête lui tournait. Du vomi remontait le long de sa gorge en brûlant. Elle referma les yeux et vit Sam en train de tourner dans les airs. Elle entendit le bruit sourd du corps de sa sœur quand il heurta la tombe, comme si tout recommençait à nouveau. Puis elle vit Gamma. Sur le sol de la cuisine. Le dos contre le meuble.

Os d'un blanc éclatant. Morceaux de cœur et de poumon. Des tendons et des artères et des veines et la vie qui se déversait de ses blessures béantes.

— Non ! hurla Charlie, les mains changées en poings.

Elle pilonna la poitrine de Zachariah, lui balança un coup de poing tellement fort dans la mâchoire que sa tête se retourna en fouettant l'air. Sa bouche pulvérisa un jet de sang : de grosses gouttes visqueuses, pas comme les minuscules points provenant de Gamma.

— Putain de salope !

Il éleva la main vers l'arrière pour lui donner un coup de poing.

Charlie distingua une tache du coin de l'œil.

— Dégage de là !

Bon Jovi vola dans les airs et plaqua Zachariah au sol. Ses poings se balançaient d'avant en arrière. Il était à califourchon sur Zachariah, exactement comme celui-ci avait enfourché Charlie. Les bras de Bon Jovi moulinaient tandis qu'il cognait l'autre homme et l'enfonçait dans le sol.

— Enculé ! hurlait-il. J' vais t' buter, putain !

Charlie s'éloigna des deux hommes en reculant. Les mains profondément enfoncées dans la terre, elle essaya de se remettre debout. Elle trébucha. Se frotta les yeux. La transpiration avait liquiéfié le sang séché sur son visage et son cou. Elle tourna sur elle-même en cercle, aveugle comme Sam. Incapable de retrouver ses repères. Elle ne savait pas dans quelle direction courir, mais elle savait qu'elle devait continuer à bouger.

Sa cheville se mit à hurler, quand elle retourna dans les bois en courant. Elle ne rechercha pas la tour météorologique. Elle ne dressa pas l'oreille pour entendre le ruisseau, ni pour trouver Sam, ni pour se diriger vers le TC. Elle continua de courir, puis de marcher, puis elle se sentit tellement épuisée qu'elle voulut ramper.

En fin de compte, elle se laissa aller, s'effondra sur les mains et les genoux.

Elle guetta les bruits de pas derrière elle, mais tout ce qu'elle perçut ce fut sa respiration bruyante, haletante.

Elle vomit. De la bile s'écrasa au sol et lui éclaboussa le visage. Elle voulait s'allonger, fermer les yeux, s'abandonner au sommeil, et se réveiller dans une semaine, quand tout serait terminé.

Sam.

Dans la tombe.

Une balle dans la tête.

Gamma.

Dans la cuisine.

Os d'un blanc éclatant.

Morceaux de cœur et de poumon.

Tendons, artères, veines, et sa vie envolée dans l'éclair d'un fusil, à cause de Zachariah Culpepper.

Charlie connaissait son nom. Elle connaissait la carrure de Bon Jovi, sa voix ; elle avait constaté son attitude silencieuse quand Gamma s'était fait assassiner ; avait vu l'arc décrit par sa main dans l'air, quand il avait tiré dans la tête de Sam ; avait entendu Zachariah l'appeler « frère ».

Frère.

Elle les verrait tous les deux morts. Elle regarderait le bourreau les sangler sur la chaise en bois, et mettre le casque en métal sur leur tête, avec l'éponge au-dessous pour éviter qu'ils prennent feu, et elle regarderait entre les jambes de Zachariah Culpepper pour voir l'urine en sortir, quand il réaliserait qu'il allait mourir électrocuté.

Charlie se leva.

Elle trébucha, puis elle marcha, puis elle courut à petites foulées, et finalement elle distingua la lumière sous le porche, devant l'autre ferme.

7

Sam Quinn alternait bras gauche, puis bras droit, puis gauche à nouveau. Elle creusait un sillon étroit à travers les eaux fraîches de la piscine. Elle tournait la tête tous les trois mouvements et prenait une longue inspiration. Battait des pieds. Attendait l'inspiration suivante.

Gauche-droite-gauche-respire.

Elle avait toujours aimé le calme, la simplicité du crawl ; elle devait se concentrer juste assez sur la nage pour que toutes les pensées superflues quittent son esprit. Sous l'eau, pas de téléphone qui sonne. Pas d'alertes d'ordinateurs portables pour cause de réunions urgentes. Pas de lecture de mails dans la piscine.

Elle vit la ligne des deux mètres : le couloir allait se terminer. Elle se laissa glisser jusqu'à ce que ses doigts touchent le mur.

Sam s'agenouilla au fond de la piscine, respira rapidement, vérifia sa montre de natation : 2,4 kilomètres à 150 secondes pour 100 mètres, soit 37,5 secondes pour une longueur de 25 mètres.

Elle éprouva une pointe de déception à la vue de ce résultat, qui dépassait de quelques secondes celui de la veille. Son penchant de compétitrice s'opposait ardemment à ses capacités physiques. Elle jeta un coup d'œil à la longueur de la piscine et se demanda si elle avait encore un peu de jus en elle.

Non.

Aujourd'hui, c'était son anniversaire. Elle n'allait pas

s'épuiser au point de sortir sa canne pour marcher jusqu'au bureau.

Elle se hissa sur le bord du bassin. Se doucha rapidement pour enlever le sel de l'eau. La serviette en coton égyptien lui parut rêche au contact de ses doigts ridés. Quelque part au tréfonds de son esprit, la voix de sa mère lui expliqua que le corps réagissait à la longue immersion en froissant la pulpe des doigts et des orteils pour favoriser leur agrippement.

Gamma avait quarante-quatre ans quand elle est morte, l'âge de Sam aujourd'hui.

Ou plus précisément dans trois heures et demie.

Sam conserva ses lunettes de natation avec verres correcteurs dans l'ascenseur qui la fit monter jusqu'à son appartement.

Le chrome au dos des portes lui renvoyait un reflet ondulant. Une silhouette élancée. Un maillot noir une pièce. Sam passa la main dans ses cheveux pour les sécher un peu. Vingt-huit ans auparavant, elle marchait dans les bois derrière la ferme, avec une chevelure noir corbeau. Pratiquement un mois plus tard, elle s'était réveillée à l'hôpital et découvrait une crinière de cheveux courts intégralement blanche, qui poussait sur son crâne rasé.

Sam s'était habituée aux yeux qui revenaient souvent deux fois sur elle, aux mines surprises des inconnus quand ils prenaient conscience que la vieille dame aux cheveux gris assise au fond de la classe, qui achetait du vin au supermarché, qui traversait le parc, était en réalité une jeune fille.

Même si, il fallait l'avouer, cela ne se produisait plus souvent ces derniers temps. L'époux de Sam l'avait prévenue : un jour, son visage se mettrait au diapason avec sa chevelure.

Les portes de l'ascenseur s'ouvrirent.

Le soleil lui adressa un clin d'œil par les immenses fenêtres qui tapissaient son appartement du sol au plafond. En contrebas, le quartier des affaires était bien réveillé : les klaxons de voiture et le bruit des grues, le vacarme habituel de l'animation était étouffé par le triple vitrage.

Sam se rendit à la cuisine, éteignant les lumières sur son trajet. Elle troqua ses lunettes de piscine contre celles de vue. Elle sortit la nourriture du chat. Remplit la bouilloire. Prépara une boule à thé, une tasse et une cuillère, mais avant de faire bouillir l'eau, elle rejoignit le tapis de yoga installé dans son salon.

Elle ôta ses lunettes. Répéta une série d'étirements pour garder ses muscles chauds. Termina sur le matelas, jambes croisées. Posa le dos de ses mains à plat sur les genoux. Elle joignit le majeur et le pouce de chaque main, en un léger pincement. Ferma les yeux, inspira profondément et visualisa son cerveau.

Plusieurs années après la fusillade, un psychiatre avait montré à Sam les zones de l'homoncule moteur dans son cerveau. L'homme avait voulu qu'elle voie le chemin parcouru par la balle et qu'elle comprenne les structures endommagées. Il souhaitait qu'elle réfléchisse à ces structures au moins une fois par jour, qu'elle passe autant de temps que possible à en contempler les plis et les fissures, et à visualiser son cerveau et son corps, travaillant en parfait tandem comme auparavant.

Sam avait résisté. L'exercice lui paraissait relever en partie du vœu pieux et en majorité d'une pratique vaudou.

Maintenant, c'était la seule chose qui gardait ses maux de tête à distance, qui maintenait son équilibre mental.

Par la suite, Sam avait effectué des recherches approfondies sur le cerveau, avait vu des IRM et étudié des pavés consacrés à la neurologie, mais rien n'avait jamais remplacé l'image de ce premier dessin durant ses exercices de méditation. Dans sa représentation mentale, les coupes transversales de ses cortex moteur et sensoriel gauches étaient pour toujours soulignées en jaune et en vert vifs. Chaque section était étiquetée et montrait la partie de l'anatomie sur laquelle elle influait. Les orteils. La cheville. Le genou. La hanche. Le tronc. Le bras. Le poignet. Les doigts.

Sam sentit des picotements dans les différentes zones de son corps, tandis qu'elle étudiait en silence chaque faction de l'ensemble.

La balle avait perforé le crâne sur la gauche, juste au-dessus de l'oreille. Le côté gauche du cerveau contrôle la droite du corps, le côté droit maîtrise la gauche. D'un point de vue médical, la blessure avait pris place dans la zone la plus superficielle du cerveau. Sam avait toujours estimé que le terme « superficiel » portait à confusion. Certes, le projectile n'avait pas traversé le cerveau moyen ou ne s'était pas logé dans les profondeurs du système limbique, mais l'aire de Broca, responsable du langage, l'aire de Wernicke, responsable de la compréhension du langage, et les diverses régions qui commandent le mouvement du côté droit de son corps avaient été altérées.

Superficiel [sypeʀfisjel] *qui est relié à la surface, frivole, hâtif, davantage apparent que réel.*

Elle avait une plaque métallique dans la tête. La cicatrice au-dessus de son oreille avait la taille et la largeur de son index.

Les souvenirs de Sam au sujet de cette journée demeuraient fragmentés. Elle n'avait que quelques certitudes. Elle se souvenait du bazar que Charlie avait laissé dans la salle de bains. Elle se souvenait des frères Culpepper, de leur odeur, du goût presque palpable de leur menace. Elle ne se rappelait pas la mort de Gamma. Elle ne se rappelait pas les épreuves traversées avant de ramper hors de la tombe. Elle se souvenait de Charlie urinant sur elle. Elle se souvenait d'avoir hurlé sur Zachariah Culpepper. Elle se souvenait de l'urgence douloureuse, de la nécessité que Charlie se mette à courir, qu'elle soit en sécurité, qu'elle vive quel qu'en soit le prix pour Sam.

Physiothérapie. Ergothérapie. Orthophonie. Thérapie cognitive. Psychothérapie. Aquathérapie. Sam avait dû réapprendre à parler. À penser. À renouer des liens. À discuter. À écrire. À lire. À comprendre. À s'habiller. À accepter ce qui lui était arrivé. À admettre que les choses étaient différentes. À réapprendre à étudier. À retourner à l'école. À réarticuler les mécanismes de sa pensée. À comprendre la rhétorique, la logique et le mouvement, la fonction et la forme.

Sam comparait souvent sa première année de convalescence à un vieux disque sur une platine. Elle se réveillait à l'hôpital et tout se jouait à la mauvaise vitesse. Ses mots étaient inarticulés. Ses pensées étaient enlisées dans une sorte de pâte épaisse. Retrouver la vitesse d'un trente-trois tours paraissait impossible. Personne ne l'en croyait capable. Son âge — ils le sentaient tous — pouvait se révéler l'ingrédient magique. Comme l'un de ses chirurgiens le lui avait dit :

— Quitte à prendre une balle dans la tête, c'était une bonne chose que cela vous arrive à quinze ans.

Sam sentit un petit coup sur son bras. Comte Fosco, le chat, avait terminé son petit déjeuner et attirait son attention. Elle lui gratta les oreilles, écouta son ronronnement apaisant, et se demanda si elle ne ferait pas mieux de renoncer à la méditation et d'adopter simplement plus de chats.

Elle mit ses lunettes. Retourna à la cuisine et alluma la bouilloire. Les rayons du soleil s'inclinaient à présent et traversaient tout le Sud de Manhattan. Elle ferma les yeux et se laissa baigner par la chaleur. Quand elle rouvrit les yeux, elle constata que Fosco faisait de même. Il semblait adorer la chaleur irradiée par le sol de la cuisine. Sam ne parvenait pas à s'habituer à la chaleur soudaine sous ses pieds nus, qui la surprenait dès le réveil. Le nouvel appartement avait des options modernes, dont l'ancien était dépourvu.

Ce qui était précisément la raison d'être de ce nouvel appartement : rien ne devait lui rappeler l'ancien.

La bouilloire siffla. Elle se versa une tasse de thé. Régla le minuteur sur trois minutes et demie pour laisser les feuilles infuser. Attrapa un yaourt dans le réfrigérateur et mélangea du granola avec une cuillère prise dans le tiroir. Elle ôta ses lunettes habituelles et enfila ses lunettes de lecture ; ses yeux n'avaient jamais pu s'adapter aux lentilles multifocales.

Sam alluma son téléphone.

Il contenait plusieurs mails professionnels, quelques messages de bon anniversaire de la part d'amis, mais elle fit défiler l'écran jusqu'à ce qu'elle tombe sur la missive qu'elle attendait : celle de Ben Bernard, l'époux de sa sœur. Ils s'étaient rencontrés une seule fois il y avait très longtemps. Ils ne se reconnaîtraient probablement pas dans la rue, mais Ben montrait un sens des responsabilités vis-à-vis de Charlie très attachant, au point de faire ce dont sa femme était incapable.

Sam sourit à la photo de Monsieur Spock qui lui faisait un salut vulcain, avec les mots : « La logique veut que je doive te souhaiter un joyeux anniversaire. »

Elle n'avait renvoyé un mail à Ben qu'une seule fois, le 9 septembre, pour lui faire savoir qu'elle allait bien.

Le minuteur sonna. Elle versa du lait dans son thé chaud, puis se rassit au comptoir.

Sam sortit un bloc-notes et un stylo de sa serviette. Elle s'attaqua aux mails professionnels, répondit à certains, en transféra d'autres, prit des notes de suivi, et travailla ainsi jusqu'à ce que le thé ait refroidi et que le yaourt et le granola aient disparu.

Fosco bondit sur le comptoir pour inspecter le bol.

Sam regarda l'heure. Il était temps de prendre sa douche et de partir au bureau.

Elle baissa les yeux sur son téléphone. Elle tapota du bout des doigts sur le comptoir.

Elle fit glisser un doigt sur l'écran à la recherche de messages vocaux.

Un autre message d'anniversaire auquel elle s'attendait.

Sam n'avait pas vu son père en personne depuis plus de vingt ans. Ils avaient cessé de se parler quand elle était en fac de droit. Pas de querelle ni de rupture officielle entre eux, mais, un jour, Sam était la fille modèle qui appelait son père une ou deux fois par mois et, le jour suivant, elle ne l'était plus.

Au début, Rusty avait essayé de la joindre, et quand Sam ne répondait pas à ses appels, il s'était mis à appeler pendant ses heures de cours pour laisser des messages à la résidence universitaire. Il n'était pas très intrusif. Si Sam se trouvait là par hasard, il ne demandait pas à lui parler. Il ne lui demandait jamais de le rappeler. Les messages transmis disaient qu'il était là si elle avait besoin de lui, ou qu'il avait pensé à elle, ou qu'il avait voulu prendre des nouvelles. Durant les années qui suivirent, il avait téléphoné avec constance le deuxième vendredi de chaque mois et le jour de son anniversaire.

Quand Sam avait déménagé à Portland pour travailler au bureau du procureur, il avait laissé des messages à son bureau le deuxième vendredi de chaque mois et le jour de son anniversaire.

Quand elle avait déménagé à New York pour débuter sa carrière dans le droit des brevets, il avait laissé des messages à son bureau le deuxième vendredi de chaque mois et le jour de son anniversaire.

À cette époque apparut une invention du nom de « téléphone mobile », et le deuxième vendredi de chaque mois et le jour de son anniversaire, Rusty avait laissé des messages vocaux sur le téléphone à clapet de Sam, puis sur son Razr, puis sur son Nokia, puis sur son Blackberry, et aujourd'hui, c'était son iPhone qui indiquait à Sam que son père avait appelé à 5 h 32 ce matin, pour son anniversaire.

Sam pouvait prédire l'architecture de son appel, si non exactement le contenu. Rusty avait développé une formule étrange au cours des années. Il commençait avec un joyeux anniversaire aussi exubérant qu'habituel, il lui fournissait un rapport sur la météo parce que, pour une raison mystérieuse, il croyait que les conditions climatiques de Pikeville avaient une quelconque importance, puis il ajoutait un détail étrange sur la date de son appel : le jour de sa naissance, ce vendredi du mois, où il prenait contact ; puis passait sans transition aux adieux.

Il fut un temps où Sam prenait un air renfrogné quand elle voyait le nom de Rusty inscrit sur un papier rose *pendant ton absence*. Elle effaçait ses messages vocaux sans même y réfléchir, ou retardait le moment de leur écoute si longtemps qu'ils finissaient par s'extraire tout seuls de la messagerie.

Aujourd'hui, elle écouta le message.

— Bonjour, Sammy-Sam ! beugla son père. C'est Russell T. Quinn, pour te servir. Il fait six degrés, avec des rafales de vent en provenance du sud-ouest de 3,2 km/heure. Le taux d'humidité est de trente-neuf pour cent. La pression atmosphérique se maintient à 1 016 hectopascals. Sam secoua la tête en signe de perplexité. Je t'appelle aujourd'hui, le même jour où, en 1536, Anne Boleyn fut arrêtée et emmenée à la Tour de Londres, pour te rappeler, ma chère Samantha, de ne pas perdre la tête en ce quarante-quatrième anniversaire. Il éclata de rire, parce qu'il riait toujours de sa propre intelligence. Sam attendait le mot de la fin. Il sort, poursuivi par un ours[1].

Sam sourit. Elle était sur le point d'effacer le message quand, de façon inattendue, Rusty ajouta un détail nouveau.

— Ta sœur te transmet son affection.

Sam fronça les sourcils. Elle fit glisser le doigt en arrière pour réécouter la dernière partie.

— … un ours, dit Rusty, puis après une courte pause : Ta sœur te transmet son affection.

Sam en doutait très sérieusement.

La dernière fois qu'elle avait parlé à Charlie — la dernière fois où elle s'était retrouvée dans la même pièce qu'elle — avait marqué la fin immédiate et définitive à leur relation. Il n'y avait plus ni besoin ni désir de la part de chacune de se reparler un jour.

Charlie effectuait sa dernière année à Duke. Elle avait pris un avion jusqu'à New York pour rendre visite à Sam et pour passer des entretiens au sein de plusieurs cabinets d'avocats. Sam réalisa à l'époque que sa sœur ne lui rendait pas tant visite qu'elle ne considérait l'appartement de Sam comme un endroit gratuit où séjourner dans l'une des villes les plus chères de la planète, mais pratiquement une décennie s'était écoulée depuis la dernière fois qu'elle avait vu sa petite sœur, et elle était impatiente que toutes deux renouent des liens adultes.

Le premier choc n'était pas dû au fait que Charlie ait emmené un homme étrange avec elle, mais plutôt au fait que ce dernier était son époux. Charlie avait fréquenté Ben Bernard moins d'un mois avant de s'unir légalement à lui, autant dire à quelqu'un dont elle ne savait absolument rien. Cette décision était aussi irresponsable que dangereuse. Et

1. Il s'agit d'une indication scénique fameuse du *Conte d'hiver* de Shakespeare.

si Ben n'avait pas été l'un des êtres humains les plus gentils, les plus courtois, qui existât sur la planète — sans omettre le fait qu'il était complètement raide dingue de Charlie —, Sam aurait été folle furieuse contre sa sœur d'avoir agi de façon aussi stupide et impétueuse.

Le deuxième choc provint du fait que Charlie avait annulé tous ses entretiens. Elle avait pris l'argent que Sam lui avait envoyé pour qu'elle s'achète une tenue professionnelle adéquate et l'avait claqué dans des billets pour le concert de Prince au Madison Square Garden.

Le troisième choc fut fatal.

Charlie prévoyait de travailler avec Rusty.

Elle avait expliqué avec insistance qu'elle ne ferait que partager le même bâtiment que leur père, et qu'elle ne s'impliquerait pas dans le cabinet de Rusty à proprement parler, mais pour Sam, cette nuance ne faisait aucune différence.

Rusty prenait des risques dans son travail. Des risques qui le suivaient jusque chez lui. Les gens qui se trouvaient dans son bureau, dans le bureau que Charlie allait bientôt partager avec lui, étaient le genre de personnes qui incendiaient votre maison, qui venaient vous chercher chez vous. Quand ces gens découvraient que vous n'étiez pas là, ils assassinaient votre mère, tiraient sur votre sœur, vous poursuivaient jusque dans les bois armés d'un fusil de chasse, parce qu'ils voulaient vous violer.

L'altercation entre Sam et Charlie n'avait pas eu lieu immédiatement. Elles s'étaient disputées ponctuellement durant les trois longues journées où Charlie était restée chez Sam.

Puis, le quatrième jour, Sam avait fini par exploser.

Elle avait toujours eu un tempérament qui bouillonnait lentement. C'était ce qui lui avait fait péter les plombs contre Zachariah Culpepper dans la cuisine : quand sa mère gisait morte à quelques pas, que sa sœur était couverte d'urine, et qu'un fusil barbouillé de sang était braqué sur son visage.

Suite à sa blessure au cerveau, Sam était devenue pratiquement ingérable. D'innombrables études prouvaient que certains types de dommages corporels des lobes frontal et temporal conduisaient à des accès de colère soudains, voire violents, mais la rage de Sam défiait toute explication scientifique.

Elle n'avait jamais frappé qui que ce fût, ce qui constituait une piètre victoire, mais elle balançait des objets, les cassait — y compris ceux auxquels elle tenait —, en proie à une sorte de folie. Les dégâts matériels semblaient peu de chose en comparaison des blessures infligées par sa langue tranchante. La fureur s'emparait d'elle, Sam ouvrait la bouche, et la haine en coulait comme de l'acide.

À présent, la méditation l'aidait à aplanir ses émotions.

Les longueurs de piscine canalisaient son anxiété et la transformaient en une énergie positive.

À l'époque, rien ne pouvait arrêter la rage destructrice de Sam.

Charlie était gâtée. Elle était égoïste. C'était une enfant. C'était une pute. Elle voulait trop faire plaisir à son père. Elle n'avait jamais aimé Gamma. Elle était responsable de leur présence dans cette cuisine. Elle était responsable du meurtre de Gamma. Elle avait laissé Sam mourir. Elle s'était enfuie, tout comme elle s'enfuyait à nouveau.

Cette dernière partie, au moins, s'était révélée vraie.

Charlie et Ben étaient retournés à Durham au beau milieu de la nuit. Ils n'avaient même pas pris le temps d'emballer leurs effets personnels.

Sam s'était excusée. Bien sûr qu'elle s'était excusée. Les étudiants n'avaient pas de messagerie vocale ni de mail en ce temps-là, alors Sam avait envoyé une lettre recommandée à l'appartement de Charlie en dehors du campus, en même temps qu'un carton soigneusement empaqueté contenant les affaires qu'ils avaient laissées à New York.

La rédaction de cette lettre avait été sans nul doute la tâche la plus difficile de sa vie. Sam avait dit à sa sœur qu'elle l'aimait, qu'elle l'avait toujours aimée, que c'était quelqu'un de spécial, que leur relation signifiait beaucoup pour elle. Que Gamma l'avait adorée, tenait à elle. Qu'elle comprenait que Rusty avait besoin de Charlie. Que Charlie avait besoin d'être nécessaire à leur père. Que Charlie méritait d'être heureuse, de profiter de son mariage, d'avoir des enfants — des tas d'enfants. Qu'elle était assez grande pour prendre ses propres décisions. Que tout le monde était fier d'elle, heureuse pour elle. Que Sam ferait tout pour que Charlie lui pardonne.

S'il te plaît, avait écrit Sam à la fin de la lettre. *Il faut que tu me croies. La seule chose qui m'a fait tenir durant des mois d'agonie, des années de convalescence, une vie entière de douleur chronique, c'est le fait que mon sacrifice, et même le sacrifice de Gamma, t'ait donné la chance de courir te mettre à l'abri.*

Six semaines passèrent avant que Sam ne reçoive une lettre de réponse.

La réponse de Charlie tenait en une seule phrase complexe, emplie d'honnêteté :

Je t'aime, je sais que tu m'aimes, mais chaque fois que nous nous voyons, voilà ce qui se passe, et aucune de nous n'avancera jamais si nous regardons toujours en arrière.

Sa petite sœur était bien plus intelligente que Sam ne l'avait jamais admis.

Sam ôta ses lunettes. Elle se frotta délicatement les yeux. Les cicatrices sur ses paupières lui donnaient l'impression d'une écriture en braille au bout de ses doigts. Malgré ses récriminations à propos du terme « superficiel », elle travaillait très durement pour dissimuler ses blessures. Non parce qu'elle en était gênée, mais parce que les autres se montraient curieux. Il n'y avait pas moyen plus efficace pour mettre un terme à la conversation que les mots : « J'ai reçu une balle dans la tête. »

Le maquillage recouvrait les stries roses à l'endroit où les paupières avaient été déchirées. Une coupe de cheveux à trois cents dollars dissimulait la cicatrice sur le côté de sa tête. Elle avait tendance à choisir des pantalons et des chemises noirs plutôt fluides pour camoufler sa démarche hésitante. Quand elle parlait, elle s'exprimait distinctement, et quand l'épuisement menaçait d'amoindrir sa maîtrise du langage, elle gardait le silence. Il y avait des jours où Sam avait besoin d'une canne pour marcher. Au fil des ans, elle avait appris que ses efforts physiques acharnés étaient récompensés par d'autres efforts acharnés. Si elle était en retard au bureau, et qu'elle voulait qu'une voiture la ramène chez elle à six pâtés de maisons, elle prenait la voiture.

Aujourd'hui, elle traversa les six pâtés de maisons avec une relative aisance. En hommage à son anniversaire, elle avait égayé sa tenue noire habituelle avec un foulard coloré. Alors qu'elle tournait à gauche sur Wall Street, une puissante bourrasque souffla depuis l'East River. Le foulard s'envola dans son dos comme une cape. Sam éclata de rire, lorsque le foulard en soie s'entortilla autour d'elle. Elle s'en enveloppa le cou et le retint par les extrémités tout en arpentant son nouveau quartier.

Sam résidait depuis peu dans cette zone, mais elle en avait toujours aimé l'histoire. Wall Street avait été un mur en terre destiné à protéger la frontière nord de la Nouvelle-Amsterdam ; Pearl Street, Beaver Street et Stone Street tiraient leur nom des marchandises que les commerçants hollandais vendaient le long des sentiers boueux qui rayonnaient autour d'endroits où étaient autrefois amarrés de grands voiliers en bois.

Dix-sept ans auparavant, lorsque Sam avait emménagé à New York, elle avait eu l'embarras du choix parmi de nombreux cabinets d'avocats. Dans l'univers du droit des brevets, son master de Stanford en génie mécanique pesait bien plus lourd que son master de la fac de Chicago. Sam avait réussi à la fois le barreau de New York et le barreau spécialisé dans les brevets du premier coup. C'était une femme qui exerçait dans un domaine d'activité dominé par les hommes. Et le besoin de diversité était criant. Les cabinets lui avaient pratiquement fait leurs demandes genou à terre.

Elle avait rejoint le premier de ses prétendants, cabinet dont la prime d'embauche couvrait l'apport pour l'achat d'un appartement dans un immeuble avec ascenseur et piscine chauffée.

Ce charmant bâtiment de hauteur moyenne, situé dans le quartier de Chelsea, datait d'avant-guerre. L'appartement comportait de hauts plafonds, et la piscine au sous-sol évoquait un natatorium de l'ère victorienne. Malgré l'amélioration rapide de ses finances, Sam avait vécu avec bonheur dans cet appartement exigu, qui ne comptait que deux chambres, jusqu'au décès de son mari.

— Joyeux anniversaire.

Eldrin, son assistant, patientait déjà devant l'ascenseur, quand les portes s'ouvrirent. La routine de Sam était tellement fixe qu'il pouvait prévoir ses mouvements à la seconde près.

— Merci.

Elle le laissa prendre sa serviette, mais pas son sac à main.

Il traversa les bureaux à ses côtés, lui fournit son emploi du temps comme à son habitude.

— Votre réunion UXH est à 10 h 30 en salle de conférences six. Vous avez un appel d'Atlanta à 15 heures, mais j'ai dit à Laurens que vous aviez un impératif à 17 heures pour une réunion très importante.

Sam sourit. Elle avait programmé un verre en compagnie d'une amie.

Il dit :

— Un détail urgent à propos de la réunion des partenaires la semaine prochaine. Il faut que vous fixiez un point pour eux. J'ai laissé la brochure sur votre bureau.

— Merci.

Sam s'arrêta à la cuisine du bureau. Elle ne demandait pas à Eldrin de lui apporter son thé tous les matins, mais à cause de sa routine bien précise, il était contraint de la regarder faire.

Elle reprit :

— J'ai reçu un mail de Curtis ce matin. Elle sortit un sachet de thé de la boîte en fer posée sur le comptoir. Je veux aller à Atlanta la semaine prochaine pour la déposition de Coca-Cola. Stehlik, Elton, Malloory et Sanders avait, entre autres, des bureaux à Atlanta.

Sam y effectuait des voyages mensuels, séjournait au Four Seasons, longeait les deux pâtés de maisons jusqu'aux bureaux de Peachtree Street, et occultait le fait que Pikeville ne soit qu'à deux heures en voiture.

— Je les informerai de votre venue. Eldrin sortit une brique de lait du réfrigérateur. Je peux aussi demander si Grainger a… Oh ! Non.

Il regardait le poste de télévision muet installé dans l'angle. Une phrase choc revenait sur l'écran de façon inquiétante :

FUSILLADE DANS UN COLLÈGE.

En tant qu'ancienne victime de violence, Sam avait toujours été particulièrement horrifiée par les fusillades de masse, mais comme la plupart des Américains elle s'était en quelque sorte habituée à leur fréquence quasi mensuelle.

L'écran montra la photographie d'une fillette, tirée d'un album de promotion. Au-dessous on pouvait lire :

LUCY ALEXANDER.

Sam versa du lait dans son thé.

— Je suis sortie avec un garçon à l'école qui s'appelait Peter Alexander.

Eldrin haussa les sourcils et la suivit hors de la cuisine. En général, elle se montrait avare en ce qui concernait les détails de sa vie privée.

Sam regagna son bureau. Eldrin continua le compte rendu du planning de la journée, mais elle ne l'écoutait que d'une oreille. Elle n'avait pas songé à Peter Alexander depuis un bon moment. C'était un garçon assez lunatique, ayant tendance à se lancer dans de longs discours ennuyeux sur les affres de la condition d'artiste. Sam l'avait laissé toucher ses seins, seulement pour savoir ce que cela faisait.

C'était moite ; le garçon n'était pas un expert.

Elle laissa tomber son sac près de son bureau, un meuble en acier et verre qui donnait du cachet à sa pièce d'angle remplie de soleil. Sa vue, comme le plus souvent dans le quartier des affaires, donnait sur l'immeuble en face. Il n'y avait eu aucune règle en matière de retrait, quand les Canyons de Wall Street avaient été érigés. Un trottoir de six mètres séparait la plupart des immeubles de la rue.

Eldrin termina son baratin, et elle posa son thé sur un dessous-de-verre à côté de son ordinateur.

Sam attendit qu'il quitte la pièce. Prit place dans son fauteuil. Chercha ses lunettes de lecture dans sa serviette et commença à passer ses notes en revue pour la réunion de 10 h 30.

Quand elle avait choisi de faire carrière dans le droit des brevets, Sam avait compris que le travail consistait en gros à essayer d'influencer le transfert d'importantes sommes d'argent : une société incroyablement fortunée poursuivait une autre société incroyablement fortunée pour avoir apposé des rayures semblables sur leurs nouvelles chaussures de sport, ou récupéré une couleur particulière de leur marque, et des avocats hors de prix devaient plaider devant des juges qui s'ennuyaient ferme à propos des taux de cyan au sein d'un nuancier Pantone.

Révolue depuis longtemps l'époque où Newton et Leibniz se disputaient la paternité du calcul infinitésimal. Sam consacrait la majorité de son temps à passer au peigne fin des schémas de design et des applications de brevets de référence qui parfois remontaient aux premiers jours de la Révolution industrielle.

Elle adorait la moindre seconde de ces tâches.

Elle adorait l'alliage de la science et de la loi. Ravie d'avoir réconcilié les atouts de son père et de sa mère dans une existence gratifiante.

Eldrin frappa à la porte vitrée.

— Je voulais vous mettre au courant. Apparemment, cette fusillade s'est déroulée dans le nord de la Géorgie.

Sam acquiesça. « Le nord de la Géorgie » désignait un fourre-tout nébuleux englobant toute région autour d'Atlanta.

— Est-ce qu'on connaît le nombre de victimes ?

— Seulement deux.

— Merci.

Sam s'efforça de ne pas s'attarder sur le « seulement ».

Eldrin avait raison, c'était un faible nombre. L'histoire serait probablement oubliée des médias dès le lendemain.

Elle se tourna vers son ordinateur. Afficha le brouillon d'un briefing, qu'elle souhaitait maîtriser pour sa réunion de 10 h 30. Un étudiant de deuxième année avait tenté de répondre à une requête en jugement sommaire dans l'affaire de SaniLady, un département d'UXH Financial Holdings, Ltd. contre LadyMate Corp, un département de Nippon Development Resources, Inc.

Après six ans d'aller et retour, deux arbitrages manqués et une engueulade, pour l'essentiel en japonais, l'affaire allait au procès.

Il s'agissait du design d'une charnière qui contrôlait le mouvement d'un couvercle à fermeture automatique sur une poubelle pour protections périodiques et tampons, installée sur les cloisons des toilettes publiques. La société LadyMate produisait plusieurs variantes de ce contenant, depuis le *FemyGeni* en passant par l'original *LadyMate* jusqu'au bizarrement nommé : *Tough Guy*.

Sam était la seule personne parmi les intervenants à avoir effectivement utilisé une de ces poubelles. Si on l'avait consultée durant l'étape de conception, elle aurait privilégié la vérité nue et les aurait baptisées les *Putain de merde*, parce que c'était en général la première chose qui venait à l'esprit d'une femme quand elle devait se servir d'un de ces trucs.

Sam aurait également privilégié une charnière piano à ressort en deux composants pour un coût de fabrication supplémentaire de 3 cents au lieu de prendre le risque d'une seule charnière intégrée, qui appelait un procès pour violation de brevet. Procès qui résulterait en millions de dollars en frais d'avocats, sans parler des dommages et intérêts, si Nippon perdait l'affaire.

Si on se cantonnait au briefing en question, UXH ne verrait jamais ces dommages et intérêts. Le droit des brevets n'était pas le plus baroque en matière de contentieux. Toutefois, l'étudiant de deuxième année qui avait élaboré le brouillon montrait dans sa rédaction la délicatesse du papier de verre.

C'était pour cette raison que Sam avait fait un détour de trois ans dans le bureau du procureur à Portland. Elle avait souhaité apprendre le langage d'une salle d'audience.

Elle fit défiler le document, prit des notes, récrivit un long passage dans un anglais simple et approximatif, ajouta un minimum de fioritures à la fin, parce que cela perturberait l'avocat de la partie adverse, un homme qui, dès la première réunion avec Sam, lui avait demandé d'aller lui chercher un café, avec deux sucres, et dit au patron de la jeune femme qu'il n'aimait pas attendre.

Gamma avait dit vrai sur tellement de choses ! On témoignait à Sam Quinn bien plus de respect qu'à Samantha Quinn.

À exactement 10 h 34, Sam entra en dernier dans la salle de conférences. Le retard était volontaire. Elle n'appréciait pas de réprimander les traînards.

Elle prit place en bout de table. Elle prêta attention au flot de jeune Blancs, dont les diplômes du Michigan, de Harvard et du MIT leur conféraient le sens ronflant de leur propre importance. Ou peut-être ce ronflant était-il justifié. Ils étaient assis dans les bureaux étincelants, tapissés de parois vitrées, de l'un des plus prestigieux cabinets d'avocats en droit de brevets au monde. S'ils se prenaient pour des capitaines d'industrie, il y avait de fortes chances qu'ils en soient bientôt.

Mais, pour l'instant, ils devaient faire leurs preuves devant Sam. Elle écouta leurs mises à jour, commenta les stratégies proposées. En général, elle les laissait balancer leurs idées jusqu'à ce qu'elles tournent en rond. Sam était réputée pour mener des *lean meetings*, à savoir des réunions efficaces. Elle préconisa des recherches sur la jurisprudence, une réécriture des briefings pour le lendemain. Une application du brevet datant des années 1960 devait être davantage intégrée dans la documentation produite.

Elle se leva de son siège, imitée aussitôt de tous. Elle déclara attendre impatiemment leurs résultats et quitta la salle de conférences.

Ils la suivirent à distance, parce qu'ils travaillaient dans la même aile du bâtiment. Sam avait souvent l'impression, lors de la longue marche jusqu'à son bureau, qu'elle était suivie par un troupeau d'oies. Immuablement, l'un d'entre eux allait se mettre en avant en espérant faire connaître son nom ou prouver aux autres qu'il n'avait pas peur d'elle. Quelques-uns repartirent vers d'autres réunions sans omettre de lui souhaiter un joyeux anniversaire. Quelqu'un lui demanda si elle avait apprécié son récent voyage en Europe. Un autre jeune homme, un peu trop zélé depuis que la rumeur s'était répandue qu'elle allait être nommée associée, la suivit jusqu'à la porte de son bureau et lui relata une longue anecdote qui s'acheva sur la naissance de sa grand-mère au Danemark.

L'époux de Sam était né au Danemark.

Anton Mikkelsen avait vingt et un ans de plus que Sam. Professeur à l'université Stanford, elle avait suivi un de ses cours de « Technologie dans la société » intitulé *Concevoir le design de l'Empire romain.* La passion d'Anton pour le sujet avait captivé Sam. Elle avait toujours été attirée par les personnes émerveillées par le monde, qui regardaient au-dehors plutôt qu'au-dedans.

Pour sa part, Anton n'avait pas esquissé la moindre approche pendant que Sam était son étudiante ; il instaurait même une certaine distance, si bien qu'elle était convaincue d'avoir mal agi. Une fois son diplôme obtenu, quand elle était en deuxième année à l'université Northwestern, Anton l'avait recontactée.

À Stanford, Sam faisait partie d'une poignée de femmes qui étudiaient un domaine réservé aux hommes. À de rares occasions, elle avait reçu des mails provenant de certains professeurs. L'objet des messages mêlait désespoir et contenu elliptique : « Je ne parviens pas à vous chasser de mon esprit… », ou « Il faut que vous… m'aidiez ». Comme si leur désir les rendait fous et qu'elle seule serait à même de soulager leur douleur. Leur insécurité avait motivé pour partie sa demande d'entrée à la faculté de droit, plutôt que de poursuivre son doctorat. La pensée que l'un de ces pathétiques don Juan d'âge mûr soit responsable de sa thèse était inenvisageable.

Anton était tout à fait conscient de la réputation de ses collègues, quand il lui avait adressé son premier mail.

> Je vous prie de m'excuser si vous jugez ce contact indésirable. J'ai attendu trois ans pour être certain que mon autorité professionnelle ne s'immiscerait, ni n'impacterait votre domaine de prédilection.

Il avait pris une retraite précoce de Stanford. Il avait accepté un emploi de consultant pour une société d'ingénierie à l'étranger. Il avait installé son domicile à New York pour se rapprocher d'elle. Ils s'étaient mariés quatre ans après la nomination de Sam en tant que collaboratrice au sein de la société.

Anton lui avait ouvert des horizons que Sam n'avait jamais sondés.

Leur premier voyage à l'étranger s'était révélé magique. À l'exception d'une virée à Tijuana durant sa première année de fac, Sam n'était jamais sortie des États-Unis. Anton l'avait emmenée en Irlande, où, quand il était jeune, il passait l'été dans la famille de sa mère. Au Danemark, où il avait appris à aimer le design. À Rome pour lui montrer les ruines, à Florence pour lui montrer le Duomo, à Venise pour lui montrer l'amour.

Tout au long de leur mariage, ils avaient beaucoup voyagé. Anton avait accepté des boulots ou Sam avait assisté à certaines conférences dans le seul but de visiter un endroit inconnu. Dubai. L'Australie. Le Brésil. Singapour. Bora Bora. Dans chaque nouveau pays, dans chaque nouvelle ville où Sam posait le pied, elle pensait à Gamma, à la manière dont sa mère l'avait poussée à partir, à voir le monde, à vivre n'importe où sauf à Pikeville.

Qu'elle accomplisse cela avec un homme qu'elle adorait rendait chaque voyage encore plus riche.

Le téléphone sonna dans son bureau.

Elle se rassit dans son fauteuil et jeta un coup d'œil à l'heure. Son appel de 15 heures en provenance d'Atlanta. Elle s'était encore abîmée dans le travail, avait sauté le déjeuner, perdue dans un projet de brevet pour une charnière à cheville avec plaque étroite.

Laurens Van Loon était néerlandais, vivait à Atlanta, et était leur spécialiste en interne en droit international des brevets. Il appelait à propos de l'affaire UXH mais, comme Sam, c'était un voyageur enthousiaste. Avant de parler boutique, il voulait tout savoir sur le voyage qu'elle avait entrepris quelques semaines auparavant, un circuit de dix jours en Italie et en Irlande.

Fut un temps où Sam évoquait les villes étrangères en termes de culture, d'architecture, elle parlait aussi des gens, mais l'argent et le passage du temps l'avaient conduite à se concentrer sur les hôtels.

Elle dépeignit à Laurens son séjour au Merrion à Dublin : la suite jardin ne donnait pas sur le jardin, mais une allée derrière le bâtiment. Le Aman sur le Grand Canal était époustouflant, le service impeccable, le petit patio où elle prenait son thé chaque matin était l'un des endroits de la ville les plus tranquilles. À Florence, il y avait le Westin Excelsior, qui proposait une vue magnifique sur l'Arno, mais le bruit du bar situé sur le toit avait quelquefois résonné jusque dans sa suite. À Rome, raconta-t-elle à Laurens, elle était descendue au Cavalieri, pour leurs thermes et leurs bassins magnifiques.

Cette denière partie était un mensonge.

Elle avait réservé une chambre au Raffaello, parce que cet hôtel à petit prix était le seul endroit qu'Anton et elle avaient pu s'offrir lors de leur premier voyage à Rome.

Pour Laurens, Sam continua à broder : elle recommanda des restaurants, vanta des musées visités lors d'anciens voyages. Elle ne lui raconta pas qu'à Dublin, debout dans la Long Room de l'Ancienne Bibliothèque du Trinity College, les yeux levés vers le magnifique plafond avec sa voûte en berceau, ses yeux s'étaient emplis de larmes. Elle ne lui révéla pas non plus qu'à Florence elle s'était assise sur l'un des nombreux bancs qui longeaient la Galleria dell'Accademia, où le *David* de Michel-Ange était exposé, et qu'elle avait éclaté en sanglots.

Rome était synonyme à la fois de nostalgie et de chagrin. La fontaine de Trevi, la place d'Espagne, le Panthéon, le Colisée, la place Navone où Anton lui avait fait sa demande pendant qu'ils buvaient du vin au clair de lune.

Sam avait d'abord découvert tous ces merveilleux endroits avec son époux. Maintenant qu'Anton était mort, elle ne les regarderait plus jamais avec le même plaisir.

— Ton voyage me paraît incroyable, déclara Laurens. L'Irlande et l'Italie. Les pays en *i* en somme, bien que je suppose que, d'un point de vue technique, tu aurais dû y ajouter l'Inde.

— L'Islande, l'Indonésie, Israël… Sam sourit en l'entendant rire. Je pense qu'il vaudrait mieux arrêter notre discussion sur les hôtels et passer au monde excitant des serviettes périodiques.

— Oui, certainement, approuva Laurens. Mais puis-je te demander quelque chose… J'espère que ce n'est pas indiscret ?

Sam se prépara à une question sur Anton, parce que même un an après, les gens en posaient toujours.

— Cette fusillade à l'école, commença Laurens.

Sam se sentit coupable de l'avoir oubliée.

— C'est un mauvais moment pour parler ?

— Non, non. Bien entendu, c'est terrible. Mais j'ai vu cet homme à la télévision. Russell Quinn, l'avocat qui représente le suspect.

Sam serra le combiné tellement fort que son pouce tressaillit. Elle n'avait pas fait le rapprochement, mais que Rusty se porte volontaire pour représenter quelqu'un qui avait abattu deux personnes dans une école n'avait rien de surprenant.

Laurens déclara :

— Je sais que tu viens de Géorgie, alors je me demandais s'il y avait un lien. Il ajouta : On dirait que cet homme est le champion du progressisme.

Les mots manquèrent à Sam. Finalement, elle parvint à articuler :

— C'est un nom courant.

— C'est vrai ?

Laurens était toujours avide d'en apprendre davantage sur sa ville d'adoption.

— Oui. Ça date d'avant la guerre civile. Sam secoua la tête, car elle aurait pu inventer un meilleur mensonge. Tout ce qu'il lui restait à faire maintenant, c'était de changer de sujet. Alors, j'ai entendu de la part des membres d'UXH que Nippon est sur le point d'avoir un grand chamboulement dans leurs suites.

Laurens hésita légèrement avant de changer de conversation et de revenir au travail. Sam l'écouta déblatérer les rumeurs, mais son attention dévia vers son ordinateur.

Elle ouvrit le site du *New York Times*. Lucy Alexander. La fusillade avait eu lieu au collège de Pikeville.

Le collège de Sam.

Elle examina le visage de l'enfant à la recherche d'une ressemblance dans le regard, dans l'arrondi de la lèvre, susceptible de lui rappeler Peter Alexander, mais elle ne décela rien. Pourtant, Pikeville était une toute petite ville. Les probabilités étaient fortes que la fillette ait un lien avec son ancien petit copain.

Elle parcourut l'article en diagonale à l'affût de détails sur la fusillade. Une jeune fille de dix-huit ans avait apporté une arme à l'école. Elle avait tiré juste avant la première sonnerie. Le pistolet lui avait été arraché des mains par un professeur anonyme, un ancien marine, médaillé à plusieurs reprises, qui enseignait aujourd'hui l'histoire aux adolescents.

Sam fit défiler l'article jusqu'à une autre photo, celle de la seconde victime.

Douglas Pinkman.

Le téléphone lui glissa des mains. Elle dut le ramasser au sol.

— Je suis désolée, dit-elle à Laurens, d'une voix mal assurée. Pourrions-nous poursuivre demain ?

Sam enregistra à peine son accord. Les yeux rivés sur la photographie.

Quand elle fréquentait le collège, Douglas Pinkman avait entraîné à la fois l'équipe de football et d'athlétisme. Il avait été le premier à la soutenir. Il pensait que si elle s'entraînait assez dur, qu'elle se donnait au maximum, elle gagnerait une bourse pour entrer à l'université de son choix. Elle avait toujours su que son intellect l'emmènerait loin, mais la perspective que son corps travaille aussi efficacement que son esprit piquait sa curiosité. Et puis, elle aimait réellement courir. Le grand air. La transpiration. La libération d'endorphines. La solitude.

Aujourd'hui, elle était contrainte d'utiliser une canne les mauvais jours et Mr Pinkman avait été abattu devant son bureau.

Elle fit défiler le texte en quête de détails supplémentaires. Blessé deux fois à la poitrine par des balles à pointe creuse. Le décès de Pinkman, d'après des sources anonymes, avait été instantané.

Sam cliqua pour ouvrir le *Huffington Post*, sachant qu'ils accorderaient davantage d'attention à l'histoire que le *Times*. La une était entièrement dédiée à la fusillade. Les gros titres indiquaient :

TRAGÉDIE AU NORD DE LA GÉORGIE.

Des photos de Lucy Alexander et de Douglas Pinkman figuraient côte à côte.

Sam parcourut rapidement les liens :

LE MARINE HÉROÏQUE PRÉFÈRE RESTER ANONYME
L'AVOCAT DU SUSPECT FAIT UNE DÉCLARATION
CE QUI S'EST PASSÉ ET QUAND : CHRONOLOGIE DE LA FUSILLADE
LA FEMME DE PINKMAN A VU SON ÉPOUX MOURIR

Sam ne voulait pas voir l'avocat du suspect. Elle cliqua sur le dernier lien.

Sous l'effet de la surprise, elle entrouvrit les lèvres.

Mr Pinkman avait épousé Judith Heller.

Sam n'avait jamais rencontré Miss Heller en personne mais, bien entendu, elle la connaissait de nom. Après que Daniel Culpepper avait tiré sur Sam, après que Zachariah avait essayé de violer Charlie, celle-ci avait couru jusqu'à la ferme des Heller pour trouver de l'aide. Pendant que Miss Heller prenait soin d'elle, le père âgé de la femme s'était assis sous le porche de façade, armé jusqu'aux dents, au cas où l'un des Culpepper se montrerait avant la police.

Pour des raisons évidentes, Sam n'avait appris ces détails que bien plus tard. Même durant le premier mois de sa convalescence, elle était incapable de mémoriser l'enchaînement des événements. Elle avait de vagues souvenirs de Charlie, assise sur son lit d'hôpital, répétant l'histoire de leur survie encore et encore parce que la mémoire à court terme de Sam était une vraie passoire. Elle avait toujours les yeux bandés. Elle était aveugle, sans défense. Elle tendait la main pour trouver celle de Charlie, identifiait lentement sa voix, et posait continuellement les mêmes questions.

Où suis-je ? Qu'est-ce qui s'est passé ? Pourquoi est-ce que Gamma n'est pas là ?

Chaque fois, des douzaines, peut-être une centaine de fois, Charlie y avait répondu.

Tu es à l'hôpital. Tu as reçu une balle dans la tête. Gamma a été tuée.

Puis, Sam sombrait dans le sommeil, ou bien quelques minutes s'écoulaient, et elle tendait la main pour toucher Charlie, et elle lui demandait à nouveau :

Où suis-je ? Qu'est-ce qui s'est passé ? Pourquoi est-ce que Gamma n'est pas là ?

Gamma est morte. Tu es en vie. Tout ira bien.

Pendant de nombreuses années, Sam n'avait pas réfléchi aux conséquences émotionnelles, au fait que sa sœur de treize ans ait dû raconter et raconter encore leur histoire. Au bout d'un moment, les larmes de Charlie avaient cessé de couler. L'émotion s'était apaisée ou tout du moins pouvait se camoufler. Charlie n'affichait aucune réticence à parler des événements, et elle avait commencé à les relater avec distance. Pas exactement comme si tout était arrivé à quelqu'un d'autre, mais comme si elle souhaitait montrer que la tragédie avait perdu de son emprise sur elle.

Son affect transparaissait plus clairement dans les comptes rendus du procès. À divers moments de sa vie, Sam avait relu les mille deux cent cinquante-huit pages pour exercer sa mémoire. *Ceci* m'est arrivé, puis *ceci* m'est arrivé, ensuite *voici* comment j'ai réussi à survivre.

Pendant l'examen du procureur, le témoignage de Charlie était sec, évoquant le récit d'un journaliste. *Ceci* est arrivé à Gamma. *Ceci* est arrivé à Sam. *Voici* ce que Zachariah Culpepper a essayé de faire. *Voici* ce que Miss Heller a dit quand elle a ouvert la porte de derrière.

Heureusement, le témoignage de Judith Heller ajoutait de la couleur. À la barre, la femme avait décrit le choc qu'elle avait éprouvé en découvrant sous son porche une petite fille couverte de sang et terrifiée. Charlie tremblait tellement qu'au début elle fut incapable de parler. Une fois à l'intérieur, enfin capable d'articuler des mots, elle avait inexplicablement demandé un bol de crème glacée.

Miss Heller s'était exécutée, ne sachant que faire d'autre, pendant que son père appelait la police. Elle ignorait que la glace rendait Charlie malade. Elle en avait servi deux bols entiers avant que Charlie coure aux toilettes. C'était seulement derrière la porte close de la salle de bains que Charlie avait dit à Miss Heller qu'elle croyait que sa mère et sa sœur étaient mortes.

Un grésillement sortit Sam de ses pensées.

Laurens avait raccroché quelques minutes auparavant, mais Sam tenait toujours le téléphone. Elle reposa le combiné. Sa main s'attarda.

Réfléchis à l'étymologie de la phrase : « Raccroche le téléphone. »

La page du *Huffington Post* se rafraîchit automatiquement. La famille Alexander donnait une conférence en direct.

Sam tourna le bouton du volume très bas. Elle regarda la vidéo. Un homme nommé Rick Fahey s'exprimait au nom de la famille. Elle entendit ses requêtes pour préserver leur intimité, sachant qu'elles tomberaient dans l'oreille de sourds. Sam supposa que le bon côté du coma était qu'elle n'avait pas eu à écouter les interminables spéculations sur son cas aux informations.

Sur la vidéo, Fahey fixait la caméra. Il déclara :

— C'est ce qu'est Kelly Wilson. Une meurtrière de sang-froid.

La tête de Fahey se tourna. Il échangea un regard avec un homme qui ne pouvait qu'être Ken Coin. Au lieu de son uniforme de policier peu seyant, Coin arborait un costume bleu marine brillant. Sam savait que c'était le procureur de district actuel de Pikeville, mais elle ne savait plus d'où elle tenait cette information.

Quoi qu'il en soit, le regard échangé par les deux hommes confirmait l'évidence : il y aurait condamnation à mort. D'où l'implication de Rusty. Pendant longtemps, il avait été un farouche opposant à la peine de mort. En tant qu'avocat de la défense, en tant que personne ayant joué un rôle clé dans la disculpation d'hommes reconnus coupables, il estimait les risques d'erreurs trop élevés.

À partir des comptes rendus du procès Culpepper, Sam savait que son père avait parlé à la barre presque une heure, il avait plaidé de façon émouvante et passionnée pour épargner la vie de Zachariah Culpepper, sur la base que l'État n'avait pas d'autorité morale pour confisquer une existence.

Charlie avait plaidé tout aussi passionnément pour la peine de mort.

Sam naviguait quelque part au milieu. À ce stade, elle était incapable de verbaliser clairement ses pensées. Sa lettre à la cour avait demandé la prison à vie pour Zachariah Culpepper. Ce n'était pas une démonstration de compassion. À l'époque, Sam était une résidente du Shepherd Spinal Center à Atlanta. Les gens qui l'aidaient durant sa convalescence se montrèrent professionnels et compatissants, mais Sam avait l'impression d'être un lapin pris au collet.

Elle ne pouvait pas entrer ou sortir de son lit sans assistance.

Elle ne pouvait pas aller aux toilettes sans assistance.

Elle ne pouvait pas quitter sa chambre sans assistance.

Elle ne pouvait pas manger quand elle voulait ni ce qu'elle voulait.

Parce que ses doigts ne pouvaient manipuler un bouton ou une fermeture Éclair, elle ne pouvait pas porter n'importe quels vêtements.

Parce qu'elle ne pouvait pas lacer ses baskets, elle était forcée de porter d'immondes chaussures orthopédiques fermées par du Velcro.

Se laver, se brosser les dents, se peigner, aller promener, sortir sous les rayons du soleil ou sous la pluie, toutes ces activités étaient soumises au bon vouloir de quelqu'un d'autre.

Rusty, en invoquant des principes moraux élevés, avait demandé au juge de condamner Zachariah Culpepper à la prison à perpétuité. Charlie, brûlant d'un désir de vengeance, avait voulu une condamnation à mort. Sam avait demandé que Zachariah Culpepper soit condamné à une longue et misérable existence, où il ne disposerait pas de lui-même, parce qu'elle avait appris dans sa chair ce que cela faisait d'être prisonnière.

Peut-être avaient-ils tous été exaucés. Suite aux appels, sursis et manœuvres légales, Zachariah Culpepper était l'un des plus anciens prisonniers du couloir de la mort en Géorgie.

Il continuait de proclamer son innocence à qui voulait bien l'entendre. Il continuait de clamer que Charlie et Sam s'étaient entendues pour les piéger, lui et son frère, parce qu'il devait à Rusty plusieurs milliers de dollars d'honoraires.

Rétrospectivement, Sam se dit qu'elle aurait dû plaider pour la peine de mort.

Elle ferma le navigateur de son ordinateur.

Ouvrant un mail vierge, elle s'excusa auprès de son amie et décommanda le verre d'anniversaire du soir même. Elle demanda à Eldrin de prendre ses appels avant de chausser ses lunettes de lecture.

Son attention se reporta sur la charnière à cheville avec plaque étroite.

Quand Sam leva les yeux de l'ordinateur, l'obscurité avait repeint les fenêtres en noir. Eldrin était parti. Le bureau était silencieux. Ce n'était pas la première fois qu'elle se retrouvait seule à l'étage.

Elle était aussi restée trop longtemps assise sans bouger. Elle s'étira un peu en position assise. Son corps était raide, mais à force de détermination, elle fut capable de se lever. Elle déplia la canne qu'elle rangeait dans le tiroir au bas de son bureau. Elle noua son foulard autour de son cou. Elle envisagea de commander une voiture, mais le temps qu'elle arrive, elle aurait parcouru les six pâtés de maisons jusque chez elle.

Elle regretta sa décision à l'instant où elle posa le pied dehors.

Le vent en provenance de la rivière était cinglant. Sam saisit son foulard d'une main, l'autre tenant fermement la canne. Sa mallette et son sac à main pesaient au creux de son bras. Elle aurait dû attendre la voiture. Elle aurait dû prendre un verre avec son amie. Elle aurait dû faire un tas de choses différemment, aujourd'hui.

Le portier de nuit lui souhaita un joyeux anniversaire, quand elle pénétra dans l'immeuble. Elle s'arrêta pour le remercier, pour s'enquérir de ses enfants, mais sa jambe lui faisait trop mal pour rester debout.

Elle monta toute seule dans l'ascenseur.

Elle fixa son reflet au dos des portes.

Une silhouette solitaire, à la chevelure blanche, lui renvoya son regard.

Les portes s'ouvrirent sans bruit. Lorsque Sam entra dans la cuisine, Fosco roula et s'étira au sol. Elle se força à manger un reste de Thaï datant du dîner d'anniversaire du samedi soir. Le tabouret de bar n'était pas confortable. Elle s'assit sur le bord, les deux pieds posés au sol. La douleur remontait le long de sa jambe comme une lame brûlante ouvrant le muscle en deux.

Elle jeta un œil à la pendule. Trop tôt pour aller se coucher. Trop fatiguée pour se concentrer sur son travail. Trop fatiguée pour bouquiner le nouveau livre qu'elle avait reçu en cadeau.

Dans l'ancien appartement de Chelsea, Anton et elle avaient évité de regarder la télévision. Sam fixait un écran toute la journée. Ses yeux ne supportaient la lumière bleue qu'à un certain stade, puis des maux de tête faisaient leur apparition.

Le nouvel appartement abritait un grand écran déjà installé dans le salon. Sam avait souvent été attirée par la pièce sombre, l'un de ces box dépourvus de fenêtre que les constructeurs qualifient d'« espaces bonus », parce qu'ils ne peuvent pas, sur le plan légal, les désigner comme des « chambres à coucher ».

Sam s'assit sur le sofa. Elle posa un verre à vin vide sur la table basse. À côté, elle plaça une bouteille de Tenuta Poggio San Nicolò de 2011.

Le vin préféré d'Anton.

Fosco bondit sur ses genoux. D'un geste distrait, Sam le gratta entre les oreilles. Elle examina l'étiquette élégante qui ornait la bouteille, les motifs délicats qui couraient le long du bord, le sceau de cire rouge placé en plein centre.

Le liquide à l'intérieur aurait tout aussi bien pu être du poison.

Sam croyait que c'étaient des vins comme le San Nicolò qui avaient tué son époux.

Tandis que les affaires de consultant d'Anton s'étaient développées, que le cabinet de Sam s'était agrandi, ils avaient pu s'offrir une meilleure qualité de vie. Des hôtels cinq étoiles, des vols en première classe. Des suites. Des visites privées. Des dîners fins. L'une des passions d'Anton était le vin. Il adorait savourer un verre au déjeuner, un autre, peut-être deux, au dîner. Les rouges secs avaient sa préférence. De temps à autre, quand Sam n'était pas dans les parages, il accompagnait sa boisson d'un cigare.

Les médecins d'Anton invoquèrent le destin et peut-être les cigares, mais Sam pensait que c'était les forts taux de tannins contenus dans les vins qui l'avaient tué.

Cancer de l'œsophage.

Moins de deux pour cent des cancers étaient de ce type.

Le tannin, un astringent qui existe naturellement, offre à certaines plantes une défense contre les insectes et les prédateurs. Le composant chimique se retrouve dans de nombreux fruits, des baies et des légumes. Il existe plusieurs applications des tannoïdes. Des tannins végétaux et synthétiques sont employés dans la fabrication du cuir. Le monde pharmaceutique utilise fréquemment des tannates dans la production de médicaments antihistaminiques et antitussifs.

Dans le vin rouge, le tannin agit comme un composant structurel, une réaction de la peau du raisin qui entre en contact avec les pépins. Les vins contenant des plus forts taux de tannins vieillissent mieux que les autres, donc plus la bouteille a pris de l'âge, plus elle est chère, plus la concentration en tannins est forte.

Le tannin apparaît aussi naturellement dans le thé, mais le pouvoir de coagulation peut être neutralisé par les protéines qui se trouvent dans le lait.

Selon Sam, les protéines et les tannins se trouvaient au cœur de la maladie d'Anton ; particulièrement les histatines, qui sont des protéines salivaires sécrétées par des glandes à l'arrière de la langue. Le fluide contient des propriétés antimicrobiennes et antifongiques, mais il joue aussi un rôle essentiel dans la cicatrisation.

Cette dernière fonction est peut-être la plus vitale. Après tout, le cancer est le résultat de la croissance de cellules anormales. Si les histatines ne protègent ni ne réparent les tissus qui tapissent l'œsophage, alors l'ADN des cellules peut être altéré, et une croissance anormale commence.

Les tannins sont connus pour supprimer la production des histatines dans la bouche.

Chaque toast qu'Anton avait porté, chaque *« Santé ! »*, avait contribué à ce que la malignité croisse à l'intérieur des tissus qui tapissaient son œsophage, s'étendant aux nodules de la lymphe et finalement à ses organes.

Du moins, c'était la théorie de Sam. Pendant qu'elle regardait son magnifique époux si plein de vie dépérir au cours de deux longues années, elle s'était cramponnée à ce qui lui paraissait une explication tangible : une raison *x* avait entraîné une conséquence *y*. Anton avait été testé négatif au HPV oral, une infection virale liée à environ soixante-dix pour cent des cancers de la tête et du cou. C'était aussi un fumeur occasionnel. Il n'était pas alcoolique. Il n'y avait pas d'antécédents de cancer parmi ses parents proches.

Donc, les tannins.

Accepter que la fatalité ait joué un quelconque rôle dans sa maladie, que la foudre ait frappé Sam non pas à deux mais trois reprises, allait au-delà de ses capacités intellectuelles et émotionnelles.

Fosco appuya sa tête contre le bras de Sam. C'était le chat d'Anton. Il avait comme une sorte de réaction pavlovienne à l'odeur du vin.

Sam l'écarta délicatement et se déplaça vers le bord du sofa. Elle versa un verre de vin qu'elle ne boirait pas pour son mari qu'elle ne voyait pas.

Puis, elle fit ce qu'elle avait évité de faire depuis 3 heures de l'après-midi.

Elle alluma la télévision.

La femme, que Sam continuait de nommer Miss Heller, se tenait devant l'entrée principale de l'hôpital du comté Dickerson. Bien entendu, elle était dévastée. Ses longs cheveux gris tirant vers le blond étaient indomptés, des mèches sauvagement balayées par le vent. Ses yeux étaient injectés de sang. Le trait fin dessiné par ses lèvres avait pratiquement la même couleur que sa peau.

Elle déclara :

— La mort d'une autre jeune femme n'effacera pas la tragédie d'aujourd'hui. Elle marqua une pause. Pinça les lèvres. Sam entendit les déclics des appareils photos, les raclements de gorge des journalistes. La voix de Mrs Pinkman ne faiblit pas. Je prie pour la famille Alexander. Je prie pour l'âme de mon mari. Pour mon propre salut. À nouveau, elle pinça les lèvres. Des larmes brillèrent dans ses yeux. Mais je prie aussi pour la famille Wilson. Parce qu'ils ont souffert aujourd'hui autant que n'importe lequel d'entre nous. Elle regarda droit vers la caméra, les épaules redressées. Je pardonne à Kelly Wilson. Je l'absous de cette horrible tragédie. Comme le dit Matthieu : « Si vous pardonnez aux hommes leurs offenses, votre Père céleste vous pardonnera aussi. »

La femme tourna les talons et rentra dans l'hôpital. Des gardes bloquaient les portes pour empêcher les journalistes de la suivre.

Sam laissa échapper un souffle qu'elle avait contenu dans les profondeurs de sa poitrine.

Le présentateur revint à l'écran. Il était assis à un bureau entouré d'un panel de soi-disants experts. Leurs mots flottèrent au-dessus de la tête de Sam, alors qu'elle attirait Fosco sur ses genoux.

Un ami britannique avait proclamé que l'Angleterre avait perdu son flegme le jour du décès de la princesse Diana. Du jour au lendemain, une culture privilégiant toujours l'ironie au détriment de l'émotionnel s'était muée en un foutoir larmoyant. L'ami de Sam voyait dans ce phénomène un autre aspect gênant de l'américanisation — les Britanniques se plaignaient constamment de l'Amérique, même s'ils consommaient avidement des produits et la culture américains. Selon lui, les démonstrations de chagrin après la mort de Diana avaient pour toujours altéré la façon dont son peuple réagissait à la tragédie.

Sa théorie renfermait probablement une part de vérité, même dans sa critique de l'Amérique, mais pour Sam, le pire dans ces tragédies nationales, apparemment continuelles, était qu'une recette en émergeait. Le double attentat du marathon de Boston. La tuerie de San Bernardino. Le night-club Le Pulse.

Les gens étaient scandalisés. Ils étaient rivés à leurs télévisions, à leurs pages Web, aux flux de Facebook. Ils exprimaient le chagrin, l'horreur, la rage, la douleur à voix haute. Ils criaient pour que les choses changent. Ils levaient des fonds. Ils réclamaient des actions.

Puis ils retournaient à leur existence jusqu'au drame suivant.

Sam ramena rapidement son regard vers la télévision. Le présentateur déclara :

— Nous allons montrer la vidéo précédente. Pour les téléspectateurs qui viennent de nous rejoindre, il s'agit d'une reconstitution des événements qui se sont déroulés ce matin à Pikeville, à environ deux heures au nord d'Atlanta.

Sam contempla les dessins grossiers sur l'écran : plutôt une simulation qu'une reconstitution.

Le présentateur commença :

— À environ 6 h 55 ce matin, la tireuse présumée, Kelly Rene Wilson, pénétra dans le couloir.

Sam contempla la silhouette se déplacer vers le milieu du couloir.

Une porte s'ouvrit. Une vieille dame se baissa vivement lorsque deux coups furent tirés.

Sam ferma les yeux, mais continua d'écouter.

Mr Pinkman est touché. Lucy Alexander est touchée. Deux autres silhouettes entrent dans le cadre. Aucune d'elles n'est identifiée par son nom. L'une d'elles est un homme, l'autre est une femme. La femme court vers Lucy Alexander. L'homme lutte avec Kelly Wilson pour prendre le pistolet.

Sam ouvrit les yeux. Des perles de sueur se formèrent sur son front. Elle avait serré ses poings si fort que des marques en forme de demi-lune incisaient ses paumes.

Son téléphone portable sonna. Dans la cuisine. À l'intérieur de son sac à main.

Sam ne bougea pas. Elle contemplait la télévision. Le présentateur interviewait un homme chauve, dont le nœud papillon indiquait qu'il était certainement psychiatre.

Il déclara :

— En général, on découvre que ce genre de tireurs sont des individus solitaires. Ils se sentent en décalage, mal-aimés. Souvent, ils sont victimes de harcèlement.

Le téléphone cessa de sonner.

Nœud Papillon poursuivit :

— Le fait que le meurtrier dans ce cas soit une femme…

Sam éteignit la télévision. La pièce sombra dans le noir complet, mais la jeune femme avait l'habitude d'évoluer dans l'obscurité. Elle s'assura que Fosco dormait près d'elle. Elle tendit des mains hésitantes vers la bouteille de vin et le verre, et les emporta à la cuisine, où elle déversa le contenu des deux dans l'évier.

Elle jeta un œil à son téléphone. L'appel provenait d'un numéro inconnu. Probablement un télévendeur, bien qu'elle ait fait ajouter son numéro sur la liste d'opposition au démarchage. Du pouce, elle navigua entre les écrans et bloqua le numéro.

Le téléphone vibra dans sa main pour annoncer un nouveau mail. Elle regarda l'heure. Hong Kong était ouvert. S'il y avait une constante dans sa vie, c'était le volume de travail.

Elle ne voulait pas aller chercher ses lunettes de lecture à moins d'un message urgent. Elle plissa les yeux et parcourut rapidement la liste des nouveaux mails.

Elle ne les ouvrit pas.

Sam posa le téléphone sur le comptoir. Puis s'adonna à sa routine nocturne. S'assura que tous les bols d'eau de Fosco étaient remplis. Éteignit les lumières, appuya sur des boutons pour fermer les stores, vérifia que l'alarme était bien enclenchée.

Elle se rendit à la salle de bains et se brossa les dents. Elle avala son régiment de pilules comme tous les soirs. Dans le dressing, elle enfila son pyjama. Il y avait un très bon roman sur sa table de chevet, mais Sam était avide de repos, de mettre cette journée derrière elle, de se réveiller demain avec une perspective toute nouvelle.

Elle grimpa dans son lit. Fosco surgit de nulle part. Il prit place sur l'oreiller, près de sa tête. Elle ôta ses lunettes. Éteignit la lumière. Ferma les yeux.

Elle laissa échapper une longue expiration régulière.

Lentement, elle effectua sa série d'exercices nocturnes. Elle sollicita, puis relâcha chaque muscle de son corps, depuis le muscle court fléchisseur des orteils jusqu'à l'aponévrose épicrânienne sous le cuir chevelu.

Elle attendit que son corps se détende, que le sommeil vienne, mais il y avait un manque manifeste de coopération. Le silence de la pièce était trop absolu. Même Fosco n'émettait pas ses habituel soupirs, coups de langue et ronflements.

Sam ouvrit les yeux.

Elle fixa le plafond, attendit que l'obscurité se change en gris, que le gris laisse place aux ombres projetées par le minuscule rai de lumière qui s'insinuait toujours entre les stores.

— *Tu arrives à voir ? Sam, tu y vois ?*

— *Oui, avait menti Sam.*

Elle sentait le sol fraîchement ensemencé sous ses pieds

nus. Chaque pas qui l'éloignait de la ferme, de la lumière, déposait une autre couche d'obscurité sur sa vision. Charlie se résumait à une forme grise indistincte. Baskets montantes était grand et tout maigre, comme un bâton de fusain. Zach Culpepper dessinait un carré noir menaçant, empli de haine.

Sam s'assit, fit pivoter ses jambes hors du lit. Elle appuya les mains sur ses hanches, fit travailler les muscles raidis. La chaleur rayonnante dans le sol réchauffa la plante de ses pieds.

Elle sentit battre son cœur. Rythme lent et régulier. Le nœud sinusal, le nœud atrioventriculaire, le réseau des fibres de Purkinje qui envoyait des impulsions contre les parois musculaires des ventricules, les faisant tour à tour se contracter et se relâcher.

Sam se leva. Elle retourna à la cuisine. Elle sortit ses lunettes de lecture de sa serviette. Elle prit le téléphone dans sa main.

Elle ouvrit le nouveau mail de Ben.

Charlie a besoin de toi.

8

Sam était assise à l'arrière d'une Mercedes noire, elle serrait, puis desserrait les doigts autour de son téléphone, tandis que le chauffeur rejoignait l'autoroute inter-États 575.

Deux décennies de progrès avaient infligé pas mal de dommages au paysage nord-géorgien. Rien n'avait été épargné. Les centres commerciaux avaient poussé comme de la mauvaise herbe. Les panneaux d'affichage émaillaient le paysage. Même les terre-pleins centraux autrefois luxuriants, recouverts de fleurs des champs, avaient disparu. Une énorme voie de péage scindait l'autoroute en son milieu, refuge de petits Blancs bien propres sur eux au volant de leur pick-up, qui descendaient à Atlanta tous les jours pour travailler, puis faisaient le trajet retour de nuit et pestaient contre les libéraux sans foi ni loi qui s'en mettaient plein les poches et subventionnaient ainsi les charges, les assurances maladie, les déjeuners de leurs enfants et leurs écoles.

— Encor' une heure, p't-être, lui communiqua Stanislav, le chauffeur, de son fort accent croate. Ces travaux… Il haussa exagérément les épaules. Qui sait ?

— Tout va bien.

Sam regarda par la vitre. Elle demandait toujours Stanislav quand elle se trouvait à Atlanta. C'était un des rares chauffeurs à comprendre son besoin de silence. Ou peut-être supposait-il qu'elle était nerveuse en voiture. Il ne pouvait savoir que Sam était tellement habituée à l'arrière des berlines noires qu'elle remarquait à peine la route.

Elle n'avait jamais vraiment appris à conduire. Quand

elle avait eu quinze ans, Rusty l'avait embarquée dans le break de Gamma pour lui donner des leçons, mais comme à son habitude avec les activités familiales, il avait bien vite décommandé leurs séances en la noyant sous des excuses professionnelles. Gamma avait essayé de prendre le relais, mais c'était une conductrice exigeante et une passagère bien trop caustique. Sans compter que Gamma et sa fille aînée avaient une tendance aux discussions explosives, voire destructrices. Prudentes, elles étaient convenues que Sam débuterait ses cours de conduite au premier semestre du lycée.

Mais les frères Culpepper ne leur en avaient pas laissé le temps.

Tandis que les autres filles révisaient leur permis, Sam s'efforçait de rétablir les connexions entre ses orteils, ses pieds, ses chevilles, ses mollets, ses genoux, ses cuisses, ses fesses et ses hanches, dans l'espoir de remarcher un jour.

Non que la mobilité soit son seul et unique obstacle. Les dommages causés à ses yeux par Zachariah Culpepper étaient, pour utiliser ce terme à nouveau, essentiellement « superficiels ». Sa sensibilité à la lumière devait se résoudre facilement. Un chirurgien plastique avait recousu ses paupières alors en lambeaux. Les ongles courts et irréguliers de Zachariah avaient transpercé la sclérotique, mais pas la choroïde, ni le nerf optique, la rétine ou la cornée.

La perte de la vue était due à un AVC hémorragique, conséquent à un anévrisme d'origine congénitale qui s'était rompu durant l'opération, et avait endommagé quelques-unes des fibres responsables de la transmission de l'information visuelle depuis les yeux de Sam jusqu'à son cerveau. Sa vision était corrigée à 20/40, un seuil pour la conduite dans la plupart des États, mais la vision périphérique de son œil droit tombait sous la barre des vingt degrés.

D'un point de vue légal, Sam était considérée comme aveugle.

Heureusement, elle n'avait jamais ressenti le besoin de conduire. Elle prenait des taxis pour aller et revenir de l'aéroport. Elle marchait jusqu'à son travail, jusqu'au marché, pour se rendre à ses rendez-vous ou à des soirées. Si elle avait besoin de rejoindre un quartier résidentiel, elle hélait un taxi ou demandait à Eldrin de réserver une voiture. Elle n'avait jamais fait partie des New-Yorkais qui clamaient haut et fort adorer la ville mais qui, à l'instant précis où ils pouvaient s'offrir une résidence secondaire, n'attendaient pas une seconde avant de s'évader dans les Hamptons ou Martha's Vineyard.

Sam et Anton n'avaient jamais ne serait-ce qu'envisagé cette possibilité. S'ils avaient envie de voir de l'eau, ils allaient à Palioxori ou Kor⊠ula, et ils ne se retrouvaient pas piégés dans un autre Manhattan pour des vacances balnéaires façon Disney.

Le téléphone de Sam vibra. Elle n'avait pas réalisé qu'elle le tenait si serré jusqu'à ce qu'elle voie les traces de transpiration sur les bords de l'écran.

Ben l'avait tenue au courant par intermittence depuis qu'elle avait répondu à son mail la veille au soir. D'abord, Rusty était en salle d'opération, puis il en était sorti, et était entré en unité de soins intensifs ; ensuite il était retourné en salle d'opération pour une hémorragie qui leur avait échappé, puis il était retourné en soins intensifs.

Les dernières nouvelles étaient identiques à celles précédant le décollage de son avion :

État stationnaire.

Sam regarda l'heure. Ben avait suivi la progression du numéro de vol de la compagnie Delta que Sam lui avait communiqué. Son mail lui parvint dix minutes après l'heure d'atterrissage prévue. Il ne soupçonnait pas le moins du monde que Sam avait menti sur le numéro aussi bien que sur le vol lui-même. Stehlik, Elton, Malloory and Sanders possédait un jet, qui était mis à la disposition des associés selon leur degré d'ancienneté. Le nom de Sam n'était pas encore gravé sur la plaque en acier inoxydable face à la porte de l'ascenseur, mais les contrats avaient été signés, son engagement validé, et le jet tenu prêt à l'instant précis où elle avait fait passer l'appel à Eldrin.

Mais Sam n'avait pas décollé la nuit dernière.

Elle avait levé les yeux sur le numéro du premier vol de Delta pour l'envoyer à Ben. Elle avait préparé un sac. Elle avait envoyé un mail à la cat-sitter. Elle s'était assise au comptoir de la cuisine. Elle avait écouté Fosco ronronner et grogner sur le siège près d'elle, et elle avait pleuré.

À quoi renonçait-elle en retournant à Pikeville ?

Elle avait promis à Gamma qu'elle n'y retournerait jamais.

Si sa mère était toujours en vie, si Gamma habitait toujours la ferme du Total Chaos, bien sûr qu'elle serait revenue à la période de Noël, peut-être même à d'autres vacances. Gamma aurait roulé jusqu'à Atlanta pour dîner avec elle, lors de ses séjours professionnels. Sam aurait emmené sa mère au Brésil ou en Nouvelle-Zélande, ou dans n'importe quel pays que Gamma aurait voulu visiter. Il n'y aurait pas eu de rupture entre elle et Charlie. Sam aurait été une sœur convenable, une belle-sœur, peut-être même une tante.

La relation de Sam avec Rusty serait probablement la même, sinon pire, parce qu'elle aurait été obligée de le voir, mais Rusty s'épanouissait dans ce type d'adversité. Peut-être Sam aurait-elle fait de même — dans cette autre vie, celle qu'elle aurait vécue si elle n'avait pas reçu une balle dans la tête.

Sam aurait été valide.

Elle pourrait courir chaque matin plutôt que de nager ses longueurs indolentes. Elle pourrait marcher sans avoir mal. Lever la main en l'air sans se demander à quelle hauteur elle arriverait ce jour-là. Elle pourrait faire confiance à sa bouche pour articuler distinctement les mots qu'elle avait en tête. Elle pourrait conduire. Elle pourrait savourer la liberté de savoir que son corps, son esprit, son cerveau étaient entiers.

Sam ravala le chagrin au fond de sa gorge. Elle ne s'était pas laissée aller aux scénarios du « et si » depuis son départ du Shepherd Spinal Center. Si elle s'autorisait le luxe de la tristesse maintenant, elle finirait paralysée.

Elle baissa les yeux sur son téléphone, parcourut l'écran rapidement jusqu'au premier mail de Ben.

Charlie a besoin de toi.

Il avait trouvé la seule et unique phrase qui pousserait Sam à réagir.

Mais pas à la hâte. Pas sans tergiverser.

La nuit dernière, après l'avoir lu, Sam avait hésité. Elle avait fait les cent pas dans l'appartement, jusqu'à ce que sa jambe boite. Elle avait tout essayé. Douche chaude, thé, assouplissements, méditation. Rien ne pouvait la détacher de cette curiosité tenace.

Charlie n'avait jamais eu besoin de sa sœur auparavant.

Au lieu d'interroger Ben directement par texto — *Pourquoi ? Qu'est-ce qui ne va pas ?* —, elle avait allumé les infos. Une demi-heure s'était écoulée avant que MSNBC relate l'agression à l'arme blanche. Ils avaient très peu d'informations à livrer. Un voisin avait trouvé Rusty. Il gisait face contre terre au bout de l'allée. Le courrier était éparpillé sur le sol. Le voisin avait appelé la police. La police avait appelé une ambulance. L'ambulance avait appelé un hélicoptère, et maintenant Sam retournait à l'endroit précis où elle avait promis à sa mère de ne jamais retourner.

Sam se rappela que, techniquement, elle n'allait pas se trouver *à* Pikeville. L'hôpital de comté Dickerson se situait à trente minutes de là, dans une ville nommée Bridge Gap. Quand elle était adolescente, Bridge Gap était la grande ville, l'endroit où vous alliez si vous aviez un petit copain doté d'une voiture et des parents tolérants.

Peut-être, quand Charlie était plus jeune, était-elle allée à Bridge Gap avec un garçon ou un groupe de copains. Rusty s'était certainement montré laxiste ; Gamma s'était toujours chargée de la discipline. Sam savait que, sans le contrôle de Gamma, Charlie était partie en vrille. Ayant atteint des sommets à l'université. Il y avait eu des appels tardifs en pleine nuit depuis Athens, où Charlie suivait son premier cycle à l'université de Géorgie. Elle avait besoin d'argent pour la nourriture, le loyer, la clinique, et, une fois, pour ce qui s'était révélé une fausse alerte de grossesse.

— Est-ce que tu vas m'aider ou pas ? avait demandé Charlie d'un ton agressif, coupant court aux récriminations que Sam n'avait pas encore exprimées.

À en juger par Ben, Charlie avait réussi à se remettre sur la bonne voie. Cette transition était moins un changement qu'un retour à sa véritable personnalité. Charlie n'était pas une rebelle. Elle faisait partie des filles populaires et sympathiques, celles qu'on invitait partout, qui se mêlaient sans effort à la foule. Elle avait une sorte d'affabilité naturelle qui avait toujours manqué à Sam, même avant l'accident.

À quoi ressemblait la vie de Charlie à présent ?

Sam ne savait même pas si sa sœur avait des enfants. Elle supposait que oui. Charlie les avait toujours adorés. Elle avait fait du baby-sitting pour la moitié du quartier avant que la maison en briques rouges ne parte en fumée. Charlie prenait aussi soin des animaux errants, elle laissait des noix de pecan aux écureuils, construisait des mangeoires à oiseaux à ses réunions de girl-scouts. Une fois, elle avait même fabriqué un clapier pour les lapins du terrain, déçue de les voir préférer la vieille niche abandonnée du voisin.

À quoi ressemblait Charlie aujourd'hui ? Est-ce que ses cheveux étaient gris comme les siens ? Était-elle toujours mince, musclée, dynamique ? Sam reconnaîtrait-elle sa propre sœur si elle la voyait ?

Quand elle la verrait.

Un panneau de bienvenue à l'hôpital Dickerson passa en un éclair de l'autre côté de la vitre.

Elle aurait dû demander à Stanislav de conduire plus lentement.

Avec son pouce, Sam afficha le navigateur sur son téléphone. Elle rechargea la page d'accueil MSNBC et trouva une version actualisée de l'histoire de Rusty. *Pronostic réservé.* Même après toutes ses allées et venues dans les hôpitaux, elle n'avait aucune idée de ce que cela signifiait. Mieux que critique ? Pire que stable ?

Quand Anton avait fini par être hospitalisé, il n'y avait eu aucune actualisation de son état physique : il était à peu près bien un jour, il ressentait une gêne le jour suivant. Puis la compréhension tacite qu'il n'y aurait pas de lendemain.

Sam fit glisser le *Huffington Post* dans son navigateur

pour voir s'ils donnaient plus de détails. Lorsqu'une photo récente de Rusty apparut, la surprise lui coupa le souffle.

Pour des raisons inconnues, chaque fois qu'elle écoutait les messages vocaux de son père, Sam visualisait une image de l'acteur Burl Ives dans les pubs pour le thé Luzianne : un homme rondouillard, en chapeau et costume blancs, une cravate lacet maintenue par une sorte de médaillon en argent un peu clinquant.

Son père ne ressemblait en rien à cela. Pas avant, et certainement pas aujourd'hui.

Les cheveux épais et noirs de Rusty étaient presque tous gris. Son visage avait la texture sinon la couleur du bœuf séché. Toujours cette maigreur, comme s'il venait de se frayer un chemin hors de la jungle. Ses joues étaient creusées. Ses yeux enfoncés. Les photos n'avaient jamais rendu justice à Rusty. En réalité, il était constamment en mouvement, toujours à faire des gestes avec les mains.

Sam se demanda s'il était toujours avec Lenore. Adolescente, Sam avait compris pourquoi Gamma nourrissait une telle antipathie envers la femme avec qui Rusty passait le plus clair de son temps. Avait-il versé dans le cliché et épousé sa secrétaire après une période de deuil convenable ? Lenore était une jeune femme, quand Gamma avait été assassinée. Une demi-sœur ou un demi-frère attendrait-il à l'hôpital ?

Sam laissa retomber son téléphone dans son sac à main.

— OK, déclara Stanislav. Encore un tout petit peu plus d'un kilomètre et demi d'après GPS. Vous dites deux heures et après on repart ?

— Environ, répondit Sam. Peut-être moins.

— Je vais chercher à déjeuner dans un restaurant. La cafétéria de l'hôpital, ce n'est pas de la bonne nourriture. Il lui tendit une carte de visite. Vous m'envoyez texto. Cinq minutes, et je retrouve vous devant.

Sam réprima le désir de lui dire d'attendre dans la voiture, de laisser le moteur tourner, les roues dans l'autre sens, vers Atlanta, mais au lieu de cela répondit :

— OK.

Stanislav mit le clignotant. Il fit courir sa paume le long

du volant, prit un large tournant dans l'allée venteuse de l'hôpital.

Sam sentit son estomac se nouer.

L'hôpital de comté Dickerson était bien plus grand que dans son souvenir, ou peut-être avait-on agrandi le bâtiment au cours des trente dernières années. La famille Quinn ne s'était retrouvée aux urgences qu'une seule fois avant que les Culpepper n'entrent dans leur vie. Charlie était tombée d'un arbre et s'était cassé le bras. Du grand Charlie : elle avait tenté de sauver un chat. Sam se rappelait la leçon de Gamma par-dessus les hurlements poussés par sa sœur durant le trajet vers l'hôpital — pas au sujet de la stupidité qu'il y avait à porter secours à une créature, dotée par chaque faisceau de nerfs et de tendons de la capacité à descendre d'un arbre par ses propres moyens —, une leçon d'anatomie :

— L'os qui part de l'épaule jusqu'au coude est l'humérus. Nous l'appelons le haut du bras, ou tout simplement le bras. L'humérus est relié à deux os au niveau du coude : le radius et le cubitus, qui sont considérés comme l'avant-bras.

Aucune de ces informations n'avait calmé les cris. Pour une fois, Sam ne pouvait accuser Charlie d'en faire trop. Son humérus cassé, ou « bras », comme Gamma l'avait appelé, ressortait comme un aileron de requin de la peau déchirée de Charlie.

Stanislav arrêta la voiture sous la voûte en ciment, devant l'entrée principale. C'était un homme imposant. La voiture trembla quand il souleva sa carcasse de derrière le volant. Il fit le tour du véhicule et ouvrit la portière pour Sam. Elle dut soulever sa jambe droite. Elle se servait de sa canne, aujourd'hui, parce que tous les gens qu'elle croiserait seraient au courant.

— Vous m'envoyez un texto, je viens cinq minutes, déclara Stanislav avant de remonter en voiture.

Sam le regarda s'éloigner, la gorge étrangement serrée. Elle se remémora qu'elle avait son numéro dans le sac, qu'elle pourrait le rappeler, qu'elle avait une carte de crédit sans aucune limitation, un jet à sa disposition, la capacité de s'enfuir à l'instant où elle le voudrait.

Et pourtant, elle avait l'impression qu'une camisole de force enserrait ses bras, tandis que la voiture continuait de s'éloigner.

Sam se retourna. Contempla l'hôpital. Deux journalistes étaient assis sur un banc près de la porte, leurs badges d'accréditation pendaient à des lanières autour de leur cou, des appareils photo à leurs pieds. Ils levèrent les yeux vers Sam, puis les baissèrent sur leur téléphone, quand elle se fraya un chemin à l'intérieur du bâtiment.

Elle parcourut l'endroit des yeux à la recherche de Ben, convaincue de le trouver là, en train d'attendre. Dans le hall d'entrée, elle ne découvrit que des patients et des visiteurs désœuvrés. Il y avait un comptoir d'information, mais les flèches colorées tracées au sol étaient suffisamment claires pour Sam. Elle suivit le trait vert conduisant aux ascenseurs. Elle fit courir son doigt sur le panneau de renseignements jusqu'à ce qu'elle trouve les mots : Unité de soins intensifs ADULTES.

Sam monta toute seule. Elle avait l'impression d'avoir passé la majorité de sa vie à monter et à descendre dans des ascenseurs, pendant que les autres prenaient les escaliers. L'Interphone sonnait à chaque étage. La cabine était propre mais elle sentait vaguement le vomi.

Elle fixa son regard droit devant elle et s'obligea à ne pas compter les étages. Le dos des portes de l'ascenseur avait une finition satinée, polie, pour dissimuler les traces de doigts, mais elle voyait les contours anamorphosés de sa silhouette solitaire : une présence distante, des yeux bleu vif, des cheveux blancs coupés court, une peau aussi pâle qu'une feuille de papier, et une langue coupante capable d'infliger de minuscules blessures là où ça fait mal. Malgré la déformation, Sam distiguait le mince trait de désapprobation dessiné par ses lèvres. C'était la femme en colère, amère, qui n'avait jamais quitté Pikeville.

Les portes s'ouvrirent.

Un trait noir au sol, ressemblant à la ligne tracée au fond de la piscine, conduisait aux portes closes de l'unité de soins intensifs.

À Rusty.
À sa sœur.
À son beau-frère.
À l'inconnu.

La piqûre d'un millier de frelons monta et descendit le long de sa jambe, alors qu'elle empruntait le long couloir à l'abandon. Le bruit de ses chaussures, qui claquaient sur le carrelage de l'hôpital, tambourinait aussi lentement que les cognements de son cœur. La transpiration avait collé ses cheveux le long de sa nuque. À l'intérieur de ses chevilles, les os délicats comme des brindilles semblaient sur le point de se rompre.

Sam continuait de marcher, ravalant l'air aseptisé, se laissant aller à la douleur.

Les portes automatiques s'ouvrirent avant qu'elle arrive à leur hauteur.

Une femme lui barra le passage. Grande, sportive, une longue chevelure sombre, des yeux bleu clair. Son nez paraissait avoir été récemment cassé. Des coquards foncés ourlaient ses yeux.

Sam se força à marcher plus vite. Dans sa jambe, elle entendait les gémissements de ses ligaments tendus. Les guêpes migrèrent à l'intérieur de sa poitrine. Le pommeau de la canne sembla glisser dans sa main.

Elle se sentait si nerveuse. Pourquoi était-elle nerveuse ?

Charlie déclara :

— Tu ressembles à maman.

— C'est vrai ?

La voix de Sam vacilla au cœur de sa poitrine.

— Sauf que ses cheveux étaient noirs.

— Parce qu'elle allait au salon de coiffure. Sam se passa la main dans les cheveux. Le bout de ses doigts rencontra le sillon où la balle était entrée. Elle ajouta : Une étude latino-américaine conduite par l'University College de Londres a isolé le gène responsable des cheveux gris. IRF4.

— Fascinant, répliqua Charlie.

Les bras croisés. Devaient-elles se prendre dans les bras ?

Devaient-elles se serrer la main ? Devaient-elles rester là à se fixer jusqu'à ce que la jambe de Sam se dérobe sous elle ?

Sam demanda :

— Qu'est-ce qui est arrivé à ton visage ?

— Quoi mon visage ?

Sam attendit que Charlie admette les hématomes autour de ses yeux, la vilaine bosse sur son nez, mais comme d'habitude sa sœur ne sembla pas encline à s'expliquer.

— Sam ?

Ben rompit ce moment gênant. Il projeta ses bras autour de Sam, les mains bien à plat dans son dos, comme personne ne l'avait fait depuis la mort d'Anton.

Elle sentit ses yeux s'embuer de larmes. Elle vit que Charlie regardait et elle détourna le regard.

— L'état de santé de Rusty est stable, déclara Charlie. Il a fait des allers et retours là-dedans toute la matinée, mais ils pensent qu'il se réveillera bientôt.

Ben maintint sa main dans le dos de Sam. Il lui dit :

— Tu n'as absolument pas changé.

— Merci, marmonna Sam mal à l'aise.

— Le shérif est censé passer, poursuivit Charlie. Keith Coin. Tu te souviens de ce sale type ?

Sam s'en souvenait.

— Ils ont fait une déclaration à la con disant que toutes leurs ressources étaient réquisitionnées pour découvrir qui a planté Rusty, mais ne te fais pas trop d'illusions. Elle garda les bras croisés, bien serrés sur la poitrine. La même Charlie, pleine d'arrogance, couverte de piquants. Je ne serais pas surprise que ce soit l'un de ses adjoints.

— Il représente cette fille, là, déclara Sam. La tireuse de l'école.

— Kelly Wilson, précisa Charlie. Je t'épargne le récit long et ennuyeux.

Sam s'interrogea sur le choix des adjectifs. Deux personnes avaient été tuées par balle. Rusty avait été poignardé. Le récit ne lui paraissait a priori ni trop long ni le moins du monde ennuyeux, mais elle n'était pas ici pour en connaître les détails.

Elle était ici à cause du mail.

Sam demanda à Ben :

— Pourrais-tu nous laisser un instant ?

— Bien sûr.

La main de Ben s'attarda dans son dos, et elle réalisa que son geste était motivé par son handicap, et non une marque particulière d'affection.

Sam se raidit :

— Je vais bien, merci.

— Je sais. Ben lui frotta le dos. Il faut que je retourne travailler. Je suis dans les parages, si vous avez besoin de moi.

Charlie tendit la main pour trouver la sienne, mais Ben avait déjà fait demi-tour.

Les portes automatiques se fermèrent en oscillant derrière lui. À travers les vitres, Sam observa sa démarche décontractée, ses grandes enjambées. Elle attendit qu'il disparaisse à l'angle. Elle accrocha la canne à son bras. D'un geste, elle désigna à Charlie une rangée de chaises en plastique, plus haut dans le couloir.

Sa sœur, confiante en ses capacités physiques, passa en premier ; ses pieds filaient sur le sol. La démarche de Sam était plus hésitante. Sans la canne, elle se sentait comme sur les plans inclinés d'une baraque de foire. Pourtant, elle parvint à atteindre la chaise. Elle posa la main à plat sur l'assise et se laissa délicatement descendre.

Elle dit :

— Qu'est-ce que Rusty ça causé ?

Sam ferma les yeux quand les mots emmêlés atteignirent ses oreilles.

Elle tenta :

— Je veux dire…

— Ils pensent que c'est parce qu'il représente Kelly Wilson, répondit Charlie. Quelqu'un en ville n'est pas content. Nous pouvons éliminer Judith Heller. Elle est restée ici toute la nuit. Elle a épousé Mr Pinkman il y a vingt-cinq ans. Bizarre, pas vrai ?

Par manque de confiance, Sam se contenta de hocher la tête.

— Alors, ça nous laisse la famille Alexander. Charlie tapa doucement des pieds sur le sol. Sam avait oublié que sa sœur avait autant la bougeotte que Rusty. Il n'y a aucun lien avec Peter. Tu te souviens de Peter au lycée, pas vrai ?

Sam acquiesça une nouvelle fois en s'efforçant de ne pas reprocher à Charlie sa vieille habitude. Sa sœur terminait chacune de ses phrases par « pas vrai » pour éviter à Sam de faire des phrases et lui permettre de hocher ou secouer la tête.

Charlie poursuivit :

— Peter a déménagé à Atlanta, mais il a été percuté par une voiture il y a quelques années. Je l'ai lu sur la page Facebook de quelqu'un. Triste, pas vrai ?

Sam acquiesça une troisième fois et sentit un pincement au cœur à la nouvelle de ce décès.

Charlie ajouta :

— Il y a une autre affaire sur laquelle papa travaillait. Je ne sais pas vraiment qui elle impliquait, mais il était en retard. Plus que d'habitude, je veux dire. Lenore ne me dévoilera rien. Rusty l'emmerde comme il emmerde tout le monde, mais elle protège ses secrets.

Sam haussa les sourcils.

— Je sais… Comment elle a pu travailler avec lui aussi longtemps sans le trucider ? Elle éclata brusquement de rire. Au cas où tu te le demanderais, elle était à son domicile quand papa s'est fait poignarder.

— Où ? demanda Sam.

Elle voulait dire où était le domicile de Lenore, mais Charlie comprit la question différemment.

— Mr Thomas, le type qui vit en bas de la rue, l'a trouvé au bout de l'allée. Il n'y avait pas beaucoup de sang à l'exception d'une coupure à la jambe et un peu sur sa chemise. Il a saigné surtout à l'intérieur de l'abdomen. Je suppose que c'est comme ça avec ce genre de blessures. Elle désigna son ventre. Ici, ici et ici. Le genre de sévices qu'ils te font subir en prison — *pop pop pop* — c'est pour ça que je crois que ça peut être lié à cette autre affaire. Papa a une façon de faire chier les détenus.

— Sans déconner, intervint Sam, une façon certes crue mais claire et nette de marquer son approbation.

— Peut-être que tu pourras lui soutirer des infos ?

Charlie se leva quand les portes s'ouvrirent. Elle avait apparemment aperçu Lenore à travers les vitres.

Sam la vit aussi. Elle resta bouche bée.

— Samantha, dit Lenore, sa voix rauque aussi familière que dans l'enfance de Sam, quand, dans la cuisine, la sonnerie du téléphone annonçait que Rusty serait en retard. Je suis certaine que ton père va être content de te voir. Le vol s'est bien passé ?

Sam fut à nouveau cantonnée à un hochement de tête, mais cette fois sous l'effet du choc.

Lenore ajouta :

— Je suppose que vous vous parlez comme si de rien n'était et que tout allait bien ? Elle n'attendit pas de réponse. Je vais prendre des nouvelles de votre père.

Elle pressa l'épaule de Charlie avant de remonter le couloir. Sam observa Lenore coincer une pochette bleu foncé sous son bras en approchant de la salle des infirmières. Elle portait des talons bleu marine et une jupe courte assortie qui remontait trop haut au-dessus du genou.

Charlie déclara :

— Tu ne savais pas, n'est-ce pas ?

— Qu'elle était… Sam lutta pour trouver les bons termes. Que… Je veux dire, qu'elle était…

Charlie plaqua une main sur sa bouche. Secouée par un éclat de rire.

— Ce n'est pas drôle, la coupa Sam.

De l'air s'échappa de sa main.

— Arrête ça. Tu te montres irrespectueuse.

— Seulement envers toi, précisa Charlie.

— Je n'arrive pas à croire…

Sam fut incapable de terminer sa pensée.

— Tu as toujours été trop intelligente pour savoir à quel point tu es stupide. Charlie n'arrivait pas à s'empêcher de sourire. Tu n'as vraiment jamais pigé que Lenore était une transexuelle ?

Sam recommença à secouer la tête. Sa vie à Pikeville avait été un peu coupée de tout, mais l'identité sexuelle de Lenore paraissait évidente. Comment avait-elle raté le fait que Lenore était née homme ? Elle faisait au moins un mètre quatre-vingt-dix. Sa voix était plus grave que celle de Rusty.

— Leonard, indiqua Charlie. C'était le meilleur ami de papa à la fac.

— Gamma la détestait. Sam se tourna chez Charlie, gênée par un doute. Est-ce que maman était transphobe ?

— Non. Tout du moins, je ne crois pas. Elle sortait avec Lenny en premier. Ils se sont presque mariés. Je crois qu'elle était furieuse à propos de… La voix de Charlie s'estompa, parce que les blancs étaient faciles à remplir. Elle dit : Gamma a découvert que Lenore portait quelques-uns de ses vêtements. Elle n'a pas dit lesquels, mais tu sais bien, la première chose qui m'est venue à l'esprit quand elle m'a dit ça, c'était ses sous-vêtements. Lenore me l'a dit, je veux dire. Gamma n'a jamais parlé de ça avec moi. Tu n'as vraiment pas deviné ?

Une nouvelle fois, Sam se contenta de secouer la tête.

— Je croyais que Gamma croyait qu'ils avaient une liaison.

— Je ne souhaiterais ça à personne, rétorqua Charlie. Rusty, je veux dire. Je ne souhaiterais…

— Les filles ?

Les talons de Lenore claquèrent sur le carrelage dans leur direction.

— Il est lucide, enfin dans les limites de Rusty. Ils disent seulement deux visiteurs à la fois.

Charlie se leva rapidement. Elle offrit son bras à Sam.

Sam s'appuya lourdement sur sa canne et se releva. Elle n'allait pas laisser ces gens la traiter comme une invalide.

— Quand pourrons-nous parler avec ses médecins ?

— Ils feront leurs visites dans une heure, répondit Lenore. Tu te souviens de Melissa LaMarche de la classe de Mr Pendleton ?

— Oui, confirma Sam, même si elle ne savait pas pourquoi Lenore se rappelait les noms de l'une des amies de Sam et d'un prof de lycée.

— C'est le Dr LaMarche, maintenant. Elle a opéré Rusty la nuit dernière.

Sam songea à Melissa, à ses pleurs chaque fois qu'elle obtenait un résultat moins que parfait lors d'un test. C'était probablement le genre de personne que vous vouliez voir opérer votre père.

Père.

Elle n'avait pas lié ce mot-là à Rusty depuis des années.

— Tu y vas en premier, indiqua Charlie à Lenore.

Son empressement à voir Rusty s'était visiblement dissipé. Elle s'arrêta devant une rangée de grandes fenêtres.

— Sam et moi, on entrera après.

Lenore s'éclipsa en silence.

Au départ, Charlie laissa le silence s'installer. Elle marcha jusqu'aux fenêtres. Elle baissa les yeux sur le parking.

— Maintenant, c'est ta chance.

De partir, elle voulait dire. Avant que Rusty ne la voie. Avant que Sam ne se retrouve aspirée à nouveau dans ce monde.

Sam demanda :

— Est-ce que tu as vraiment besoin de moi ici ? Ou est-ce que c'était Ben ?

— C'était moi, et Ben a été assez gentil pour te contacter parce que je ne pouvais pas ou ne voulais pas m'y résoudre, mais j'ai pensé que papa allait mourir. Elle appuya le front contre la vitre. Il a eu une crise cardiaque il y a deux ans. Celle qui avait eu lieu auparavant était légère, mais pour celle-là, il a eu besoin d'un pontage, et il y a eu des complications.

Sam demeura silencieuse. On l'avait laissée dans l'ignorance concernant la santé cardiaque de Rusty. Il n'avait jamais manqué un appel. Pour ce que Sam en savait, il était resté en bonne santé durant toutes ces années.

— J'ai dû prendre une décision, poursuivit Charlie. À un certain stade, il ne pouvait respirer sans assistance, et j'ai dû prendre la décision de le mettre ou pas sous respirateur artificiel.

— Il n'a pas de refus de réanimation ? demanda Sam.

Le formulaire de Refus de réanimation, qui stipule si une

personne désire une mort naturelle ou pas, une réanimation cardio-vasculaire ou une assistance cardiaque, était généralement rédigé en même temps que le testament.

Sam entrevit le problème avant que Charlie ait le temps de répondre.

— Rusty n'a pas fait de testament.

— Non, il n'en a pas fait. Charlie fit volte-face et s'adossa à la fenêtre. J'ai fait le bon choix, manifestement. Je veux dire, c'est clair maintenant, parce qu'il a vécu et qu'il allait bien, mais cette fois-ci, quand Melissa est sortie pendant l'opération et qu'elle a dit qu'ils avaient des difficultés à maîtriser l'hémorragie, et que son rythme cardiaque était irrégulier, et que je pourrais devoir prendre la décision de…

— Tu voulais que je vienne ici pour le tuer.

Charlie eut l'air inquiet, mais pas à cause du franc-parler de sa sœur. C'était le ton de sa voix, les remous de colère qui entouraient les mots. Elle dit à Sam :

— Si tu dois te mettre en rogne, on devrait sortir.

— Pour que les journalistes nous entendent ?

— Sam. L'angoisse se lut sur le visage de Charlie, comme si la jeune femme voyait le minuteur d'une ogive nucléaire commencer à faire tic-tac. Sortons.

Sam serra les poings. Elle sentit une obscurité depuis longtemps oubliée se réveiller en elle. Elle prit une profonde inspiration, puis une autre, une autre encore, jusqu'à ce qu'elle se replie d'elle-même en une boule serrée à l'intérieur de sa poitrine.

Elle déclara à sa sœur :

— Tu n'as aucune idée, Charlotte, à quel point tu te trompes sur ma volonté ou ma capacité à mettre un terme à la vie de quelqu'un.

Sam se plia sur sa canne et marcha vers la salle des infirmières. Elle jeta un coup d'œil au tableau blanc derrière le comptoir désert et localisa la chambre de Rusty. Elle leva la main pour cogner à la porte, mais Lenore l'ouvrit avant que ses articulations ne touchent le bois.

Lenore déclara :

— Je lui ai dit que tu étais ici. Voulais pas qu'il ait une crise cardiaque.

— Tu veux dire une autre, coupa Sam.

Elle ne laissa pas à Lenore le temps de répondre.

À la place, elle pénétra dans la chambre de son père.

L'air parut se raréfier.

Les lumières étaient trop vives.

Elle battit des paupières pour lutter contre le mal de tête qui grignotait l'arrière de ses yeux.

La chambre de Rusty était la version classe éco de la suite où Anton était décédé, en soins intensifs. Il n'y avait pas de lambris en bois, ni de canapé profond, ni d'écran plat, ni de bureau privé où Sam pouvait travailler, mais les machines demeuraient tout à fait identiques : le bip du moniteur cardiaque, le sifflement de l'assistance respiratoire, le grincement émis par le brassard du tensiomètre quand il se gonflait autour du bras de Rusty.

Il ressemblait beaucoup à sa photographie, à l'exception du teint. L'appareil photo n'avait jamais été à même de capturer l'étincelle diabolique dans son regard, les fossettes dans ses joues caoutchouteuses.

— Sammy-Sam ! beugla-t-il en toussant. Viens par ici, fille. Laiss'-moi te voir de plus près.

Sam n'approcha pas. Elle sentit son nez se plisser. Il empestait la fumée de cigarette et le déodorant Old Spice, deux odeurs qui avaient merveilleusement déserté sa vie au quotidien.

— Mince, ce que tu ressembles à ta mère ! Il eut un rire ravi. À quoi ton vieux papa doit-il ce plaisir ?

Charlie apparut soudain à la droite de Sam. Elle savait que c'était le côté aveugle de sa sœur. Rien n'indiquait depuis combien de temps elle s'était trouvée là. Elle déclara :

— Papa, on a cru que tu allais mourir.

— Je demeure une source constante de déception pour les femmes de ma vie. Rusty se gratta le menton. Sous les couvertures, son pied battait un rythme silencieux. Je suis heureux de constater qu'aucun tir de fronde ni flèche n'a été échangé.

— Rien que tu ne puisses voir. Charlie fit le tour du lit et se plaça de l'autre côté. Les bras croisés. Elle ne lui prit pas la main. Est-ce que ça va ?

— Eh bien... Rusty parut réfléchir à ce propos. J'ai été poignardé. Ou dans le jargon des rues : *planté*.

— De la plus vilaine des façons.

— Trois fois dans le bide, une fois à la jambe.

— Sans blague.

Sam se déconnecta de leur badinage. Elle avait toujours été une spectatrice réticente du show animé par Rusty et Charlie. D'un autre côté, son père paraissait boire du petit-lait. Il était toujours clairement enchanté par Charlie, un pétillement illuminait littéralement son regard quand ils discutaient.

Sam regarda sa montre. Elle ne pouvait croire qu'à peine seize minutes s'étaient écoulées depuis qu'elle était sortie de la voiture. Elle éleva la voix pour couvrir le chahut et demanda :

— Rusty, qu'est-ce qui s'est passé ?

— Qu'est-ce que tu veux dire, qu'est-ce... Il regarda son ventre. Des drains pendaient de chaque côté de son torse. Il ramena son regard vers Sam, feignant d'être choqué. Oh ! On m'a massacré !

Pour une fois, Charlie ne l'encouragea pas sur cette voie.

— Papa, Sam a un vol retour cet après-midi.

Sam fut surprise par ce rappel. D'une certaine manière, elle avait momentanément oublié qu'elle pouvait partir.

Charlie ajouta :

— Allez, papa. Raconte-nous ce qui s'est passé.

— Très bien, très bien.

En tâchant de se redresser dans le lit, Rusty laissa échapper un grognement sourd. Sam prit conscience que c'était le premier signe de douleur émis par son père.

— Eh bien...

Il toussa. Un râle humide accompagné d'un bruit de ferraille secoua l'intérieur de sa poitrine. Il grimaça à cause de l'effort, puis retoussa, puis grimaça à nouveau, et attendit pour s'assurer que c'était passé.

Quand il fut prêt, il s'adressa à Charlie, son public le plus réceptif.

— Après que tu m'as déposé à ton ancienne maison, j'ai mangé un morceau, peut-être bu un p'tit coup, et ensuite je me suis souvenu que je n'avais pas regardé le courrier.

Sam fut incapable de penser à la dernière fois où elle avait reçu du courrier chez elle. Cela lui paraissait un rituel d'un autre siècle.

Rusty poursuivit :

— J'ai enfilé mes chaussures et je suis sorti. Une nuit magnifique, la nuit dernière. En partie nuageuse, des risques de pluie ce matin. Oh… Il parut se rappeler que la matinée avait passé. Il a plu ?

— Oui. Charlie fit des moulinets de la main pour l'encourager à accélérer. Est-ce que tu as vu qui a fait ça ?

Rusty toussa une nouvelle fois.

— C'est une question compliquée qui demande une réponse tout aussi compliquée.

Charlie patienta. Toutes deux patientèrent.

Rusty poursuivit :

— Très bien, alors, j'ai marché jusqu'à la boîte aux lettres pour vérifier le courrier. Magnifique nuit. La lune haute dans le ciel. L'allée diffusait la chaleur du soleil qu'elle avait engrangée. Tout un tableau, n'est-ce pas ?

Sam se retrouva à hocher la tête en même temps que Charlie, comme si trente ans ne s'étaient pas écoulés et qu'elles étaient toutes deux des petites filles écoutant une histoire de leur père.

Il sembla savourer leur attention. Ses joues reprirent des couleurs.

— J'ai pris le tournant et j'ai entendu quelque chose au-dessus de ma tête, alors j'ai levé les yeux vers cet oiseau. Rappelle-toi, je t'ai parlé du faucon, Charlotte ?

Charlotte acquiesça.

— J'ai pensé que ce drôle de zig s'était trouvé encore un tamia, mais ensuite… Boum ! Il frappa des mains. J'ai senti cette douleur cuisante dans la jambe.

Sam sentit ses joues s'empourprer. Comme Charlie, elle avait sursauté au claquement de mains.

Rusty déclara :

— J'ai baissé les yeux et j'ai dû me tortiller pour voir ce qui clochait, et c'est là que je l'ai repéré. Il y avait un bon gros vieux couteau de chasse qui dépassait de l'arrière de ma cuisse.

Sam plaqua une main sur la bouche.

Rusty continua :

— Alors me voilà heurtant le sol comme une pierre qui tombe dans l'eau, parce que ça fait mal, un couteau planté à l'arrière de la cuisse. Et alors j'ai c'gars qui vient vers moi, et il se met à me donner des coups de pied. Des coups de pied et encore des coups de pied : dans le bras, les côtes, la tête. Et le courrier qui s'étale partout, mais le truc c'est que j'essaie de me relever, et j'ai toujours ce couteau à l'arrière de la cuisse. Alors le type, il donne ce dernier coup de pied dans ma tête et je m'agrippe à sa jambe avec les deux bras et je lui donne un coup de poing dans les roubignoles.

Le cœur de Sam battait dans sa gorge. Se battre pour survivre. Cela ne lui était que trop familier.

— Ensuite, on lutte encore un peu ; lui, il sautille tout autour, parce que je lui tiens la jambe, moi j'essaie de rester debout, et le type paraît se souvenir que son couteau est dans ma jambe. Alors il le saisit, le retire d'un coup sec, et commence à me poignarder dans le bide. Rusty fit un geste de torsion, comme un coup de couteau, avec la main. On est tous les deux lessivés après ça. Complètement crevés. Je m'éloigne de lui en boitant, et je me tiens le bide. Il reste là. Je me demande si je peux me débrouiller pour rentrer à la maison, appeler la police, et alors je le vois sortir un flingue.

— Un flingue ? répéta Sam.

Est-ce qu'on lui avait aussi tiré dessus ?

— Un pistolet, confirma Rusty. Un de ces modèles étrangers.

— Putain de merde, papa, marmonna Charlie. Ensuite, est-ce que tu lui as fait tomber un conteneur maritime sur la tête ?

— Eh bien…

— C'est la fin de *L'Arme fatale 2*. Tu m'as dit que tu l'avais vu l'autre soir.

— J'ai fait ça ? Rusty prit un air innocent, ce qui signifiait qu'il était grandement coupable.

Et que Sam était une idiote.

— Espèce de connard ! Charlie colla sa main sur sa hanche. Qu'est-ce qui s'est vraiment passé ?

Sam sentit sa bouche remuer, mais elle était incapable de parler.

Rusty répondit :

— On m'a poignardé. Il faisait noir. Je ne l'ai pas vu. Il haussa les épaules. Pardonnez à un homme d'essayer de profiter des maigres attentions prodiguées par ses deux filles très exigeantes.

— Tout ça, c'était un mensonge ? Sam empoigna son sac. Tout ça, c'est tiré d'un film stupide ? Avant de réfléchir à son geste, Sam balança le sac à la tête de son père. Espèce de connard ! pesta-t-elle en répétant les mots de Charlie. Pourquoi tu as fait ça ?

Rusty éclata de rire même quand il leva les mains pour bloquer l'attaque.

— Connard, répéta-t-elle en le frappant à nouveau.

Rusty tressaillit. Il porta la main à son estomac.

— Ça n'a pas de sens : vous levez vos bras, et votre bide vous fait mal.

Sam rétorqua :

— Les coups ont transpercé tes muscles abdominaux, espèce de menteur débile. On appelle ça la ceinture abdominale parce que c'est le fondement central, au plus profond de ta musculature.

— Mon Dieu, dit-il, on croirait entendre Gamma.

Sam laissa retomber son sac au sol avant de le frapper à nouveau. Ses mains tremblaient. Elle se sentait assiégée par l'amertume, l'aigreur, l'indignation, et tous les autres sentiments tumultueux qui l'avaient tenue éloignée de sa famille pendant si longtemps.

— Putain de merde ! hurla-t-elle pratiquement. Qu'est-ce qui tourne pas rond chez toi, putain ?

Rusty énuméra les réponses sur ses doigts.

— On m'a poignardé plusieurs fois. J'ai un problème cardiaque. J'ai un langage ordurier qu'apparemment j'ai transmis à mes filles. Je suppose que la cigarette et l'alcool sont deux choses distinctes mais…

— La ferme ! l'interrompit Charlie. Sa colère ranimée par l'explosion de Sam. Est-ce que tu réalises le genre de nuit qu'on a tous passé ? J'ai dormi sur une putain de chaise. Lenore était prête à s'arracher les cheveux. Ben est… Bon, Ben te dira qu'il va bien, mais ce n'est pas le cas, papa. Il était vraiment inquiet, et il a dû me dire que tu étais blessé, et tu sais à quel point c'était merdique, et ensuite il a dû envoyer un mail à Sam, et sûr et certain que Sam ne voulait plus se retrouver ici, jamais, au grand jamais. Elle s'arrêta enfin pour respirer. Ses yeux étaient emplis de larmes. On croyait que tu allais mourir, espèce de vieux débris égoïste !

Rusty demeura insensible.

— La mort ricane au nez de chacun de nous, ma chérie. Le valet de pied éternel ne va pas tenir mon manteau pour toujours.

— Ne me Prufrock-e[1] pas, putain. Charlie s'essuya les yeux de la main. Elle se retourna vers Sam. Je peux aller sur Internet et changer ton billet pour un vol plus tôt. Elle s'adressa à Rusty : Tu vas rester à l'hôpital au moins une semaine de plus. Je demanderai à Lenore d'avertir tes clients. Je peux obtenir des ajournements pour…

— Non. Rusty s'assit, son humour battit rapidement en retraite. J'ai besoin que tu gères la mise en accusation de Kelly Wilson demain.

— Qu'est-ce que… Charlie lança ses mains en l'air, manifestement exaspérée. Rusty, on a déjà parlé de ça. Je ne peux pas être…

1. Le poème intitulé *The Love Song of J. Alfred Prufrock* de T. S. Eliot relate les états d'âme d'un homme qui s'inquiète entre autres de son vieillissement. Rusty a cité un vers dans la repartie précédente.

— Il me parle à moi, intervint Sam, parce que Rusty n'avait pas cessé de la regarder depuis le début de sa requête. Il veut que je gère la mise en accusation.

Bien qu'elle ait refusé de se charger de cette tâche, un éclair de jalousie traversa le regard de Charlie.

Rusty haussa les épaules en direction de Sam.

— Demain, à 9 heures. Bête comme chou. Tu entres, tu sors, peut-être dix minutes en tout.

— Elle n'est pas admise au barreau de l'État, lui fit remarquer Charlie. Elle ne peut pas…

— Elle est admise. Rusty adressa un clin d'œil à Sam. Dis-lui que j'ai raison.

Sam ne demanda pas à son père comment il savait qu'elle avait réussi l'examen d'admission au barreau de Géorgie. À la place, elle regarda sa montre.

— Mon vol est déjà réservé pour plus tard dans la journée.

— Les projets, ça se change.

— Delta va me compter des frais et…

— Je peux te faire un prêt pour couvrir ça.

Sam brossa des peluches imaginaires sur la manche de son chemisier à six cents dollars.

Ils savaient tous que ce n'était pas une question d'argent.

Rusty poursuivit :

— J'ai besoin de quelques jours pour me remettre sur pied, puis je peux sauter à nouveau dans l'affaire. C'est un plongeon dans les profondeurs, ma fille. Il va se passer beaucoup de choses dans les jours à venir. Que dirais-tu d'aider ton vieux papa à s'assurer que les grandes roues continuent de tourner ?

Sam secoua la tête, même si elle savait que Rusty était probablement le seul espoir pour Kelly Wilson d'une défense zélée. Même si l'on se rabattait vers une défense obligatoire, il était pratiquement impossible de trouver quelqu'un pour faire le boulot à la dernière minute, surtout maintenant que l'avocat de la fille avait été poignardé.

Malgré tout, cela restait le problème de Rusty.

Sam déclara :

— J'ai du travail qui m'attend à New York. J'ai mes

propres affaires. Des affaires très importantes. On sera en procès durant les trois prochaines semaines.

Aucun d'eux ne parla. Ils la dévisagèrent.

— Quoi ?

Charlie s'exprima calmement :

— Sam, assieds-toi.

— Je n'ai pas besoin de m'asseoir.

— Tu manges les mots.

Sam savait qu'elle avait raison. Elle savait aussi qu'elle s'en voudrait de s'asseoir pour un simple cas de dysarthrie due à l'épuisement.

Elle avait besoin d'un instant.

Elle ôta ses lunettes. Tira un mouchoir en papier de la boîte, près du lit de Rusty. Nettoya les verres, comme si le problème venait d'une tache facile à enlever.

Rusty intervint :

— Chérie, pourquoi n'irais-tu pas en bas avec ta sœur ? Laisse-la te remplir l'estomac, on reparlera de tout ça quand tu te sentiras mieux.

Sam secoua la tête :

— Je suis…

— Nan-nan, le coupa Charlie. Pas mon job, monsieur. Tu lui dis à propos de ta licorne.

— Allez, dit-il, marquant sa désapprobation. Elle n'a pas besoin de savoir ça tout de suite.

— Elle n'est pas débile, Rusty. Elle va finir par demander, et ce n'est pas moi qui vais lui dire.

— Je suis là. Sam remit ses lunettes. Ça vous ennuie d'arrêter de parler comme si j'étais dans une autre pièce ?

Charlie s'avachit contre le mur. Croisa les bras.

— Si tu fais la mise en accusation, tu vas devoir inscrire une déclaration de non-culpabilité.

— Et ? s'enquit Sam.

Plaider coupable était un fait rare lors d'une mise en accusation.

— Je ne veux pas dire *pour la forme*. Papa pense vraiment que Kelly Wilson est non coupable.

— Non coupable ?

Maintenant, le processus auditif de Sam était atteint. En définitive, ils avaient réussi à court-circuiter les dernières parties essentielles de son cerveau.

— Bien sûr qu'elle est coupable.

Charlie répondit :

— Dis ça au docteur en droit, là-bas. Il pense que Kelly est innocente.

— Mais…

Charlie leva les mains en signe de reddition.

— Tu prêches une convertie.

Sam se tourna vers Rusty. Si elle était incapable de poser la question évidente, ce n'était pas une conséquence de ses blessures au cerveau. Son père avait définitivement perdu la tête.

Il déclara :

— Parle à Kelly Wilson en personne. Va au poste de police après avoir mangé un bout. Dis-leur que tu es le codéfendeur. Emmène Kelly seule dans une pièce et discute avec elle. Cinq minutes chrono. Tu verras ce que je veux dire.

— Verras quoi ? demanda Charlie. Elle a assassiné un homme et une fillette de sang-froid. Tu veux parler de voir ? J'étais là-bas moins d'une minute après que ça s'est produit. J'ai littéralement vu Kelly… — littéralement — tenir le flingue encore fumant. J'ai regardé cette gosse mourir. Mais Ironside ici présent pense qu'elle est innocente.

Sam eut besoin d'un instant pour digérer le choc en apprenant l'implication de Charlie. Puis elle demanda à sa sœur :

— Qu'est-ce que tu fabriquais là-bas ? Pendant la fusillade ? Comment t'es-tu…

— Pas important. Charlie restait concentrée sur Rusty. Réfléchis à ce que tu lui demandes, papa. Ce que cela signifie pour elle d'être impliquée dans tout ça. Tu veux que Sam se fasse agresser par un maniaque assoiffé de vengeance, elle aussi ? Elle lâcha un petit rire moqueur. Encore ?

Rusty était immunisé contre les coups bas.

— Sammy-Sam, jettes-y un œil, contente-toi de parler à la fille. Ça m'aiderait d'avoir une seconde opinion, de toute façon. Même l'homme génial que tu as devant toi n'est pas infaillible. J'attache de l'importance à ta contribution en tant que collègue.

Ses flatteries ne faisaient que l'agacer.

— Est-ce que les tueries de masse entrent dans le champ de la propriété intellectuelle ? demanda-t-elle. Ou as-tu oublié quel type de droit j'exerce ?

Rusty lui adressa un clin d'œil.

— Le parquet de Portland était un vivier pour la violation de brevets, n'est-ce pas ?

— Portland, c'était il y a très longtemps.

— Et maintenant tu es trop occupée à aider Connerie Incorporated à poursuivre Connerie Limited à propos de conneries ?

— Chacun a droit à ses propres conneries. Sam ne le laissa pas dévier du sujet. Je ne suis pas le genre d'avocat dont Kelly Wilson a besoin. Plus. En réalité, je ne l'ai jamais été. Je serais plus utile du côté de l'accusation, parce que c'est le bord où je me suis toujours tenue.

— Accusation, défense : l'important c'est de comprendre les pulsations d'une salle d'audience, et tu as ça dans le sang. Rusty se redressa à nouveau. Il toussa dans sa main. Chérie, je sais que tu as fait tout le trajet jusqu'ici en t'attendant à me trouver sur mon lit de mort, et je te promets, sur ma vie, que cela arrivera au final. Mais pour le moment, je vais te dire quelque chose que je ne t'ai jamais dit durant tes quarante-quatre magnifiques années sur cette terre : j'ai besoin que tu fasses ça pour moi.

Sam secoua la tête, davantage de déception que de désaccord. Elle ne voulait pas être là. Son cerveau était épuisé. Elle entendait les ondulations sifflantes qui sortaient de sa bouche comme un serpent.

Elle dit :

— Je vais partir.

— Bien sûr, mais demain, persista Rusty. Bébé, personne d'autre ne va s'occuper de Kelly Wilson. Elle est seule au monde. Ses parents n'ont pas la capacité de comprendre les ennuis dans lesquels elle se trouve. Elle ne peut pas s'aider elle-même. Elle ne peut pas contribuer à sa propre défense, et personne ne s'en soucie. Ni la police. Ni les enquêteurs. Ni Ken Coin. Rusty tendit la main vers Sam. Les extrémités de ses doigts tachées de nicotine balayèrent la manche de son chemisier. Ils vont la tuer. Ils vont lui fourrer une aiguille dans le bras, et ils vont mettre un terme à l'existence de cette adolescente de dix-huit ans.

Sam répondit :

— Sa vie s'est terminée à la minute où elle a décidé d'emporter un pistolet chargé à l'école et d'assassiner deux personnes.

— Samantha, je ne suis pas en désaccord avec toi, poursuivit Rusty. Mais, s'il te plaît, voudrais-tu juste écouter la fille ? Donne-lui une chance d'être entendue. Sois *sa* voix. Moi, je suis allongé comme ça, tu es la seule personne sur terre en qui j'ai confiance pour lui servir d'avocat.

Sam ferma les yeux. Ses tempes palpitaient. Les machines grinçaient. Les lumières au-dessus de leur tête étaient trop intenses.

— Parle-lui, l'implora Rusty. Je suis sérieux quand je dis que je te fais confiance en tant qu'avocate. Si tu n'es pas d'accord avec le fait de plaider non-coupable, alors va à la mise en accusation et brandis le drapeau des capacités réduites. Sur ça, au moins, on tombera tous d'accord.

Charlie intervint :

— C'est un mauvais choix, Sam. Dans les deux cas, il t'entraîne au tribunal.

— Oui, Charlie, je suis familière de la rhétorique fallacieuse.

L'estomac de Sam se noua. Elle n'avait rien avalé en quinze heures. Elle n'avait pas dormi depuis plus longtemps que cela. Elle mangeait les mots : c'est-à-dire quand elle parvenait à élaborer des phrases complètes. Elle était incapable de se déplacer sans sa canne. Elle se sentait en colère, vraiment en colère, comme elle ne s'était pas sentie depuis des années. Elle écoutait Rusty comme s'il était son père et pas un homme qui aurait fait n'importe quoi, sacrifié n'importe qui, pour un client.

Y compris sa famille.

Elle ramassa son sac sur le sol.

Charlie demanda :

— Où vas-tu ?

— Chez moi, répondit Sam. J'ai à peu près autant envie d'accepter que d'un autre trou dans la tête.

L'éclat de rire de Rusty la suivit même après la porte.

9

Sam était assise sur un banc en bois dans un vaste jardin derrière le bâtiment de l'hôpital. Elle retira ses lunettes. Ferma les yeux. Inclina la tête vers le soleil. Inspira l'air frais. Le banc se trouvait dans une zone entourée de murs ; une fontaine laissait échapper un filet d'eau près de l'entrée sécurisée. Un panneau indiquant : JARDIN DE LA SÉRÉNITÉ — BIENVENUE À TOUS était installé directement au-dessus d'une autre pancarte montrant un téléphone portable barré d'un trait rouge.

Apparemment, la seconde pancarte suffisait à faire le vide dans le jardin. Seule Sam était assise au cœur de la sérénité. Ou du moins tentait de se souvenir du sens de ce mot.

Seulement trente-six minutes s'étaient écoulées entre le moment où Stanislav l'avait abandonnée devant les portes d'entrée et l'instant où elle avait abandonné Rusty dans sa chambre. Trente minutes de plus avaient passé depuis qu'elle avait découvert le jardin. Sam n'avait aucun scrupule à interrompre le déjeuner de son chauffeur, mais elle avait besoin de temps pour se calmer. Ses mains ne cessaient de trembler. À ce stade, elle doutait de pouvoir s'exprimer correctement. Sa tête lui faisait un mal de chien.

Elle avait laissé ses médicaments contre la migraine chez elle.

Chez elle.

Elle songea à Fosco qui s'étirait, son dos formant un *c* inversé, tout en se prélassant sur le sol. Au soleil qui entrait à flots par les fenêtres. À la chaleur de la piscine. Au confort de son lit.

Et à Anton.

Elle s'autorisa un instant à penser à son époux. Ses grandes mains puissantes. Son rire. Son plaisir à découvrir de nouveaux mets, de nouvelles expériences, de nouvelles cultures.

Elle ne pouvait pas le laisser partir.

Pas quand ce fut important. Pas quand il le lui avait demandé, l'en avait suppliée, l'avait implorée de l'aider à mettre un terme à la détresse de son existence. « Déterminée à être heureuse », avait dit Gamma.

Au début, ils avaient mené cette lutte ensemble. Ils avaient voyagé jusqu'au centre médical Anderson à Houson, jusqu'à la Mayo Clinic de Rochester, étaient retournés au centre de Sloan Kettering à New York. Chaque spécialiste, chaque expert mondialement reconnu, avait donné à Anton de dix-sept à vingt pour cent de chances de survie.

Sam était déterminée à ce qu'il fasse mentir ces pourcentages.

La thérapie photodynamique. La chimiothérapie. La radiothérapie. La dilatation endoscopique. La pose d'une endoprothèse œsophagienne. L'électrocoagulation. Le traitement anti-angiogénèse. Ils retirèrent son œsophage, soulevèrent son estomac et l'attachèrent au haut de sa gorge. Ils enlevèrent les ganglions lymphatiques. Ils effectuèrent encore plus de chirurgie réparatrice. Une sonde d'alimentation fut placée. Une poche de colostomie. Des essais cliniques. Des traitements expérimentaux. Une assistance nutritionnelle. De la chirurgie palliative. Plus de traitements expérimentaux.

À quel stade Anton avait-il renoncé ?

Quand il avait perdu la voix, sa capacité réelle à parler ? Quand sa mobilité était tellement réduite qu'il manquait de force pour remuer ses jambes frêles dans le lit d'hôpital. Sam ne se rappelait pas la raison de sa reddition, n'avait pas remarqué le changement. Il lui avait dit une fois qu'il était tombé amoureux d'elle parce que c'était une battante, mais à la fin, son incapacité à renoncer avait prolongé ses souffrances.

Sam ouvrit les yeux. Elle mit ses lunettes. Une vague bleu et blanc hésita au-delà de sa vision périphérique restreinte.

Elle dit à Charlie :

— Arrête de faire ça.

Charlie entra dans sa ligne de mire. Les bras croisés. Encore.

— Pourquoi tu es dehors ?

— Pourquoi je serais dedans ?

— Bonne question.

Charlie s'assit sur le banc en face d'elle. Elle leva les yeux vers les arbres tandis qu'une brise légère en froissait les feuilles.

Sam avait toujours su qu'elle avait hérité des traits saisissants de Gamma, cette vague froideur qui glaçait tellement de gens. L'air affable de Charlie s'affichait en opposition directe avec leur héritage maternel. Son visage, même couvert d'hématomes, était toujours beau. Elle avait toujours eu beaucoup plus de talent pour faire rire les gens que pour les faire fuir. « Le genre de personne que les gens *aiment*, tout simplement. »

Pas aujourd'hui, pourtant. Quelque chose avait changé chez Charlie : une mélancolie presque palpable qui paraissait sans lien avec l'état de santé de Rusty.

Pourquoi avait-elle demandé à Ben de lui envoyer un mail ?

Charlie se laissa aller contre le dossier du banc.

— Tu me dévisages.

— Tu te rappelles quand maman t'a menée ici ? Tu t'es cassé le bras en essayant de sauver ce chat.

— Ce n'était pas un chat, rectifia Charlie. J'essayais de récupérer mon pistolet sur le toit.

— Gamma l'avait balancé là-haut pour que tu ne joues plus avec.

— Exactement.

Charlie leva les yeux au ciel, tout en s'affalant sur le banc. Elle avait quarante et un ans, mais elle aurait tout aussi bien pu en avoir treize à nouveau.

— Ne le laisse pas te convaincre de rester.

— Je n'en ai pas l'intention.

Sam chercha sa tasse des yeux. Elle avait acheté de l'eau chaude à la caféteria en même temps qu'un sandwich, qu'elle n'avait pu terminer. Elle sortit des sachets de thé de son sac.

Charlie déclara :

— Nous avons du thé ici.

— J'aime celui-là.

Sam trempa le sachet dans l'eau. Un bref instant, elle fut prise de panique en apercevant son annulaire nu. Puis, elle se souvint d'avoir laissé son alliance chez elle.

Rien de tout cela n'échappa à Charlie.

— Qu'est-ce qu'il y a ?

Sam secoua la tête.

— Tu as des enfants ?

— Non. Charlie ne lui retourna pas la question. Je ne t'ai pas fait venir pour tuer Rusty. Il y arrivera tout seul. Son cœur n'est pas en bon état. Le cardiologue a dit en gros qu'il était à une constipation près de la mort. Mais il n'arrêtera pas de fumer. Il ne diminuera pas la boisson. Tu sais qu'il est têtu comme un âne. Il n'écoute personne.

— Je ne peux pas croire qu'il n'ait pas eu la décence envers toi de rédiger un testament.

— Tu es heureuse ?

Sam jugea la question à la fois étrange et abrupte.

— Certains jours sont meilleurs que d'autres.

Charlie tapa légèrement du pied sur le sol.

— Parfois, je pense à toi toute seule, à l'étroit dans cet appartement merdique, et ça me rend triste.

Sam ne lui dit pas que l'appartement merdique s'était vendu à 3,2 millions de dollars. Elle préféra une citation : « Imagine-moi, les dents serrées, traquant la joie. »

— Flannery O'Connor. Charlie avait toujours été bonne en citations. Gamma lisait *L'Habitude d'être*, n'est-ce pas ? J'avais complètement oublié ça.

Pas Sam. Elle pouvait encore se souvenir de sa surprise quand sa mère avait emprunté le recueil de lettres à la bibliothèque. Gamma avait ouvertement méprisé le symbolisme religieux, qui excluait la plupart des œuvres anglaises.

— Papa dit qu'elle essayait d'être heureuse avant de mourir, déclara Charlie. Peut-être parce qu'elle savait qu'elle était malade.

Sam baissa les yeux sur son thé. Durant l'autopsie de Gamma, le médecin légiste avait découvert que ses poumons étaient rongés par une tumeur. Si elle n'avait pas été assassinée, elle serait certainement morte dans l'année.

Zachariah Culpepper s'était servi de cela au cours de sa défense, comme si les quelques précieux mois à vivre avec Gamma n'avaient rien signifié.

— Elle m'a dit de prendre soin de toi, lâcha Sam. Dans la salle de bains, ce jour-là. Elle paraissait tellement véhémente.

— Elle paraissait toujours véhémente.

— Eh bien.

Sam laissa la ficelle du sachet pendre sur le bord de la tasse.

Charlie poursuivit :

— Je me souviens à quel point tu te disputais avec elle. Je comprenais à peine ce que vous disiez. Elle fit des gestes mimant une conversation avec les mains. Papa a dit que vous étiez comme deux aimants, toujours à vous charger l'une contre l'autre.

— Les aimants ne se chargent pas ; soit ils s'attirent soit ils se repoussent selon l'alignement de leur polarité nord/sud. Nord contre sud, ou sud contre nord, ils s'attirent, alors que nord contre nord ou sud contre sud, ils se repoussent. Elle expliqua : si on les charge, je suppose qu'il voulait dire d'un genre de courant électrique, on ne fait que renforcer la polarité de l'aimant.

— Ouah, tu viens réellement d'étayer ton point de vue.

— Ne fais pas ta maligne.

— Ne fais pas ta débile.

Sam croisa son regard. Elles sourirent toutes les deux.

Charlie dit :

— Fermilab travaille sur un protocole de thérapie par neutrons pour le traitement du cancer.

Sam fut surprise de constater que sa sœur suivait ce genre de chose.

— J'ai quelques-uns de ses documents. Des articles, je veux dire. Ils ont été publiés.

— Des articles qu'elle a écrits ?

— Ils sont très anciens, dans les années 1960. J'ai trouvé des références à son travail dans des notes de bas de page, mais jamais les documents d'origine. Il y en a deux que j'ai pu télécharger depuis la base de données internationale de la physique moderne. Elle ouvrit son sac et mit la main sur une épaisse pile de pages, qu'elle avait imprimées le matin même à l'aéroport de Teterboro. Je ne sais pas pourquoi je les ai apportées, déclara Sam, les mots les plus honnêtes qu'elle avait adressés à sa sœur depuis son arrivée. J'ai pensé que tu aimerais peut-être les avoir puisque…

Sam s'arrêta là. Elles savaient toutes les deux que le reste avait péri dans les flammes. Des vieux films amateur. D'anciens bulletins de notes. Des albums personnalisés. Des dents de lait. Des photos de vacances.

Il n'y avait qu'une seule photo de Gamma qui avait survécu, un cliché pris sur le vif la montrant debout dans un champ. Elle regardait en arrière par-dessus son épaule, ne fixait pas l'appareil, mais quelqu'un qui se tenait à l'écart sur le côté. Son visage était aux trois quarts visible. Elle haussait un sourcil sombre. Entrouvrait les lèvres. La photo était sur le bureau de Rusty à son cabinet du centre-ville, quand la maison en briques rouges avait disparu sous les flammes.

Charlie lut le titre du premier article : « Enrichissement par phototransmutation du milieu interstellaire : études d'observation de la nébuleuse de la Tarentule ». Elle émit un bruit de ronflement, puis feuilleta les pages jusqu'au second article : « Les voies dominantes du processus *p* dans les enveloppes de Supernova ».

Sam prit conscience de son erreur.

— Peut-être que tu ne peux pas les comprendre, mais c'est bon de les avoir.

— C'est bien. Merci. Charlie les parcourut rapidement.

Je me sens débile quand je réalise à quel point elle était intelligente.

Sam se rappela à peine en cet instant qu'elle avait éprouvé ce sentiment durant toute son enfance. Elles avaient peut-être été des aimants, mais leur pouvoir était inégal. Sam avait des connaissances, Gamma en avait plus encore.

— Ha, fit Charlie.

Elle avait dû lire une ligne particulièrement dense.

Sam rit à son tour.

Était-ce là ce qu'elle avait raté pendant toutes ces années ? Ces souvenirs ? Ces récits ? Cette relation simple avec Charlie que Sam avait cru morte en même temps que Gamma ?

Charlie déclara :

— Tu lui ressembles vraiment. Elle plia les pages et les posa près d'elle sur le banc. Papa a toujours la photo sur son bureau.

La photo.

Sam en avait toujours voulu une copie, mais elle était trop fière pour la demander à Rusty.

Elle s'enquit :

— Est-ce qu'il croit vraiment que je vais défendre quelqu'un qui a abattu deux personnes avec un flingue ?

— Oui, mais Rusty pense qu'il peut convaincre n'importe qui de faire n'importe quoi.

— Tu crois que je dois le faire ?

Charlie réfléchit à sa réponse avant de parler.

— Est-ce que la Sam avec qui j'ai grandi le ferait ? Peut-être, mais pas par affinité avec Rusty. Elle serait en colère tout comme moi quand quelque chose n'est pas juste. Et je suppose que ce n'est pas juste, parce qu'il n'y a pas d'autre avocat à des centaines de kilomètres à la ronde susceptible de traiter Kelly Wilson comme un être humain plutôt que comme un fardeau. Mais que ferait la Sam que tu es aujourd'hui ? Elle haussa les épaules. La vérité, c'est que je ne te connais plus. Tout comme tu ne me connais plus.

Sam ressentit un pincement à ces mots, même s'ils étaient vrais.

— C'est juste.

— Est-ce que c'était juste de te demander de venir ?

Sam n'était pas habituée à ne pas avoir de réponse toute prête.

— Pourquoi voulais-tu réellement m'avoir ici ?

Charlie secoua la tête. Elle ne répondit pas immédiatement. Elle tira sur un fil qui pendait de son jean. Laissa échapper une profonde expiration qui siffla à travers son nez cassé.

Elle dit :

— La nuit dernière, Melissa a demandé si je voulais qu'elle prenne des mesures extraordinaires. Ce qui en gros signifie : « On le laisse mourir ? Ou pas ? Dis-moi tout de suite, à la minute. » J'ai paniqué, pas à cause de la peur ou de l'indécision, mais parce que, selon moi, je n'avais pas le droit de décider toute seule.

Elle leva les yeux vers Sam.

— Les crises cardiaques, c'était quelque chose contre quoi je devais me battre. Je sais qu'il se faisait ça à lui-même avec l'alcool et la cigarette, mais c'était une situation où je ressentais une lutte intérieure, quelque chose d'organique, et je devais l'aider à se battre.

Sam reconnut cette sensation. Elle avait vécu la même chose avec Anton.

— Je crois que je comprends.

Charlie esquissa un sourire incrédule.

— Je suppose que si ça se joue sur le fil à nouveau, je t'enfermerai dans une pièce avec lui et tu pourras le buter à coups de sac à main.

Sam n'était pas fière de ce moment.

— J'avais pour habitude de me dire que ce qui me sauvait, c'est que je n'avais jamais frappé personne sous l'effet de la colère.

— Ce n'est que papa. Je le frappe tout le temps. Il peut encaisser.

— Je parle sérieusement.

— Tu m'as presque frappée.

La voix de Charlie se fit plus forte, signe qu'elle intégrait de force de la légèreté dans un propos sombre. Elle faisait allusion à leur dernière rencontre. Sam se rappelait la terreur de Ben, quand il s'était interposé entre Charlie et elle.

Sam déclara :

— Je suis désolée. J'ai perdu le contrôle. J'aurais pu te frapper si tu étais restée. Je ne peux pas honnêtement écarter ce scénario, et j'en suis désolée.

— Je sais que tu es désolée.

Charlie ne s'exprimait pas avec cruauté, ce qui rendait ses mots encore plus blessants.

— Je ne suis plus comme ça, poursuivit Sam. Je sais que c'est difficile à croire, étant donné mon comportement de tout à l'heure, mais quelque chose dans le fait d'être ici fait resurgir ma méchanceté.

— Alors tu devrais retourner à New York.

Sam savait que sa sœur avait raison, mais pour l'instant, juste en cet instant, en ce rare instant partagé avec Charlie, elle n'avait pas envie de partir.

Elle prit une gorgée de thé. L'eau avait refroidi. Elle le versa sur l'herbe derrière le banc.

— Dis-moi pourquoi tu te trouvais à l'école hier matin lors de la fusillade.

Charlie pinça les lèvres.

— Tu restes ou tu pars ?

— Aucune de ces options ne devrait influencer ta réponse. Ce qui est vrai est vrai.

— Il n'y a pas de camp. Uniquement le vrai et le faux.

— C'est une logique très efficace.

— C'est le cas.

— Tu vas me dire, pour les hématomes sur ton visage ?

— Vais-je le faire ?

Charlie reformula la question comme un exercice philosophique. Elle croisa les bras. Leva les yeux vers les arbres. Elle serrait les mâchoires. Sam voyait les muscles se tendre dans son cou. Il y avait quelque chose de si incroyablement triste chez sa sœur en cet instant que Sam avait envie d'aller jusqu'au banc, de s'asseoir à côté d'elle, de la prendre dans ses bras jusqu'à ce que Charlie lui dise ce qui n'allait pas.

Charlie la repousserait très certainement.

Sam répéta sa question :

— Que faisais-tu à l'école hier matin ? Elle n'avait pas

d'enfants. Elle n'avait pas de raison d'être là-bas, surtout avant 8 heures du matin. Charlie ?

Charlie souleva à demi une de ses épaules.

— La plupart de mes affaires ont lieu au tribunal des mineurs. J'étais au collège pour demander une lettre de recommandation à un professeur.

Charlie aurait fait exactement ce type de démarche pour un client, et pourtant, son ton avait des accents de mensonge.

Charlie poursuivit :

— Nous étions dans sa classe quand on a entendu les coups de feu, et alors une femme s'est mise à crier à l'aide, ensuite j'ai couru pour lui porter secours.

— Qui était la femme ?

— Miss Heller, si tu peux le croire. Elle était avec la fillette lorsque je suis arrivée. Nous l'avons regardée mourir. Lucy Alexander. Je lui tenais la main. Elle était froide. Pas quand je suis arrivée là-bas, mais quand elle est morte. Tu sais à quelle vitesse ils refroidissent.

Sam le savait.

— Voilà. Charlie inspira et retint sa respiration un instant. Huck a éloigné le flingue de Kelly : un revolver. Il l'a convaincue de le lui donner.

Sans aucune raison, Sam sentit les petits cheveux sur sa nuque se hérisser.

— Qui est Huck ?

— Mr Huckabee. C'était le professeur que je voyais. Pour le client. Il enseignait à Kelly…

— Mason Huckabee ?

— Je n'ai pas retenu son prénom. Pourquoi ?

Sam sentit un frisson lui parcourir le corps.

— À quoi il ressemble ?

Charlie secoua la tête, sans comprendre.

— C'est important ?

— Il a à peu près ta taille, des cheveux brun-roux, un peu plus vieux que moi, il a grandi à Pikeville ? Sam devina à la mine de sa sœur qu'elle voyait juste. Oh ! Charlie. Garde tes distances avec lui. Tu ne sais pas ?

— Savoir quoi ?

— La sœur de Mason s'appellait Mary-Lynne Huckabee. Elle s'est fait violer par ce type-là… Quel était son nom ? Sam essaya de se souvenir. Machin Mitchell de Bridge Gap. Kevin Mitchell ?

Charlie continuait de secouer la tête.

— Pourquoi est-ce que tout le monde sait ça et pas moi ?

— Il l'a violée, et elle s'est pendue dans la grange, et papa a tiré le type d'affaire.

La mine choquée de Charlie trahit sa soudaine prise de conscience.

— Il m'a dit d'appeler papa. Huck, Mason, quel que soit son nom. Quand Kelly s'est fait arrêter, la police s'est pointée, et bon, la police, quoi. Et Huck m'a dit de téléphoner à papa pour représenter Kelly.

— Je suppose que Mason Huckabee sait quel genre d'avocat est Rusty.

Charlie parut visiblement ébranlée.

— J'avais oublié cette affaire. Sa sœur était à la fac.

— Elle était à la maison pour les vacances d'été. Elle roulait vers Bridge Gap avec des copains pour voir un film. Elle est allée aux toilettes, et Kevin Mitchell l'a agressée.

Charlie baissa les yeux sur ses mains.

— J'ai vu les photos dans les dossiers de papa.

Sam les avait vues aussi.

— Est-ce que Mason t'a reconnue ? Je veux dire, quand tu lui as demandé de l'aide pour ton mineur délinquant ?

— On n'a pas beaucoup discuté. À nouveau, elle haussa à demi les épaules. Il s'est passé pas mal de choses. Tout s'est déroulé très vite.

— Je suis désolée que tu aies dû assister à ça. La fillette. Avec Miss Heller là-bas, ça a dû faire resurgir des souvenirs.

Charlie continuait de fixer ses mains. Avec un pouce, elle frictionnait l'articulation de l'autre.

— C'était dur.

— Je suis contente que tu puisses t'appuyer sur Ben.

Sam attendit qu'elle dise quelque chose à ce propos, pour expliquer le moment de gêne entre eux.

Charlie manipulait toujours l'articulation de son pouce.

— C'était marrant, ce que tu as dit à papa, sur un autre trou dans ta tête.

Sam étudia sa sœur. Charlie était passée maître dans l'art de changer de sujet.

— En général, je ne verse pas dans le comique, mais ça me paraissait traduire fidèlement mon état d'esprit.

— Tu parles comme elle, c'est fou. Tu lui ressembles. Tu te tiens comme elle. La voix de Charlie se radoucit. J'ai éprouvé un truc bizarre dans la poitrine quand je t'ai vue dans le couloir. L'espace d'une fraction de seconde, je t'ai prise pour Gamma.

— Ça m'arrive parfois, admit Sam. Je me vois dans le miroir et… Pour cette raison, elle ne regardait pas souvent dans les miroirs. J'ai son âge aujourd'hui.

— Oh ! oui. Joyeux anniversaire.

— Merci.

Charlie ne leva pas les yeux. Elle continuait de se tordre les mains. Leurs moi adultes auraient très bien pu être des étrangers, mais il y avait certaines choses que l'âge, tout fourbe qu'il soit, ne pouvait effacer. La courbe harmonieuse des épaules de Charlie. La douceur de sa voix. Le tressaillement de sa lèvre quand elle luttait pour réprimer une émotion. Son nez était cassé. Il y avait des hématomes sous ses yeux. Les relations simples partagées avec Ben étaient devenues sensiblement discordantes. De toute évidence, elle dissimulait quelque chose, peut-être beaucoup de choses, mais de toute évidence aussi, elle avait ses raisons.

Hier matin, Charlie avait tenu la main d'une enfant mourante, et avant minuit, elle avait appris que son père allait peut-être décéder — non pas pour la première fois, ni pour la dernière, d'ailleurs —, mais cette fois, cette fois-là en particulier, elle avait demandé à Ben de lui envoyer un mail.

Charlie n'avait pas réclamé la présence de sa sœur pour qu'elle l'aide à prendre une décision qu'elle avait déjà prise une fois auparavant.

Et Charlie ne l'avait pas contacté elle-même parce que, même enfant, elle demandait toujours les choses qu'elle voulait, jamais les choses dont elle avait besoin.

Sam releva son visage vers le soleil. Elle ferma les yeux. Elle se vit debout devant le miroir dans la salle de bains au rez-de-chaussée, à la ferme. Gamma derrière elle ; leurs reflets renvoyés par la glace.

Il faut que tu lui plaques ce témoin fermement dans la main, à chaque fois, peu importe où elle est. Tu la trouves. Ne t'attends pas à ce qu'elle te trouve.

Charlie déclara :

— Tu devrais probablement partir.

Sam ouvrit les yeux.

— Tu ne veux pas rater ton vol.

Sam demanda :

— Tu as parlé à la fille Wilson ?

— Non. Charlie se redressa sur son banc. S'essuya les yeux. Huck dit qu'elle est lente à la détente. Rusty évalue son QI dans la tranche basse des soixante-dix.

Elle se pencha vers Sam, les coudes sur les genoux.

— J'ai rencontré la mère. Elle n'est pas vive non plus. Juste des braves gens, puisqu'on est dans Flannery O'Connor aujourd'hui. Lenore les a casés dans un hôtel la nuit dernière. Les détenus ne sont pas autorisés à recevoir des visiteurs avant la mise en accusation. Ils doivent trépigner en attendant de la voir.

— Donc, c'est au minimum capacités intellectuelles réduites, résuma Sam. Sa défense, je veux dire.

Une fois encore, Charlie haussa une seule épaule.

— C'est l'unique stratégie dans n'importe quelle affaire de fusillade de masse. Pour quelle raison quelqu'un ferait ça, à moins d'être dingue ?

— Où est-elle détenue ?

— Probablement la prison de Pikeville.

Pikeville.

Ce nom comme un éclat de verre dans la poitrine.

Charlie expliqua :

— Je ne peux pas gérer la mise en accusation parce que je suis témoin. Non que papa ait quelques scrupules d'un point de vue éthique, mais… Charlie secoua la tête. Quoi qu'il en soit, papa a ce vieux prof de fac de droit,

Carter Grail. Il a pris sa retraite ici il y a quelques années. Il a quatre-vingt-dix ans, un alcoolique qui déteste tout le monde. Il peut le remplacer demain.

Sam se força à quitter le banc.

— Je le ferai.

Charlie se leva aussi.

— Non.

Sam trouva la carte de Stanislav dans son sac à main. Elle récupéra son téléphone. Elle lui envoya un texto.

Retrouvez-moi devant.

— Sam, tu ne peux pas faire ça. Charlie la talonnait comme un chiot. Je ne te laisserai pas faire ça. Rentre chez toi. Vis ta vie.

— Charlotte, tu crois vraiment que j'ai changé au point de laisser ma petite sœur me dire ce que je dois faire ?

Charlie grogna face à son obstination.

— Ne m'écoute pas. Écoute tes tripes. Tu ne peux pas laisser Rusty gagner.

Stanislav lui répondit : *cinq minutes.*

— Il ne s'agit pas de Rusty.

Sam mit son sac sur son bras. Elle trouva sa canne.

— Qu'est-ce que tu fais ?

— Mon sac avec mes affaires pour la nuit est dans la voiture. Sam avait prévu de descendre au Four Seasons et de rendre visite au bureau d'Atlanta le lendemain matin, avant de retourner à New York. Je peux demander à mon chauffeur de me conduire au poste de police ou je peux y aller avec toi. Tu choisis.

— Quel est l'intérêt de tout ça ? Charlie la suivit jusqu'au portail. Je veux dire, sérieusement. Pourquoi ferais-tu quelque chose pour ce stupide trou du cul ?

— Tu l'as dit tout à l'heure. Ce n'est pas juste que Kelly Wilson n'ait personne de son côté. Sam ouvrit le portail. Je n'aime toujours pas l'injustice.

— Sam, arrête. S'il te plaît.

Sam se retourna pour faire face à sa sœur.

Charlie dit :

— Je sais que c'est difficile pour toi. Que revenir c'est comme de se noyer dans des sables mouvants.

— Je n'ai jamais dit ça.

— Tu n'as pas besoin. Charlie posa son bras sur celui de Sam. Je n'aurais jamais laissé Ben envoyer ce mail si j'avais su à quel point ça t'affecterait.

— Tu veux dire à cause de quelques mots mal articulés ? Sam regarda l'allée pavée et venteuse qui ramenait à l'hôpital. Si j'avais écouté les médecins au sujet de mes handicaps, je serais morte dans ce lit d'hôpital.

— Je ne dis pas que tu ne peux pas le faire. Je demande si tu *devrais* le faire.

— Aucune importance. J'ai pris ma décision.

Sam ne pensa qu'à une seule manière de clore cette conversation. Elle ferma le portail sur Charlie en lui disant : « Dernier mot. »

10

En roulant avec Charlie, Sam comprit qu'elle n'avait jamais été nerveuse en voiture, parce que sa petite sœur ne l'avait jamais encore emmenée nulle part. Charlie ne jetait qu'un regard furtif aux rétroviseurs avant de changer de file. Elle se servait de son klaxon avec générosité. Elle parlait aux conducteurs dans sa barbe, les exhortait à accélérer, à ralentir, à libérer le passage.

Sam éternua avec violence. Ses yeux larmoyèrent. La voiture de Charlie, une sorte d'hybride break-SUV, sentait le foin humide et l'animal.

— Est-ce que tu as un chien ?

— On l'a prêté temporairement au Guggenheim.

Sam agrippa le tableau de bord, lorsque Charlie fit une embardée sur une autre voie.

— Ne devrais-tu pas laisser ton clignotant plus longtemps que ça ?

— Je crois que ta paraphasie est de retour, déclara Charlie. Tu as dit : « Ne devrais-tu pas » alors que tu voulais dire : « Tu devrais ».

Sam éclata de rire, ce qui paraissait inapproprié étant donné que leur destination était la prison de la ville.

Même si représenter Kelly Wilson passait au second plan — l'essentiel étant de découvrir ce qui n'allait pas chez Charlie à la fois physiquement à cause des hématomes et émotionnellement à cause de tout le reste —, Sam ne prenait pas cette tâche à la légère. Pour la première fois depuis de nombreuses années, elle était nerveuse à l'idée de discuter avec un client, et pire, d'entrer dans une salle d'audience inconnue.

Elle précisa pour Charlie :

— À Portland, mes affaires ont été jugées au tribunal des familles. Je ne me suis encore jamais assise en face d'une personne accusée de meurtre.

Charlie adressa à Sam un regard prudent.

— Nous l'avons fait toutes les deux, Sammy.

Sam chassa l'inquiétude de la main. Elle n'avait pas envie d'expliquer comment elle avait toujours compartimenté sa vie. La Sam qui s'était assise en face des frères Culpepper à la table de la cuisine n'était pas la même qui avait exercé le droit à Portland.

Elle dit :

— Il y a longtemps que je ne m'étais pas occupée d'une plainte au pénal.

— C'est seulement une mise en accusation. Ça va te revenir.

— Je n'ai jamais été de l'autre côté.

— Eh bien, la première chose que tu remarqueras, c'est que le juge ne va pas te lécher le cul.

— Ils ne l'ont pas fait à Portland. Même les flics avaient des autocollants « Fuck le système » sur leur voiture.

Charlie secoua la tête. Elle n'avait jamais été dans un endroit pareil.

— En général, j'ai cinq minutes avec mon client avant d'entrer en salle d'audience. Il n'y a pas grand-chose à dire. Ils font en général ce dont ils sont accusés : acheter de la drogue, vendre de la drogue, consommer de la drogue, voler ou refourguer des conneries pour obtenir plus de drogue. Je regarde l'extrait de leur casier et je vois s'ils remplissent les critères pour une cure de désintox ou un genre de diversion, puis je leur raconte ce qui va se passer ensuite. D'habitude, c'est ce qu'ils veulent savoir. Même s'ils ont été au tribunal des millions de fois auparavant, ils veulent connaître l'enchaînement des événements. Qu'est-ce qui se passe ensuite ? Et après, qu'est-ce qui se passe ? Et ensuite ? Je le leur dis une centaine de fois, et chaque fois, ils me le demandent encore et encore.

Aux oreilles de Sam, cela ressemblait de façon troublante au rôle de Charlie au début de sa convalescence.

— Ce n'est pas pénible ?

— Je me rappelle toujours qu'ils sont complètement flippés. Connaître la suite leur donne un peu l'impression de maîtriser.

Charlie demanda :

— Pourquoi es-tu admise au barreau de Géorgie ?

Sam s'était demandé quand on soulèverait cette question.

— Mon cabinet a des bureaux à Atlanta.

— Allez. Il y a un type par ici qui gère les affaires locales. Tu es la connasse d'associée qui fait du micro-management et qui prend un vol tous les quelques mois pour regarder par-dessus son épaule.

Sam éclata à nouveau de rire. Charlie avait plus ou moins formulé la dynamique. Laurens Van Loon était techniquement leur homme clé à Atlanta, mais Sam appréciait de prendre potentiellement les commandes si besoin. Et elle appréciait aussi d'aller à l'examen du barreau et de partir avec la certitude qu'elle avait réussi sans avoir ouvert un seul livre.

Charlie dit :

— L'Association du barreau géorgien a un répertoire professionnel en ligne. Je suis juste au-dessus de Rusty et il est juste au-dessus de toi.

Sam songea à leurs trois noms ensemble.

— Est-ce que Ben travaille aussi avec papa ?

— Il n'y a pas de « aussi », puisque je ne travaille pas avec papa, et non, il est substitut du procureur, sous Ken Coin.

Sam ignora l'hostilité de son ton.

— Est-ce que cela n'occasionne pas des conflits ?

— Il y a suffisamment de criminels pour tout le monde. Charlie désigna quelque chose par la vitre. Ils ont des bons tacos au poisson ici.

Sam sentit son sourcil se lever. Il y avait un camion de tacos sur le bas-côté de la route, le même genre de chose qu'à New York ou Los Angeles. Au moins vingt personnes faisaient la queue. D'autres camions avaient même des files d'attente plus longues : barbecue coréen, poulet piri-piri, et quelque chose nommé « Fusion Obtrusion ».

Elle demanda :

— On est où ?

— Nous avons franchi l'entrée de Pikeville il y a environ une minute.

Par réflexe, Sam plaqua une main sur son cœur. Elle n'avait pas remarqué la démarcation. Elle n'avait pas ressenti le changement attendu dans son corps, la crainte, le sentiment d'abattement, qu'elle avait redouté.

— Ben adore cet endroit-là, mais je ne peux pas le supporter.

Charlie pointa un bâtiment dans un style alpin qui s'harmonisait avec le nom du restaurant : le Biergarten.

Le chalet n'était pas le seul ajout. Le centre-ville était méconnaissable. Des immeubles en briques à deux ou trois étages abritaient des lofts dans les hauteurs et au rez-de-chaussée des boutiques qui vendaient des vêtements, des antiquités, de l'huile d'olive et des fromages artisanaux.

Sam demanda :

— Qui à Pikeville va payer autant pour du fromage ?

— En premier, ceux qui venaient en week-end. Puis les gens se sont mis à déménager d'Atlanta pour s'installer ici. Des baby-boomeurs à la retraite. Des spécialistes en technologie plutôt prospères. Une poignée d'homosexuels. L'alcool n'est plus prohibé dans le comté. Ils ont passé un décret l'autorisant il y a cinq ou six ans.

— Qu'en a pensé la Vieille Garde ?

— Les commissaires du comté voulaient l'assiette fiscale et les bons restaurants qui accompagnaient les ventes d'alcool. Les tarés de religion étaient furieux. On pouvait acheter de la meth à tous les coins de rue, mais il fallait conduire jusqu'à Ducktown pour une bière noyée avec de l'eau. Charlie s'arrêta à un feu rouge. Je suppose que les tarés avaient raison, malgré tout. L'alcool a tout changé. C'est là que le boom immobilier a vraiment décollé. Des Mexicains sont venus d'Atlanta pour le boulot. Des bus touristiques ont déversé des gens toute la journée. La marina loue des bateaux et accueille des fêtes d'entreprises. Le Ritz Carlton construit un complexe pour jouer au golf. C'est une bonne ou une mauvaise chose selon ta motivation à résider ici.

— Qui t'a cassé le nez ?

— On m'a dit qu'il n'était pas vraiment cassé.

Charlie prit à droite sans mettre le clignotant.

— Tu ne réponds pas parce que tu ne veux pas que je sache ou parce que tu veux m'énerver ?

— C'est une question complexe qui exige une réponse tout aussi complexe.

— Je vais sauter hors de cette voiture si tu te mets à citer papa.

Charlie ralentit la voiture.

— Je blaguais.

— Je sais. Elle se rangea sur le bas-côté de la route. Elle mit le levier de vitesse sur « STATIONNEMENT » avant de se tourner vers Sam. Écoute, je suis heureuse que tu sois venue ici. Je sais que c'était pour une raison pénible et affreuse, mais c'est bon de te voir, et je suis contente que nous soyons capables de discuter.

— Mais ?

— Ne fais pas ça pour moi.

Sam examina les yeux couverts de bleus de sa sœur, le léger décalage de son nez à l'endroit où le cartilage s'était certainement brisé.

— En quoi la mise en accusation de Kelly Wilson te concerne ?

— C'est une excuse, répondit Charlie. Je n'ai pas besoin que tu prennes soin de moi, Sam.

— Qui t'a cassé le nez ?

Charlie leva les yeux au ciel en signe de frustration. Elle répondit :

— Est-ce que tu te souviens quand tu essayais de m'aider à apprendre la transmission à l'aveugle ?

— Comment pourrais-je oublier ? s'exclama Sam. Tu

étais une élève horrible. Tu ne m'écoutais jamais. Tu hésitais sans cesse, encore et encore.

— Je n'arrêtais pas de regarder en arrière, précisa Charlie. Tu croyais que c'était le problème, que je ne pouvais pas courir parce que je regardais en arrière.

Sam entendit l'écho de la lettre envoyée par Charlie toutes ces années auparavant…

Aucune de nous n'avancera jamais si nous regardons toujours en arrière.

Charlie leva une main.

— Je suis gauchère.

— Tout comme Rusty, confirma Sam. Bien que l'on pense que la préférence manuelle est polygénique ; il y a moins de vingt-cinq pour cent de chances que tu aies hérité de papa un des quarante loci que…

Charlie émit un ronflement bruyant jusqu'à ce que Sam cesse de parler. Elle intervint :

— Ce que je veux dire, c'est que tu m'apprenais à prendre le témoin de la main droite.

— Mais tu étais la deuxième transmission. C'est la règle : le témoin va de la main droite, à la gauche, de la main droite, à la main gauche.

— Mais tu n'as jamais pensé à me demander quel était le problème.

— Tu n'as jamais pensé à me *dire* quel était le problème. Sam ne comprenait pas en quoi l'excuse était nouvelle. Tu aurais échoué en premier ou en troisième. Tu es une incurable des faux départs. Tu es effrayante dans les virages. Tu avais la rapidité pour être finisseur, mais tu te comportais toujours trop comme une coureuse de tête.

— Tu veux dire que j'ai toujours couru le plus vite possible pour arriver en premier.

— Oui, c'est une définition du coureur de tête. Sam se sentit perdre patience. La deuxième transmission jouait sur tes atouts : tu es une sprinteuse explosive, tu étais la coureuse la plus rapide de l'équipe. Tout ce qu'il te fallait, c'était la transmission, et avec assez d'entraînement, même un chimpanzé peut maîtriser la reprise de vingt mètres. Je ne comprends pas ton problème. Tu voulais gagner, n'est-ce pas ?

Charlie agrippa le volant. Son nez émit ce même sifflement quand elle inspira.

— Je crois que j'essaie de chercher la merde.

— Ça marche.

— Je suis désolée.

Charlie se réinstalla sur son siège. Elle passa une vitesse et s'engagea sur la route.

Sam s'enquit :

— C'est terminé ?

— Oui.

— On se dispute, là ?

— Non.

Sam essaya de rejouer la conversation en silence et décortiqua les différents points sur lesquels sa sœur l'avait provoquée.

— Personne ne t'a imposé de rejoindre l'équipe d'athlétisme.

— Je sais. J'aurais dû me taire. C'était il y a un milliard d'années.

Sam était toujours irritée.

— Ce n'était pas à propos de l'équipe d'athlétisme, n'est-ce pas ?

— Merde. Charlie ralentit la voiture jusqu'à l'arrêter au beau milieu de la route. Culpepper.

Sam eut la nausée, avant même que son cerveau ait perçu de quoi il s'agissait.

Ou de qui, pour être précis.

— C'est le pick-up de Danny Culpepper, l'informa Charlie. Le cadet de Zachariah. Ils l'ont prénommé en hommage à Daniel.

Daniel Culpepper.

L'homme qui lui avait tiré dessus.

L'homme qui l'avait enterrée vivante.

Sam expulsa tout l'air de ses poumons.

Elle ne put s'empêcher de suivre le regard de Charlie. Un pick-up noir tapageur avec finitions dorées et enjoliveurs à effet *spinning wheels* occupait les deux seules places handicapés devant le poste de police. Le prénom « Danny » était écrit en lettres miroir dorées, sur le pare-brise arrière teinté. La cabine pouvait accueillir jusqu'à quatre personnes. Deux jeunes femmes étaient appuyées contre les portières fermées. Chacune d'elles tenait une cigarette entre ses doigts boudinés. Vernis à ongles rouge. Rouge à lèvres rouge. Fard à paupières foncé. Trait d'eye-liner épais. Chevelure blond décoloré. Pantalons noirs moulants. T-shirts encore plus moulants. Talons hauts. Glauques. Détestables. Connes et méchantes.

Charlie déclara :

— Je peux te déposer derrière le bâtiment.

Sam en avait envie. Sur sa liste des raisons pour quitter Pikeville, les Culpepper figuraient tout en haut.

— Ils croient encore qu'on a menti ? Qu'il y avait une vaste conspiration pour les piéger tous les deux ?

— Bien sûr. Ils ont même créé une page Facebook.

Sam s'était déjà retirée de la vie de Pikeville quand Charlie terminait le lycée. On l'avait abreuvée des mises à jour mensuelles sur les perfides filles Culpepper, la croyance fermement ancrée dans leur famille que Daniel s'était trouvé à la maison la nuit des agressions, que Zachariah travaillait en Alabama, et que les filles Quinn, l'une menteuse, l'autre handicapée mentale, avaient monté un coup contre eux, parce que Zachariah devait à Rusty vingt mille dollars d'honoraires.

Sam demanda :

— Ce sont les mêmes filles qu'au lycée ? Elles ont l'air trop jeunes.

— Des filles ou des nièces, mais ce sont toutes les mêmes.

Sam frissonna de se retrouver si près d'elles.

— Comment est-ce que tu supportes de les voir tous les jours ?

— Ça n'arrive pas si c'est une bonne journée. Charlie proposa à nouveau : Je fais le tour par-derrière ?

— Non, je ne vais pas les laisser m'intimider. Sam plia sa canne et la fourra dans son sac à main. Ils ne me verront pas avec ce foutu machin, non plus.

Charlie conduisit lentement la voiture jusqu'au parking. La plupart des stationnements étaient occupés par des voitures du shérif, des camionnettes de scènes de crime ainsi que des berlines noires banalisées. Elle dut conduire jusqu'à l'arrière, ce qui les éloigna de plus de dix mètres du bâtiment.

Charlie coupa le contact et demanda :

— Tu pourras marcher ?

— Oui.

Charlie ne bougea pas.

— Je ne veux pas faire ma connasse…

— Fais ta connasse.

— Si tu te casses la gueule devant ces putes, elles se moqueront de toi. Elles essaieront peut-être de faire pire, et il me faudra les buter.

— Sers-toi de ma canne si on en arrive là. C'est du métal.

Sam ouvrit la portière. Elle saisit l'accoudoir et se hissa hors de la voiture.

Charlie fit le tour du véhicule, mais pas pour l'aider. Pour la rejoindre. Pour marcher épaule contre épaule vers les filles Culpepper.

Le vent se leva lorsqu'elles traversèrent le parking. Sam fit une rapide introspection et évalua son côté grotesque. Elle entendait presque des éperons cliqueter quand elles foulaient l'asphalte. Les filles Culpepper plissèrent les yeux. Charlie releva le menton. Elles auraient pu jouer dans un western, ou dans un film de John Hughes si John Hughes avait jamais écrit sur des femmes dévastées par la vie et plutôt d'âge mûr.

Le poste de police était abrité dans un complexe du gouvernement, massif et peu élevé, de style années 1960, avec des fenêtres étroites et un toit qui pointait vers les montagnes. Charlie avait pris la dernière place de parking. La plus éloignée. Pour atteindre le trottoir, il leur faudrait emprunter une allée d'environ douze mètres légèrement inclinée. Il n'y avait pas de rampe jusqu'au bâtiment élevé, seulement trois larges marches en béton, qui menaient jusqu'à un autre passage de quatre mètres et demi, longé par des buis, et enfin les portes d'entrée vitrées.

Sam pouvait gérer la distance. Elle aurait besoin de l'aide de Charlie pour gravir les marches. Ou la rampe en métal suffirait. L'astuce serait de s'appuyer dessus tout en ayant l'air de simplement poser la main. Elle devrait balancer d'abord sa jambe gauche, puis tirer la droite, et ensuite espérer que la droite pourrait soutenir son poids sans assistance tandis que, tant bien que mal, elle balancerait l'autre.

Elle passa ses doigts dans ses cheveux.

Elle sentit une arête de peau dure au-dessus de son oreille.

Elle accéléra le pas.

Le vent changea de direction. Sam entendit les voix des filles Culpepper. La plus grande des deux éjecta sa cigarette vers Charlie et Sam. Elle éleva la voix pour dire à l'autre :

— On dirait que la pute s'est finalement fait défoncer la gueule.

— Les deux yeux. Ça veut dire qu'elle a dû s'faire emplâtrer deux fois, dit l'autre d'une voix crépitante. La prochaine fois qu' tu sors avec tes potes, p'tet que vous pouvez aller chercher un bol de glace pour P'tite Chérie.

Sam sentit les muscles de sa jambe trembler. Elle passa sa main sous le bras de Charlie, comme pour une balade dans un parc.

— J'avais oublié le sociolecte des indigènes des Appalaches.

Charlie éclata de rire. Elle plaça sa main sur celle de Sam.

— C'était quoi, ça ? questionna la grande. Comment elle t'a appelée ?

Les portes vitrées s'ouvrirent avec fracas.

Elles reculèrent toutes à cause du vacarme.

Un jeune homme à l'air menaçant descendit le chemin d'un pas lourd. Pas grand, mais plutôt musclé. Il émettait un cliquetis en marchant : la chaîne qui reliait son portefeuille à sa ceinture se balançait sur le côté. Sa panoplie remplissait toutes les cases du plouc de base : depuis sa casquette de base-ball maculée de sueur, en passant par les manches arrachées de sa chemise en flanelle noir et rouge jusqu'à son jean bleu déchiré et crade.

Danny Culpepper, le plus jeune fils de Zachariah.

Le portrait craché de son père.

Ses grosses chaussures firent un bruit lourd lorsqu'il sauta au bas des trois marches. Ses yeux perçants se posèrent sur Charlie. De la main, il mima un pistolet et fit semblant de la viser.

Sam serra les dents. Elle essaya d'oublier le lien entre le jeune homme trapu et Zachariah Culpepper. Sa manière de se pavaner. Le claquement de ses lèvres charnues quand il sortit un cure-dents de sa bouche.

— Qui avons-nous là ? Il se tint devant elles, les bras tendus sur les côtés pour leur bloquer le passage. Tu m'dis que'que chose, madame.

Sam serra plus fort le bras de Charlie. Elle ne montrerait pas sa peur à cet animal.

— J'ai pigé. Il claqua des doigts. J'ai vu ta photo au procès d' papa, mais ta tête était toute enflée, avec la balle encore à l'intérieur.

Sam enfonça ses ongles dans le bras de sa sœur. Elle enjoignit à sa jambe de ne pas s'effondrer, à son corps de ne pas trembler, à son caractère de ne pas pulvériser ce type dégueulasse devant le poste de police.

Elle lui ordonna :

— Dégage de là.

Il ne fit pas un mouvement. À la place, il se mit à frapper dans ses mains, à taper du pied. Il chanta :

— Deux gonzesses Quinn se t'naient sur un parking. L'une s'est fait baiser, l'autre tirer.

Les filles jappèrent de rire.

Sam essaya de le contourner, mais Charlie la saisit par la main, et les immobilisa sur place. Elle leur lança :

— C'est difficile de baiser une fille de treize ans quand sa bite ne marche pas.

Le garçon grogna.

— Putain.

— Je suis sûre que ton papa arrive à bander pour ses potes en prison.

L'insulte était facile, mais efficace. Danny planta son doigt dans le visage de Charlie.

— Tu crois que j' pourrais pas choper mon fusil et tirer sur ta putain d' gueule de merde devant l' poste de police ?

— Veille à bien t'approcher alors, déclara Sam. Les Culpepper ne sont pas connus pour bien viser.

Le silence déchira l'air.

Sam tapota sa tête avec le doigt.

— Une chance pour moi.

Charlie éclata d'un rire étonné. Elle continua de rire jusqu'à ce que Danny Culpepper la frôle au passage et la heurte de l'épaule.

— Sales putes ! Il ordonna aux deux filles : Grimpez là-d'dans, et roulez jusqu'à la maison.

Sam tira le bras de Charlie pour la faire bouger. Elle craignait que sa sœur ne s'en tienne pas là, qu'elle dise quelque chose de caustique qui ferait revenir Danny Culpepper.

— Allez, murmura Sam en la remorquant. Ça suffit.

C'est seulement quand Danny fut derrière le volant de son pick-up que Charlie se laissa traîner.

Elles marchèrent bras-dessus, bras-dessous, en direction des marches.

Sam avait oublié l'escalier.

Derrière elle, elle entendit le grondement du pick-up Diesel de Danny Culpepper. Il continuait de pousser le moteur. Se faire écraser demanderait moins d'efforts que de gravir les marches.

Elle dit à Charlie :

— Je ne vais pas…

— Je te tiens. Charlie ne lui permettrait pas d'arrêter leur progression. Elle glissa son bras sous le coude plié de Sam, et lui offrit son appui. Un, deux…

Sam balança sa jambe gauche, s'appuya sur sa sœur pour bouger sa droite, puis sa gauche prit le relais et elle se retrouva en haut des marches.

Le spectacle était gâché.

Des pneus crissèrent derrière elles. L'air s'emplit de fumée. Le pick-up démarra dans une cacophonie mêlant rap et grondement de moteur.

Sam s'arrêta pour faire une pause. La porte de devant se trouvait un mètre cinquante plus loin. Elle était presque à bout de souffle.

— Pourquoi est-ce qu'ils étaient là ? À cause de papa ?

— Si j'étais responsable de l'enquête sur l'agresseur de papa, le premier suspect que j'irais chercher serait Danny Culpepper.

— Mais tu ne crois pas que la police l'a fait venir pour l'interroger ?

— Je ne crois pas qu'ils fassent des recherches sérieuses soit parce qu'ils ont d'autres chats à fouetter avec cette fusillade, soit parce qu'ils n'en ont rien à battre que quelqu'un essaie de tuer papa. Charlie expliqua : En général, les flics n'autorisent pas les suspects à conduire eux-mêmes jusqu'au poste en compagnie de leurs cousines quand ils enquêtent sur une tentative de meurtre. Ils enfoncent leurs portes et les traînent jusqu'ici par le col de la chemise. Ensuite, ils font leur possible pour les faire chier dans leur froc et leur démontrer qu'ils sont dans la merde.

— Alors Danny était là par hasard ?

Charlie haussa les épaules.

— C'est un dealer. Il traîne pas mal au poste.

Sam fouilla dans son sac à la recherche d'un mouchoir en papier.

— Est-ce que c'est comme ça qu'il a acheté cet immonde pick-up ?

— Il n'est pas aussi bon que *ça* pour vendre de la drogue.

Charlie observa le véhicule remonter la rue en sens contraire, avec un bruit strident.

— Les prix du marché des Pick-ups Immondes crèvent le plafond.

— J'ai lu ça dans le *Times*.

Sam se tapota le visage avec le mouchoir pour enlever la transpiration. Elle ne savait absolument pas pourquoi elle avait adressé la parole à Danny Culpepper, et elle n'avait pas assez de temps sur cette terre pour s'expliquer avec ce type. À New York, elle faisait son possible pour minimiser son handicap. Ici, elle avait tendance à le brandir comme une arme.

Elle remit le mouchoir dans son sac.

— Je suis prête.

— Kelly avait un album de promo, déclara Charlie à voix basse. Tu sais le truc où…

— Je sais ce qu'est un album de promo.

Charlie désigna les marches d'un mouvement de tête.

Sam avait besoin de sa canne, mais elle marcha sur les trois mètres qui la conduisaient à l'escalier sans l'utiliser. Ce fut là qu'elle aperçut la planche de contreplaqué inclinée, posée sur l'herbe déclinant en pente douce de l'autre côté des marches. La rampe pour handicapés, supposa-t-elle.

— Ce fichu trou paumé, marmonna Sam. Elle s'appuya contre la rambarde en métal et demanda à Charlie ce qu'elles étaient supposées faire maintenant.

Charlie jeta un coup d'œil en arrière vers les portes comme si elle avait peur qu'on surprenne leur échange. Sa voix se fit à peine plus forte qu'un chuchotement :

— Il y avait un album dans la chambre de Kelly, planqué tout en haut de son placard.

Sam était perdue. Le crime avait eu lieu la veille au matin à peine.

— Est-ce qu'on a déjà communiqué certaines preuves à papa ?

Charlie leva un sourcil pour en expliquer la provenance.

Sam émit un bruit entre le soupir et le grognement. Elle connaissait le genre de raccourcis adoptés par son père.

— Qu'est-ce qu'il y avait dans l'album ?

— Beaucoup de trucs vilains traitant Kelly de pute, l'accusant de coucher avec l'équipe de foot.

— C'est presque banal, au lycée. Les filles se montrent parfois cruelles.

— Collège, rectifia Charlie. C'était il y a cinq ans, quand Kelly avait treize ans. Et c'était bien plus que cruel. Les pages étaient totalement remplies. Des centaines d'élèves ont signé. La plupart ne la connaissaient probablement même pas.

— La version Pikeville de *Carrie* sans le sang de porc. Sam prit conscience de l'évidence. Alors, le sang a coulé.

— C'est ça.

— C'est une circonstance atténuante. Elle s'est fait harceler, mettre à l'écart. Ce fait pourrait la tenir à distance du couloir de la mort. C'est une bonne chose. Sam biaisa : Pour l'affaire de papa, je veux dire.

Charlie en savait plus.

— Kelly a dit quelque chose dans le couloir avant de donner le flingue à Huck.

— Quoi ? Sam avait mal à la gorge à force de parler à voix basse. Pourquoi est-ce que tu me dis ça maintenant, alors qu'on est debout devant le poste, au lieu de l'avoir fait dans la voiture ?

Charlie tendit la main en direction des portes.

— Là-dedans, il y a seulement un gros type derrière une vitre à l'épreuve des balles.

— Réponds-moi, Charlotte.

— Parce que j'étais en rogne contre toi dans la voiture.

— Ça, je le savais. Sam s'agrippa à la rambarde. Pourquoi ?

— Parce que tu es ici pour moi, même si je t'ai dit que je n'avais pas besoin de toi. Tu mens comme d'habitude à cause d'un sentiment de devoir envers Gamma. Tu fais comme si c'était pour cette mise en accusation. Quand on montait les marches, je me suis dit que la question n'était pas cette connerie de lutte acharnée entre nous. Il s'agit de la vie de Kelly. Elle a besoin que tu sois en première ligne.

Sam raidit sa colonne vertébrale.

— Je suis toujours en première ligne pour mes clients. Je prends mes responsabilités fiduciaires très au sérieux.

— C'est un peu plus compliqué que tu le crois.

— Alors livre-moi les faits. Ne m'envoie pas dans ce bâtiment avec un angle mort. Elle désigna son œil. Plus que d'habitude.

— Il faut que tu arrêtes de te servir de ça.

Charlie avait probablement raison.

— Dis-moi ce que Kelly a dit dans le couloir.

— C'était quand elle était assise par terre, après la fusillade. Ils essayaient de la convaincre de rendre le flingue. J'ai vu Kelly remuer les lèvres, et Huck l'a entendue, mais il n'a rien dit au GBI. Un flic a entendu aussi, et comme je l'ai dit, moi j'ai vu ça, mais je ne l'ai pas entendu. En tout cas, quoi qu'elle ait dit, ça l'a vraiment bouleversé lui.

— Tu as une aversion soudaine pour les pronoms ?

Sam se sentit submergée par des fragments d'informations. Charlie se comportait comme si elle avait à nouveau treize ans, rouge d'excitation de raconter une histoire.

— Cette information avait moins d'importance que de te plaindre de ta deuxième position au relais il y a trente ans ?

Charlie répondit :

— Il y a autre chose à propos de Huck.

— OK.

Charlie détourna le regard. Sans raison, des larmes lui montèrent aux yeux.

— Charlie ? Sam avait aussi envie de pleurer. Elle n'avait jamais supporté de voir sa sœur malheureuse. Qu'est-ce qui se passe ?

Charlie baissa les yeux sur ses mains. Elle se racla la gorge.

— Je crois que Huck a sorti l'arme de la scène de crime.

— Quoi ? Sam éleva la voix, inquiète. Comment ?

— C'est seulement une impression. Le GBI m'a demandé...

— Attends, le Bureau d'investigation de Géorgie t'a interrogée ?

— Je suis un témoin.

— Est-ce que tu as un avocat ?

— Je suis avocate.

— Charlie...

— Je sais, ma cliente est débile. Ne t'inquiète pas. Je n'ai pas dit de connerie.

Sam ne discuta pas la formule antithétique.

— Le GBI t'a demandé si tu savais où se trouvait l'arme du crime ?

— D'une manière détournée. L'agent était douée pour dissimuler son jeu. C'était un revolver, probablement un six coups. Ensuite, quand j'ai parlé avec Huck au téléphone, il a dit qu'ils lui avaient demandé la même chose, sauf que cette fois, le FBI lui posait aussi la question : « Quand avez-vous vu le flingue pour la dernière fois ? Qui l'avait ? Qu'est-ce qu'il est devenu ? » Mais j'ai l'impression que Huck a pris le flingue. Juste une impression. Ce que je ne pouvais pas dire à papa, parce que, s'il l'avait su, il aurait fait arrêter Huck. Et je sais qu'on devrait l'arrêter, mais il essayait de faire le bien. Avec le FBI, on parlerait de trahison et… Elle laissa échapper un profond soupir. C'est tout.

Il y avait tellement de signaux d'alerte que Sam ne savait où donner de la tête.

— Charlotte, tu ne peux reparler à Mason Huckabee, au téléphone ou d'aucune autre façon.

— Je le sais. Charlie accrocha ses talons par-dessus la marche, étira ses mollets, se balança sur ses deux jambes valides. Avant que tu le dises, j'ai demandé à Huck de ne pas chercher à me voir ni à m'appeler, et de prendre un bon avocat.

Sam regarda l'aire de stationnement. Les voitures de patrouille du shérif. Les véhicules de police. Les camionnettes dédiées aux scènes de crime. Les limousines. C'était ce contre quoi Rusty s'élevait, et maintenant Charlie s'était débrouillée pour se faire enrôler dans tout ça.

Charlie demanda :

— Prête ?

— Tu m'accordes un instant pour que je me remette les idées en place ?

Pour toute réponse, Charlie acquiesça.

Charlie se contentait rarement d'acquiescer. Tout comme Rusty, elle ne résistait jamais à l'envie irrépressible de parler, d'expliquer le hochement de tête, d'expliciter en détail ce mouvement de haut en bas.

Sam était sur le point de lui demander ce qu'elle lui cachait d'autre, lorsque Charlie s'exclama :

— Qu'est-ce que Lenore fiche ici ?

Sam observa une berline rouge entrer en vitesse sur le parking. Le soleil fit étinceler le pare-brise de la voiture, qui roula à vive allure dans leur direction. Après un autre virage serré, les pneus effectuèrent un dérapage jusqu'à l'arrêt du véhicule.

Lenore descendit sa vitre, et leur fit signe de se dépêcher.

— La mise en accusation est prévue pour 15 heures.

— Putain de merde ! Ça nous laisse qu'une heure et demie, maxi. Charlie aida Sam à descendre vivement les marches. Qui est le juge ?

— Lyman. Il a dit l'avoir décalée pour éviter la presse, mais la moitié des journalistes font déjà la queue pour s'asseoir. Elle leur fit signe de monter. Il a aussi désigné Carter Grail pour remplacer Rusty.

— Merde, il va pendre Kelly lui-même. Charlie ouvrit la portière arrière. Elle dit à Lenore :

— Amène Sam. Je vais essayer de tenir Grail éloigné de Kelly et découvrir ce qui se passe. J'irai plus vite en courant.

Sam dit :

— Plus vite pour…

Charlie avait disparu.

— Grail a une grande gueule, expliqua Lenore. Si Kelly lui parle, il va tout déballer à tout le monde.

— Je suis sûre que ça n'a aucun rapport avec la raison pour laquelle le juge l'a désigné.

Sam n'avait d'autre choix que de monter dans la voiture de Lenore. Le palais de justice, un vaste bâtiment coiffé d'un dôme, se dressait en face du poste de police, mais la rue à sens unique compliquait le trajet. À cause de la mobilité restreinte de Sam, elles devaient remonter jusqu'au feu rouge, puis faire le tour du palais de justice, et tourner sur la rue à nouveau.

Sam observa Charlie en train de foncer, dépasser un camion, bondir au-dessus d'un trottoir en béton. Elle courait magnifiquement : les bras rentrés, la tête droite, les épaules vers l'arrière.

Sam dut détourner les yeux.

Elle déclara à Lenore :

— C'est un sale coup. L'audience était prévue pour demain matin.

— Lyman fait tout ce qu'il veut. Lenore croisa son regard dans le rétroviseur. Les taulards surnomment Carter le « Saint-Graal ». S'il boit avant le procès, c'est la prison à vie.

— C'est un calice, en réalité. Dans la tradition chrétienne.

— J'enverrai un télégramme à Indiana Jones.

Lenore sortit du parking.

Sam observait Charlie qui courait à travers la pelouse du palais. Elle sauta par-dessus une rangée d'arbustes. Il y avait une file d'attente devant la porte, mais Charlie la dépassa à toute vitesse, gravit l'escalier raide deux marches à la fois.

— Je peux te demander quelque chose ?

— Pourquoi pas.

— Depuis combien de temps ma sœur couche avec Mason Huckabee ?

Lenora pinça les lèvres.

— Ce n'était pas la question que j'attendais.

Ce n'était pas une question que Sam s'attendait à poser non plus, mais elle procédait d'une sorte d'horrible logique. La distance entre Charlie et Ben. Les larmes dans les yeux de sa petite sœur, quand elle avait mentionné Mason Huckabee.

Lenore demanda :

— Tu as dit à Charlie qui c'était ?

Sam acquiesça.

— Elle a dû se sentir comme une merde, ajouta Lenore. Encore plus.

— Pas faute de défenseurs.

— Tu en sais, des choses, pour quelqu'un qui n'est là que depuis cinq minutes.

Lenore fit une boucle autour du palais de justice et conduisit jusqu'à l'arrière du bâtiment. Elle s'arrêta devant ce qui paraissait être une zone de livraisons. Elle dit à Sam :

— Monte la rampe. L'ascenseur est à droite. Descends un étage jusqu'au sous-sol. C'est la zone de détention. Et écoute-moi. Lenore se tourna pour lui faire face. Rusty n'a pas pu tirer un mot de Kelly, hier. Peut-être qu'elle se confiera à une femme. Tout ce que tu obtiendras sera mieux que ce qu'on a, c'est-à-dire que dalle.

— Compris.

Sam déplia sa canne. Elle se sentait plus solide sur ses jambes, lorsqu'elle sortit de la voiture. L'adrénaline avait toujours été son alliée. La colère vint s'y ajouter quand elle gravit d'un pas résolu une rampe destinée aux livraisons de papier toilette et de containers à poubelles. Une odeur de nourriture en décomposition provenant des bennes lui parvenait.

À l'intérieur, le palais de justice ressemblait à n'importe quel autre, sauf qu'il renfermait un échantillon hors normes d'hommes et de femmes séduisants, vêtus de tailleurs, attendant d'être filmés. Grâce à sa canne, Sam se retrouva au début de la file d'attente. Deux adjoints du shérif étaient postés près du détecteur de métaux. Sam dut montrer ses papiers d'identité, signer, passer son sac à main et sa canne aux rayons X, montrer les autorisations légales pour conserver son téléphone, puis attendre qu'une adjointe vienne la fouiller, parce que la plaque dans sa tête déclenchait l'alarme quand elle passait sous le détecteur.

L'ascenseur était sur sa droite. Il y avait deux étages en sous-sol, mais Lenore lui avait dit de descendre un seul niveau, alors Sam appuya sur le bouton correspondant et patienta. La cabine était pleine d'hommes en costume. Elle se tint dans le fond. Elle s'appuya contre le mur pour alléger le poids sur sa jambe. Quand les portes s'ouvrirent, tous les hommes s'écartèrent pour la laisser passer.

Certains aspects du Sud lui manquaient.

— Salut. Charlie attendait près de la porte. Elle porta un mouchoir à son nez, qui s'était mis à saigner, certainement à cause de la course. Elle prit une inspiration, et un flot de mots se déversa de sa bouche. J'ai dit à Coin que tu étais le codéfendeur. Il est super heureux… Non, pas vrai. Tout comme Lyman, alors essaie de ne pas le gonfler davantage. J'ai entendu dire que Grail n'avait pas eu l'occasion de discuter avec Kelly, mais va voir pour t'en assurer. Elle a été malade. A bouché les toilettes. J'ai entendu que c'était le bordel.

— Malade comment ?

— Elle vomit. J'ai téléphoné à la prison. Elle a mangé

son petit déjeuner et son déjeuner sans problème. Personne d'autre n'est malade, donc ce n'est pas un empoisonnement. Elle gerbait quand ils l'ont amenée ici il y a environ trente minutes. Elle n'est pas en désintox. Ça doit être nerveux. Voici Mo. Elle désigna une femme âgée, assise derrière le comptoir. Mo, voici ma sœur, Samantha.

— Ne saigne pas sur mon bureau, Quinn.

Mo ne leva pas les yeux de son clavier. Elle claqua des doigts pour demander les papiers d'identité de Sam ainsi que ses autorisations. Elle pressa des touches de l'ordinateur. Décrocha le téléphone. Indiqua un registre où émarger.

Le registre était pratiquement rempli. Sam signa son nom sur la dernière ligne, sous celui de Carter Grail. L'horodatage indiquait qu'il avait passé moins de trois minutes avec Kelly.

Charlie déclara :

— Lyman est là depuis environ douze ans. Il s'est retiré de la ville de Marietta. C'est un super coincé du cul de la procédure. Est-ce que tu as une robe ou une chemise dans ta valise ?

— Pour quoi faire ?

— Pas important.

— Ça, c'est sûr.

Mo reposa le combiné. Elle s'adressa à Sam :

— Il vous reste dix-sept minutes. Grail en a englouti trois. Vous lui parlerez en cellule.

Charlie frappa du poing sur le comptoir :

— C'est quoi ce bordel, Mo ?

— Charlie, je m'en charge. Sam s'adressa à Mo : Si la pièce n'est pas disponible maintenant, alors nous allons devoir informer le juge qu'il faut différer l'audience jusqu'à ce que j'aie le temps requis pour m'entretenir en privé avec ma cliente.

Mo grogna. Elle lança un regard noir vers Sam, attendit qu'elle fasse machine arrière. Comme elle ne le fit pas, la femme dit :

— Je croyais que c'était vous, l'intelligente. Elle tendit la main sous son bureau et appuya sur un bouton qui bourdonna. Elle adressa un clin d'œil à Sam. La pièce est sur votre droite. Seize minutes.

Charlie brandit un poing replié dans l'air, puis piqua un sprint vers les marches. Elle était tellement légère sur ses pieds qu'elle ne fit presque pas de bruit.

Sam changea son sac à main d'épaule. Elle s'appuya sur sa canne pour se traîner entre deux portes. Elle s'arrêta devant la seconde porte bloquée, le temps que la première se referme. Un autre bourdonnement, et la seconde porte s'ouvrit en se balançant devant elle.

Sam fut assaillie par des odeurs oubliées depuis longtemps et typiques d'une cellule de détention : la puanteur du vomi mêlée à l'acidité de la transpiration, à l'ammoniac de l'urine, à l'émanation des eaux usées provenant du seul WC mis à la disposition d'une centaine de détenus par jour.

Sam se donna une impulsion avec sa canne. Ses chaussures claquaient dans des flaques d'eau marronnasse. Personne n'avait nettoyé les toilettes inondées. Il ne restait qu'une seule détenue dans la cellule de détention, une femme plus âgée et édentée, accroupie sur un long banc de béton. Son pull-over orange la recouvrait d'une épaisseur bouffante rappelant une couverture. Elle remuait lentement d'avant en arrière entre ses pieds écartés. Ses yeux chassieux suivirent la progression de Sam vers une porte close, située sur sa droite.

La poignée tourna avant que Sam ait eu le temps de frapper. L'adjointe qui sortit avait l'air costaude et bourrue. Elle referma la porte, le dos appuyé contre la vitre opaque.

— Vous êtes le deuxième avocat ?

— Le troisième, techniquement. Samantha Quinn.

— L'aînée de Rusty.

Sam acquiesça, même si on ne lui avait pas posé de question.

— La détenue a vomi approximativement quatre fois durant la dernière demi-heure. Je lui ai donné un paquet de biscuits et du Coca dans une tasse en polystyrène. Je lui ai proposé une assistance médicale. Elle a décliné. Vous avez quinze minutes. Elle tapota la montre à son poignet.

Tout ce que j'entends quand j'entre là-dedans, je l'entends. Vous pigez ?

Sam sortit son téléphone. Elle régla le chronomètre sur quatorze minutes.

— Je suis contente que nous nous comprenions.

La femme ouvrit la porte.

La pièce était tellement sombre que Sam mit quelques instants à ajuster sa vision. Deux chaises. Une table en métal vissée au sol. Une lumière fluorescente, suspendue de guinguois, clignotait au bout de deux chaînes recouvertes de poils.

Kelly Rene Wilson était affalée sur la table. La tête enveloppée dans le cocon de ses bras repliés. Quand la porte s'ouvrit, elle se leva d'un bond, bras sur les côtés, épaules droites, comme un soldat rappelé à l'ordre.

Sam lui dit :

— Vous pouvez vous asseoir.

Kelly attendit que Sam s'assoie en premier.

Sam prit la chaise libre près de la porte. Elle posa sa canne contre la table. Fouilla dans son sac à main pour trouver son bloc-notes et son stylo. Troqua ses lunettes contre celles de lecture.

— Je m'appelle Samantha Quinn. Je suis votre avocate pour la mise en accusation. Vous avez rencontré mon père, Rusty, hier.

Kelly déclara :

— Vous parlez bizarre.

Sam sourit. Elle avait un accent du Sud pour les New-Yorkais et un accent Yankee pour les gens du Sud.

— J'habite à New York.

— Parce que vous êtes handicapée ?

Sam faillit éclater de rire.

— Non. Je vis à New York parce que j'aime ça. Je me sers d'une canne quand mes jambes fatiguent.

— Mon grand-papa avait une canne, mais elle était en bois.

La fille paraissait posée, mais le bruit métallique de ses menottes indiquait qu'elle faisait nerveusement rebondir sa jambe.

Sam déclara :

— Vous n'avez rien à craindre, Kelly. Je suis votre alliée. Je ne suis pas ici pour vous faire tomber. Elle écrivit le nom de Kelly et la date en haut de son bloc-notes. Elle souligna les mots deux fois. Elle eut l'impression étrange que des papillons voletaient dans son estomac. Avez-vous parlé à Mr Grail, l'avocat qui est venu tout à l'heure ?

— Non, ma'ame, pour cause que j'étais malade.

Sam examina la fille. Elle parlait lentement, presque comme si elle était droguée. À en juger par le « S » sur le devant de son pull-over orange, ils lui avaient donné une taille *small* adulte, mais l'uniforme paraissait ample sur son corps menu. Kelly était pâlichonne. Ses cheveux graisseux, mouchetés de morceaux de vomi. Aussi fine qu'elle soit, son visage était rond, angélique.

Sam se rappela que le visage de Lucy Alexander était lui aussi angélique.

Elle demanda à Kelly :

— Est-ce que vous suivez un traitement médical ?

— Ils m'ont donné des fluides à l'hôpital hier. Elle montra à Sam le point rouge contusionné près du creux de son bras droit. Par là.

Sam retranscrivit ses mots exacts. Il faudrait que Rusty récupère le dossier de la jeune fille à l'hôpital.

— Vous pensez qu'ils vous ont donné des fluides mais pas de médicament ?

— Oui, ma'ame, c'est ce qu'on m'a dit. Pour cause que j'étais choquée.

— Sous le choc ? explicita Sam.

La fille acquiesça.

— Oui, ma'ame.

— Vous ne prenez pas actuellement ou n'avez pas pris de drogues illégales ?

— Des drogues illégales ? répéta la jeune fille. Non, ma'ame. Ça serait pas bien.

Une fois encore, Sam recopia ses termes.

— Et comment vous sentez-vous maintenant ?

— Bien, je suppose. Pas aussi malade qu'avant.

Sam dévisagea Kelly Wilson par-dessus ses lunettes de lecture. Les mains de la jeune fille étaient toujours serrées sous la table, ses épaules enroulées vers l'intérieur, ce qui la faisait paraître encore plus petite. Sam voyait le rouge de la chaise en plastique dépasser de chaque côté du dos de la jeune fille.

— Est-ce que vous allez bien ou est-ce que vous supposez que vous allez bien ?

Kelly répondit :

— J'ai assez peur. Il y a quelques personnes méchantes ici.

— Votre meilleure stratégie consiste à les ignorer. Sam griffonna quelques notes d'ordre général à propos de l'apparence de Kelly, qu'elle avait l'air sale, négligé. Ses ongles étaient rongés. Du sang séché ornait ses cuticules. Comment va votre estomac maintenant ?

— Il est juste un peu barbouillé à ce moment de la journée.

— Ce moment de la journée. Sam nota une remarque et reporta l'heure. Avez-vous été malade, hier ?

— Oui, ma'ame, mais je ne l'ai dit à personne. Quand je suis comme ça, en général, ça se calme tout seul, mais cette dame là-dehors a été gentille et m'a donné des biscuits.

Sam garda le regard rivé sur son bloc-notes. Elle ne voulait pas regarder Kelly, parce qu'elle éprouvait un attendrissement malvenu chaque fois qu'elle le faisait. La fille ne cadrait pas avec l'image d'une meurtrière, encore moins d'une tueuse de cour d'école. Peut-être que son expérience avec Zachariah et Daniel Culpepper avait façonné une mauvaise image dans son esprit. Tout le monde était capable de tuer.

Elle dit à Kelly :

— Je travaille avec mon père, Rusty Quinn, jusqu'à ce qu'il aille mieux. Est-ce que quelqu'un vous a dit qu'il est à l'hôpital ?

— Oui, ma'ame. Les gardes là-bas à la prison en parlaient. Mr Rusty s'est fait poignarder.

Sam doutait que les gardes aient dit du bien de Rusty.

— Alors est-ce que Mr Rusty vous a expliqué qu'il travaillait pour vous, pas pour vos parents ? Et que tout ce que vous lui dites est confidentiel ?

— C'est la loi, dit-elle. Mr Rusty ne peut raconter à personne ce que je dis.

— C'est exact, confirma Sam. Et c'est la même chose avec moi. Nous avons tous deux prêté un serment de confidentialité. Vous pouvez me parler, et je peux parler à Mr Rusty des choses que vous me racontez, mais nous ne pouvons raconter à personne d'autre vos secrets.

— C'est dur de connaître tous les secrets de tout le monde comme ça ?

Sam fut désarmée par la question.

— Cela peut l'être, mais cela fait partie des exigences de mon travail, et je savais que je devrais garder des secrets quand j'ai décidé de devenir avocate.

— Zavez dû aller à l'école un gros paquet d'années pour faire ça.

— C'est vrai.

Sam regarda son téléphone. Normalement, elle était payée à l'heure. Elle n'était pas habituée à écourter ses entretiens. Mr Rusty vous a-t-il expliqué ce qu'était une mise en accusation ?

— C'est pas un procès.

— C'est exact.

Sam prit conscience qu'elle modulait sa voix comme si elle s'adressait à une enfant. Cette fille avait dix-huit ans, pas huit.

Lucy Alexander avait huit ans.

Sam s'éclaircit la voix.

Elle expliqua :

— Dans la plupart des affaires, la loi requiert qu'une mise en accusation ait lieu dans les quarante-huit heures suivant l'arrestation. En gros, c'est là où l'affaire passe de l'enquête à l'affaire criminelle au tribunal. Il y a une lecture officielle des charges criminelles ou de la mise en accusation en la présence de l'accusé pour informer l'accusé, vous, des charges déposées contre vous et vous donner l'opportunité d'inscrire un plaidoyer initial au registre. Je sais que ça paraît beaucoup, mais de bout en bout, le processus entier devrait prendre moins de dix minutes.

Kelly battit des paupières.

— Vous comprenez ce que je viens de vous dire ?

— Vous parlez vraiment vite.

Sam avait travaillé des centaines d'heures pour restituer une vitesse normale à son débit, et maintenant il fallait qu'elle se concentre pour le ralentir. Elle s'y efforça :

— Durant la mise en accusation, il n'y aura ni officiers de police ni témoins appelés à la barre. OK ?

Kelly acquiesça.

— Aucune preuve ne sera présentée. Votre culpabilité ou votre innocence ne sera ni jugée ni déterminée.

Kelly attendit.

— Le juge demandera que votre plaidoyer soit inscrit au registre. Je lui donnerai votre plaidoyer, qui est non coupable. Vous pourrez le modifier plus tard si vous le désirez. Sam marqua une pause. Elle s'était remise à accélérer. Puis le juge, l'accusation et moi discuterons des dates et des requêtes et d'autres affaires de la cour. Je demanderai que ces questions soient abordées quand mon père, Mr Rusty, se sera rétabli, c'est-à-dire certainement dans le courant de la semaine prochaine. Vous n'aurez pas besoin de parler. Je parlerai pour vous. Vous comprenez ?

Kelly répondit :

— Votre papa m'a dit de ne parler à personne, et je ne l'ai pas fait. Seulement si c'étaient les gardes pour leur dire que j'étais malade. Ses épaules s'enroulèrent encore davantage vers l'intérieur. Z'étaient gentils pourtant, comme j'ai dit. Tout le monde m'a traitée vraiment gentiment ici.

— Excepté certains méchants ?

— Oui, ma'ame, il y en a quelques-uns de méchants.

Sam baissa les yeux sur ses notes. Rusty avait eu raison. Kelly était trop consentante. Elle ne paraissait pas prendre la mesure de ses ennuis. Les capacités mentales de la jeune fille devraient être évaluées. Sam était certaine de connaître quelqu'un à New York désireux de travailler *pro bono.*

— Miss Quinn ? s'enquit Kelly. Je peux demander, est-ce que ma maman et mon papa savent que je suis ici ?

— Oui. Sam réalisa qu'on avait laissé Kelly dans l'obscurité ces dernières vingt-quatre heures. Vos parents n'étaient pas autorisés à vous rendre visite en prison jusqu'après la mise en accusation, mais ils ont tous les deux hâte de vous voir.

— Ils sont pas furieux à propos de ce qui s'est passé ?

— Ils sont inquiets pour vous. Sam ne pouvait que procéder par suppositions. Ils vous aiment beaucoup. Vous allez traverser tout cela ensemble. Quoi qu'il arrive.

La lèvre de Kelly trembla. Des larmes coulèrent le long de ses joues.

— Je les aime aussi.

Sam se laissa aller contre le dossier de la chaise. Elle se rappela Douglas Pinkman, ses encouragements à chacune des compétitions d'athlétisme, même après son départ au lycée. L'homme avait assisté à plus de manifestations que son propre père.

Et maintenant Sam était assise en face de la fille qui l'avait assassiné.

Elle dit à Kelly :

— Vos parents seront dans la salle d'audience à l'étage, mais vous n'aurez pas la possibilité de les toucher, ni de leur parler autrement que pour leur dire bonjour. Sam espérait qu'il n'y avait pas d'appareils photo dans la salle d'audience. Elle devrait s'assurer qu'on prévienne les parents de Kelly. Une fois que vous aurez été retransférée à la prison, vous aurez droit aux visites, mais souvenez-vous que tout ce que vous direz à vos parents, ou à quiconque là-bas, sera enregistré. Dans la salle des visites ou au téléphone, quelqu'un écoute toujours. Ne leur parlez pas de ce qui s'est passé hier. OK ?

— Oui, ma'ame, mais je peux demander, est-ce que j'ai des ennuis ?

Sam dévisagea Kelly à la recherche d'une marque de duplicité.

— Kelly, vous vous souvenez de ce qui s'est passé hier matin ?

— Oui, ma'ame. J'ai tué ces deux personnes. Le pistolet était dans ma main.

Sam évalua son affect, chercha des signes de remords.

Il n'y en avait aucun.

Kelly aurait tout aussi bien pu décrire des événements arrivés à quelqu'un d'autre.

— Pourquoi avez... Sam réfléchit à la manière de poser la question. Connaissiez-vous Lucy Alexander ?

— Non, ma'ame. Je pense qu'elle devait êtr' à l'école primaire, parc' qu'elle avait l'air vraiment petite.

Sam ouvrit la bouche et inhala un peu d'air.

— Et Mr Pinkman ?

— Eh bien, j'ai entendu des gens dire que ce n'était pas un homme mauvais, mais on ne m'a jamais envoyée au bureau du principal.

Le caractère aléatoire des victimes empirait en quelque sorte la situation.

— Alors eux deux, Mr Pinkman et Lucy Alexander, se trouvaient seulement dans le couloir au mauvais moment ?

— Je suppose, répondit Kelly. Comme je l'ai dit, le pistolet était dans ma main, et ensuite Mr Huckabee l'a mis dans son pantalon.

Sam sentit son cœur tressaillir dans sa poitrine. Elle jeta un œil au chronomètre sur son téléphone. Elle s'assura qu'aucune ombre ne s'attardait près de la porte. Elle interrogea Kelly :

— Avez-vous dit à mon père ce que vous venez de me dire ?

— Non, ma'ame. Je n'ai pas dit grand-chose à votre papa hier. J'étais bouleversée parc' qu'ils m'ont amenée à l'hôpital, et en plus mon bidon me faisait mal comme tout, et ils ont parlé de me garder pour toute la nuit, et je sais que ça coûte beaucoup d'argent d'être là-bas.

Sam referma son bloc-notes. Elle reboucha son stylo. Elle échangea ses lunettes de lecture contre ses lunettes habituelles.

Elle se trouvait dans une situation assez unique. Une avocate de la défense n'était pas autorisée à appeler un témoin à la barre en sachant que le témoin allait mentir. Cette règle expliquait pourquoi les représentants légaux ne demandaient jamais à leurs clients de leur raconter l'entière vérité. L'entière vérité donnait rarement une bonne défense.

Les propos de Kelly à Sam tombaient sous le coup de la confidentialité. Mais Sam n'appellerait jamais un témoin ou ne lui ferait pas subir de contre-interrogatoire de la sorte, elle n'aurait pas les mains liées. Elle pourrait simplement couper au montage les faits préjudiciables quand elle communiquerait sa conversation à Rusty et le laisserait s'occuper du reste.

Kelly poursuivit :

— Mon oncle Shane est mort à l'hôpital, et sa femme et les autres ont dû quitter leur maison parc' que les frais étaient trop chers.

— Ils ne vous factureront pas le séjour à l'hôpital.

Elle sourit. Ses dents pareilles à de minuscules perles blanches.

— Est-ce que mes parents savent ça ? Parce que je crois que ça va leur faire plaisir.

— Je veillerai à ce qu'ils le sachent.

— Merci, Miss Quinn. Pour sûr, j'apprécie vraiment tout ce que votre papa et vous faites pour moi.

Sam fit rouler le stylo entre ses doigts. Elle se souvint de quelque chose aux informations la veille.

— Savez-vous si le collège a des caméras de sécurité ?

— Oui, ma'ame. Ils en ont une dans chacun des couloirs, sauf que celle près du secrétariat a pris un coup et elle n'enregistre presque rien après un certain endroit.

— Elle a un angle mort ?

— Je ne sais pas si elle a ça, mais elle ne peut pas tout voir après environ le milieu du couloir.

— Comment savez-vous ça ?

Elle leva ses épaules minces, puis les maintint ainsi une seconde avant de les laisser retomber.

— Tout le monde sait ça.

Sam demanda :

— Kelly, avez-vous de nombreux amis à l'école ?

— Des connaissances, vous voulez dire ?

Sam acquiesça.

— Sûr.

— Je suppose que je connais presqu' tout le monde.

J'ai été à l'école un vraiment long moment. Elle sourit à nouveau. Pas assez longtemps pour être avocate, par contre.

Sam sentit qu'elle lui rendait son sourire.

— Avez-vous quelqu'un dont vous êtes particulièrement proche ?

Les joues de Kelly virèrent au rouge vif.

Sam reconnut ce type de rougissement. Elle ouvrit son bloc-notes.

— Vous pouvez me dire son prénom. Je ne le répéterai à personne.

— Adam Humphrey. Kelly était manifestement très désireuse de parler du garçon. Il a des cheveux et des yeux marron, et il n'est pas vraiment grand mais il conduit une Chevrolet Camaro. Mais on monte pas ensemble tous les deux. Pas comme si c'était officiel ou quoi que ce soit.

— OK, et des amies filles ? En avez-vous ?

— Non, ma'ame. Pas proches pour les amener à la maison avec moi. Elle se souvint : Sauf qu'il y avait Lydia Phillips quand j'étais à l'école primaire, excepté qu'elle a déménagé quand son papa a été transféré à cause de l'économie.

Sam nota les détails dans son bloc.

— Est-ce qu'il y a des professeurs dont vous êtes proche ?

— Eh bien, Mr Huckabee avait l'habitude de m'aider avec mes leçons d'histoire, mais il l'a pas fait depuis un moment. Dr Jodie a dit qu'il me laisserait faire du travail en plus pour rattraper les cours que j'ai ratés la semaine dernière, mais m'a pas donné ce travail encore. Et Mrs Pinkman…

Kelly baissa vivement la tête.

Sam termina une ligne dans ses notes. Elle posa son stylo. Elle étudia la jeune fille.

Kelly était devenue silencieuse.

Sam demanda :

— Est-ce que Mrs Pinkman vous aidait en anglais ?

Kelly ne répondit pas. Elle garda la tête baissée. Ses cheveux recouvraient son visage. Sam l'entendit renifler. Ses épaules se mirent à trembler. Elle pleurait.

— Kelly, dit Sam. Pourquoi êtes-vous bouleversée ?

— Parc' que Mr Pinkman n'était pas un homme mauvais. Elle renifla à nouveau. Et cette fille n'était qu'un bébé.

Sam serra ses mains l'une dans l'autre. Elle appuya ses coudes sur la table.

— Pourquoi étiez-vous au collège hier matin ?

— Parc', marmonna-t-elle.

— Parce que quoi ?

— Parc' j'ai apporté le pistolet de la boîte à gants de mon papa. Elle renifla. Et je l'avais dans ma main quand j'ai tué ces deux personnes-là.

Le procureur en Sam voulait lui mettre la pression, mais elle n'était pas ici pour casser la fille.

— Kelly, je sais que vous êtes probablement fatiguée de m'entendre dire ceci, mais c'est important. Vous ne devez jamais dire à qui que ce soit ce que vous venez de me dire. OK ? Ni à vos parents, ni à vos amis, ni à des inconnus, surtout à personne en prison.

— Ce sont pas mes amis, c'est ce qu'a dit Mr Rusty. La voix de Kelly était étouffée derrière la cascade de cheveux épais. Ils pourraient essayer de me mettre dans les ennuis pour se sortir des ennuis eux-mêmes.

— C'est exact. Personne ici n'est votre ami. Ni les gardes, ni les autres détenus, ni le gardien, ni personne d'autre.

La jeune fille renifla. La chaîne des menottes cliqueta à nouveau sous la table.

— Je parlerai à aucun d'eux. Je garderai pour moi-même, comme je le fais.

Sam sortit ses derniers mouchoirs en papier de son sac et les passa à Kelly.

— Je parlerai à vos parents avant que vous les voyiez et je m'assurerai qu'ils ne vous interrogent pas sur ce qui s'est passé. Sam supposait que Rusty avait déjà servi ce discours aux Wilson, mais ils l'entendraient de sa bouche avant qu'elle quitte la ville. Tout ce que vous m'avez dit sur hier reste entre vous et moi. OK ?

Elle renifla une nouvelle fois.

— OK.

— Mouchez-vous. Elle attendit que Kelly s'exécute, puis

ajouta : Parlez-moi d'Adam Humphrey. Est-ce que vous le retrouvez à l'école ?

Kelly secoua la tête. Sam ne voyait toujours pas son visage. Tout ce qu'elle distinguait c'était le sommet de son crâne.

Sam demanda :

— Avez-vous retrouvé Adam dehors ? Par exemple au cinéma ou à l'église ?

Kelly secoua à nouveau la tête.

— Parlez-moi de l'album de promo dans votre placard.

Kelly leva vivement la tête. Sam s'attendit à voir de la colère, mais elle discerna de la peur.

— S'il vous plaît, ne le dites à personne.

— Je n'en ferai rien, promit Sam. Souvenez-vous, tout ici est confidentiel.

Kelly garda le mouchoir dans la main et s'essuya le nez avec sa manche.

Sam demanda :

— Pouvez-vous me dire pourquoi les gens écrivent ces choses sur vous ?

— C'étaient des mauvaises choses.

— Je ne pense pas que les actes qu'ils décrivaient étaient mauvais. Je pense que les gens qui écrivaient ces choses se montraient cruels.

Kelly semblait déroutée. Sam ne pouvait la blâmer. Ce n'était pas le moment de faire une leçon de féminisme à une tueuse en folie de dix-huit ans.

Elle demanda à Kelly :

— Pourquoi ont-ils écrit ces choses sur vous ?

— Je sais pas, ma'ame. Vous devriez leur demander.

— Est-ce que certaines de ces choses étaient vraies ?

Kelly rebaissa les yeux sur la table.

— Pas comme ils l'ont dit, mais peut-être quelque chose qui y ressemblait.

Sam s'interrogea sur la tournure de la phrase. La fille n'était pas lente au point de ne pas savoir dérouter.

— Étiez-vous en colère parce qu'ils s'en prenaient à vous ?

— Non, répondit-elle. J'étais blessée surtout, parc' qu'y a des choses qu'elles sont privées et je connaissais même pas la plupart d'ces gens. Mais c'était y a longtemps, j'suppose. Sont nombreux à d'jà avoir eu leur bac.

— Est-ce que votre mère a vu l'album ?

Kelly écarquilla les yeux. Cette fois, elle eut l'air effrayé.

— S'il vous plaît, ne le montrez pas à ma maman.

— Je ne le ferai pas, promit Sam. Vous vous rappelez quand je vous ai dit que tout cela restera confidentiel ?

— Non.

Sam sentit un picotement au niveau de son sourcil gauche.

— Quand je suis entrée ici dans la pièce, je vous ai expliqué qui je suis, et que je travaille avec mon père, et que nous avons tous deux prêté un serment de confidentialité.

— Non, ma'ame, je ne me souviens pas de cette partie-là.

— La confidentialité signifie que je dois garder vos secrets.

— Oh ! Alors, OK, c'est ce que votre papa a dit aussi, sur les secrets.

Sam regarda l'heure. Elle avait moins de quatre minutes.

— Kelly, on m'a dit qu'hier matin juste après la fusillade, quand Mr Huckabee vous a demandé de lâcher le revolver, vous avez dit quelque chose que Mr Huckabee et peut-être un officier de police ont entendu. Vous vous souvenez de ce que vous avez dit ?

— Non, ma'ame. Je me sentais pas trop de parler après tout ça.

— Vous avez dit quelque chose. Sam fit une autre tentative : L'officier vous a entendue. Mr Huckabee vous a entendue.

— OK. Kelly acquiesça lentement. J'ai vraiment dit quelque chose.

Sam fut surprise par la rapidité avec laquelle la jeune fille changeait de version.

— Vous vous souvenez de ce que vous avez dit ?

— Je sais pas. Je me souviens pas de l'avoir dit.

Sam ressentit l'empressement de Kelly à satisfaire son interlocuteur ; il débordait littéralement dans l'espace qui les séparait. Elle s'efforça d'aborder la question sous un autre angle et demanda :

— Kelly, dans le couloir, hier matin, avez-vous dit à

Mr Huckabee et à l'officier de police que les casiers sont bleus ?

— Oui, ma'ame. Kelly s'empara de la proposition. Ils sont bleus.

Sam se mit à hocher la tête.

— Je sais qu'ils sont bleus. Mais est-ce que c'est ce que vous avez dit à ce moment-là ? Leur avez-vous effectivement *dit* cela, que les casiers sont bleus ? Est-ce que c'est ce que vous avez dit à Mr Huckabee et au policier ? Que les casiers sont bleus ?

Kelly se mit à acquiescer elle aussi.

— Oui, c'est ça que j'ai dit.

Sam savait que la jeune fille mentait. À ce moment-là, la veille au matin, Kelly Wilson avait tiré sur deux personnes et les avait tuées. Son ancien professeur lui demandait de lui remettre l'arme du crime. Un policier pointait sans aucun doute un pistolet sur sa tête. Kelly n'avait pas fait de pause pour admirer l'environnement de l'école.

Sam demanda :

— Vous vous souvenez avoir dit à tous les deux que les casiers étaient bleus.

— Oui, ma'ame.

Kelly paraissait tellement certaine de la réponse qu'elle aurait très bien pu déjouer le détecteur de mensonge.

— OK. Alors Mr Huckabee était là-bas, poursuivit Sam en se demandant jusqu'où elle pourrait pousser la jeune fille. Mrs Pinkman était là-bas aussi. Y avait-il quelqu'un d'autre là-bas ? Quelqu'un que vous n'avez pas reconnu ?

— Il y avait une femme en T-shirt du diable. Elle désigna sa poitrine. Le diable portait un masque bleu, et il y avait le mot « Devils » écrit dessus.

Sam se souvenait d'avoir emballé les affaires de Charlie après sa visite désastreuse à New York. Chaque T-shirt de sa sœur affichait le logo des Blue Devils de l'université de Duke.

Sam demanda à Kelly :

— La femme au T-shirt des Devils. Est-ce qu'elle a blessé quelqu'un ?

— Non, ma'ame. Elle était assise là-bas, devant Mrs Pinkman, et regardait ses mains.

— Êtes-vous sûre qu'elle n'a blessé personne ? Sam raffermit le ton de sa voix. C'est très important, Kelly. Vous devez me dire si la femme avec le T-shirt des Devils a blessé quelqu'un.

— Eh bien. Kelly examina le visage de Sam en quête d'indices. Je sais pas si elle l'a fait, pour cause que j'étais assise.

Très lentement, Sam se remit à acquiescer.

— Je crois que vous avez vu la femme des Devils blesser quelqu'un, même si vous étiez assise par terre. Les preuves montrent que vous l'avez vue, Kelly. Il ne sert à rien de mentir.

L'incertitude de Kelly réapparut.

— Je veux pas vous mentir. Je sais que vous essayez de m'aider.

Sam adopta un ton ferme.

— Alors reconnaissez la vérité. Vous avez vu la femme en T-shirt des Devils blesser quelqu'un.

— Oui, ma'ame. Kelly hocha également la tête. Maintenant que j'y réfléchis, peut-être qu'elle a blessé quelqu'un.

— Est-ce qu'elle vous a blessée ?

Kelly hésita. Elle scruta l'expression de Sam à la recherche d'une piste.

— Peut-être ?

— Je ne peux pas me servir d'un « peut-être » pour vous aider, Kelly. Sam essaya à nouveau et déclara : Vous avez vu la femme en T-shirt Blue Devils blesser quelqu'un d'autre dans le couloir.

— Oui, ma'ame. Kelly paraissait plus sûre d'elle, à présent. Elle ne cessait de hocher la tête, comme si le mouvement façonnait sa pensée.

— C'est ce que j'ai vu.

Sam demanda :

— Est-ce que la femme des Devils a blessé Mrs Pinkman ? Elle se pencha vers l'avant. Parce que Mrs Pinkman se trouvait juste là, Kelly. Vous me l'avez dit pas plus tard qu'il y a quelques secondes. Pensez-vous que la femme des Devils aurait pu blesser Mrs Pinkman ?

— Je le pense.

Kelly continua de hocher la tête, parce que c'était son mode de comportement. Elle réfutait l'affirmation, puis elle concédait que l'affirmation était peut-être vraie, puis elle acceptait l'affirmation comme un fait. Tout ce que Sam devait faire c'était parler avec autorité, donner la réponse à la jeune fille, acquiescer plusieurs fois, puis attendre que le mensonge lui soit régurgité.

Sam dit :

— D'après des témoins oculaires, Kelly, vous avez vu exactement ce que la femme en Devils a fait.

— OK, confirma Kelly. C'est ce que j'ai vu. Elle l'a blessée.

— Comment la femme en Devils a blessé Mrs Pinkman ? Sam agita les mains en l'air en essayant de réfléchir à des exemples. Est-ce qu'elle lui a donné un coup de pied ? Un coup de poing ?

— Elle l'a giflée de la main.

Sam regarda la main qu'elle venait d'agiter dans l'air, certaine que le mouvement avait fait naître l'idée dans la tête de Kelly.

— Vous êtes sûre d'avoir vu la femme en Devils gifler Mrs Pinkman ?

— Oui, ma'ame, ça s'est passé comme vous avez dit. Elle l'a giflée sur le visage, et j'ai entendu le bruit de là où j'étais assise dans le couloir.

Sam prit conscience de l'énormité du mensonge. Sans réfléchir, elle avait impliqué sa propre sœur dans l'agression.

— Alors, ce que vous racontez, c'est que vous avez vu de vos propres yeux le moment où la femme en Devils a giflé Mrs Pinkman au visage ?

Kelly ne cessa d'acquiescer. Elle avait les larmes aux yeux. Elle voulait manifestement satisfaire Sam, comme si cette satisfaction allait déverrouiller le mécanisme secret pour sortir de ce cauchemar éveillé.

Kelly chuchota :

— Je suis désolée.

— Tout va bien.

Sam ne la poussa pas plus loin, parce que l'exercice avait validé son opinion. En lui posant une question suggestive, sur un ton approprié, Kelly Wilson aurait probablement dit que Charlie avait assassiné Judith Pinkman de ses propres mains.

La jeune fille était aussi influençable qu'une patiente sous hypnose.

Sam vérifia son téléphone. Il restait quatre-vingt-dix secondes, plus la minute intermédiaire.

— Est-ce que la police vous a parlé hier avant Mr Rusty ?

— Oui, ma'ame. Ils m'ont parlé à l'hôpital.

— Est-ce qu'ils vous ont lu vos droits Miranda avant de discuter avec vous ? Sam devina que Kelly ne comprenait pas. Est-ce qu'ils ont dit : « Vous avez le droit de garder le silence. Vous avez le droit de faire appel à un avocat » ? Est-ce qu'ils vous ont dit quelque chose de cet ordre ?

— Non, ma'ame, pas à l'hôpital, parc' que j'm'en s'rais souvenue de la télé.

Sam se pencha sur la table.

— Kelly, ceci est très important. Avez-vous dit quoi que ce soit à la police avant de parler à mon père ?

— Ce type-là plus vieux, il a pas arrêté de me parler. Il est monté avec moi dans l'ambulance jusqu'à l'hôpital, et puis il est resté dans ma chambre pour s'assurer que j'allais bien.

Sam mit en doute la sollicitude de l'homme quant au bien-être de la jeune fille.

— Avez-vous répondu à certaines de ses questions ? Est-ce qu'il vous a interrogée ?

— Je sais pas.

— Est-ce que vous aviez des menottes quand il vous a parlé ?

— Suis pas sûre. Dans l'ambulance, vous voulez dire ?

— Oui.

— Eh ben, non, pas là. Pas de ce que j'me souviens.

— Vous rappelez-vous exactement quand on vous a menottée ?

— C'était à un moment.

Sam avait envie de balancer son stylo à travers la pièce.

— Kelly, il est très important que vous essayiez de vous souvenir. Est-ce qu'ils vous ont interrogée à l'hôpital avant que mon père vous dise de ne pas répondre à la moindre question ?

— Je suis désolée, ma'ame. Je me souviens pas de grand-chose d'hier.

— Mais le vieux type était toujours avec vous ?

— Oui, ma'ame, sauf quand il a dû aller aux toilettes, et alors un officier de police est venu s'asseoir avec moi.

— Est-ce que le type plus vieux était en uniforme de police ?

— Non, ma'ame. Il était en costume et cravate.

— Est-ce qu'il vous a dit son nom ?

— Non, ma'ame.

— Vous souvenez-vous quand on vous a dit vos droits Miranda… quand ils ont dit : « Vous avez le droit de garder le silence. Vous avez le droit de faire appel à un avocat » ? Elle patienta. Kelly, vous souvenez-vous du moment où on vous a dit ces mots ?

Kelly voyait clairement que c'était important.

— Peut-être dans la voiture de police sur le chemin de la prison ce matin ?

— Mais ce n'était pas à l'hôpital ?

— Non, ma'ame. C'était à un moment ce matin, mais je ne sais pas à quelle heure exactement.

Sam se laissa aller contre le dossier de sa chaise. Elle essaya de réfléchir. Si on n'avait pas lu ses droits Miranda à Kelly avant ce matin, alors tout ce qu'elle avait dit avant pouvait, d'un point de vue technique, être jugé irrecevable par la cour.

— Êtes-vous certaine que, ce matin, c'était la première fois qu'ils vous ont dit vos droits ?

— Eh bien, je sais que ce matin c'était le type plus vieux qui l'a fait. Elle haussa ses épaules menues. Peut-être que s'il l'a fait plus tôt, vous pourrez le voir sur la vidéo.

— Quelle vidéo ?

— Celle qu'ils ont faite sur moi à l'hôpital.

11

Sam était assise seule à la table de la défense. Son sac à main posé au sol. À l'intérieur, sa canne repliée. Elle examinait ses notes prises lors de l'entretien avec Kelly Wilson, et faisait semblant d'ignorer qu'une centaine de personnes au moins étaient assises derrière elle. Sans aucun doute possible, la majorité d'entre elles étaient des gens de la région. La chaleur dégagée par leur rage incandescente faisait rouler des perles de sueur le long du dos de Sam.

L'un d'eux était peut-être l'agresseur de Rusty.

À en juger par les chuchotements furieux, nombre d'entre eux poignarderaient sa fille aussi volontiers.

Ken Coin toussa dans sa main. À sa table, le procureur du comté était entouré d'une véritable phalange : un adjoint ramolli, au teint frais ; un homme plus âgé avec une moustache en balai-brosse, et l'indispensable blonde tout aussi jeune que séduisante. À New York, ce type de femme aurait porté un tailleur bien coupé et des talons hors de prix. La version Pikeville la faisait davantage ressembler à une nonne.

Ken toussa à nouveau. Il voulait que Sam le regarde, mais elle ne le ferait pas. Une poignée de main de pure forme était tout ce qu'elle s'était autorisé. La gratitude que Coin croyait devoir mériter pour avoir abattu Daniel Culpepper avait été effacée par son comportement ignoble. Sam n'était pas une habitante de Pikeville. Elle ne reviendrait jamais. Elle n'avait nul besoin de prétendre avoir une quelconque affinité avec ce sale bâtard sournois. Coin était le type de procureur qui détériorait l'image de la profession. Pas seulement à cause de son petit jeu concernant la mise en accusation, mais surtout pour la vidéo qu'il avait réalisée à l'hôpital.

L'enregistrement pouvait conduire Kelly Wilson à la pendaison.

Il n'y avait aucun moyen de savoir ce que la jeune fille avait dit. En se fondant sur le bref moment passé en sa compagnie, Sam ne doutait pas un instant que Kelly Wilson ait pu avouer qu'elle avait assassiné Abraham Lincoln. La question juridique, peut-être la requête de Rusty, serait de savoir si le film de Kelly serait recevable ou non par la cour. Si on n'avait pas lu ses droits Miranda à Kelly avant qu'elle réponde aux questions, ou s'il apparaissait clairement qu'elle ne comprenait pas ses droits, alors la vidéo ne devrait pas être montrée au jury.

D'un point de vue technique, cela devait fonctionner ainsi.

Mais il s'agissait d'un problème juridique. Il y avait toujours des moyens de le contourner.

Ken Coin soutiendrait que les droits Miranda n'importaient guère, parce que Kelly avait volontairement fait sa déclaration. Pourtant, un obstacle juridique géant se dressait sur son passage. Pour que la vidéo soit recevable, Coin devait prouver qu'une *personne raisonnable* — fort heureusement pas Kelly Wilson elle-même — supposait que Kelly n'était *pas* détenue par la police, au moment de l'enregistrement. Si Kelly se croyait en état d'arrestation — avec menottes, empreintes digitales et photo d'identité à la clé —, alors elle était habilitée à la lecture de ses droits.

Par conséquent, pas de droits Miranda, pas de film révélé au jury.

Tout au moins, cela devait fonctionner ainsi.

Il y avait d'autres facteurs sensibles dans le système, en outre l'humeur du juge. Très rarement trouvait-on une personnalité totalement impartiale sur le banc. Ils avaient tendance à pencher plutôt en faveur de l'accusation ou de la défense. Aucun juge n'aimait que l'on fasse appel, mais lorsqu'une affaire se trouvait réexaminée par une juridiction supérieure, il devenait de plus en plus difficile pour un prévenu de plaider qu'une erreur avait été commise.

Aucun juge n'appréciait d'aller à l'encontre d'un confrère d'un rang inférieur.

Sam referma son bloc-notes. Elle jeta un coup d'œil derrière elle. Les Wilson étaient assis avec Lenore. Sam avait discuté avec eux moins de cinq minutes avant que le public soit admis dans la salle d'audience. Quand les photographes surprirent Sam croisant le regard des parents de la tueuse, les appareils photo se déclenchèrent. Les caméras semblaient bannies de la salle d'audience, mais de nombreux journalistes consignaient le moindre instant armés de leurs stylos.

Comme le contexte ne lui permettait pas de leur adresser un sourire rassurant, Sam fit un signe de tête à Ava, puis à Ely. Tous deux lui répondirent de même, mâchoires serrées, agrippés l'un à l'autre. Leurs vêtements avaient la rigidité du neuf, ils conservaient les plis du cintre et ceux marqués au niveau des bras et des épaules. Après que Sam leur eut décrit l'humeur de Kelly, ils lui demandèrent en premier quand ils pourraient rentrer chez eux.

Elle n'était pas en mesure de leur fournir une réponse définitive.

Les Wilson acceptèrent cette incertitude avec une espèce de résignation qui semblait enracinée en leur âme. Ils appartenaient à ces territoires ruraux aux revenus modestes, oubliés de tous. Ils étaient habitués à ce que le système ne joue pas en leur faveur. Le vide dans leurs yeux évoquait à Sam les images de réfugiés qui émaillaient les magazines. Peut-être y avait-il des parallèles. Ava et Ely Wilson étaient complètement perdus, contraints d'entrer dans un monde inconnu, leur sentiment de sécurité, leur impression de paix, tout ce qu'ils avaient chéri dans leur vie antérieure avait disparu.

Sam se remémora que Lucy Alexander et Douglas Pinkman, eux aussi, avaient disparu.

Lenore se pencha et chuchota quelque chose à l'oreille

d'Ava. La femme acquiesça. Sam prit note de l'heure. L'audience allait commencer d'un instant à l'autre.

L'entrée de Kelly Wilson fut précédée par le tintement distant de chaînes, comme si le Père Noël et son traîneau se trouvaient de l'autre côté du mur. L'huissier ouvrit la porte. Déclics d'appareils photo. Des murmures emplirent la salle d'audience.

Kelly était escortée par quatre gardes armés, chacun d'eux si imposant que la jeune fille était perdue dans un océan de chair. Elle était contrainte à traîner des pieds, parce qu'ils l'avaient entravée aux quatre membres. Le garde à droite la tenait par le bras. Les extrémités de ses doigts se chevauchaient. L'homme était tellement musclé qu'il aurait pu porter Kelly d'une seule main et l'installer sur sa chaise.

Sam était heureuse qu'il se tienne au côté de la jeune fille. À l'instant où elle aperçut ses parents, ses genoux cédèrent. Le garde l'empêcha de tomber. Kelly se mit à gémir.

— Maman… Elle essaya de tendre le bras, mais ses mains étaient enchaînées à sa taille. Papa ! hurla-t-elle. S'il te plaît !

Sam fut debout et traversa la salle avant d'avoir eu le temps de réfléchir à la façon de se déplacer. Elle saisit les mains de Kelly.

— Regardez-moi.

La jeune fille gardait les yeux rivés sur ses parents.

— Maman, je suis tellement désolée.

Sam serra plus fort les mains de Kelly, juste assez pour lui faire mal.

— Regardez-moi ! exigea-t-elle.

Kelly regarda Sam. Son visage était inondé de larmes. Son nez coulait. Elle claquait des dents.

— Je suis là, déclara Sam en lui tenant fermement les mains. Vous allez bien. Continuez à me regarder moi.

— Tout va bien ? s'enquit l'huissier.

C'était un homme d'âge mûr, mais la main posée sur le manche du taser était ferme.

Sam répondit :

— Oui. Nous allons bien.

Les gardes déverrouillèrent les chaînes qui ceignaient les chevilles, les poignets et la taille de Kelly.

— Je n'y arriverai pas, chuchota Kelly.

— Tout va bien, insista Sam pour que ce soit le cas. Souvenez-vous de ce que nous avons dit au sujet des gens qui vous regardent.

Kelly acquiesça. Elle s'essuya le nez avec sa manche, tenant fermement les mains de Sam.

Sam ajouta :

— Vous devez être forte. N'inquiétez pas vos parents. Ils veulent que vous soyez une grande fille. OK ?

Kelly hocha la tête.

— Oui, ma'ame.

— Tout va bien, répéta Sam.

Les chaînes heurtèrent le sol. L'un des gardes se pencha et les ramassa d'une seule main.

Sam s'appuya contre l'épaule de la jeune fille, tandis qu'elles marchaient vers la table. Sam s'assit. Le garde repoussa Kelly sur le siège à ses côtés.

Kelly regarda derrière elle, vers ses parents.

— Je vais bien, leur dit-elle d'une voix tremblante. Je vais bien.

La porte du cabinet du juge s'ouvrit.

La greffière annonça :

— Veuillez vous lever pour le juge Stanley Lyman.

Sam adressa un signe de tête à Kelly pour lui signifier qu'elle devait se lever. Tandis que le juge progressait vers le banc, Kelly s'empara à nouveau de la main de Sam. Ses mains étaient trempées de sueur.

Stan Lyman paraissait être du même âge que Rusty, sans en avoir la démarche. Les juges formaient une espèce très diversifiée. Certains étaient assez confiants pour se contenter de prendre place sur le banc. D'autres cherchaient à asseoir leur domination à l'instant où ils pénétraient dans la salle d'audience. Stan Lyman tombait dans cette dernière catégorie. Il prit une mine renfrognée en balayant du regard la galerie, le banc de l'accusation plein à craquer. Son regard fixe s'arrêta sur Sam. Il effectua une estimation quasi mécanique de la moindre parcelle de son corps, comme s'il pratiquait une IRM. Elle n'avait pas été aussi minutieusement inspectée par un homme depuis son dernier examen médical.

Il abattit son marteau, les yeux toujours rivés sur Sam.

— Asseyez-vous.

Sam s'assit et tira Kelly pour la faire asseoir à côté d'elle. Des papillons inopportuns refirent leur apparition. Elle se demandait si Charlie la regardait depuis la galerie.

La greffière annonça :

— Affaire numéro OA 15-925, le comté de Dickerson contre Kelly Rene Wilson pour la mise en accusation.

Elle se tourna vers Ken Coin.

— Déclinez votre identité pour l'inscription au dossier.

Coin se leva et s'adressa au juge.

— Bonjour, Votre Honneur. Kenneth C. Coin, Darren Nickelby, Eugene « Cotton » Henderson, et Kaylee Collins pour le comté.

Lyman lui adressa un signe de tête solennel.

— Bonjour.

Sam se releva.

— Votre Honneur, Samantha Quinn pour Miss Wilson, qui est présente.

— Bonjour. Lyman refit un signe de tête. Cette mise en accusation remplit les conditions d'une audience préliminaire pour détermination de cause probable. Miss Quinn, Miss Wilson et vous-même, veuillez vous lever pour la mise en accusation.

Sam fit un signe de tête à Kelly pour qu'elle s'exécute. La jeune fille s'était remise à trembler. Sam ne lui prit pas la main. Durant les prochaines années, Kelly allait entrer et sortir des salles d'audience. Il fallait qu'elle apprenne à tenir debout toute seule.

— Miss Quinn. Lyman baissa les yeux sur Sam. Il était sorti du script habituel. Vous ôterez ces lunettes de soleil dans ma salle d'audience.

Sam demeura momentanément perplexe suite à cette requête. Ses verres étaient teintés depuis si longtemps qu'elle s'en souvenait à peine.

— Votre Honneur, il s'agit de mes lunettes de vue. Elles sont teintées pour des raisons médicales.

— Venez par ici. Il lui fit signe d'approcher. Laissez-moi les regarder.

Sam sentit son cœur marteler follement sa poitrine. Une centaine de paires d'yeux était rivée sur son dos. Des appareils photo se déclenchèrent. Des journalistes retranscrivaient le moindre mot. Ken Coin toussa dans sa main, mais ne fit rien pour attester la véracité de ses propos.

Sam laissa sa canne dans son sac à main. Consumée par l'humiliation, elle boitilla vers le juge. Les appareils photo évoquaient des douzaines de sauterelles se frottant les pattes. Les images qu'ils capturaient seraient imprimées dans les journaux, peut-être mises en ligne, et les collègues de Sam pourraient les voir. En regard des photos, les histoires iraient rechercher les raisons de porter ces lunettes. Les gens du coin assis à la galerie, ceux qui habitaient les environs depuis des années, se feraient une joie de fournir tous les détails. Ils scrutaient la démarche de Sam, estimaient l'ampleur des dommages corporels causés par la balle.

C'était une véritable bête curieuse dans ce petit spectacle de foire.

Devant le juge, Sam retira ses lunettes d'une main tremblante. La lumière fluorescente l'éblouit, lui poignarda la cornée. Elle s'adressa au juge :

— S'il vous plaît, manipulez-les avec soin. Je n'ai pas apporté de paire de rechange.

Lyman saisit les lunettes, sans ménagement, puis les brandit en l'air pour les examiner.

— On ne vous a pas dit de vous habiller convenablement dans ma salle d'audience ?

Sam baissa les yeux sur sa tenue, une déclinaison du chemisier en soie noire et du pantalon noir fluide qu'elle portait au quotidien.

— Je vous demande pardon ?

— Que portez-vous ?

— Armani, répondit-elle au juge. Puis-je récupérer mes lunettes, s'il vous plaît ?

Il les reposa en les cognant durement.

— Vous pouvez rejoindre votre place.

Sam ausculta les verres à la recherche d'éventuelles taches. Elle fit glisser les lunettes sur son nez. Tourna les talons. Chercha des yeux Charlie dans la foule, mais elle ne discerna que les visages vaguement familiers, plus âgés à présent, de personnes connues dans l'enfance.

Le retour fut plus long que l'aller. Elle tendit les mains vers la table. À la dernière minute, elle aperçut Ben assis dans la galerie juste derrière Ken Coin. Il lui adressa un clin d'œil et un sourire encourageant.

Kelly prit la main de Sam, quand elles se retrouvèrent debout toutes les deux. Elle répéta les mots réconfortants de Sam à son intention :

— Tout va bien.

— Oui, merci.

Sam laissa la jeune fille lui tenir la main. Elle était trop ébranlée pour agir autrement.

Le juge Lyman se racla la gorge plusieurs fois. Apparemment, il avait pris conscience de l'enfer dans lequel il avait placé Sam, mais cette dernière n'en tira aucun réconfort. Elle savait par expérience que certains juges camouflaient leurs erreurs en punissant l'avocat qui en était à l'origine.

Il déclara :

— Miss Quinn, renoncez-vous à la lecture de tous les chefs d'accusations à l'encontre de Miss Wilson ?

Elle fut tentée de répondre non, mais l'écart vis-à-vis de la norme ne ferait qu'allonger la procédure.

— Nous y renonçons.

Lyman fit un signe de tête en direction de la greffière.

— Vous pouvez mettre Miss Wilson en accusation et l'informer de ses droits.

La greffière se leva à nouveau.

— Kelly Rene Wilson, vous avez été arrêtée sur la cause probable de deux inculpations pour meurtre au premier degré. Miss Quinn, êtes-vous prête à inscrire un plaidoyer ?

Sam répondit :

— Nous souhaiterions demander à la cour d'inscrire une déclaration de non-culpabilité.

Un petit rire bête provint de la foule mal informée. Lyman souleva son marteau, mais le bruit s'éteignit avant qu'il ne l'abaisse.

La greffière déclara :

— Pour tous les chefs d'accusation, l'accusé plaide non coupable.

La femme se retourna vers Kelly. Sam songea que son visage rond lui était quelque peu familier. Une autre camarade d'école, depuis longtemps oubliée. Elle n'avait pas pris la défense de Sam non plus, quand le juge avait réclamé ses lunettes.

La greffière ajouta :

— Kelly Rene Wilson, vous avez le droit à un procès public et prompt par un jury. Vous avez le droit de faire appel à un avocat. Vous avez le droit de ne pas participer à votre propre incrimination. Ces droits demeurent et vous accompagnent tout au long de la procédure judiciaire.

— Merci. Lyman abaissa la main. Sam indiqua à Kelly de s'asseoir. Le juge poursuivit : La première question me concernant est, monsieur Coin, croyez-vous qu'il y aura une seconde inculpation remplaçant la première à la suite de la convocation d'un grand jury ?

Sam écrivit une note dans son bloc, tandis que Coin se dirigeait vers l'estrade en traînant des pieds. Un autre de ses coups bas : essayer d'établir sa domination. Comme avec un enfant, il était préférable de l'ignorer.

— Votre Honneur.

Coin appuya le pied sur l'estrade.

— Il y a une possibilité manifeste.

Lyman s'enquit :

— Avez-vous un calendrier ?

— Non définitif, Votre Honneur. On estime que la convocation aurait lieu dans les deux prochaines semaines.

— Merci, monsieur le procureur, vous pouvez retourner à votre place. Lyman était un juge âgé, il connaissait les petits jeux des avocats. Et les dispositions concernant l'accusé en l'attente du procès ?

Coin reprit sa place derrière la table quand il s'adressa au juge.

— Nous détiendrons l'accusée soit à la prison de la ville soit dans celle du comté, selon le plus sûr pour elle.

— Miss Quinn ? s'enquit le juge.

Sam savait qu'il n'y avait aucune chance pour que Kelly Wilson obtienne une mise en liberté sous caution. Elle répondit :

— Je n'ai pas d'objection à ces dispositions pour le moment, Votre Honneur. Pourtant, comme précédemment, j'aimerais renoncer au droit pour Miss Wilson que les chefs d'accusation soient entendus par un grand jury. Kelly affrontait déjà un verdict de cause probable de deux inculpations pour meurtre au premier degré. Sam ne voulait pas l'exposer à d'autres chefs d'accusation par la convocation d'un grand jury. Ma cliente n'a nul souhait de ralentir la procédure.

— Très bien. Lyman en prit note. Monsieur Coin, avez-vous l'intention de traiter cela comme une affaire avec communication ouverte des preuves, ce qui signifie que vous livrerez les preuves et autres pièces sans rien en dissimuler ?

Coin tendit les mains en avant, comme un disciple du Christ.

— Toujours, Votre Honneur. À moins d'un fondement juridique, la communication ouverte des pièces a toujours été la politique de ce bureau.

Sam dilata ses narines. Elle se répéta que la vidéo de l'hôpital serait le combat de Rusty.

Lyman demanda :

— Êtes-vous satisfaite, Miss Quinn ?

— Je le suis pour le moment, Votre Honneur. Je ne suis ici qu'en qualité de codéfenseur aujourd'hui. Mon père remplira les requêtes au sein de la cour dès qu'il sera apte à le faire.

Lyman posa son stylo. Pour la première fois, il la regarda sans réprobation.

— Comment se porte votre père ?

— Impatient d'élaborer une défense énergique pour Miss Wilson, Votre Honneur.

La bouche de Lyman se déforma, signe qu'il ne savait comment interpréter le ton de Sam.

— Êtes-vous consciente qu'il s'agit d'une affaire de meurtre qualifié, Miss Quinn, ce qui signifie que l'accusation peut requérir la peine capitale, comme elle en a le droit ?

— Oui, Votre Honneur, j'en suis consciente.

— Je ne suis pas familier des usages de là d'où vous venez, Miss Quinn, mais par ici, nous considérons nos affaires de peine capitale avec beaucoup de sérieux.

— Je suis de Winder Road, à environ dix kilomètres en haut de la rue, Votre Honneur. Je suis consciente du sérieux de ces chefs d'accusation.

Lyman n'appréciait manifestement pas les gloussements en provenance de la galerie. Il demanda à Sam :

— Pourquoi ai-je l'impression que vous n'officiez pas en qualité de codéfenseur pour votre père ? Il fit un geste ample de la main. En d'autres termes, vous n'avez nulle intention de poursuivre votre tâche jusqu'au procès.

— Je crois que vous avez mis Mr Grail dans une position semblable, Votre Honneur, mais je puis vous assurer que je suis engagée dans cette affaire et que j'ai l'intention d'assister pleinement Miss Wilson de toutes les compétences que l'on requerra de moi pour aider à sa défense.

— Très bien. Il sourit et Sam sentit son sang se figer, parce qu'elle était tombée droit dans son piège. Avez-vous la moindre question ou doute sur l'aptitude de l'accusée à vous assister ou comprendre la nature de ces procédures judiciaires ?

— Je ne soulèverai pas cette question à ce stade, Votre Honneur.

Lyman ne la laisserait pas s'en tirer si facilement.

— Divertissons-nous, Miss Quinn. Devriez-vous, en tant que codéfenseur, soulever la question à l'avenir…

— Je ne le ferai que sur le fondement d'un dépistage scientifique, Votre Honneur.

— Un dépistage scientifique ?

Il eut l'air perplexe.

Sam poursuivit :

— Miss Wilson s'est montrée vulnérable à la suggestion, Votre Honneur, comme je suis certaine que l'accusation pourra le confirmer.

Coin se leva d'un bond.

— Votre Honneur, je ne peux pas…

Sam couvrit sa voix.

— Le champ intellectuel de type verbal de Miss Wilson est limité pour une jeune fille de dix-huit ans. Je souhaiterais faire évaluer l'encodage de sa mémoire pour une communication visuelle non verbale, le fonctionnement du langage, toutes ses déficiences en mots et récupération des données encodées, et faire quantifier son quotient émotionnel et intellectuel.

Coin étouffa un rire.

— Et vous vous attendez à ce que le comté paie pour tout cela ?

Sam se retourna vers lui.

— On m'a dit que vous considériez les affaires de peine capitale avec beaucoup de sérieux, par ici.

Des rires s'échappèrent de la foule.

Lyman cogna son marteau plusieurs fois avant que le calme revienne. Sam eut le temps de voir les coins de sa bouche se soulever, quand il réprima un sourire. Les juges s'amusaient rarement dans une salle d'audience. Cet homme siégeait au tribunal depuis si longtemps qu'il pensait très certainement avoir tout vu.

— Votre Honneur, renchérit Sam pour tâter le terrain. Puis-je soulever une autre question ?

Il lui adressa un hochement de tête excessivement généreux pour illustrer la latitude qu'il lui permettait.

— Pourquoi pas ?

— Merci, Votre Honneur, répondit Sam. Les parents de Miss Wilson sont impatients de retrouver leur foyer. Un calendrier approximatif fourni par l'accusation indiquant quand elle compte évacuer la maison des Wilson serait le bienvenu.

Ken Coin bondit à nouveau de sa table.

— Votre Honneur, pour le moment, le comté n'a pas encore d'estimation concernant la fin de ladite perquisition au domicile des Wilson. Il parut prendre conscience qu'il ne pouvait rivaliser avec le langage formel de Sam. Il exhiba ses dents au juge. Ces choses sont très difficiles à prévoir, monsieur le juge. Nous avons besoin de temps pour réaliser une perquisition minutieuse, dans les règles, selon les recommandations préconisées par le mandat.

Sam se tança de ne pas avoir lu le mandat en amont.

Lyman répondit :

— Voici votre réponse, Miss Quinn, en l'état.

— Merci, Votre Honneur.

Sam l'observa prendre le marteau. Elle retourna la formule du juge « en l'état » dans sa tête. Elle sentit un élan de certitude, son instinct lui intima que c'était le moment.

— Votre Honneur ?

Lyman reposa son marteau.

— Miss Quinn ?

— Concernant la communication des pièces…

— Je crois que ce point a été traité.

— Je le comprends bien, Votre Honneur. Néanmoins, une vidéo de Miss Wilson a été enregistrée hier après-midi pendant qu'elle était détenue à l'hôpital.

— Votre Honneur. Coin était à nouveau sur ses pieds. Détenue ?

— Sous surveillance, précisa Sam.

— Oh ! allez ! Le ton de Coin transpirait l'écœurement. Vous ne pouvez pas…

— Votre Honneur…

Lyman leva la main pour les arrêter tous les deux. Il se laissa aller contre le dossier de son siège. Il joignit le bout des doigts pour réfléchir. Ces moments étaient fréquents en salles d'audience, où le juge arrêtait la procédure pour réfléchir aux subtilités d'une requête. La plupart du temps, il finissait par remettre le problème à plus tard, demandait que l'on écrive des requêtes, ou se contentait de reporter sa décision à une date ultérieure.

Parfois, il retournait la question aux avocats, ce qui signifiait qu'il fallait se préparer à plaider avec concision ou courir le risque d'influencer le juge contre votre position pour le restant de l'affaire.

Sam se raidit, comme si elle se figeait dans les starting-blocks, les yeux sur la piste qui s'étendait devant elle. Lyman avait mentionné la communication des pièces très en amont, donc il savait certainement que Ken Coin était prêt à suivre la loi à la lettre, et pas l'esprit.

Lyman acquiesça à l'intention de Sam.

Elle s'élança :

— Miss Wilson était sous la surveillance d'un officier de police en civil, qui l'a accompagnée depuis le collège jusqu'à l'hôpital. Il se trouvait dans l'ambulance avec elle. Il est resté avec elle dans la chambre d'hôpital toute la nuit. Il était présent avec Miss Wilson dans la voiture de police qui l'a conduite à la prison ce matin, et il était également présent quand on lui a lu ses droits Miranda ce matin. Si j'utilise le terme « détenue » ou « sous surveillance », c'est parce que toute personne sensée…

— Votre Honneur, intervint Ken. Est-ce une mise en accusation ou un épisode spécial de *Comment se sortir impunément d'un meurtre* ?

Lyman adressa à Sam un regard dur, mais il lui octroya plus de latitude.

— Miss Quinn ?

— Conformément à la position stipulée par l'accusation sur la communication des preuves, nous demandons qu'une copie de la vidéo enregistrée à l'hôpital soit remise à Miss Wilson sans délai, de sorte qu'elle puisse déterminer la marche à suivre.

— La marche à suivre, répéta Coin, comme si cette notion était absurde. Ce que Kelly Wilson a dit, c'était…

— Monsieur Coin.

Lyman éleva la voix assez fort pour qu'elle résonne jusqu'au fond de la pièce. Il se racla la gorge dans le silence avant de s'adresser à Coin :

— Je pèserai vos mots très attentivement.

Coin hésita.

— Oui, Votre Honneur. Merci.

Lyman reprit son stylo. Il tourna lentement le marteau, un moyen de gagner du temps destiné à sermonner Coin encore davantage. Même Kelly Wilson savait que l'on ne présentait pas de preuve à une mise en accusation.

Lyman demanda :

— Monsieur Coin, quand est-ce qu'une copie de cette vidéo à l'hôpital pourra être disponible ?

Coin répondit :

— Nous devrons faire convertir le film, monsieur. Il a été réalisé sur un iPhone qui appartient au shérif Keith Coin.

— Votre Honneur ? Sam serra les dents. Keith Coin était l'illustration même de l'autorité masculine. Kelly aurait sauté d'une falaise s'il le lui avait demandé. Puis-je être claire… comme vous l'avez deviné, je me suis éloignée un temps. Le shérif Coin est-il le frère du procureur Coin ?

— Vous savez qu'il l'est, Samantha. Coin se pencha vers le juge, la main agrippée au bord de la table. Votre Honneur, on m'a dit qu'il fallait faire venir quelqu'un d'Atlanta pour s'assurer que le transfert de la vidéo est correctement exécuté. Un *cloud* ou quelque chose d'approchant entre en jeu. Je ne suis pas spécialiste en la matière. Je suis un vieux qui regrette les téléphones de dix kilos, qui coûtaient deux dollars par mois à la location. Il afficha un grand sourire à l'adresse du juge, qui avait à peu près son âge. Votre Honneur, ces choses demandent du temps et de l'argent.

— Dépensez l'argent, hâtez le temps, rétorqua Lyman. Miss Quinn, y a-t-il autre chose ?

Euphorique, Sam sentit que le juge penchait en sa faveur. Elle décida de forcer sa chance.

— Votre Honneur, au sujet d'enregistrements vidéo, nous souhaiterions également que nous soient remises les images des caméras de surveillance de l'école aussi rapidement que possible pour que nos experts aient le temps de les analyser.

Coin donna un coup sec sur la table avec ses articulations, manifestement sur la défensive.

— Cela va nécessiter un certain temps aussi, Votre

Honneur. Mes hommes eux-mêmes n'ont pas visionné ces images. Nous sommes responsables de la vie privée des personnes qui se trouvaient à l'école au moment de la fusillade. Nous devons nous assurer de ne remettre que des preuves que l'accusée est habilitée à recevoir conformément aux règles de la communication des pièces.

Lyman parut dubitatif.

— Vous-même, avez-vous déjà visionné les images enregistrées au collège hier matin ?

Les yeux de Coin bougèrent.

— Mes hommes ne l'ont pas fait, non monsieur.

— Tous vos hommes sans exception doivent-ils les visionner ?

— Les spécialistes, monsieur. Coin se raccrochait aux branches. Nous devons…

— Je vais abréger vos souffrances, déclara Lyman, manifestement agité. Pour que *vos hommes* visionnent ces images, faudra-t-il une semaine ? Deux semaines ?

— Je ne pourrais hasarder une supposition, Votre Honneur. Les matériaux en mouvement…

— J'attends votre réponse à ma question pour la fin de la semaine. Il prit le marteau en main, prêt à mettre un terme à l'audience.

Sam intervint :

— Puis-je me permettre, Votre Honneur ?

Il fit des moulinets avec le marteau pour l'inciter à accélérer.

— Le procureur pourrait-il me dire s'il faut que j'engage un expert en analyse audio également ? Trouver des professionnels qualifiés exige souvent du temps.

Lyman répliqua :

— J'ai découvert que pour localiser un professionnel des salles d'audience, il fallait seulement laisser traîner un billet de cent dollars sur un parking d'université. Il sourit quand certains des journalistes s'esclaffèrent. Monsieur Coin ?

Coin baissa les yeux sur la table. La main sur la hanche, la veste déboutonnée, la cravate de travers.

— Votre Honneur.

Sam patienta. Coin ne proposa rien de plus.

Lyman l'aiguillonna :
— Monsieur Coin, votre réponse à la question sur l'audio ?
Coin tapota la table de l'index.
— Est-ce que le bébé a été tué ?
Personne ne répondit.
— Est-ce que le bébé a été tué ? Coin martela à nouveau la table, un coup pour chaque mot. Est-ce que le *bébé* a été tué ?
Sam n'allait pas y mettre un terme, mais elle lâcha un incontournable :
— Votre Honneur.
Lyman haussa les épaules en signe de désarroi.
Coin poursuivit :
— C'est après cela que court Miss Quinn. Elle voulait savoir ce que Kelly Wilson a dit dans le couloir après avoir assassiné un homme et une enfant de sang-froid.
Lyman fronça les sourcils.
— Monsieur Coin. Ce n'est pas le lieu.
— Le *bébé*…
— Monsieur Coin.
— Était le surnom utilisé par les parents Alexander pour désigner Lucy…
— Monsieur Coin.
— C'est ainsi que Barbara Alexander en parlait à ses élèves. Ou Frank Alexander au lycée…
— Monsieur Coin, ceci est mon dernier avertissement.
— Monsieur Alexander qui allait recaler Kelly Wilson. Coin se tourna vers la foule. Kelly voulait savoir : Est-ce que *le bébé* a été tué ?
Lyman cogna son marteau.
Coin dit à Kelly :
— Oui, *le bébé* a été tué.
— Huissier.
Coin ramena son regard vers le juge.
— Votre Honneur.
— Moi ? Lyman feignit la surprise. Vous êtes au courant de ma présence ? Je n'avais pas réalisé.
Aucun rire nerveux ne s'échappa de la galerie. Les mots

de Coin avaient laissé leur empreinte. Dans les jours à venir, les gros titres étaient tout trouvés.

Coin déclara :

— Mes plus sincères excuses, Votre Honneur. Je reviens à peine de l'autopsie de la petite Lucy et…

— Ça suffit !

Les yeux de Lyman croisèrent ceux de l'huissier. L'homme se tenait prêt.

— Comme vous l'avez dit, monsieur Coin, ceci est une mise en accusation et pas l'émission *Comment se sortir impunément d'un meurtre*.

— Oui, monsieur.

Coin posa le bout des doigts sur la table, prêt, le dos tourné à la foule.

— Toutes mes excuses, Votre Honneur. Je me suis laissé submerger.

— Et j'en ai plus qu'assez de votre numéro.

Lyman était visiblement furieux.

Sam revint à la charge.

— Votre Honneur, dois-je comprendre qu'une bande-son accompagne les images de vidéosurveillance de l'école ?

— Je pense que tout le monde dans cette salle d'audience l'aura compris, Miss Quinn. Lyman posa sa joue contre son poing. Il réfléchit un instant aux implications de l'incident. La délibération ne dura pas longtemps. Miss Quinn, le procureur vous fera parvenir à votre bureau ainsi qu'à la greffière dès demain, à 5 heures précises, le calendrier concernant…

Sam tenait son bloc-notes et son stylo prêts.

— L'évacuation rapide du *domicile* des Wilson, qui sera remis à leur disposition. La communication de la vidéo réalisée à l'hôpital en intégralité — et sans aucun montage. La communication de toutes les images prises par les caméras de surveillance, sans aucun montage, à l'intérieur et autour du collège, de l'école primaire à côté, ainsi que du lycée de l'autre côté de la rue.

Coin ouvrit la bouche mais reconsidéra son objection.

Lyman déclara :

— Monsieur Coin, vos calendriers m'étonneront par leur célérité et leur précision. Ai-je raison ?

— Votre Honneur, vous avez raison.

Le juge fit enfin retentir son marteau.

— Veuillez vous lever, exhorta la greffière.

Lyman claqua la porte derrière lui.

Les personnes présentes dans la salle d'audience laissèrent échapper un soupir collectif.

Les gardiens vinrent chercher Kelly. Ils préparèrent ses entraves avec lenteur et octroyèrent ainsi à la jeune fille quelques instants avec ses parents.

Coin ne proposa pas la poignée de main habituelle. Sam le remarqua à peine. Elle était trop occupée à écrire sur son bloc et à retranscrire pour Rusty ce qu'il devrait recevoir le lendemain après-midi, parce que la retranscription de la cour ne serait pas prête avant au moins une semaine. Le juge avait demandé beaucoup de choses ; plus qu'elle n'en avait espéré. Sam finit par rédiger quelques notes, prises plus tôt lors de la discussion avec Kelly.

Sam cessa d'écrire.

Elle regarda la transcription, souligna…

Il est juste un peu barbouillé à ce moment de la journée.

Elle tourna la page. Puis la page suivante. Ses yeux balayèrent en diagonale les propos de Kelly Wilson.

… mon bidon me faisait mal comme tout… en général, ça se calme tout seul… Malade au même moment hier… pour rattraper les cours que j'ai ratés la semaine dernière…

— Kelly.

Sam se retourna vers la jeune fille. On lui avait déjà entravé les pieds. Les gardiens étaient sur le point de lui passer les menottes, mais Sam s'avança et l'attira contre elle. Le pull orange se retroussait sous les bras de Kelly. Son ventre appuya contre celui de Sam.

Kelly chuchota :

— Merci, Miss Quinn.

— Tout ira bien, lui dit Sam. Souvenez-vous de ce que je vous ai dit : ne parlez à personne.

— Oui, ma'ame. Je garderai tout pour moi.

Elle tendit ses frêles poignets pour que les gardiens puissent la menotter. Ils passèrent la chaîne autour de sa taille.

Sam se retint de leur dire de ne pas trop serrer.

Lucy Alexander n'était pas le bébé pour lequel Kelly Wilson s'inquiétait.

12

Sam négocia avec prudence la rampe de livraison plutôt raide qui conduisait hors du tribunal. La puanteur s'était atténuée, ou peut-être s'était-elle habituée à l'odeur dégagée par les bennes. Elle leva les yeux vers le ciel. Un soleil orange effleurait la cime des lointaines montagnes. Bientôt le crépuscule. Elle ne savait absolument pas où dormir ce soir, mais il fallait qu'elle parle à Rusty avant de quitter la ville.

Il devait savoir que Kelly Wilson gardait peut-être le motif de ses crimes au tréfonds de son ventre.

Les nausées matinales ne se manifestaient pas toujours le matin. Parfois, c'était l'après-midi mais, pour l'essentiel, elles apparaissaient approximativement à la même heure tous les jours, généralement durant le premier trimestre. Ce qui expliquait pourquoi Kelly avait manqué des cours à l'école. Ce qui expliquait aussi la bosse sur son ventre, bosse que Sam avait sentie quand elle l'avait serrée contre elle.

Kelly Wilson était enceinte de plusieurs semaines.

La voiture rouge de Lenore décrivit un grand cercle et s'arrêta non loin du bas de la rampe.

— Sammy ! Charlie bondit du siège passager. Bordel, tu as été fantastique là-dedans ! Oh ! mon Dieu ! Elle balança le bras autour de la taille de Sam. Laisse-moi t'aider.

— Donne-moi une minute, demanda Sam. Son corps en était au stade où il était plus facile de rester debout que de s'asseoir. Tu aurais pu m'avertir à propos du juge.

— Je t'ai dit que c'était un coincé du cul, répliqua Charlie. Mais, merde, tu l'as fait sourire. Je ne l'avais jamais vu sourire. Et tu as fait postillonner Coin comme une rampe d'arrosage détraquée. Ce stupide trou du cul a déballé son dossier en plein milieu d'une mise en accusation !

Lenore sortit de la voiture.

Charlie rayonnait.

— Est-ce que ma grande sœur n'a pas manipulé Ken Coin en putain de beauté ?

Lenore confirma :

— J'étais impressionnée, concéda-t-elle à contrecœur.

— Ce juge-là. Sam ôta ses lunettes pour se frotter les yeux. J'avais oublié…

— Que tu avais l'air d'un Dracula de l'ère victorienne ?

— *Dracula* se passait *effectivement* à l'époque victorienne. Sam remit ses lunettes.

— La priorité numéro un de Rusty sera de trouver un expert pour évaluer Kelly. Soit elle est déficiente, soit elle est assez intelligente pour faire semblant. Elle est peut-être en train de tous nous duper.

Charlie réprima un rire.

— Papa peut-être, mais elle ne peut pas te duper toi.

— N'as-tu pas dit que j'étais trop intelligente pour savoir à quel point j'étais stupide ?

— Tu as raison. Il nous faut un expert, confirma Charlie. On doit aussi trouver quelqu'un qui s'y connaît en fausses confessions. Tu sais que l'enregistrement de l'hôpital va montrer l'espoir d'un bénéfice.

— Peut-être. Sam craignait que Ken et Keith Coin ne soient trop malins pour montrer leur travail. L'espoir d'un bénéfice ou toute fausse incitation, telle que la promesse d'un chef d'accusation moindre en échange d'une confession, était illégal. Je peux trouver un spécialiste à New York. Quelqu'un devra passer les enregistrements au crible pour s'assurer qu'ils ne les ont pas censurés. Est-ce que Rusty a un enquêteur ?

Lenore répondit :

— Jimmy Jack Little.

Sam ne s'attarderait pas sur ce nom idiot.

— Jimmy Jack doit localiser un jeune homme nommé Adam Humphrey.

— Qu'est-ce qu'il cherche ? s'enquit Lenore.

— Kelly s'est peut-être confiée à Humphrey.

— Elle baisait avec lui ou est-ce qu'il essayait de la baiser ?

Sam haussa les épaules, parce que c'était tout ce qu'elle pouvait répondre sans rompre son serment de confidentialité.

— Je ne crois pas que Kelly aille à l'école avec lui. Peut-être qu'il a eu son bac ? Le seul détail dont je dispose c'est qu'il conduit une Camaro.

— Classe, dit Charlie. Peut-être qu'il est dans l'album ? Soit en photo, soit il a écrit quelque chose. Kelly a révélé que c'était son petit copain ?

— Pas clair, répondit Sam. Kelly Wilson ne comprenait peut-être pas tout à fait le serment de confidentialité, mais Sam ne le prenait pas à la légère. Rusty sait que le père de Lucy Alexander était le prof de Kelly ? L'homme ferait un second suspect dans la chasse à la paternité. Elle demanda à Lenore : Si tu pouvais établir pour Rusty une liste de tous les professeurs de Kelly…

— Tu sais que c'est leur angle, ça, l'interrompit Charlie. Kelly était furieuse que Mr Alexander la recale, alors elle a apporté une arme à l'école et elle a tué sa fille.

Ce ne seraient pas leurs arguments, si un test de grossesse positif était révélé.

Charlie ouvrit la bouche pour parler.

— Chut !

De la tête, Lenore désigna un endroit derrière elle.

Ben descendait la rampe, les mains dans les poches, les cheveux ébouriffés par le vent. Il sourit à Sam.

— Tu devrais être avocate quand tu seras grande.

Elle lui retourna son sourire.

— Je vais y réfléchir.

— Tu étais incroyable. Ben lui serra l'épaule. Rusty va être vraiment fier de toi.

Sam sentit son sourire s'infléchir. L'approbation de Rusty était la dernière chose qu'elle espérait.

— Merci.

— Chéri, déclara Charlie. Est-ce que ma sœur n'a pas tout déchiré ?

Il acquiesça.

— Elle a tout déchiré.

Charlie leva la main pour lui arranger les cheveux, mais Ben esquissait déjà un pas en arrière. Il avança à nouveau d'un pas, quand elle abaissa la main. Le malaise était de retour.

Sam tenta :

— Ben, et si on dînait tous ensemble ?

— Je vais être obligé de reconstruire mon patron, maintenant que tu l'as mis en morceaux, mais merci de la proposition. Ses yeux se posèrent vivement sur Charlie, puis revinrent sur Sam. Mais, hé, Sam. Je ne savais pas pour la vidéo à l'hôpital. J'étais au poste hier toute la journée. J'ai découvert le coup de la mise en accusation une demi-heure avant qu'elle débute. Il haussa une seule épaule, tout comme Charlie. Je n'aime pas jouer à la déloyale comme ça.

Sam répondit :

— Je te crois.

— Je ferais mieux d'y retourner. Ben tendit la main pour attraper celle de Lenore. Fais en sorte qu'elles rentrent en sécurité à la maison.

Il se dirigea vers la rampe, les mains profondément enfouies dans les poches.

Charlie s'éclaircit la voix. Elle le regarda avec une envie qui transperça le cœur de Sam. Elle avait vu sa sœur plus pleurer aujourd'hui que durant toute leur enfance. Sam avait envie de traîner Charlie derrière Ben et de la forcer à implorer son pardon. Elle était tellement obstinée. Jamais elle ne présentait ses excuses.

— En voiture.

Lenore se mit au volant, puis claqua sa portière.

Sam adressa à Charlie un regard interrogatif, mais cette dernière haussa les épaules tout en rampant sur la banquette arrière, pour laisser de la place à Sam.

Lenore roulait déjà quand Sam referma sa portière.

Charlie s'enquit :

— Où allons-nous ?

— Cabinet.

Lenore tourna pour s'engager sur la voie principale. Elle accéléra pour passer à l'orange.

— Ma voiture est au poste, déclara Charlie. Y a-t-il une raison d'aller au cabinet ?

— Oui, fit Lenore, pour toute réponse.

Charlie n'en demanda pas davantage. Elle s'avachit sur la banquette et regarda par la vitre. Sam supposait que sa sœur songeait à Ben. L'envie d'attraper Charlie, de la secouer pour lui remettre les idées en place, était irrésistible. Pourquoi sa sœur avait-elle mis son mariage en péril ? Ben était la seule bonne chose qu'elle avait dans l'existence.

Lenore tourna dans une autre petite rue. Sam retrouva enfin ses repères. Elles étaient du mauvais côté de la ville à présent, là où les dollars des touristes n'avaient pas pénétré. Chaque bâtiment avait l'air aussi délabré qu'il y a trente ans.

Lenore brandit une miniature du vaisseau spatial *Enterprise*.

— Ben m'a donné ça.

Sam ne comprenait absolument pas pourquoi il avait donné ce jouet à Lenore.

Charlie, elle, semblait le savoir.

— Il n'aurait pas dû.

Lenore répliqua :

— OK, mais il l'a fait.

— Jette-le, déclara Charlie. Mets-le dans un mixeur.

Sam interrogea :

— Quelqu'un peut me dire…

— C'est une clé USB, répondit Charlie. Et je suppose qu'elle nous aidera dans cette affaire.

— Exactement, confirma Lenore.

— Débarrasse-t'en, putain, répéta Charlie en articulant chaque mot. Il va avoir des ennuis. Il va se faire virer. Ou pire.

Lenore fourra la clé USB dans son soutien-gorge.

— Je ne marche pas là-dedans. Charlie leva les mains. Si tu fais radier Ben du barreau, je ne te le pardonnerai jamais.

— Ajoute ça à ta liste.

Lenore balança la voiture sur une autre petite rue. Le vieux bâtiment abritant des fournitures de bureau était légèrement transformé. Le verre poli en façade était recouvert de planches. D'épais barreaux de sécurité raturaient les autres fenêtres. L'entrée sécurisée était nouvelle, aussi. Quand le portail s'ouvrit en bourdonnant sur un sanctuaire entouré de murs, à l'arrière du bâtiment, Sam repensa aux animaux sauvages du zoo de San Diego.

— Tu vas ouvrir cette clé USB ? demanda Charlie.

— Je vais ouvrir cette clé USB, répondit Lenore.

Du regard, Charlie appela Sam à son secours.

Sam haussa les épaules.

— Il voulait que nous l'ayons.

— Je vous déteste toutes les deux, putain !

Charlie bondit de la voiture. Elle ouvrit la porte blindée, puis la porte normale, avant que Sam puisse entamer la discussion.

Lenore proposa :

— On peut ouvrir le fichier dans mon bureau.

D'un pas lourd, Charlie disparut dans l'angle et alluma les lumières sur son trajet.

Sam ne savait pas si elle devait suivre sa sœur ou lui laisser du temps pour que sa colère se consume d'elle-même. Elle éprouvait de la méfiance envers Charlie. Elle se montrait tellement versatile : une minute elle applaudissait sa performance à la salle d'audience et, la minute d'après, elle lui en voulait parce qu'elle faisait son travail. Il y avait une instabilité tangible en Charlie.

— Je suis par là.

De la tête, Lenore désigna l'autre aile du bâtiment.

Sam la suivit dans un long couloir imprégné de l'odeur des cigarettes de Rusty. Elle essaya de se rappeler la dernière fois où elle avait été exposée à la fumée. Certainement à Paris, avant l'interdiction de fumer dans les lieux publics.

Elles passèrent devant une porte close avec le nom de Rusty sur une plaque. Sam aurait deviné qu'il s'agissait de son bureau uniquement à l'odeur. Les striures de nicotine qui irradiaient la porte fournissaient un indice supplémentaire.

Lenore précisa :

— Il n'a pas fumé à l'intérieur depuis des années. Il trimballe l'odeur sur ses vêtements.

Sam fronça les sourcils. Tellement de choses clochaient dans son corps qu'elle n'imaginait pas ce qui poussait quelqu'un à nuire intentionnellement à sa santé. Si deux crises cardiaques ne faisaient pas office de signal d'alarme, rien ne le pourrait.

Lenore extirpa un trousseau de clés de son sac. Elle coinça sa pochette sous son bras pendant qu'elle déverrouillait la porte. Elle alluma les lumières. Sous l'effet de la lumière vive, Sam plissa les yeux.

Une fois que ses pupilles se furent adaptées, elle découvrit un espace accueillant et ordonné. Le bureau de Lenore était très bleu. Des murs bleu pâle. Une moquette bleu foncé. Un canapé bleu pastel recouvert de coussins décoratifs dans diverses nuances de bleu. Elle annonça :

— J'aime le bleu.

Sam demeura debout près du canapé.

— C'est très joli.

— Tu peux t'asseoir.

— Je pense que c'est mieux si je reste debout.

— Fais comme tu veux.

Lenore prit place à son bureau.

— Ma jambe est…

— Pas besoin d'explication. Elle se pencha et inséra la clé USB dans son ordinateur. Elle tourna l'écran pour que Sam y voie. Tu veux que je parte ?

Sam n'avait pas envie de paraître plus grossière.

— Je te laisse le soin de décider.

— Je reste. Lenore cliqua sur l'icône de la clé. Un seul fichier. Une série de nombres. Tu y vois ?

Sam acquiesça. L'extension indiquait .mov : le fichier était donc une vidéo.

— Continue.

Lenore cliqua sur le nom du fichier.

La vidéo s'ouvrit.

Elle cliqua sur l'agrandissement de l'image, qui occupa bientôt tout l'écran.

Il aurait pu s'agir d'une photographie, s'il n'y avait eu la présence dans l'angle des nombres : 07 :58 :47. Un typique couloir d'école. Des casiers bleus. Un sol au carrelage brun clair. La caméra était trop inclinée vers le bas. Seule une moitié du couloir était visible, environ quinze mètres dégagés à la vue. Le point le plus distant montrait un mince rai de lumière qui devait provenir d'une porte ouverte. Sur les murs se trouvaient des affiches. Des graffitis émaillaient les casiers. L'espace était désert. Les images avaient du grain. La couleur était délavée, tirant vers le sépia.

Lenore augmenta le volume des haut-parleurs.

— Pas de son.

— Regarde.

Sam pointa l'écran. Tandis qu'elle observait, un bout du mur avait spontanément volé en éclats.

— Coup de feu, déclara Lenore.

Sam examina l'orifice rond pratiqué par la balle.

Un homme arriva en courant dans le couloir.

Il était entré dans la scène depuis l'arrière de la caméra. Il leur tournait le dos. Chemise blanche à manches longues. Pantalon foncé. Cheveux gris, coupe masculine classique, court à l'arrière, et raie sur le côté.

Il s'arrêta brusquement, les mains tendues devant lui.

Non, ne faites pas ça.

Lenore aspira de l'air entre ses dents lorsque l'homme fut agité d'une violente secousse une fois, puis une autre, puis encore une autre.

Du sang fut pulvérisé dans l'air.

Il s'écroula au sol. Sam vit son visage.

Douglas Pinkman.

Une balle dans la poitrine. Deux dans la tête. Un trou noir à la place de l'œil droit.

Un flot de sang se répandit autour de son corps.

Sam se couvrit la bouche avec la main.

Lenore lâcha :

— Oh ! mon Dieu !

Une petite silhouette avait tourné à l'angle. Dos tourné à la caméra.

Des nattes retombaient de chaque côté de sa tête.

Un sac à dos de princesse, des chaussures qui s'allumaient, elle balançait les bras.

Elle marqua un arrêt brutal.

Mr Pinkman. Mort, étendu au sol.

Lucy Alexander tomba rapidement et atterrit sur son sac à dos.

Sa tête pendait en arrière. Les jambes étendues. Les chaussures pointées vers le plafond.

La petite fille s'efforça en vain de lever la tête. Elle toucha du bout des doigts la blessure béante dans son cou.

Sa bouche remuait.

Judith Pinkman courut en direction de la caméra. Sa chemise rouge ressortait d'un rouille terne sur l'écran. Elle avait les bras en arrière, décollés sur les côtés, comme une créature ailée sur le point de s'envoler. Elle dépassa son époux, puis se laissa tomber sur les genoux près de Lucy.

— Regarde, dit Lenore.

Kelly Wilson entra finalement dans le champ.

Distante. Légèrement floue. La fille se trouvait aux confins de l'objectif. Elle était vêtue tout en noir. Ses cheveux gras pendouillaient sur ses épaules. Elle avait les yeux écarquillés. La bouche béante. Elle tenait le revolver de sa main droite.

Comme je l'ai dit, le revolver était dans ma main.

Kelly s'assit sur le sol. La moitié gauche de son corps se trouvait hors de portée de la caméra. Elle tournait le dos aux casiers. Le revolver se trouvait à son côté, au sol. Elle fixait un point droit devant elle.

Lenore intervint :

— Un poil en dessous de onze secondes depuis que la balle est entrée dans le mur. Du doigt, elle pointa le temps inscrit dans l'angle. J'ai compté cinq coups de feu au total. Un contre le mur. Trois sur Pinkman. Un sur Lucy. Ce n'est pas ce que montrait la simulation aux infos. Ils disaient qu'on avait tiré deux fois sur Judith Pinkman, ratée les deux fois.

Sam regarda Lucy encore une fois.

La bouche de Judith Pinkman était ouverte et elle hurlait en direction du plafond.

Sam lut sur les lèvres de la femme désespérée.

« À l'aide ! »

Quelque part dans l'école, Charlie entendit les appels de la femme.

Lenore souleva la boîte de Kleenex posée sur son bureau.

Sam prit quelques mouchoirs. Elle s'essuya les yeux. Se moucha. Contempla Judith Pinkman mettre la main en coupe sous la tête de Lucy. Elle essayait en vain d'arrêter l'hémorragie de la blessure qui avait ouvert le cou de la petite fille. Du sang dégoulinait sur ses doigts comme si elle avait pressé une éponge. La femme sanglotait, gémissait de chagrin.

Charlie jaillit de nulle part, bondissant dans le cadre.

Elle remonta le couloir en courant, en direction de la caméra, vers Lucy et Mrs Pinkman. Son visage trahissait une panique totale. Elle n'accorda qu'un bref regard à Douglas Pinkman. Ses genoux heurtèrent le sol. Elle était de biais par rapport à la caméra, le visage bien visible. Elle empoigna la main de Lucy Alexander, parla à la fillette. Elle se balança d'avant en arrière dans une tentative d'apaisement.

Sam avait vu Charlie se balancer de cette façon une seule fois auparavant.

— C'est Mason, déclara Lenore.

Elle se moucha bruyamment.

Mason Huckabee tournait le dos à la caméra. D'évidence, il s'adressait à Kelly et s'efforçait de l'amadouer pour qu'elle lâche le revolver. La fille était toujours assise, mais elle avait glissé plus loin dans le couloir. Sam ne distinguait plus son visage. Les seules parties toujours visibles étaient sa jambe droite et la main qui tenait le revolver.

La crosse de l'arme reposait sur le sol.

Mason se mit à genoux. Il se pencha vers l'avant. Il tendit le bras, la paume de la main ouverte. Il avança de quelques centimètres vers Kelly. Lentement, lentement. Sam ne pouvait qu'imaginer ses paroles.

Donne-moi le revolver. Tends-le moi. Tu n'es pas obligée de faire ça.

Mason connaissait Kelly Wilson, il avait été son professeur, il lui avait donné des cours particuliers. Il savait qu'il était possible de l'en dissuader.

Sur l'écran, il continuait de se rapprocher, encore plus près, jusqu'à ce que, sans avertissement, Kelly soulève le flingue hors du cadre.

L'estomac de Sam se souleva.

Mason recula vivement, mettant de la distance entre Kelly et lui.

— Elle a retourné le flingue contre elle, explicita Lenore. C'est pour ça que ses mains à lui sont baissées et pas en l'air.

Sam ramena son regard vers Charlie. Elle se trouvait au côté de Lucy, en face de Mrs Pinkman. La femme d'âge mûr avait la tête levée vers le plafond, yeux clos. À l'évidence, elle priait. Charlie était assise jambes croisées sur le sol. Les mains sur les genoux. Elle se frottait les doigts, contemplait fixement le sang comme si elle n'avait jamais rien vu de tel auparavant.

Ou peut-être se disait-elle le contraire : qu'elle avait déjà vu exactement ça auparavant.

Charlie tourna lentement la tête. Elle regardait hors champ. Un fusil à pompe glissa sur le sol, avant de s'arrêter à quelques pas de là. Charlie ne bougea pas. Une autre seconde s'écoula. Un agent de police ramassa le fusil à pompe. Il descendit le couloir en courant. Les pans de son gilet pare-balles battaient au niveau de sa taille. Il se laissa tomber sur un genou et enfonça la crosse du fusil dans son épaule.

L'arme était braquée sur Mason Huckabee, pas sur Kelly Wilson.

Mason était agenouillé, le dos tourné vers Kelly, bloquant le tir de l'homme.

Charlie paraissait inconsciente de tout cela. Les yeux baissés sur ses mains, apparemment fascinée par la vue du sang. Son balancement s'était intensifié, évoquant davantage une vibration qui aurait parcouru son corps entier.

Lenore chuchota :

— Mon pauvre bébé.

Sam dut détourner les yeux de sa sœur. Elle trouva Mason

toujours à genoux. Dos tourné vers Kelly Wilson. Le fusil était braqué sur sa poitrine à lui.

Le fusil était braqué sur sa poitrine.

Les yeux de Sam se reposèrent vivement sur Charlie. Elle n'avait pas bougé d'un cil. Elle se balançait toujours. Elle donnait l'impression d'être en transe. Elle ne parut même pas remarquer qu'un second officier de police la dépassait en courant.

Sam suivit l'avancée rapide du flic le long du couloir. Comme l'autre officier, il tournait le dos à la caméra, mais Sam voyait le revolver dans sa main. Il marqua un temps d'arrêt à quelques pas de l'autre flic armé du fusil.

Fusil et revolver.

Revolver et fusil.

Mason Huckabee avait tendu la main vers Kelly, par-dessus son épaule gauche. Il lui présentait sa paume. Il lui parlait, et s'efforçait très certainement de la convaincre de lâcher le revolver.

Les flics agitaient leurs armes. Leur posture trahissait l'agressivité. Sam n'avait pas besoin de voir leur visage pour savoir qu'ils hurlaient des ordres.

À l'opposé, Mason demeurait calme, posé. Sa bouche remuait lentement. Ses mouvements rappelaient ceux d'un chat.

Le regard fixe de Sam vint à nouveau se poser sur Charlie à l'instant où celle-ci levait les yeux. L'expression de son visage déchirait le cœur. Sam avait envie d'entrer dans le film et de la serrer dans ses bras.

— Elle a reculé, dit Lenore.

Elle parlait de Kelly. La jeune fille se trouvait pratiquement hors champ, à présent. Seule une tache noire provenant de son jean trahissait sa présence. Mason avait reculé avec elle. Sa tête, son épaule gauche et sa main gauche avaient complètement disparu. L'angle de la caméra avait découpé son torse en diagonale.

Les flics ne bougeaient pas.

Mason ne bougeait pas.

Un nuage de fumée s'échappa du flingue tenu par le flic.

Le bras droit de Mason fut pris d'un mouvement de recul.

Le flic lui avait tiré dessus.

— Ô mon Dieu ! lâcha Sam.

Elle ne voyait pas le visage de Mason, mais il avait légèrement détourné le torse.

Les flics parurent tout aussi surpris que Sam. Ils ne bougèrent pas, durant plusieurs secondes encore, avant de lentement baisser tous deux leur arme. Ils discutèrent entre eux. L'homme au fusil dégrafa le micro de son épaule. L'autre fit volte-face dans le couloir, aperçut Charlie, puis pivota à nouveau.

Il tendit la main vers Mason.

Mason se leva. Le second flic marcha dans la direction de Kelly Wilson.

Soudain, la jeune fille apparut à l'écran, visage contre terre, le genou du flic enfoncé dans son dos. On l'avait retournée et jetée par terre comme un sac.

Sam chercha des yeux l'arme du crime.

Pas dans les mains de Kelly ni sur sa personne.

Pas sur le sol près de Kelly.

Pas dans les mains du flic qui avait le genou enfoncé dans le dos de Kelly.

Mason Huckabee était debout, mains vides sur les côtés, et discutait avec le flic armé du fusil. Le sang avait teinté la manche de sa chemise presque tout en noir. Il s'adressait au flic comme s'il parlait d'un mauvais pari lors d'un événement sportif.

Du regard, Sam balaya le sol à leurs pieds.

Rien.

Aucun casier n'avait été ouvert de force.

Aucun flic n'avait coincé le revolver dans la ceinture de son pantalon.

Personne n'avait donné de coup de pied dans l'arme sur le sol.

Personne n'avait levé la main en l'air pour le dissimuler derrière les carreaux du plafond.

Sam revint à Charlie. Ses mains étaient vides. Elle était toujours assise jambes croisées sur le sol, semblait toujours hébétée. Elle détournait la tête des hommes. Sam remarqua qu'une tache de sang balafrait la joue de sa sœur. Elle avait dû se toucher le visage.

Son nez n'était pas encore cassé. Des hématomes n'encerclaient pas ses yeux.

Charlie ne sembla pas repérer le groupe de flics qui se précipitaient le long du couloir. Leurs armes étaient dégainées. Les pans de leur gilet pare-balles ouvert claquaient.

L'écran devint noir.

Sam fixa l'écran vierge quelques secondes de plus, même s'il n'y avait rien à voir.

Lenore laissa échapper un long souffle.

Sam posa la seule question qui importait.

— Est-ce que Charlie va bien ?

Lenore pinça les lèvres.

— À une certaine époque, je savais tout de ta sœur.

— Mais maintenant ?

— Beaucoup de choses ont changé ces dernières années.

Les crises cardiaques de Rusty. Charlie avait-elle été ébranlée par la perspective d'une mort soudaine pour son père ? Cela lui ressemblait tout à fait de dissimuler sa peur, ou de trouver des moyens auto-destructeurs de chasser ces pensées de son esprit. Comme de coucher avec Mason Huckabee. Comme de s'éloigner de Ben.

— Tu devrais manger, suggéra Lenore. Je vais te préparer un sandwich.

— Merci, mais je n'ai pas faim, répondit Sam. J'ai besoin d'un coin pour rédiger les notes pour papa.

— Installe-toi dans son bureau. Lenore prit une clé dans son sac. Elle la fit glisser vers Sam. Je vais retranscrire cette vidéo pour m'assurer que rien ne nous a échappé. Je veux aussi extraire cette prétendue reconstitution des infos. Je ne sais pas d'où ils tirent leurs informations sur l'enchaînement, surtout les coups de feu, mais ils se plantent complètement, d'après cette vidéo.

Sam ajouta :

— À la cour, Coin a indiqué qu'il y avait du son.

— Il n'a pas corrigé Lyman, précisa Lenore. Je parierais

qu'il y a une autre source. L'école peut à peine payer sa facture d'électricité. Les caméras ont probablement des décennies. Ils n'auraient pas payé pour les relier à un système audio.

— Une entreprise inutile, étant donné le nombre d'enfants présents en général dans le couloir. Ce serait un vrai défi d'isoler une voix dans ce vacarme. Elle supposa : Un téléphone portable, peut-être ?

— Peut-être. Lenore haussa les épaules avant de retourner à son ordinateur. Rusty résoudra cette question.

Sam baissa les yeux sur la clé, posée sur le bureau de Lenore. Elle rechignait à s'asseoir dans le bureau de Rusty. Son père était un grand bordélique. Elle imaginait qu'à la ferme les cartons étaient encore emballés, depuis que Gamma les avait rapportés du magasin d'occasions.

Gamma.

Charlie avait dit que la photo — *la* photo de Gamma — se trouvait sur le bureau de Rusty.

Sam fit demi-tour jusqu'au bureau de son père. Elle ne put qu'entrouvrir la porte à demi, parce qu'elle était bloquée par une pile de décombres. La pièce était grande, mais le désordre en diminuait l'échelle. Des cartons, des papiers et des dossiers débordaient de partout. Seul un étroit sentier menant au bureau indiquait que quelqu'un utilisait encore l'endroit. L'air stagnant à l'intérieur fit tousser Sam. Elle tendit la main pour allumer, puis se ravisa. Son mal de tête n'avait que faiblement diminué depuis qu'elle avait ôté ses lunettes dans la salle d'audience.

Sam posa sa canne près de la porte. Avec prudence, elle décida d'un chemin vers le bureau de Rusty et songea qu'une balade virtuelle dans le cerveau labyrinthique de son père n'aurait pas été très différente. Comment parvenait-il à travailler là-dedans, cela demeurait un mystère. Elle alluma la lampe de bureau et ouvrit les stores de la fenêtre à barreaux crasseuse. Sam supposa que la surface plane fournie par une pile de dépositions lui servait de table d'écriture. Il n'y avait pas d'ordinateur. Un radio-réveil offert par Gamma quand Sam était enfant constituait la seule trace de modernité.

Le bureau en noyer comportait un vaste plateau. Sam se

souvenait d'un sous-main en cuir vert. Il était probablement aussi immaculé que le jour de sa fabrication, préservé jusqu'à ce jour par des piles désordonnées. Elle testa la solidité du fauteuil de Rusty. La chose s'inclinait de côté, parce qu'il ne pouvait s'empêcher de se pencher. Quand Sam songeait à son père assis, elle le voyait toujours calé sur son coude droit, une cigarette à la main.

Sam s'assit dans le fauteuil branlant de Rusty. Le couinement poussé par l'ajusteur de hauteur était bruyant et complètement inutile. Une simple bombe de lubrifiant aurait remédié au problème. Les bras pouvaient être resserrés en mettant de la colle forte sur les boulons. Le remplacement des bagues de frottement sur les roulettes améliorerait probablement la stabilité.

Ou ce débile aurait pu commander un nouveau fauteuil sur Amazon.

Dans sa quête de *la* photo de Gamma, Sam déplaça des papiers et des piles de retranscriptions. Elle avait envie de balancer tous ces débris qui flottaient à la surface du bureau, mais elle était certaine que Rusty avait une organisation dans sa folie. Non qu'elle laisse un jour son bureau ressembler à celui-ci, mais si quelqu'un avait déplacé ses affaires, elle l'aurait tué.

Elle vérifia le sommet de ce fatras qui comptait, entre autres, un paquet de blocs-notes jaunes encore emballés. Elle ouvrit le paquet. Trouva ses notes dans son sac. Changea de lunettes et écrivit le nom de Kelly Wilson en haut du bloc. Elle ajouta la date et rédigea une liste d'instructions que Rusty devrait suivre.

1. *Test de grossesse*
2. *Paternité : Adam Humphrey ? Frank Alexander ?*
3. *Vidéo de l'hôpital ; images de surveillance (son ?)*
4. *Pourquoi Kelly était-elle au collège ?*
   (les victimes fruits du hasard)
5. *Listes de professeurs particuliers/de professeurs/ d'emplois du temps*
6. *Judith Pinkman ?*

Sam retraça les lettres de ce dernier nom.

Durant la période où elle fréquentait le collège, l'étage principal, devant le secrétariat, était destiné au département d'anglais. Judith Pinkman était professeur d'anglais, ce qui expliquait pourquoi elle se trouvait là-bas quand la fusillade avait éclaté.

Sam réfléchit aux images de vidéosurveillance.

Mrs Pinkamn avait fait son apparition dans le couloir après que Lucy eut pris une balle dans le cou. Sam pensait que moins de trois secondes s'étaient écoulées entre le moment où la fillette s'était retrouvée sur le dos, par terre, et le moment où Judith Pinkman était apparue à l'extrémité du couloir.

Cinq coups de feu. Un contre le mur. Trois sur Douglas Pinkman. Un sur Lucy.

Si le revolver contenait six balles, alors pourquoi Kelly n'avait-elle pas utilisé la dernière sur Judith Pinkman ?

— Je crois qu'elle était enceinte.

Charlie se tenait dans l'encadrement de la porte, une assiette avec un sandwich dans une main, une bouteille de Coca dans l'autre.

Sam retourna la feuille avec ses notes. Elle s'efforça de conserver un air calme, de crainte de se trahir.

— Comment ?

— Au collège, au moment de tous ces commérages de merde. Je crois que Kelly était enceinte.

Sam éprouva un sentiment de soulagement passager, mais ensuite elle comprit les propos de sa sœur.

— Qu'est-ce qui te fait croire ça ?

— Je l'ai compris sur Facebook. Je suis devenue amie avec une des filles de l'école.

— Charlie.

— C'est un faux compte. Charlie posa l'assiette sur le bureau devant Sam. Cette fille, Mindy Zowada, c'est une des putes qui a écrit des saloperies dans l'album. Je l'ai titillée un petit peu, j'ai dit que j'avais entendu des rumeurs comme quoi Kelly était facile au collège. Il lui a fallu environ deux secondes pour cracher que Kelly s'était fait avorter à treize ans. Ou avait eu « une avortement », comme dirait Mindy.

Sam posa sa tête sur sa main. Cette information jetait un nouvel éclairage sur Kelly Wilson. Si la fille avait déjà été enceinte, elle reconnaissait certainement les symptômes aujourd'hui. Alors pourquoi ne l'avait-elle pas dit à Sam ? Est-ce qu'elle jouait l'innocente pour gagner sa compassion ? Pouvait-on lui faire confiance et croire tout ce qu'elle avait dit ?

— Hé ! dit Charlie. Je te raconte le terrible et profond secret de Kelly Wilson, et tout ce que je récolte c'est un regard vide ?

— Désolée. Sam se redressa dans le fauteuil. As-tu regardé la vidéo ?

Charlie ne répondit pas, mais elle était au courant du problème de son.

— Je ne suis pas certaine de la théorie du portable. Le son devait provenir d'ailleurs. Il y a une procédure d'état d'urgence en cas de tireur en mouvement. Les professeurs font des exercices d'entraînement une fois par an. Chacun d'eux était dans sa classe, portes closes. Si quelqu'un a appelé le 9-1-1, ils n'auraient pas chopé la conversation dans le couloir.

— Judith Pinkman n'a pas respecté la procédure, objecta Sam. Elle a couru dans le couloir après que Lucy a été touchée. Sam retourna son bloc-notes et le garda incliné par rapport à Charlie pendant qu'elle ajoutait cela à ses notes. Elle n'a pas couru vers son mari non plus. Elle a couru directement vers Lucy.

— Il était évident qu'il était décédé.

Charlie indiqua le côté de son visage. La mâchoire de Douglas Pinkman avait été quasiment arrachée par le coup. La balle avait creusé un orifice dans sa cavité oculaire.

Sam demanda :

— Alors, est-ce que Coin mentait quand il nous a laissé croire que l'on entendait Kelly s'enquérir du « bébé » ?

— C'est un menteur, et j'ai tendance à croire que les menteurs mentent toujours.

Charlie sembla y réfléchir un peu plus longtemps.

— Le flic aurait pu le raconter à Coin. Il était là-bas dans le couloir quand Kelly a parlé. Ça l'a vraiment affecté. Sa colère a grimpé d'un cran, et il était déjà plutôt pas mal en colère.

Sam mit fin à ses notes.

— Logique.

Charlie interrogea :

— Et au sujet de l'arme du crime ?

— Quoi donc ?

Charlie s'adossa à un bazar empilé qui formait une chaise. Elle tira un fil de son jean bleu, le même qu'elle avait tiré ce matin.

Sam avala une bouchée du sandwich et jeta un coup d'œil dehors par la fenêtre sale. Cette journée était aussi interminable qu'épuisante, et le soleil ne commençait à décliner que maintenant.

Sam désigna le Coca.

— Je peux en avoir un peu ?

Charlie dévissa le bouchon. Elle posa la bouteille au-dessus des notes retournées de Sam.

— Tu vas parler à papa à propos de Huck et du flingue ?

— En quoi est-ce important pour toi ?

Charlie fit son demi-haussement d'épaule.

Sam demanda :

— Qu'est-ce qui se passe entre toi et Ben ?

— Indéterminé.

Sam fit descendre le beurre de cacahuètes avec une gorgée de Coca. Le moment était venu de parler d'Anton à Charlie. D'expliquer qu'elle savait comment fonctionnait le mariage, comprenait les petits griefs qui pouvaient s'accumuler. Elle devrait dire à Charlie que cela n'avait pas d'importance. Que quand on aimait quelqu'un, il fallait faire tout son possible pour que cela fonctionne, parce que la personne que vous adoriez le plus sur cette terre pouvait se plaindre d'un mal de gorge un jour et être morte le suivant.

Au lieu de cela, elle dit à sa sœur :

— Il faut que tu arranges les choses avec Ben.

— Je me demande, déclara Charlie, à quelle fréquence tu parlerais si tu éradiquais les mots « il faut » de ton vocabulaire.

Sam était trop épuisée pour se quereller sur un sujet perdu d'avance. Elle prit une autre bouchée et mâcha lentement.

— Je cherchais la photo de Gamma.

— Elle est sur son bureau à la maison.

Cela réglait les choses. Sam n'irait pas à la ferme.

— Il y a ça.

Charlie se servit de son pouce et de deux doigts pour rapprocher un livre de poche de sous une boîte à archives, comme au jeu du Jenga, sans renverser les papiers posés dessus.

Elle tendit le livre à Sam.

Sam lut le titre à haute voix :

— *Prédictions météorologiques par procédé numérique.*

Le livre paraissait ancien mais érudit. Sam le feuilleta. Des marques au crayon soulignaient certains paragraphes. Le texte donnait l'impression d'être fidèle à son titre : un manuel pour prédire la météo à partir d'un algorithme spécifique qui intégrait la pression atmosphérique, la température et l'humidité.

— Qui a fait ce calcul ?

— J'avais treize ans, répondit Charlie.

— Tu n'étais pas une idiote. Sam corrigea une des équations. Du moins, je ne le croyais pas.

— C'était celui de Gamma.

Le stylo de Sam s'arrêta.

— Elle a commandé le livre avant de mourir. Il est arrivé un mois après, ajouta Charlie. Il y a une ancienne tour météorologique derrière la ferme.

— Vraiment ?

Sam s'était presque noyée dans le ruisseau qui passait sous la tour, parce qu'elle était trop faible pour soulever la tête hors de l'eau.

— Peu importe, reprit Charlie. Rusty et moi, nous avions l'intention de retaper les instruments de la tour pour faire une surprise à Gamma. On pensait qu'elle s'éclaterait à enregistrer les données. L'Agence américaine d'observation océanique et atmosphérique les a appelés les « citoyens scientifiques ». Des milliers de personnes dans tout le pays enregistrent des données pour eux, mais les ordinateurs se chargent de les rapporter aujourd'hui. Je suppose que le bouquin prouve qu'elle avait une longueur d'avance. Comme d'habitude.

Sam survola les tableaux et les algorithmes obscurs.

— Tu sais que ce n'est pas réaliste d'un point de vue physique. Dans l'atmosphère, il y a un équilibre dynamique délicat entre les champs de masse et de mouvement.

— Oui, Samantha, tout le monde sait ça. Charlie expliqua : Papa et moi, on a travaillé ensemble sur les calculs. On a récupéré les données sur les instruments météorologiques tous les matins, puis on les a intégrées dans l'algorithme et on prédisait le temps pour le jour suivant. Ou du moins, on a essayé. On se sentait plus proches d'elle.

— Elle aurait aimé ça.

— Elle aurait été furieuse que je n'arrive pas à faire les calculs.

Sam haussa les épaules parce que c'était vrai.

Elle parcourut lentement les pages du livre, sans réellement prêter attention aux mots. Elle songeait à Charlie enfant, quand elle travaillait à la table de la cuisine, tête penchée, langue pointée entre ses lèvres, pendant ses devoirs. Elle fredonnait toujours en faisant ses maths. Elle sifflait en fabriquant ses projets artistiques. Parfois, elle chantait à haute voix les lignes qu'elle lisait dans les livres, mais seulement si elle se croyait toute seule. Sam entendait souvent son gazouillis lyrique tout bas à travers la mince cloison qui divisait leur chambre. « Sois méritante, aime et l'amour viendra ![1] » ou « J'en prends Dieu à témoin, je n'aurai plus jamais le ventre creux[2] ! »

Qu'était-il arrivé à cette Charlie qui fredonnait, sifflait, chantait ?

1. Citation extraite des *Quatre filles du Dr March*, de Louise May Alcott.

2. Citation extraite d'*Autant en emporte le vent*, de Margaret Mitchell.

La mort de Gamma, la blessure de Sam avaient de façon compréhensible atténué un peu cette joie-là, mais Sam avait aperçu cette étincelle joyeuse quand elles étaient ensemble la dernière fois à New York. Elle faisait des blagues, titillait Ben, fredonnait et sifflait, et en général se divertissait elle-même avec son propre boucan. Son comportement de cette époque rappelait à Sam la manière dont elle retrouvait parfois Fosco tout seul dans une pièce, en train de ronronner pour son propre plaisir.

Alors qui était cette femme profondément malheureuse qui avait pris l'apparence de sa sœur ?

Charlie pinçait à nouveau le fil sur son pantalon. Elle renifla. Elle porta les doigts à son nez.

— Bon sang. Je saigne encore. Elle continua de renifler sans succès. Est-ce que tu as un mouchoir ?

Kelly Wilson avait épuisé le stock de Sam. Elle jeta un regard circulaire au bureau de Rusty et ouvrit les tiroirs.

Charlie renifla à nouveau.

— Papa n'aura pas de Kleenex.

Sam dénicha un rouleau de papier toilette dans le tiroir du bas. Elle le tendit à Charlie, en disant :

— Tu devrais faire soigner ton nez avant qu'il ne soit trop tard. Tu n'as pas passé toute la nuit à l'hôpital ?

Charlie tamponna le sang.

— Ça fait vraiment mal.

— Est-ce que tu vas me dire qui t'a frappée ?

Charlie leva les yeux du papier toilette ensanglanté.

— Dans le fil des événements, ce n'est pas grand-chose, mais curieusement, ça a pris de l'importance jusqu'à devenir cette *chose* et je ne veux vraiment pas te raconter.

— Pas de problème.

Sam jeta un coup d'œil au tiroir. Il y avait des rails vides pour suspendre les dossiers. Rusty avait balancé une pile de lettres par-dessus un exemplaire écorné d'un volume vieux de trois ans des *Règles et Procédures de la cour de Géorgie*. Sam était sur le point de refermer le tiroir quand elle aperçut l'adresse de l'expéditeur sur l'une des enveloppes.

Écrite à la main.

Des lettres précises, furieuses.

GÉORGIE CENTRE DE CLASSIFICATION ET DE DIAGNOSTIC

PO BOX 3877

JACKSON, GA, 30233

Sam se figea.

Le Centre de Géorgie C & D.

Les détenus du couloir de la mort logeaient dans cet établissement pénitentiaire.

— Qu'est-ce qui ne va pas ? demanda Charlie. Tu as trouvé un truc mort ?

Sam ne voyait pas le nom au-dessus de l'adresse. Une autre enveloppe dissimulait les informations personnelles du détenu, à l'exception de la moitié de l'initiale.

Sam distinguait une ligne courbe, faisant possiblement partie d'un *o*, possiblement d'un *i* écrit à la va-vite, ou peut-être le bord d'un *C* majuscule.

Le reste du nom était recouvert par une publicité volumineuse vantant des couronnes de Noël.

— S'il te plaît, ne me dis pas que c'est du porno. Charlie fit le tour du bureau. Elle posa son regard à l'intérieur du tiroir.

Sam faisait de même.

Charlie déclara :

— Tout ce qui est ici est la propriété privée de papa. Nous n'avons aucun droit de regarder.

Sam tendit son stylo dans le tiroir.

Elle repoussa la grosse enveloppe aux couleurs vives.

Détenu Culpepper, Zachariah #4252619

Charlie indiqua :

— C'est probablement une menace de mort. Tu as vu les Culpepper aujourd'hui. Chaque fois que Zachariah est sur le point d'obtenir une date d'exécution…

Sam prit la lettre. Elle ne pesait rien, même si les os de ses doigts perçurent un poids. Le rabat avait déjà été déchiré.

Charlie insista :

— Sam, c'est privé.

Sam en extirpa une seule et unique page de carnet. Pliée deux fois pour entrer dans l'enveloppe. Vierge au dos. Zachariah Culpepper avait pris le temps de découper les bords déchirés, où le papier s'était détaché de la spirale en métal.

Il s'était servi de ces mêmes doigts pour déchiqueter les paupières de Sam.

— Sam, intervint Charlie. Elle regardait dans le tiroir. Il y avait des douzaines d'autres lettres expédiées par le meurtrier. Nous n'avons pas le droit d'en lire une seule.

— Qu'entends-tu par le mot « droit » ? demanda Sam. Elle s'étrangla sur le mot. J'ai le *droit* de savoir ce que l'homme qui a assassiné ma mère raconte à mon père.

Charlie lui arracha la lettre des mains.

Elle la rebalança dans le tiroir et le referma d'un coup de pied.

— C'est parfait. Sam laissa tomber l'enveloppe vide sur le bureau. Elle tira le tiroir. Il ne bougea pas. Charlie avait enfoncé le panneau de devant plus loin dans le cadre. Ouvre-le.

— Non, répondit Charlie. Nous n'avons pas besoin de lire ce qu'il a à dire.

— « Nous », répéta Sam, parce qu'elle n'était pas la folle qui avait eu l'idée de chercher des noises à Danny Culpepper aujourd'hui. Depuis quand y a-t-il jamais eu un « nous » en ce qui concerne les Culpepper ?

— Qu'est-ce que ça peut bien vouloir dire, ça ?

— Rien. Inutile d'en discuter.

Sam tendit la main et tira sur le tiroir. Rien ne bougea. Ses doigts auraient tout aussi bien pu être des plumes.

Charlie ajouta :

— Je savais que tu étais encore fâchée contre moi.

— Je ne suis pas *encore* fâchée contre toi, fit Sam. Je suis *tout juste* fâchée contre toi, parce que tu te comportes comme une enfant de trois ans.

— C'est ça, confirma Charlie. Si tu veux, Sammy. J'ai trois ans. Très bien.

— Mais qu'est-ce qui peut bien clocher chez toi ? Sam sentit que sa propre colère se nourrissait de celle de sa sœur. Je veux lire les lettres de l'homme qui a assassiné notre mère.

— Tu sais ce qu'ils disent, rétorqua Charlie. Tu n'es en ville que depuis une seule journée et tu l'as déjà entendu de la bouche du bâtard du bâtard lui-même : nous avons menti. Il est innocent. Nous le tuons à cause de putains de frais d'honoraires que papa n'aurait jamais récupérés autrement.

Sam savait qu'elle avait raison, mais cela ne changeait en rien son opinion.

— Charlie, je suis fatiguée. Peux-tu s'il te plaît ouvrir ce foutu tiroir ?

— Pas avant que tu m'aies dit pourquoi tu es restée aujourd'hui. Pourquoi tu as fait la mise en accusation. Pourquoi tu es encore ici maintenant.

Sam eut l'impression d'avoir une enclume sur chaque épaule. Elle s'appuya contre le bureau.

— OK, tu veux savoir pourquoi je suis restée dans les parages aujourd'hui ? Parce que je n'arrive pas à croire à quel point tu as foutu ta vie en l'air.

Charlie renifla si fort que du sang goutta de son nez. Elle l'essuya avec les doigts.

— Parce que ta vie à toi est si parfaite, bordel ?

— Tu n'as aucune idée de…

— Tu as mis plus d'un millier de kilomètres entre nous. Tu n'as jamais répondu aux appels de papa, aux mails de Ben, ou téléphoné à aucun de nous, d'ailleurs. Apparemment, tu prends l'avion pour Atlanta tout le temps, à moins de deux heures d'ici, et tu n'as jamais…

— Tu m'as demandé de ne pas chercher à te contacter. « Aucune de nous n'avancera jamais si nous regardons toujours en arrière. » Ce sont tes propres mots, exactement.

Charlie secoua la tête, ce qui n'eut pour effet que d'énerver Sam encore davantage.

— Charlotte, tu as essayé de chercher la bagarre toute

la journée, déclara Sam. Arrête de secouer la tête comme si j'étais une espèce de malade mentale.

— Tu n'es pas une malade mentale, tu es une putain de salope. Charlie croisa les bras. Je t'ai dit que nous ferions mieux de ne plus regarder en arrière. Je n'ai pas dit que nous ferions mieux de ne pas regarder vers l'avant, ou d'essayer d'avancer ensemble, comme des sœurs sont censées le faire.

— Excuse-moi si je suis incapable de lire entre les lignes de tes invectives pauvrement construites sur l'état de notre relation ratée.

— Eh bien, tu as reçu une balle dans la tête, alors je suis sûre qu'il y a un trou à l'endroit où le traitement des invectives devait se trouver.

Sam serra ses mains l'une dans l'autre. Elle n'allait pas exploser.

— J'ai la lettre. Tu veux que je t'en envoie une copie ?

— Je veux que tu ailles au magasin de photocopies, que tu la copies recto verso pour moi, et qu'ensuite tu te la fourres dans ton cul serré de Yankee.

— Pourquoi ferais-je une copie recto verso d'une lettre d'une seule page ?

— Bordel de merde ! Charlie donna un coup de poing sur le bureau. Tu es ici depuis moins d'une journée, Sam. Pourquoi est-ce que ma misérable vie si pathétique est soudain d'un tel intérêt pour toi ?

— Ce ne sont pas les adjectifs que j'ai utilisés.

— Tu n'as pas arrêté de provoquer. Charlie enfonça ses doigts dans l'épaule de Sam. De me piquer et de me piquer comme une putain d'aiguille.

— Vraiment ? Sam fit semblant d'ignorer l'accès foudroyant de douleur chaque fois que Charlie donnait un coup dans son épaule. *Moi*, je *te* pique ?

— À me questionner sur Ben. Elle enfonça encore, plus fort. À me questionner sur Rusty. Elle enfonça encore. À me questionner sur Huck. Elle enfonça encore. À me questionner sur…

— Arrête ça ! hurla Sam, en claquant sa main pour

l'éloigner. Tu peux m'expliquer pourquoi tu es systématiquement dans le conflit ?

— Et toi ? Tu peux m'expliquer pourquoi tu es systématiquement chiante ?

— Parce que tu étais censée être heureuse ! cria Sam. Le cri de la vérité fut un choc pour sa conscience. Mon corps est inutilisable ! Mon cerveau est… Elle projeta ses bras en l'air. Parti ! Tout ce que j'étais censée être a disparu. Je ne peux pas voir. Je ne peux pas courir. Je ne peux pas bouger. Je ne peux pas être opérationnelle. Je n'ai aucune sensation de soulagement. Je n'ai aucune sensation de confort… Jamais. Et je me dis chaque jour — chaque jour sans exception, Charlotte — que cela n'a pas d'importance parce que tu es capable de t'enfuir.

— Je me suis vraiment enfuie !

— Pour quoi ? enragea Sam. Pour que tu puisses te mettre les Culpepper à dos ? Pour que tu puisses te transformer en Rusty ? Pour que tu puisses prendre un coup de poing au visage ? Pour que tu puisses détruire ton mariage ?

Sam balaya une pile de magazines et la projeta au sol. La douleur qui lui trancha le bras lui coupa le souffle. Son biceps fut pris d'un spasme. Son épaule se bloqua. Elle s'appuya contre le bureau, à bout de souffle.

Charlie fit un pas en avant.

— Non. Sam ne voulait pas de son aide. Tu étais censée avoir des enfants. Tu étais censée avoir des amis qui t'aiment, et vivre dans ta magnifique maison avec un merveilleux mari, pas de tout foutre en l'air pour un connard irresponsable comme Mason Huckabee.

— C'est…

— Pas juste ? Pas vrai ? Ce n'est pas ce qui s'est passé avec Ben ? Ce n'est pas ce qui s'est passé à l'université ? Ce n'est pas ce qui s'est passé chaque fois que tu voulais t'enfuir, putain parce que *tu* t'en voulais, Charlie, pas *moi*. Je ne te reproche pas d'avoir couru. Gamma voulait que tu coures. Je t'ai *supplié* de courir. Ce que je te reproche, c'est de te cacher : de la vie, de moi, de ton propre bonheur. Tu penses que je suis repliée sur moi ? Tu penses que je suis froide ? Tu es *consumée* par la haine de toi. Tu empestes ça. Et tu penses que mettre tout le monde et toute chose dans un compartiment distinct est le seul moyen de faire face.

Charlie garda le silence.

— Je suis là-bas à New York. Rusty est dans son moulin à vent de guingois. Ben est par ici. Mason est par là-bas. Lenore est où bon lui semble. Ce n'est pas une façon de vivre, Charlie. Tu n'étais pas faite pour ce genre de vie. Tu étais tellement intelligente, travailleuse, tu montrais un tel acharnement à être *heureuse* ! Sam malaxa son épaule. Le muscle était en feu. Elle demanda à sa sœur : Qu'est-il arrivé à cette personne, Charlie ? Tu as couru. *Tu t'es enfuie.*

Charlie avait les yeux rivés au sol. La mâchoire serrée. La respiration laborieuse.

Il en allait de même pour Sam. Elle sentait le soulèvement et l'abaissement rapides de sa poitrine. Ses doigts tremblaient comme l'aiguille des secondes bloquée sur un cadran. Elle avait l'impression que le monde tournait de façon incontrôlable. Pourquoi est-ce que Charlie ne cessait de la pousser dans ses retranchements ? Quel était son but ?

Lenore frappa à la porte ouverte.

— Tout va bien, là-dedans ?

Charlie secoua la tête. Du sang gouttait de son nez.

Lenore plaisanta :

— Est-ce que je dois prévenir les flics ?

— Appelle un taxi.

Charlie agrippa la poignée du tiroir. Elle le souleva pour l'ouvrir. Le bois vola en éclats. Les lettres de Zachariah Culpepper s'éparpillèrent sur le sol. Elle lança :

— Rentre chez toi, Samantha. Tu avais raison. Cet endroit te rend trop méchante.

13

Sam prit place en face de Lenore dans un box à l'intérieur d'un *diner* complètement désert. Elle trempa lentement son sachet de thé dans l'eau chaude apportée par la serveuse. Elle sentait le regard de Lenore sur elle, mais ne savait que dire.

— Ce sera plus rapide si je te conduis à l'hôpital, proposa Lenore.

Sam secoua la tête. Elle attendrait le taxi.

— Tu n'as pas besoin de rester avec moi.

Lenore tenait sa tasse de café entre ses mains. Ses ongles étaient coupés net et recouverts d'un vernis transparent. Elle portait une seule bague à l'index droit. Elle vit Sam la regarder et dit :

— Ta mère me l'a donnée.

Sam songea que la bague ressemblait à un bijou que sa mère aurait pu porter : étrange, pas particulièrement joli, mais marquant à sa façon. Sam demanda :

— Parle-moi d'elle.

Lenore leva la main et examina la bague.

— Lana, ma sœur, travaillait chez Fermilab avec elle. Elle n'appartenait pas au même département, ni au même étage, mais les nénettes célibataires n'avaient pas le droit de vivre seules à cette époque-là, alors on leur avait affecté le même logement à l'université. C'était le seul moyen pour que ma mère laisse Lana travailler là-bas, tant qu'elle restait à distance des scientifiques mâles obnubilés par le sexe.

Sam attendit qu'elle continue.

— Lana a ramené Harriet à la maison pendant des

vacances de Noël. Au début, je l'ai ignorée, mais une nuit, je n'arrivais pas à dormir, et je suis sorti dans la cour pour prendre l'air, et elle était là. Lenore leva les sourcils. Elle avait les yeux levés vers les étoiles. La physique était sa profession, mais l'astronomie sa passion.

Sam se sentit triste de l'avoir toujours ignoré.

— Nous avons discuté toute la nuit. C'était très rare que je rencontre quelqu'un d'aussi intéressant. Nous avons commencé à sortir ensemble, en quelque sorte, mais il n'y a jamais rien eu de… Elle évacua les détails. Nous sommes restés ensemble pendant un peu plus d'un an, même si c'était une relation à distance. J'étais à la fac de droit avec Rusty. Pourquoi ça n'a pas marché, c'est une autre histoire. Mais un été, j'ai emmené ton père à Chicago avec moi, et il lui a fait littéralement perdre la tête. Elle haussa les épaules. Je me suis incliné. Nous avons toujours été davantage des amis que des amants.

— Mais elle était constamment furieuse contre toi, poursuivit Sam. Je le percevais à sa voix.

— Je retenais son mari tard le soir pour boire et fumer au lieu de le laisser passer du temps avec sa famille. Lenore haussa une nouvelle fois les épaules. Elle a toujours voulu une vie conventionnelle.

Sam n'arrivait pas à imaginer que sa mère ait pu désirer une telle chose.

— Elle était loin d'être conventionnelle.

— Les gens veulent toujours ce qu'ils ne peuvent pas avoir, déclara Lenore. Harry ne s'est jamais vraiment intégrée, même chez Fermi. Elle était trop étrange. Les bonnes manières lui faisaient défaut. Je suppose que maintenant ils diraient qu'elle se situait quelque part sur le spectre, mais à cette époque-là, on la considérait seulement comme trop intelligente, trop talentueuse, trop bizarre. Surtout pour une femme.

— Alors qu'est-ce que c'était, une vie normale, pour elle ?

— Le mariage. Bâtir une vie sociale. Vous, les filles. Elle n'a jamais été aussi heureuse que quand elle vous a eues. Observer vos esprits en développement. Étudier vos réactions à de nouveaux stimuli. Elle consignait tout sur des pages et des pages de journaux.

— Bref, Charlie et moi étions en quelque sorte un projet scientifique.

— Ta mère adorait les projets, déclara Lenore. Charlie était tellement différente, par contre. Tellement créative. Tellement spontanée. Harriet l'adorait ; elle vous adorait toutes les deux, mais Charlie demeurait incompréhensible pour elle.

— On a ça en commun. Sam but son thé. Le lait avait un goût. Elle reposa la tasse. Pourquoi tu ne m'aimes pas ?

— Tu fais du mal à Charlie.

— Charlie me semble assez douée pour se faire du mal toute seule.

Lenore mit la main dans son sac et trouva la clé USB de Ben.

— Je veux que tu prennes ça.

Sam recula, comme si l'objet représentait une menace physique.

— Balance-la quelque part à Atlanta. Lenore fit glisser le vaisseau spatial sur la table. Fais-le pour Ben. Tu sais dans quel genre d'ennuis il peut se fourrer.

Sam ne savait pas quoi faire à part jeter l'objet dans son sac à main. Elle ne pouvait pas emporter la clé dans l'avion qui la ramènerait à New York. Elle devrait trouver quelqu'un qui la détruirait au cabinet d'Atlanta.

Lenore poursuivit :

— Tu peux me parler de l'affaire, tu sais. Coin ne m'appellera jamais à la barre. Je ferais exploser n'importe quel jury, habillée comme ça.

Sam savait qu'elle avait raison, tout comme elle savait que la vérité était fausse.

Lenore ajouta :

— Les balles m'enquiquinent. Le tir imprécis dans le mur n'est pas logique. Kelly a réussi à toucher Pinkman trois fois : une fois dans la poitrine, deux fois dans la tête. C'est soit la chance du débutant, soit le fait d'un très bon tireur.

— Lucy. Sam toucha le côté de son cou. Ce n'était pas net.

— Non, mais écoute. Tu ne deviens pas une femme comme moi à Pikeville sans veiller à apprendre comment manier un flingue. Je ne pourrais pas toucher ces cibles au stand de tir, et c'est sans compter la pression, les vies en jeu. Nous parlons d'une fille de dix-huit ans debout dans le couloir et qui attend que la sonnerie retentisse. Son adrénaline doit avoir grimpé au plafond. Soit c'est la tueuse la plus froide que cette ville ait jamais croisée, soit il se passe quelque chose d'autre.

— Ça pourrait être quoi, ce quelque chose d'autre ?

— Je n'en ai aucune idée.

Sam songea à la grossesse de Kelly. Adam Humphrey. L'album de promotion. Il y avait des pièces du puzzle qu'elle ne verrait probablement pas s'emboîter.

Elle dit à Lenore :

— Je n'ai jamais violé le serment de confidentialité auparavant.

Lenore haussa les épaules, comme si ce n'était rien.

Sam se sentit coupable, ne serait-ce que d'envisager la violation, d'autant plus qu'elle ne se confiait pas à sa sœur. Pourtant, elle admit en fin de compte :

— Kelly pourrait être enceinte.

Lenore but son café sans un mot.

— Elle a mentionné Adam Humphrey dans la discussion. Je pense qu'il pourrait être le père. Ou Frank Alexander. Sam ajouta : Apparemment, c'est la deuxième grossesse de Kelly. Il y en a eu une plus tôt au collège qui, d'après les commérages, a été interrompue. Charlie sait pour celle-là. Elle ne sait pas que Kelly pourrait être enceinte aujourd'hui.

Lenore reposa sa tasse.

— Coin va dire que c'est Frank Alexander et que Kelly a assassiné Lucy par rancune ou jalousie.

— Un test simple prouvera la paternité.

— Rusty peut les faire attendre jusqu'à la naissance de l'enfant. Fardeau excessif. Ces tests s'accompagnent de risques. Elle demanda : est-ce que tu penses qu'Adam Humphrey ou Frank Alexander a convaincu Kelly d'apporter un flingue à l'école pour une raison inconnue ? Ou penses-tu qu'elle l'a fait d'elle-même ?

— La seule chose dont je suis certaine, c'est que Kelly Wilson est la dernière personne sur laquelle nous pouvons compter pour connaître la vérité. Sam se massa les tempes avec les doigts pour essayer d'atténuer la tension. J'ai vu des vidéos de confessions forcées auparavant : à la fac de droit, à la télévision, dans des documentaires. Les West Memphis Three, Brendan Dassey, Chuck Erickson. Nous les avons tous vues ou on a lu des choses dessus, mais quand tu es assise en face d'une personne sensible à la suggestion, tellement avide de plaire qu'elle te suivrait littéralement sur n'importe quelle route, c'est assez troublant.

Sam s'efforça de repenser à sa conversation avec Kelly, de l'analyser, de comprendre exactement ce qui s'était passé.

— Je suppose qu'un biais de confirmation entre en jeu, en quelque sorte. Tu ne cesses de te répéter qu'il n'est pas possible que quelqu'un soit aussi lent, qu'il doit se moquer de toi, mais le fait est que cette personne n'a pas l'acuité mentale pour te duper. Son niveau est trop faible pour qu'elle accède à un tel degré de subterfuge, et si son niveau était assez élevé pour qu'elle soit capable de te tromper, alors elle ne serait pas assez stupide pour s'impliquer en tout premier lieu. Sam réalisa qu'elle blablatait comme Charlie. Elle essaya d'être plus succincte. J'ai convaincu Kelly Wilson d'attester avoir vu Charlie en train de gifler Judith Pinkman.

— Mon Dieu !

Lenore porta sa main sur son cœur.

— C'était tellement facile de l'y amener, admit Sam. Je savais qu'elle était fatiguée, qu'elle ne se sentait pas bien, qu'elle était perdue, effrayée et seule. Et, en moins de cinq minutes, je l'ai convaincue de non seulement répéter ce que j'avais dit, mais de le confirmer, même d'inventer de nouveaux détails. Par exemple, le fait que la gifle était tellement bruyante qu'elle avait pu l'entendre dans le couloir ; tout pour soutenir le mensonge dont je l'avais alimentée. Sam secoua la tête, parce qu'elle n'arrivait toujours pas à le croire. J'ai toujours su que je vivais dans un monde différent de la plupart des gens, mais Kelly est tout en bas de l'échelle. Je ne dis pas ça pour être cruelle ni arrogante. C'est un fait. Il y a une raison pour que les filles comme ça se perdent.

— Tu veux dire qu'elles sont détournées du droit chemin ? suggéra Lenore.

Sam secoua la tête, elle ne souhaitait pas s'enchaîner à une quelconque théorie.

— J'ai déjà mis Jimmy Jack sur le garçon Humphrey. Il l'a probablement localisé à cette heure-ci.

— Le père de Lucy Alexander ne peut pas être complètement écarté, lui rappela Sam. Seulement parce que nous n'avons pas envie d'aller dans le sens de Ken Coin, ça n'est pas une raison valable.

— Si quelqu'un peut tirer au clair le pourquoi de tout ça, c'est Jimmy Jack.

Sam se demanda si le dispositif pourrait être assez large pour inclure Mason Huckabee, mais elle savait qu'il valait mieux ne pas mettre l'amant de sa sœur sur le tapis devant Lenore. Au lieu de cela, elle déclara :

— Imaginer le motif de Kelly ne ramènera pas les victimes.

— Non, mais cela peut garder une troisième victime loin du couloir de la mort.

Sam pinça les lèvres. Elle n'était pas complètement convaincue que Kelly Wilson était une victime. Qu'elle ait un niveau faible ou pas, elle avait apporté un revolver à l'école et appuyé sur la détente assez de fois pour assassiner brutalement deux personnes innocentes. Sam était heureuse que le destin de la jeune fille ne repose pas sur ses épaules. Il y avait une raison au fait que les jurys étaient censés être impartiaux. La probabilité qu'on rassemble un jury impartial dans un cercle d'une centaine de kilomètres autour de Pikeville était tellement éloignée qu'elle en devenait absurde.

— Ton taxi sera bientôt là.

Lenore chercha la serveuse des yeux, et leva la main pour attirer son attention.

Sam se retourna. La femme était assise au comptoir.

— Excusez-moi ?

La serveuse se souleva pour s'écarter du comptoir et

revint à leur table avec une réticence manifeste. Elle soupira avant de demander à Sam.

— Quoi ?

Sam regarda Lenore, qui secouait la tête.

— Je suis prête à payer l'addition.

La femme fit claquer la note sur la table. Elle ramassa la tasse de Lenore entre son pouce et son index comme si elle craignait d'être contaminée.

Sam attendit que l'horrible bonne femme s'en aille. Elle demanda à Lenore :

— Pourquoi est-ce que tu vis ici ? Dans ce trou arriéré ?

— C'est chez moi. Et il y a encore quelques bonnes personnes, ici. Lenore ajouta : Par ailleurs, New York a perdu sa position morale élevée durant la dernière élection présidentielle.

Sam eut un éclat de rire chagriné.

— Je vais aller jeter un œil sur Charlie.

Lenore prit un billet d'un dollar dans son portefeuille, mais Sam l'en dissuada d'un geste.

— Merci, dit Sam, en devinant ce que Lenore avait fait pour sa famille.

Elle avait toujours été tellement drapée dans la torture de sa propre convalescence qu'elle n'avait pas accordé beaucoup d'attention à l'existence de Rusty et Charlie. Lenore avait manifestement rempli un peu du vide laissé par Gamma.

Quand Lenore sortit, Sam entendit la sonnette tinter au-dessus de la porte. La serveuse fit une remarque malveillante à l'intention du cuisinier. Sam réfléchit à une façon de la remettre en place, de la couper en deux par un commentaire bien tranchant, mais l'énergie pour mener d'autres combats aujourd'hui lui faisait défaut.

Elle se rendit dans les toilettes. Devant le lavabo, elle effectua une toilette sommaire tout en rêvant à la douche qu'elle prendrait au Four Seasons une fois à Atlanta. Seize heures s'étaient écoulées depuis que Sam avait quitté New York. Elle avait passé presque deux fois plus d'heures éveillées. Sa tête lui faisait aussi mal qu'une dent cariée.

Son corps était récalcitrant. Elle regarda son visage fatigué, défait, dans le miroir et vit la déception amère de sa mère.

Elle renonçait à Charlie.

Il n'y avait pas d'autre option. Charlie ne lui parlerait pas, ne lui ouvrirait pas la porte verrouillée de son bureau, à laquelle Sam avait frappé des coups répétés. Ce n'était pas comme la dernière fois où Charlie s'était envolée au beau milieu de la nuit, craignant pour sa sécurité. Cette fois, c'était Sam qui l'implorait, s'excusait — pour quoi, elle ne le savait pas — et ne rencontrait que le silence absolu de sa sœur. En définitive, Sam sentit qu'elle cédait tristement à ce qu'elle aurait dû savoir depuis le début.

Charlie n'avait pas besoin d'elle.

Sam s'essuya les yeux avec du papier toilette. Elle ne savait pas si elle pleurait à cause de l'inutilité de son voyage ou d'épuisement. Vingt ans auparavant, la perte de sa sœur lui avait donné l'impression d'un accord mutuel. Sam avait explosé. Charlie avait explosé en retour. Il y avait eu combat, un véritable combat qui vous démoralise, et toutes deux s'étaient mises d'accord pour s'éloigner.

Cette dernière rupture était différente, elle lui faisait l'effet d'un vol. Sam avait agrippé dans ses mains quelque chose de bien, quelque chose qui paraissait vrai, et Charlie le lui avait arraché violemment.

Était-ce à cause de Zachariah Culpepper ?

Sam avait les lettres dans son sac. Certaines d'entre elles, tout au moins, parce qu'il y en avait bien plus là-bas, dans le bureau de Rusty. Sam était restée derrière le bureau à ouvrir une enveloppe après l'autre. Elles contenaient toutes le même type de feuille pliée, unique, arrachée à un carnet, avec les mêmes trois mots écrits dessus d'une main si lourde que le crayon avait écrit en relief :

Tu m'en dois une.

Une ligne, envoyée par courrier des centaines de fois, une fois par mois au cabinet de Rusty.

Le téléphone de Sam gazouilla.

Elle se dépêcha de le retrouver dans son sac. Pas Charlie.

Pas Ben. Un texto de la compagnie de taxi. Le chauffeur attendait dehors.

Sam tapota ses yeux pour les sécher. Elle passa ses doigts dans ses cheveux avant de retourner au box. Là, elle laissa un billet d'un dollar sur la table. Elle fit rouler sa valise jusqu'au taxi. L'homme bondit de la voiture pour l'aider à la charger dans le coffre. Sam prit place sur la banquette arrière. Elle garda les yeux rivés dehors, quand l'homme la conduisit à travers le centre-ville de Pikeville.

Stanislav allait la rejoindre à l'hôpital. Sam avait des réticences à voir son père, mais elle avait la responsabilité envers Rusty, envers Kelly Wilson, de lui remettre ses notes, de partager ses réflexions et ses impressions.

Lenore avait raison à propos des balles. Kelly avait démontré une précision de tir remarquable dans le couloir. Elle était parvenue à toucher à la fois Douglas Pinkman et Lucy Alexander à une distance considérable.

Alors pourquoi n'avait-elle pas été capable de tirer sur Judith Pinkman, quand la femme était sortie de sa classe ?

D'autres mystères que Rusty allait devoir résoudre.

Sam abaissa la vitre du taxi. Elle leva les yeux vers les étoiles qui parsemaient le ciel. La pollution lumineuse à New York lui avait fait oublier à quoi la nuit était censée ressembler. La lune diffusait à peine plus qu'un éclat bleu. Elle ôta ses lunettes. Elle sentit l'air frais sur son visage et laissa ses paupières se fermer. Elle songea à Gamma qui regardait les étoiles. Est-ce que cette superbe femme terriblement intelligente brûlait d'envie d'avoir une vie conventionnelle ?

Une femme au foyer. Une mère. Un époux pour prendre soin d'elle ; le serment de prendre soin de lui.

Dans ses souvenirs les plus vifs, Sam revoyait Gamma en train de faire constamment des recherches. Pour acquérir des connaissances. De l'information. Pour trouver des solutions. Sam se rappelait un jour comme un autre où elle était rentrée après l'école et avait trouvé sa mère travaillant sur un projet. Charlie était chez une amie. Ils vivaient encore dans la maison en briques rouges. Sam avait ouvert la porte de derrière. Avait laissé tomber son sac sur le sol de la cuisine. Balancé ses chaussures d'un coup de pied. Gamma s'était retournée. Un marqueur à la main. Elle était en train d'écrire sur la grande fenêtre qui donnait sur la cour de derrière. Des équations, d'après Sam, mais leur signification était hors de sa portée.

— J'essaie de comprendre pourquoi mon gâteau est retombé, avait expliqué Gamma. C'est le problème dans la vie, Sam. Si tu ne lèves pas, tu tombes.

Sam fut réveillée par une secousse.

Durant une seconde, elle paniqua, ne sachant plus où elle était.

Elle chaussa ses lunettes. Il s'était écoulé pratiquement une demi-heure. Ils étaient déjà à Bridge Cap. Des immeubles de bureaux de quatre et cinq étages poussaient comme des champignons au-dessus de cafés. Des panneaux faisaient la publicité de concerts dans le parc et de pique-niques en famille. Ils dépassèrent le cinéma où Mary-Lynne Huckabee était allée avec ses amies et où elle s'était fait violer dans les toilettes.

Des hommes tellement violents dans ce comté.

Sam posa la main sur son sac. Les lettres à l'intérieur dégageaient une chaleur palpable.

TU M'EN DOIS UNE.

Était-ce important pour Sam de savoir ce que Zachariah Culpepper croyait qu'on lui devait ? Il y avait presque trois décennies, Rusty avait plaidé pour qu'on épargne la vie de cet homme. Zachariah était redevable à Rusty. Et Sam. Et Charlie. Et Ben, si on allait plus loin.

Sam déverrouilla son téléphone.

Elle ouvrit un nouveau mail et saisit l'adresse de Ben. Ses doigts ne parvenaient pas à décider des lettres à taper concernant l'objet du message. Le prénom de sa sœur ? Une demande d'avis ? Des excuses pour avoir échoué à réparer ce qui était brisé ?

Charlie était brisée, Sam le voyait clairement. Sa sœur avait voulu que Sam rentre à la maison pour *quelque chose.*

Pour qu'elle la pousse à admettre quelque chose, à révéler quelque chose, à dire la vérité sur quelque chose qui la dérangeait. Il n'y avait pas d'autre motif à ses provocations constantes, à ses invectives, à sa manière de la pousser dans ses retranchements.

Sam était familière de cette tactique. Elle était devenue si versatile, après sa blessure. La faiblesse de son corps la rendait furieuse, le mauvais fonctionnement de son cerveau la mettait en rogne. Pas une seule personne n'avait échappé à sa mauvaise humeur. Les stéroïdes, les antidépresseurs et les anticonvulsifs que les médecins lui avaient prescrits intensifiaient encore ses émotions. La plupart du temps, Sam était folle de rage. Le seul moyen d'atténuer sa colère consistait à la diriger vers l'extérieur.

Charlie et Rusty étaient ses deux cibles privilégiées.

Après son hospitalisation, les six mois que Sam avait passés à la ferme avaient été un enfer pour chacun d'eux. Sam n'était jamais satisfaite. Elle se plaignait tout le temps. Elle avait torturé Charlie. Selon Sam, sa sœur ne faisait jamais rien de bien. À la proposition de suivre une thérapie, Sam avait poussé des cris d'orfraie, avait clamé qu'elle allait bien, qu'elle recouvrait la santé, qu'elle n'était absolument *pas en colère, putain* ! Elle était seulement fatiguée, elle était seulement agacée, elle avait seulement besoin d'espace, de temps, d'une occasion d'être seule, de faire un break, de se retrouver.

En définitive, Rusty avait permis à sa fille de passer le diplôme de fin d'études secondaires pour qu'elle décroche une admission précoce à Stanford. Une fois à quatre mille kilomètres de là, Sam avait réalisé que sa colère n'était pas une créature confinée à la ferme.

Une chose vous devenait visible seulement une fois que vous vous teniez en dehors de cette chose.

Sam était en colère contre Rusty parce qu'il avait fait entrer les Culpepper dans leur vie. Elle était en colère contre Charlie parce qu'elle avait ouvert la porte de la cuisine. Elle était en colère contre Gamma parce qu'elle avait saisi le fusil. Elle était en colère contre elle-même parce qu'elle n'avait pas écouté son instinct, dans la salle de bains, la main cramponnée au marteau à panne sphérique. Elle avait marché vers la cuisine au lieu de courir au-dehors par la porte de derrière.

Elle était en colère. Elle était tellement en colère, bordel de merde !

Sam avait trente et un ans, quand elle s'était donné la permission de dire les mots à haute voix. Le coup de sang contre Charlie avait rouvert la cicatrice, et Anton, de sa façon réfléchie, avait permis que la blessure commence finalement à cicatriser.

Sam se trouvait dans son appartement à lui. Pour le réveillon du jour de l'An. À la télévision, ils regardaient la descente de la boule lumineuse sur Times Square. Ils buvaient du champagne ou, du moins, Sam faisait semblant d'en boire.

Anton avait dit :

— Ça porte malheur si tu n'en prends pas au moins une gorgée.

Elle avait préféré en rire, parce qu'à ce stade, la malchance l'avait poursuivie durant plus de la moitié de sa vie. Puis, elle avait admis quelque chose qu'elle n'avait jamais confessé auparavant.

— Je m'inquiète chaque fois que je bois quelque chose, que je prends quelque chose, ou que je fais un faux mouvement. J'ai peur d'une crise ou d'une attaque, et que ça brise ce qu'il reste de mon esprit.

Anton ne lui avait pas servi des platitudes sur les mystères de la vie ou un conseil pour résoudre le problème. Au lieu de cela, il avait dit :

— De nombreuses personnes ont dû te dire que tu avais de la chance d'être en vie. Je pense que tu aurais eu de la chance si on ne t'avait pas tiré dessus pour commencer.

Sam avait pleuré une heure entière.

Tout le monde lui avait constamment répété qu'elle avait eu de la chance de survivre au coup de feu. Personne n'avait jamais reconnu son droit à la colère à propos de la *manière* dont elle devait survivre.

— Ma'ame ?

Le chauffeur de taxi enclencha le clignotant. Il pointa le panneau blanc un peu plus loin.

HÔPITAL DU COMTÉ DE DICKERSON

Rusty serait dans sa chambre en train de regarder les informations, et essaierait certainement de s'apercevoir à l'écran. Il serait au courant de la performance de Sam en salle d'audience. Elle sentit les papillons revenir, puis elle se réprimanda de se préoccuper de l'opinion de Rusty.

Sam n'était là que pour lui remettre ses notes. Elle dirait au revoir à son père, probablement pour la dernière fois, puis reprendrait le chemin d'Atlanta où, demain matin, elle se réveillerait dans sa vraie vie, comme Dorothée dans le *Magicien d'Oz* quand elle retourne au Kansas.

Le chauffeur arrêta la voiture sous l'avancée en béton. Il sortit la valise du coffre et souleva la poignée. Sam la traînait vers l'entrée, lorsqu'elle sentit une odeur de cigarette.

— Ô, je suis le jouet de la fortune, beugla Rusty.

Il était dans un fauteuil roulant, le coude droit posé sur l'accoudoir, une cigarette à la main. Deux poches de perfusion étaient accrochées à une perche au dos du fauteuil. Sa poche de cathéter pendait comme un crochet de châtelaine. Il s'était posté sous un panneau avertissant les fumeurs de respecter un périmètre d'une trentaine de mètres avec la porte. Il se tenait à six mètres, même pas.

Sam déclara :

— Ces trucs auront ta peau.

Rusty sourit.

— C'est une soirée au doux parfum. Je discute avec une de mes magnifiques filles. J'ai un paquet neuf de clopes. Tout ce dont j'ai besoin, c'est d'un verre de bourbon et je mourrais en homme heureux.

Sam balaya la fumée d'un geste.

— Elle n'est pas si parfumée que ça.

Il rit, puis se mit à tousser.

Sam fit rouler sa valise jusqu'au banc en béton près de son fauteuil. Les journalistes étaient partis, probablement pour la tuerie suivante. Elle s'assit à l'extrémité opposée du banc, en sens inverse du vent à cause de la fumée.

Rusty déclara :

— J'ai entendu dire que la mise en accusation avait donné d'excellents résultats.

Sam haussa une épaule. Elle avait adoptée la mauvaise habitude de Charlie.

— « Le bébé a été tué » ? Il fit trembler sa voix et modela des accents dramatiques. « Le bébé a été tué » ?

— Papa, une enfant a été assassinée.

— Je sais, ma chérie. Crois-moi, je sais.

Il prit une dernière bouffée de sa cigarette avant de l'écraser sur la semelle de sa pantoufle. Il laissa tomber le mégot dans la poche de sa robe de chambre.

— Un procès n'est rien d'autre qu'un concours de la meilleure histoire. Celui qui influence le jury remporte le procès. Et Ken était arrivé sur la ligne de départ avec une foutue bonne histoire.

Sam réprima l'envie brûlante de devenir la supportrice de son père, de lui dire qu'il fournirait une meilleure histoire encore et qu'il sauverait la situation.

Rusty demanda :

— Qu'as-tu pensé d'elle ?

— Kelly ? Sam réfléchit à sa réponse. Je ne suis pas certaine. Il se pourrait qu'elle soit plus futée que nous le pensons. Son niveau pourrait aussi être extrêmement faible. On peut l'amener n'importe où, papa. N'importe où.

— J'ai toujours préféré les fous aux idiots. Les idiots peuvent te briser le cœur. Rusty regarda par-dessus son épaule pour s'assurer qu'ils étaient bien seuls. J'ai entendu parler de l'avortement.

Sam imagina sa sœur toute seule dans son bureau en train d'appeler son père pour moucharder.

— Tu as parlé avec Charlie.

— Nope.

Rusty s'appuya sur son coude, main levée, doigts tendus, comme si la cigarette était toujours là.

— Jimmy Jack, c'est mon enquêteur, il est venu avec

ça hier après-midi. Nous avons trouvé des preuves datant de l'époque où Kelly était au collège. Elles indiquaient que quelque chose de mauvais se passait. Seulement des rumeurs, vois-tu. Kelly est un peu ronde une semaine, puis elle prend des vacances et revient toute maigre. J'ai eu la confirmation de l'avortement par sa mère la nuit dernière. Elle était toujours dévastée par ça. Le papa était un gamin de l'équipe de football ; il a quitté la ville depuis longtemps. Il a payé pour l'avortement, ou plutôt sa famille. La maman a emmené sa fille à Atlanta. A failli perdre son boulot pour avoir pris un congé.

Sam ajouta :

— Kelly pourrait être à nouveau enceinte.

Rusty haussa les sourcils.

— Elle a vomi à la même heure, tous les jours. Elle a manqué l'école. Elle a une bosse sur son ventre.

— Elle s'est mise à porter des vêtements sombres dernièrement. La maman ne savait pas du tout pourquoi.

Sam prit conscience d'un sujet évident qu'elle n'avait pas encore abordé avec Rusty.

— Mason Huckabee a un lien avec Kelly.

— En effet.

Sam attendit qu'il en dise davantage, mais Rusty se contenta de fixer le parking.

Elle lui dit :

— Lenore a déjà mis ton enquêteur là-dessus : il y a un garçon nommé Adam Humphrey sur qui Kelly a craqué. Tu pourrais aussi regarder du côté de Frank Alexander, le père de Lucy. Elle fit une nouvelle tentative : Ou Mason Huckabee.

Rusty se gratta la joue. Pour la deuxième fois, il fit semblant d'ignorer le nom de l'homme.

— Sa grossesse… Ce n'est pas bon.

— Ça pourrait aider ton affaire.

— C'est possible, mais c'est toujours une fille de dix-huit ans avec un bébé dans le ventre et qui va passer sa vie en prison. Il ajouta : Si elle a de la chance.

— Je croyais que c'était ta licorne.

— Tu sais combien il y a de personnes innocentes en prison ?

— Je préfère ne pas le savoir. Qu'est-ce qui te faire croire qu'elle est innocente ? Qu'as-tu appris d'autre ?

— Je n'ai rien appris, en général ou en particulier. C'est ce… Il pointa son ventre du doigt. Le couteau a raté mon intuition. Elle est toujours intacte. Elle me dit toujours que les apparences sont trompeuses.

— Mes yeux ont vu pas mal de choses, répliqua Sam. Est-ce que Lenore t'a dit qu'elle a réussi à mettre la main sur les images de vidéosurveillance ?

— J'ai aussi eu vent que ta sœur et toi avez eu presque recours aux poings dans mon cabinet. Rusty plaqua ses mains sur son cœur. Puisse le cercle ne pas être rompu.

Sam voulait vraiment faire la lumière là-dessus.

— Papa, qu'est-ce qui ne va pas chez elle ?

Rusty reporta son regard sur le parking. Des lumières vives brillaient d'un éclat aveuglant derrière les voitures à l'arrêt.

— « Y a pas de péché, y a pas de vertu. Y a que ce que les gens font[1]. »

Sam était certaine que Charlie reconnaîtrait la citation.

— Je n'ai jamais compris ta relation avec elle. Vous parlez tout le temps, mais vous ne vous dites jamais rien en substance. Sam imagina deux coqs qui se tournaient autour dans la cour de ferme. Je suppose que c'est pour ça qu'elle a toujours été ta préférée.

— Vous étiez toutes les deux mes préférées.

Sam n'en crut pas un mot. Charlie avait toujours été la fille modèle, celle qui riait à ses blagues, celle qui questionnait ses opinions, celle qui était restée.

Rusty déclara :

— Le boulot d'un père consiste à aimer chacune de ses filles de la façon dont elles en ont besoin.

Sam éclata de rire en entendant de telles stupidités.

1. Citation extraite du roman *Les raisins de la colère*, de John Steinbeck.

— Comment cela se fait-il que tu n'aies jamais remporté le titre de père de l'année ?

Rusty gloussa avec elle.

— La seule déception de ma vie, c'est qu'on ne m'ait jamais offert une de ces tasses avec écrit « Père de l'année » dessus. Il mit la main dans la poche de sa robe de chambre et trouva son paquet de cigarettes. Est-ce que Charlotte t'a parlé de son implication avec Mason ?

— Allons-nous enfin aborder le sujet ?

— À notre manière détournée.

Sam déclara :

— *Je* lui ai dit, à propos de Mason. Elle n'avait aucune idée de qui il était.

Rusty prit le temps d'allumer sa cigarette. Il toussa et recracha quelques bouffées. Il pinça un morceau de tabac posé sur sa langue.

— Je n'ai jamais plus défendu de violeur à partir de ce jour-là.

Sam fut surprise par cette révélation.

— Tu as toujours dit que tout un chacun mérite une chance.

— C'est le cas, mais je ne suis pas tenu d'être celui qui la lui donne. Rusty toussa pour évacuer un peu de fumée. Quand je regardais les photos de cette fille, elle s'appelait Mary-Lynne, j'ai réalisé quelque chose au sujet du viol que je n'avais jamais compris avant.

Il fit rouler sa cigarette entre les doigts et posa le regard sur le parking, pas sur Sam.

Il déclara :

— Ce qu'un violeur arrache à une femme, c'est son futur. La personne qu'elle va devenir, celle qu'elle est censée être, disparaît. À de nombreux égards, c'est pire qu'un meurtre, parce qu'il a tué cette personne en puissance, éradiqué cette vie potentielle. Pourtant, la personne vit et respire toujours, et elle doit trouver une autre façon de se développer. Il agita la main. Ou pas, dans certains cas.

— Ça ressemble beaucoup à l'expérience de prendre une balle dans la tête.

Rusty toussa quand la fumée resta dans sa gorge.

Il ajouta :

— Charlotte a toujours été un animal de meute. Elle n'a pas besoin d'être une meneuse, mais elle a besoin d'appartenir à un groupe. Ben était son groupe.

— Pourquoi l'a-t-elle trompé ?

— Ce n'est pas mon rôle de raconter des choses sur ta sœur.

Sam n'arrivait pas à discuter en faisant des détours, même si elle savait que Rusty était capable de tourner sur lui-même avec plaisir toute la nuit. Elle tira ses notes de son sac.

— Voici quelques points sur lesquels tu aurais intérêt à enquêter. Kelly ne semblait pas connaître les victimes. Sam ne savait pas si cela améliorait ou aggravait la situation. Elle ne s'était jamais insensibilisée à la violence aléatoire. Tu devras déterminer l'enchaînement et le nombre de balles tirées. Ça semble confus.

Rusty parla en passant la liste en revue :

— La grossesse : point d'interrogation. La paternité : gros point d'interrogation. La vidéo : on en a une, merci à qui-tu-sais, mais nous verrons si c'vieux serpent de Mr Coin exécute les ordres du juge. Il frappa la feuille de papier avec le doigt. Oui, pourquoi en effet Kelly se trouvait-elle au collège ? Des victimes au hasard. Il dévisagea Sam. Tu es sûre qu'elle ne les connaissait pas ?

Sam secoua la tête.

— Je lui ai demandé et elle a répondu que non, mais ça vaut la peine de faire un suivi.

— Les suivis, c'est ce que je préfère. Il regarda la dernière ligne. Judith Pinkman. Je l'ai vue aux infos dans la journée. Quelle conversion avec cette histoire de « tendre l'autre joue » ! Il replia la liste en deux et la mit dans sa poche. Lors du procès de Zachariah Culpepper, Sam voulait appuyer elle-même sur l'interrupteur. C'était à l'époque où ils électrocutaient encore les gens. Souviens-toi que tous ceux qui avaient commis un crime avant mai 2000 faisaient l'objet d'une disposition d'antériorité.

Sam avait lu des ouvrages sur les méthodes d'exécution à la fac de droit. Elle avait trouvé le procédé barbare jusqu'à ce qu'elle imagine Zachariah Culpepper se pisser dessus — exactement comme Charlie — en attendant la décharge de 1 800 volts.

Rusty ajouta :

— Elle voulait que le meurtrier de Gamma soit exécuté et elle veut que le meurtrier de son mari soit épargné.

Sam haussa les épaules :

— Les gens s'adoucissent en vieillissant. Certaines personnes.

— Je prends ça comme un compliment, indiqua Rusty. Concernant Judith Pinkman, je dirais : est-il préférable d'avoir parfois raison plutôt que tort à longueur de temps ?

Sam décida que c'était le moment ou jamais de remettre le problème de Charlie sur la table.

— Kelly m'a dit que Mason Huckabee avait mis l'arme du crime à l'arrière de son pantalon. Je suppose qu'il est sorti du bâtiment avec. Il faut que tu découvres pourquoi il a pris un tel risque.

Rusty ne réagit pas. Il fumait sa cigarette. Il s'abîmait dans la contemplation du parking.

— Papa, insista Sam. Il a fait sortir l'arme de la scène de crime. Soit il est impliqué d'une manière ou d'une autre, soit c'est un idiot.

— Je t'ai dit que les gens stupides te brisent le cœur.

— Tu en es arrivé à cette conclusion plutôt rapidement.

— N'est-ce pas ?

Sam n'allait pas lui retourner ses énigmes à la volée. Manifestement, Rusty savait quelque chose qu'il ne dévoilait pas.

— Tu devras balancer Mason aux flics pour le flingue. Outre Judith Pinkman, c'est probablement le témoin le plus puissant de Coin.

— Je trouverai un autre moyen.

Sam secoua la tête.

— Pardon ?

— Je trouverai un autre moyen de neutraliser Mason Huckabee. Nul besoin de mettre un homme en prison parce qu'il a commis une erreur stupide.

— Nous devrions laisser sortir la moitié de ceux qui y sont, si c'était le critère.

Sam se frotta les yeux. Elle était trop épuisée pour avoir cette conversation.

— Est-ce qu'il s'agit de culpabilité de ta part ? D'une espèce de pénitence ? Je ne sais pas si donner un bon de sortie à Mason fait de toi un hypocrite ou un cœur tendre, parce que tu essaies visiblement de protéger Charlie au détriment de ta cliente.

— Probablement les deux, admit Rusty. Samantha, je vais te dire quelque chose de très important : il y a de la valeur dans le pardon.

Sam songea aux lettres dans son sac. Elle n'était pas certaine de vouloir savoir pourquoi le meurtrier de sa mère, l'homme qui avait essayé de violer sa sœur, qui était tout près quand elle avait pris une balle dans la tête, entrait en contact avec Rusty. En vérité, Sam craignait que son père lui ait pardonné, et qu'elle ne puisse jamais pardonner à Rusty d'avoir lavé la conscience de Zachariah Culpepper.

Rusty s'enquit :

— As-tu déjà assisté à une exécution ?

— Pourquoi diable l'aurais-je fait ?

Rusty écrasa sa cigarette. Il la glissa dans sa poche et tendit le bras vers Sam.

— Sens mon pouls. Il déchiffra son expression. Divertis ce pauvre homme avant de reprendre un vol jusque chez toi.

Sam appuya les doigts à l'intérieur de son poignet osseux. Au départ, elle ne sentit rien que le trait épais de son muscle fléchisseur radial du carpe. Elle déplaça ses doigts tout autour, puis repéra le *tap-tap-tap* régulier du sang qui pulsait dans ses veines.

Elle dit :

— Je l'ai.

— Quand une personne est exécutée, commença Rusty, tu es assis dans la salle d'observation. Il y a la famille devant, un prêtre et un journaliste, et puis de l'autre côté, il y a toi, la personne qui n'a pas pu empêcher ça.

Rusty posa sa main sur celle de Sam. Sa peau était rêche

et sèche. Elle prit conscience que c'était la première fois qu'elle touchait son père en presque trente ans.

Il poursuivit :

— Ils ont tiré le rideau et il est là, cet être humain, cette créature qui vit et qui respire. Est-ce un monstre ? Peut-être a-t-il commis des actes monstrueux. Mais, à présent, il est sanglé à un lit. Ses bras et ses jambes, sa tête, sont attachés pour qu'il ne puisse croiser le regard de personne. Il a les yeux rivés sur le plafond, où les carreaux ont été peints avec des nuages blancs et un ciel bleu. Façon dessin animé, probablement par un autre détenu. C'est la dernière chose que ce condamné verra jamais.

Rusty appuya les doigts de Sam plus près contre son poignet. Son rythme cardiaque s'était accéléré.

— Alors ce que tu remarques c'est que sa poitrine se gonfle tandis qu'il essaie de contrôler sa respiration. Et c'est là que tu le sens. Il tapota les doigts de Sam. Dum-dum. Dum-dum. Tu sens ton propre sang battre dans ton corps. Tu sens ta propre respiration siffler quand elle entre et sort de tes poumons.

Sans réfléchir, Sam avait calé sa respiration sur celle de son père.

— Alors on lui demande de prononcer ses derniers mots. Il dit quelque chose à propos du pardon, ou il espère que sa mort apporte la paix à la famille, ou bien il clame son innocence, mais sa voix tremble, parce qu'il sait que c'est fini. Le téléphone rouge sur le mur ne sonnera pas. Il ne reverra plus jamais sa mère. Il ne tiendra plus jamais son enfant dans ses bras. C'est terminé. Sa mort est imminente.

Sam pinça les lèvres. Elle ne pouvait pas dire si les battements de son cœur s'étaient accordés avec ceux de Rusty ou si elle s'était laissé envelopper par ses mots.

Il ajouta :

— Le gardien fait un signe de tête pour donner le feu vert. Il y a deux hommes dans la pièce. Ils appuient chacun sur un bouton distinct pour libérer le cocktail médicamenteux. C'est pour que personne ne sache avec certitude qui l'a tué. Rusty demeura silencieux quelques secondes, comme s'il contemplait le bouton sur lequel on appuyait. Tu sens un goût dans ta bouche, comme un produit chimique, comme si tu arrivais à goûter le truc qui va le tuer. Le type se contracte, et puis lentement, sûrement, ses muscles commencent à se laisser aller, jusqu'à ce qu'il ne fasse plus aucun mouvement. Et c'est là que tu commences à la sentir, cette sensation de fatigue, comme si la drogue arrivait dans tes propres veines. Et tu te mets à hocher la tête. Tu es presque soulagé, parce que tu étais si tendu pendant l'attente, et maintenant ce n'est qu'une question de secondes avant que ce soit terminé. Rusty marqua à nouveau une pause. Ton cœur ralentit. Tu sens que ta respiration commence à faiblir.

Sam attendit la suite.

Rusty ne dit plus rien.

Elle demanda :

— Et alors ?

— Et puis c'est terminé. Il tapota la main de sa fille. C'est fini. Ils tirent le rideau. Tu quittes la pièce. Tu montes dans ta voiture. Tu rentres chez toi. Tu prends un verre. Tu te laves les dents. Tu vas au lit, et tu fixes le plafond pour le restant de ta vie, tout comme ce condamné fixait les carreaux au-dessus de sa tête. Il serra fort la main de Sam. C'est ce à quoi pense Zachariah Culpepper chaque seconde de son existence, et il continuera d'y penser chaque jour jusqu'à ce qu'on le pousse jusqu'à cette pièce et qu'ils ouvrent le rideau.

Sam s'écarta. La peau de sa main lui donnait l'impression d'être tendue, comme si on l'avait légèrement brûlée.

— Lenore t'a dit que nous avions trouvé les lettres.

— Je n'ai jamais réussi à tenir mes filles à distance de mes dossiers.

Il agrippa les bras de son fauteuil roulant et contempla le lointain.

— Il a été puni. Je sais que tu voulais qu'il souffre. Il souffre. Nul besoin de chercher quoi que ce soit en rapport avec cet homme-là. Il faut que tu retournes à New York et que tu l'oublies. Vis ta vie. C'est comme ça que tu prends ta revanche.

Sam secoua la tête. Elle aurait dû le voir venir. Elle était furieuse contre elle-même de toujours laisser Rusty se cacher dans l'angle mort de sa vision.

Il déclara :

— Si tu ne parviens pas à le faire pour toi, fais-le pour ta sœur.

— J'ai essayé d'aider ma sœur. Elle ne veut pas.

Rusty lui saisit le bras.

— Écoute-moi, chérie. Il faut que tu entendes ça, parce que c'est important. Il attendit qu'elle pose les yeux sur lui. Si tu provoques Charlotte au sujet de Zachariah Culpepper en ce moment, elle ne reviendra jamais au grand jamais de l'endroit sombre où elle se trouve.

— Qu'est-ce que Zachariah pense que tu lui dois ?

Rusty la lâcha. Il se cala contre le dossier de son fauteuil.

— Pour emprunter les mots de Churchill, « *It is a riddle wrapped in a canard.* » Une énigme emballée dans un *canard*, un canard c'est une rumeur infondée ou une fable. Mais aussi une saillie en forme d'aile sur un avion. Ou, en français, un volatile.

— Rusty, l'interrompit Sam. Il t'envoie ces lettres, la même lettre avec le même message, le deuxième vendredi de chaque mois.

— Ah oui ?

— Tu le sais très bien, répondit Sam. C'est le jour où tu m'appelles.

— Je suis heureux de savoir que tu es impatiente de recevoir mes appels téléphoniques.

Sam secoua la tête. Ils savaient tous deux que ce n'était pas ses mots.

— Papa, pourquoi est-ce qu'il t'envoie cette même lettre ? Qu'est-ce que tu lui dois ?

— Je ne lui dois rien. Sur ma vie. Rusty tendit sa main droite comme s'il jurait sur la Bible. La police est au courant pour les lettres. C'est un truc qu'il fait. Ce misérable enculé se retrouve avec une horrible quantité de temps devant lui. C'est facile de garder un emploi du temps régulier.

— Alors il n'y a rien derrière ces lettres ? C'est juste un

détenu dans le couloir de la mort, qui a la sensation que tu lui dois quelque chose ?

— Les hommes dans cette situation ont souvent cette impression.

— S'il te plaît, ne me dis pas qu'il y a une valeur dans le fait de lui pardonner.

— Il y a de la valeur à l'*oublier*, explicita Rusty. Je l'ai oublié, de sorte que je peux passer à autre chose dans ma vie. Mon esprit a rendu son existence immatérielle ; cependant, je ne lui pardonnerai jamais de m'avoir arraché mon âme sœur.

Sam fut tentée de lever les yeux au ciel.

— J'ai aimé ta mère plus que tout sur cette Terre. Chaque jour avec elle a été le plus beau jour de ma vie, même si on se hurlait dessus à pleins poumons.

Sam se souvenait des cris, non de l'adoration.

— Je n'ai jamais compris ce qu'elle voyait en toi.

— Un homme qui ne voulait pas porter ses sous-vêtements.

Sam éclata de rire, puis se sentit mal d'avoir ri.

— Lenny nous a présentés. Tu sais quoi ? Rusty n'attendit pas sa réponse. Il m'a traîné dans le Nord pour rencontrer cette nénette avec qui il sortait plus ou moins, et à la minute où je l'ai vue, j'ai pensé qu'un foutu rocher était tombé du ciel et s'était écroulé sur ma tête. Je n'arrivais tout simplement pas à détacher mes yeux d'elle. C'était la chose la plus belle que j'avais jamais vue. Des jambes qui s'étendaient sur des kilomètres. La charmante courbe de sa hanche. Il adressa un large sourire à Sam. Et bien sûr, au cas où tu penserais que ton papa était un total obsédé, il y avait l'énigme que représentait son esprit. Mon Dieu, elle en savait des choses ! M'a scotché avec l'étendue et la profondeur de ses connaissances. De ma vie, je n'avais jamais rencontré une femme comme ça. On aurait dit un chat. Il pointa Sam du doigt. Quelqu'un a déjà dit ça de toi ?

— Je ne peux pas le dire.

— Les chiens sont stupides, affirma Rusty. C'est un fait. Mais les chats… Tu dois gagner le respect d'un chat chaque jour de ta vie. Tu le perds… Il claqua des doigts. C'est ce qu'était ta mère pour moi. C'était mon chat. Elle gardait ma boussole orientée vers le bon nord.

— Tes métaphores s'emmêlent.

— Les chats naviguaient avec les Vikings.

— Pour tuer les rats. Pas pour gouverner les navires, objecta Sam. Maman détestait ce que tu faisais.

— Elle détestait les risques inhérents à ce que je faisais. Elle détestait les horaires, sans aucun doute. Mais elle comprenait qu'il fallait que je le fasse, et elle a toujours respecté les gens qui se rendaient utiles.

Sam entendit la voix de Gamma dans les mots de Rusty.

Rusty ajouta :

— *Ville de Portland contre Henry Alameda.*

Sam sursauta sous le choc.

Sa première affaire.

Rusty poursuivit :

— Je me suis assis dans le fond avec les dents qui brillaient si fort que j'aurais pu montrer à un chat comment gouverner un navire pour éviter les récifs d'une côte rocheuse.

— Mais, papa…

— Tu étais née pour ça, ma fille. Une foutue bonne procureure. Totalement aux commandes de la salle d'audience. Ai jamais été plus fier que ce jour.

— Pourquoi tu n'as pas…

— Je voulais seulement vérifier que tout allait bien pour toi, voir si tu trouverais ta place. Rusty secoua une cigarette pour l'extirper du paquet. *Clinton Cable Corp contre Stanley Mercantile Limited.* Il lui adressa un clin d'œil, comme si ce n'était rien de réciter sa première plaidoierie pour un brevet qu'elle avait réalisée toute seule. Tu es à ta place, Samantha. Tu as trouvé ton moyen d'être utile dans ce monde, et tu es indubitablement la meilleure à ce jeu. Il lança la cigarette dans sa bouche. Je ne peux pas dire que j'aurais choisi cette direction-là pour ton remarquable cerveau, mais tu es véritablement dans ton élément quand tu discutes la force de traction d'un câble armé. Il se pencha vers elle. Il pointa son doigt vers sa poitrine. Gamma aurait été fière de toi.

Sam sentit des larmes inopportunes emplir ses yeux. Elle essaya de convoquer l'image de la salle d'audience, pour se retourner, pour voir son père assis à la rangée du fond, mais le souvenir ne venait pas.

— Je n'ai jamais su que tu étais là.

— Non. Je voulais te voir. Tu ne voulais pas me voir. Il leva la main pour lui éviter l'ennui de lui faire des excuses. C'est le boulot d'un père d'aimer sa fille de la manière dont elle a besoin.

Au lieu de se moquer cette fois, Sam essuya ses larmes.

Il ajouta :

— Il y a une photo de Gamma dans mon cabinet que je veux que tu aies.

Sam fut surprise. Rusty n'avait aucun moyen de savoir qu'elle avait passé une partie de sa journée à réfléchir à la photo.

Il poursuivit :

— Il s'agit d'une photo que tu n'as jamais vue. J'en suis désolé. Je me suis toujours dit que je vous la montrerais.

— Charlie ne la connaît pas ?

Rusty secoua la tête.

— Non, elle ne la connaît pas.

Sam ressentit une étrange légèreté dans sa poitrine : il lui racontait quelque chose que Charlie ne savait pas.

— Bon. Rusty sortit la cigarette encore éteinte de sa bouche. Quand cette photo a été prise, Gamma était debout dans un champ. Il y avait une tour météorologique au loin. Pas en métal comme celle près de la ferme. Elle était en bois, une vieille chose branlante. Et ta Gamma la regardait quand Lenny a sorti son appareil. Elle portait son short. Rusty afficha un grand sourire. Mon Dieu, le temps que j'ai passé avec ces jambes… Il lâcha un grognement sourd et troublant. Bon, la photo que tu connais a été prise ce même jour. Nous avions fait un pique-nique sur l'herbe. J'ai crié son nom, et elle a regardé en arrière vers moi avec son sourcil levé, parce que je venais de dire quelque chose d'une intelligence dévastatrice.

Sam sourit malgré elle.

— Mais il existe une seconde photo. Ma photo personnelle. Gamma fait face à l'appareil, mais sa tête est légèrement tournée sur le côté parce qu'elle me regarde, et je la regarde, et quand Lenny et moi sommes rentrés chez nous et qu'on a récupéré le rouleau de négatifs chez Fotomat, j'ai jeté un regard à celle-ci et j'ai dit : « C'est l'instant où on est tombés amoureux. »

Sam aimait trop l'histoire pour qu'elle soit vraie.

— Est-ce que Gamma était d'accord avec toi ?

— Ma magnifique fille. Rusty tendit la main vers elle. Il mit sa main sous le menton de Samantha. Je dis sans aucune duplicité que mon interprétation de cet instant crucial était la seule chose dans nos existences sur laquelle ta mère et moi étions en accord total.

Sam battit des paupières pour repousser d'autres larmes.

— J'aimerais la voir.

— Je la mettrai au courrier dès que j'en serai capable. Rusty toussa dans sa main. Et je continuerai à t'appeler, si cela ne t'embête pas.

Sam acquiesça. Elle ne pouvait imaginer sa vie à New York sans ses messages.

Rusty toussa à nouveau, un bruit profond qui ébranlait ses poumons, mais ce qui ne l'empêcha pas d'allumer sa cigarette.

Elle déclara :

— Tu sais que la toux est un symptôme de crise cardiaque.

Il toussa de plus belle.

— C'est aussi une manifestation de la soif.

Sam saisit l'allusion. Elle laissa sa valise près du banc et retourna dans l'hôpital. Le magasin de souvenirs se trouvait près de la porte d'entrée. Sam trouva une bouteille d'eau dans un frigo. Elle fit la queue derrière une vieille femme qui payait avec toute la monnaie en vrac au fond de son sac à main.

Sam inspira avant de souffler. Elle voyait Rusty dehors. Il était appuyé sur son coude droit. La cigarette allumée coincée entre ses doigts.

La femme devant Sam fouillait à la recherche des moindres

centimes. Elle papotait avec la caissière à propos de son ami malade, à qui elle allait rendre visite à l'étage.

Sam jeta un coup d'œil circulaire. Le trajet pour retourner à Atlanta durerait deux heures. Elle devrait probablement se trouver quelque chose à manger, puisqu'elle avait été trop bouleversée pour commander quoi que ce soit à dîner. Elle cherchait une barre aux céréales quand elle repéra un étalage de tasses au fond du magasin.

MÈRE DE L'ANNÉE. MEILLEUR AMI DU MONDE. BEAU-PÈRE DE L'ANNÉE. MEILLEUR PÈRE AU MONDE.

Sam prit la tasse du MEILLEUR PÈRE. Elle la fit rouler dans sa main.

Elle se mit sur la pointe des pieds pour voir Rusty.

Il était toujours incliné dans son fauteuil. De la fumée s'élevait en volutes autour de sa tête. Elle reposa la tasse et choisit celle du BEAU-PÈRE, parce que Rusty trouverait ça drôle.

La compteuse de centimes avait déserté la caisse. Elle attendit que le lecteur de puces affiche le prix.

La caissière dit :

— Une visite à votre beau-papa ?

Sam hocha la tête, car aucun être normal ne percevrait l'humour sous-jacent.

— J'espère qu'il se rétablira vite.

La caissière arracha le ticket et le tendit à Sam.

Elle retraversa le hall en sens inverse. Les portes de l'hôpital s'ouvrirent en glissant. Rusty se trouvait toujours près du banc. Sam leva la tasse.

— Regarde ce que j'ai.

Rusty ne se retourna pas pour regarder.

Sam lâcha :

— Papa ?

Rusty n'était pas seulement incliné dans son fauteuil. Il penchait. Ses mains étaient retombées. Sa cigarette allumée avait chuté sur le sol.

Sam se rapprocha. Elle examina le visage de son père.

Rusty avait les lèvres entrouvertes. Ses yeux fixaient

d'un air vide les lumières éblouissantes du parking. Sa peau paraissait cireuse, presque blanche.

Sam porta ses doigts au poignet de son père. À son cou. Elle pressa l'oreille contre sa poitrine.

Elle ferma les yeux. Elle écouta. Elle attendit. Elle pria.

Sam s'écarta.

Elle s'assit sur le banc.

Ses yeux se brouillèrent de larmes.

Son père était parti.

14

Sam s'éveilla sur le canapé de Charlie. Elle braqua son regard sur le plafond blanc. Sa tête n'avait pas cessé de lui faire mal depuis son départ de New York. La nuit dernière, elle n'avait pu monter jusqu'à la chambre d'amis. Elle avait réussi à grand-peine à gravir les deux marches de la maison. Son corps s'était coupé, son cerveau était incapable ou réticent à vaincre le stress, l'épuisement et l'abattement inattendu survenus après la découverte de Rusty.

En temps normal, à la fin d'une journée particulièrement mauvaise, Sam parlementait avec elle-même sur l'ajout d'autres médicaments à son cocktail quotidien : du Celebrex pour l'arthrite, du Neurontin pour prévenir les crises d'épilepsie, de la Paroxetine pour traiter la douleur chronique, et la Cyblobenzaprine pour les spasmes musculaires. Avait-elle vraiment besoin d'un anti-inflammatoire supplémentaire ? Pouvait-elle dormir sans un autre relaxant musculaire ? Est-ce que la douleur était assez intense pour valoir la moitié d'un OxyContin, un Percocet entier ?

La nuit dernière, son corps lui avait fait tellement mal qu'elle avait dû se retenir de tout prendre.

Sam détourna la tête du plafond. Elle regarda les photographies alignées sur le manteau de la cheminée. Elle les avait étudiées plus attentivement la nuit dernière avant que les médicaments ne fassent effet. Rusty assis dans un rocking-chair, le coude calé, cigarette à la main, bouche ouverte. Ben avec un drôle de chapeau à un match de basketball des Devils. Différents chiens qui étaient certainement décédés. Charlie et Ben, au bord de ce qui semblait être une plage des Antilles. En tenue de ski au bas d'une montagne recouverte de neige. Près d'un câble de suspension, sur un pont peint dans le rouge caractéristique du Golden Gate.

La preuve que les choses allaient mieux pour eux à un moment de leur vie.

Sam se sentait déjà comme sous l'emprise de drogues quand elle s'assit sur le canapé. Ses jambes bougeaient avec rigidité. Sa tête tambourinait. Ses yeux ne parvenaient pas à faire la mise au point. Elle contempla la télévision géante de Charlie qui occupait presque tout le mur. L'ombre de son reflet la fixait en retour.

Rusty était mort.

Elle avait toujours supposé qu'elle apprendrait la nouvelle pendant une réunion, ou lors d'un atterrissage dans une autre ville, dans un autre monde. Elle avait supposé que sa mort provoquerait en elle un sentiment de tristesse, mais momentané, comme quand Charlie lui avait raconté que Peter Alexander, son ancien petit copain de lycée, avait été tué par une voiture.

Sam n'avait jamais imaginé que ce serait elle qui découvrirait le corps inerte de Rusty. Qu'elle devrait annoncer la nouvelle à sa sœur. Qu'elle se retrouverait tellement paralysée par le chagrin qu'elle resterait assise une demi-heure sur le banc près de Rusty avant de pouvoir alerter le personnel de l'hôpital.

Elle avait pleuré le père qu'elle avait perdu.

Elle avait pleuré le père qu'elle n'avait jamais connu. Elle trouva ses lunettes sur la table basse. Elle étira ses jambes, commença par les chevilles, passa aux mollets, puis à ses quadriceps. Elle arrondit le dos. Poussa les mains loin devant elle, leva les bras au-dessus de sa tête. Quand elle fut prête, elle se leva. Elle exécuta d'autres étirements jusqu'à ce que ses muscles s'échauffent et que ses membres ne bougent qu'avec un minimum de gêne.

Il n'y avait pas de tapis sur le parquet. Elle doutait que Charlie possédât un tapis de yoga. Elle s'assit jambes croisées près du canapé. Elle contempla la cour à l'arrière. La porte coulissante était entrouverte pour laisser entrer la brise matinale. Le clapier à lapins, un projet des girl-scouts réalisé par Charlie il y a fort longtemps, était toujours là. Sam avait été trop submergée par le chagrin pour faire un commentaire la nuit dernière, mais elle était heureuse que Charlie et Ben aient bâti leur maison sur l'ancien terrain de la maison en briques rouges.

Ben était venu mais n'était pas resté pour la nuit. Il n'était monté à l'étage que quelques minutes. Sam avait entendu les lattes du plancher craquer quand il était entré dans la chambre de Charlie. Il n'y avait eu aucun cri. Aucun pleur. Ben s'était faufilé au bas de l'escalier et avait quitté la maison sans dire au revoir à Sam.

Sam redressa sa colonne vertébrale. Elle posa le dos de ses mains sur les genoux. Avant de fermer les yeux, elle repéra Charlie qui poussait une brouette dans la cour. Sam regarda sa sœur répandre du foin dans le clapier à lapins, tandis que des chats errants miaulaient à ses pieds. La brouette contenait des sacs de nourriture. Des croquettes, des graines pour oiseaux, des cacahuètes. À la manière dont les yeux de Sam larmoyaient, un chien avait dû vivre dans cette maison.

Alors c'était ainsi que Charlie passait son temps : elle nourrissait une ménagerie.

Sam s'efforça de chasser les problèmes de sa sœur hors de sa conscience. Elle n'était pas ici pour réparer Charlie, et même si c'était le cas, sa sœur ne la laisserait pas faire.

Elle ferma les yeux. Joignit les extrémités de ses doigts. Elle visualisa les parties brisées de son esprit. Les plis délicats de la matière grise. Le courant électrique des synapses.

Rusty avachi dans son fauteuil roulant.

Sam ne parvenait pas à sortir cette image de son esprit. La manière dont le coin gauche de sa bouche était incurvé vers le bas. L'absence totale de cet esprit, cette étincelle, toujours présente. La tristesse éprouvée quand elle avait réalisé qu'il s'était envolé.

Le besoin de réconfort.

Le besoin de Charlie.

Sam n'avait pas le numéro de téléphone de sa sœur. Elle avait trop honte pour l'admettre devant le personnel de l'hôpital. À la place, elle avait envoyé un mail à Ben, puis avait attendu qu'il lui réponde. À nouveau, la tâche d'annoncer la mauvaise nouvelle à Charlie était retombée sur ses épaules à lui. Sa sœur n'avait pas conduit jusqu'à l'hôpital, comme Sam s'y attendait. Charlie avait envoyé Ben la chercher. Elle n'avait pas descendu l'escalier quand Sam était arrivée chez elle. Sam aurait tout aussi bien pu être une inconnue, mais Charlie ne se serait jamais montrée aussi grossière avec une étrangère.

— Tu es en train de faire une attaque ?

Charlie se tenait dans l'encadrement de la porte ouverte. Ses yeux étaient tout gonflés à force de pleurer. Les hématomes étaient devenus entièrement noirs.

Sam dit :

— J'essayais de méditer.

— J'ai essayé ça une fois. Ça m'a rendue dingue.

Elle se débarrassa vivement de ses bottes. Elle avait du foin dans les cheveux. Elle sentait le chat. Sam reconnut le logo sur son T-shirt comme celui d'un club de maths, le symbole de *pi* avec un serpent enroulé autour. Les Pythons de Pikeville.

Sam ajusta ses lunettes. Elles étaient légèrement endommagées depuis que le juge les avait manipulées dans la salle d'audience. Elle se leva avec moins de difficulté qu'elle ne s'y attendait. Elle dit à Charlie :

— Un opossum m'a fixée à travers la porte toute la nuit.

— C'est Bill. Charlie alluma la télévision géante. C'est mon amant.

Sam s'appuya contre l'accoudoir du canapé. C'était exactement le genre de chose que Charlie avait l'habitude de dire quand elle avait dix ans.

— Les opossums peuvent transmettre les leptospiroses, la bacterie *E. coli*, la salmonelle. Leurs excréments sont parfois porteurs d'une bactérie qui cause des ulcères nécrosants de la peau.

— Nous ne donnons pas dans les trucs pervers.

Charlie zappa d'une chaîne à l'autre.

Sam déclara :

— Ça, c'est une télévision.

— Ben l'appelle son Eleanor Roosevelt, parce qu'elle est grosse et moche, mais il l'adore.

Charlie trouva CNN. Elle éteignit le son. Des sous-titres défilaient. Sam vit ses yeux parcourir rapidement les mots.

— Pourquoi est-ce que tu regardes ça ?

— Je veux voir s'il y a des histoires sur papa.

Sam regarda Charlie regarder les infos. Il n'y avait rien qu'ils puissent dire à sa sœur de plus que Sam. Sans aucun doute, elle en savait davantage que les journalistes. Ce que leur père avait dit. Ce qu'il pensait. Qu'on avait appelé la police. Que le corps de Rusty était resté dans le fauteuil roulant plus d'une heure. Parce qu'il avait été poignardé, parce que ses blessures avaient certainement contribué à sa mort, le département de police de Bridge Gap avait été alerté.

Heureusement, Sam s'était débrouillée pour extraire la liste sur Kelly Wilson de la poche de sa robe de chambre avant l'arrivée de la police. Sinon, les secrets de la jeune fille se seraient retrouvés à la portée de Ken Coin.

— Merde.

Charlie remit le son.

Une voix off disait : « … interview exclusive d'Adam Humphrey, un ancien élève qui fréquentait le lycée de Pikeville avec Kelly Rene Wilson. »

Sam regardait un jeune homme grassouillet, couvert de boutons, debout devant une Camaro qui n'était plus qu'un vieux tas de ferraille. Les bras croisés. Il était habillé comme s'il allait à l'église : une chemise blanche boutonnée jusqu'en haut, une mince cravate noire et un pantalon noir. Quelques vagues poils au menton évoquaient un bouc. Ses lunettes avaient des traces de doigts bien visibles.

Adam déclara :

— Kelly était une fille bien. J'imagine. Des gens ont dit des choses sur elle qu'étaient pas sympas. Mais elle était… gentille, elle était lente, pas vrai ? Là-haut. Il tapota le côté de sa tête. Mais c'est pas grave, vous savez. C'est pas tout le monde qui peut avoir les félicitations ou des trucs du genre. C'était seulement une fille gentille. Pas vraiment brillante. Mais elle essayait.

Le journaliste entra dans le champ, micro sous le menton.

— Pouvez-vous me raconter comment vous l'avez rencontrée ?

— Y a rien à raconter. Peut-êtr' ça remonte au primaire ? La plupart d'entre nous se connaissent. C'est une très petite ville. Par exemple, vous pouvez pas marcher dans la rue sans croiser quelqu'un que vous connaissez.

— Étiez-vous ami avec Kelly Rene Wilson au collège ? Le journaliste avait l'air d'un animal qui a senti de la chair fraîche. Il y a eu des rumeurs d'erreurs de jeunesse durant cette période. Je me demandais si vous…

— Nan, mec, j'vais pas rentrer là-'dans. Il croisa ses bras plus serrés. Écoutez, les gens ont envie de dire de mauvaises choses, comme quoi elle était harcelée ou des trucs comme ça, et peut-être qu'il y a des gens qu'étaient méchants avec elle, mais c'est la vie. La vie à l'école, du moins. Kelly le sait ça. Elle le savait à l'époque, aussi. Elle est pas stupide. Les gens disent qu'elle est stupide. OK, elle est pas brillante, ça j'l'ai déjà dit, mais c'est pas une idiote. C'est juste comme ça que les choses sont quand on est gamin. Les gamins sont méchants. Parfois, ils deviennent méchants et restent méchants, et parfois ça s'arrête quand ils ont le bac, mais faut faire avec. Kelly faisait avec. Alors je sais pas ce qui l'a provoquée, mais c'est pas ça. Pas ce que vous dites, c'est un mensonge.

Le journaliste poursuivit :

— Mais avec Kelly Rene Wilson, avez-vous…

— Essayez pas d'en faire une John Wayne Gacy[1], OK ? C'est juste Kelly. Kelly Wilson. Et ce qu'elle a fait c'est un truc abominable. Je sais pas pourquoi elle l'a fait. Je peux pas supposer ou rien du tout. Personne peut, et personne devrait, et s'ils essaient, alors c'est un tas de menteurs, ce

1. Tueur en série américain.

qui s'est passé est juste ce qui s'est passé, et personne à part Kelly sait pourquoi, mais vous… Vous les gens de la télé… zavez intérêt à vous rappeler que c'est juste Kelly. Tout le monde qu'est allé à l'école avec elle aussi. C'est juste Kelly.

Adam Humphrey s'en alla. Le journaliste ne laissa pas le départ de l'interviewé le ralentir. Il s'adressa au présentateur resté dans le studio :

— Ron, comme je l'ai dit plus tôt, le portrait type du tueur est un mâle, solitaire, généralement harcelé, mis à l'écart, et avec un compte à régler. Avec Kelly Rene Wilson, on nous a présenté une possibilité différente, celle d'une jeune fille qui était ostracisée à cause de ses mœurs légères qui, d'après des sources proches de la famille Wilson, avaient débouché sur une grossesse accidentelle, ce qui dans une petite ville…

Charlie éteignit le son.

— Grossesse accidentelle. Elle était au collège. C'est pas comme si elle tenait un putain de calendrier de fertilité.

Sam ajouta :

— Adam Humphrey ferait un bon témoin. Visiblement, il ne veut pas la dénigrer comme d'autres amis l'ont fait.

— Les amis ne dénigrent pas, objecta Charlie. Je parie que tu pourrais avoir Mindy Zowada à la télé et elle parlerait d'amour et de pardon, mais si tu lis la merde qu'elle poste sur sa page Facebook, tu pourrais penser qu'elle est à deux doigts d'attraper une fourche et une torche, et de foncer sur la prison pour faire quelques conneries à la Frankenstein.

— De manière compréhensible, les gens ont l'impression que c'est un monstre. Elle a assassiné…

— Je sais qui elle a assassiné. Charlie baissa les yeux sur ses mains comme si elle s'attendait à y trouver le sang de Lucy. Le gamin Humphrey a intérêt à se trouver un bon avocat. L'angle de la « femme fatale[1] » va vite devenir à la mode. Ils vont lui lier les pattes avec Kelly, qu'il ait quelque chose à voir avec elle ou pas.

1. En français dans le texte.

Sam s'abstint de tout commentaire. Elle se sentait coupable de s'être épanchée auprès de Lenore dans le *diner* l'autre soir, alors qu'elle ne rompait pas le serment de confidentialité avec sa propre sœur ; cependant, contrairement à Lenore, Charlie serait assurément appelée à la barre en tant que témoin. Sam ne voulait pas mettre sa sœur face à un dilemme : le parjure ou fournir la preuve pouvant conduire un jury à voter l'exécution.

C'était l'une des nombreuses raisons pour lesquelles Sam n'exerçait pas le droit pénal. Elle ne voulait pas que ses mots influencent la vie ou la mort d'autrui.

Elle changea de sujet et interrogea Charlie :

— Et maintenant ? Je suppose qu'il faut que nous prenions des dispositions pour papa.

— Il s'était déjà occupé de ça. Il a tout payé d'avance, il a dit à l'entrepreneur des pompes funèbres comment il voulait que ça se passe.

— Il était capable de faire tout ça, mais pas de rédiger un testament ou une ordonnance de ne pas réanimer ?

— Rusty a toujours voulu une belle sortie. Charlie regarda la pendule sur le mur. Le service commence dans trois heures.

Pour Sam, la nouvelle fit l'effet d'un coup bas. Elle avait envisagé de chercher un hôtel aujourd'hui.

— Pourquoi si rapidement ?

— Il ne souhaitait pas être embaumé. Il disait que c'était en dessous de sa dignité.

— Pour une seule journée ce ne serait pas grave ?

— Il voulait que ça se passe vite pour que tu ne te sentes pas obligée de venir, ou que tu ne te sentes pas coupable de ne pas avoir pu venir. Charlie éteignit le téléviseur. Ça ne lui ressemble pas de faire durer les choses.

— Sauf ses histoires stupides.

Charlie préféra un haussement d'épaules à un commentaire incisif.

Sam la suivit à la cuisine. Elle s'assit au comptoir. Elle observa Charlie qui rangeait les plans de travail et remplissait le lave-vaisselle. Elle précisa :

— Je ne pense pas qu'il ait souffert.

Charlie prit deux tasses dans le meuble de rangement. Elle versa du café dans une. Elle ajouta de l'eau du robinet dans l'autre et la plaça dans le micro-ondes.

— Tu peux partir après les obsèques. Ou avant. Je ne crois pas que ça ait d'importance. Papa ne le saura pas, et tu te moques de ce que les gens d'ici pensent.

Sam ignora la remarque acerbe.

— Ben s'est montré très attentionné avec moi avant de partir hier soir.

— Où est ton thé ? Charlie alla chercher le sac à main de Sam près de la porte. Il est là-dedans, pas vrai ?

— Dans la poche latérale.

Elle trouva le sachet hermétique et le fit glisser sur le comptoir.

— Pouvons-nous admettre que Ben n'habite pas ici sans avoir effectivement une conversation à ce propos ?

— Je crois que c'est ce que nous faisons depuis un moment.

Sam sortit un sachet de thé. Elle le lança doucement vers Charlie.

— Tu as du lait ?

— Pourquoi est-ce que j'aurais du lait ?

Sam haussa les épaules tout en secouant la tête.

— Je n'ai pas oublié que tu es intolérante au lactose. Je pensais que peut-être Ben… Elle constata la stupidité qu'il y avait à se lancer dans une explication interminable. Essayons de passer cette journée sans nous disputer encore. Ou sans continuer la dispute d'hier. Ou quoi que ce soit.

Le micro-ondes bipa. Charlie dénicha une manique. Elle posa la tasse sur le comptoir et sortit une sous-tasse d'un meuble. Sam examina le dos du sweat-shirt de sa sœur. Charlie avait inscrit son nom de code du club de maths en lettres collées au fer à repasser : Betty Dénominateur Commun.

Sam s'enquit :

— Qu'est-ce qui va arriver à Kelly Wilson ? Est-ce que cet alcoolique, Grail, reprendra l'affaire ?

Charlie se retourna. Elle posa la tasse devant Sam. La soucoupe sur le dessus pour une raison inconnue.

— Il y a un type à Atlanta, Steve LaScala. Je pense que je peux le convaincre de prendre le relais. Il se peut qu'il t'appelle pour te demander tes impressions.

— Je te laisserai mon numéro.

— Ben l'a.

Sam posa la soucoupe sous la tasse. Elle plongea le sachet de thé, puis le sortit de l'eau, plusieurs fois.

— Si ce LaScala ne le fait pas *pro bono*, alors je le paierai.

Charlie émit un grognement.

— Ça va coûter plus d'un million de dollars.

Sam haussa les épaules.

— C'est ce que papa aurait voulu que je fasse.

— Depuis quand fais-tu ce que papa veut que tu fasses ?

Sam sentit que leur trêve temporaire commençait à se déchirer sur les bords.

— Papa t'aimait. C'est une des dernières choses qu'il a dites.

— Ne commence pas avec ça.

— Il s'inquiétait pour toi.

— J'en ai ras le bol des gens qui s'inquiètent pour moi.

— De la part de ces gens, on en a ras le bol aussi. Sam leva les yeux de la tasse. Charlie, quoi que ce soit qui te tourmente, cela n'en vaut pas la peine. Cette colère que tu as. Cette tristesse.

— Mon père est mort. Mon mari m'a quittée. Ces derniers jours ont été les plus merdiques que j'ai passés depuis que tu t'es fait tirer dessus et que maman est morte. Pardon de ne pas être heureuse et pleine d'entrain pour toi, Sam, mais j'en ai plus rien à foutre.

Charlie but son café. Elle regarda dehors par la fenêtre de la cuisine. Des oiseaux s'étaient réunis en nuée sur la mangeoire.

Le moment était venu, peut-être la dernière chance pour Sam de parler d'Anton à sa sœur. Elle voulait que Charlie sache : elle comprenait ce que cela signifiait d'être aimée, et quelle responsabilité écrasante cet amour pouvait parfois impliquer. Elles pourraient échanger des secrets comme elles le faisaient quand elles étaient petites. *Je te raconterai tout sur le garçon qui me fait craquer si tu me dis pourquoi Gamma t'a punie pendant trois jours.*

Sam indiqua :

— Rusty m'a dit que les lettres de Zachariah Culpepper ne signifiaient rien. La police est au courant. Il est seulement désespéré. Il essaie de nous pousser à bout. Ne le laisse pas gagner.

— Je pense que tu renonces à une médaille de participation quand tu es dans le couloir de la mort. Charlie reposa sa tasse. Elle croisa les bras. Continue. Qu'est-ce qu'il a dit d'autre ?

— Il m'a parlé de la peine de mort.

— Est-ce qu'il t'a fait mettre tes doigts sur son poignet ?

Sam s'était fait embobiner encore une fois.

— Comment ne s'est-il jamais fait sortir de la ville en courant pour avoir vendu de faux instruments à un groupe de musique ?

— Il ne voulait pas que j'aille à l'exécution de Culpepper. Si l'État fait un jour son boulot. Charlie secoua la tête, comme si la mort d'un homme était un léger désagrément. Je ne suis pas certaine de vouloir y aller. Mais rien de ce que Rusty dit, ou a dit, n'influencera ma décision.

Sam espéra que ce n'était pas vrai.

— Il m'a parlé d'une photo de maman.

— *La* photo ?

— Une autre, que, d'après lui, aucune de nous n'a vue.

— Je trouve ça difficile à croire, déclara Charlie. On avait l'habitude de fouiller dans toutes ses affaires. Il n'avait aucune vie privée.

Sam haussa les épaules.

— Il a dit qu'elle était dans son bureau à la maison. J'aimerais l'avoir avant de partir.

— Ben peut t'emmener au TC après les obsèques.

La ferme. Sam ne voulait pas y aller, mais elle ne quitterait pas la ville sans avoir au moins un souvenir de sa mère à rapporter à New York.

— Je peux t'aider à camoufler ça. Sam indiqua les hématomes sur le visage de sa sœur. Pour les obsèques.

— Pourquoi est-ce que je voudrais les camoufler ?

Sam ne parvenait pas à trouver une bonne raison. Il y avait de grandes chances que personne ne vienne. Du moins personne que Sam ait envie de voir. Il était peu probable que Rusty fût une figure populaire en ville. Sam ferait une apparition, puis elle irait à la ferme, ensuite elle attendrait Stanislav et quitterait cet endroit aussi vite que possible.

Du moins, si elle arrivait à trouver l'énergie suffisante pour se lever. Le relaxant musculaire était toujours dans son système. Elle sentait le médicament l'alourdir. Réveillée depuis moins de quinze minutes, elle aurait tout aussi bien pu retourner dormir.

Elle souleva le sachet de thé.

— Ne bois pas ça. Charlie avait les joues rouges. Il y a de la sueur de nichons.

— Il y a…

— De la sueur de nichons, répéta Charlie. J'ai mis le sachet de thé dans mon soutien-gorge quand tu ne regardais pas.

Sam posa la tasse. Elle aurait dû être agacée, mais elle éclata de rire.

— Mais pourquoi tu as fait ça ?

— Ne t'attends pas à une explication. Je ne sais pas pourquoi j'agis comme une gamine, à t'enquiquiner, à essayer de t'agacer, à tenter d'attirer ton attention. Je me vois en train de le faire et je déteste ça, putain !

— Alors, arrête.

Elle lâcha un profond soupir.

— Je ne veux pas me battre, Sam. Papa ne l'aurait pas voulu, surtout pas aujourd'hui.

— En réalité, papa adorait les disputes.

— Pas celles du genre blessant.

Sam but un peu de thé. Elle avait trop besoin de théine pour se préoccuper outre mesure de ce qui se trouvait dedans.

— Alors, et maintenant ?

— Je suppose que je vais aller pleurer sous la douche et ensuite me préparer pour les funérailles de mon père, organisées à la va-vite.

Charlie rinça sa tasse dans l'évier, puis la plaça dans

le lave-vaisselle. Elle s'essuya les mains sur un torchon et s'apprêta à partir.

— Mon mari est mort. Sam avait fait sortir les mots si vite qu'elle n'était pas certaine que Charlie les ait entendus. Il s'appelait Anton. Nous avons été mariés douze ans.

Charlie entrouvrit les lèvres sous l'effet de la surprise.

— Il est mort il y a treize mois. Cancer de l'œsophage.

La bouche de Charlie remua comme si elle se demandait quoi dire. Elle se décida pour :

— Je suis désolée.

— C'était les tannins, dit Sam. Dans le vin. Ce sont…

— Je sais ce que c'est. Je croyais que ce genre de cancer était causé par le *Papilloma virus*.

— Il a été testé négatif. Sam proposa : Je peux t'envoyer les documents.

— Non, répondit Charlie. Je te crois.

Sam n'était pas certaine de croire encore en elle-même. Son penchant consistait toujours à appliquer la logique à un problème, mais comme avec la météo, la vie existait dans un équilibre dynamique subtil entre les champs de masse et de mouvement.

Par essence, quelque chose de merde arrivait.

Elle dit à Charlie :

— Je veux aller au funérarium avec toi, mais je ne crois pas que je resterai. Je ne veux pas voir les gens qui viendront. Les hypocrites. Les gens qui traversaient la rue quand ils apercevaient papa et qui n'ont jamais compris qu'il s'efforçait de faire le bien.

— Il ne voulait pas de cérémonie, expliqua Charlie. Pas une formelle. Il y a une veillée, et ensuite il voulait que tout le monde se retrouve au Shady Ray.

Sam avait oublié le bar préféré de son père.

— Je ne peux pas rester assise à écouter un tas de vieux ivrognes se divertir avec des anecdotes de tribunal.

— C'était une de ses activités favorites.

Charlie s'appuya contre le comptoir. Elle regarda ses pieds. Sa chaussette était trouée. Sam voyait son gros orteil dépasser.

Charlie déclara :

— Nous avons parlé de ses obsèques la dernière fois. Avant l'opération à cœur ouvert. Seulement papa et moi. C'est là qu'il a fait tous ces projets. Il a dit qu'il voulait que les gens soient contents, qu'ils célèbrent la vie. Ça sonnait joliment, pas vrai ? Mais maintenant que je suis en plein dedans, tout ce que je me dis c'est quel stupide enfoiré c'était de supposer que je pourrais faire la fête, alors qu'il est mort. Elle essuya ses larmes. Je ne parviens pas à décider si je suis en état de choc ou si ce que je ressens est normal.

Sam n'avait aucune compétence à ce sujet. Anton était un scientifique, qui par sa culture n'avait pas une perspective romantique de la mort. Sam s'était tenue à côté du four crématoire et avait regardé son cercueil en bois glisser dans les flammes.

Charlie déclara :

— Je me souviens être allée aux funérailles de Gamma. *Ça* c'était un état de choc. C'était tellement inattendu, et j'étais terrifiée à l'idée que Zachariah apparaisse. Qu'il revienne pour moi. Que sa famille fasse quelque chose. Que tu meures. Qu'ils te tuent. Je ne crois pas avoir lâché la main de Lenore de tout l'enterrement.

Sam se trouvait toujours à l'hôpital quand on avait enterré sa mère. Elle était certaine que Charlie lui avait raconté les obsèques, tout comme elle était certaine que son cerveau n'avait pas été capable de retenir l'information.

Charlie déclara :

— Papa a été bon ce jour-là. Présent. Il n'a pas cessé de vérifier que j'allais bien, croisait mon regard, intervenait quand la mauvaise personne disait la mauvaise chose. C'était un peu comme tu as dit. Quelques hypocrites. Quelques badauds. Mais il y avait les autres, comme Mrs Kimble du trottoir d'en face, et Mr Edwards de l'agence immobilière. Ils ont raconté des anecdotes, des trucs étranges que Gamma avait dits, ou comment elle avait su résoudre un problème bizarre, et c'était vraiment bon de voir cette autre facette. La part adulte.

— Elle ne s'est jamais adaptée.

— Tout endroit a quelqu'un qui ne s'intègre pas. C'est ce qui fait qu'ils s'intègrent. Charlie regarda la pendule. On devrait se préparer. Plus vite on le fera, plus vite ce sera terminé.

— Je peux rester. Sam sentit sa prudence. Pour les obsèques. Je peux rester si…

— Rien n'a changé, Sam. Charlie fit son demi-haussement d'épaules. Je dois toujours imaginer ce que je vais faire de ma vie malheureuse et gâchée, et tu dois toujours partir.

15

Sam observait Charlie faire les cent pas dans le hall d'entrée du funérarium. Le bâtiment était moderne à l'extérieur, mais l'intérieur était décoré dans le style d'une vieille femme aux goûts trop chargés. Le personnel semblait opérer avec la même efficacité. Deux services funèbres se déroulaient dans les chapelles de chaque côté du hall. Deux corbillards noirs identiques attendaient leurs passagers à l'extérieur. Sam avait croisé un panneau avec le logo de l'entreprise de pompes funèbres, lors de son trajet vers Pikeville. L'affiche montrait un adolescent à l'air insouciant avec les mots de mauvais augure :

RALENTISSEZ ! NOUS N'AVONS PAS BESOIN DE TRAVAIL.

Charlie passa près de Samantha, agitant les bras, bouche pincée. Elle portait une robe noire et des talons. Ses cheveux étaient tirés en arrière. Elle ne portait pas de maquillage, aucune tentative pour dissimuler son chagrin. Elle marmonnait dans sa barbe.

— Qui a déjà entendu dire qu'on faisait la queue dans un putain de funérarium ?

Sam savait que sa sœur n'attendait pas de réponse. On leur avait demandé de patienter moins de dix minutes plus tôt. Des musiques émanant des portes fermées rivalisaient entre elles. Un service semblait se terminer, alors que l'autre débutait. Elles seraient bientôt noyées sous un flot de personnes endeuillées.

— Incroyable, grommela Charlie en passant devant elle.

Sam sentit son téléphone vibrer. Elle baissa les yeux sur l'écran. Avant de quitter la maison de Charlie, elle avait envoyé un texto à Stanislav pour lui demander de la rejoindre à la ferme. Le chauffeur avait été joliment dédommagé pour chaque voyage, mais elle perçut une brusquerie dans le ton de sa réponse :

Reviendrai ASAP.

Le « ASAP » la déconcerta. Sam fut soudain submergée par l'envie qu'il prenne son temps. Elle était arrivée dans le comté de Dickerson tenaillée par le désir de repartir, mais à présent qu'elle était ici, elle se retrouvait gagnée par la passivité.

Ou peut-être l'entêtement était-il un mot plus approprié.

Plus Charlie lui répétait de partir, plus Sam s'enracinait dans cet endroit maudit.

Une porte latérale s'ouvrit. Sam avait supposé que la pièce était un placard, mais le vieux monsieur en costume et cravate qui en sortit se séchait les mains avec une serviette en papier. Il se pencha en arrière et jeta la serviette dans la poubelle à l'intérieur.

— Edgar Graham. Il serra en premier la main de Sam, puis celle de Charlie. Je suis désolé de vous avoir fait attendre.

Charlie déclara :

— Nous sommes ici depuis presque vingt minutes.

— Je vous renouvelle mes excuses. Edgar leur indiqua le couloir. Mesdames, par ici, s'il vous plaît.

Sam prit la tête. Sa jambe se montrait coopérative aujourd'hui, seule une pointe de douleur lui rappelait que la détente était très certainement momentanée. Elle entendit Charlie grommeler derrière elle, mais sa voix était trop basse pour qu'elle distingue ses propos.

Edgar intervint :

— Votre époux est passé ce matin avec la tenue requise.

— Ben ?

Charlie parut surprise.

— Par ici.

Edgar les précéda pour leur tenir la porte. Un panneau disait :

CONSEIL EN MATIÈRE DE DEUIL.

Il y avait quatre fauteuils club, une table basse, et des boîtes de Kleenex discrètement posées derrière des plantes en pot.

Charlie lança un regard noir à l'inscription sur la porte. Sam sentit une chaleur incandescence émaner de sa sœur. En général, elles se nourrissaient l'une de l'autre, quelle que soit l'émotion éprouvée par Charlie, elle s'amplifiait en Sam. À présent, la panique de Charlie, sa colère accroissait le calme en Sam.

C'était pour cela qu'elle était ici. Elle ne pouvait résoudre les problèmes de Charlie, mais à cet instant précis elle donnait à sa sœur ce dont elle avait besoin.

Edgar poursuivit :

— Vous pouvez vous installer ici. La maison est pleine, aujourd'hui. Je suis désolé, mais nous ne vous attendions pas.

Charlie demanda :

— Vous ne nous attendiez pas pour les obsèques de notre père ?

— Charlie, intervint Sam en s'efforçant de la contenir. Nous sommes venues sans prévenir. Les obsèques ne commencent pas avant deux bonnes heures.

Edgar proposa :

— Nous ouvrons en général la veillée une heure avant le service.

— Il n'y aura pas de service. Charlie s'enquit : Ce sont les funérailles de qui, dans l'autre chapelle ? De Mr Pinkman ?

— Non, ma'ame. Edgar avait cessé de sourire, mais il demeura imperturbable en apparence. Le service de Douglas Pinkman est programmé pour demain. Nous aurons celui de Lucy Alexander le jour suivant.

Contre toute attente, Sam se sentit soulagée. Elle s'était tellement concentrée sur Rusty qu'elle ne s'était pas souvenue des deux autres enterrements.

Edgar désigna un fauteuil à Sam, mais elle ne s'assit pas. Il dit :

— En ce moment, votre père est à l'étage en dessous. Quand le service dans notre Chapelle du souvenir sera terminé, nous le monterons et nous le placerons sur l'estrade au-devant de la pièce. Je veux vous assurer que…

— Je veux le voir maintenant, dit Charlie.

— Il n'est pas préparé.

— Il a oublié d'étudier pour un contrôle ?

Sam posa la main sur l'épaule de Charlie.

Edgar précisa :

— Je vous prie de m'excuser si le sens de mes propos manquait de clarté. Il conserva les mains sur le dossier du fauteuil, son incroyable flegme toujours intact. Il expliqua : Nous avons installé votre père dans le cercueil qu'il a choisi, mais nous devons le déplacer sur l'estrade, arranger les fleurs, préparer la pièce. La première fois où vous allez le voir vous voudrez…

— Ce n'est pas nécessaire. Sam serra l'épaule de Charlie pour qu'elle garde le silence. Elle savait ce que sa sœur pensait : *Ne me dites pas ce que je veux*. Elle précisa qu'elle lui faisait entièrement confiance mais qu'elle et Charlie souhaitaient le voir *maintenant*.

Edgar hocha calmement la tête.

— Bien entendu, mesdames. Bien entendu. S'il vous plaît, accordez-moi un instant.

Charlie n'attendit pas que la porte se referme derrière lui.

— Quel connard condescendant !

— Charlie…

— La pire chose que tu pourrais dire à cet instant précis c'est que je ressemble à maman. Bon Dieu ! Elle tira sur l'encolure de sa robe. On dirait qu'il fait quarante degrés ici.

— Charlie, c'est le chagrin. Tu veux maîtriser les choses, parce que tu te sens incontrôlable. Sam fit en sorte d'éviter le côté sermon. Il faut que tu apprennes à le gérer, parce que ce que tu ressens ne va pas s'arrêter aujourd'hui.

— « Il faut », répéta Charlie. Elle prit un mouchoir dans la boîte posée près du fauteuil. Elle épongea la transpiration de son front. On pourrait croire qu'avec tous ces morts ils maintiendraient une température basse.

Elle fit les cent pas dans la petite pièce. Elle ne cessait d'agiter ses mains, de remuer la tête, comme si elle conversait avec un interlocuteur invisible.

Sam s'assit dans un fauteuil. C'était le retour de bâton : observer l'énergie frénétique, effrénée, de sa sœur se manifester sous la forme d'une rage. Charlie avait raison sur la ressemblance avec leur mère. Gamma donnait toujours des coups quand elle se sentait menacée, tout comme Sam l'avait fait, tout comme Charlie à présent.

Sam proposa :

— J'ai du Valium dans mon sac.

— Tu devrais en prendre.

Sam fit une autre tentative :

— Où est Lenore ?

— Pour qu'elle me calme ? Charlie s'approcha de la fenêtre. Elle plia les stores en métal et regarda le parking. Elle ne viendra pas. Elle aurait envie de tuer tout le monde. Qu'est-ce que tu mets sur ton cou ?

Sam porta les doigts à son cou.

— Comment ?

— Je me souviens que le cou de Gamma faisait des plis. Comme si la peau commençait à se rider. Même si elle avait seulement trois ans de plus que moi aujourd'hui.

Sam ne sut que faire à part poursuivre la conversation.

— Elle était dehors, au soleil, à longueur de journée. Elle ne mettait jamais de crème solaire. Sa génération n'en mettait pas.

— Ça ne t'inquiète pas ? Je veux dire, tu es bien maintenant, mais… Charlie regarda dans le miroir près de la fenêtre. Elle tira sur la peau de son cou. Je passe un lait dessus tous les soirs, mais je pense qu'il faudrait que je trouve une crème.

Sam ouvrit son sac. Elle tomba en premier sur la note qu'elle avait donnée à Rusty. L'odeur de cigarette perdurait sur la feuille de papier. Sam résista à l'envie de faire quelque chose de mélodramatique, comme d'approcher la note de son visage pour se remémorer l'odeur de son père. Elle trouva sa crème pour les mains à côté de la clé USB de Ben.

— Voilà.

Charlie examina l'étiquette.

— Qu'est-ce que c'est ?

— C'est ce que j'utilise.

— Mais il est écrit : « Pour les mains ».

— On peut chercher quelque chose sur Google. Sam tendit la main pour prendre son téléphone. Qu'en penses-tu ?

— Je pense… Charlie prit une brève inspiration. Je pense que je pète les plombs.

— Tu fais certainement une crise de panique.

— Je ne panique pas, affirma Charlie, mais le tressaillement dans sa voix disait l'inverse. J'ai la tête qui tourne. Je tremble. Je vais peut-être vomir. Est-ce que c'est une crise de panique ?

— Oui. Sam l'aida à s'asseoir dans le fauteuil. Respire profondément.

— Merde. Elle baissa la tête entre ses genoux. Oh ! merde alors !

Sam frictionna le dos de sa sœur. Elle essaya de réfléchir à un moyen d'éloigner la douleur, mais le chagrin défiait toute logique.

— Je ne croyais pas qu'il mourrait. Charlie agrippa ses cheveux. Je veux dire, je savais que ça arriverait, mais je ne pensais pas que ça arriverait. Le contraire d'un ticket de loto. Tu dis : « Bien sûr que je ne vais pas gagner », mais en réalité, tu penses *vraiment* que tu *pourrais* gagner, parce que sinon pourquoi acheter ce foutu ticket ?

Sam continuait de lui frotter le dos.

— Je sais que j'ai toujours Lenore, mais papa était… Charlie prit une inspiration nerveuse. J'ai toujours su ça : si j'avais un problème, peu importe quoi, je pouvais le lui soumettre et il ne me jugeait pas. Il faisait une blague pour que ça fasse moins mal, et ensuite on trouvait une solution ensemble. Elle se couvrit le visage de ses mains. Je le déteste de ne pas avoir pris soin de lui. Et je l'adore pour avoir vécu sa vie selon ses propres critères.

Sam connaissait bien ces deux sensations.

— Je ne savais pas que Ben apportait ses vêtements. Elle

se retourna vers Sam, inquiète. Et s'il a demandé qu'on le déguise en clown ?

— Charlie, ne sois pas bête. Tu sais qu'il aurait plutôt choisi un habit Renaissance.

La porte s'ouvrit. Charlie se leva.

Edgar annonça :

— Notre Chapelle du souvenir se vide. Si vous vouliez bien m'accorder un autre instant, je pourrais installer votre père dans un cadre plus naturel.

— Il est mort, déclara Charlie. Rien de tout ceci n'est naturel.

— Très bien. Edgar rentra le menton. Nous l'avons temporairement installé dans notre showroom. J'ai placé deux chaises pour votre confort et votre réflexion.

— Merci.

Sam se retourna vers Charlie, s'attendant à ce qu'elle se plaigne des chaises ou qu'elle fasse un commentaire acerbe sur la réflexion. Au lieu de cela, elle découvrit sa sœur en pleurs.

— Je suis là, souffla-t-elle, sans savoir si c'était réconfortant.

Charlie se mordit la lèvre. Elle avait toujours les poings serrés. Elle tremblait.

Sam ouvrit les doigts de Charlie et se cramponna à sa main.

Elle fit un signe de tête à Edgar.

Il traversa la petite pièce. Sam n'avait pas remarqué une porte discrète, percée dans les panneaux de lambris. Il tourna la poignée et elle aperçut le showroom vivement éclairé.

Charlie ne se déplacerait pas toute seule, alors Sam la guida en douceur vers la porte. Même si Edgar avait parlé de showroom, Sam ne s'était pas attendue à un véritable showroom. Des cercueils brillants peints dans des tons terre sombre bordaient les murs. Ils étaient inclinés à un angle de quinze degrés, les couvercles ouverts pour exposer les doublures en soie. Des spots illuminaient les poignées argentées et dorées. Un assortiment de coussins garnissait un présentoir tournant. Sam se demanda si les proches endeuillés vérifiaient leur douceur avant de se décider.

Charlie n'était pas stable sur ses talons hauts.

— Est-ce que ça ressemblait à ça quand ton…

— Non, répondit Sam. Anton s'est fait incinérer. Ils l'ont mis dans une urne en pin.

— Pourquoi papa n'a-t-il pas fait ça ? Charlie baissa les yeux sur un cercueil d'un noir de jais avec une doublure de satin noir. J'ai l'impression d'être dans une histoire de Shirley Jackson.

Sam se retourna en se rappelant Edgar. En silence, elle articula le mot : « Merci » à son intention.

Il inclina la tête avant de sortir, et referma la porte derrière lui.

Sam ramena son regard vers Charlie. Elle s'était immobilisée. Toute son agitation fébrile s'était envolée. Elle fixait le devant de la pièce. Deux chaises pliantes drapées de housses en satin bleu pastel. Un cercueil blanc avec des poignées dorées sur un chariot en acier inoxydable doté de grandes roues noires. Le couvercle était ouvert. La tête de Rusty était inclinée, posée sur un coussin. Sam apercevait ses cheveux poivre et sel, l'extrémité de son nez, et un éclat bleu vif provenant de son costume.

Charlie lâcha :

— C'est papa.

Sam tendit la main pour attraper celle de sa sœur, mais Charlie avançait déjà vers leur père. Sa démarche décidée ralentit rapidement. Puis elle cafouilla jusqu'à s'arrêter complètement. Elle plaqua une main sur sa bouche. Ses épaules se mirent à trembler.

Elle dit à Sam :

— Ce n'est pas lui.

Sam comprit ce qu'elle voulait dire. C'était bien leur père, mais en même temps ce n'était pas lui. Les joues de Rusty étaient trop rouges. Ses sourcils en broussaille avaient été domestiqués. Ses cheveux, qui en temps normal rebiquaient dans tous les sens, étaient peignés d'une façon qui ressemblait à une coiffure Pompadour.

Charlie dit :

— Il m'a promis qu'il serait beau.

Sam entoura la taille de Charlie avec son bras.

— Quand nous avons parlé de ça, je lui ai dit que je ne voulais pas d'un cercueil ouvert, et il m'a promis qu'il serait beau. Que je voudrais voir à quel point il était séduisant. Elle dit à Sam : Tu trouves qu'il est séduisant comme ça, toi ?

— Non, répondit Sam. Il ne se ressemble pas.

Elles contemplèrent leur père. Sam ne se rappelait pas une seule fois où elle n'avait pas vu Rusty en mouvement. Allumer une cigarette. Agiter la main avec théâtralité. Tapoter le sol avec ses orteils. Claquer des doigts. Hocher la tête pendant qu'il fredonnait ou claquer la langue ou siffler un air qu'elle ne reconnaissait pas, et qu'elle n'arrivait pourtant pas à chasser de son esprit.

Charlie déclara :

— Je ne veux pas qu'on le voie comme ça.

Elle leva la main pour refermer le couvercle.

Sam l'enjoignit au silence :

— Charlie !

Elle tira le couvercle. Le couvercle ne bougea pas.

— Aide-moi à le fermer.

— Nous pouvons aller…

— Je ne veux pas que ce connard trop flippant revienne ici. Charlie tira des deux mains. Le couvercle bougea d'à peine cinq degrés avant de s'arrêter. Aide-moi.

— Je n'ai pas l'intention de t'aider.

— Quelle était ta liste ? Tu ne peux pas voir, tu ne peux pas courir, tu ne peux pas être opérationnelle ? Je ne me souviens pas que tu aies dit que ton corps inutile ne pouvait pas m'aider à fermer ce putain de couvercle sur le tombeau de ton propre père.

— C'est un cercueil de type parisien. Les cercueils de ce genre sont fuselés en haut et en bas.

— Putain de merde.

Charlie laissa tomber son sac au sol. Elle envoya valser ses chaussures. Elle voulut abaisser le couvercle avec ses deux mains, et se retrouva pratiquement suspendue.

Le cercueil poussa un craquement de protestation, mais demeura ouvert.

Sam déclara :

— Il ne se ferme pas aussi facilement. Ça pourrait créer des accidents.

— Tu veux dire que ça pourrait le tuer si on claquait le couvercle ?

— Je veux dire que tu pourrais te cogner la tête ou te briser les doigts. Elle se pencha sur Rusty pour examiner les charnières canons en cuivre. Un montage réalisé à partir d'une sangle recouverte de tissu et d'une boucle empêchait le couvercle de trop s'ouvrir, mais aucun mécanisme apparent ne contrôlait la fermeture. Il doit y avoir une sorte de cran de sûreté.

— Bon Dieu ! Charlie était toujours suspendue au couvercle. Tu ne peux pas juste m'aider ?

— J'essaie de…

— Je le ferai moi-même.

Charlie contourna le cercueil par l'arrière. Elle le poussa de derrière. La table bougea. L'une des roues de devant était déverrouillée. Charlie poussa plus fort. La table bougea à nouveau.

— Attends. Sam vérifia l'extérieur du cerceuil à la recherche d'une sorte de levier ou de bouton. Tu vas…

Charlie bondit et pesa sur le couvercle de tout son poids. Sam dit :

— Tu vas finir par le faire tomber de la table.

— Bien. Charlie poussa à nouveau. Rien ne bougea. Elle frappa de la paume contre le couvercle. Putain ! Elle cogna encore, cette fois de son poing fermé. Putain ! Putain ! Putain !

Sam fit courir ses doigts à l'intérieur, sur le bord de la doublure en soie et trouva un bouton.

Il y eut un clic bruyant.

La pompe pneumatique siffla tandis que le couvercle se refermait lentement.

— Merde ! Charlie était à bout de souffle. Elle allongea les mains sur le cercueil clos. Elle ferma les yeux. Secoua la tête. Il nous quitte avec une métaphore.

— Tu ne vas rien dire ?

— Je réfléchis.

Le rire de Charlie fut entrecoupé par un sanglot. Ses épaules tressautaient. Ses larmes tombaient sur le cercueil. Sam les regardait rouler le long du côté, tourner autour de la table en acier inoxydable, puis tomber sur le sol.

— Merde, lâcha Charlie.

Elle s'essuya le nez du dos de la main. Elle dénicha une boîte de mouchoirs derrière des poignées en exposition. Se moucha. Se sécha les yeux. S'assit lourdement sur la chaise à côté de Sam.

Toutes deux contemplaient le cercueil. Les poignées d'un doré clinquant et les coins d'angle en filigrane. La peinture d'un blanc éclatant avait une finition pailletée, comme si on avait mélangé des paillettes au vernis transparent.

Charlie déclara :

— Je n'arrive pas à croire à quel point ce truc est moche. Elle jeta le mouchoir usagé. Elle en sortit un autre de la boîte. Ça ressemble au truc dans lequel Elvis a été enterré.

— Tu te souviens quand on a été à Graceland ?

— La Cadillac blanche.

Rusty avait fait du charme au gardien pour qu'il le laisse s'asseoir derrière le volant. La peinture sur la Fleetwood était du même blanc éclatant que le cercueil. La poussière de diamant en augmentait l'éclat.

— Papa arrivait à convaincre n'importe qui de le laisser faire n'importe quoi.

Charlie s'essuya le nez à nouveau. Elle se carra contre le dossier de la chaise. Les bras croisés.

Sam entendait le tic-tac d'une pendule quelque part, une sorte de métronome qui se synchronisait avec les battements de son cœur. Ses doigts conservaient encore le souvenir du *tap-tap-tap* produit par le sang de Rusty, quand il coulait dans ses veines. Elle avait passé deux jours à supplier Charlie de s'épancher, mais ses propres péchés lui pesaient bien davantage.

Sam déclara :

— Je ne pouvais pas le laisser mourir. Mon mari. Je n'ai pas pu le laisser partir.

Charlie tripota silencieusement le mouchoir dans ses mains.

— Il avait une ordonnance de non-réanimation, mais je ne l'ai pas donnée à l'hôpital. Sam prit une profonde inspiration. Le poids de la mort d'Anton lui compressait la poitrine. Il était incapable de parler. Incapable de bouger. Il pouvait seulement entendre et voir. Ce qu'il a vu et entendu c'était sa femme qui refusait de laisser les médecins éteindre les machines qui prolongeaient ses souffrances.

La honte bouillonnait dans son estomac comme de l'huile chaude.

— Les tumeurs s'étaient étendues à son cerveau. Il y a un tel volume à l'intérieur du crâne. La pression poussait son cerveau vers le bas, vers la colonne. La douleur était une torture. Ils l'avaient mis sous morphine, puis Fentanyl, et j'étais assise là près de son lit, et je regardais les larmes rouler de ses yeux et je ne pouvais pas le laisser partir.

Charlie continuait de pétrir le mouchoir, de l'enrouler autour de son doigt.

— J'aurais fait la même chose ici. J'aurais pu te dire ça de New York. J'étais la mauvaise personne à solliciter. Je ne suis pas parvenue à mettre mes besoins, mon désespoir, de côté pour le seul homme que j'aie jamais aimé. Je n'aurais certainement pas pris la bonne décision pour papa.

Charlie déchira les épaisseurs de mouchoir en lambeaux.

Le tic-tac de la pendule persistait.

Le temps continuait sa progression.

Charlie lâcha :

— Je te voulais ici, parce que je te voulais ici.

Sam n'avait pas eu l'intention de titiller la culpabilité de Charlie.

— S'il te plaît, n'essaie pas de me faire sentir mieux.

— Ce n'est pas le cas, déclara Charlie. Je déteste t'avoir fait venir ici. De t'avoir fait endurer ça.

— Tu ne m'as forcée à rien du tout.

— Je savais que tu viendrais si je le demandais. Je l'ai su durant ces vingt dernières années, et j'ai utilisé papa comme excuse, parce que je n'arrive plus à supporter ça.

— Tu ne peux plus supporter quoi ?

Charlie fit une boule avec le mouchoir. Elle le tint bien serré dans ses mains.

— J'ai fait une fausse couche au collège.

Sam se souvint de l'appel hostile, des années auparavant. Charlie, en proie à une grande colère, lui avait demandé de l'argent.

Charlie poursuivit :

— J'étais tellement soulagée quand c'est arrivé. Tu ne réalises pas quand tu es aussi jeune que tu vas vieillir. Qu'un moment va venir où tu ne seras pas soulagée.

Sam se mit à pleurer en entendant la pointe de douleur qui perçait dans les mots de sa sœur.

Charlie déclara :

— La deuxième fausse couche était pire. Ben pense que c'était la première, mais c'était la deuxième. Elle évacua le mensonge d'un haussement d'épaules. J'étais à la fin de mon premier trimestre. J'étais au tribunal, et j'ai ressenti cette douleur, comme des crampes. Je devais attendre une heure de plus que le juge demande une suspension d'audience. J'ai couru aux toilettes, et je me suis assise, et j'ai eu la sensation que mon corps se vidait de son sang. Elle marqua une pause pour déglutir. J'ai regardé dans les toilettes et c'était… ce n'était rien. Ça ne ressemblait à rien. Des très mauvaises règles, une petite boule gluante de quelque chose. Mais ça ne me semblait pas correct de tirer la chasse d'eau. Je ne pouvais pas laisser ça. J'ai rampé sous la porte des toilettes pour laisser la porte verrouillée. J'ai téléphoné à Ben. Je pleurais tellement fort qu'il n'arrivait pas à comprendre ce que je disais.

— Charlie, murmura Sam.

Charlie secoua la tête, parce que ce n'était pas tout.

— La troisième fois, que Ben croyait être la deuxième, c'était encore pire. J'étais à dix-huit semaines. On ratissait des feuilles dans la cour. On avait commencé à préparer la chambre, tu vois ? Peint les murs. Regardé des lits d'enfant. J'ai ressenti le même genre de crampes. J'ai dit à Ben que j'allais boire un peu d'eau, mais j'ai failli ne pas arriver aux toilettes. C'est juste sorti de moi, comme si mon corps ne pouvait pas attendre pour s'en débarrasser. Elle essuya ses larmes du bout des doigts. Je me suis dit à moi-même que ça n'allait jamais plus arriver, que je n'allais pas reprendre ce risque, mais ça s'est passé encore une fois.

Sam approcha sa main. Elle serra bien fort la main de sa sœur.

— C'était il y a trois ans. J'ai arrêté de prendre la pilule. C'était stupide. Je ne l'ai pas dit à Ben, ce qui n'a fait qu'empirer les choses parce que je le piégeais. En un mois, j'étais enceinte. Et puis un autre mois est passé, et ensuite j'ai passé la barre des trois mois, et ensuite ça a fait six mois, sept, et on était tellement excités, bordel. Papa était aux anges. Lenore n'arrêtait pas de donner des pistes de prénoms.

Charlie pressa ses doigts sur ses paupières. Des larmes ruisselaient.

— Il y a ce truc qu'on appelle la malformation de Dandy-Walker. Le nom paraît débile, comme une danse de la vieille époque, mais en gros, c'est un ensemble de syndromes de malformations congénitales du cerveau.

Sam sentit une douleur lui transpercer le cœur.

— Ils nous l'ont dit tard un vendredi. Ben et moi avons passé le week-end entier à lire des trucs là-dessus sur Internet. Il y avait cette histoire géniale d'un gamin souriant, qui vivait sa vie, soufflait les bougies de son gâteau d'anniversaire, et on se disait : « OK, eh bien, c'est… c'est fantastique, c'est un cadeau, on peut le faire » et alors il y avait une autre histoire sur un bébé aveugle et sourd qui avait subi une opération à cœur ouvert et une autre du cerveau et qui était décédé avant son premier anniversaire, et on s'est pris dans les bras, et on a pleuré.

Sam serra la main de Charlie.

— On a décidé de ne pas renoncer. C'était notre bébé, pas vrai ? Alors on est allés consulter un spécialiste à Vanderbilt. Il a fait quelques échographies, et ensuite il nous a emmenés dans cette pièce. Il n'y avait aucune photo sur le mur. C'est de cela dont je me souviens. Partout ailleurs, il y avait des photos de bébés. Des photos de familles. Mais pas dans cette pièce.

Charlie s'arrêta pour sécher ses yeux.

Sam attendit.

Charlie reprit :

— Le médecin nous a dit qu'il n'y avait rien à faire. Le liquide cérébro-spinal fuyait. Le bébé n'avait pas… d'organes. Elle prit une inspiration incertaine. Ma pression artérielle était élevée. Ils redoutaient une infection. Le médecin nous a donné cinq jours, peut-être une semaine, avant que le bébé meure, ou que je meure, et je… Je ne pouvais attendre. Je ne pouvais pas aller travailler, manger et regarder la télé tout en sachant que… Elle étreignit la main de Sam. Alors on a décidé d'aller dans le Colorado. C'est le seul endroit où c'était légal.

Sam savait qu'elle parlait d'avortement.

— C'est vingt-cinq mille dollars. Plus les vols. Plus la chambre d'hôtel. Plus le fait d'arrêter de bosser. On n'avait pas le temps de faire un prêt, et on ne voulait pas que quelqu'un sache que c'était pour ça. On a vendu la voiture de Ben. Papa et Lenore nous ont donné de l'argent. On a mis le reste sur des cartes de crédit.

Sam éprouva un terrible sentiment de honte. Elle aurait dû être là. Elle aurait pu leur donner l'argent, prendre l'avion avec Charlie.

— La nuit avant notre départ, j'ai pris un comprimé pour dormir, parce que : qu'est-ce que ça pouvait faire, pas vrai ? Mais je me suis réveillée avec cette douleur cuisante. Ce n'était pas comme les fois d'avant, avec les crampes. J'ai cru qu'on m'ouvrait en deux. Je suis descendue au rez-de-chaussée pour ne pas réveiller Ben. J'ai commencé à vomir. Je n'ai pas réussi à aller jusqu'aux toilettes. Il y avait tellement de sang. On aurait dit une scène de crime. Je distinguais des morceaux. Des morceaux de… Charlie secoua la tête, incapable de poursuivre. Ben a appelé une ambulance. J'ai une cicatrice, comme une césarienne, mais aucun bébé à montrer. Et quand je suis finalement rentrée à la maison, le tapis avait disparu. Ben avait tout nettoyé. C'était comme s'il ne s'était rien passé.

Sam songea au sol nu dans le salon de Charlie. Ils n'avaient pas remplacé le tapis en trois ans. Elle s'enquit :

— Tu en as parlé avec Ben ?

— Ouais. Nous en avons discuté. Nous avons suivi une thérapie. Nous l'avons surmonté.

Sam ne parvenait pas à croire que c'était vrai.

Charlie dit :

— C'était ma faute. Je ne l'ai jamais dit à Ben, mais chaque fois, c'était ma faute.

— Tu ne peux pas croire ça.

Du dos de la main, elle se frotta les yeux.

— J'ai vu papa faire ce plaidoyer final une fois. Il a parlé de la façon dont les gens sont toujours obsédés par les mensonges. Les foutus mensonges. Mais personne ne comprend vraiment que le réel danger c'est la vérité. Elle leva les yeux sur le cercueil blanc. La vérité peut te ronger de l'intérieur. Elle ne laisse place à rien d'autre.

Sam fit une tentative :

— Il n'y a aucune vérité à te faire des reproches. La nature a son propre dessein.

— Je ne parle pas de cette vérité.

— Alors dis-moi, Charlie. Quelle est la vérité ?

Charlie se pencha. Elle se prit la tête dans les mains.

— S'il te plaît, implora Sam. Elle ne supportait pas son inutilité. Raconte-moi.

Charlie inspira profondément, aspirant de l'air par les espaces dans ses mains.

— Pour tout le monde, je me reproche de m'être enfuie en courant.

— Ce n'est pas ça ?

— Non, répondit-elle. Je me reproche de ne pas avoir couru assez vite.

Ce qu'il advint réellement de Charlie

— Cours ! Sam la repoussa. *Vas-y, Charlie* !

Charlie tomba en arrière sur le sol. Elle vit l'éclat éblouissant de l'arme qui tirait, entendit la brusque explosion de la balle éjectée du canon.

Sam tourbillonna dans l'air, exécuta pratiquement un saut périlleux avant de retomber dans la bouche béante de la tombe.

— Merde ! lâcha Daniel. Nom de Dieu de merde !

Charlie s'éloigna prestement, à la manière d'un crabe, sur les mains et les talons, juqu'à ce que son dos percute un arbre. Elle se releva en repoussant le sol. Ses genoux tremblaient. Ses mains tremblaient. Son corps entier tremblait.

— Tout va bien, mon chou, lui assura Zach. Attends-moi là.

Charlie gardait les yeux rivés sur la tombe. Peut-être que Sam se cachait, patientait avant de jaillir d'un bond et de partir en courant. Mais elle ne jaillissait pas. Elle ne bougeait pas, ni ne parlait, ni ne criait, ni ne donnait des ordres à la ronde.

Zach dit à Daniel :

— Tu r'couvres cette salope. Laiss' moi la p'tite un' minute.

Si Sam pouvait parler à cet instant, elle serait en train de hurler, furieuse contre Charlie de rester là, de gâcher cette occasion unique, de ne pas faire ce que Sam lui avait toujours dit de faire.

Ne regarde pas en arrière... Fais-moi confiance, je serai là... Garde la tête baissée et...

Charlie courut.

Ses bras s'agitèrent. Ses pieds nus luttèrent pour adhérer au sol. Les branches des arbres lui lacéraient le visage. Elle n'arrivait pas à respirer. Ses poumons lui donnaient l'impression que des aiguilles se plantaient dans sa poitrine.

Elle entendait la voix de Charlie...

Respire tout du long. Avec lenteur et régularité. Attends que la douleur passe.

— Reviens ici ! beugla Zach.

L'air tremblotait d'un *tap-tap-tap* régulier qui vibrait dans la poitrine de Charlie.

Zachariah Culpepper se trouvait derrière elle.

Elle colla ses bras contre ses flancs. Elle obligea la tension à quitter ses épaules. Elle imagina que ses jambes étaient les pistons d'une machine. Elle oublia les aiguilles de pin et les rochers pointus qui entaillaient ses pieds nus. Elle songea aux muscles qui l'aidaient à se mouvoir...

Les mollets, les quadriceps, les ischio-jambiers, contracte tes abdos, protège ton dos.

Zach se rapprochait. Elle l'entendait foncer comme un moteur à vapeur.

Charlie sauta par-dessus un tronc d'arbre. Elle balaya du regard sa gauche, puis sa droite, sachant qu'elle ne devrait pas courir en ligne droite. Il fallait qu'elle repère la tour météorologique pour s'assurer qu'elle suivait la bonne direction, mais elle savait que si elle regardait en arrière elle verrait Zach, et que le voir la ferait paniquer encore plus, et si elle paniquait encore plus, elle trébucherait, et si elle trébuchait, elle tomberait.

Et alors il la violerait.

Charlie vira à droite. Elle enfonça ses orteils dans la terre en changeant de cap. À la dernière minute, elle aperçut un autre tronc d'arbre. Elle s'élança par-dessus, atterrit avec maladresse. Elle se tordit le pied. Elle sentit l'os de sa cheville toucher terre. La douleur remonta le long de sa jambe, la cisaillant en deux.

Elle continua de courir.

Ses pieds étaient poisseux de sang. La transpiration dégoulinait de son corps. Elle parcourut rapidement l'espace devant elle à la recherche d'une lumière, d'un signe de sécurité.

Combien de temps encore continuerait-il à courir ?

Quelle distance encore pourrait-elle parcourir ?

La voix de Sam lui revint à l'oreille…

Imagine la ligne d'arrivée dans ta tête. Il faut que tu la veuilles davantage que la personne derrière toi.

Zachariah voulait quelque chose. Charlie voulait quelque chose encore plus fort que lui : s'enfuir, trouver de l'aide pour sa sœur, trouver Rusty pour qu'il imagine un moyen de tout arranger.

Soudain, la tête de Charlie fut brusquement tirée vers l'arrière.

Ses pieds s'élancèrent dans les airs devant elle.

Son dos percuta le sol.

Elle vit une bouffée d'air s'échapper de sa bouche, comme si c'était une chose tangible.

Zachariah fut sur elle. Ses mains partout. Elles agrippaient ses seins. Tiraient son short. Ses dents heurtaient sa bouche close. Charlotte lui égratigna les yeux. Tenta de remonter son genou contre son entrejambe, mais elle ne parvint pas à plier la jambe.

Zachariah s'assit à califourchon sur elle. Il fit glisser sa ceinture dans la boucle. Son poids était trop énorme. Il expulsait l'air du corps de Charlie.

Elle ouvrit la bouche. Elle n'avait pas de souffle pour crier. La tête lui tournait. Du vomi lui brûla la gorge.

Il abaissa violemment le short de Charlie. Il la retourna comme si elle ne pesait rien. Elle essaya à nouveau de crier, mais il lui mit la tête dans la terre. De la poussière lui emplit la bouche. Il lui saisit les cheveux avec le poing. Charlie sentit une déchirure au tréfonds de son corps, comme s'il la taillait en pièces de l'intérieur. Ses dents mordirent dans l'épaule de Charlie. Il grognait comme un porc pendant qu'il la violait par-derrière. Elle sentit le pourrissement émaner de la terre, de la bouche de l'homme, de ce qu'il enfonçait à l'intérieur d'elle.

Charlie garda les yeux bien fermés.

Je ne suis pas ici. Je ne suis pas ici. Je ne suis pas ici.

Chaque fois qu'elle se persuadait que ce n'était pas en train de se passer, qu'elle se trouvait dans la cuisine de la maison en briques rouges en train de faire ses devoirs, qu'elle faisait une course à l'école, qu'elle se cachait dans le placard de Sam pour l'écouter parler au téléphone avec Peter Alexander, Zachariah faisait quelque chose de nouveau et la douleur la ramenait violemment à la réalité.

Il n'en avait pas terminé.

Les bras de Charlotte retombèrent inutilement quand il la retourna. Il s'enfonça en elle par-devant. Finalement, elle était anesthésiée. Son esprit se vida. Elle était consciente, mais comme à distance : son corps se mouvait de haut en bas quand il s'introduisait en elle. Sa bouche pendait grande ouverte. Sa langue descendait dans la gorge de Charlie. Ses doigts entamaient la chair de ses seins, comme s'il tentait de les lui arracher.

Elle leva les yeux. Par-delà son immonde visage grimaçant.

Par-delà les arbres voûtés. Leurs branches crochues.

Le ciel nocturne.

La lune bleue se détachait sur l'étendue sombre.

Des étoiles étaient éparpillées, trous d'aiguilles indistincts.

Charlie ferma les yeux. Elle voulait de l'obscurité, mais elle vit Sam tournoyer dans les airs. Elle entendit le bruit sourd du corps de sa sœur percuter le fond de la tombe comme si cela recommençait du début. Et ensuite elle vit Gamma. Sur le sol de la cuisine. Le dos contre le meuble.

Os d'un blanc éclatant. Morceaux de cœur et de poumon. Des tendons et des artères et des veines et la vie qui se déversait de ses blessures béantes.

Gamma lui avait dit de courir.

Sam lui avait ordonné de s'enfuir.

Elles n'auraient pas voulu ça.

Elles avaient sacrifié leur vie pour Charlotte, mais pas pour ça.

— Non ! hurla Charlotte, les poings serrés.

Elle martela la poitrine de Zach, lui balança un coup de poing si fort dans la mâchoire que sa tête se retourna. Du sang jaillit de sa bouche : de grosses gouttes visqueuses, pas comme les minuscules gouttes de sang de Gamma.

— Putain de salope !

Il éleva la main vers l'arrière pour la frapper.

Charlotte distingua une tache du coin de l'œil.

— Dégage de là !

Daniel vola dans les airs et plaqua Zach au sol.

Ses poings se balançaient d'avant en arrière, ses bras faisaient des moulinets pendant qu'il frappait son frère.

— Enculé ! hurla-t-il. J' vais t' buter, putain !

Charlotte s'éloigna des deux hommes en reculant. Les mains profondément enfoncées dans la terre, elle se força à se relever. Du sang coulait le long de ses jambes. Des crampes l'obligèrent à se plier en deux. Elle trébucha. Elle tourna sur elle-même en cercle, aveugle comme Sam. Incapable de retrouver ses repères. Elle ne savait pas dans quelle direction courir, mais elle savait qu'elle devait continuer à bouger.

Sa cheville se mit à hurler, quand elle retourna dans les bois en courant. Elle ne rechercha pas la tour météorologique. Elle ne dressa pas l'oreille pour entendre le ruisseau, ni pour trouver Sam ni pour se diriger vers le TC. Elle continua de courir, puis de marcher, puis elle se sentit tellement épuisée qu'elle voulut ramper.

En fin de compte, elle se laissa aller, s'effondra sur les mains et les genoux.

Elle guetta les bruits de pas derrière elle, mais tout ce qu'elle perçut ce fut sa respiration bruyante, haletante.

Du sang ruisselait entre ses jambes. Son *machin* était là-dedans, lui pourrissait les entrailles. Charlotte vomit. De la bile s'écrasa au sol et lui éclaboussa le visage. Elle voulait s'allonger, fermer les yeux, aller dormir et se réveiller dans une semaine, quand tout cela serait terminé.

Mais elle ne pouvait pas.

Zachariah Culpepper.

Daniel Culpepper.

Des frères.

Elle les verrait tous les deux morts. Elle regarderait le bourreau les sangler sur la chaise en bois, et mettre le casque en métal sur leurs têtes, avec l'éponge au-dessous pour éviter qu'ils prennent feu, et elle regarderait entre les jambes de Zachariah Culpepper pour voir l'urine en sortir, quand il réaliserait qu'il allait mourir électrocuté.

Charlotte se leva.

Elle trébucha, puis elle marcha, puis elle courut à petites foulées, et soudain, comme par miracle, elle vit une lumière.

La deuxième ferme.

Charlotte tendit la main comme si elle pouvait la toucher.

Elle ravala un sanglot.

Sa cheville pouvait à peine la soutenir, alors qu'elle boitait à travers les champs fraîchement labourés. Elle garda les yeux braqués sur la lumière du porche, s'en servant comme d'une balise, un phare qui la guiderait loin des rochers.

Je suis ici. Je suis ici. Je suis ici.

Quatre marches menaient sous le porche situé à l'arrière. Charlie les contempla et s'efforça de ne pas penser aux marches du TC, à la manière dont elle les avait montées en courant, deux à deux, à peine quelques heures auparavant ; dont elle s'était déchaussée d'un coup de pied ; avait ôté ses chaussettes et trouvé Gamma en train de jurer dans la cuisine.

— Purée, chuchota-t-elle. Purée.

Sa cheville se déroba dès la première marche. Elle se retint à la rambarde branlante. Elle cligna des paupières face à la lumière du porche, d'un blanc éclatant, comme une flamme. Du sang avait dégouliné dans ses yeux. Charlotte l'essuya avec le poing. Une fraise rouge bien charnue était dessinée sur le paillasson ; elle avait un visage souriant, des bras et des jambes.

Ses pieds laissaient des empreintes sombres dessus.

Elle leva la main.

Son poignet avait une telle souplesse, comme l'élastique sur une balle de bolo.

Charlie dut soutenir sa main avec l'autre pour frapper à

la porte. La trace ensanglantée, humide, de ses articulations tacha le bois peint en blanc.

Elle entendit un raclement de chaise dans la maison. Des bruits de pas légers sur le sol. La voix enjouée d'une femme demanda :

— Qui peut bien venir frapper à la porte si tard ?

Charlotte ne répondit pas.

Nul cliquetis de verrous, ni bruit de chaîne que l'on fait glisser. La porte s'ouvrit. Une femme blonde était debout dans la cuisine. Ses cheveux étaient attachés en arrière par une queue-de-cheval un peu lâche. Elle était plus âgée que Charlotte. Jolie. Elle écarquilla les yeux. Ouvrit la bouche. Fit voleter sa main jusque sur sa poitrine, comme si elle venait d'être frappée par une flèche.

— Oh..., lâcha la femme. Mon Dieu. Mon Dieu. Papa ! Elle tendit la main vers Charlotte, mais elle paraissait ne pas savoir où la toucher. Entre ! Entre !

Charlie fit un pas, puis un autre, puis elle se retrouva dans la cuisine.

Elle frissonna, malgré la pièce bien chauffée.

Tout était tellement propre, éclairé de mille feux. Le papier peint était jaune ponctué de fraises rouges. Une frise assortie parcourait le haut des murs. La housse en tricot du grille-pain arborait une fraise cousue sur le côté. La bouilloire sur la gazinière était rouge. La pendule sur le mur, un chat avec des yeux mobiles, était rouge, elle aussi.

— Dieu du ciel, chuchota un homme.

Il était plus âgé, barbu. Ses yeux d'une rondeur presque parfaite derrière ses lunettes.

Charlotte recula jusqu'à ce que son dos rencontre le mur.

Il demanda à la femme :

— Diable, qu'est-ce qui a bien pu se passer ?

— Elle a tapé à la porte. La femme pleurait. Sa voix évoquait les trilles d'une petite flûte. Je ne sais pas. Je ne sais pas.

— C'est une des filles Quinn. Il ouvrit les rideaux. Regarda par la fenêtre. Est-ce qu'ils sont toujours quelque part là-dehors ?

Zachariah Culpepper.
Daniel Culpepper.
Sam.

L'homme tendit les mains vers le haut d'un meuble. Il en descendit un fusil, une boîte de balles.

— Passe-moi le téléphone.

Charlie se remit à trembler. Le fusil était long ; son canon suggérait une épée capable de l'ouvrir en deux.

La femme tendit la main vers le téléphone sans fil accroché au mur. Elle le fit tomber par terre et le ramassa. Ses mains voletaient toujours, des mouvements désordonnés, incontrôlables. Elle tira l'antenne. Tendit le téléphone à son père.

Il dit :

— Je vais appeler la police. Verrouille la porte derrière moi.

La femme s'exécuta, tourna le loquet de ses doigts maladroits. Elle se tordit les mains. Dévisagea Charlotte. Prit une brève inspiration et jeta un regard circulaire à la pièce.

— Je ne sais pas quoi…

Elle plaqua une main sur sa bouche. Elle regardait les saletés au sol.

Charlotte les vit aussi. Le sang formait des flaques autour de ses pieds. Il provenait de son intérieur, glissait le long de ses jambes, dépassait ses genoux, ses chevilles, régulier et lent comme le filet du robinet à la ferme, si on ne frappait pas assez fort avec le marteau.

Elle déplaça son pied. Le sang la suivit. Elle se souvint d'avoir appris quelque chose sur les escargots, la bave glissante qu'ils laissaient derrière eux.

— Assieds-toi, l'invita la femme. Elle paraissait plus ferme à présent, plus sûre d'elle. Tout va bien, mon cœur. Tu peux t'asseoir. Elle appuya doucement les doigts sur l'épaule de Charlotte pour la guider jusqu'à la chaise. La police va venir, dit-elle. Tu es en sécurité maintenant.

Charlotte ne s'assit pas. La femme ne lui communiquait pas un sentiment de sécurité.

— Je m'appelle Miss Heller. Elle se pencha vers Charlotte.

Elle ramena les cheveux de la jeune fille vers l'arrière. Tu es Charlotte, c'est exact ?

Charlotte acquiesça.

— Oh ! mon ange ! Miss Heller continuait de lui caresser les cheveux. Je suis désolée. Quoi qu'il te soit arrivé, je suis tellement désolée.

Charlie sentit une faiblesse dans son genou. Elle ne voulait pas s'asseoir, mais elle y fut contrainte. La douleur tel un couteau enfoncé dans les entrailles. Ses fesses lui faisaient mal. Elle sentit quelque chose de chaud s'écouler de son devant, comme si elle se faisait à nouveau pipi dessus.

Elle demanda à Miss Heller :

— Est-ce que je peux avoir de la glace ?

Au début, la femme ne dit rien. Puis, elle se redressa. Rassembla un bol, de la glace à la vanille, une cuillère, avant de tout déposer sur la table.

L'odeur fit surgir une montée de bile dans la gorge de Charlotte. Elle la ravala. Saisit la cuillère. Mangea la glace : elle l'enfournait dans sa bouche aussi vite que possible.

— Ralentis, lui conseilla Miss Heller. Tu vas te rendre malade.

Charlie voulait être malade. Elle le voulait hors d'elle. Elle voulait se purifier. Elle voulait se suicider.

— *Maman, qu'est-ce qui se passerait si je mangeais deux bols de glace ? Des vraiment très gros.*

— *Tes intestins exploseraient et tu mourrais.*

Charlotte dévora un second bol. Elle se servait de ses mains parce que la cuillère n'était pas assez grande. Elle tendit les mains vers la boîte en plastique, mais Miss Heller l'arrêta. Elle avait l'air horrifiée.

Elle demanda à Charlotte :

— Qu'est-ce qui t'est arrivé ?

Charlotte était essoufflée d'avoir mangé si vite. Elle entendait sa respiration siffler à travers son nez. Son short était humide de sang. Le coussin fraise sur la chaise était complètement trempé. Elle sentait l'écoulement entre ses jambes ; elle savait que ce n'était pas seulement du sang.

C'était *lui*. C'était Zach Culpepper. Il avait laissé son truc en elle.

Le vomi remonta dans sa gorge en tourbillonnant. Cette fois, elle ne put l'arrêter. Elle plaqua une main sur sa bouche. Miss Heller la souleva par la taille. Elle courut le long du couloir, porta Charlotte jusqu'aux toilettes.

Charlotte vomit si fort qu'elle pensa que son estomac allait sortir par sa bouche. Elle s'agrippa au rebord froid de la cuvette. Les yeux exorbités. La gorge en feu. Ses intestins lui donnaient l'impression de contenir des rasoirs. Elle baissa son short d'un coup sec. S'assit sur les toilettes. Sentit un liquide torrentiel s'évacuer en trombe de son corps. Du sang. Des excréments. *Lui*.

Elle cria sous l'effet de la douleur. Elle se plia au niveau de la taille. Ouvrit la bouche. Poussa un gémissement plein de colère.

Elle voulait sa mère. Elle *avait besoin* de sa mère.

— Oh ! chérie…

Miss Heller se trouvait de l'autre côté de la porte. Charlotte entendait sa voix.

— « Il leur dit : Laissez venir à moi les petits enfants, et ne les empêchez point ; car le Royaume des cieux est pour ceux qui leur ressemblent. »

Charlotte garda les yeux fermés très fort. Les larmes affluèrent. Elle respira par sa bouche ouverte. Elle entendait les lourdes gouttes de sang percuter l'eau. Cela ne finirait pas. Cela ne finirait jamais.

— Petit bébé, la rassura Miss Heller. Laisse Dieu porter ce fardeau.

Charlotte secoua la tête. Ses cheveux gorgés de sang lui giflaient le visage. Elle garda les yeux fermés. Elle vit Sam tournoyer, faire un saut périlleux dans les airs.

Les fines gouttelettes, lorsque la balle pénétra son cerveau.

Le sang pulvérisé, quand la poitrine de Gamma explosa.

— Ma sœur, murmura Charlotte. Elle est morte.

— Qu'est-ce qu'il y a, chérie ? Miss Heller avait entrouvert la porte. Qu'est-ce que tu as dit ?

— Ma sœur. Charlotte claquait des dents. Elle est morte. Ma mère est morte.

Miss Heller s'accrocha fermement au bouton de la porte pour éviter de tomber.

Elle ne dit rien.

Charlotte baissa les yeux sur le carrelage blanc à ses pieds. Elle voyait des taches noires. Du sang gouttait de sa bouche ouverte. Elle enroula quelques feuilles de papier toilette. Les maintint contre son nez. L'os semblait cassé.

Miss Heller pénétra dans la pièce. Elle tourna le robinet du lavabo.

Charlotte essaya de s'essuyer. Elle sentait des lambeaux de chair pendre entre ses jambes. Le sang ne s'arrêtait pas. Il n'allait jamais s'arrêter. Elle remonta son short, mais un vertige l'empêcha de se lever.

Elle se rassit sur la cuvette. Elle fixa une fraise en tissu encadrée sur le mur.

— Tout va bien.

Miss Heller lui essuya le visage avec un gant humide. Ses mains tremblaient de concert avec sa voix.

— « Et pour vous qui craignez mon nom, se lèvera le soleil de justice ; et la guérison sera dans ses ailes ; et vous sortirez, et vous prospérerez… »

Un coup bruyant secoua la porte de derrière. Cognement. Cris.

La main de Miss Heller se posa sur la poitrine de Charlotte pour l'apaiser.

— Judith ! Le vieil homme hurlait. Judith !

La porte de derrière vola en éclats.

Miss Heller s'empara de Charlotte, la souleva par la taille. Charlotte sentit ses pieds quitter le sol. Elle se cramponna aux épaules de la femme. Quand Miss Heller courut le long du couloir, Charlotte eut l'impression que ses côtes étaient broyées.

— *Charlotte !*

Le mot était chargé d'une telle peine, pareil au gémissement d'un animal mourant.

Miss Heller dérapa jusqu'à un arrêt total.

Elle fit volte-face.

Son étreinte autour de la taille de Charlotte se relâcha lentement.

Rusty se tenait à l'extrémité du couloir. Il s'appuyait lourdement contre le mur. Sa poitrine se soulevait. Il serrait un mouchoir dans sa main.

Charlie sentit ses pieds toucher le sol. Ses genoux ployèrent, incapables de soutenir son poids.

Rusty progressa dans le couloir d'un pas chancelant. Son épaule heurta le mur, puis l'autre, puis il fut à genoux, et enfin il étreignit Charlotte.

— Mon bébé, pleura-t-il en enveloppant le corps de sa fille du sien. Mon trésor.

Charlotte sentit ses muscles se relâcher lentement. Son père faisait l'effet d'un médicament. Elle devint poupée de chiffon au creux de ses bras.

— Mon bébé, répéta-t-il.

— Gamma…

— Je sais ! Rusty gémit. Charlotte perçut les secousses dans la poitrine de son père, pendant qu'il luttait pour maîtriser sa douleur. Je sais, mon cœur. Je sais.

Charlotte se mit à sangloter ; non pas de peine mais de peur, parce qu'elle n'avait jamais vu son père pleurer.

— Je te tiens. Il la berça. Papa est là. Je te tiens.

Charlotte pleurait si fort qu'elle était incapable d'ouvrir les yeux.

— Sam…

— Je sais, dit-il. Nous la trouverons.

— Ils l'ont enterrée.

Rusty laissa échapper un hurlement de désespoir.

— C'était les Culpepper, dit Charlotte. Connaître leurs noms, les dire à Rusty, c'était la seule chose qui l'avait fait avancer. Zach et son frère.

— Ça n'a pas d'importance. Il appuya ses lèvres au sommet de sa tête. Une ambulance va arriver. Ils vont prendre soin de toi.

— Papa. Charlotte leva la tête. Elle approcha sa bouche

tout près de l'oreille de son père. Elle chuchota : Zach a mis son truc à l'intérieur de moi.

Les bras de Rusty retombèrent lentement. C'était comme si on avait évacué le souffle hors de lui. Sa bouche s'ouvrit toute grande. Il s'effondra sur le sol. Ses yeux allaient d'avant en arrière pendant qu'il dévisageait Charlotte. Sa gorge redevint opérationnelle. Il essaya de parler, mais il ne put émettre qu'un gémissement.

— Papa, murmura-t-elle encore.

Rusty posa ses doigts sur la bouche de Charlotte. Il se mordit la lèvre, comme s'il ne voulait pas parler, mais il le devait.

Il demanda :

— Il t'a violée ?

Charlotte acquiesça.

La main de Rusty retomba comme une pierre. Il détourna le regard. Secoua la tête. Ses larmes s'étaient muées en deux rivières qui s'écoulaient sur les côtés de son visage.

Charlotte ressentit la honte contenue dans son silence. Son père connaissait les choses que les hommes comme Zachariah Culpepper faisaient. Il ne pouvait même pas la regarder.

— Je suis désolée, dit Charlotte. Je n'ai pas couru assez vite.

Les yeux de Rusty se posèrent sur Miss Heller, puis finalement, lentement, revinrent sur Charlotte.

— Ce n'est pas ta faute. Il se racla la gorge. Il le répéta. Ce n'est pas ta faute, bébé. Tu m'entends ?

Charlotte l'entendait, mais ne le croyait pas.

— Ce qui t'est arrivé, dit Rusty avec véhémence. Ce n'est pas ta faute, mais on ne peut le dire à personne d'autre, d'accord ?

Charlotte se contenta de le fixer des yeux. On n'avait pas besoin de mentir, quand quelque chose n'était pas de sa faute.

Rusty déclara :

— C'est privé, et on ne le dira à personne, OK ? Il leva à nouveau les yeux vers Judith Heller. Je sais ce que les avocats font aux filles qui ont été violées. Je ne ferai pas vivre cet enfer à ma fille. Je ne laisserai pas les gens la traiter comme si elle était ravagée. Il s'essuya les yeux du dos de la main. Sa voix se fit plus forte. Ils paieront pour ça. Ces deux garçons sont des meurtriers, et ils mourront pour ça, mais, s'il vous plaît, ne les laissez pas emporter ma fille avec eux. S'il vous plaît. C'est trop. C'est trop.

Il attendit, les yeux rivés sur Miss Heller. Charlie se retourna. Miss Heller baissa les yeux sur elle. Elle acquiesça.

— Merci. Merci.

Rusty posa la main sur l'épaule de Charlotte. Il la dévisagea à nouveau, vit le sang, les os, les brindilles et les feuilles collés à son corps. Il toucha la couture déchirée de son short. Les larmes se remirent à couler. Il réfléchissait à ce qu'on lui avait fait, à ce qu'on avait fait à Sam, à Gamma. Il laissa tomber son visage dans ses mains. Ses sanglots se muèrent en hurlements. Il se laissa aller contre le mur, dévasté par la douleur.

Charlotte essaya de déglutir. Sa gorge était trop sèche. Elle n'arrivait pas à se débarrasser du goût aigre du lait. Elle était déchirée à l'intérieur. Elle sentait toujours le flux régulier de sang glisser le long de sa jambe.

— Papa, répéta Charlotte. Pardon.

— Non. Il la saisit, la secoua. Ne t'excuse jamais, Charlotte. Tu m'entends ?

Il paraissait tellement en colère que Charlotte n'osa pas parler.

— Je suis désolé, bredouilla Rusty. Il se redressa sur ses genoux. Il enveloppa la nuque de sa fille de sa main, appuya son visage contre celui de Charlotte, leurs nez se touchaient. Elle percevait l'odeur de tabac froid et la senteur musquée de son après-rasage. Tu vas m'écouter, Charlie Bear. Est-ce que tu m'écoutes ?

Charlotte le fixa dans les yeux. Des traits rouges rayonnaient à partir des iris bleus.

Il dit :

— Ce n'est pas ta faute. Je suis ton papa, et je te dis que rien de tout ceci n'est ta faute. Il patienta. OK ?

Charlotte hocha la tête :

— OK.

Rusty lâcha un autre soupir plaintif. Il déglutit avec peine. Il pleurait toujours, sans chercher à le cacher.

— Bon, tu te souviens de tous ces cartons que ta maman a rapportés à la maison du magasin d'occasions ?

Charlotte avait oublié les cartons. Il n'y aurait plus personne pour les déballer, maintenant. Plus que Charlotte et Rusty. Jamais personne d'autre.

— Écoute-moi, mon bébé. Rusty mit les mains en coupe sous le visage de sa fille. Je veux que tu prennes ce que ce vilain type t'a fait, et je veux que tu le mettes dans un de ces cartons, OK ?

Il attendit, ayant désespérément besoin qu'elle accepte.

Charlotte se laissa aller à acquiescer.

— Très bien, dit-il. Très bien. Bon, ensuite ton papa va chercher du Scotch, et on va refermer ce carton ensemble, mon cœur. Sa voix roucoula encore. Ses yeux scrutaient désespérément ceux de sa fille. Tu m'entends ? On va refermer ce carton et le sceller pour toujours.

Elle acquiesça de nouveau.

— Puis on va mett' cette méchante vieille boîte sur une étagère. Et on va la laisser là. Et on va plus y penser ni même la r'garder jusqu'à ce qu'on soit prêts à le faire, OK ?

Charlotte continua d'acquiescer, parce que c'était ce qu'il voulait.

— Tu es une fille modèle.

Rusty lui embrassa la joue. Il l'attira tout contre sa poitrine. L'oreille de Charlotte se plia contre sa chemise. Elle sentait le cœur de son père cogner sous la peau et les os. Il avait l'air tellement éperdu, tellement effrayé.

Il s'enquit :

— Tout ira bien pour nous, pas vrai ?

Il la maintenait si serrée qu'elle ne pouvait pas acquiescer, mais Charlotte comprenait ce que voulait son père. Il avait besoin qu'elle appuie sur l'interrupteur qui commandait à la logique, mais pour de vrai cette fois. Gamma était partie. Sam était partie. Elle devait se montrer forte. Il fallait qu'elle soit la fille modèle qui prend soin de son père.

— OK, Charlie Bear ? Rusty lui embrassa le sommet du crâne. On peut faire ça ?

Charlotte imagina le placard vide dans la chambre du fermier. La porte était béante. Elle vit le carton au sol. Fermé. Elle vit l'étiquette. TOP SECRET. Elle regarda Rusty le soulever et le poser sur son épaule, le glisser sur l'étagère du haut, le repousser au fond jusqu'à ce qu'il disparaisse dans le noir.

— On peut faire ça, chérie ? supplia-t-il. Pouvons-nous fermer ce carton ?

Charlotte s'imagina refermant la porte du placard.

Elle répondit :

— Oui, papa.

Elle ne le rouvrirait plus jamais.

16

Charlie était incapable de regarder Sam. Elle gardait la tête enfouie dans les mains. Pliée en deux sur sa chaise. Elle n'avait pas repensé à la promesse faite à Rusty des décennies durant. Elle était restée la gentille fille, la fille obéissante, une fille modèle, qui avait mis son secret sur une étagère, laissé les ombres noires du temps dissimuler les souvenirs. Leur pacte avec le diable n'était jamais apparu comme la partie significative de l'histoire, mais elle comprenait aujourd'hui qu'il avait presque plus d'importance que tout le reste.

Elle dit à Sam :

— Je suppose que la morale de cette histoire, c'est qu'il m'arrive toujours des misères quand je décide de courir.

Charlie sentit la main de Sam sur son dos. Ce qu'elle désirait le plus au monde en cet instant précis, c'était se blottir tout contre sa sœur, poser sa tête sur les genoux de Sam, et laisser Sam la serrer dans ses bras pendant qu'elle pleurerait.

À la place, elle se leva. Elle retrouva ses chaussures. Appuya sa hanche contre le cercueil de Rusty pour les enfiler.

— C'était Mary-Lynne. Je pensais que Lynne était son nom de famille. Pas Huckabee. Elle se sentit nauséeuse en se remémorant la froide réaction de Huck, lorsqu'il avait appris que Charlie était la fille de Rusty Quinn. Tu te souviens des photos d'elle dans la grange ?

Sam acquiesça.

— Son cou était étiré d'au moins trente centimètres, c'est de cela dont je me souviens. Qu'elle ressemblait à une girafe, presque. Et l'expression sur son visage… Charlie se demanda si elle affichait la même expression de souffrance, quand Rusty l'avait retrouvée dans le couloir. Nous croyions que tu étais morte, nous savions que Gamma était morte. Il ne l'a pas dit, mais je sais qu'il avait peur que je me pende, ou que je trouve un autre moyen de me suicider, comme Mary-Lynne. Charlie haussa les épaules. Il avait probablement raison. C'était trop.

Sam garda le silence un instant. Elle n'avait pas l'habitude de gigoter, mais elle lissa les jambes de son pantalon.

— Est-ce que les médecins pensent que c'est la cause de tes fausses couches ?

Charlie faillit en rire. Sam voulait toujours une explication scientifique.

Elle répondit à sa sœur :

— Après la deuxième, qui était en réalité la troisième, je suis allée consulter une spécialiste en fertilité à Atlanta. Ben croyait que j'étais à une conférence. J'ai raconté au médecin ce qui s'est passé… ce qui s'est vraiment passé. Je lui ai tout exposé, des détails que même papa ne connaissait pas. Qu'il avait utilisé ses mains. Ses poings. Son couteau.

Sam se racla la gorge. Son expression, comme toujours, était dissimulée par ses lunettes noires.

— Et ?

— Et elle a fait des examens et des échographies, puis elle a parlé de la finesse de cette paroi ou des cicatrices sur une trompe, et elle a dessiné un schéma sur une feuille de papier, mais j'ai dit : Dites-le-moi sans détour. Et elle l'a fait. J'ai un utérus inhospitalier. Charlie eut un rire amer au son de cette phrase, qui évoquait quelque chose qu'on pouvait lire sur un site d'agence immobilière. Mon environnement utérin ne convient pas à l'accueil d'un fœtus. La spécialiste était stupéfaite que j'aie réussi à aller si loin dans mon deuxième trimestre.

Sam demanda :

— Est-ce qu'elle a dit que c'était à cause de ce qui s'était passé ?

Charlie haussa les épaules.

— Elle a dit qu'il y avait des possibilités, mais aucun moyen d'en être certaine. Je sais pas, un type t'enfonce le manche d'un couteau dans la chatte, ça me paraît logique que tu ne puisses pas avoir de bébés.

— La dernière fois, dit Sam, se dirigeant toujours vers une fausse déduction, tu as dit que le Dandy-Walker était un syndrome qui ne découle pas d'une malformation utérine. Y a-t-il un composant génétique ?

Charlie ne pouvait s'engager à nouveau sur cette voie.

— Tu as raison. C'était ma dernière fois. Je suis trop vieille maintenant. Toute grossesse impliquerait trop de risques. L'horloge a arrêté son tic-tac.

Sam ôta ses lunettes. Elle se frotta les yeux.

— J'aurais dû être là pour toi.

— Et je n'aurais jamais dû te demander de venir.

Elle sourit en se rappelant quelque chose que Rusty avait dit deux jours plus tôt.

Notre impasse bien connue.

— Il faut que tu le dises à Ben.

— Le « il faut » est de retour. Charlie se moucha. Toutes ces années, le côté sœur aîné autoritaire de Sam ne lui avait pas manqué. Je pense qu'il est trop tard pour Ben et moi. Les mots paraissaient désinvoltes, mais après ses tentatives de séduction désastreuses, elle devait arrêter de refuser la possibilité d'un non-retour de Ben. Charlie n'avait même pas pu trouver le courage de lui demander de rester la veille au soir, parce qu'elle avait trop peur qu'il lui réponde non. Elle ajouta : Ben a été un saint quand ça s'est passé. Chaque fois. Je le pense sincèrement. Je ne comprends pas d'où lui vient toute cette bonté. Pas de sa mère. Pas de ses sœurs : elles étaient toutes affreuses. Elles voulaient connaître le moindre détail, comme s'il s'agissait de potins. Elles ont presque instauré une hotline entre elles. Et tu ne sais pas ce que c'est que d'être enceinte, d'acheter des meubles pour bébé, d'organiser ton congé maternité, et d'être aussi grosse qu'un poids lourd, et une semaine plus tard, tu vas à l'épicerie et tous les gens qui te souriaient avant ne peuvent même pas te regarder dans les yeux. Charlie demanda : Je suppose que tu ne sais pas ce que c'est ?

Sam secoua la tête.

Charlie n'était pas étonnée. Elle ne voyait pas sa sœur encourir le risque de porter un enfant.

Charlie poursuivit :

— Je suis devenue une véritable salope. Je m'entendais — je peux encore m'entendre maintenant, il y a dix minutes, hier, chaque putain de jour avant ça —, et je pensais : *La ferme. Laisse courir.* Mais je ne le fais pas. Je ne peux pas.

— Et l'adoption ?

Charlie tâcha de ne pas se hérisser à cette question. Son bébé était mort. Ce n'était pas comme un chien, que vous remplaciez quelques mois plus tard pour oublier la perte.

— J'ai attendu que Ben aborde le sujet, mais il ne cessait de dire qu'il était heureux avec moi, que nous formions une équipe, qu'il aimait l'idée qu'on vieillisse tous les deux. Elle eut un haussement d'épaules. Peut-être qu'il attendait que j'en parle. Comme dans *Le Cadeau des Rois mages* d'O. Henry[1], mais avec un utérus toxique.

Sam remit ses lunettes.

— Tu dis que c'est fini avec Ben. Qu'est-ce que tu perdrais à lui raconter ce qui s'est passé ?

— Plutôt, qu'est-ce que j'y gagnerais, corrigea Charlie. Je ne veux pas de sa pitié. Je ne veux pas qu'il reste avec moi parce qu'il en ressent l'obligation. Elle appuya la main sur le cercueil fermé. Elle s'adressait à Rusty autant qu'à Sam. Ben serait plus heureux avec quelqu'un d'autre.

— Conneries totales, répliqua Sam d'un ton sec. Tu n'as aucunement le droit de décider à sa place.

Charlie avait l'impression que Ben avait déjà fait son choix. Elle ne pouvait le lui reprocher. Elle avait du mal à croire qu'un homme de quarante et un ans ne trouverait pas son compte avec une jeune fille bien souple de vingt-six ans.

1. Cette nouvelle raconte l'histoire d'un couple au sein duquel chacun fait un sacrifice par amour pour l'autre.

— Il est tellement génial avec les gamins. Il les aime tellement.

— Tout comme toi.

— Mais ce n'est pas lui qui m'empêche d'en avoir.

— Et si c'était le cas ?

Charlie secoua la tête. Cela ne marchait pas comme ça.

— Tu aimerais une minute toute seule ? Elle désigna le cercueil. Pour lui dire au revoir ?

Sam fronça les sourcils.

— À qui est-ce que je parlerais ?

Charlie croisa les bras.

— Puis-je avoir une minute ?

Sam leva les sourcils, mais pour une fois elle réussit à garder son opinion pour elle.

— Je serai dehors.

Charlie regarda sa sœur quitter la pièce. Sam ne boitait pas trop, aujourd'hui. Au moins, cette partie-là était un soulagement. Charlie ne supportait pas de la voir revenue à Pikeville, si loin de son élément, si démunie. Sam ne pouvait tourner à l'angle d'une rue, marcher sur un trottoir, sans que tout le monde sache exactement ce qui s'était passé.

À l'exception du juge Stanley Lyman.

Si Charlie avait pu courir jusqu'à ce bâtard et le gifler pour venger l'humiliation de sa sœur, Charlie aurait risqué une arrestation.

Sam avait tant œuvré pour dissimuler ses dysfonctionnements, mais un examen de quelques minutes suffisait à remarquer ses particularités. Sa posture, toujours trop rigide. Sa façon de marcher, les bras collés au corps, plutôt que ballants. La manière dont elle maintenait la tête inclinée, toujours méfiante à cause de son angle mort. Puis, il y avait sa façon de parler très précise et son ton didactique exaspérant. Le ton de Sam avait toujours été tranchant, mais après la balle, c'était comme si chaque mot avait été plié à angle droit. Parfois, il était possible d'entendre une brève hésitation, tandis qu'elle cherchait le mot juste. Plus rarement, on percevait le bruit de sa respiration : elle faisait sortir les sons en se servant de son diaphragme, comme l'orthophoniste l'avait entraînée à le faire.

Les médecins. Les pathologistes. Les thérapeutes. Une équipe entière avait entouré Sam. Ils avaient tous des opinions, des recommandations, des avertissements, et aucun d'eux n'avait compris que Sam les braverait tous. Ce n'était pas une personne normale. Elle ne l'avait pas été avant de se faire tirer dessus, et elle n'en était pas une durant sa convalescence.

Charlie se rappelait que l'un des médecins avait dit à Rusty que les dommages infligés au cerveau pouvaient avoir rogné au moins dix points de QI. Charlie avait failli rire. Dix points auraient été dévastateurs pour n'importe quel être humain normal. Pour Sam, cela signifiait juste qu'elle passait du niveau du prodige à celui de personne vraiment *très* intelligente.

Sam avait dix-sept ans, deux ans après le coup de feu, quand elle s'était vu proposer l'intégralité d'une bourse pour Stanford.

Était-elle heureuse ?

Charlie entendait la question de Rusty résonner dans sa tête.

Elle se retourna pour faire face au hideux cercueil de son père. Elle posa la main sur le couvercle. La peinture avait un éclat dans un coin. Elle supposait que c'était ce qui arrivait quand on s'y suspendait comme un singe atteint de démence.

Sam n'avait pas l'air heureuse, mais elle paraissait satisfaite.

Avec le recul, Charlie aurait dû dire à son père que cette satisfaction était l'objectif le plus louable. Sam s'épanouissait dans sa pratique du droit. Ses humeurs, autrefois aussi violentes qu'une tempête, semblaient finalement maîtrisées. La colère qu'elle avait portée comme une brique dans la poitrine avait clairement disparu. Bien sûr, elle était encore ergoteuse et agaçante mais, après tout, elle était la fille de leur mère.

Charlie tapota le cercueil du bout des doigts.

Un trait ironique ne lui avait pas échappé : sa sœur, comme elle, avait misérablement échoué en matière de vie et de mort. Sam n'avait pas été capable de soulager les souffrances de son mari. Charlie n'avait pas été capable de fournir un endroit sûr à son enfant à naître.

— Et voilà qu'elles reviennent, marmonna Charlie, quand ses yeux s'embuèrent de larmes.

Elle en avait assez de pleurer. Elle n'en avait plus envie. Elle ne voulait plus se comporter en salope. Elle ne voulait plus se sentir triste. Elle ne voulait plus être sans son mari.

Aussi difficile qu'il soit de retenir les choses, il était encore plus difficile de les laisser partir.

Elle rapprocha l'une des chaises. D'un coup sec, elle ôta la housse en satin bleu layette, parce que ce n'était pas une fête pour une adolescente de seize ans.

Charlie s'assit sur le plastique dur.

Elle avait raconté à Sam son secret. Elle avait ouvert la boîte.

Pourquoi ne se sentait-elle pas différente ? Pourquoi les choses n'avaient-elles pas miraculeusement changé ?

Des années auparavant, Rusty avait traîné sa cadette chez un thérapeute. Elle avait seize ans. Sam vivait en Californie. Charlie s'était mise à déconner à l'école : elle sortait avec les mauvais garçons, baisait avec les mauvais garçons, crevait les pneus des voitures que les mauvais garçons conduisaient.

Rusty avait certainement supposé que Charlie dirait la vérité à propos de ce qui s'était passé, tout comme Charlie avait supposé que Rusty s'attendrait à ce qu'elle laisse cette partie de côté.

Salut, impasse bien connue.

Le thérapeute, un homme sérieux en pull sans manches et col en V, avait essayé de ramener Charlie à ce jour-là, dans la cuisine de la ferme, dans la pièce humide où Gamma avait laissé une casserole d'eau bouillir sur la gazinière, pendant qu'elle remontait le couloir à la recherche de Sam.

L'homme avait demandé à Charlie de fermer les yeux et de s'imaginer à la table de la cuisine, les mains occupées à plier l'assiette en carton pour en faire un avion. Au lieu d'entendre une voiture dans l'allée, il lui dit d'imaginer Jésus qui passait la porte.

C'était un thérapeute chrétien. Bien intentionné, sincère

sans nul doute, mais il pensait que Jésus était la réponse à pas mal de choses.

— Gardez les yeux fermés, avait-il demandé à Charlie. Représentez-vous Jésus en train de vous soulever.

Au lieu de Gamma qui saisissait le fusil. Au lieu de Sam qui se faisait tirer dessus. Au lieu de Charlie qui courait à travers bois vers la maison de Miss Heller.

Charlie avait gardé les yeux fermés conformément aux instructions. Elle s'était assise sur ses mains pour les garder immobiles. Elle se souvenait d'avoir balancé les jambes, faisant semblant de jouer le jeu, mais elle voyait Super Jaimie, pas Jésus-Christ, venir à son secours. La femme bionique utilisait sa super force pour donner un coup de poing en plein visage de Daniel Culpepper. Elle donnait des coups de pied de karaté à Zachariah dans les couilles. Elle se déplaçait au ralenti, ses longs cheveux se balançaient au rythme du son *chuch-chuch-chuch-chuch* bionique qui résonnait en arrière-plan.

Charlie n'avait jamais été très bonne pour suivre des instructions.

Pourtant, elle bouillait d'humiliation en pensant que le travailleur social mal fagoté, avec une sale coupe de cheveux, chez qui Ben l'avait traînée avait eu raison sur au moins un seul point. Un fait horrible arrivé à Charlie presque trois décennies plus tôt bousillait sa vie d'aujourd'hui.

Avait bousillé sa vie, parce que son mari était parti, que sa sœur reprenait l'avion pour New York dans quelques heures, et qu'elle-même allait rentrer chez elle dans une maison vide.

Ce n'était même pas sa semaine de garde. Pour le chien.

Charlie fixa le cercueil de son père. Elle ne voulait pas songer à Rusty allongé à l'intérieur de cette boîte en bois toute froide. Elle voulait se le rappeler souriant. Lui adressant un clin d'œil. Tapant des pieds. Frappant un rythme sur la table la plus proche. Racontant une de ses histoires foireuses, qu'il avait déjà racontée des milliers de fois auparavant.

Elle aurait dû prendre plus de photos de lui.

Elle aurait dû enregistrer sa voix pour ne pas en oublier

les inflexions, la façon agaçante avec laquelle il accentuait les mauvais mots.

Il y avait eu des fois dans sa vie où elle avait prié pour que Rusty, s'il vous plaît, pour l'amour du ciel, ferme sa putain de gueule, mais maintenant, ce qu'elle voulait le plus au monde, c'était l'entendre. Écouter une de ses anecdotes. Reconnaître une de ses obscures citations. Sentir le moment d'illumination où elle réalisait que l'histoire, la phrase étrange, l'observation apparemment anodine, était en réalité un conseil, et que cet avis en général — et de façon très énervante — valait la peine.

Charlie tendit la main vers son père.

Elle posa sa paume à plat sur le côté du cercueil. Elle se sentit stupide de faire ça, mais elle devait demander :

— Qu'est-ce que je fais maintenant, papa ?

Charlie patienta.

Pour la première fois en quarante et un ans, Rusty n'avait pas la réponse.

17

Charlie marchait dans la Chapelle du souvenir, un verre de vin à la main. Il n'y avait que son père pour spécifier que l'on serve de l'alcool à son enterrement. Il y avait des alcools forts au bar, à midi, il était un peu trop tôt pour la majorité des gens. Ce qui était le premier problème des obsèques expéditives voulues par son père. Le deuxième problème était celui que Sam avait repéré plus tôt : les badauds, les hypocrites.

Charlie s'en voulait de mettre dans le même sac quelques-uns de ses anciens amis. Elle ne pouvait leur reprocher d'avoir choisi Ben plutôt qu'elle. Elle aurait choisi Ben, elle aussi. Dans une semaine, un mois, peut-être l'année prochaine, leur présence silencieuse, leurs aimables signes de tête et leurs gentils sourires signifieraient quelque chose, mais à cet instant, elle ne parvenait pas à penser à autre chose qu'à ces connards venus par pure curiosité malsaine.

Les habitants de la ville qui avaient vilipendé Rusty pour ses manières de bon Samaritain large d'esprit étaient tous réunis au grand complet. Judy Willard, qui avait qualifié Rusty de « meurtrier » pour avoir défendu un centre d'avortement. Abner Coleman, qui l'avait traité de « bâtard » pour avoir défendu un meurtrier. Whit Fieldman, qui l'avait traité de « traître » pour avoir défendu un bâtard. La liste était encore longue, mais Charlie était trop écœurée pour la passer en revue.

Le plus coupable de tous était Ken Coin. Cet enculé pustuleux se tenait au centre d'un groupe de sous-fifres travaillant avec lui. Kaylee Collins en tête et au beau milieu. La jeune femme, qui couchait probablement avec l'époux de Charlie, ne semblait pas saisir qu'elle était indésirable en ces lieux. La communauté juridique dans son entier considérait cet événement comme une manifestation à caractère social. Apparemment, Coin racontait une histoire sur Rusty, une sorte de plaisanterie que son père avait sortie en salle d'audience. Charlie regardait Kaylee rire en rejetant sa tête en arrière. D'un geste, elle chassa ses longs cheveux blonds de ses yeux. Elle fit ce truc intime qui consiste à toucher le bras d'un homme d'une manière que seule l'épouse dudit homme juge déplacée.

Charlie but du vin, regrettant que ce ne soit pas de l'acide à balancer au visage de la femme.

Son téléphone se mit à sonner. Elle se dirigea vers un coin désert, et répondit juste avant que la messagerie prenne le relais.

— C'est moi, dit Mason Huckabee.

Charlie tourna le dos à la pièce, la culpabilité revêtant l'apparence de la honte.

— Je t'ai dit de ne pas m'appeler.

— Je suis désolé. Il fallait que je te parle.

— Non, tu n'as pas à le faire, rétorqua-t-elle. Écoute-moi très attentivement : ce qui s'est passé entre nous était la pire erreur de ma vie. J'aime mon mari. Tu ne m'intéresses pas. Je ne veux pas discuter avec toi. Je ne veux rien avoir à faire avec toi, et si tu m'appelles encore, je te flanquerai une ordonnance restrictive et je veillerai à ce que le Conseil de l'Éducation apprenne que tu as un casier judiciaire pour avoir harcelé une femme. C'est ce que tu veux ?

— Non. Bon Dieu. Calme-toi, OK ? S'il te plaît ? Il paraissait désespéré. Charlotte, j'ai besoin de te parler en face. C'est vraiment important. Ça nous dépasse tous les deux. Ça dépasse ce que nous avons fait.

— C'est là où tu te trompes, lui assura-t-elle. La chose la plus importante de ma vie, c'est ma relation avec mon mari, et je ne vais pas te laisser te mettre entre nous.

— Charlotte, si tu pouvais…

Charlie termina l'appel avant qu'il puisse déverser d'autres conneries.

Elle laissa retomber son téléphone dans son sac à main. Remit de l'ordre dans ses cheveux. Vida son verre de vin avant d'en prendre un autre au bar. Elle en avait bu la moitié quand le tremblement s'arrêta enfin. Dieu merci, Mason s'était contenté de l'appeler. S'il était venu aux funérailles, si la ville entière les avait vus ensemble, si Ben les avait vus, Charlie se serait dissoute en une flaque de dégoût et de haine de soi.

— Charlotte.

Newton Palmer, un avocat apathique au sein d'une pièce qui en était remplie, lui adressa un regard aguerri en matière de condoléances.

— Comment allez-vous ?

Charlie vida son verre pour noyer les injures. Newton appartenait à ces vieux prototypes de Blancs qui dirigeaient la plupart des petites villes d'Amérique. Un jour, Ben avait dit qu'ils n'avaient qu'à attendre que les vieux bâtards racistes et sexistes comme Newton meurent. Il n'avait pas réalisé que des nouveaux se fabriquaient sans cesse.

Newton déclara :

— J'ai vu votre père à un petit déjeuner du Rotary la semaine dernière. Aussi viril que jamais ; il a dit cette chose tellement truculente.

— C'est tout papa. Truculent.

Charlie fit semblant d'écouter son anecdote stupide, tout en cherchant sa sœur des yeux.

Sam était piégée elle aussi, par Mrs Duncan, son professeur d'anglais de quatrième. Sam hochait la tête et souriait, mais Charlie n'imaginait pas sa sœur dotée d'une grande patience pour les conversations sans intérêt. Le sentiment d'étrangeté dégagé par Sam était encore plus prononcé dans la foule. Pas à cause de ses handicaps, mais parce qu'elle n'appartenait clairement pas à cet endroit, peut-être même pas à cette époque. Les lunettes sombres. L'inclinaison majestueuse de la tête. Sa façon de s'habiller ne l'aidait pas exactement à se fondre dans le décor, même à des funérailles. Elle était tout de noir vêtue, mais le mauvais noir. Le genre de noir uniquement à la portée d'un pour cent de la population. Debout près de son ancienne enseignante, Sam ressemblait à un épervier près d'une buse. Comme dit le proverbe, on ne saurait les confondre.

— On dirait ta mère. Lenore portait une robe noire moulante et des talons plus hauts que ceux de Charlie. Elle sourit à l'adresse de Newton. Monsieur Palmer.

Newton blêmit.

— Charlotte, si vous voulez bien m'excuser.

Lenore l'ignora, Charlie fit de même. Elle appuya son épaule contre celle de Lenore, et elles regardèrent toutes deux Sam. Mrs Duncan l'abreuvait toujours de paroles.

Lenore dit :

— Harriet désirait tellement entrer en contact avec les gens, mais elle n'a jamais vraiment résolu l'équation.

— Elle est entrée en contact avec papa.

— Ton père était une aberration. Deux personnes singulières qui fonctionnaient mieux quand elles étaient ensemble.

Charlie se blottit davantage contre le bras de Lenore.

— Je ne pensais pas que tu viendrais.

— Je n'ai pas pu résister à l'idée de narguer ces détestables bâtards une dernière fois. Écoute… Lenore prit une profonde inspiration, comme en vue d'une tâche difficile. Je pense que je vais prendre ma retraite en Floride. M'installer parmi les miens : des vieilles femmes blanches et amères qui vivent de leurs taux d'intérêts.

Charlie pinça les lèvres. Elle ne pouvait pas se remettre à pleurer encore. Pas plus que culpabiliser Lenore de faire ce choix.

— Oh ! mon cœur ! Lenore entoura la taille de Charlie de son bras. Elle approcha sa bouche de l'oreille de la jeune femme. Je ne te quitterai jamais. Je serai juste à un autre endroit. Et tu pourras me rendre visite. Je ferai une chambre spéciale pour toi, avec des photos de chevaux sur les murs, et de chatons et d'opossums.

Charlie éclata de rire.

Lenore dit :

— Il est temps pour moi de passer à autre chose. Je me suis battue pour la bonne cause assez longtemps.

— Papa t'aimait.

— Bien sûr. Et je t'aime. Lenore posa un baiser sur la tête de Charlotte. En parlant d'amour…

Ben se frayait un chemin dans la foule. Il leva les mains en contournant vivement un vieil homme désireux de raconter une histoire. Ben lança quelques : « Bonjour » à des gens qu'il connaissait, sans cesser d'avancer, s'éloignant des parasites. Les gens souriaient toujours à la vue de Ben. Charlie se sentit sourire aussi.

— Salut. Il lissa sa cravate. C'est un truc réservé aux filles ?

Lenore répondit :

— J'étais sur le point d'aller attiser l'hostilité de ton patron.

Elle embrassa Charlie une nouvelle fois avant de se faufiler vers Ken Coin.

Le groupe du procureur de district se sépara, mais Lenore piégea Coin comme un guépard coincerait un bébé phacochère.

Charlie dit à Ben :

— Lenore va prendre sa retraite en Floride.

Il ne parut pas surpris.

— Restait pas grand-chose pour elle ici, maintenant que ton papa est parti.

— Seulement moi.

Charlie n'arrivait pas à se figurer le départ de Lenore. C'était trop douloureux. Elle demanda à Ben :

— C'est toi qui as choisi le costume de papa ?

— C'était tout Rusty. Il ajouta : Donne ta main. Elle la lui tendit.

Il mit la main dans la poche de son manteau. Il en sortit une balle rouge. Il la déposa dans la paume de Charlotte.

— Il n'y a pas de quoi.

Charlotte baissa les yeux sur le nez rouge de clown et sourit.

Ben dit :

— Viens dehors.

— Pourquoi ?

Il attendit, patient comme d'habitude.

Charlie reposa le verre de vin. Elle fourra le nez de clown dans son sac à main avant de le suivre. La première chose qu'elle remarqua fut l'épais nuage de fumée. La deuxième qu'elle était entourée de taulards. Leurs costumes mal taillés ne parvenaient pas à dissimuler leurs tatouages de prisonnier ni leurs muscles allongés, sculptés par des heures passées à soulever de la fonte dans la cour. Ils étaient peut-être une cinquantaine ; des hommes et des femmes.

Ceux-là portaient vraiment le deuil de Rusty : ils fumaient dehors, comme les mauvais gamins derrière le gymnase de l'école.

— Charlotte. L'un des hommes lui empoigna le bras. Je v'lais t' dire combien ton papa comptait pour moi. M'a aidé à récupérer mon gamin.

Charlie se sentit sourire en serrant la main rugueuse de l'homme.

— M'a aidé à dégoter un boulot, dit un autre homme.

Ses dents de devant étaient pourries, mais les traces fines du peigne dans ses cheveux gras montraient qu'il avait fait un effort pour Rusty.

— C'était un mec bien. Une femme balança sa cigarette d'une pichenette vers le cendrier plein à craquer, près de la porte. Il a obligé mon connard d'ex-mari à payer la pension alimentaire.

— Arrête ! lança un autre type, probablement le connard d'ex-mari.

Ben adressa un clin d'œil à Charlie avant de repartir à l'intérieur. Un substitut du procureur n'avait pas la cote parmi cette foule.

Charlie serra d'autres mains. Elle s'efforça de ne pas tousser à cause de la fumée. Elle écouta des histoires sur le Rusty qui aidait des gens, quand personne d'autre ne semblait enclin à le faire. Elle avait envie de retourner à l'intérieur et d'aller chercher Sam, parce que sa sœur aurait eu envie d'entendre ce que ces gens avaient à dire sur leur père, cet homme aussi irascible que complexe. Ou peut-être que Sam n'avait pas *envie* de ça. Peut-être en avait-elle *besoin*. Sam avait toujours été tellement attirée par le blanc et le noir. Les zones grises, où Rusty semblait s'épanouir, l'avaient toujours déroutée.

Charlie rit en son for intérieur. Le paradoxe ne lui avait pas échappé. Après avoir confié à Sam ses péchés les plus profonds et les plus sombres, Charlie pressentait que ce qui comptait vraiment pour Sam, c'était d'emporter chez elle la conviction que leur père était un homme bon.

— Charlotte ?

Jimmy Jack Little se fondait complètement dans la foule des taulards. Il avait davantage de tatouages que la plupart d'entre eux, dont un tatouage de manche récolté durant un séjour en prison à la suite d'un braquage de banque. Son fédora noir l'ancrait dans un autre lieu et une autre époque. Il avait l'air perpétuellement en colère, comme s'il était déçu de ne pas être un bon gars, corrompu par une mauvaise pépé, dans un roman noir des années 1940.

— Merci d'être venu. Charlie lui passa un bras autour du cou, ce qu'elle n'avait jamais fait auparavant et qu'elle ne referait probablement jamais. Papa aurait été content que tu sois là.

— Ouais. Bon. Il paraissait déstabilisé par le contact physique. Il prit son temps pour allumer une cigarette, récupérer sa fermeté de macho. Désolé pour ce vieux salaud. Je m'attendais à ce qu'il tombe sous le feu des balles.

— Je suis heureuse que non, dit Charlie, parce que son père avait été poignardé deux jours plus tôt.

Une mort par balle aurait été trop probable pour qu'elle en plaisante.

— Ce minable d'Adam Humphrey. Jimmy Jack pinça un brin de tabac sur sa lèvre. Pas sûr de l'avoir bien cerné. Ça s'pourrait qu'il trempait son biscuit, les gamins aujourd'hui, les filles et les garçons, ils peuvent être copains sans faire crac boom. Il haussa les épaules en face de ce fait inexplicable, comme devant les voitures autonomes et les magnétoscopes numériques. Maintenant, concernant Franck Alexander, lui j'le connais d'il y a deux ou trois ans en arrière. Le type a une conduite en état d'ivresse que Rusty a aidé à faire disparaître.

— Papa a travaillé avec la famille Alexander ? Charlie prit conscience qu'elle avait parlé trop fort. Elle chuchota : Qu'est-ce qui s'est passé ?

— Un règlement échelonné en ce qui concerne ce vieux Russ. Rien d'inhabituel dans leur interaction. Ce qui s'est passé c'est que Franck amenait Prosper au cirque, mais sous le mauvais chapiteau. Y s'est un peu imbibé avec la nénette dans un motel discret, puis l'est rentré chez bobonne en sentant le parfum d'une aut' poule. Ou a tenté de rentrer chez lui. Les flics lui ont collé une arrestation pour conduite Less Safe.

Charlie connaissait cette infraction. L'éthylotest de Franck Alexander n'avait pas dépassé la limite légale, mais il était néanmoins inculpé pour état d'ébriété, parce que l'agent estimait que sa conduite était altérée.

Elle demanda :

— La copine, c'était une élève ?

— Une agent immobilier, beaucoup plus âgée que l'épouse, ce qui n'a diablement aucun sens, parce que pourquoi donc ? Je veux dire, elle a de l'argent, pour sûr, mais avec les gonzesses, y a pas un truc de collection comme avec les voitures. Tu veux qu'le savon au bout d'ta ficelle soit neuf, pas vrai ?

Charlie n'avait pas envie d'entamer un débat sur les subtilités de l'adultère.

— Alors qu'est-ce qui s'est passé pour Franck Alexander ?

— Il a fait des travaux d'intérêt général, il a assisté aux cours sur les dangers de l'alcool et de conduite. Le juge a fait sauter l'inculpation de son casier pour qu'il conserve son poste de professeur. Quelques sources m'ont dit que les véritables problèmes, il les a trouvés à la maison. Bobonne était pas très jouasse au sujet de la vieille p'tite amie. Je veux dire, merde, pourquoi aller vers du vieux ?

Charlie poursuivit :

— Des discussions au sujet d'un éventuel divorce ?

Jimmy Jack haussa les épaules.

— Peut-être qu'ils avaient pas l'choix. Les arrestations pour état d'ivresse, c'est bon pour les friqués. Les frais judiciaires. Le cash pour les cours sur les dangers et les conseils. Les amendes. Les honoraires. Tu sais, toutes ces conneries peuvent t'amener jusqu'à huit, neuf mille dollars, facile.

Cette somme représentait beaucoup d'argent pour tout le monde, mais les Alexander étaient en plus enseignants tous les deux avec une petite enfant. Elle doutait qu'ils aient ce genre d'économies.

Jimmy Jack ajouta :

— Rien ne dit « Je t'aime » plus que la perspective de manger des nouilles pour le reste de sa vie.

— Ou peut-être qu'ils s'aimaient et qu'ils voulaient dépasser ça, parce qu'ils avaient une gamine ?

— C'est vraiment mignon comme discours, poupée. Il avait fumé sa cigarette jusqu'au filtre. Il la balança dans le pot de fleurs près de la porte. Ch'suppose que ça n'a aucune importance maintenant. Rusty va pas me payer depuis sa tombe pour avoir déterré ça.

— Celui qui reprendra l'affaire aura besoin de quelqu'un sur le terrain.

Il grimaça, comme si cette pensée le blessait.

— Sais pas si j'ai ça en moi de travailler pour un avocat qui s'rait pas ton papa. Je dis pas ça pour toi. Mais putain, les avocats paient pas leurs factures et, en tant qu'êtres humains, ils craignent.

Charlie ne le désapprouvait pas.

Il lui adressa un clin d'œil.

— Très bien, ma belle, retourne écouter ces fumiers. Ces connards de trouduc là-dedans connaissaient pas ton papa. Pas assez bien pour tenir une tasse de sa pisse, si tu veux mon avis.

Charlie sourit :

— Merci.

Jimmy Jack fit claquer sa langue en clignant de l'œil. Charlie le regarda se frayer un chemin à travers la foule. Il donna des tapes sur quelques dos, fit quelques checks tandis qu'il cheminait vers la porte et, vraisemblablement, vers le bar à volonté. Il inclina son fédora devant la femme qui avait récupéré ses gosses. Elle posa la main sur la hanche, et Charlie eut l'impression qu'aucun d'eux n'allait se retrouver seul ce soir.

Un klaxon de voiture résonna.

Tous les regards se dirigèrent vers le parking.

Ben était derrière le volant de son pick-up. Sam était assise à côté de lui.

La dernière fois qu'un garçon avait klaxonné Charlie, Rusty l'avait privée de sortie jusqu'à nouvel ordre pour avoir rampé par la fenêtre de sa chambre, au beau milieu de la nuit.

Ben appuya à nouveau sur le klaxon. Il fit signe à Charlie d'approcher.

Elle présenta ses excuses au groupe, même si elle supposait que nombre d'entre eux, à un moment donné, avaient déjà couru vers un pick-up, moteur tournant, sur un parking.

Sam sortit et posa la main sur la portière ouverte. Charlie entendait le silencieux du véhicule éructer à dix mètres à la ronde. Le Datsun de Ben avait vingt ans : seul véhicule qu'ils avaient pu s'offrir après le voyage annulé au Colorado. Ils avaient vendu son SUV pour le remboursement du crédit. Une semaine plus tard, l'acheteur n'était pas disposé à le leur revendre. Rusty et Lenore leur avaient proposé de garder les sommes prêtées, mais Charlie ne pouvait s'y résoudre. La clinique du Colorado avait remboursé le virement en quelques jours. Le problème résidait dans les autres factures : les annulations du vol et de l'hôtel, les surtaxes sur leurs cartes de crédit pour les avances en liquide, puis les frais d'hôpital pour l'après fausse couche, les frais d'opération, les frais de spécialiste, les frais d'anesthésiologie, les frais de radiologie, les frais de médecin, les frais de pharmacie, la tonne de tickets modérateurs et les innombrables brèches dans leur trésorerie. À cette époque, la dette était tellement écrasante qu'ils s'estimèrent chanceux de payer comptant cette vieille merde de pick-up.

Ils avaient consacré un week-end entier à gratter le décalco géant du drapeau des confédérés sur le pare-brise arrière.

Sam annonça :

— Ben s'est proposé de faciliter ma fuite. Je n'aurais pas supporté cette foule-là beaucoup plus longtemps.

— Moi non plus, déclara Charlie, quoique se retrouver au milieu de criminels notoires lui semblait bien plus supportable que d'endurer les vieilles ruses de sa sœur pour jouer les entremetteuses.

Charlie vécut un instant embarrassant avec le levier de vitesse, qui s'élevait du sol. Elle releva sa robe pour l'enjamber, mais Ben avait dit clairement l'autre soir qu'il ne voulait pas mettre son levier entre les jambes de Charlie.

— Ça va ? demanda-t-il.

— Bien sûr. Charlie finit par s'asseoir en amazone, genoux serrés, jambes de travers, comme Bonnie Blue Butler dans *Autant en emporte le vent* avant la chute de poney.

Quand Sam referma la portière, cette dernière grinça sur ses gonds rouillés.

— Du lubrifiant en bombe atténuerait ce bruit-là.

Ben dit :

— J'ai essayé avec du WD-40.

— C'est un solvant, pas un lubrifiant. Elle s'adressa à Charlie : J'ai pensé qu'on pourrait passer du temps ensemble à la ferme.

Charlie marqua un temps d'arrêt. Sa sœur n'avait aucune raison de passer deux secondes dans cet endroit détestable. La nuit précédant son départ pour Stanford, Sam avait fait une plaisanterie non dépourvue d'humour sur le moyen le plus efficace de la réduire en cendres.

Ben mit le levier de vitesse en position de conduite. Il exécuta un demi-tour serré et contourna un tas de voitures stationnées. Des BMW. Des Audi. Des Mercedes. Charlie espérait qu'aucun des copains endeuillés de Rusty ne les fauche.

— Merde, marmonna Ben.

Deux voitures de police étaient garées sur le terre-plein près de l'entrée. Charlie reconnut Jonah Vickery, Greg Brenner et la plupart des autres flics du collège. Ils patientaient avant d'escorter les funérailles, appuyés contre leurs voitures de patrouille, à fumer des cigarettes.

Ils reconnurent Charlie, eux aussi.

Jonah décrivit des cercles avec ses doigts et les approcha de ses yeux. Les autres membres du groupe firent de même et et ils rigolèrent comme des hyènes, tout en mimant des yeux de ratons laveurs en hommage aux hématomes de Charlie.

— Enfoirés.

Ben empoigna la manivelle et descendit sa vitre.

— Chéri, lâcha Charlie, inquiète.

Il se pencha à la fenêtre, le poing levé.

— Enculés !

— Ben ! Charlie essaya de le tirer à l'intérieur. Il hurlait presque. Qu'est-ce qui avait pris possession de son époux d'habitude si placide ? Ben, qu'est-ce que…

— Allez vous faire enculer ! Ben leur fit un double doigt d'honneur. Connards !

Les flics ne riaient plus du tout. Quand le pick-up sortit du parking pour s'engager sur la nationale, leurs regards étaient rivés sur Ben.

— Tu es fou ? demanda Charlie.

C'était elle, normalement, la déséquilibrée.

— Ils auraient pu te foutre une raclée.

— Qu'ils essaient.

— Qu'ils essaient de te tuer ? s'enquit Charlie. Bon Dieu, Ben. Ils sont dangereux. Comme des requins. Avec des crans d'arrêt.

Sam intervint :

— Certainement pas des crans d'arrêt. C'est illégal !

Charlie sentit un grognement étranglé mourir dans sa gorge.

Ben remonta sa vitre d'un coup de manivelle.

— J'en ai tellement ras le bol de ce putain d'endroit.

Il tira violemment sur le levier pour passer en troisième, puis le repoussa pour la quatrième, tout en accélérant sur la nationale.

Charlie fixa la route déserte devant eux.

Il n'avait jamais eu ras le bol de cet endroit auparavant.

— Bien. Sam se racla la gorge. J'adore vivre à New York. La culture. Les arts. Les restaurants.

— Je ne pourrais pas vivre au Nord, dit Ben, comme s'il envisageait l'idée. Peut-être Atlanta.

Sam déclara :

— Je suis certaine que le cabinet d'avocats commis d'office serait heureux de te compter parmi eux.

Charlie lança un regard furieux à sa sœur en articulant en silence : « C'est quoi, ce bordel ? »

Sam haussa les épaules, avec une expression indéchiffrable.

Ben desserra sa cravate. Il déboutonna son col.

— J'ai assez donné pour la bonne cause. Je veux rejoindre le côté obscur.

L'esprit de Charlie tourna dans tous les sens.

— Quoi ?

— J'y pense depuis un moment, répondit Ben. Je suis fatigué d'être un pauvre fonctionnaire. Je veux faire de l'argent. Je veux acheter un bateau.

Charlie pinça les lèvres, comme quand Lenore lui avait annoncé son déménagement en Floride. En temps normal, Ben était plutôt facile à vivre, mais Charlie avait appris qu'une fois sa décision prise, il avait peu de chances d'en changer. Il avait clairement opté pour un changement de carrière. Peut-être avait-il aussi choisi de partir. Quelque chose était différent chez lui. Il paraissait détendu, presque frivole, comme si ses épaules s'étaient allégées d'un lourd fardeau.

Charlie présuma qu'elle était le fardeau en question.

Sam proposa :

— Nous travaillons avec des sociétés basées à Atlanta sur des affaires de contentieux pénal. Je pourrais naturellement rédiger quelques lettres de recommandation.

Charlie lança un autre regard furibond à sa sœur.

— Merci. Je te le ferai savoir après quelques recherches.

Ben dénoua sa cravate. Le tissu émit un bruissement, quand il la fit coulisser sous son col. Il la balança derrière le siège.

— Kelly a avoué sur la cassette de l'hôpital.

— Bon Dieu ! La voix de Charlie était assez aiguë pour briser du cristal. Ben, tu ne peux pas nous dire ça.

— Tu as toujours le secret conjugal et elle… Il éclata de rire. Mon Dieu, Sam, tu as fait chier Coin dans son froc ! Je pouvais pratiquement entendre la merde sortir de son cul quand tu as commencé à le parer avec le juge.

Charlie lui saisit le bras.

— Qu'est-ce qui ne va pas ? Tu pourrais te faire virer pour…

— J'ai démissionné hier soir.

Charlie laissa retomber sa main.

Sam demanda à Ben :

— La vidéo…

— Merde, murmura Charlie.

Sam poursuivit :

— Qu'est-ce que tu en penses ? Elle est coupable ?

— Sans aucun doute, elle est coupable. La scientifique l'a confirmé. Les tests de résidus de poudre étaient positifs sur sa main, la manche de son sweat-shirt, le pourtour de l'encolure et son sein droit, exactement où il fallait s'y attendre. Ben mâchouilla l'extrémité de sa langue. Au moins, une partie de lui était consciente de mal agir d'un point de vue éthique. Je n'ai pas aimé les moyens utilisés pour la faire avouer. Je n'aime pas les moyens employés pour un tas de choses.

Sam dit :

— Kelly se laisse convaincre de dire n'importe quoi.

Ben acquiesça.

— Ils ne lui ont pas lu ses droits. Même s'ils l'avaient fait, impossible de dire si elle comprend ce que le droit de garder le silence signifie.

— Je pense qu'elle est enceinte.

Charlie tourna brusquement la tête.

— Qu'est-ce qui te fait croire ça ?

Sam secoua la tête. Elle parlait à Ben.

— Tu sais ce qui est arrivé au flingue ?

— Non. Et toi ?

— Je le sais, répondit Sam. Est-ce que Kelly a dit si elle connaissait les victimes ?

Ben répondit :

— Elle savait que Lucy Alexander était la fille de Franck Alexander, mais je pense que cette information-là lui est parvenue après les faits.

— À propos des Alexander, s'immisça Charlie. Jimmy Jack m'a dit que Franck s'est fait choper en train de tromper sa femme il y a quelques années. Il a été arrêté pour conduite en état d'ivresse et l'histoire a été révélée.

— Ah, dit Sam. Alors, il l'a déjà fait. C'était une élève ?

— Non, une agent immobilier. Riche, mais plus âgée, ce qui n'est apparemment pas un bon choix. Charlie ajouta : Papa a défendu Franck lors de son inculpation. Pour Jimmy Jack, c'était la routine.

— C'est exact, confirma Ben. Coin a déjà regardé là-dedans. Il se concentre sur le fait que Kelly avait Franck en algèbre. Franck allait la recaler. Tu as entendu la théorie, hier. Coin pense qu'une fille dotée du QI d'un navet s'inquiète et meurt de honte d'être recalée en algèbre, au point d'apporter un flingue à l'école et de tuer deux personnes. La mauvaise école, soit dit en passant.

— C'est un point intéressant, souleva Sam. Pourquoi Kelly était-elle au collège ?

— Judith Pinkman lui donnait des cours particuliers en vue d'une sorte de test d'aptitudes en anglais.

— Ah, répéta Sam.

Les pièces se mettaient finalement en place.

Ben ajouta :

— Selon Judith, elle n'était pas censée voir Kelly cette semaine-là. Elle ne savait absolument pas que Kelly était dans le couloir avant d'entendre les coups de feu.

Sam demanda :

— Qu'est-ce que Judith t'a dit d'autre ?

— Pas grand-chose de plus. Elle était vraiment bouleversée. Je veux dire, ça paraît évident, puisque son mari est mort, ensuite le truc qui est arrivé à Lucy et probablement le fait de voir Charlie…

Ben jeta un œil furtif sur Charlie, puis reporta son regard sur la route.

— Judith était vraiment secouée. Ils ont dû la placer sous

sédatifs même pour la mettre dans l'ambulance. Je suppose que c'est là que ça l'a prise, comme à la seconde où elle est sortie du bâtiment. Elle est devenue hystérique, mais au sens propre du terme. Totalement submergée par la douleur.

— Où se trouvait Judith quand la fusillade a commencé ?

Ben répondit :

— Dans sa classe. Elle a entendu le tir du pistolet. Elle était censée verrouiller la porte et se cacher au fond de la classe, mais elle est sortie en courant dans le couloir, parce qu'elle savait que la première sonnerie était imminente. Elle voulait avertir les gamins de ne pas venir. Je veux dire, si elle avait pu le faire, sans se faire tirer dessus. Elle n'a pas pensé à sa propre sécurité, a-t-elle dit.

Il regarda de nouveau Charlie.

— Décidément, ce comportement m'en rappelle un autre…

Sam déclara :

— L'entretien d'un bateau coûte extrêmement cher.

— Je ne veux pas un yacht.

— Il y a l'assurance, les frais d'amarrage, les taxes.

Charlie ne parvenait pas à écouter cette sœur, devenue une étrangère, discuter de bateaux avec son mari, devenu lui aussi un étranger. Elle fixait la route d'un regard vide. Elle s'efforça d'analyser ce qui venait de se passer. La démission de Ben… elle était incapable de la gérer à cet instant précis. Elle se concentra plutôt sur la conversation avec Sam. Ben se montrait fébrile, Sam beaucoup plus circonspecte. Kelly enceinte. Le flingue manquant. Charlie s'était trouvée à l'école au moment de la fusillade, elle avait été témoin d'une partie, pourtant elle était plus dans le flou que chacun d'eux.

Ben se pencha en avant pour regarder Sam.

— Tu devrais reprendre l'affaire Wilson.

Sam éclata de rire.

— Je ne peux pas me permettre la réduction de salaire.

Il ralentit à cause d'un tracteur sur la route. Le fermier occupait les deux voies. Sa moissonneuse était abaissée. Ben klaxonna deux fois et l'homme s'approcha assez du bord pour que Ben passe sur le terre-plein central.

Ben et Sam reprirent leur bavardage sur les bateaux. Charlie réexamina les interrogations de Sam pour voir où elles menaient. Sam avait toujours été plus rapide pour résoudre les énigmes. Plus rapide pour presque tout, en toute sincérité. Elle était meilleure dans une salle d'audience. Charlie était béate d'admiration, la veille. Sam avait effectivement incarné la quintessence du Dracula de l'ère victorienne, du style de vêtements en passant par sa conviction d'être dans son bon droit, jusqu'à la manière dont elle avait ouvert la mâchoire pour avaler Ken Coin comme un rat dodu.

Sam demanda :

— Combien de balles ont été tirées ?

Charlie attendit que Ben réponde, mais elle réalisa que Sam s'adressait à elle.

— Quatre ? Cinq ? Six ? Je ne sais pas. Je fais un très mauvais témoin.

Ben répondit :

— Il y en a cinq sur la vidéo. Une dans…

— Le mur, trois sur Pinkman, une sur Lucy. Elle se repencha pour regarder Ben. Et près de la classe de Mrs Pinkman ? Quelque chose à proximité de sa porte ?

— Je n'en ai aucune idée, reconnut-il. L'affaire ne date que de deux jours. Les prélèvements continuent. Mais il y a un autre témoin. Il a compté six coups, au total. Il s'est retrouvé au milieu des combats. Il est plutôt fiable.

Mason Huckabee.

Charlie baissa les yeux sur ses mains.

— Et le son ?

— Un vague appel d'un téléphone portable depuis le secrétariat, mais il a été passé après l'arrêt de la fusillade. Le son que tu cherches provenait d'un micro ouvert sur le flic du couloir. C'est de là que Coin tient le truc au sujet du « bébé ». Ben ajouta : Aucun coup de feu n'a été enregistré. Nous — du moins je — n'avons pas le rapport du légiste. Il pourrait y avoir une balle de plus dans les corps.

Sam poursuivit :

— Je crois que je veux revoir cette vidéo.

— Je n'y ai plus accès. J'ai été du genre franc dans ma

lettre de démission, déclara Ben. Je suis quasi certain de ne pas avoir de recommandation.

Charlie avait envie de se faufiler sous les couvertures et de s'endormir. Ils avaient un prêt immobilier. Ils avaient un crédit auto. Des frais d'assurance santé. Une assurance auto. Des impôts fonciers. Toutes les factures remontant à trois ans auparavant.

— Je te recommanderai. Sam avait enfoui une main au fond de son sac. Son prix aurait certainement pu couvrir toutes leurs factures. Elle en extirpa la clé *Enterprise* de Ben. Est-ce que papa a un ordinateur ?

— Il a une télé géniale, répondit Ben.

Ils avaient acheté à Rusty le même modèle que le leur. C'était quatre ans plus tôt, avant le Colorado. Avant le bateau.

Ben ralentit. Ils étaient au TC, mais il ne tourna pas dans l'allée. Le sang avait teinté l'argile rouge d'un noir huileux. C'était l'endroit où son père était tombé la nuit où il était sorti chercher le courrier.

Ben dit :

— Ils pensent que l'oncle a poignardé Rusty.

— Faber ? demanda Sam.

— Rick Fahey. Charlie se rappelait l'oncle de Lucy Alexander à la conférence de presse. Qu'est-ce qui leur fait croire que c'est lui ?

Ben secoua la tête.

— Je suis exclu de la boucle sur ce coup-là. J'ai entendu des ragots au bureau. Puis, Kaylee s'est plaint d'avoir dû sortir tard la nuit où Rusty a été poignardé.

— Donc ils avaient besoin que quelqu'un parle avec un éventuel suspect, dit Charlie. Il avait mentionné la femme avec qui Charlie pensait qu'il la trompait avec désinvolture. Et Charlie feignit de ne pas sentir un coup de couteau dans son bide. Je pense que papa a vu son agresseur.

— Je le crois aussi, dit Sam. Il m'a lancé une perche sur la valeur du pardon.

— Tu imagines, poursuivit Charlie. Si papa avait survécu, il aurait probablement proposé de défendre Fahey.

Aucun d'eux ne rit, parce qu'ils n'écartaient pas cette probabilité.

Ben passa la première. Il tourna dans l'allée et conduisit lentement pour éviter les ornières.

La ferme fit son apparition : la peinture s'écaillait, le bois pourrissait, les fenêtres gauchissaient, mais rien n'avait changé depuis que les Culpepper avaient frappé à la porte de la cuisine, vingt-huit ans auparavant.

Charlie sentit Sam s'agiter sur son siège. Elle se préparait, affermissait sa détermination. Charlie voulait dire quelque chose de réconfortant, mais elle ne put que tenir la main de sa sœur.

Sam demanda :

— Pourquoi n'y a-t-il pas de barreaux de sécurité et de portails ici ? Le cabinet est une véritable forteresse.

— Papa disait que la foudre ne frappait jamais deux fois au même endroit.

Charlie sentit la boule revenir dans sa gorge. Les mesures de sécurité pléthoriques du cabinet étaient destinées à sa propre sécurité, pas à celle de Rusty. La poignée de fois où elle s'était retrouvée au TC durant ces années, elle était toujours restée dans sa voiture, avachie sur le klaxon, pour que Rusty sorte. Elle ne voulait pas mettre un pied dedans. Si elle lui avait plus souvent rendu visite, peut-être aurait-il pris d'autres mesures pour sécuriser l'endroit.

Ben dit :

— Je n'arrive pas à croire que j'étais ici le week-end dernier, que je discutais avec lui sous le porche.

Charlie brûlait de se blottir contre lui, de poser sa tête sur l'épaule de son mari.

— Tenez-vous prêtes, dit Ben.

Les roues rebondirent dans un nid-de-poule, puis percutèrent une profonde ornière, avant de revenir sur du plat. Il envisagea de s'arrêter sur l'aire de stationnement près de la grange.

— Va jusqu'à la porte de devant, dit Charlie.

Elle ne voulait pas passer par la cuisine.

— « Baiseur de chèvres », lut Sam. Le suspect le connaissait.

Charlie éclata de rire.

Pas Sam.

— Je n'aurais jamais cru revenir ici.

— Tu n'y es pas obligée. Charlie proposa : Je peux entrer et aller chercher la photo.

La détermination de Sam se voyait à ses mâchoires serrées.

— Je veux qu'on la trouve ensemble.

Le véhicule décrivit une boucle jusqu'au porche situé en façade. Le gazon était essentiellement composé de mauvaises herbes. Un gamin du quartier était censé l'entretenir, mais lorsque Charlie mit un pied hors du pick-up, les pissenlits lui arrivaient aux chevilles.

Sam retira sa main. Elles ne s'étaient jamais autant touchées quand elles étaient enfants.

Sauf ce jour-là.

Sam dit :

— Je me souviens de ma tristesse d'avoir perdu la maison en briques rouges, mais je me souviens aussi que c'était un bon jour. Elle se retourna vers Charlie. Tu t'en souviens ?

Charlie acquiesça. L'agacement de Gamma avait fluctué, mais apparemment l'affaire commençait à se tasser.

— Ça aurait pu être notre foyer.

Ben dit :

— C'est tout ce qu'un gamin veut, pas vrai ? Un endroit sûr pour vivre. Il parut se remémorer quelque chose. Je veux dire, sûr avant ou…

— Tout va bien, lui dit Charlie.

Ben balança sa veste de costume à l'intérieur du pick-up. Il extirpa son ordinateur portable de derrière le siège.

— Je vais à l'intérieur bosser sur la télé.

Sam déposa la clé USB dans sa main. Elle dit :

— Il faut que je la récupère pour la détruire.

Ben lui fit un salut militaire.

Charlie le regarda se ruer en haut des marches. Il tendit la main au-dessus du chambranle de la porte à la recherche de la clé et ouvrit la porte.

Même depuis la cour, Charlie sentait l'odeur familière des Camel sans filtre de Rusty.

Sam leva les yeux sur la ferme.

— Toujours un total chaos.

— Je suppose qu'on va la vendre.

— Papa l'a achetée ?

— Le fermier célibataire était un brin mateur. Et un fétichiste des pieds. Et il a volé pas mal de lingerie. Charlie rit en voyant la mine de Sam. Il avait un paquet de frais juridiques quand il est mort. La famille a transféré la maison à Rusty par acte notarié.

Sam demanda :

— Pourquoi papa ne l'a-t-il pas vendue pour faire reconstruire la maison en briques rouges ?

Charlie savait pourquoi. Il y avait eu beaucoup de factures pour les soins de Sam. Les médecins, les hôpitaux, les thérapeutes, la cure de désintoxication. Charlotte connaissait bien le poids écrasant que représentait une maladie imprévue. Il ne restait ni beaucoup de temps ni d'énergie pour reconstruire quoi que ce soit.

Elle dit à Sam :

— Selon moi, c'était surtout de l'inertie. Tu sais que Rusty n'aimait pas beaucoup le changement.

— Tu peux avoir la maison. Je veux dire… Non pas que tu l'aies demandée, mais je n'ai pas besoin de l'argent. Je veux juste la photo de maman. Ou une copie. Bien sûr j'en ferai une pour toi. Ou pour moi. Tu peux avoir l'original si…

— On va y réfléchir. Charlie s'efforça de sourire. Sam n'était jamais ébranlée, mais elle l'était maintenant. Je peux faire ça pour toi, tu sais.

— Allons-y.

Sam désigna la maison du menton.

Charlie l'aida à monter les marches, même si sa sœur ne le lui demanda pas. Ben avait laissé la porte ouverte. Elle l'entendait ouvrir des fenêtres pour aérer l'endroit.

Elles auraient mieux fait d'en condamner l'accès, comme Tchernobyl.

La majeure partie de l'héritage de Charlie emplissait

la pièce de devant. De vieux journaux. Des magazines. Des exemplaires du *Georgia Law Review* remontant aux années 1990. Des cartons d'archives contenant d'anciens dossiers. Une prothèse de jambe que Rusty avait acceptée en guise de paiement d'un ivrogne connu sous le nom de « Skip ».

— Les cartons, dit Sam.

Certaines trouvailles rapportées par Gamma du magasin d'occasions n'avaient pas été déballées. Elle ôta l'adhésif sec d'un carton où il était inscrit TOUT À 1 $ et prit un T-shirt Church Lady, posé au sommet.

Ben regarda de derrière le poste de télé. Il dit :

— Il y a un autre carton dans le salon. Vous feriez fortune avec ces trucs-là sur eBay. Il regarda Charlie. Pas de *Star Trek*. Juste du *Star Wars*.

Charlie n'arrivait pas à croire qu'elle réussissait à décevoir son époux, même à treize ans.

— C'est Gamma qui a tout choisi, pas moi.

Il replongea la tête derrière le poste. Il essayait de rebrancher les composants que Rusty avait débranchés. Ce dernier arguait que toutes ces lumières clignotantes allaient lui déclencher une crise d'épilepsie.

Sam dit :

— OK, je crois que je suis prête.

Charlie ne savait pas à quoi jusqu'à ce qu'elle voie Sam regarder l'interminable couloir, qui courait sur toute la longueur de la maison. La porte de derrière avec sa vitre opaque se trouvait à l'extrémité opposée. La cuisine était au début. C'était à cet endroit que se tenait Daniel Culpepper quand il avait regardé Gamma sortir de la salle de bains.

Charlie se souvenait encore de sa longue marche dans le couloir à la recherche des toilettes. Elle avait crié « Purée ! » à l'intention de sa mère.

Il y avait cinq portes, aucune d'elles n'était installée d'une manière qui faisait sens. L'une conduisait au sous-sol de l'horreur. Une autre à l'armoire-penderie. Une autre encore s'ouvrait sur le cellier. Une autre débouchait sur la salle de bains. Une des portes du milieu conduisait de façon inexplicable à la minuscule chambre du bas, où le vieux avait trépassé.

Rusty avait transformé cette pièce en bureau.

Sam passa en premier. De derrière, elle paraissait imperméable. Elle avait le dos droit. La tête haute. Même la légère hésitation dans sa démarche avait disparu. Seul signe de trouble : elle gardait les doigts en contact avec le mur, comme si elle avait besoin de stabilité.

— La porte de derrière. Sam pointa la porte du doigt. Le verre translucide était fissuré. Rusty avait tenté de le réparer avec de l'adhésif de masquage jaune. Tu n'as pas idée de combien de fois j'ai rêvé que je sortais en courant par cette porte-là au lieu de marcher jusqu'à la cuisine.

Charlie ne répondit pas, bien qu'elle ait fait le même genre de rêves.

— Très bien.

Sam enroula sa main autour du bouton de porte. Elle ouvrit la bouche et inspira profondément, comme une nageuse qui s'apprête à mettre la tête sous l'eau.

La porte s'ouvrit.

Cela n'avait pas beaucoup changé, hormis l'odeur tenace de tabac froid. Les papiers, les cartons, les murs, même l'air, avaient une teinte jaunâtre. Charlie essaya d'ouvrir une fenêtre, mais la peinture l'avait scellée. Elle réalisa qu'elle s'était foulé le poignet en cognant le cercueil de son père. Ce n'était pas une bonne journée pour entrer en contact avec les objets inanimés.

— Je ne la vois pas, déclara Sam avec anxiété. Elle se trouvait près du bureau de Rusty.

Elle déplaça quelques papiers, en empila d'autres.

— Elle n'est pas ici.

Elle regarda les murs, mais ils étaient décorés de dessins, des projets scolaires de Charlie. Il n'y avait que Rusty pour scotcher sur ses murs l'anatomie d'un bousier par une élève de quatrième.

— Il y a celle-ci, dit Charlie.

Elle repéra le fragile cadre en métal noir, qui avait contenu *la* photo pendant près de cinquante ans.

— Putain, papa.

Rusty avait laissé le soleil décolorer le visage de leur mère. Seuls les trous sombres de ses yeux et de sa bouche étaient visibles sous sa tignasse brune.

— Elle est foutue.

Sam avait l'air anéantie.

Charlie se sentit coupable.

— J'aurais dû la lui prendre il y a des années et la faire bien conserver, ou ce qu'on est censé faire. Je suis tellement désolée, Sam.

Sam secoua la tête. Elle laissa retomber la photo sur un dossier.

— Il ne parlait pas de cette photo. Souviens-toi, il a parlé d'une différente qu'il gardait hors de notre portée. Elle se remit à déplacer des papiers, vérifia derrière des cartons de manuscrits et des dépositions reliées. Elle paraissait bouleversée. La photo était importante en elle-même, mais c'était aussi l'une des dernières choses que Rusty avait dites à Sam.

Charlie ôta ses chaussures pour ne pas accrocher ses talons et se rompre le cou. Elle allait gâcher une année de sa vie à parcourir toutes ces merdes. Elle pouvait tout aussi bien commencer tout de suite.

Elle souleva quelques cartons posés sur une table pliante branlante. Les pions rouges d'un jeu de dames se répandirent sur le sol. Ils réussirent à heurter un morceau de parquet nu. Le bruit évoqua des osselets qui se dispersent.

Elle demanda à Sam :

— Tu penses qu'il la gardait dans ses classeurs à tiroirs ?

Sam parut circonspecte. Il y avait cinq meubles de rangement en bois, tous munis de lourdes barres de sécurité.

— Pouvons-nous trouver des clés dans ce bazar ?

— Il les avait probablement sur lui quand ils l'ont emmené à l'hôpital.

— Ce qui signifie que ce sont des preuves.

— Et il n'y a personne au bureau du procureur pour nous aider, parce qu'apparemment mon mari leur a dit d'aller tous se faire enculer.

Elle songea à Kaylee Collins, et ajouta pour elle-même : *Peut-être pas tous.*

Elle demanda à Sam :

— Papa était certain que ni toi ni moi n'avions vu cette photo auparavant ?

— Je te l'ai déjà dit. Il la gardait pour lui. Elle a capturé l'instant où Gamma et lui sont tombés amoureux.

Charlie éprouva toute l'intensité de cette remarque. Le langage de son père était toujours si baroque, et c'était tellement agaçant, qu'elle en perdait parfois de vue la signification.

— Il l'aimait vraiment, dit-elle à Sam.

— Je sais, répondit Sam. J'ai eu tendance à oublier qu'il l'avait perdue lui aussi.

Charlie regarda par la fenêtre. Elle avait assez pleuré pour le restant de ses jours.

Sam ajouta :

— Je ne peux pas partir d'ici sans l'avoir trouvée.

— Il aurait pu tout inventer, déclara Charlie. Tu sais à quel point il adorait pondre des histoires.

— Il n'aurait pas menti à ce sujet.

Charlie garda la bouche fermée. Elle n'en était pas si sûre.

Ben demanda :

— Vous avez vérifié le coffre ?

Il était debout dans le couloir avec une tonne de câbles colorés enroulés autour de ses épaules.

Charlie se frotta les yeux.

— Quand est-ce que papa a installé un coffre ?

— Quand il a compris que Sam et toi vous lisiez tout ce qu'il ramenait à la maison. Il écarta une pile de cartons avec le pied, et révéla un coffre posé au sol. Il arrivait jusqu'au milieu de sa cuisse. Tu connais la combinaison ?

— Je ne savais même pas qu'il avait un coffre, lui rappela Charlie. Pourquoi connaîtrais-je la combinaison ?

Sam s'agenouilla. Elle étudia le cadran.

— Ce doit être un ensemble de chiffres pertinents pour papa.

— Que dis-tu du prix d'une cartouche de Camel ?

— J'ai une idée.

Sam fit tourner la molette plusieurs fois. Elle s'arrêta sur le chiffre deux, puis recula jusqu'au chiffre huit, puis jusqu'à soixante-seize.

La date de naissance de Charlie.

Sam tira la poignée.

Le coffre ne s'ouvrit pas.

Charlie proposa :

— Essaie ta date de naissance.

Sam tourna à nouveau la molette, s'arrêta sur les bons chiffres. Elle tira sur la poignée.

— Nope.

— La date anniversaire de Gamma, suggéra Ben.

Sam entra les chiffres. Pas de bol. Elle secoua la tête, comme si elle avait compris l'évidence. L'anniversaire de Rusty.

Elle manipula prestement la molette et entra la date de naissance de Rusty.

Elle testa la poignée.

Rien, à nouveau.

Sam regarda Ben.

— Ton anniversaire ensuite.

Charlie dit :

— Essaie : 3-16-89.

Le jour où les Culpepper étaient apparus à la porte de la cuisine.

Sam expira lentement. Elle se retourna. Elle fit pivoter la molette vers la droite, puis vers la gauche, enfin à droite à nouveau. Elle posa les doigts sur la poignée. Elle leva les yeux vers Charlie. Elle essaya la poignée.

Le coffre s'ouvrit.

Charlie s'agenouilla derrière Sam. Le coffre était plein à craquer, à l'image de tout le reste dans la vie de Rusty. Au départ, elle ne perçut que l'odeur de renfermé émanant de vieux papiers, mais ensuite autre chose, comme le parfum d'une femme.

Sam chuchota :

— Je pense que c'est le savon de maman.

— « Délice de rose », se remémora Charlie. Gamma l'achetait à la parapharmacie. Sa seule coquetterie.

— Je pense que ça vient de là.

Avec ses deux mains, Sam extirpa une pile d'enveloppes coincée en haut du coffre.

Elles étaient liées par un ruban rouge.

Sam huma les lettres. Elle ferma les yeux comme un chat qui ronronne au soleil. Elle affichait un sourire béat.

— C'est elle.

Charlie renifla elle aussi les enveloppes. Elle acquiesça. La senteur était légère, mais c'était celle de Gamma.

— Regarde. Sam indiqua l'adresse du destinataire : pour Rusty, à l'université de Géorgie. C'est son écriture.

Sam passa les doigts sur les caractères parfaits, conformément à la méthode Palmer.

— Le cachet de la poste vient de Batavia, dans l'Illinois. C'est là que se trouve Fermilab. Ce doit être des lettres d'amour.

— Oh ! lâcha Ben. Ouais, peut-être que vous ne voulez pas les lire.

— Mais pourquoi pas ?

— Parce qu'ils étaient vraiment amoureux.

Sam rayonnait.

— Mais c'est merveilleux.

— C'est vrai ? La voix de Ben monta dans un registre qu'il n'avait probablement pas sollicité depuis la puberté. Je veux dire, vous voulez vraiment lire un paquet de lettres parfumées que votre père gardait attachées avec une ficelle rouge, qui remontent au temps où votre maman et lui venaient de se rencontrer et qu'ils… Il inséra les doigts dans son poing ouvert. Réfléchissez-y. Votre papa pouvait être un véritable obsédé.

Charlie se sentit nauséeuse.

Sam déclara :

— Mettons cette décision de côté pour le moment.

Elle déposa les lettres sur le dessus du coffre. Elle enfonça la main à l'intérieur et en ressortit une carte postale.

Sam montra à Charlie la photo aérienne du Centre spatial Johnson.

Gamma avait travaillé pour la NASA avant d'aller chez Fermilab.

Sam retourna la carte. De nouveau, l'écriture soignée de leur mère était facilement reconnaissable.

Charlie lut à haute voix le message à Rusty :

— « Si tu peux voir les choses détraquées, alors tu peux voir comment les choses peuvent être en ordre. » — Dr Seuss.

Sam adressa un regard éloquent à Charlie. Leur mère lui adressait un conseil conjugal depuis la tombe.

Charlie dit :

— Manifestement, elle essayait de communiquer avec papa en se mettant à son niveau.

— Manifestement.

Sam souriait comme aux matins de Noël. Elle avait toujours ouvert ses cadeaux avec une lenteur à rendre dingue. Elle commentait le papier cadeau, la quantité d'adhésif utilisée, la taille et la forme de la boîte, pendant que Charlie déchirait les papiers cadeau comme un chihuahua sous méthamphétamines.

Sam déclara :

— Il faut passer tout ça en revue très attentivement. Elle s'installa plus confortablement sur le sol. J'espère qu'on va trouver la photo aujourd'hui, mais si ce n'est pas le cas, ou je suppose dans les deux cas, est-ce que ça t'embête si j'emporte tout ça à New York ? Il y a des documents très précieux. Je pourrais faire l'inventaire de tout et…

— C'est bon, la coupa Charlie, car elle savait que Gamma et Charlie avaient toujours parlé un impénétrable langage.

Et aussi qu'elle ne ferait jamais d'inventaire.

— Je les rapporterai, promit Sam. Tu pourras me rejoindre à Atlanta, ou je pourrai venir jusqu'ici.

Charlie acquiesça. Elle aimait bien l'idée de revoir sa sœur.

— Je n'arrive pas à croire que papa ait gardé ça. Sam tenait un de ses rubans d'athlétisme, reçu en guise de récompense lors d'une compétition. Il devait l'avoir à son cabinet. Sinon il aurait brûlé dans l'incendie. Et… Oh ! ça alors ! Elle avait trouvé une pile de vieux devoirs d'école. Ta rédaction sur le transcendantalisme. Charlie, tu te souviens ? Gamma a eu une discussion de deux heures avec ton prof ! Elle était si furieuse qu'il ait exclu Louisa May Alcott. Oh… et regarde, un vieux bulletin de notes à moi. Il était censé le signer.

Ben siffla pour attirer l'attention de Charlie. Il tenait une feuille de papier blanc.

— Ton papa a gardé mon dessin d'un lapin dans une tempête de neige.

Charlie arbora un large sourire.

— Oh ! attends ! Il prit un stylo sur le bureau et dessina un point noir au milieu de la page. Un trou du cul d'ours polaire.

Elle éclata de rire, et ensuite elle eut envie de pleurer parce que son humour lui manquait terriblement.

— Charlie, dit Sam, ravie. Je crois qu'on a remporté le jackpot. Est-ce que tu te rappelles les carnets de maman ?

Elle tendit la main à l'intérieur du coffre. Cette fois, elle en sortit un grand journal avec une reliure en cuir. Elle ouvrit la couverture.

Au lieu de pages de journal remplies d'équations, il y avait des chèques vierges.

Charlie regarda par-dessus l'épaule de Sam. Une reliure à spirale. Trois rangées sur une feuille, des talons déchirés où d'anciens chèques avaient été libellés. Le compte était enregistré à la Bank of America, mais elle ne reconnut pas le nom de la société : « Pikeville Holding Fund ».

Sam survola les talons de chèques, mais les informations habituelles — la date, le montant, et le nom du bénéficiaire — étaient vierges. Elle demanda à Charlie :

— Pourquoi papa aurait-il détenu un compte professionnel avec le chéquier d'une holding ?

— Son compte séquestre est au nom de Me Rusty Quinn, précisa Charlie.

La plupart des avocats plaidants possédaient des comptes de réserve qui ne rapportaient pas d'intérêts, sur lesquels sont versés les fonds des dommages et intérêts. L'avocat prenait sa part, puis reversait le reste à son client.

— Mais ce n'est pas logique. Lenore effectue toute la comptabilité de papa. Elle en a pris les rênes quand il a oublié de payer sa facture d'électricité et que le courant a été coupé.

Ben fouilla dans une pile de courriers non ouverts, posés sur le bureau de Rusty. Il trouva une enveloppe et la brandit.

— Bank of America.

— Ouvre-la, dit Charlie.

Ben sortit le relevé qui tenait sur une seule page.

— Merde alors. Plus de trois cent mille dollars.

— Aucun client de papa n'a jamais perçu ce genre de dédommagement.

Ben dit :

— Il n'y a eu qu'un seul retrait le mois dernier, le chèque numéro zéro trois quatre zéro d'un montant de deux mille dollars.

Sam intervint :

— Normalement le premier chiffre d'un chèque commence par un triple zéro. Quel jour a été libellé le dernier chèque ?

— Ce n'est pas écrit, mais il a été encaissé il y a quatre semaines.

— Le deuxième vendredi de chaque mois.

— Quoi ? Charlie baissa les yeux sur le chéquier. Tu as trouvé quelque chose ?

Sam secoua la tête. Elle referma la couverture en cuir.

Ben suggéra :

— Pardon de faire mon Scooby-Doo, mais vous voulez qu'on essaie le truc avec le crayon ? Frotter la mine sur les chèques vierges qui se trouvaient sous ceux qu'il a remplis ? Rusty avait plutôt tendance à appuyer, quand il avait un stylo à la main.

— C'est génial, chéri.

Charlie se leva pour prendre un crayon sur le bureau.

— On aura besoin de copies officielles, intervint Sam. Le frottement d'un crayon ne nous apprendra rien.

— Ça nous donnera le nom du bénéficiaire.

Sam tenait le document contre sa poitrine.

— J'ai plusieurs comptes à la Bank of America. Je peux

les appeler demain et leur demander des duplicatas. On aura besoin du certificat de décès de papa. Charlie, es-tu certaine qu'il n'a pas fait de testament ? On devrait vraiment le chercher. Beaucoup de personnes âgées rédigent des testaments, sans le dire à leurs enfants.

Charlie se figea. Elle sentit des gouttes de transpiration sur sa nuque. Une voiture progressait vers la maison. Le choc familier quand la roue de devant heurta le nid-de-poule. Le crissement de la gomme sur l'argile rouge bien compacte.

Sam dit :

— C'est probablement Stanislav, mon chauffeur. Je lui ai demandé de me rejoindre ici. Elle jeta un coup d'œil au réveil sur le bureau de Rusty. Il est dans les temps. Je ferais mieux de trouver une boîte pour mettre tout ça à l'intérieur.

Charlie dit :

— Ben…

— J'y vais.

Ben longea le couloir.

Charlie était debout dans le couloir, pistant son avancée jusqu'à la cuisine. Il regarda dehors par la fenêtre. La main de Ben se posa sur le bouton de porte. Le cœur de Charlotte fit un truc bizarre, comme un tressaillement à l'intérieur de sa poitrine. Elle ne voulait pas que Ben soit dans la cuisine. Elle ne voulait pas qu'il ouvre la porte.

Ben ouvrit la porte.

Mason Huckabee se tenait sous le porche latéral. Il leva les yeux vers Ben, surpris. Il portait un costume noir avec une cravate bleue et une casquette de camouflage.

Ben ne lui adressa pas la parole. Il se retourna. Il repartit dans le couloir.

Charlie eut envie de vomir. Elle courut rejoindre Ben. Elle lui barra le passage, les mains de chaque côté du mur.

— Je suis désolée.

Ben essaya de la contourner.

Charlie tint fermement.

— Ben, je ne lui ai pas demandé de venir. Je n'ai pas envie qu'il soit là.

Ben n'allait pas l'écarter de son chemin. Il la dévisagea. Il mâchouilla le bout de sa langue.

— Je vais me débarrasser de lui. J'essaie de me débarrasser de lui.

Sam appela depuis le bureau.

— Ben, est-ce que tu peux m'aider à emballer ces trucs ?

Charlie savait que Ben était trop bien élevé pour refuser. Elle le laissa passer à contrecœur. Elle courut vers la cuisine, galopant presque le long du couloir.

Mason lui fit un signe de la main, parce qu'il avait une vue dégagée sur l'arrière de la maison. Il eut la bonne idée de ne pas sourire quand elle s'approcha. Il dit :

— Je suis désolé.

— Tu vas bientôt l'être encore plus, murmura Charlie, la voix rauque. Je ne te racontais pas de conneries à propos de cette ordonnance restrictive. Il me faudra deux minutes pour faire exploser ta putain de vie entière.

— Je sais ça, dit-il. Écoute, je suis désolé. Je suis vraiment désolé. Je veux seulement vous parler, à toi et à ta sœur.

Charlie ignora l'accent désespéré dans sa voix.

— Je me fous de ce que tu veux. Il faut que tu partes.

Sam intervint :

— Charlie, laisse-le entrer.

Charlie se retourna. Sam se tenait dans le couloir. Elle touchait le mur du bout des doigts.

— Là-dedans, dit-elle à Mason, puis elle pénétra dans le salon avant que Charlie ait le temps de s'y opposer.

Avant de la suivre, Mason gagna la cuisine sans y être invité. Il resta dans l'encadrement de la porte. Il retira sa casquette et la pétrit entre ses mains. Il jeta un regard circulaire à la pièce, nullement impressionné. Rusty n'avait pas changé quoi que ce soit depuis le jour où ils avaient emménagé. Les chaises bancales, la table éraflée. Le seul objet manquant était le climatiseur, qui s'était trouvé dans la fenêtre. Il n'y avait eu aucun moyen de retirer les morceaux de Gamma du ventilateur.

— Par ici.

Charlie scruta le couloir désert à la recherche de Ben.

La porte du bureau de Rusty était close. Le pick-up de Ben toujours là. Il n'avait pas ouvert la porte de derrière. Il devait se trouver dans le bureau de Rusty en train de se demander pourquoi sa femme était une telle pute.

— Je suis désolé pour ton père, dit Mason.

Charlie fit volte-face.

— Je sais qui tu es.

Mason eut l'air inquiet.

— Je ne le savais pas quand je t'ai rencontré, mais ma sœur m'a raconté pour ta sœur et… Sache que je suis *vraiment* terriblement désolée de ce qui lui est arrivé. Et à toi et à ta famille. Mais ce que toi et moi avons fait, c'était une erreur, une énorme erreur. Je suis amoureuse de mon mari.

— Tu l'as déjà dit. Je comprends. Je respecte ça.

Mason hocha la tête vers Sam. Elle lui avait fait de la place sur une chaise au dossier bien droit. Les images provenant des caméras de l'école étaient bloquées sur pause à la télé près d'elle. Ben avait compris comment la faire marcher.

Mason fixa l'énorme écran.

— Qui sera l'avocat de Kelly, maintenant ?

Sam répondit :

— Nous trouverons quelqu'un à Atlanta.

— Je peux payer, dit-il. Ma famille a de l'argent. Mes parents en ont. En avaient. Ils avaient une société de transport routier.

Charlie se souvint des pancartes datant de son enfance :

HUCKABEE CAMIONNAGE.

— Ouais. Il regarda les images à l'arrêt. Est-ce que ça date de l'autre jour ?

Charlie n'avait pas envie d'entamer la conversation.

— Pourquoi es-tu ici ?

— C'est juste… Il s'interrompit. Au lieu de justifier sa venue, il dit : Kelly a essayé de se suicider. Ça prouve qu'elle a des remords. J'ai lu sur Internet que le remords a de l'importance dans les affaires de peine capitale. Alors vous pourriez vous servir de ça pendant son procès pour influencer le jury, pour qu'il la condamne à la prison à vie, ou peut-être à la prison à vie avec possibilité de liberté conditionnelle. Ils savent ça, pas vrai ?

— Qui sait ça ? demanda Sam.

— La police. Le procureur. Vous autres.

Charlie objecta :

— Ils diront que c'était un appel au secours. Elle a laissé tomber le flingue. Elle n'a pas appuyé sur la détente.

— Elle l'a fait, rectifia-t-il. Trois fois.

— Quoi ? Sam se leva de sa chaise.

Charlie intervint :

— Tu ne peux pas mentir à ce sujet. Il y avait des gens sur place.

— Je ne mens pas. Elle a placé le flingue sur sa poitrine. Tu étais à six mètres de là. Tu as dû le voir, ou tout au moins l'entendre. Il s'adressa à Sam : Kelly a pressé le canon contre sa poitrine, et elle a appuyé trois fois sur la détente.

Charlie n'avait absolument aucun souvenir.

— J'ai entendu les déclics, dit-il. Je parie que Judith Pinkman aussi. Je n'invente rien. Elle a vraiment essayé de se tuer.

Sam s'enquit :

— Alors pourquoi ne lui avez-vous pas simplement retiré l'arme ?

— Je ne savais pas si elle l'avait rechargée. Je suis un marine. On part toujours du principe qu'une arme est chargée à moins de visualiser nettement la chambre vide.

— Rechargée, répéta Sam en pesant bien le mot. Quand la fusillade a commencé, combien de coups avez-vous entendus ?

— Six, répondit-il. Un, puis il y a eu une pause, puis trois très rapides d'affilée, puis une pause plus courte, puis un autre coup de feu, ensuite une pause rapide, et un autre coup de feu. Il haussa les épaules. Six.

Sam se rassit. Elle mit la main dans son sac.

— Vous en êtes certain ?

— Quand vous vous êtes retrouvé dans des combats rapprochés aussi souvent que moi, vous apprenez vite à compter les balles.

Elle avait son bloc-notes sur les genoux.

— Et le revolver de Kelly contenait six coups ?

— Oui, ma'ame.

Charlie demanda :

— Était-il vide quand tu l'as pris ?

Mason jeta un coup d'œil nerveux vers Sam.

Elle déclara :

— Le moment est bien choisi pour nous expliquer pourquoi vous l'avez enfoncé à l'arrière de votre pantalon.

— L'instinct. Il haussa les épaules, comme si le fait de commettre un délit grave était anodin. Le flic ne le prenait pas, alors je l'ai rangé, temporairement, comme vous l'avez dit, dans la ceinture de mon pantalon. Et ensuite aucun des flics ne me l'a demandé, on ne m'a pas fouillé, et ensuite je me suis retrouvé dehors dans mon pick-up avant d'avoir réalisé qu'il était toujours là.

Sam n'attira pas l'attention sur les points faibles de cette histoire peu convaincante. À la place, elle demanda :

— Qu'avez-vous fait du flingue ?

— Je l'ai démonté et balancé tout autour du lac. Aux endroits les plus profonds.

À nouveau, elle le laissa tranquille.

— Est-il possible de dire si un pistolet est chargé simplement en le regardant ?

— Non, répondit Mason. Je veux dire, sur un 9 millimètres, la culasse va reculer, mais on peut tirer la poignée et…

Charlie l'interrompit :

— Avec un revolver, une fois que les balles sont tirées, les cartouches restent dans le barillet.

— C'est ça, confirma Mason. Toutes les six étaient restées dans le barillet, donc elle n'avait pas rechargé.

Charlie poursuivit :

— Ce qui signifie qu'elle savait que le revolver était vide quand elle a appuyé sur la détente trois fois.

— Tu ne sais pas, insista Mason. Kelly pensait probablement…

— Vérifiez l'enchaînement, s'il vous plaît. Sam glissa le stylo hors de son bloc-notes. Elle commença à écrire tout en parlant. Un coup de feu, longue pause, trois coups brefs, puis une courte pause, ensuite un autre coup, une autre pause brève, puis un autre coup. Exact ?

Mason acquiesça.

Elle dit :

— Il y a eu un autre coup tiré après que Lucy Alexander a été touchée au cou.

— Dans le sol, déclara Mason. Je veux dire, c'est ce que je suppose.

Sam haussa un sourcil.

Il expliqua :

— J'ai vu un impact de balle dans le sol, juste par là. Du doigt, il pointa la partie droite de l'écran. Ça ne figure pas sur la vidéo à cause de l'angle de la caméra. C'est plus près de la porte. Plus à l'endroit où Kelly se trouvait quand ils l'ont menottée.

Charlie s'enquit :

— À quoi ressemblait l'impact ?

— Le carrelage a été ébréché, mais il n'y avait pas de marques, donc il a probablement été tiré à une distance d'au moins soixante ou quatre-vingt-dix centimètres. L'impact était ovale, aussi. Comme une larme. Donc il a été tiré vers le bas et en biais. Il tendit la main, doigt et pouce imitant une arme. Donc, au niveau de sa taille, peut-être ? Elle est plus petite que moi, mais l'angle n'était pas si incliné. Il faudrait vérifier. Mason haussa les épaules. Je ne suis pas un expert. J'ai suivi un cours dans le cadre de ma formation continue à l'armée.

Sam dit :

— Elle ne voulait pas tuer Judith Pinkman, alors elle a tiré la dernière balle dans le sol.

Mason haussa les épaules.

— Peut-être. Mais elle connaissait les Pinkman depuis très longtemps, et ça ne l'a pas empêchée de tuer Doug.

— Elle les connaissait depuis quand ? demanda Sam.

— Kelly était chargée de l'eau pour l'équipe de football. C'est là que ces rumeurs ont commencé à propos d'elle et de l'un des joueurs. Je ne suis pas cent pour cent sûr de ce qui s'est passé, mais Kelly a manqué deux ou trois semaines d'école et le gamin a quitté la ville, alors…

Il évacua le reste, mais il devait parler des rumeurs qui avaient poussé la moitié de l'école à dénigrer Kelly Wilson dans son album de promotion.

Sam explicita :

— Douglas Pinkman était l'entraîneur de l'équipe de football, alors il connaissait Kelly Wilson quand elle était porteuse d'eau.

— Exact. Elle a fait deux saisons, je crois, en même temps qu'une autre fille du groupe d'enseignement adapté. Le bureau du comté a émis un décret stipulant que nous étions censés intégrer les enfants du groupe spécialisé dans des programmes extrascolaires : une fanfare, les pompom girls, le basket-ball, le football. C'était une bonne idée. Je crois que ça en a aidé certains. Manifestement pas Kelly, mais…

— Merci.

Sam retourna à ses notes. Elle tourna lentement les pages, faisant des annotations avec son stylo. Elle n'avait pas congédié Mason, bien qu'elle ait trouvé quelque chose de plus intéressant.

Mason regarda Charlie en attente d'une sorte d'explication.

Charlie haussa les épaules, elle aussi.

— De quoi voulais-tu nous parler ?

— Ouais. Il tripota sa casquette entre ses mains. Est-ce que ça t'ennuie si j'utilise tes toilettes d'abord ?

Elle n'arrivait pas à croire qu'il fasse durer la situation.

— C'est dans le couloir.

Il hocha la tête avant de partir, comme s'ils se trouvaient dans un salon anglais.

Charlie se tourna vers Sam, toujours focalisée sur ses notes.

— Pourquoi tu discutes avec lui ? Il faut le faire partir d'ici.

— Peux-tu jeter un œil à ça et me dire ce que tu vois ? Sam pointa du doigt le côté droit de l'écran. Je ne fais pas confiance à mes yeux. Est-ce que cette ombre te semble bizarre ?

Charlie entendit Mason ouvrir la porte des toilettes, puis

la refermer. Dieu merci, il n'était pas malencontreusement tombé sur le bureau de Rusty.

Elle dit :

— S'il te plaît, aide-moi à me débarrasser de lui.

— Je le ferai, promit Sam. Simplement, regarde la vidéo.

Charlie se tint debout devant le poste géant. Elle examina l'arrêt sur image. Elle voyait que la caméra était inclinée vers le bas, enregistrant la moitié du couloir. Le fameux angle mort dont Mason leur avait parlé. Les lumières du plafond étaient allumées, mais une ombre étrange provenait du côté droit du couloir. Étroite, longue, presque comme une patte d'araignée.

— Attends, dit Charlie, mais pas à cause de la vidéo. Comment sait-il où se trouvent les toilettes ?

— Pardon ?

— Il a marché tout droit là-bas et il a ouvert la porte. Charlie éprouva un picotement le long de sa colonne vertébrale. Personne ne devine la bonne porte, Sam. Il y en a cinq, aucune n'a d'emplacement logique. Tu le sais. C'est presque comme une blague, le fait que personne ne devine à quoi elles correspondent.

Le cœur de Charlie se mit à palpiter au fond de sa gorge.

— Est-ce que tu penses que Mason connaissait papa ? Qu'il est déjà venu ici ? Par exemple un paquet de fois, de sorte qu'il sait où se trouvent les toilettes sans qu'on lui dise ?

Sam ouvrit la bouche. Elle la referma.

— Tu sais quelque chose, devina Charlie. Est-ce que papa t'a dit…

— Charlie, assieds-toi. Rien de certain pour l'instant, mais j'essaie de comprendre.

Le calme de Sam l'angoissait.

— Pourquoi veux-tu que je m'assoie ?

— Parce que tu planes au-dessus de moi comme un drone militaire.

— Tu ne peux pas choisir quelque chose de délicat, comme un colibri ?

— Les colibris sont plutôt brutaux, en réalité.

— Chuck ! hurla Ben.

Charlie sentit son cœur vaciller. Elle ne l'avait jamais entendu crier si fort auparavant.

— Chuck ! beugla Ben à nouveau.

Le bruit de ses pas martela le couloir. Il dépassa le salon. Il revint sur ses pas, hors de lui.

— Tu vas bien ? Ben regarda par-dessus son épaule, en haut et en bas du couloir. Où est-il ?

Charlie dit :

— Ben, qu'est-ce qui…

— Où est-il, putain ? Ben hurla si fort qu'elle plaqua ses mains sur ses oreilles. Mason ! Il percuta le mur de son poing. Mason Huckabee !

La porte des toilettes s'ouvrit en grinçant.

— Toi, espèce d'enculé ! Ben hurla et descendit le couloir en trombe.

Charlie courut derrière lui. Elle s'arrêta net, lorsque Ben plaqua Mason au sol.

Ben se mit à balancer ses poings. Mason leva les bras pour se couvrir le visage. Charlie était horrifiée en voyant son époux frapper un autre homme.

— Ben ! Elle devait faire quelque chose. Ben… arrête !

Sam la saisit par la taille, la retenant.

— Je dois… Charlie s'arrêta. Elle ne savait pas quoi faire. Mason allait tuer Ben. C'était un soldat entraîné. Sam, il faut que nous…

— Il ne se défend pas, dit Sam, presque comme si elle commentait un documentaire. Regarde, Charlie. Il ne se défend pas.

Elle avait raison. Mason gisait au sol, couvrant son visage de ses mains. Il amortissait chaque coup porté à sa tête, à son cou, à sa poitrine.

— Espèce de lâche ! hurla Ben. Montre-moi ton putain de visage !

Mason écarta les mains.

Ben lui flanqua un solide coup de poing dans la mâchoire. Charlie entendit les dents de Mason craquer. Il cracha du sang. Il était étendu là, mains sur le côté. Il encaissait la raclée.

Ben ne se calma pas. Il lui donna un autre coup de poing, et encore un autre, puis un autre.

— Non, murmura Charlie.

Du sang éclaboussa le mur.

L'alliance de Ben ouvrit le sourcil de Mason.

Sa lèvre était fendue.

La peau de sa joue arrachée.

Mason gisait simplement là, il encaissait.

Ben le cogna encore.

Encore.

— Je suis désolé, dit Mason, en mangeant les mots. Je suis désolé.

— Espèce de putain de…

Ben remonta son coude vers l'arrière, son corps entier se balança, puis il percuta la mâchoire de Mason avec son poing.

Charlie vit la peau sur la joue de Mason se rider comme le sillage d'un bateau. Elle entendit un craquement net, une batte frappant une balle. La tête de Mason vola sur le côté.

Il battit des paupières.

Du sang s'écoula de sa bouche, de son nez.

Il cligna de nouveau des yeux, mais il ne bougea pas. Son regard fixe demeurait sur le mur. Du sang dégoulina de la plinthe sale et forma une flaque sur le plancher.

Ben s'assit sur ses talons. Il haletait à cause de l'effort physique.

— Je suis désolé, répéta Mason. Je suis désolé.

— Va te faire foutre avec tes excuses !

Ben lui cracha au visage. Il tomba sur le côté, son épaule heurtant le mur. Ses mains retombèrent sur ses flancs. Du sang s'écoulait de ses articulations. Il ne criait plus. Il pleurait.

— Tu… Il fit une nouvelle tentative, la voix brisée. Tu l'as laissé violer ma femme.

18

Charlie sentit sa vision se brouiller. La panique la saisit à la gorge. Elle n'entendait que le hurlement à l'intérieur de son crâne.

Ben savait.

Elle interrogea Sam :

— Tu lui as dit ?

— Non.

— Ne me mens pas, Samantha. Dis-moi, c'est tout.

— Charlie, dit Sam. Tu te concentres sur la mauvaise chose.

Il n'y avait qu'une seule mauvaise chose. Son mari savait ce qui lui était arrivé. Il avait frappé un homme jusqu'à ce qu'il perde pratiquement connaissance, à cause de cela. Il lui avait craché dessus, il lui avait dit…

Tu l'as laissé violer ma femme.

L'as laissé.

Charlie sentit l'air se ruer hors de ses poumons. Elle plaqua une main sur sa bouche, tandis que la bile tourbillonnait le long de sa gorge.

— C'était lui, dit Ben. Pas Daniel.

— Dans les bois ? questionna Charlie, mettant ses cordes vocales à l'épreuve. Elle vit le visage hideux de Zachariah Culpepper. Elle lui avait donné un coup de poing si violent qu'elle lui avait retourné la tête. Du sang avait coulé de sa bouche. Et alors Daniel Culpepper avait plaqué l'homme au sol et s'était mis à le frapper, comme Ben venait de cogner Mason Huckabee.

Sauf que ce n'était pas Daniel Culpepper dans les bois.

Charlie lâcha :

— Tu as plaqué Zachariah. Elle dut déglutir avant de pouvoir ajouter : Tu es arrivé trop tard.

— Je sais. Mason roula sur le dos. Il se couvrit les yeux avec ses mains. Dans la maison. Dans les bois. Je suis toujours arrivé trop tard.

Charlie sentit ses genoux mollir. Elle appuya son épaule contre le mur.

— Pourquoi ?

Mason remua sa tête d'un côté à l'autre. Il avait du mal à respirer. Son nez faisait des bulles de sang.

— Dis-leur ! ordonna Ben, les poings serrés.

Mason essuya son nez avec le dos de sa main. Il regarda Ben, puis Sam, puis Charlie. Finalement, il répondit :

— J'ai engagé Zach pour m'aider à m'occuper de Rusty. Je lui ai donné tout ce que j'avais mis de côté pour l'université. Je savais qu'il devait de l'argent à Rusty, mais… Il s'arrêta, la voix cassée. Vous, vous étiez censées être à l'entraînement d'athlétisme. Nous allions prendre Rusty, le conduire en bas de la bretelle d'accès, et nous débarrasser de lui. Zach obtiendrait trois mille dollars, en plus d'effacer ses frais juridiques. J'aurais ma vengeance… Il regarda à nouveau Sam, puis Charlie. J'ai essayé d'arrêter Zach puisque votre papa n'était pas là, mais il…

— Tu n'as pas besoin de nous dire ce qu'il a fait.

Les mots de Sam étaient tellement faibles qu'ils étaient pratiquement inaudibles.

Mason se couvrit à nouveau le visage. Il se mit à pleurer.

Charlie écouta ses sanglots secs et eut envie de lui donner un coup de poing dans la gorge.

Mason ajouta :

— J'allais porter le chapeau pour votre maman. Je l'ai dit dans les bois. Cinq fois, au moins. Vous m'avez entendu toutes les deux. Je n'ai jamais voulu que rien de tout ça se passe. Sa voix se brisa. Quand votre maman a été abattue, j'étais comme paralysé, comme… si je ne pouvais pas y croire. J'ai eu envie de vomir, et je tremblais, et je voulais faire quelque chose, mais j'avais trop peur de Zach. Vous savez comment il est. Nous avions tous peur de lui.

Charlie sentit la rage parcourir chaque veine de son corps, comme après une injection.

— Il n'y a pas un seul *nous* qui tienne, espèce de connard pathétique ! Il n'y avait pas de *nous* dans la cuisine, à part Sam et moi. On *nous* a forcées à sortir de notre maison. On *nous* a conduites dans les bois sous la menace d'une arme. *Nous* étions terrifiées pour notre vie. *Tu* as tiré dans la tête de ma sœur. *Tu* l'as enterrée vivante. *Tu* as laissé ce monstre me pourchasser à travers bois, me violer, me frapper, me prendre tout — *tout*. C'était toi, Mason. Tout ça, c'était toi.

— J'ai essayé…

— Ta gueule ! Charlie serra les poings et s'approcha de lui. Tu peux peut-être te raconter que tu as essayé d'arrêter ça, mais tu ne l'as pas fait. Tu as laissé faire. Tu as contribué à ce que ça se passe. *Tu* as appuyé sur cette détente. Elle marqua une pause pour tenter de reprendre son souffle. Pourquoi ? Pourquoi tu l'as fait ? Qu'est-ce que nous t'avions fait ?

— Sa sœur, dit Sam. Sa voix avait une sorte de calme au goût de mort. C'est ce qu'il voulait dire en parlant de vengeance. Mason et Zachariah sont apparus le jour même où Kevin Mitchell a été disculpé. Nous avons supposé qu'il s'agissait des frais juridiques des Culpepper, quand il s'agissait en réalité de la fureur de Mason Huckabee, assez fou de rage pour tuer mais trop effrayé pour le faire de ses propres mains.

La langue de Charlie se changea en plomb. Elle dut s'appuyer contre le mur pour ne pas tomber.

Mason dit :

— C'est moi qui ai découvert ma sœur. Elle était dans la grange. Son cou était… Il secoua la tête. Elle était torturée par ce que ce bâtard lui avait fait. Elle n'arrivait pas à sortir du lit. Elle pleurait tout le temps. Vous ne savez pas ce que c'est de se sentir aussi inutile, aussi impuissant. Je voulais que quelqu'un paie. Quelqu'un devait payer.

— Alors tu es venu chercher mon père ? Charlie sentit

la vibration familière s'emparer de ses mains. Elle remonta et se répandit le long de ses bras, dans sa poitrine. Tu es venu ici pour tuer mon père, et tu…

— Je suis désolé. Mason se remit à pleurer. Je suis désolé.

Charlie avait envie de lui donner des coups de pied.

— Ne sois pas désolé, putain ! Tu as tiré dans la tête de ma sœur !

— C'était un accident.

— Ça n'a pas d'importance ! hurla Charlie. Tu lui as tiré dessus ! Tu l'as enterrée vivante !

Le bras de Sam surgit de nulle part. Elle empêcha Charlie d'approcher de Mason, de le frapper tout comme Ben.

Ben.

Charlie regarda son époux. Il était assis par terre, dos contre le mur. Ses lunettes étaient zébrées de traînées de sang, de travers sur son visage. Il continuait de plier ses mains, de rouvrir les blessures, de faire couler plus de sang.

Sam demanda :

— Pourquoi Rusty rédigeait-il des chèques à l'ordre du fils de Zachariah Culpepper ?

Charlie était totalement sous le choc. Elle était incapable de forcer sa bouche à formuler une question.

Sam expliqua :

— Les numéros des chèques. Douze chèques par an pendant vingt-huit ans, quatre mois, donneraient un total de trois cent quarante chèques.

— C'est le numéro du chèque le plus récent, se souvint Charlie.

— Exact, confirma Sam. Et alors il y a le solde. Tu as commencé à un million, j'ai raison ?

Elle posait la question à Mason.

Lentement, Mason acquiesça à contrecœur.

Sam poursuivit :

— Si tu commences à un million et retires deux mille dollars par mois pendant vingt-huit ans et des poussières, ça donne approximativement trois cent vingt mille dollars. Elle dit à Mason : Tout a commencé à se mettre en place quand tu nous as dit que tes parents avaient de l'argent. En

1989, personne à Pikeville n'avait ce genre de richesse ni surtout ce genre d'objectif. Ils ont acheté ta liberté pour un million de dollars. Ça devait représenter pas mal, à cette époque-là. Plus que ce que Culpepper n'avait jamais vu dans son existence. Il a marchandé son frère mort contre son fils à naître.

Mason leva les yeux vers elle. Il hocha lentement la tête.

Sam demanda :

— Quel était le rôle de mon père dans tout ça ? Il a organisé le deal entre Culpepper et toi ?

— Non.

— Alors quoi ? exigea Sam.

Mason roula sur le côté. Il se dressa en s'appuyant au sol. Il s'assit, dos vers la porte. Le ruban de masquage que Rusty avait utilisé sur la fenêtre dessinait une sorte d'éclair au-dessus de sa tête.

— Je ne savais rien de tout ça.

Ben lança un regard noir à Mason.

— Tu vas pourrir en enfer pour avoir attiré Rusty dans ta merde.

— Ce n'était pas Rusty. Pas au début. Mason grimaça en touchant sa mâchoire. Mes parents ont mis au point cet arrangement. La nuit où ça s'est passé, j'ai marché jusqu'à chez moi. Pratiquement dix kilomètres. Zach a pris mes chaussures, mon jean, parce qu'il y avait son sang dessus. J'étais à moitié nu, recouvert de sang, en rentrant à la maison. J'ai avoué à mes parents. Je voulais aller à la police. Ils ne m'ont pas laissé le faire. J'ai découvert plus tard qu'ils ont envoyé un avocat parler à Zach.

— Rusty, dit Ben.

— Non, quelqu'un d'Atlanta. Je ne sais pas qui. Mason fit bouger sa mâchoire. L'articulation émit un bruit sec. Ils m'ont laissé en dehors de ça. Je n'ai pas eu le choix.

Sam déclara :

— Tu étais un homme de dix-sept ans. Je suis sûre que tu avais une voiture. Tu aurais pu aller à la police tout seul, ou attendre d'avoir dix-huit ans.

— Je le voulais, insista Mason. Ils m'ont enfermé dans

ma chambre. Quatre types sont venus. Ils m'ont conduit à une école militaire dans le Nord. J'ai rejoint les marines dès que j'ai eu l'âge. Il essuya du sang qu'il avait dans l'œil. J'ai été en Afghanistan, en Irak, en Somalie. Je n'ai pas cessé de me porter volontaire. Je voulais mériter ça, vous voyez ? Je voulais que ma vie serve à aider d'autres personnes. Pour me racheter.

Charlie se mordit la lèvre si fort que la peau se fendit. Il n'y avait pas de rédemption possible, peu importe combien de pays il avait punaisés sur sa stupide carte du monde.

Mason enchaîna :

— J'ai fait mes vingt ans. Je suis rentré à la maison. Je suis allé à l'école. Je pensais que c'était important de rendre quelque chose ici, dans cette ville, à ces gens.

— Espèce de bâtard !

Ben se leva. Ses poings étaient toujours serrés. Il descendit le couloir. Charlie craignait qu'il continue à marcher et sorte par la porte de derrière, mais il s'arrêta près de l'iPhone de Mason. Il écrasa la vitre de l'écran sous son talon, la brisant en de minuscules éclats.

Ben leva son pied. Du verre tinta en tombant de la semelle. Il dit :

— Daniel Culpepper a été abattu à cause de toi.

— Je sais, déclara Mason, mais il avait tort.

Charlie était celle qui avait lancé Ken Coin sur les traces de Daniel.

Elle s'adressa à Mason :

— Il t'a appelé « frère ».

Mason secoua la tête.

— Il appelait beaucoup de gens « frère ». C'est juste un truc que font les types.

— Ça n'a pas d'importance, dit Ben. Aucun d'eux n'aurait dû être là. Tout ce qui s'est passé est leur faute.

— C'est vrai, confirma Mason. C'est ma faute. Tout est ma faute.

Sam interrogea :

— Comment est-ce que tes vêtements et ton pistolet ont fini dans la caravane de Daniel ?

À nouveau, Mason secoua la tête, mais la réponse n'était pas difficile à imaginer. Ken Coin avait lui-même placé les fausses preuves. Il avait piégé un innocent et laissé le coupable dans la nature.

Mason précisa :

— Ma mère m'a tout raconté de leur accord après la mort de mon père. J'étais basé en Turquie et j'essayais d'agir pour le bien d'autrui. Je suis rentré pour les funérailles. Elle était inquiète que Zach n'honore pas sa part du deal.

Sam dit :

— Pour être claire, l'accord stipulait que Zach devait garder le silence à propos de l'innocence de Daniel — et ta culpabilité — en échange de deux mille dollars par mois payés par tes parents à son fils, Danny Culpepper ?

Mason acquiesça.

— Je n'étais pas au courant. Pas jusqu'à ce que ma mère me l'apprenne. Huit ans s'étaient écoulés. Culpepper était toujours dans le couloir de la mort. Il ne cessait de réchapper à ses dates d'exécution.

Charlie serra la mâchoire. Huit ans après le meurtre. Huit ans après que Sam fut sortie de sa tombe à coups de griffes. Huit ans après que Charlie fut déchirée en morceaux.

Sam avait commencé son master à l'université Northwestern. Charlie avait posé sa candidature à une fac de droit et priait pour amorcer un nouveau départ.

Sam demanda :

— Comment mon père s'est-il retrouvé embrigadé dans tout ça ?

— Je suis venu le voir pour avouer, répondit Mason. Ici, dans cette maison. Nous nous sommes assis dans la cuisine. Je ne sais pas pourquoi, mais d'une certaine façon, ça rendait les choses plus faciles de m'asseoir à table et de me livrer. La scène du crime. Ça m'a donné envie de vomir de laisser tout aller, chaque morceau de vérité. Je lui ai raconté ma soif de vengeance après la mort de Mary-Lynne, comment j'ai payé Zach pour m'aider à l'obtenir. Quand on est jeune, on voit les choses si nettement. On ne comprend pas comment marche le monde. Certaines conséquences, on ne peut pas les prévoir. Des mauvais choix, des mauvais actes peuvent nous corrompre. Mason hochait la tête, comme s'il était d'accord avec lui-même. Je voulais expliquer à Rusty ce qui s'était passé, *pourquoi* ça s'était passé, d'homme à homme.

— Tu n'es pas un homme, dit Charlie, écœurée par la pensée que Mason et Rusty étaient assis dans la cuisine où Gamma était morte, que le cadre avait apporté à Mason l'absolution plutôt que la douleur. Tu es coupable de tentative de meurtre. Tu es le complice d'un viol. Du meurtre de ma mère. D'enlèvement. De kidnapping. D'avoir forcé la porte et d'une putain d'entrée par effraction. Elle ne pouvait imaginer toutes les petites copines qu'il avait eues, les fêtes auxquelles il avait assisté, les anniversaires, les réveillons de jour de l'An, pendant que Sam se levait de son lit chaque matin en priant pour pouvoir continuer à marcher. Elle dit à Mason : Le fait de t'engager dans les marines n'a pas fait de toi un homme bon. Ça a fait de toi un lâche qui s'est enfui.

La voix de Charlie était si forte qu'elle entendit les mots résonner dans le couloir.

Ben dit :

— Rusty lui a fait signer des aveux. Il regardait Sam, pas Charlie. Je les ai trouvés dans le coffre.

Charlie leva les yeux vers le plafond. Elle laissa couler ses larmes. Elle ne se pardonnerait jamais d'avoir laissé Ben le découvrir sur un morceau de papier.

Mason insista :

— Je *voulais* signer les aveux. Je *voulais* me présenter à la police. J'en avais assez de tout ça, des mensonges, de la culpabilité.

Sam se tint fermement au bras de Charlie, comme si elle voulait les garder toutes deux enracinées sur place.

— Pourquoi papa ne t'a pas balancé aux flics ?

— Il ne voulait pas d'un autre procès, répondit Mason. Vous, vous viviez vos vies, vous surmontiez tout ça.

— Surmonter, marmonna Charlie.

Mason poursuivit :

— Rusty ne voulait pas faire ressortir tout ça, te faire

revenir à la maison, que Charlie soit appelée à la barre. Il ne voulait pas qu'elle ait à…

— Mentir, coupa Sam.

Le carton, scellé si longtemps, placé en haut sur l'étagère du placard. Rusty n'avait pas voulu pousser Charlie à choisir entre mentir sous serment et ouvrir la boîte pour que le monde entier voie son contenu.

Les filles Culpepper.

La torture que ces sales putes lui avaient fait endurer — lui faisaient toujours endurer. Qu'est-ce qu'elles diraient, qu'est-ce qu'elles feraient, si la preuve de l'innocence de Daniel devenait publique ?

Elles *avaient* eu raison.

Charlie n'avait pas désigné le bon type du doigt.

Sam interrogea :

— Pourquoi mon père a-t-il rempli les chèques ?

Mason répondit :

— C'était une des clauses de Rusty. Il voulait que Zach sache qu'il savait, que quelqu'un d'autre pouvait faire exploser le deal, couper le robinet à fric de Danny, si Zach ne gardait pas sa bouche cousue.

— Ça revenait à mettre une cible sur son dos, dit Charlie. Culpepper aurait pu le faire tuer.

Mason secoua la tête.

— Pas s'il voulait que son fils continue de recevoir les chèques.

— Tu penses qu'il se souciait vraiment de son fils ? demanda Sam. Culpepper le narguait. Tu savais ça ? Chaque mois, il envoyait à Rusty une lettre lui disant : « Tu m'en dois une. » Juste pour remuer le couteau dans la plaie. Pour rappeler à Rusty qu'il pouvait réduire en morceaux chacune de nos existences, nous voler notre paix, notre sentiment de sécurité, à n'importe quel instant.

Mason resta muet.

Sam insista :

— Est-ce que tu sais la torture que tu as infligée à notre père ? Obligé de nous mentir. De dissimuler la vérité. Il n'était pas fait pour ce genre de tromperie. Il avait déjà enduré le meurtre de sa femme, sa fille a failli mourir, Charlie a été… Elle secoua la tête. Le cœur de Rusty était déjà fragile. Est-ce que tu savais ça ? Est-ce que tu sais à quel point tes mensonges, ta culpabilité, ta lâcheté, ont contribué à sa mauvaise santé ? Peut-être que c'est pour ça qu'il buvait tant, pour chasser le mauvais goût de sa propre complicité. La complicité dans laquelle tu l'as entraîné. Il devait vivre avec ça chaque jour, chaque mois quand il remplissait ce chèque, chaque fois qu'il me téléphonait…

Sam finit par craquer. Elle retira ses lunettes. Elle pressa les doigts sur ses paupières. Elle déclara :

— Il nous a tous protégés durant toutes ces années à cause de toi.

Mason pencha la tête entre ses genoux. Charlie se moquait éperdument qu'il se remette à pleurer.

Ben demanda :

— Pourquoi es-tu venu ici ? Tu croyais les convaincre de ne pas te balancer aux flics ?

— Je suis venu pour faire des aveux, répondit Mason. Pour vous dire que je suis désolé. Que j'ai essayé chaque jour de me racheter pour ce que j'ai fait. J'ai été décoré. Il leva les yeux vers Sam. J'ai des médailles gagnées au combat, une *purple heart*, une…

— Je m'en fiche, le coupa Sam. Tu as eu vingt-huit années de ta vie pour plaider coupable. Tu aurais pu entrer dans n'importe quel commissariat, avouer, et accepter ta peine, mais tu avais peur de finir en prison à vie, ou dans le couloir de la mort, le même que Zachariah Culpepper.

Mason ne répondit pas, mais la vérité allait de soi.

Charlie intervint :

— Tu savais que nous n'avions jamais dit à quiconque ce qui s'est vraiment passé dans les bois. C'est comme ça que tu as mis mon père de ton côté, pas vrai ? Tu l'as fait chanter. Mes secrets contre les tiens.

Mason essuya du sang sur sa bouche. Il ne répondit toujours pas.

Charlie poursuivit :

— Tu t'es assis dans cette cuisine là où ma mère a été

assassinée, et tu as dit à mon père que tu utiliserais l'argent de ta famille pour t'éviter une condamnation pour meurtre, peu importe qui ça blesserait, peu importe ce qui sortirait durant le procès. Sam aurait été traînée à nouveau jusqu'ici. J'aurais été contrainte de témoigner. Tu savais que papa n'aurait pas laissé ça nous arriver.

Mason se contenta de demander :

— Qu'est-ce que vous allez faire, maintenant ?

— C'est plutôt qu'est-ce que tu vas faire, répliqua Sam. Tu as exactement vingt minutes pour conduire jusqu'au poste de police et avouer officiellement, sans la présence d'un avocat, avoir menti à la police et avoir emporté le flingue de Kelly Wilson de la scène de double homicide ou sinon je te jure que j'emporte tes aveux écrits, de tentative de meurtre et d'association de malfaiteurs en vue de commettre un meurtre, directement chez les flics. Cette ville n'oublie pas, Mason. L'excuse qui consiste à dire que tu étais seulement présent, que c'était un accident, constitue toujours un homicide involontaire. Si tu ne fais pas exactement ce que je te dis à cet instant, tu finiras dans une cellule à côté de Zachariah Culpepper, où tu aurais, d'ailleurs, dû te trouver ces dernières vingt-huit années.

Mason s'essuya les mains sur son pantalon. Il tendit le bras pour ramasser son téléphone cassé.

Ben l'éloigna d'un coup de pied et ouvrit la porte de derrière.

— Sors d'ici.

Mason se leva. Il ne parla pas. Il se retourna et sortit de la maison.

Ben claqua la porte si violemment qu'une nouvelle fissure se déploya sur la fenêtre.

Sam remit ses lunettes. Elle demanda à Ben :

— Où sont les aveux ?

— Sur le coffre, à côté des lettres.

— Merci.

Sam n'alla pas vers le bureau.

Elle pénétra dans le salon.

Charlie hésita. Elle ne savait pas si elle devait la suivre.

Que pouvait-elle dire à sa sœur pour que chacune d'elles se sente mieux ? L'homme qui avait tiré dans la tête de Sam, qui l'avait enterrée vivante, venait à peine de franchir la porte. En tout et pour tout, une simple menace devait le décider à agir de façon juste.

Ben tourna le verrou.

Charlie lui demanda :

— Tu vas bien ?

Il ôta ses lunettes, essuya le sang sur les verres.

— Je n'avais jamais pris part à une bagarre. Pas une où j'essayais de frapper quelqu'un.

— Je suis désolée. Je suis désolée que tu te sois fâché. Je suis désolée d'avoir menti. Je suis désolée que tu aies lu ce qui s'est passé et de ne pas te l'avoir raconté en personne.

— Il n'y a rien dans les aveux sur ce que Zachariah t'a fait. Ben fit à nouveau glisser ses lunettes sur son nez. Rusty me l'a dit.

Charlie en resta sans voix. Rusty n'avait jamais trahi un secret.

Ben ajouta :

— Le week-end dernier. Il ne m'a pas dit que Mason était impliqué, mais il m'a raconté tout le reste. Il m'a dit que le pire péché dans toute son existence c'était de t'avoir demandé de garder le secret.

Charlie se frictionna les bras, incapable de lutter contre un froid soudain.

Ben poursuivit :

— Ce qui t'est arrivé… Je suis désolé, mais je m'en fiche.

Son indifférence provoqua une douleur presque physique chez Charlie.

— Je me suis mal exprimé. Ben essaya de s'expliquer : Je suis désolé que ça soit arrivé, mais ça n'a pas d'importance. Je me fiche que tu aies menti. Je m'en fiche, Chuck.

— C'est pour ça que…

Charlie baissa les yeux au sol. Justement, Mason Huckabee avait laissé une traînée de sang sur son trajet jusqu'à la sortie.

— C'est pour ça que quoi ? Ben se tenait devant elle. Il

releva le menton de Charlie. Chuck, dis-le. Garder ça pour toi est en train de te tuer.

Il le savait déjà. Il savait tout. Et malgré tout, elle luttait pour verbaliser ses propres échecs.

— Les fausses couches. C'était à cause de ce qui s'est passé.

Ben posa ses mains sur les épaules de Charlie. Il attendit qu'elle le regarde dans les yeux avant de s'exprimer :

— Quand j'avais neuf ans, Terri m'a mis un coup de pied dans les roubignolles, et j'ai pissé du sang pendant une semaine.

Charlie s'apprêtait à parler, mais il secoua la tête pour l'arrêter.

— Quand j'avais quinze ans, une espèce de sportif à la con m'a foutu un coup de poing dans l'attirail. Je traînais juste avec mon troupeau de geeks, à m'occuper de mes oignons, et il m'a mis un coup de poing dans les burnes tellement fort que j'ai cru qu'elles étaient remontées dans mon trou de balle.

Ben pressa son doigt sur les lèvres de Charlie pour qu'elle ne l'interrompe pas.

— Je range mon téléphone portable dans ma poche de devant. Je sais que je ne suis pas censé le faire, parce que ça appauvrit le sperme, mais je le fais quand même. Et je ne peux pas porter de caleçons. Tu sais à quel point je déteste quand ils remontent en faisant des plis. Et je me suis beaucoup masturbé. Je veux dire, un peu moins maintenant, mais gamin, j'étais prêt pour les Jeux olympiques. J'étais le seul membre du Starfleet Club de l'école, et je collectionnais les comics, et je jouais du triangle dans un groupe. Aucune fille ne m'adressait un seul regard. Pas même celles avec de l'acné. Je me branlais tellement que ma maman m'a emmené chez le médecin, parce qu'elle avait peur que je chope des ampoules.

— Ben.

— Chuck, écoute-moi. Je me suis déguisé en sous-officier de *Star Trek* avec une chemise rouge pour le bal de terminale. Ce n'était pas une soirée à thème. J'étais le seul type à ne pas être en smocking. Je croyais me montrer ironique.

Charlie finit par sourire.

— Manifestement, je n'étais pas conçu pour procréer. Je n'ai aucune idée de pourquoi je me suis retrouvé avec quelqu'un d'aussi canon que toi, ou pourquoi nous ne pouvons pas… Il ne dit pas les mots. C'est seulement les cartes que nous avons tirées, ma chérie. Nous ne savons pas si c'est quelque chose qui m'est arrivé ou quelque chose qui t'est arrivé à toi, ou la simple bonne vieille sélection naturelle, mais c'est comme ça, et je te dis que je m'en fiche.

Charlie se râcla la gorge.

— Kaylee pourrait te donner des enfants.

— Kaylee m'a donné la chaude-pisse.

Charlie aurait dû se sentir offensée, mais la première émotion qu'elle exprima fut de l'inquiétude. Ben était allergique à la pénicilline.

— Est-ce que tu as dû aller à l'hôpital ?

— J'ai passé les dix derniers jours à aller à Ducktown pour que personne ici ne le découvre.

À présent, elle ressentait la blessure.

— Alors, c'était récent.

— La dernière fois, c'était il y a presque deux mois. Je croyais que j'avais simplement du mal à uriner.

— Tu n'as pas pensé que c'était un signe pour aller chez le médecin ?

— Au final, à l'évidence oui, dit-il. Mais c'est pour ça que je n'ai pas… L'autre soir. Mes analyses étaient bonnes, mais je ne me sentais pas bien à l'idée de ne pas te le dire. Et j'étais là pour prendre de tes nouvelles, parce que je m'inquiétais. Je n'avais pas besoin de dossier. Il n'y avait pas de négociations qui partaient en vrille.

Charlie se moquait bien du mensonge.

— Combien de temps ça a duré ?

— Ça n'a pas duré. Ça a eu lieu quatre fois en tout et pour tout, et c'était amusant au début, mais ensuite, seulement triste. Elle est si jeune. Elle croit que Kate Mulgrew[1] a commencé dans *Orange Is the New Black*.

— Ouah ! s'exclama Charlie. Elle s'efforça de faire une blague pour ne pas pleurer. Comment s'est-elle débrouillée pour réussir sa fac de droit ?

Ben s'efforça de blaguer, lui aussi.

— Tu avais raison sur le fait d'être au-dessus. C'est beaucoup de boulot.

Charlie eut envie de vomir.

— Merci pour l'image.

— Essaie de ne jamais plus éternuer à l'avenir.

Charlie se mordit l'intérieur de la joue. Elle n'aurait jamais dû lui raconter les détails. Elle regrettait assurément d'avoir entendu les siens.

Il dit :

— Je vais emballer ces trucs-là pour Sam.

Charlie acquiesça, mais elle ne voulait pas qu'il parte, pas même en bas du couloir.

Il lui embrassa le front. Elle se pencha pour se blottir contre lui ; elle huma sa transpiration et la mauvaise lessive qu'il utilisait pour ses chemises.

Il dit :

— Je serai dans le bureau de ton père.

Charlie contempla ses grandes enjambées maladroites tandis qu'il s'éloignait.

Il n'avait pas quitté la maison.

Cela voulait forcément dire quelque chose.

Elle ne rejoignit pas Sam immédiatement. Elle fit volte-face. Elle regarda dans la cuisine. La porte était restée ouverte. Elle sentait la brise s'y engouffrer. Elle essaya d'ajuster son souvenir à cet instant précis où elle avait ouvert la porte, s'attendant à trouver Rusty, et découvrant à la place deux hommes, un en noir, l'autre vêtu d'un T-shirt Bon Jovi.

L'un armé d'un fusil.

L'autre armé d'un revolver.

1. Actrice américaine ayant joué entre autres dans *Star Trek*.

Zachariah Culpepper.

Mason Huckabee.

L'homme qui était arrivé trop tard pour arrêter son violeur était le même avec qui elle avait couché sur le parking du Shady Ray.

Le même homme qui avait tiré dans la tête de sa sœur.

Qui avait enterré Sam dans une tombe peu profonde.

Qui avait frappé Zachariah Culpepper, mais pas avant qu'il ait déchiré Charlie en un million de minuscules morceaux.

— Charlie ? appela Sam.

Elle était assise sur la chaise au dossier droit lorsque Charlie entra dans le salon. Sam ne balançait pas des objets, n'était pas tourmentée, ni ne bouillait lentement comme quand elle était sur le point d'exploser. Au lieu de cela, elle examinait des écrits sur son bloc.

Sam déclara :

— Sacrée journée.

L'euphémisme arracha un rire à Charlie.

— Comment tu as compris si vite ?

— Je suis ta grande sœur. Je suis plus intelligente que toi.

Charlie n'avait aucune preuve du contraire.

— Tu penses que Mason ira au poste de police ?

— Est-ce qu'il ne t'a pas semblé probable que je mettrais ma menace à exécution ?

— Il m'a semblé probable que tu l'aurais tué, si quelqu'un t'avait mis un couteau dans la main. Charlie grimaça à cette pensée, mais uniquement parce qu'elle ne voulait pas que Sam ait du sang sur les mains au sens propre. Il n'a pas seulement menti au GBI. Il a menti à un agent du FBI.

— Je suis certaine que l'officier chargé de son arrestation se fera une joie de lui expliquer la différence entre un délit et un délit grave.

Charlie sourit à cette farce, qui impliquait des années dans une prison fédérale au lieu d'une liberté surveillée avec des week-ends à la prison du comté.

— Pourquoi es-tu si calme, là tout de suite ?

Sam secoua la tête, perplexe.

— Le choc ? Le soulagement ? J'ai toujours senti que

Daniel était parti en emportant quelque chose, qu'il n'avait pas assez souffert. Curieusement, je suis légèrement satisfaite de savoir que Mason était torturé. Et aussi qu'il va aller en prison pour au moins cinq ans. Ou du moins, il vaut mieux, sauf si les procureurs ont envie que je les harcèle durant toute leur existence.

— Tu penses que Ken Coin fera ce qu'il faut ?

— Selon moi, cet homme n'a jamais fait ce qu'il faut de toute sa vie. Ses lèvres s'incurvèrent en un sourire adressé à elle-même. Peut-être qu'il existe un moyen de le faire tomber de son perchoir.

Charlie ne lui demanda pas d'explication sur la concrétisation de ce miracle. Des hommes comme Coin se débrouillaient toujours pour retrouver un chemin vers le sommet.

— Je suis la personne qui a désigné Daniel du doigt. J'ai dit que Zachariah appelait l'autre homme son « frère ».

— Ne te mets pas ça sur le dos, Charlie. Tu avais treize ans. Et Ben a raison. Si Mason et Zachariah n'étaient pas venus ici, rien de tout ça ne serait arrivé. Elle ajouta : Ken Coin a pris l'initiative de piéger et d'assassiner Daniel. N'oublie pas ça. Coin a aussi mis un terme à l'enquête permettant d'identifier le véritable tireur.

Charlie eut la nausée, en réfléchissant à la part inconsciente qu'elle avait jouée dans la dissimulation.

— À quel point aurait-il été difficile de comprendre que le gosse de riches qui était subitement envoyé dans une école militaire au beau milieu de la nuit était impliqué ?

— Tu as raison. Zachariah aurait mis ça sur le dos de Mason sans grands encouragements, déclara Sam. Je voudrais me sentir concernée par Daniel, même par Mason, mais j'en suis incapable. C'est étrange ?

— Oui. Non. Je ne sais pas.

Charlie s'assit sur un endroit dégagé du canapé de Rusty. Elle essaya de sonder ses émotions, d'explorer ses sentiments à propos de tout ce que Mason leur avait dit. Elle prit conscience d'une sensation de légèreté dans sa poitrine. Elle s'était attendue à être libérée d'un poids après avoir raconté la vérité à Sam au sujet de ce qui s'était passé dans les bois, mais ce n'était pas arrivé.

Jusqu'à maintenant.

— Et au sujet de papa ? demanda Charlie. Il nous a caché ça.

— Il a essayé de nous protéger. Comme il l'a toujours fait.

Charlie haussa les sourcils en entendant le ralliement soudain de sa sœur aux côtés de Rusty.

Sam déclara :

— Il y a une valeur dans le pardon.

Charlie n'en était pas si certaine. Elle se laissa aller contre le dossier du canapé. Elle leva les yeux au plafond.

— Je me sens tellement fatiguée. Comme les taulards quand ils avouent. Ils vont dormir. Je ne peux pas te dire le nombre de fois où l'un d'eux s'est mis à ronfler au beau milieu d'un interrogatoire.

— C'est le soulagement, expliqua Sam. Est-ce que je suis injuste de ne pas me sentir coupable parce que Daniel était une victime dans tout ça, tout comme nous ?

— Si tu es injuste, alors je le suis aussi, reconnut Charlie. Je sais que Daniel ne méritait pas de mourir. Je peux me dire que c'est un Culpepper et qu'il aurait fini derrière les barreaux ou six pieds sous terre, mais il aurait dû avoir le luxe de faire ses propres choix.

— Apparemment, papa avait dépassé ça, déclara Sam. Il a passé la majorité de sa vie à innocenter des coupables, mais il n'a jamais lavé le nom de Daniel.

— « Rien n'est plus trompeur que l'apparence de l'humilité. »

— Shakespeare ?

— Mr Darcy à Bingley.

— Parmi toutes les références que tu aurais pu choisir…

— « Si ce n'était pas son orgueil, c'était son préjugé. »

Sam éclata de rire, mais ensuite elle redevint sérieuse.

— Je suis contente que papa ne nous ait rien dit à propos de Mason. Je peux l'encaisser aujourd'hui, mais à cette époque-là ? Elle secoua la tête. Je sais que ça semble affreux, parce que cette décision a manifestement hanté papa, mais quand je réfléchis à mon état d'esprit huit ans après m'être fait tirer dessus, revenir ici pour témoigner m'aurait tuée, je pense. Que dis-tu de cette hyperbole ?

— Plutôt exacte, si tu m'inclus.

Charlie savait qu'un procès aurait accéléré sa chute. Elle ne serait pas allée à la fac de droit. Elle n'aurait pas rencontré Ben. Ni elle ni Sam ne seraient ici en train de discuter. Elle demanda :

— Pourquoi est-ce que je peux mieux le gérer aujourd'hui ? Qu'est-ce qui a changé ?

— C'est une question complexe qui exige une réponse tout aussi complexe.

Charlie éclata de rire. C'était le réel héritage de Rusty. Elles allaient rester assises à citer un homme décédé qui citait des personnes décédées, pour le restant de leur existence.

Sam intervint :

— Papa devait savoir que nous trouverions les aveux dans le coffre.

Charlie reconnut là un pari à fort enjeu, qu'affectionnait Rusty.

— Je parie qu'il pensait survivre à la date d'exécution de Zachariah Culpepper.

— Je parie qu'il pensait résoudre ça tout seul.

Selon Charlie, elles avaient probablement raison toutes les deux. Rusty ne rechignait jamais à se charger d'un dossier de plus.

— Quand j'étais petite, je pensais que papa était déterminé à aider les gens parce qu'il avait un farouche sens de la justice. Et ensuite, j'ai grandi et j'ai pensé que c'était parce qu'il adorait se voir en enfoiré de héros teigneux qui se bat pour la bonne cause.

— Et maintenant ?

— Il savait que des mauvaises personnes faisaient de mauvaises choses, mais il croyait malgré tout qu'elles méritaient une chance.

— C'est une manière très romantique de voir le monde.

— Je parlais de papa, pas de moi. Charlie éprouva de

la tristesse à discuter de Rusty au passé. Il recherchait toujours sa licorne.

— Je suis contente que tu mettes ça sur le tapis, déclara Sam. Je crois qu'il en a trouvé une.

19

Le nez de Charlie se trouvait à quelques centimètres de l'écran de télévision. Elle scrutait l'angle droit de l'image prise par la caméra de vidéosurveillance, présentement à l'arrêt, depuis si longtemps que sa vision commençait à se brouiller. Elle recula d'un pas. Elle cligna des yeux pour mieux y voir. Elle examina l'image en entier. Le long couloir désert. Les casiers d'un bleu vif restitués en bleu marine par la caméra préhistorique. L'objectif était incliné vers le bas et filmait le couloir environ jusqu'au milieu. Ses yeux revinrent dans l'angle. Il y avait une porte, probablement fermée, un millimètre hors du cadre. Mais clairement là. La lumière de la fenêtre projetait une ombre sur quelque chose qui atteignait le couloir.

Charlie demanda :

— Est-ce que c'est l'ombre de Kelly ? Du doigt, elle pointa un endroit au-delà de la télé, comme si elles étaient toutes deux dans le couloir, plutôt que dans le salon de Rusty. Elle se serait tenue ici, pas vrai ?

Sam garda son avis pour elle. Elle avait la tête tournée et se servait de son œil valide pour examiner l'image.

— Qu'est-ce que tu vois ?

— Ceci. Charlie montra du doigt l'ombre qui atteignait le couloir. C'est un trait poilu, indistinct, comme une patte d'araignée.

— Il y a quelque chose d'étrange. Sam plissa les yeux, distinguant clairement quelque chose que Charlie ne voyait pas. Tu ne penses pas ?

— Je peux essayer de l'agrandir.

Charlie approcha de l'ordinateur de Ben, mais elle n'avait aucune idée de ce qu'elle faisait. Elle appuya sur des touches au hasard. Il devait y avoir un moyen.

Sam avança :

— Appelons Ben pour qu'il nous aide.

— Je ne veux pas que Ben nous aide. Charlie se pencha pour lire les icônes du menu. Nous avons laissé ça dans un très bon…

— Ben ! appela Sam.

— Tu n'as pas un avion à prendre ?

— L'avion ne décollera pas sans moi. Sam recadra la partie supérieure droite de l'image avec ses mains. Ça ne va pas. L'angle ne colle pas.

— Quel angle ? demanda Ben.

— Ceci. Charlie pointa l'ombre avec le doigt. Ça ressemble à une patte d'araignée pour moi, mais Sherlock Holmes ici présente voit un chien chez les Baskerville.

— Davantage *Une étude en rouge*, précisa Sam, mais sans donner la moindre explication. Ben, peux-tu agrandir cet angle supérieur droit ?

Ben exécuta un tour de magie sur le portable et l'angle du cadre fut isolé, puis agrandi jusqu'à occuper toute la surface de l'écran. Parce que son mari n'était pas un magicien de la technologie sorti d'un Jason Bourne, l'image ne devint pas plus nette mais plus floue.

— Oh ! je le vois ! Ben montra du doigt la patte d'araignée velue. Je croyais que c'était une ombre, mais…

— Il n'y en aurait pas, poursuivit Sam. Les lumières sont allumées dans le couloir. Elles sont allumées dans la classe. À moins d'une troisième source lumineuse, les ombres seraient projetées en arrière depuis la porte, pas vers l'avant.

— OK, ouais. Ben se mit à hocher la tête. Je pensais que ça provenait de la porte ouverte, mais on dirait que c'est orienté vers l'intérieur.

— Exact, dit Sam.

Elle avait toujours été bonne pour les énigmes. Cette

fois, elle avait apparemment trouvé la solution, avant que Charlie ait même compris qu'il y avait une énigme.

— Je ne vois rien, reconnut Charlie. Vous ne pourriez pas me dire ?

Sam répondit :

— Je pense que ce serait mieux si vous deux confirmiez mes soupçons.

Charlie eut envie de la balancer par la fenêtre comme un sac de merde.

— Tu penses vraiment que c'est le bon moment pour la méthode socratique ?

— Sherlock ou Socrate. Choisis-en un et tiens-toi à cela. Sam s'adressa à Ben : Peux-tu corriger la couleur ?

— Je pense. Ben ouvrit un autre programme sur son ordinateur, une version craquée de Photoshop dont il s'était servi pour insérer le capitaine Kirk sur leurs cartes de Noël deux ans auparavant. Voyons si je me souviens comment on fait ça.

Charlie croisa les bras pour s'assurer que Sam saisisse bien son mécontentement, mais Sam observait Ben trop attentivement pour le remarquer.

Il y eut d'autres pianotements, des recentrages, et ensuite les couleurs de l'écran devinrent saturées, presque à l'excès. Les noirs étaient si intenses que les gris donnaient des sortes de bouillonnements dans les champs bleu nuit.

Charlie suggéra :

— Sers-toi du bleu des casiers comme repère. Ils sont presque du même bleu que le costume de funérailles de papa.

Ben ouvrit le nuancier. Il cliqua sur des carrés au hasard.

— C'est ça, s'exclama Charlie. C'est ce bleu.

— Je peux nettoyer encore.

Il améliora la netteté des pixels. Lissa les bords. En fin de compte, il zooma aussi près que possible sans déformer l'image.

— Putain de merde ! lâcha Charlie. Elle comprenait enfin.

Pas une patte, mais un bras.

Pas un bras, mais deux.

Un noir. Un rouge.

Un cannibale sexuel. Une entaille rouge. Une morsure venimeuse.

Ils n'avaient pas trouvé la licorne de Rusty.

Ils avaient trouvé une veuve noire.

Charlie était assise dans le pick-up de Ben, les mains moites de sueur sur le volant. Elle regarda l'heure affichée sur la radio : 17:06. Les funérailles de Rusty devaient toucher à leur fin à présent. Les ivrognes du Shady Ray avaient probablement épuisé leur stock d'anecdotes. Les hypocrites chuchoteraient des potins dans leurs téléphones, posteraient des hommages vachards sur Facebook.

Rusty Quinn était un bon avocat, mais…

Charlie remplit les blancs avec des détails que seuls ceux qui connaissaient vraiment Rusty pouvaient comprendre :

Il avait adoré ses filles.

Il avait adoré son épouse.

Il avait essayé d'agir de façon juste.

Il avait trouvé sa créature mythique.

« Une harpie », avait dit Sam en faisant référence à la créature mi-femme, mi-oiseau de la mythologie romaine et grecque.

Charlie restait fidèle à son analogie de l'araignée, parce qu'elle collait mieux à la situation. Kelly Wilson s'était fait piéger dans une toile minutieusement tissée.

La chaleur dans le pick-up atteignait des sommets, mais Charlie tremblait de froid. Elle baissa la main pour saisir les clés et coupa le contact. Le fourgon tressauta avant de se mettre à l'arrêt.

Elle inclina le rétroviseur pour regarder son visage. Sam l'avait aidée à dissimuler les hématomes. Elle avait fait du bon travail. Personne ne pouvait deviner que Charlie avait pris un coup de poing au visage deux jours plus tôt.

Sam lui avait presque flanqué un autre coup de poing.

Elle ne voulait pas que Charlie y aille. Ben était du même avis, assurément.

Charlie y allait malgré tout.

Elle lissa sa robe de funérailles en sortant du pick-up. Elle mit ses talons et se maintint en équilibre contre le volant. Elle trouva son téléphone portable sur le tableau de bord. Elle referma silencieusement la portière en écoutant le déclic du loquet.

Elle s'était garée à distance de la ferme et avait dissimulé le véhicule dans un tournant. Charlie avançait avec prudence pour éviter les trous qui vérolaient l'argile rouge. La maison apparut dans son champ de vision. Les ressemblances avec le TC étaient minimes. Des plantes pleines de couleurs et des arbres au feuillage persistant emplissaient la cour de devant. Les bardeaux étaient peints d'un blanc éclatant rehaussé d'un liseré noir au contraste saisissant. Le toit avait l'air neuf. Un drapeau américain était suspendu à un support pivotant près de la porte d'entrée.

Charlie ne se dirigea pas vers cette porte-là. Elle contourna la maison par le côté. Elle aperçut l'ancien porche de derrière, dont le sol était fraîchement repeint d'un bleu turquoise. Les rideaux de la cuisine étaient tirés. Non plus jaunes avec des fraises rouges, mais en tissu damassé blanc.

Quatre marches grimpaient jusqu'au perron. Charlie les contempla en s'efforçant de ne pas songer aux marches du TC, à la manière dont elle les avait gravies en courant, deux par deux, toutes ces années auparavant ; à la façon dont elle avait balancé ses chaussures ; retiré ses chaussettes, et trouvé Gamma en train de jurer dans la cuisine.

Purée !

Dès la première marche, son talon se prit dans un nœud. Elle se retint à la solide rambarde. Elle cligna des yeux sous l'effet de la lumière du porche, qui même dans le crépuscule naissant était d'un blanc vif comme une flamme. Des gouttes de sueur lui dégoulinaient dans les yeux. Elle les essuya du bout des doigts. Le paillasson était orné d'un motif de treillis : ces fibres de caoutchouc et de coco lui rappelaient l'herbe qui poussait dans les champs derrière la ferme. Un *p* en lettre cursive trônait au centre du motif.

Charlie leva la main.

Son poignet foulé était toujours sensible.

Elle tapa trois coups secs à la porte.

Dans la maison, elle entendit un raclement d'une chaise. Des pas légers sur le sol. La voix d'une femme demanda :

— Qui est-ce ?

Charlie ne répondit pas.

Nul cliquetis de verrou, ni bruit de chaîne que l'on fait glisser. La porte s'ouvrit. Une femme âgée était debout dans la cuisine. Les cheveux plus blancs que blonds, attachés en une queue-de-cheval lâche. Toujours jolie. Elle écarquilla les yeux en apercevant Charlie. Elle ouvrit la bouche. Sa main voleta jusqu'à sa poitrine, comme si elle venait d'être touchée par une flèche.

Charlie dit :

— Je suis désolée de ne pas avoir téléphoné avant.

Judith Pinkman pinça ses lèvres gercées. Son visage ridé avait l'air irrité à force de pleurer. Elle avait les yeux gonflés. Elle se racla la gorge.

— Entre, proposa-t-elle à Charlie. Entre.

Charlie pénétra dans la cuisine. La pièce était froide, presque glacée. Le thème des fraises avait disparu. Des plans de travail en granite sombre. Des appareils électroménagers en acier inoxydable. Des murs blanc cassé. Plus de fruits dansant joyeusement tout autour du plafond.

— Assieds-toi, dit Judith. Je t'en prie.

À côté d'un verre d'eau glacée posé sur la table, il y avait un téléphone portable. Des chaises lourdes coordonnées en noyer sombre. Charlie s'assit en face. Elle posa son téléphone sur la table, écran retourné.

Judith demanda :

— Je peux te servir quelque chose ?

Charlie secoua la tête.

— J'étais sur le point de prendre un thé. Elle lança un regard furtif au verre d'eau posé sur la table. Malgré tout, elle poursuivit : Tu en veux un ?

Charlie acquiesça.

Judith prit la bouilloire sur la cuisinière. De l'acier inoxydable comme tout le reste. Elle la remplit à l'évier de la cuisine en disant :

— Je suis vraiment désolée pour ton père.

— Je suis désolée pour Mr Pinkman.

Judith jeta un coup d'œil par-dessus son épaule. Elle soutint le regard fixe de Charlie. Les lèvres de la femme tremblaient. Ses yeux brillaient, comme si ses larmes demeuraient tout aussi permanentes que son chagrin. Elle referma le robinet.

Charlie la contempla qui ramenait la bouilloire sur la cuisinière, puis tournait le bouton de la cuisinière Wolf. Il y eut plusieurs clics, puis le bruit d'un souffle quand le gaz s'enflamma.

— Alors. Judith marqua un temps d'hésitation avant de s'asseoir. Qu'est-ce qui t'amène ici aujourd'hui ?

— Je voulais m'assurer que vous alliez bien, déclara Charlie. Je ne vous ai pas vue depuis tout ça avec Kelly.

Judith pinça les lèvres. Elle serra l'une contre l'autre ses mains, posées sur la table.

— Ça a dû être difficile pour toi. Je sais que ça a fait resurgir des souvenirs.

Charlie répondit :

— Je voulais que vous sachiez à quel point je vous suis reconnaissante de ce que vous avez fait pour moi cette nuit-là. Vous avez pris soin de moi. Vous m'avez fait sentir en sécurité. Vous avez menti pour moi.

Quand elle sourit, les lèvres de Judith tremblèrent.

— Je suis ici pour ça, déclara Charlie. Je n'en ai jamais parlé quand papa était en vie.

Judith ouvrit la bouche. La tension déserta son regard. Elle sourit gentiment à Charlie. C'était la femme généreuse et attentionnée dont elle se souvenait.

— Bien sûr, Charlotte. Bien sûr. Tu peux me parler de tout.

Charlie reprit :

— À cette époque-là, papa avait cette affaire, ce violeur qu'il défendait, et l'homme s'en est tiré, mais la fille s'est pendue dans la grange de sa famille.

— Je m'en souviens.

— Je me demandais… vous pensez que c'est pour cette

raison que papa voulait que ça reste un secret ? Est-ce qu'il craignait que je fasse quelque chose comme ça ?

— Je… Elle secoua la tête. Je ne sais pas. Je suis désolée, je ne peux pas te répondre. Je pense qu'il venait de perdre son épouse, et il croyait que sa fille aînée était décédée, et il a vu ce qui t'était arrivé, et… Sa voix faiblit. On dit que Dieu ne nous envoie pas plus que ce que l'on peut supporter, mais parfois, je ne pense pas que ce soit vrai. Pas toi ?

— Je ne suis pas certaine.

— Le verset se trouve dans les Corinthiens. « Dieu est fidèle, qui ne permettra point que vous soyez tentés au-delà de vos forces, mais avec la tentation il vous en fera trouver l'issue, afin que vous la puissiez soutenir. » Elle dit : C'est la deuxième partie qui me pose question. Comment connaît-on l'issue ? Elle peut être là, mais que se passe-t-il si on ne la reconnaît pas ?

Charlie secoua la tête.

— Je suis désolée, s'excusa Judith. Je sais que ta mère ne croyait pas en Dieu. Elle était trop intelligente pour ça.

Charlie savait que Gamma aurait pris la remarque comme un compliment.

— Elle était si brillante, poursuivit Judith. J'en avais un peu peur.

— Je crois que c'était le cas de beaucoup de gens.

— Eh bien…

Judith but un peu d'eau glacée.

Charlie observa les mains de la femme, quêtant un tressaillement révélateur, mais il n'y eut rien.

— Charlotte. Judith reposa le verre. Je vais être franche avec toi au sujet de cette nuit-là. Je n'ai jamais vu un homme aussi brisé que ton père à ce moment-là. J'espère que ça ne se reproduira jamais. Je ne sais pas comment il a réussi à continuer. Je ne sais vraiment pas. Mais je sais qu'il t'adorait sans aucune réserve.

— Je n'ai jamais eu de doute là-dessus.

— C'est bien. Du bout des doigts, Judith essuya la condensation sur le verre. Mon père, Mr Heller, il était pieux et aimant, et il a subvenu à mes besoins, et il m'a soutenue. Et Dieu seul sait à quel point un enseignant a besoin de soutien lors de sa première année. Elle gloussa doucement. Mais après cette nuit-là, j'ai compris que mon père ne m'aimait pas comme ton père t'aimait. Je ne blâme pas Mr Heller pour ça. Rusty et toi aviez quelque chose de spécial. Alors, ce que j'essaie de te dire, c'est que peu importent les motivations de ton père quand il t'a demandé de mentir, elles émanaient d'un amour profond et immuable.

Charlie s'attendit à ce que sa vision se brouille, mais ce ne fut pas le cas. Elle avait finalement pleuré toutes les larmes de son corps. Judith déclara :

— Je sais que Rusty est parti, et que la mort d'un parent ravive quantité de choses, mais tu ne devrais pas lui en vouloir de t'avoir demandé de garder le secret. Il l'a fait avec les meilleures intentions du monde.

Charlie acquiesça à cette vérité.

La bouilloire se mit à siffler. Judith se leva. Elle éteignit la cuisinière et se dirigea vers un grand meuble, dont Charlie se souvenait. Il était haut, presque du sol au plafond. Mr Heller rangeait son fusil sur le dessus, dissimulé par la moulure du plafond. Le bois blanc avait été repeint en bleu foncé depuis. Judith ouvrit les portes. Sous les étagères, des tasses décoratives étaient suspendues à des crochets. Judith choisit une tasse de chaque côté du support. Elle referma les portes et retourna à la cuisinière.

— J'ai de la menthe poivrée et de la camomille.

— Les deux me vont.

Charlie regarda les portes closes du meuble. Une phrase était peinte en écriture script au-dessous de la moulure. En bleu clair, mais pas assez pour contraster avec le bleu foncé et faire ressortir les mots. Elle lut à haute voix :

— « Il installe au foyer la femme sans enfants, en joyeuse mère de famille. »

Au comptoir, les mains de Judith s'immobilisèrent.

— Extrait des Psaumes 113 :9. Mais ce n'est pas la Bible du roi Jacques.

Elle versa de l'eau chaude dans les tasses.

Charlie demanda :

— Quelle est la version de la Bible du roi Jacques ?

— « Il donne une famille à la femme qui était stérile, la rendant mère d'enfants, et joyeuse. Louez l'Éternel. » Elle trouva deux cuillères dans un tiroir. Je ne suis pas stérile, alors j'aime bien l'autre version.

Charlie se sentit gagnée par des sueurs froides.

— Je suppose que, d'une certaine manière, vous êtes la mère des enfants à l'école.

— Tu as tout à fait raison. Judith s'assit et donna une tasse à Charlie. Doug et moi avons passé plus de la moitié de notre vie à prendre soin des enfants des autres. Non pas que nous n'ayons pas apprécié de le faire, mais quand nous sommes à la maison, nous en apprécions encore plus le calme.

Charlie tourna l'anse, mais sans soulever la tasse.

— Je suis stérile, déclara-t-elle.

Le mot lui fit l'effet d'une pierre coincée dans la gorge.

— Je suis tellement désolée. Judith se leva de table. Elle rapporta une brique de lait du réfrigérateur. Veux-tu du sucre ?

Charlie secoua la tête. Elle n'allait pas boire le thé.

— Vous n'avez jamais voulu d'enfants ?

— J'aime les enfants des autres.

Charlie continua :

— J'ai entendu dire que vous aidiez Kelly à étudier pour une sorte d'examen.

Judith posa le lait sur la table. Elle se rassit.

— Vous avez dû vous sentir trahie, déclara Charlie. Qu'elle ait fait ça.

Judith contempla la vapeur s'élever de son thé.

— Et elle connaissait Mr Pinkman, dit Charlie.

Mason Huckabee le leur avait dit, mais Sam avait montré ses notes à Charlie, dans lesquelles elle avait retranscrit les mots exacts employés par Kelly Wilson : « J'ai entendu des gens dire que ce n'était pas un mauvais homme, mais je n'ai jamais été envoyée dans le bureau du principal. »

Kelly s'était débrouillée pour contourner la question. La jeune fille n'avait pas dit qu'elle ne connaissait pas Douglas

Pinkman. Elle avait dit qu'il n'était pas réputé pour être un méchant homme.

Charlie poursuivit :

— J'ai vu les images de vidéosurveillance de l'école.

Le regard de Judith bondit sur elle, avant de revenir se poser sur sa tasse.

— Il y a eu une reconstitution aux informations.

— Non, c'étaient les véritables images provenant de la caméra installée au-dessus du secrétariat.

Elle souleva sa tasse. Souffla sur son thé avant d'en boire une gorgée.

— À un moment ou à un autre, la caméra a été inclinée vers le bas. Sa portée s'arrête à environ soixante centimètres de votre salle de classe.

— Ah bon ?

Charlie s'enquit :

— Vous pensez que Kelly savait, pour la caméra ? Que tout ce qui se passait juste devant votre porte n'était pas enregistré ?

— Elle ne l'a jamais mentionné. As-tu posé la question à la police ?

Charlie avait demandé à Ben. « Les gamins savaient que la caméra ne prenait pas l'arrière du couloir, mais ils n'en connaissaient pas précisément la limite. Mais, étrangement, Kelly savait. Elle se tenait légèrement en retrait du champ de la caméra, quand elle a commencé à tirer. Ce qui est curieux, car comment aurait-elle su où se poster, à moins d'être entrée dans la salle des caméras de surveillance ? »

Judith secoua la tête, en apparence perplexe.

— Vous êtes allée dans cette pièce-là, n'est-ce pas ? Ou du moins vous avez regardé à l'intérieur ?

À nouveau, la femme feignit l'ignorance.

— Les écrans sont rangés dans un placard juste à côté du bureau de votre époux. La porte était toujours ouverte, par conséquent toute personne qui y entrait pouvait les voir. Charlie ajouta un autre détail : Kelly a dit qu'elle n'avait jamais été envoyée dans le bureau du principal. C'est curieux qu'elle connaisse l'angle mort, sans avoir vu les écrans.

Judith posa la tasse. Elle plaça les paumes de ses mains à plat sur la table.

— « Tu ne mentiras point », déclara Charlie. C'est un verset de la Bible, n'est-ce pas ?

Judith entrouvrit les lèvres. Elle expira, puis inspira avant de parler.

— Ça fait partie des dix commandements. « Tu ne porteras point de faux témoignages sur ton prochain. » Mais je pense que tu recherches des proverbes. Elle ferma les yeux. Elle récita : « Il y a six choses que hait l'Éternel, et même sept qu'il a en horreur : les yeux hautains, la langue menteuse, les mains qui répandent le sang innocent… » Sa gorge se serra. « Qui répandent le sang innocent. » Elle marqua un autre temps d'arrêt avant de terminer. « Le cœur qui médite des projets iniques, les pieds qui se hâtent de courir au mal, le faux témoin qui dit des mensonges, et celui qui excite des querelles entre frères. »

— C'est une sacrée liste.

Judith baissa les yeux sur ses mains, toujours bien à plat sur la table. Ses ongles étaient coupés à ras. Ses doigts étaient longs et fins. Ils projetaient une ombre longiligne sur le plateau en noyer de la table cirée.

Comme la patte d'araignée que Sam avait vue progresser lentement à l'intérieur du cadre.

Ben avait réussi un autre tour de magie sur son ordinateur portable, une fois qu'il avait compris ce qu'ils regardaient tous fixement. C'était comme une illusion d'optique. Une fois que l'on comprenait ce que les yeux voyaient, on ne pouvait plus jamais regarder l'image autrement.

La caméra avait filmé Kelly Wilson tenant le revolver, tout comme elle l'avait avoué à Sam. Néanmoins, comme dans beaucoup de déclarations faites par Kelly Wilson, il y avait anguille sous roche.

Kelly avait porté du noir ce jour-là.

Judith Pinkman était vêtue de rouge.

Charlie se souvint d'avoir pensé à quel point la chemise de la femme était imprégnée du sang de Lucy Alexander.

Le ton sépia de l'enregistrement avait pratiquement

mélangé les deux couleurs foncées, mais une fois que Ben en eut terminé avec l'ordinateur, la vérité était visible aux yeux de tous.

Le bras couvert d'une manche noire avait un bras recouvert d'une manche rouge à côté de lui.

Deux bras dirigés vers la porte de la salle de classe.

Deux doigts sur la détente.

« Le revolver était dans ma main. »

Kelly Wilson avait dit à Sam au moins trois fois pendant l'interrogatoire qu'elle tenait le revolver, quand Douglas Pinkman et Lucy Alexander avaient été abattus.

La jeune fille avait omis de mentionner que la main de Judith Pinkman le tenait aussi.

Charlie dit :

— Ils ont fait des analyses à l'hôpital pour rechercher des résidus de poudre sur Kelly. Il y en avait sur sa main, partout sur son sweat-shirt. Exactement là où on s'attendrait en trouver.

Judith s'installa confortablement sur sa chaise. Ses yeux étaient rivés sur ses mains.

Charlie indiqua :

— Les résidus ressemblent à du talc, si c'est ce qui vous inquiète. Ils se nettoient avec de l'eau et du savon.

— Je le sais, Charlotte. Sa voix était éraillée, comme le son d'un disque quand l'aiguille touche le vinyl pour la première fois. Je le sais.

Charlie patienta. Elle entendait le tic-tac d'une pendule quelque part. Elle sentait une faible brise s'insinuer par les rainures de la porte close de la cuisine.

Judith finit par lever les yeux. Son regard brillait dans la lumière du plafonnier. Elle examina Charlie pendant un instant, puis demanda :

— Pourquoi est-ce que c'est toi ? Pourquoi la police n'est pas venue ?

Charlie n'avait pas réalisé qu'elle retenait son souffle, jusqu'à ce qu'elle sente la tension dans ses poumons.

— Vous voulez la police ?

Judith leva les yeux vers le plafond. Des larmes se mirent à couler.

— Je suppose que ça n'a pas d'importance. Plus maintenant.

Charlie déclara :

— Elle était enceinte.

— Encore, précisa Judith. Elle a subi un avortement au collège.

Charlie se prépara à une polémique sur la sainteté de la vie, mais Judith n'en fit rien.

À la place, la femme se leva. Elle tira une feuille de papier absorbant d'un rouleau. Essuya son visage.

— Le père était un garçon de l'équipe de football. Plusieurs garçons s'étaient divertis, apparemment. Elle était naïve. Elle n'avait aucune idée de qu'ils lui faisaient.

— Qui était le père, cette fois ?

— Tu vas me le faire dire ?

Charlie hocha la tête. Elle s'était récemment convertie à la verbalisation de la vérité.

— Doug, dit-elle. Il l'a baisée dans ma salle de classe. Charlie aurait dû réagir au « baisée », parce qu'elle ajouta : Je suis désolée pour ce langage, mais quand vous voyez votre époux s'envoyer une jeune fille de dix-sept ans dans la salle de classe où vous enseignez à des collégiens, c'est le premier mot qui vient à l'esprit.

— Dix-sept ans, répéta Charlie.

Douglas Pinkman avait été administrateur. Kelly Wilson était élève dans le même système scolaire. C'était un délit d'atteinte sexuelle sur mineur. Rien à voir avec de la baise.

Judith poursuivit :

— C'était pour cette raison que la caméra était inclinée vers le bas. Doug était malin pour ce genre de chose. Il était toujours malin pour ce genre de chose.

— Il y avait d'autres élèves ?

— Tout ce dans quoi il pouvait la fourrer.

Elle fit une boule avec le papier absorbant dans sa main. Elle était visiblement en colère. Pour la première fois, Charlie s'inquiéta. Elle se demanda si Sam et Ben n'avaient pas eu raison sur la dangerosité de sa démarche.

Charlie demanda :

— C'est pour ça que c'est arrivé, parce que Kelly est tombée enceinte ?

— Ce n'était pas pour la raison que tu crois. Je suis désolée, Charlotte. À l'évidence, tu voulais des enfants, mais pas moi. Je n'en ai jamais voulu. Je les adore, j'adore la manière dont leur esprit fonctionne. Ils peuvent être amusants et intéressants. Mais j'aime encore davantage le moment où je les laisse à l'école, où je rentre chez moi et où je peux lire un livre et savourer le silence. Elle lança le papier absorbant dans la poubelle. Je ne suis pas une femme désespérée qui ne peut pas avoir d'enfants, et qui par conséquent a craqué. C'était un choix. Un choix avec lequel je croyais que Doug était d'accord, mais… Elle haussa les épaules. On ne sait jamais à quel point son mariage est en piteux état tant qu'il n'est pas terminé.

Charlie devina :

— Il voulait divorcer ?

Judith rit avec amertume.

— Non, et je ne voulais pas moi non plus. J'avais appris à vivre avec sa crise perpétuelle de la cinquantaine. Ce n'était pas un pédophile. Il ne courait pas après les plus jeunes.

Charlie s'étonna : cette femme éludait avec une telle facilité le fait que Kelly Wilson avait l'intelligence émotionnelle d'une enfant.

Judith dit :

— Doug voulait garder le bébé. Kelly allait abandonner l'école de toute façon. Il n'y avait aucune chance qu'elle ait son diplôme. Il voulait que nous lui donnions de l'argent, qu'on la fasse partir, et qu'on élève le bébé tous les deux.

De tout ce que Judith aurait pu dire, Charlie n'aurait jamais soupçonné ce motif.

— Qu'est-ce qui l'a fait changer d'avis sur le fait d'avoir un enfant ?

— Sentir qu'il était mortel ? Sa volonté de laisser un héritage ? Si arrogant, égoïste et stupide ! Elle expulsa un souffle plein de colère. J'ai cinquante-six ans. Doug était sur le point de faire soixante. Il était temps de planifier notre retraite. Je ne voulais pas élever le bébé d'une autre femme — d'une adolescente. Elle secoua la tête, toujours furieuse. Sans parler de la déficience mentale de Kelly. Doug ne s'attendait pas seulement à ce que j'élève un enfant durant les dix-huit prochaines années. Il voulait que nous nous le coltinions pour le restant de nos jours.

Toute la compassion que Charlie aurait pu éprouver s'évapora en même temps que ces mots.

Judith demanda :

— Qu'est-ce que Kelly t'a dit d'autre ? Elle secoua la tête. Ça n'a pas d'importance. J'allais jouer la martyre, la pauvre veuve accusée de complicité par une simple d'esprit sans pitié. Qui l'aurait crue elle, plutôt que moi ?

Charlie ne répondit pas, mais elle savait que, sans les images de télésurveillance, personne n'aurait cru la jeune fille.

— Alors ? Judith essuya ses larmes d'un geste rageur. Est-ce que c'est le moment où je te dis comment j'ai procédé ? Elle pointa du doigt le téléphone de Charlie. Vérifie bien qu'il enregistre toujours.

Charlie retourna le téléphone, bien qu'elle fasse confiance aux talents de programmateur de Ben. Le téléphone ne se contentait pas d'enregistrer, il retransmettait le son à son ordinateur portable.

Judith déclara :

— Leur liaison a commencé il y a un an. Je les ai vus par la fenêtre de ma classe. Doug pensait que j'étais partie. Il est resté pour fermer les portes à clé — du moins, c'est ce qu'il a dit. Je suis revenue pour chercher des papiers. Comme je l'ai dit, il la baisait sur un des bureaux.

Charlie appuya son dos contre la chaise. Judih semblait gagnée par une colère qui enflait à chaque mot.

— Alors, j'ai fait ce que toute femme obéissante ferait. J'ai fait demi-tour. Je suis rentrée à la maison. J'ai préparé le dîner. Doug est rentré à la maison. Il m'a dit qu'il s'était fait alpaguer par un parent. Nous avons regardé la télé ensemble et je bouillais. J'ai bouilli de rage toute la nuit.

— Quand avez-vous commencé à donner des cours particuliers à Kelly ?

— Quand elle s'est mise à s'habiller de nouveau comme une sorcière. Judith appuya le talon de ses mains sur le comptoir. C'est ce qu'elle avait fait la dernière fois. Elle s'est mise à porter du noir, comme les gothiques, pour dissimuler son ventre. J'ai su à l'instant où je l'ai vue dans le couloir qu'elle était encore enceinte.

— Avez-vous affronté Doug ?

— Pourquoi l'aurais-je fait ? Je suis seulement l'épouse. Je suis la femme qui cuisine ses repas, repasse ses vêtements, blanchit les taches de ses sous-vêtements. Sa voix avait une nuance grinçante, comme un réveil trop remonté. Tu sais ce que c'est de ne pas compter ? De vivre dans la même maison qu'un homme pratiquement toute sa vie d'adulte et d'avoir l'impression de n'être rien ? Que tes souhaits, tes désirs, tes projets sont hors de propos ? Que tout fardeau, peu importe son poids, peut t'être balancé à la figure et, parce que tu es une femme bonne, une chrétienne qui craint le Seigneur, tu te contenteras de le prendre avec un sourire parce que ton époux, l'homme qui est censé te protéger, est le maître de la maison ?

Judith avait serré ses mains si fort que ses articulations avaient blanchi. Elle reprit :

— Bien sûr, tu ne le sais pas. Tu as été choyée, tu as été chérie, toute ton existence. La perte de ta mère, le fait que ta sœur ait failli mourir, que ton père ait été honni par toute la population de l'État, a fait que les gens t'en ont aimée davantage.

Le cœur de Charlie martela dans sa gorge. Elle ne réalisa pas qu'elle s'était levée de sa chaise avant de sentir le mur dans son dos.

Judith ne sembla pas remarquer l'effet qu'elle produisait.

— On peut convaincre Kelly de faire n'importe quoi, tu savais cela ?

Charlie n'esquissa pas un geste.

— Elle est tellement gentille. Et fragile. Et minuscule. Elle ressemble à une enfant. C'en est vraiment une. Mais plus je passais de temps avec elle, plus je la détestais. Elle secoua la tête ; ses cheveux se défirent et ses yeux prirent une expression hagarde. Tu sais ce que ça fait de détester une gamine innocente ? De concentrer toute ta rage sur quelqu'un qui ne sait pas ce qu'il fait, ce qui lui arrive, parce que tu réalises que tu vois ta propre stupidité se refléter dans son comportement ? Que tu vois comment ton époux contrôle cette personne, la dupe, l'utilise, l'abuse, tout comme il le fait avec toi ?

Charlie balaya la pièce du regard. Elle vit les couteaux plantés dans le bloc de bois, les tiroirs remplis d'ustensiles, le meuble avec, très certainement, le fusil de Mr Heller posé dessus.

— Je suis désolée, dit Judith, tâchant visiblement de se calmer. Elle suivit le regard fixe de Charlie sur le haut du meuble. J'ai pensé qu'il me faudrait inventer une histoire sur la manière dont Kelly l'avait volé. Ou lui donner de l'argent et prier pour qu'elle suive les instructions afin d'en acheter un.

Charlie précisa :

— Son papa rangeait un revolver dans sa voiture.

— Elle m'a dit qu'il l'utilisait pour tirer sur des écureuils. Les gens du Holler en mangent parfois.

— C'est gras, précisa Charlie en essayant de garder son calme. J'ai un client qui les cuisine en ragoût.

Judith agrippa le dossier de la chaise. Ses articulations étaient blanches.

— Je ne vais pas te faire de mal.

Charlie eut un rire forcé.

— Ce n'est pas ce que les gens disent avant de blesser quelqu'un ?

Judith s'écarta de la chaise. Elle s'appuya de nouveau contre le comptoir. Elle était toujours en colère, mais elle continuait ses efforts pour la contrôler.

— Je n'aurais pas dû dire ça à propos de la tragédie que tu as vécue. Je te demande pardon.

— Ce n'est pas grave.

— Tu dis ça parce que tu veux que je continue à parler.

Charlie haussa une de ses épaules.

— Est-ce que cela fonctionne ?

Son rire était empli de dégoût.

Ben avait dit que Judith Pinkman s'était montrée hystérique, quand les urgentistes lui avaient fait franchir des portes du collège. Ils avaient dû la mettre sous sédatif pour la transporter dans l'ambulance. Elle était restée à l'hôpital toute la nuit. Elle était allée devant les caméras pour plaider en faveur de Kelly. Même maintenant, ses yeux étaient gonflés à force de pleurer. Son visage était éperdu de chagrin. Elle racontait la vérité à Charlie, la vérité brutale, sans fard, même si elle savait qu'elle était enregistrée.

Elle ne négociait pas, elle n'implorait pas, elle n'essayait pas de passer un quelconque marché. C'était le comportement d'une personne qui ressentait de véritables remords.

Judith ajouta :

— Kelly n'aurait pas appuyé sur la détente toute seule. Elle m'a promis qu'elle le ferait, mais je savais qu'elle n'était pas comme ça. Elle était trop bonne, et elle faisait trop facilement confiance, et elle aurait fait une horrible tireuse. Alors je suis restée debout derrière elle dans le couloir, et j'ai entouré ses mains avec la mienne, et j'ai tiré un coup dans le mur pour attirer l'attention de Doug. Elle tapota sa bouche du bout des doigts, comme pour enjoindre à sa voix de rester calme. Il est sorti en courant, et je lui ai tiré dessus trois fois. Et ensuite…

Charlie attendit.

Judith plaqua une main sur sa poitrine. Sa colère était devenue complètement froide.

Elle avoua :

— J'allais tuer Kelly. C'était le plan : abattre Doug, puis assassiner Kelly et dire que je l'avais empêchée de massacrer d'autres enfants. L'héroïne de la ville. J'aurais reçu la pension de Doug, sa couverture sociale. Pas de divorce compliqué. Plus de temps pour lire mes livres, pas vrai ?

Charlie se demanda si elle avait projeté de tirer sur Kelly dans le ventre pour s'assurer que le bébé meure, lui aussi.

Judith déclara :

— J'ai réussi à toucher Doug aux bons endroits. Le médecin légiste m'a dit que chacun de ces trois tirs était fatal. Il pensait probablement que ce serait réconfortant pour moi. Ses yeux brillèrent encore. Elle déglutit, sa gorge émit un bruit audible. Mais Kelly ne voulait pas lâcher le revolver. Je ne pense pas qu'elle connaissait le reste du plan, que j'allais la tuer. Je crois qu'elle a paniqué, quand elle a vu Doug mort. On s'est battues. On a appuyé sur la détente. Je ne sais pas si c'était elle ou moi, mais la balle a ricoché sur le sol.

Judith respira par la bouche. Sa voix était rauque.

Elle poursuivit :

— Nous étions toutes les deux en état de choc, et Kelly s'est retournée, et je… je ne sais pas. Je ne sais pas ce qui s'est passé. J'ai paniqué. J'ai vu un mouvement du coin de l'œil, et j'ai appuyé à nouveau sur la détente et…

Elle fut interrompue par un gémissement. Ses lèvres étaient devenues blanches. Elle tremblait.

— Je l'ai vue. Je l'ai vue lorsque — pendant que — mon doigt appuyait sur la détente. C'est arrivé si lentement, et mon cerveau l'a admis, je me souviens avoir pensé : « Judith, tu es en train de tirer sur une enfant », mais je ne pouvais pas m'arrêter. Mon doigt partait en arrière et…

Elle fut incapable de dire les mots, alors Charlie le fit.

— Lucy Alexander a été touchée.

Les larmes de Judith ruisselèrent comme de l'eau.

— J'ai enseigné en équipe avec sa mère. J'ai souvent vu Lucy à des réunions, en train de danser au fond de la salle. Elle chantait pour elle-même. Elle avait une voix tellement douce. Je ne sais pas, peut-être que ça aurait été différent si je ne l'avais pas connue, mais je la connaissais.

Charlie ne pouvait s'empêcher de penser que la femme avait également connu Kelly Wilson.

Judith déclara :

— Charlotte, je suis tellement désolée de t'avoir impliquée là-dedans. Je ne savais absolument pas que tu te trouvais dans le bâtiment. Je l'aurais fait le lendemain, ou la semaine suivante. Je ne t'aurais jamais mise sciemment dans cette situation-là.

Charlie n'allait pas l'en remercier.

— Je souhaiterais pouvoir expliquer ce qui m'a pris. Je croyais que Doug et moi étions… Je ne sais pas. Il n'était pas le grand amour de ma vie, mais je pensais que nous avions de l'affection l'un pour l'autre. Que nous nous respections. Mais après toutes ces années, tout est emmêlé. Tu verras quand tu en seras là. Les finances, la retraite, les avantages, les voitures, cette maison, les comptes épargne, les billets que nous avons achetés pour une croisière cet été.

— L'argent, dit Charlie.

Rusty avait des milliers de citations sur les désirs destructeurs de l'homme concernant le sexe et l'argent.

— Ce n'était pas seulement l'argent, dit Judith. Quand j'ai confronté Doug à la grossesse, il m'a présenté son plan génial pour que nous devenions des parents gériatriques, comme si ce n'était rien de prendre ce genre d'engagement — et c'était le cas, pour lui. Ce n'était pas lui qui se lèverait à 3 heures du matin pour changer des couches. Je sais que ce motif semble incroyable, mais c'était la goutte d'eau qui faisait déborder le vase.

Elle scruta le regard de Charlie, comme si elle attendait son assentiment.

Judith déclara :

— Je me suis laissée aller à détester Kelly, parce que c'était la seule manière de me convaincre de le faire. Je savais qu'elle était malléable. Tout ce que j'avais à faire c'était de lui chuchoter à l'oreille : n'était-elle pas une mauvaise fille de laisser Doug lui faire ça ? N'irait-elle pas en enfer à cause de ce qui s'était passé au collège ? Ne pouvait-elle pas punir Doug pour ses offenses ? Ne pouvait-elle pas l'empêcher de blesser d'autres jeunes filles ? J'étais stupéfaite du peu de temps nécessaire pour convaincre un autre être humain qu'il n'était rien. Judith répéta : Rien. Tout comme moi.

Charlie transpirait des mains. Elle les essuya sur sa robe.

— Il y a un autre verset que tu connais sans doute, Charlotte. Je suis sûre que tu l'as entendu dans un film ou lu dans un livre. « Toutes les choses donc que vous voulez que les hommes vous fassent, faites-les-leur, vous aussi, de même ; car c'est là la loi et les prophètes. »

— La règle d'or, dit Charlie. « Ne faites pas à autrui ce que vous ne voudriez pas qu'il vous fasse. »

— J'ai fait à Kelly ce que Doug m'a fait. C'est ce que je me suis dit. C'est ainsi que j'ai justifié mes actes, et alors j'ai vu Lucy et j'ai pris conscience… Judith leva son index, comme si elle commençait à compter. Des yeux hautains par la fenêtre de ma classe. Elle leva un autre doigt pour énumérer ses péchés. Une langue menteuse envers mon mari, envers Kelly. Un autre doigt se leva. Des projets iniques pour les assassiner tous les deux. Des pieds qui se hâtent de courir au mal quand j'ai mis ce revolver dans sa main. Un faux témoin pour la police à propos de ce qui s'est passé. Celui qui excite des querelles chez toi, chez Mason Huckabee, au sein de la ville entière. Elle abandonna le décompte et leva tous ses doigts. Les mains qui répandent le sang innocent.

Judith se tenait là, les mains en l'air, paumes ouvertes, doigts levés.

Charlie ne savait pas quoi dire.

— Qu'est-ce qui va lui arriver ? demanda Judith. À Kelly ?

Charlie secoua la tête, même si elle savait que Kelly Wilson irait en prison. Pas dans le couloir de la mort, probablement pas pour le restant de ses jours, mais faible QI ou pas, la jeune fille avait raison : le revolver était dans sa main.

Judith dit :

— Il faut que tu t'en ailles, Charlotte.

— Je…

— Prends ton téléphone. Elle lança doucement le téléphone vers Charlie. Envoie l'enregistrement à cette femme, au GBI. Dis-lui qu'elle pourra me trouver ici.

Charlie agita les mains pour attraper le téléphone.

— Qu'est-ce que vous…

— Pars.

Judith tendit la main jusqu'au sommet du meuble. Elle n'avait pas le fusil de son père. Elle avait un Glock.

— Bon Dieu !

Charlie trébucha en faisant un pas en arrière.

— S'il te plaît, pars. Judith laissa tomber le chargeur vide du revolver. Je te l'ai dit, je ne vais pas te blesser.

— Qu'est-ce que vous allez faire ?

Charlie sentit son cœur tressaillir en posant la question. Elle savait ce que la femme avait l'intention de faire.

— Charlotte, va-t'en.

Judith trouva une boîte de balles et les éparpilla sur la table. Elle commença à remplir le chargeur.

— Bon Dieu, répéta Charlie.

Judith marqua une pause.

— Je sais à quel point ça te semble ridicule mais, s'il te plaît, cesse d'invoquer le nom du Seigneur en vain.

— OK, dit Charlie.

Ben écoutait. Il était probablement en route, à courir à travers les bois, à bondir par-dessus les arbres, à écarter les branches, à essayer de retrouver Charlie.

Tout ce qu'elle devait faire c'était continuer à faire parler Judith.

— S'il vous plaît, supplia Charlie. S'il vous plaît, ne faites pas ça. J'ai des questions à vous poser sur ce jour-là, sur ce que…

— Il faut que tu oublies ça, Charlotte. Il faut que tu fasses ce que ton papa t'a dit, que tu mettes ça dans un carton et que tu le laisses là-bas. Parce que je te le dis, tu n'auras jamais envie de te souvenir de ce que cet homme horrible t'a fait. Judith enfonça le chargeur dans le revolver. Maintenant, il faut vraiment que tu partes !

— Oh ! Judith, s'il vous plaît, ne faites pas ça !

Charlie sentit sa voix tressaillir. Cela ne pouvait pas arriver. Pas dans cette cuisine. Pas à cette femme.

— S'il vous plaît.

Judith tira la glissière vers l'arrière, chargea une balle dans la chambre.

— Va-t'en, Charlotte.

— Je ne peux pas… Charlie tendit les mains en direction de Judith, vers l'arme. S'il vous plaît, ne faites pas ça. Ça ne peut pas arriver. Je ne peux pas vous laisser…

Os blanc éclatant. Morceaux de cœur et de poumon. Des tendons et des artères et des veines et la vie qui se répand par ses blessures béantes.

— Judith, s'exclama Charlie. S'il vous plaît.

— Charlotte. Sa voix était ferme, comme une professeure devant sa classe. Tu dois sortir immédiatement. Je veux que tu ailles dans ton pick-up, que tu roules jusqu'à la maison de ton père et que tu appelles la police.

— Judith, non.

— Ils ont l'habitude de gérer ce genre de choses, Charlotte. Tu penses que tu l'as aussi, je le sais, mais je ne peux pas avoir ça sur la conscience. Je ne peux pas.

— Judith, s'il vous plaît. Je vous en supplie !

Charlie était si proche du revolver. Elle pourrait se jeter dessus. Elle était plus jeune, plus rapide. Elle pourrait mettre fin à cela.

— Non. Judith posa le revolver derrière elle sur le comptoir. Je t'ai dit que je n'allais pas te blesser. Ne me fais pas revenir sur ma parole.

— Je ne peux pas ! Charlotte sanglotait. Elle sentait des rasoirs transpercer son cœur. Je ne peux pas vous laisser vous suicider.

Judith ouvrit la porte de la cuisine.

— Tu peux et tu vas le faire.

— Judith, s'il vous plaît. Ne mettez pas ce fardeau sur mes épaules.

— J'allège ton fardeau, Charlotte. Ton père est parti. Je suis la dernière personne à savoir. Ton secret meurt avec moi.

— Il n'a pas besoin de mourir ! hurla Charlotte. Je m'en moque ! Les gens savent déjà. Mon mari. Ma sœur. Je m'en moque. Judith, s'il vous plaît, s'il vous plaît ne…

Sans avertissement, Judith chargea dans sa direction. Elle attrapa Charlie par la taille. Charlie sentit ses pieds quitter le sol. Elle se cramponna aux épaules de la femme. Charlie sentit qu'on lui broyait les côtes, pendant qu'on la transportait à travers la cuisine et qu'on la jetait dehors sous le porche.

— Judith, non !

Charlie se précipita pour l'arrêter.

La porte lui claqua au visage.

Le verrou se ferma avec un bruit sec.

— Judith ! hurla Charlie en tapant du poing contre la porte. Judith ! Ouvrez la…

Elle entendit un craquement bruyant résonner à l'intérieur de la maison.

Pas une voiture qui pétaradait.

Pas des feux d'artifice.

Charlie tomba à genoux.

Elle appuya sa main contre la porte.

Toute personne qui s'est trouvée à proximité d'un flingue à l'instant où il faisait feu sur un être humain ne confondra jamais un coup de feu avec autre chose.

Ce qu'il advint de Sam

Sam alterna les bras dans l'eau, traçant un sillon étroit à travers les eaux chaudes de la piscine. Elle tournait la tête tous les trois mouvements et prenait une longue inspiration. Elle battait des pieds avec régularité. Elle attendait la respiration suivante.

Gauche-droite-gauche-respire.

Elle exécuta à la perfection un virage en culbute contre le mur du bassin, les yeux rivés sur la ligne noire qui délimitait son couloir. Elle avait toujours adoré le calme, la simplicité du crawl. Elle devait se concentrer juste assez sur la nage pour que toutes les pensées superflues s'éloignent à la dérive.

Gauche-droite-gauche-respire.

Sam localisa le repère à l'extrémité de la ligne. Elle se laissa aller en coulée jusqu'à ce que ses doigts touchent le mur. Elle s'agenouilla sur le sol de la piscine, respira bruyamment, vérifia sa montre de natation : 2,4 kilomètres en 154,2 secondes pour 100 mètres, soit 38,55 secondes pour une longueur de 25 mètres.

Pas mal. Pas aussi bien que la veille, mais elle devait se réconcilier avec la vitesse inhérente à son corps. Pour elle, l'acceptation de cette vérité était un progrès. Malgré tout, quand elle sortit du bassin, son penchant pour la compétition vint la tarabuster. Le désir de sauter dans le bassin, d'améliorer son temps, fut tempéré par un élancement sourd le long de son nerf sciatique.

Sam se doucha rapidement pour enlever le sel. Elle se sécha avec sa serviette, ses doigts fripés s'emparèrent du coton égyptien. Elle examina les plis à l'extrémité de ses doigts ; la réaction de son corps après une longue immersion.

Elle garda ses lunettes de natation dans l'ascenseur. Au niveau du hall d'entrée, un homme âgé monta, un journal coincé sous un bras, un parapluie mouillé à la main. Il eut un petit rire quand il aperçut Sam.

— Une magnifique sirène !

Elle s'efforça de rivaliser avec son sourire exubérant. Ils discutèrent du mauvais temps : un orage remontait progressivement le long de la côte et on s'attendait à ce qu'il apporte des pluies encore plus abondantes sur New York dans l'après-midi.

— Presque en juin ! dit-il, comme si le mois était arrivé en cachette.

Sam se sentait aussi un peu prise par surprise. Elle ne pouvait pas croire que seulement trois semaines s'étaient écoulées depuis son départ de Pikeville. Sa vie était facilement revenue à la normale depuis lors. Son emploi du temps demeurait identique. Elle voyait les mêmes personnes au travail, menait les mêmes réunions et les mêmes téléconférences, étudiait les mêmes schémas pour la poubelle de protections périodiques en prévision du procès.

Et cependant, tout paraissait différent. Plus rempli. Plus riche. Même se lever le matin avait une légèreté qu'elle n'avait pas connue depuis… eh bien, pour être franche, depuis qu'elle s'était éveillée à l'hôpital vingt-huit ans auparavant.

La petite sonnette de l'ascenseur retentit. Ils avaient atteint l'étage du vieil homme.

— Joyeuse nage, belle sirène !

Il agita son journal dans l'air.

Sam le regarda descendre le couloir. Il avait une démarche allègre qui lui rappelait celle de Rusty, surtout quand il se mit à siffler, puis à faire tinter bruyamment ses clés en rythme.

Lorsque les portes de l'ascenseur se refermèrent, Sam chuchota : « Il sort, poursuivi par un ours. »

Le chrome ondulé qui tapissait les portes lui révéla une femme avec des lunettes de piscine ridicules, qui se souriait. Une silhouette élancée. Un maillot noir, une pièce. Elle passa les doigts dans ses cheveux gris, coupés court, pour les sécher. Son doigt rencontra le bord de la cicatrice, où la balle était entrée dans son cerveau. Elle songeait rarement à ce jour, à présent. À la place, elle pensait à Anton. Elle pensait à Rusty. Elle pensait à Charlie et à Ben.

Les portes de l'ascenseur s'ouvrirent.

Des nuages sombres traversèrent les fenêtres qui tapissaient l'appartement terrasse du sol au plafond. Sam entendit des klaxons de voiture, et des grues, et le vacarme habituel de l'animation étouffé par le triple vitrage.

Elle marcha jusqu'à la cuisine, alluma les lumières sur son trajet. Elle troqua ses lunettes de natation contre celles de vue. Sortit de la nourriture pour Fosco. Remplit la bouilloire. Prépara sa boule à thé, une tasse et une cuillère, mais avant de faire bouillir l'eau, elle alla jusqu'au tapis de yoga dans le salon.

Sam ôta ses lunettes. Elle exécuta rapidement ses étirements. Elle était nerveuse à l'idée de commencer sa journée. Elle s'efforça de méditer, mais elle se retrouva incapable de se vider l'esprit. Fosco, ayant terminé son petit déjeuner, tira profit de cette brèche dans la routine. Il plongea sa tête comme un dauphin sous son bras jusqu'à ce qu'elle abandonne. Sam le gratta sous le menton, écouta ses ronronnements apaisants et se demanda comme souvent si elle ne devrait pas adopter un autre chat.

Fosco lui mordilla la main pour lui signifier qu'il en avait assez.

Elle le regarda s'éloigner d'un pas nonchalant, puis se laisser tomber sur le flanc devant les fenêtres.

Sam mit ses lunettes. Elle retourna à la cuisine et alluma la bouilloire. La pluie tombait en biais devant les fenêtres, saturant le Lower Manhattan. Elle ferma les yeux et écouta l'infime crépitement des milliers de gouttes qui percutaient les vitres. Quand elle rouvrit les yeux, elle vit que Fosco regardait fixement par la fenêtre lui aussi. Son corps formait un « c » à l'envers, les pattes de devant tendues vers la vitre. Il savourait la chaleur diffusée par les carreaux de la cuisine.

Ils contemplèrent la pluie tomber à torrents jusqu'à ce que la bouilloire émette un faible sifflement.

Sam se versa une tasse de thé. Elle programma le minuteur sur trois minutes et demie pour laisser les feuilles infuser. Elle prit un yaourt dans le réfrigérateur et y mélangea du granola avec une cuillère. Elle ôta ses lunettes habituelles et chaussa ses lunettes de lecture.

Elle alluma son téléphone.

Il y avait plusieurs mails professionnels, mais elle ouvrit celui d'Eldrin en premier. L'anniversaire de Ben tombait la semaine suivante. Elle avait demandé à son assistant de lui trouver un message spirituel qui plairait à son beau-frère. Eldrin avait suggéré une référence à *Star Trek* :

C'est tribble de vieillir !

Tribule au paradis !

Yesterday, all my tribbles seemed so far away…

Sam fronça les sourcils. Elle ne savait pas si le terme *tribule* était inapproprié ou s'il faisait trop jeune pour qu'une femme de quarante-quatre ans l'envoie au mari de sa sœur.

Elle tapota sur le moteur de recherche de son téléphone pour trouver le mot. La page Facebook de Charlie était déjà sur l'écran. Sam visitait la page de sa sœur deux fois par jour parce que c'était le moyen le plus fiable de découvrir ce que Charlie et Ben fabriquaient… Regarder les maisons à Atlanta. Passer des entretiens pour de nouveaux boulots. Essayer de trouver quelqu'un qui savait s'il était déconseillé de réimplanter des lapins depuis les montagnes jusqu'en ville.

Au lieu de faire des recherches sur *tribule*, Sam rechargea la page de Charlie. Elle secoua la tête devant une nouvelle photo postée par sa sœur. Elle avait encore recueilli un animal abandonné. Le corniaud était taché comme un Bluetick Coonhound, mais avec des pattes courtaudes de teckel. Il se tenait dans la cour de derrière, avec de l'herbe jusqu'aux genoux. Une amie de Charlie, une personne dont le pseudo douteux était « Iona Trayler », avait posté une repartie désobligeante sur l'époux de Charlie qui avait bien besoin de tondre la pelouse.

Pauvre Ben. Il avait passé des heures avec Charlie à

déblayer les bureaux de Rusty et les principaux étages du TC, à faire des cartons, à faire des dons, à mettre en vente sur eBay des magazines, des vêtements, et même une prothèse de la jambe, acquise pour seize dollars par un homme au Canada.

Elles n'avaient jamais trouvé la photograhie de Gamma. Il y avait *la* photo, l'image délavée, blanchie par le soleil, que Rusty avait laissé s'estomper sur son bureau. Mais la photographie dont il avait parlé à Sam, celle qui avait prétendument saisi le moment où Gamma et lui étaient tombés amoureux, demeurait introuvable. Pas dans le coffre. Pas dans les dossiers de Rusty. Pas dans les meubles de rangement. Nulle part dans le cabinet du centre-ville ni dans le bureau du TC.

Sam et Charlie en avaient finalement conclu que l'image mythique était l'une des histoires à dormir debout racontées par Rusty, embellies pour l'auditeur, et fondées sur peu de faits.

Malgré tout, la perte de cette photo fantôme avait ouvert une blessure en Sam. Pendant des années, elle avait ratissé au peigne fin le monde universitaire et scientifique à la recherche de résultats émanant de l'esprit brillant de sa mère. Avant ces trois dernières semaines, il ne lui avait jamais traversé l'esprit à quel point il était idiot de ne pas avoir recherché le visage de sa mère.

Sam regardait dans un miroir et constatait les ressemblances. Elle pouvait partager des souvenirs avec Charlie. Mais à l'exception de deux articles universitaires plutôt arides, aucune preuve ne montrait leur mère comme un être humain plein de vie et d'énergie.

La carte postale de la NASA, qu'elles avaient trouvée dans le coffre de Rusty, avait donné une idée à Sam. La Smithsonian Institution, en collaboration avec le Centre spatial Lyndon B. Johnson, conservait des archives détaillées de chaque étape de la course à l'espace. Sam avait tâté le terrain pour trouver un chercheur ou un historien susceptible de mener une enquête : savoir si les archives contenaient des photographies de Gamma. Elle avait déjà reçu plusieurs réponses. Le domaine des STEM connaissait une renaissance. On commençait à reconnaître les contributions oubliées depuis longtemps, de femmes et de personnes issues de minorités, aux avancées scientifiques de l'humanité.

L'enquête revenait à trouver une aiguille dans une botte de foin, mais Sam avait la certitude intime qu'une photographie de Gamma existait dans les archives de la NASA ou même de Fermilab. Pour la première fois de sa vie, elle croyait au destin. Ce qui s'était passé dans la cuisine, pratiquement trois décennies plus tôt, n'était pas la fin. Sam savait qu'elle reverrait le visage de sa mère. Il ne lui faudrait que de l'argent et du temps, deux choses dont elle disposait en quantité.

Le minuteur bourdonna.

Sam versa du lait dans son thé chaud. Elle contempla le dehors par la fenêtre, observa la pluie bombarder l'herbe. Le ciel s'était assombri. Le vent s'était levé. Le bâtiment semblait se balancer légèrement dans l'orage à venir.

Curieusement, Sam se demanda quelle était la météo à Pikeville.

Rusty aurait su. Apparemment, il avait poursuivi le projet météorologique amorcé avec Charlie. Ben avait trouvé des piles de formulaires dans la grange. Pendant vingt-huit ans, Rusty avait presque quotidiennement pris note de la direction et de la vitesse du vent, de la pression atmosphérique, de la température, du taux d'humidité et des précipitations. Ils ne savaient absolument pas pourquoi Rusty continuait de noter ces informations. La station météo, que Ben avait installée sur la tour, transférait en wi-fi les données à l'Agence américaine d'observation océanique et atmosphérique. Peut-être était-ce simplement parce que Rusty était un être routinier. Sam avait toujours pensé qu'elle ressemblait davantage à sa mère, mais à ce seul égard, elle était assurément comme son père.

Les longueurs quotidiennes dans la piscine. La tasse de thé. Le yaourt et le granola.

L'un des nombreux regrets de Sam était de ne pas avoir conservé le dernier message de Rusty. Le jour de son anniversaire. Les vœux pleins d'entrain. Le point météo. La part historique un peu obscure. La note de fin discordante.

Plus que tout le reste, son rire lui manquait. Il avait toujours été impressionné par sa propre intelligence.

Sam était tellement perdue dans ses pensées qu'elle n'entendit pas le téléphone sonner. Les vibrations balbutiantes de l'appareil la ramenèrent au présent. Elle fit glisser la barre sur l'écran et porta le téléphone à son oreille.

— Elle a signé l'accord, déclara Charlie en guise de salutations. Je lui ai dit qu'on essaierait de le faire encore baisser de quelques années, mais les parents de Lucy Alexander y sont allés plutôt fort, les Wilson ont hâte que ça se termine. Alors elle est à dix ans, sécurité minimale, avec une liberté conditionnelle dans cinq, si elle a une bonne conduite, ce qui sera bien entendu le cas.

Sam devait répéter en silence les mots de Charlie dans sa tête pour les comprendre pleinement. Sa sœur parlait de Kelly Wilson. Sam avait loué les services d'un avocat d'Atlanta pour trouver un accord négocié. Avec la démission brutale de Ken Coin et l'enregistrement que Charlie avait fait de Judith Pinkman, considéré comme des aveux sur son lit de mort, le procureur de l'État avait eu hâte de classer l'affaire Kelly Wilson. Charlie dit :

— Coin n'aurait jamais conclu cet accord-là.

— Je parie que j'aurais pu l'en convaincre.

Charlie rit avec admiration.

— Tu me raconteras un jour comment tu l'as convaincu de démissionner ?

— C'est une histoire intéressante, dit Sam mais sans en dire plus.

Charlie refusait encore d'expliquer comment son nez avait été cassé, alors Sam n'était pas près d'expliquer comment elle avait utilisé les aveux de Mason pour intimider Coin et le pousser à se retirer.

Sam dit :

— La liberté conditionnelle dans cinq ans, c'est une bonne négociation. Kelly aura la petite vingtaine, quand elle sortira. Son enfant sera encore assez petit pour qu'ils nouent des liens.

— Ça me reste en travers de la gorge, dit Charlie, et

Sam savait qu'elle ne parlait pas de Kelly Wilson, de son enfant à naître, ni même de Ken Coin. Elle parlait de Mason Huckabee.

Le FBI avait exercé une forte pression sur Mason pour avoir menti à un agent fédéral, avoir falsifié une preuve, pour obstruction à la justice, et complicité dans un double meurtre a posteriori. Malgré ses aveux volontaires à la police de Pikeville, Mason Huckabee avait, sans surprise, engagé un avocat très bon et très cher, qui avait obtenu six ans sans liberté conditionnelle. L'Atlanta Federal Pen n'était pas un endroit facile où purger sa peine. Pourtant, ces dernières semaines, Charlie et Sam s'étaient demandé si elles ne devraient pas mettre les menaces de Sam à exécution et révéler les aveux de Mason.

Sam répéta ce qu'elle disait toujours :

— C'est bon pour nous de ne plus y penser, Charlie. Papa n'aurait pas voulu que nous passions les cinq, dix, vingt prochaines années à pourchasser Mason Huckabee dans le système pénal. Il faut que nous avancions dans nos vies.

— Je sais, admit Charlie, mais avec une réticence manifeste. Ça me fait juste chier qu'il ait eu à peine une année de plus que Kelly. Je suppose que c'est une leçon pour avoir menti à un agent fédéral. Mais tu sais, on peut toujours le poursuivre avant sa libération. Qui sait où nous serons dans six ans ? Il n'y a pas de prescription pour…

— Charlie.

— Très bien, dit-elle. Peut-être qu'il se fera planter dans les douches ou que quelqu'un mettra du verre dans sa bouffe.

Sam laissa sa sœur parler.

— Je ne dis pas qu'on devrait l'assassiner ou un truc du genre, mais par exemple qu'il perde un rein ou que son estomac se déchire ou, hé ! encore mieux, qu'il soit obligé de chier dans une poche pour le restant de ses jours. Elle fit une courte pause pour respirer. Je veux dire, OK, les conditions de vie en prison sont déplorables, et les soins médicaux une bonne blague, et ils les nourrissent essentiellement de crottes de rat, mais ne serais-tu pas un peu contente s'il se chopait un truc aussi con qu'une infection dentaire et qu'il meure d'une mort douloureuse et misérable ?

Sam attendit pour être certaine qu'elle ait terminé.

— Une fois que Ben et toi vous serez habitués à Atlanta, que vous commencerez votre nouvelle vie, ça n'aura plus autant d'importance. C'est ta revanche. Savoure ta vie. Apprécie ce que tu as.

— Je sais, répéta Charlie.

— Rends-toi utile, Charlie. C'est ce que maman souhaitait.

— Je sais, dit-elle en soufflant pour la troisième fois. Changeons de sujet. Puisque nous sommes sur le registre criminel de Pikeville, ils ont dû relâcher Rick Fahey.

L'oncle désespéré de Lucy Alexander. L'homme qui avait plus que probablement poignardé Rusty.

Sam exprima ce que Charlie devait savoir.

— En l'absence d'aveux, ils n'ont aucune preuve contre lui.

— Je n'arrête pas de me dire que papa l'a vu cette nuit-là, et qu'il savait que c'était Fahey, mais il a décidé de laisser tomber, alors on devrait laisser tomber aussi.

Sam choisit de ne pas traiter sa sœur avec condescendance en lui rappelant la phrase de Rusty sur la valeur du pardon.

— Ce n'est pas exactement ce que tu veux faire… apprendre à laisser courir les choses ?

— Ouais, eh bien, je croyais que toi, tu apprenais à ne plus m'emmerder.

Sam sourit.

— Je veux t'envoyer un chèque pour nettoyer…

— Arrête. Charlie était trop butée pour accepter l'argent de Sam. Écoute, on a pensé prendre des vacances avant de commencer nos nouveaux boulots. Faire une virée en Floride quelques jours pour être sûrs que Lenore est bien installée, puis peut-être prendre un avion pour monter te voir.

Sam sentit un sourire se dessiner sur son visage.

— Vous ne prendrez pas mon argent, mais vous accepterez une chambre et le couvert gratuits ?

— Exactement.

— J'aimerais bien.

Sam jeta un regard circulaire à son appartement.

Soudain, il lui sembla trop stérile. Il fallait qu'elle achète des accessoires, comme des coussins, et qu'elle accroche des tableaux, et peut-être qu'elle ajoute de la couleur avant l'arrivée de Charlie. Elle voulait que sa sœur sache qu'elle s'était construit un foyer.

Charlie dit :

— OK, il faut que j'aille fulminer et me plaindre de tout ça à Ben jusqu'à ce que je m'écroule d'épuisement. Vérifie ta boîte mail. On a trouvé un truc dingue au sous-sol.

Sam eut un mouvement de recul. Le sous-sol était le domaine du fermier célibataire.

— C'est un autre machin bizarre qui va me faire flipper ?

— Jette un œil à tes mails.

— Je viens de le faire.

— Vérifie encore, mais quand on aura raccroché.

— Je peux regarder pendant que nous sommes…

Charlie avait raccroché.

Sam leva les yeux au plafond. Il y avait un petit inconvénient au retour de sa petite sœur dans sa vie.

Elle cliqua sur le bouton HOME de son téléphone. Ouvrit sa boîte mail. Tira l'écran vers le bas avec le pouce. Le cercle tourna, pendant que les mails se rechargeaient.

Rien de nouveau n'apparut tout en haut. Sam rechargea à nouveau les mails.

Toujours rien.

Elle ôta ses lunettes. Se frotta les yeux. Elle passa en revue toutes les surprises perturbantes du célibataire, découvertes dans le sous-sol : de la lingerie coordonnée, des chaussures, mais esseulées, et une pendule avec une femme nue.

Fosco bondit sur le comptoir. Il renifla le bol vide, visiblement déçu. Sam lui gratta les oreilles. Il se mit à ronronner.

Son téléphone gazouilla.

Le mail de Charlie était finalement arrivé.

Sam parcourut rapidement la liste : *Ce message n'a pas de contenu*.

— Charlie…, marmonna-t-elle.

Sam ouvrit le mail, préparant mentalement une réponse

ironique, pour découvrir finalement que le message n'était pas vide.

Un fichier était attaché tout en bas.

Appuyer pour télécharger.

Le pouce de Sam plana au-dessus de l'icône.

Le nom du fichier se trouvait au-dessus de son ongle.

Au lieu de tapoter l'écran, elle posa le téléphone sur le comptoir.

Elle se pencha, appuya son front sur le marbre froid. Les yeux clos. Les mains serrées sur les genoux. Elle inspira lentement, remplit ses poumons, avant d'expirer à nouveau. Elle écouta la pluie qui tambourinait. Elle attendit que les papillons dans son ventre s'envolent.

Fosco lui frôla la joue. Il ronronnait avec exubérance.

Sam prit une profonde inspiration. Elle se redressa sur son siège. Gratta les oreilles de Fosco, jusqu'à ce qu'il en ait assez et saute sur le sol.

Elle remit ses lunettes. Ramassa le téléphone et regarda le mail, le nom du fichier.

Gamma.jpg

Si Charlie avait été la créature de Rusty, Sam s'était sentie elle-même comme étant celle de Gamma. Enfant, Sam avait passé tellement d'heures à regarder sa mère, à l'étudier, à vouloir être comme elle : être intéressante, être intelligente, être bonne, être juste. Pourtant, après la mort de Gamma, chaque fois que Sam essayait de convoquer le visage de sa mère, elle était incapable de lui restituer les bonnes expressions : un sourire, un air de surprise, un air perplexe, de doute, de curiosité, d'encouragement, de plaisir.

Jusqu'à aujourd'hui.

Elle tapota le fichier. Elle regarda l'image se charger sur son téléphone.

Elle se couvrit la bouche d'une main. Elle ne fit rien pour arrêter ses larmes.

Charlie avait trouvé la photographie.

Pas *la* photo, mais la photographie mythique de l'histoire d'amour de Rusty.

Sam regarda fixement l'image quelques minutes, pendant

des heures, pendant tout le temps qu'il fallut pour que ses souvenirs fassent un tout.

Comme Rusty l'avait décrit, Gamma était debout dans un champ. La nappe rouge de pique-nique étalée au sol. Au loin, il y avait une ancienne tour météorologique ; en bois, pas comme la tour en métal de la maison. Le corps de Gamma était tourné vers l'appareil photo. Ses mains reposaient sur ses hanches fines. Une de ses jambes — il fallait le reconnaître — magnifiques, était pliée. Clairement, elle essayait de se retenir de rire à une blague stupide de Rusty, pour ne pas lui faire ce plaisir. Elle relevait un sourcil. Elle montrait ses dents blanches. Des taches de rousseur parsemaient ses joues pâles. Elle avait une légère fossette au menton.

Sam ne pouvait pas récuser l'affirmation de son père sur ce moment crucial figé sur pellicule. Le bleu vif des yeux de Gamma montrait sans aucun doute possible une femme en train de tomber amoureuse. Néanmoins, il y avait quelque chose d'autre : la position de sa bouche, la conscience des défis à venir, la volonté d'apprendre, l'espoir d'aller vers le conventionnel, d'avoir des enfants, une famille, une vie pleine et utile.

Sam savait que c'était exactement la manière dont Gamma aurait voulu qu'on se souvienne d'elle : la tête droite, les épaules en arrière, les dents serrées, pour toujours traquant la joie.

Remerciements

Merci à Kate Elton, mon amie et éditrice, qui est à mes côtés depuis mon deuxième livre. Ainsi qu'à Victoria Sanders, amie et agent, qui était avec moi avant même l'avant. Puis il y a l'Équipe Slaughter, qui s'assure que le train arrive à l'heure : Bernadette Baker-Baughman, Chris Kepner, Jessica Spivey et le magnifique Oz, Diane Dickensheid. Merci aussi à mon agent de cinéma, Angela Cheng Caplan, amie et avocate.

Chez William Morrow, ma reconnaissance va à Liate Stehlik, Dan Mallory, Heidi Richter et Brian Murray.

Il y a trop de gens à énumérer dans les départements de Harper partout dans le monde, mais un merci spécial aux équipes de Norvège, du Danemark, de Finlande, de Suède, de France, d'Irlande, d'Italie, d'Allemagne, des Pays-Bas, de Belgique et du Mexique, avec qui j'ai l'honneur de passer beaucoup de temps.

Et à présent j'aimerais remercier les spécialistes : le Dr David Herpet, qui a patiemment répondu à mes questions médicales (avec des illustrations) pour que je paraisse plus intelligente que je ne le suis.

Sur le plan juridique : Alafair Burke, diplômé en droit à Stanford, ancien procureur de Portland, actuel professeur de droit et aussi auteur talentueux, qui bien qu'il jongle déjà avec dix millions de balles a réussi malgré tout à répondre à mes textos urgents à propos de la procédure judiciaire. Merci aussi aux personnes suivantes pour leurs conseils juridiques gratuits : Aimee Maxwell, Don Samuelson, Patricia Friedman, le juge Jan Wheeler et Melanie Reed Williams. Vous m'avez tous rendue à la fois heureuse d'avoir vos numéros et terrifiée à l'idée de devoir un jour m'en servir.

Au GBI, le directeur adjoint Scott Dutton a été assez

aimable pour me guider pas à pas au fil de la procédure, et comme toujours le sous-directeur (à la retraite) Sherry Lange, l'assistant de l'agent spécial (à la retraite) Dona Robinson, et le sergent du département de police d'Atlanta (à la retraite) Vickye Prattes m'ont été d'une aide inestimable. Je ressens toujours une pointe de culpabilité quand j'écris sur des flics qui se comportent mal, parce que j'ai le grand honneur d'en connaître tellement de bien. Merci au membre de la Chambre des députés, David Ralston, pour avoir fait les présentations. Merci au directeur Vernon Keenan, j'espère que vous avez remarqué que je vous fais toujours passer pour les gentils.

Ma copine et camarade auteur Sara Blaedel qui m'a aidée avec les parties danoises. Brenda Albums et sa joyeuse bande de professeurs m'ont aidée à calculer le temps et les distances ainsi que bien d'autres choses, auxquelles je ne connaissais rien.

Je suis toujours reconnaissante à Claire Schoeder pour ses prestations de voyage et son amitié. Merci beaucoup à Gerry Collins et Brian pour m'avoir montré les alentours de Dublin. Anne-Marie Diffley m'a proposé une magnifique visite guidée du Dublin Trinity College. Ms Antonella Fantoni à Florence et Ms MariaLuisa Sala à Venise ont rendu l'histoire vivante grâce à leur joie et leur exubérance dans ces merveilleuses villes. Et aussi leur joie et leur exubérance envers le vin.

Je remercie sincèrement les femmes qui ont partagé leurs histoires et leurs pertes avec détermination et grâce. Jeanenne English m'a parlé de boîtier papillon et d'injection. Margaret Graff s'est replongée avec réticence dans la physique pour m'aider avec certains passages. Chiara Scaglioni chez HarperCollins Italie m'a aidée à inventer un nom de vin. Melissa LaMarche a fait une donation généreuse à la Gwinnett Public Library en échange de l'apparition de son nom dans ce roman. Bill Sessions, le premier, m'a fait part de la citation de Flannery O'Connor qui, selon moi, saisissait à la perfection le dilemme de la femme accomplie. Je suis désolée d'avoir à le remercier à titre posthume. C'était un conteur de talent et un incroyable professeur.

L'ouvrage intitulé *Weather Predictions by Numerical Process* écrit par Lewis Fry Richardson en 1922 a représenté une référence bien utile. La suite en 2007, seconde édition, écrite par Peter Lynch, professeur en météorologie à l'University College Dublin, m'a apporté des connaissances supplémentaires. Toute erreur éventuelle est bien entendu de mon fait.

Les derniers remerciements vont toujours à mon père, qui s'assure que je ne meurs pas de faim et/ou de froid pendant que j'écris, et à DA, mon cœur, qui m'accueille toujours de retour chez moi dans les paisibles piedmonts du mont Clothey.

L'histoire est pour Billie : parfois, notre monde se retrouve sens dessus dessous, et on a besoin de quelqu'un pour nous montrer comment marcher sur les mains avant de retomber sur nos pieds.

Composé et édité par HarperCollins France.

Achevé d'imprimer en mars 2019.

CPI
BLACK PRINT

Barcelone

Dépôt légal : avril 2019.

FSC
www.fsc.org
MIXTE
Papier issu de sources responsables
FSC® C108412

Pour limiter l'empreinte environnementale de ses livres, HarperCollins France s'engage à n'utiliser que du papier fabriqué à partir de bois provenant de forêts gérées durablement et de manière responsable.

Imprimé en Espagne.